Für Julia.

Auf unsere gemeinsame Zeit im Hobbit-Dorf,
wo jeder Tag Magie ist und wir die Zeit mit Schreiben,
Lachen, Naschen und unseren Liebsten verbringen.

KONTINENT AURORA

HOHE SCHWERTZEIT
NACH DEM KRIEG DER FREIEN INSELN

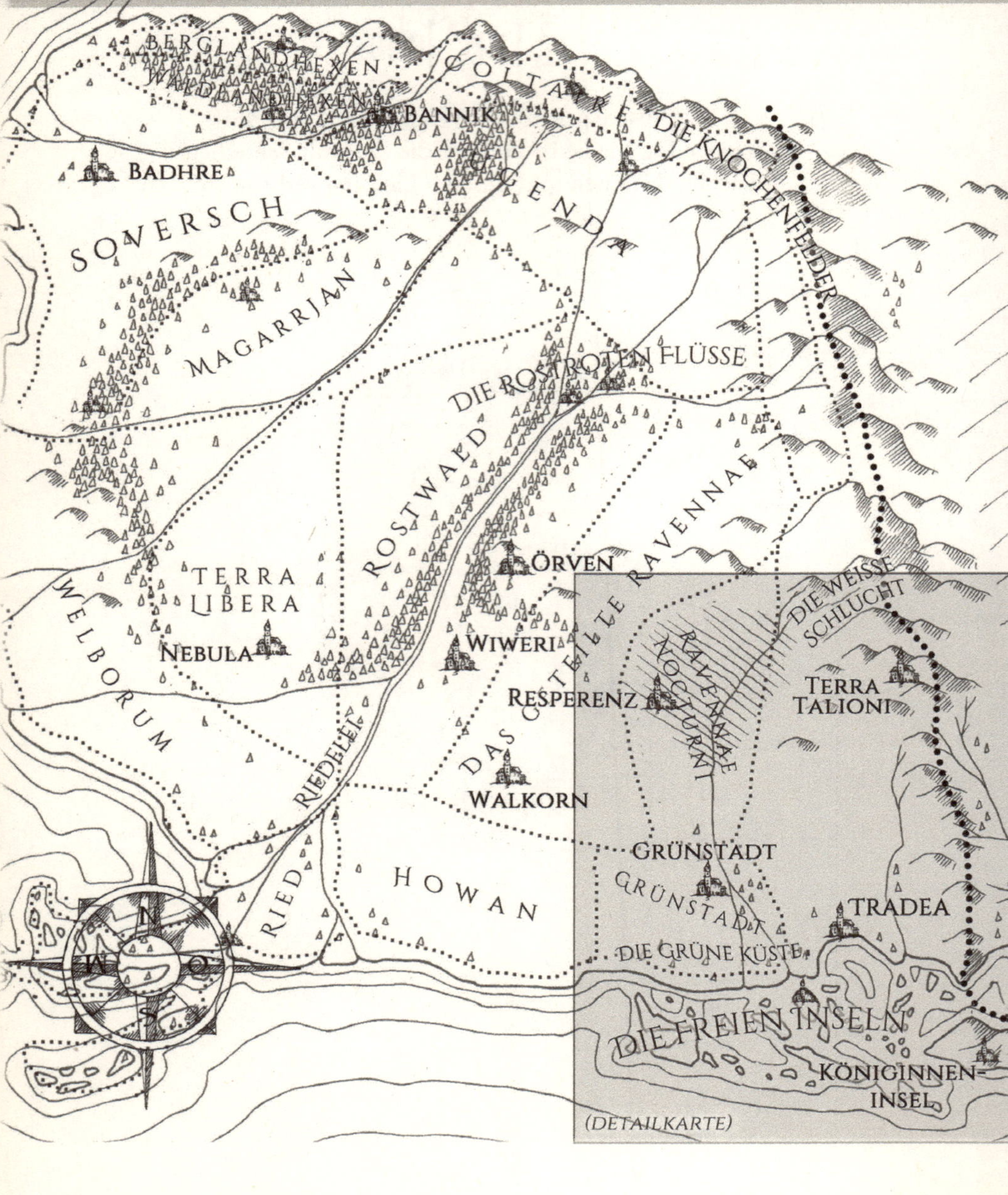

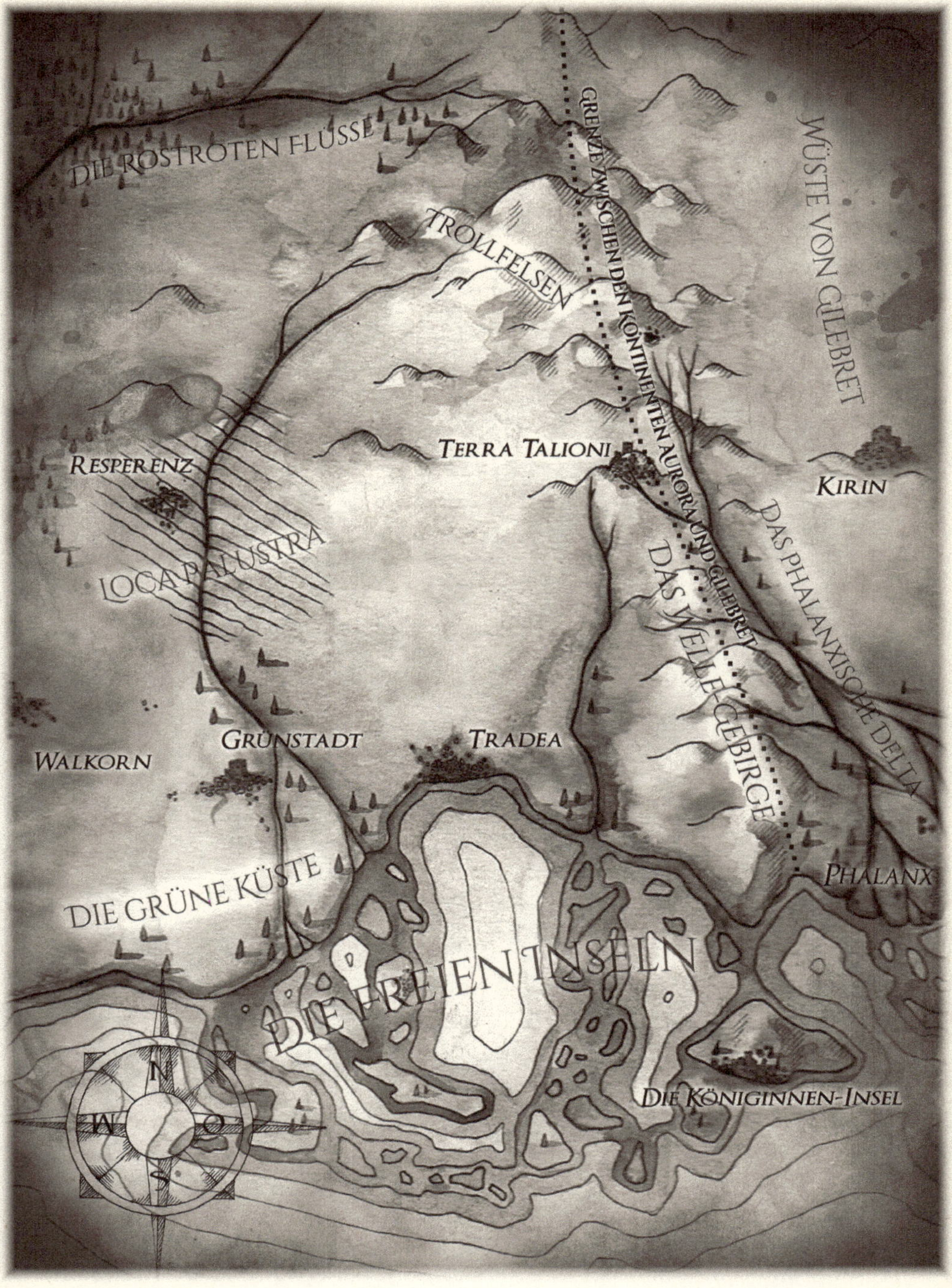

Die rostroten Flüsse
Trollfelsen
Grenze zwischen den Kontinenten Aurora und Gilebret
Wüste von Gilebret
Terra Talioni
Resperenz
Kirin
Loca Palustra
Das Welle Gebirge
Das Phalanxische Delta
Grünstadt
Tradea
Walkorn
Phalanx
Die grüne Küste
Die freien Inseln
Die Königinnen-Insel
N
W
O
S

Prolog

Sie standen alle darum versammelt und starrten darauf hinab. Es lag da, zwischen aufgebrochenen Rippen, die weiß aus rosigem Fleisch spießten, lag in der Mitte wie in einem weichen, roten Nest – und es schlug. Es kontrahierte, groß und rund wie es war, zog sich mit einem Ruck zusammen, nur um sich kurze Zeit später wieder zu entspannen. Dabei verursachte es ein Geräusch, das jedem bekannt war, der einmal in einsamer Nacht wachgelegen hatte – ein Geräusch, das nur ein Ding auf dieser Welt verursachen konnte: ein schlagendes Herz.

Das Herz pumpte. Den Anwesenden war der Rhythmus wohlbekannt – besaßen sie doch alle ein Ding dieser Art. Doch während das Herz dort unten in einem langsamen, beinahe besinnlichen Rhythmus arbeitete, flatterten die eigenen Herzen in ihren geschlossenen Brüsten wie junge Vögel.

»Seid Ihr Euch sicher, dass …?«, wisperte jemand.

»Ich bitte Euch – keine moralischen Vorhaltungen! Dafür ist es reichlich zu spät!«

»Damit gehen wir weiter als jemals zuvor.«

»Falls es jemals eine Grenze gab, wurde sie vor langer Zeit überschritten. Kommt schon, nehmt es heraus!«

Eine Person, deren Herz wie ein Hase hetzte, trat schweigend einen Schritt vor und setzte das Messer an die Adern. Die Umstehenden hielten den Atem an. Fast erwarteten sie, das Herz dort unten schneller schlagen zu sehen, ganz, als bemerkte es die Gefahr, in der es schwebte – doch es behielt seinen müßigen Takt bei: langsam, träge, fast müde. Es war eben ein unschuldiges Herz.

»Schnell«, flüsterte jemand. »Du musst streng schneiden, die Aorta ist zäh!«

Derjenige, der das Messer hielt, knurrte: »Ich verdiene mein Geld damit, Sachen wie diese zu wissen!« Das Messer fuhr zum großen Schlauch, der das Herz mit Blut versorgte. Zögern. »Aber – ich bin mir nicht sicher, ob …«

»Tut es schon! Wir haben nicht ewig Zeit!«

»Aber seht es Euch an! Es ist ein menschliches Herz! Wir können nicht …!«

»Tut es, oder ich tue es!«

Zögernd fassten Hände nach der Venae Cavae und der Aorta und trieben das Messer hindurch.

»Das ist vielleicht eine Schweinerei.«

»So ist das mit Herzen. Herzen verursachen immer eine riesige Schweinerei.« Jemand lachte über sein eigenes Wortspiel.

Jemand anderer hob das Herz aus dem Brustkorb. »Seht es Euch an!« Da lag es nun, rot und fleischig, nur schlagen konnte es nicht mehr. Fast schien es, als schliefe es.

»Schnell! Ihr müsst es einlegen, bevor seine Magie vergeht!«

Am nächsten Tag kam der Knecht, wie jeden ersten Tag des neuen Monats, und sammelte die vorbereiteten Organe ein. Er packte Rehherzen, Steinbocknieren, Schafinnereien, Schweinemägen, Ziegenlebern und Rinderherzen auf den Karren, um sie zu seinem Herren zu bringen, der sie in Tradea verkaufte. Mit all diesen Dingen trug er auch das Menschenherz im Glas davon, von seinen unvorsichtigen Herren zurückgelassen.

Der Knecht würde noch für seinen Fehler büßen müssen. Das Herz aber würde zu diesem Zeitpunkt bereits verkauft und verschwunden sein; für immer den gierigen Fingern seiner Schlächter entzogen.

Aenne

I

Von Priestern, Gesetzlosen und Königen

Die beiden Männer standen dicht beieinander in der Flut aus Reisenden, die sich durch das äußere Tor von Terra Talioni drängten. Die Schlange aus Menschen zog sich vom Podest des Schreibers durch den felsigen Stollen der Stadtmauer hindurch, bis hin zum Eingang, vor dem die königlichen Flaggen in den Händen steinerner Statuen flatterten. Das goldene Auge, welches auf dem wehenden Stoff abgebildet war, stand für die Vorliebe der herrschenden Familie, über alles und jeden, der die Stadt betrat, im Bilde zu sein – und die Stadtgarde kam dieser Aufgabe mit gewohnter Langeweile nach.

Den Kopf der Warteschlange bildete eine junge Frau. Sie mochte sich in der Mitte ihrer Zwanziger befinden, trug einen breitkrempigen Lederhut, von dem der Regen tropfte, sowie einen durchnässten Ledermantel. Auf den ersten Blick unterschied sie sich nicht wesentlich von der restlichen Schar aus Händlern und Reisenden, einen zusammengeschnürten Ranzen am Rücken und abgetretene Stiefel an den Füßen. Doch auf den zweiten Blick, mit dem sie der Schreiber momentan bemaß, wirkte sie irgendwie anders.

Warum trug die Frau ihr malzbraunes Haar kurzgeschnitten, wie es sonst nur Männer zu tun pflegten? Dass sie eine Frau sein musste, war unumstritten, wies doch nicht nur ihr zartes Gesicht mit den großen, honigbraunen Augen darauf hin, sondern auch ein kleiner, aber unleugbarer Busen, der sich unter der burschikos geschnittenen Bluse verbarg. Was war mit den Stickereien, die den Kragen ihres Hemdes zierten? Wie konnte sich eine einfache Reisende Ziselierungen an Mantelknöpfen und am Knauf ihres Langmessers leisten, den sie so sorgfältig mit fleckigen

Leinenbinden umwickelt hielt? Woher stammte der Schmuck, den sie trug? Welcher kaum merkliche Akzent verzog ihre Worte?

Der Schreiber stützte die Wange auf den Arm, sodass die Federspitze in seiner Hand beinahe die Schläfe berührte, und runzelte die Stirn.

»Wie, sagtet Ihr noch einmal, war Euer Name?«

»Aenne«, erwiderte die junge Frau.

»Aenne wie noch?«

Weiter hinten in der Schlange stieß ein Mann die angehaltene Luft aus. »Sie wird sich verraten«, murmelte der Erste einem Zweiten in den Nacken. »Du und Aenne, ihr ward nie sonderlich gute Lügner.«

»Nein, das hattest du uns immer voraus«, brummte Zweiterer. »Ich dachte, wir sollten nicht miteinander sprechen? Wir wollten doch nicht miteinander in Verbindung gebracht werden!«

»Mach dir nicht ins Hemd«, erwiderte der Jüngere, die Arme unter dem dicken, nassen Lodenmantel verschränkt. Zwischen einem Eselkarren und einem Pferdewagen eingeklemmt, bestand keine große Gefahr, dass die talionische Garde oder andere Reisende ihre Unterhaltung überhören konnten. »Konzentriere dich auf unsere Schwester.«

Weit vorne trat die junge Frau unruhig von einem Fuß auf den anderen.

»Beachte ihre Körpersprache, Caedes«, brummte der Ältere. »Sie braucht keine Worte, um sich zu verraten.« Bei genauerer Betrachtung sah der Ältere der beiden Männer der jungen Frau dort vorne ähnlich, mit seinem karamellbraunem Haupt- sowie Barthaar und warmen, goldbraunen Augen. Der jüngere Mann hingegen hätte nicht fremder aussehen können – das Haar wild und dunkel, die Augen so braun, dass sie im Zwielicht der feuchten Stadtmauer beinahe schwarz wirkten, besaß sein Gesicht einen goldigen Unterton, der an heißen Sand und verschwitzte Nächte unter Orangenbäumen denken ließ. Alleinig, wenn er lächelte, wie er es jetzt tat, erinnerte er an die anderen beiden Reisenden. Sie drei waren Halbgeschwister – und in ihrer Familie lächelten sie alle gleich. »Du bist kaum zehn Jahre älter als wir, Ezra«, murmelte der dunkelhaarige Caedes. »Und dennoch verhältst du dich manchmal wie dein eigener Großvater.«

»Du bist unverschämt, Caedes. Wenn Aenne etwas passiert, geht das auf deine Kappe.«

Beide richteten ihre Aufmerksamkeit zurück auf die Ereignisse vor dem Podest.

Der Schreiber zeigte trotz der Masse an Reisenden keinerlei Eile. Er lehnte träge an seinem Folianten und schenkte der jungen Frau vor sich einen milde gelangweilten Blick. »Ihr besitzt also keinen Familiennamen …« Sein Blick glitt hin zum Pergament. »… Aenne?«

Aenne blinzelte, die Lider rutschten einen stummen Moment über die Augen. Dann schüttelte sie den Kopf.

Ezra stöhnte gequält auf und barg seine Stirn in den Händen. »Warum hat sie nicht einfach einen Familiennamen erfunden? … damit bringt sie sich nur in Schwierigkeiten!«

Der Schreiber tippte mit der Feder unruhig auf der Ecke seines Folianten herum. Diesen Vorgang schien er heute bereits öfter wiederholt zu haben, denn Finger wie Ecke waren schwarz vor Tinte. »Es gibt nur drei Arten von Leuten, die keinen Nachnamen tragen«, erklärte er Aenne pointiert. »Gesetzlose, Priester … und Könige. Zu wem soll ich Euch zählen?«

Als das Wort ›Gesetzloser‹ fiel, kam Bewegung in die Garde, die den Torbogen flankierte. Die Soldaten wandten sich um, einer berührte vorsorglich den Schwertgriff an seiner Hüfte, der andere kippte den Speer. Nun war es am großmäuligen Caedes, nervös zu werden. Seine Arme entschränkten sich, seine Hand glitt an die Seite, wo der Mantel den Schwertgriff verbarg.

Aenne erstarrte. »Bitte!« Sie vollführte eine beschwichtigende Handbewegung. »Zu solchen Mutmaßungen gibt es keinen Grund!«

»Wenn ich mutmaße, dann immer aus einem guten Grund«, erwiderte der Schreiber und winkte einen Soldaten heran. »Untersucht ihre Sachen!«

Ein gedämpfter Ausruf, der von Aenne kam, als einer der Soldaten sie am Ranzen packte.

Caedes wollte vorspringen, der Schwester zur Hilfe eilen, doch die Hand des Halbbruders hielt ihn zurück. »Vorher noch das Maul aufreißen, jetzt selbst die Nerven verlieren, was?«

»… wenn sie *es* finden!«

»Dann finden sie es.«

»Aber …!«

»Niemand weiß, was es ist. Nicht einmal der Händler, sonst hätte er es Aenne nicht für einen derart lächerlichen Preis überlassen.«

»Aenne hat es erkannt!«

»Nachdem sie damit beinahe das gesamte Gebäude zersprengt hätte …! Ruhig Blut, Caedes, niemand wird verstehen, worum es sich handelt!«

Caedes musste sich merklich zurückhalten, doch auch Ezra war nicht annähernd so gelassen, wie er sich gab. Als Ältester der drei Geschwister war er es gewöhnt, über die anderen zwei zu wachen. Er war ein höflicher Mann, allerdings von einer bestimmten Natur und seine kleine Schwester in Gefahr zu sehen gefiel ihm ganz und gar nicht.

Ein Soldat hatte Aenne an den Schultern gepackt und ihr den Rucksack abgenommen, der andere schlug ihren Mantel zur Seite und entwaffnete sie, ihre protestierenden Rufe ignorierend, als wäre sie eine Marionette, die man nach Belieben hin und her werfen konnte.

Ein Langmesser wurde auf das Pult des Schreibers geknallt, gefolgt von einem Klappmesser. Ein Geldbeutel, in dem Dragoner klimperten. Ein paar Knochenwürfel, die man ihr aus der Hosentasche entnahm, dann wurde der Rucksack ausgeleert. Ein Set seltsamer Spielkarten, die der Schreiber interessiert auffächerte, Brot und Hartkäse, eine Flasche würziger Vogelbeerschnaps, von der Garde augenblicklich konfisziert, genau wie die Würfel aus Bein plötzlich verschwunden waren. Eine Wolldecke, eine Plane, nass vor Regen, Zunderschwämme, Feuereisen, Flechten, Tiegel mit scharf riechenden Salbenansätzen, in denen das Schmalz starrte, Papier und Schreibgerät. Briefe. Unkenntliche Notizen. Gewand, eine Kette, deren Anhänger eine Spinne mit einem Auge auf dem Unterleib darstellte. Räucherwerk, Kräuter, die Wasser länger haltbar machten.

Und dann war da ein Gefäß, eingehüllt in fleckige Leinenbinden. Aenne starrte es an und Ezra glaubte deutlich zu sehen, wie ein Schauer sie erzittern ließ. Vielleicht bildete er sich das auch nur ein, denn er selbst fühlte sich von einer seltsamen Kälte erfasst, die sich bei dem Anblick des Gegenstandes in die eigenen Glieder fraß.

Der Schreiber entknotete mit dem plötzlichen Enthusiasmus eines Mannes, der es genießt, sein Amt zu seinem Vorteil missbrauchen zu können, die Stoffstreifen und schälte sie ab wie die Schale eines Apfels.

Zum Vorschein kam ein abgegriffenes, gläsernes Behältnis, der Deckel mit eisernen Spangen befestigt. Das Gefäß mochte einmal schön gewesen sein, klar, glänzend und an den Rändern verziert, nun aber war es matt und schmierig. Darin, in gelblich-durchsichtiger Flüssigkeit, schwebte ein faustgroßes, rotfleischiges Herz, an den dicken, röhrenförmigen Adern abgeschnitten. Weißlich rankte sich Gewebe wie Wolken um die Herzspitze, Adern fraßen sich in die feuchten Muskeln. Die Glaswände verzerrten das Herz zur Monstrosität.

Nicht nur der Schreiber beäugte das Organ misstrauisch. »Ein Herz«, stellte er fest.

Aenne schwieg.

»Was treibt eine junge Frau wie Ihr damit?«

Aenne öffnete den Mund und das erste Mal seit ihrer Begegnung mit der talionischen Garde legte sie so etwas wie Überheblichkeit an den Tag. »Für gewöhnlich liest man Vergangenheit, Gegenwart und Zukunft darin.«

Der Mann hob die Augenbrauen. »Tut Ihr das? Ich dachte, das machen nur die Schicksalspriester – in Organen wühlen und Orakel spie …« Er brach mitten im Wort ab, als seine Augen über die Habseligkeiten glitten. Ein wertvolles Messer aus nachtelfischem Stahl, halb aus der Scheide gezogen, ein Set Karten, mit denen man sich die Zukunft legen konnte, das Amulett der Epena, das Herz im Glas … er kam zu einem guten Schluss, auch wenn es nicht der richtige war. »Seid Ihr eine Wanderpriesterin?«

Aenne erwiderte nichts, sondern besah ihn nur finsteren Blickes.

Rasch richtete der Schreiber den Rücken gerade. »Warum habt Ihr nichts gesagt, als ich Euch fragte?«, rief er empört. Hastig gab er seinem Kollegen ein Zeichen, die Sachen wieder einzupacken. Vogelbeerschnaps wie Knochenwürfel, die den flinken Fingern der Wachposten zum Opfer gefallen waren, landeten wieder im Gepäck.

Als Aenne diesmal sprach, gelang es ihr, derart exzellent zu lügen, dass selbst die Brüder es nicht bemerkt hätten. »Warum glaubt Ihr, trage ich keine Priestergewandung? Ich reise inkognito! Dank Euch weiß nun allerdings die halbe Stadt über meine Identität Bescheid!« Sie wies hinter sich, auf den Tross an Reisenden, der ungeduldig wartete.

Der Schreiber hob seine Feder wie ein Richterinstrument. »Hier hat niemand etwas gesehen!«, brüllte er. »Verstanden? Sonst kommt hier heute niemand mehr rein!« Und so wurde das Herz im Glas wieder in seine Leinenbinden gewickelt und in den Untiefen des Rucksacks versenkt, ohne dass jemand bemerkt hätte, dass es sich um ein Menschenherz handelte.

Es dauerte eine halbe Ewigkeit, bis Ezra bis zum Schreiberpult vorgerückt war. Er setzte einen Schritt vor, direkt an das Pult heran und betrachtete den Talionier mit distanzierter Höflichkeit.

Der Schreiber sah nicht von seinem Folianten auf. »Name?«

»Ezra Benhengen.

»Zugehöriges Königreich?«

»Der Stadtstaat Tradea.«

Knapper Blick. »Beruf?«

»Händler.«

Der falsche Familienname war mit Bedacht gewählt worden. Benhengen war eine weitläufige Händlerfamilie aus der Mittelschicht, deren Name bekannt, aber nicht bekannt genug war, als dass man sich an Gesichter erinnern hätte können.

»Grund Eurer Einreise?« Die Feder kratzte auf dem Pergament.

»Ich möchte Arzneien erwerben.«

Der Schreiber schenkte Ezra einen abschließenden Blick, schien jedoch nichts zu entdecken, das sein Interesse fesselte, er winkte ihn daher weiter. Ezras Unauffälligkeit war an manchen Tagen Fluch und Segen zugleich.

Caedes trat vor.

»Name?«

»Caedes.«

»Caedes wie noch?«

»Caedes Ortinger.«

Der Schreiber stieß ein langgezogenes, nasales Geräusch aus. Ortinger war einer der meistverbreiteten Nachnamen in den östlichen Königreichen. Man behauptete, die Ortingers stammten von einer Familie mit elf Brüdern ab, die jeweils elf Kinder gezeugt hätten, die wiederum jeweils elf Kinder gezeugt hätten. Man fand Ortingers in allen möglichen Siedlungen, die sich an das Gebirge der *Welle* schmiegten, ob nun Hufschmiede, Meiereien, Hirten oder Holzfäller. »Ein Ortinger, so so. Und welchen Beruf übt dieser besagte Ortinger aus?«

Caedes griff nach der Fibel, die seinen Mantel zusammenhielt, und löste sie, sodass der schwere Lodenstoff von der Schulter rutschte. Zum

Vorschein kam vergilbter Knochen, der einen Schulterschutz bildete, sowie eine Haut aus schimmernden Schuppen, die sich um seinen Bizeps spannte. Der Nackenkamm, der sich daran Richtung Ellenbogen zog, ließ die Haut einer gewaltigen Echse erahnen. Exzentrische Kleidungswahl. »Jäger.«

Der Schreiber wirkte weit weniger beeindruckt, als man erwarten hätte können. »Ah«, bemerkte er und notierte in der Spalte ›Zugehöriges Königreich‹: *Der Reisende König.* »Noch so ein Kasper.«

»Welch eine freundliche Begrüßung.«

»Wenn Ihr persönlichen Dank dafür wollt, dass Ihr Eure Arbeit erledigt, müsst Ihr Euch hinten anstellen, guter Mann. Ihr seid nicht der erste Jäger, der sich in unsere Stadtmauern verirrt, und werdet auch nicht der letzte sein. Auch nicht der letzte, der aus mangelnder gesundheitlicher Verfassung die Stadt nicht mehr verlassen kann.«

Caedes berührte flüchtig das Heft des schmalen, kurzen Schwertes, das er bei sich trug. »Wir werden sehen.«

Reisender Jäger, König ohne Königreich, beendete der Schreiber seine Notizen und nickte Caedes zu gehen.

Beim Eingangstor zum Stadtinneren schien es zu Verzögerungen gekommen zu sein, weswegen die Geschwister mit einigen anderen Reisenden in einem stickigen Raum warten mussten. Aenne lehnte mit dem Rucksack auf dem Schoß an einer feuchten Wand, als Caedes hinzukam. Er bemaß sie mit einem Blick, mit dem er manchmal seine Beute fixierte, und hielt zielstrebig auf sie zu. Wie selbstverständlich nahm er neben ihr Platz und legte ihr den Arm um die Schulter. »Neu in der Stadt? Eine hübsche junge Frau wie Ihr sollte nicht einsam durch dunkle Straßen wandeln. Wie wär's, wir könnten uns ein nettes Plätzchen suchen, um den Abend gemeinsam ausklingen zu lassen …?«

Aennes Augenbraue hüpfte. »Ernsthaft«, stieß sie aus. »Hat das wirklich schon jemals bei einer Frau funktioniert?«

Er zwinkerte vielsagend. »Ihr würdet Euch wundern, Madame! Seid Ihr mit Terra Talioni bekannt? Welche Sehenswürdigkeiten gibt es denn in dieser Stadt? … mal abgesehen von Euch!«

Man konnte sehen, wie Aenne noch einen Augenblick mit dem Gedanken haderte, ihren Bruder zu schlagen, doch das hätte es ungleich schwieriger gemacht, eine unauffällige Unterhaltung mit ihm zu beginnen. Sie begab sich also in die vermeintlich beste Flirtposition, schlug die Beine übereinander und beugte sich an sein Ohr heran, um das Thema zu wechseln. »Glaubst du, sie haben etwas bemerkt?«

»Das Herz?«

Sie nickte.

»Ich denke nicht.«

Besorgt krallte sie die Finger in ihr Gepäck, das sie zu schützen pflegte wie ein Drache sein Nest. »Jemand in dieser Stadt schlachtet Menschen«, murmelte sie. »Ich muss herausfinden, wer es ist. Ich muss denjenigen aufhalten.«

Caedes seufzte. Seine Hand lag warm an ihrer Schulter, sie mochte das, vor allem, weil sie sich oft für lange Zeit nicht sahen. Ihn bei sich zu wissen gab ihr ein Gefühl von Sicherheit – und das, obwohl er der Jüngere von ihnen beiden war, wenn auch nur um eineinhalb Jahre.

»Du weißt, was ich davon halte, Aenne. Das einzige Indiz, das wir haben, ist die Versicherung des Händlers, dass dieses Herz von den Purpurnen Märkten in Terra Talioni stammt. Er wusste garantiert nicht, was er da in seinem Besitz hatte – kein Kenner hätte dir ein menschliches Herz für einen derart lächerlichen Preis verkauft, noch dazu in aller Öffentlichkeit. Was, wenn ihm das Organ untergejubelt wurde? Was, wenn das Herz von woanders stammt?«

»Die Purpurnen Märkte in Terra Talioni sind mein einziger Anhaltspunkt«, erwiderte Aenne zum gefühlt hundertsten Mal. »Ich muss es einfach versuchen.«

Und zum gefühlt hundertsten Mal fragte Caedes: »Wieso?«

Ein zartes, fast trauriges Lächeln schlich sich auf ihre Lippen. »Du weißt, wieso.«

Er wusste es, auch wenn die Erklärung nicht einfach in Worte gefasst werden konnte. Aenne war anders. Anders als all die Händler und Reisenden, mit denen sie sich durch das Stadttor gedrängt hatte.

Die Wahrheit war, sie alle drei besaßen keinen Familiennamen. Sie waren keine Priester. Sie waren keine Gesetzlose. Sie waren *Königskinder.*

Der Reisende König besaß nur wenige Untertanen, doch diese blieben ihm treu. Diejenigen, die die Straße als ihre Heimat auserkoren hatten, unterstanden dem König ohne Königreich – er herrschte über die fahrenden Händler, die reisenden Musikanten, Schauspieler, Sänger, umherziehende Jäger, freie Söldner und Wanderprediger.

Aenne, Ezra und Caedes waren seine Kinder. Hier saßen sie zwischen Händlern und Soldaten, Prinzen und Prinzessin ohne Königreich, die sie waren. Sie waren es nicht anders gewohnt. Reisende blieben Reisende, egal ob Herr oder Untertan – sie besaßen keine Ländereien, kein Königreich, keine Heimat. Auf der Straße gab es wenig Platz für Luxus und Komfort, weswegen sie meist inkognito blieben. Einzig in der Hafenstadt Tradea besaßen sie einen kleinen Sitz, der nur dann angesteuert wurde, sobald eine Frau der Familie ein Kind erwartete. Man nannte es ‚Kindsesshaftigkeit' und blieb so lange dort, bis Frau und Kinder fähig waren, weiterzureisen.

Ezra war der älteste von den drei Geschwistern und würde dem König ohne Königreich eines Tages auf die königliche Wanderschaft folgen. Sein Schicksal lag klar geschrieben vor ihm. Mit Frau und Kindern, die auf dem Sitz in der Hafenstadt Tradea warteten, wo Thymiane kürzlich ein zweites Mädchen geboren hatte, war er auf dem besten Weg, in die Fußstapfen des alten Königs zu treten. Lange Zeit ein Einzelkind, hatte seine Mutter ihn auf diese Rolle vorbereitet, ihm Sitten beigebracht, höfliche Umgangsformen und wie man einen kultivierten Diskurs führte.

Dann, knapp neun Jahre später, brachte seine Mutter ein zweites Kind zur Welt – und starb dabei. Die kleine Aenne hatte das Licht der Welt erblickt, ein kleines, blondes Elfchen, immer ein wenig verträumt, mit einem unbändigen Interesse für den Metabereich zwischen Menschlichem und Magischem, zwischen Weltlichem und Göttlichem. Als Kind kannte sie nichts Vergnüglicheres, als sich von Wanderhexen die Hand lesen zu lassen, den Prophezeiungen der Tempelpriester zu lauschen, Runensteine zu werfen und sich Geschichten dazu auszudenken. Die Amme, die sie nach dem Tod der Mutter pflegte und die nun auch noch im hohen Alter Ezras Frau Thymiane unterstützte, hatte von Aennes frühester Kindheit an geglaubt, sie würde einen Weg als Priesterin einschlagen, doch Aenne hatte niemals einen Schritt in diese Richtung unternommen.

Aenne wuchs Seite an Seite mit ihrem eineinhalb Jahre jüngeren Bruder Caedes auf. Die zweite Frau des Reisenden Königs, eine phalanxische Handelsfrau, teilte das Schicksal der ersten, sie starb nach der Geburt an Kindbettfieber. Caedes unterschied sich von seinen Geschwistern, nicht einfach nur auf äußerliche Art und Weise – so wild wie sein widerspenstiges Haar, so wild verhielt er sich in seinen Spielen. Von Lernen und Bildung hielt er wenig, so sehr sich auch der ältere Bruder bemühte, ihm die Regeln höfischer Sitte beizubringen. Stattdessen fand er die Erfüllung in ähnlich fantastischen Spielen wie seine Schwester – nur jagte er Ungeheuer anstatt Blicke in die Zukunft.

Caedes hatte sein Interesse zum Beruf gemacht. Zielstrebig entfloh er jeglichem höfischen Zeremoniell und widmete sein Leben dem, worauf er sich am besten verstand – der Drachenjagd. Thymiane, Ezras Frau, hatte irgendwann einmal scherzhaft bemerkt, dass Caedes' berufliche Wahl wahrscheinlich darauf zurückzuführen sei, dass er sich nicht mit Drachen unterhalten musste. Vermutlich hatte sie irgendwie recht.

Aenne hatte im Gegensatz zu Caedes ihr Interesse für Okkultes nie zum Beruf gemacht. Manchmal fühlte sie sich wie ein kleines Boot, eine Nussschale, die im reißenden Fluss des Lebens mal hierhin, mal dorthin schwappte. Ziellos schipperte sie umher, ohne das Ende ihrer Reise zu kennen.

Dann fiel ihr das Herz im Glas in die Hände.

Aenne war niemals enthusiastisch darin gewesen, in tierischen Organen zu lesen. Caedes hatte ihr einmal ein Drachenherz geschenkt, das sie eiligst an den nächsten Tempel der Epena weiterverkauft hatte. Doch an diesem Tag, in diesem Laden, sah sie das besagte Herz im Glas im Licht der hereinfallenden Sonne stehen und kaufte es ohne Zögern. In ihrem Heim öffnete sie das Gefäß und entnahm dem Organ ein Stück Gewebe, das durch die zeremonielle Balsamierung weder an Farbe noch an Magie verloren hatte, und setzte damit einen einfachen Zauber an. Aenne war nicht zauberbegabt. Aber manche Magie war Gegenständen inne und konnte auch von Dilettanten angewendet werden.

Der Ausbruch an Magie hätte beinahe das Zimmer zerstört, in dem sich Aenne aufgehalten hatte.

Das Herz gehörte keinem einfachen Tier, keinem Schwein, keiner Ziege, keinem Steinbock, zu rituellen Zwecken geschlachtet. Es war ein Menschenherz. Ein Menschenherz, das Aenne in ihrem Rucksack bis nach Terra Talioni trug, um den Frevler zu stellen, der Menschen auf so götterlästerliche Art und Weise schlachtete und die Reisende Prinzessin so unfreiwillig zur Anwendung von Blutmagie getrieben hatte.

Aenne sah den Kauf dieses verbotenen, magischen Gegenstands als Zeichen der Götter, als einen Wink des Schicksals. Sie hatte niemals einen Beruf gefunden.

Nun besaß sie eine Berufung.

Da saß sie nun, bestimmt, den Schlächter des Herzens zu finden. Und als ein talionischer Soldat den Raum betrat, um sie ärgerlich durch das Tor in die Felsenstadt zu winken, wurde ihr zum ersten Mal bewusst, dass sie womöglich an einem Ort angekommen war, der weitaus mehr Gefahren barg, als all die anderen Wunderstädte, die sie in ihrem jungen Leben bereits besucht hatte.

Während sie an Caedes' Seite das Tor durchtrat, umringt von anderen Reisenden, hoffte sie auf ein Zeichen der Götter, dass sie auf dem richtigen Weg war.

Das Zeichen kam früher als erwartet.

II

Die Felsenstadt

Terra Talioni.

Links und rechts türmte sich der Stein, dazwischen, in den Berg geschlagen, harrte die Festungsstadt – tausende Gebäude und Straßen, die sich an Steinwände pressten und um Gipfel schlangen. Vor dem Stadttor harrten zwei steinerne Riesen, Spiegelbilder des jeweils anderen. Manche behaupteten, es habe sich um Felsentrolle gehandelt, bei Tageslicht zu Stein erstarrt; andere erzählten Fabeln, dass es die Abbilder der Riesen seien, die diese Stadt als Geschenk für ihren Herren erbaut hätten. Heute hielten die steinernen Statuen mit von Wind und Wetter abgestumpften Gesichtszügen die wehenden Flaggen des Stadtstaats Terra Talioni. Auf dem sich im Bergwind blähenden, burgunderroten Stoff prangte ein goldenes Auge. Das goldene Auge war das Wappen der Reges Numerabiles, der *Zählbaren Könige.* Gegenwärtiger Herr über Terra Talioni war Aegis Septimus, der *Siebtgeborene.*

Aennes Blick hing an den groben Gesichtern der Portalriesen, glitt über die Felswände und Gipfel, die in den Himmel spießten. Sie wollte gerade etwas sagen, als eine Stimme ihre Aufmerksamkeit auf sich zog – und sie stammte nicht von Caedes, der vor ihr den Schatten der gewaltigen Stadtmauer verlassen hatte, oder von sonst einem der Reisenden um sie herum, sondern kam von *über* ihr.

»Kehrst zurück, mein junger Freund,
hast in letzter Zeit gar viel versäumt …«

Ihr Blick glitt in die Höhe. Sie rammte erschrocken die Ferse in den Untergrund und hielt an. »Ezra!« Der ältere Bruder war in all seiner Unauffälligkeit, die er ab- und anzulegen pflegte wie einen Mantel, an ihr vorbeigeglitten. Sie packte ihn am Ärmel. »Da hängt ein Pferdekopf über dem Stadttor!«

Ezra folgte ihrem Blick. Über dem Tor, das sich wie ein grauer Halbkreis über sie hinwegstreckte, hing der breitnackige Schädel eines Rappen. An manchen Tagen bewegte er sich nicht, harrte still dort oben, als wüchse er aus dem Stein. An anderen Tagen hingegen, an Tagen wie dem heutigen, beugte er sein Haupt herab und beobachtete die Besucher Terra Talionis aus schwarzen Augen.

Das Pferdehaupt zwinkerte mit langen Wimpern und verfolgte die stolpernde Aenne mit einer Kopfbewegung. Sein Maul klappte auf.

»Es ist ein gutes Herz,
das du da bei dir trägst,
sieh zu,
dass du es in richtige Hände legst.«

Der Pferdekopf schüttelte eine Fliege davon.

Aennes Mund klappte auf. Einen Moment lang wirkte sie sprachlos. »W-wie bitte?«

Die Nüstern bebten, bliesen heiße Luft aus.

»Immer wart' ich,
warte immerzu,
dass sie wiederkommen,
er, sie und du.«

»Ezra«, flüsterte Aenne. »Der Pferdekopf spricht zu uns!«

»Er spricht über das Herz«, stieß Ezra zwischen zusammengebissenen Zähnen aus. »Wir sollten schleunigst von hier verschwinden!« Er schnappte nach Aennes Hand, die sich noch immer an seinen Ärmel klammerte.

»Vielleicht … spricht er nur in Metaphern?«

»Von magischen Dingen wie diesem hier sollte man nicht annehmen, dass sie irgendetwas metaphorisch meinen!«

»Kommt schon!« Caedes, der ein Stück vorausgegangen war, kehrte zurück, packte die Geschwister und zog sie voran. »Lasst euch nicht von der alten Schindmähre aufhalten, die kaut einem doch nur das Ohr ab!«

»*Du schon wieder*«, sprach das Pferd.

»*Schleichst rein,*
schleichst raus,
kommst und gehst,
als wär's dein Haus.«

»Beehre doch die talionische Stadtgarde mit deinen philosophischen Überlegungen und halte nicht ständig hart arbeitendes Volk auf!«

Irrte sich Aenne, oder verzog der Pferdekopf das lange Gebiss zu einem Lächeln? Unmöglich!

»*Ich sehe,*
du hast mich sehr vermisst –
kommst doch zurück,
wenn du betrunken bist.

Einmal schnippen – bringt den Wein!
Zweimal schnippen – lasst es sein!«

Caedes stieß nur ein abfälliges Geräusch aus, schob Aenne und Ezra vor sich her und ließ den Pferdeschädel über dem Tor sein, wo er war. Die beiden Geschwister taumelten hinterher, direkt in die schmalen Straßen Terra Talionis.

Aenne folgte Caedes, wich einem daherrumpelnden Wagen aus und durchtauchte eine Gruppe rotgewandeter kafriter Priester. Als sie sich in der Robe einer Priesterin verfing, stieß sie einen Schwall Entschuldigungsfloskeln aus und holte so ihren Bruder ein. »W-was war dieses Pferd?«.

»Ein alter Ackergaul einer talionischen Prinzessin, dem jemand vor Jahrhunderten den Schädel abgeschlagen und über das Stadttor gehängt hat. Ich frage mich allerdings, wer hier bestraft werden sollte – das Vieh kaut jedem das Ohr ab, der die Stadt betritt oder wieder verlässt!«

»Der Pferdekopf hat davon gewusst!« Aenne wich einem Mann aus, der einen gewaltigen Käselaib auf der Schulter trug. »Hast du gehört? Er weiß von dem Herzen!«

»Noch ein Grund mehr, sich von dem Vieh fernzuhalten!«

»... und das, was er zu dir sagte? Was meinte er damit?« Ezra tauchte auf der anderen Seite auf, ein schlanker Schatten, der es nicht nur schaffte, geschickt einer vorbeispazierenden Dame auszuweichen, sondern der ihr im gleichen Atemzug auch noch einen höflichen Gruß teilwerden ließ. Die Straße füllte sich zunehmend, zahlreiche Talionier hatten sich in der nächtlichen Stimmung auf den Nachhauseweg gemacht.

Caedes ignorierte die Frage gekonnt.

»Caedes!«, wiederholte Ezra. »Wovon sprach der Pferdekopf?«

Der jüngste Bruder stieß ein abfälliges Geräusch aus. »Ich war betrunken und gelangweilt und er der einzige Gesprächspartner in unmittelbarer Reichweite! Das Vieh wird es mir ewig vorhalten!«

Ezra stieß ein Lachen aus, das erstarb, als er seinen Geschwistern entrissen wurde. Im Tumult verschwand er hinter einer Mauer aus Heimkehrenden und wurde eine Brücke hinaufgedrängt, die sich über eine Schlucht spannte. Laternenkinder quetschten sich an ihm vorbei, kletterten auf die Brüstung und entzündeten mit langen Stangen die Öllampen, die an den Brückenrändern hingen. Die Menschen rempelten links und rechts, doch keines der Kinder schien sich zu ängstigen, von einem unbedachten Ellbogenstoß in die Tiefe befördert zu werden.

Der besagte Ellenbogen, den Ezra gefürchtet hatte, rammte stattdessen ihn in die Seite. Ihm entfuhr ein überraschter Aufschrei, die Brückenbalustrade schlug ihm in den Magen. Sie raubte ihm den Atem und zwang ihn, einen kurzen Blick in die Tiefe zu werfen. Unter den Brücken, von Schlucht zu Schlucht gespannt, schwebten hunderte Lichter wie zart schaukelnde Glühwürmchen in orangefarbenen, violetten und blauen Farbtönen. Nur Rot gab es keines – rote Laternen fand man ausschließlich in den Türen der Armenviertel, hinter denen sich die Frauen verkauften.

Ezra kam nicht dazu, länger das Stillleben zu betrachten, denn er wurde unbarmherzig vorangeschoben. Weit vor ihm sah er Caedes' Kopf zwischen anderen auftauchen. Er versuchte sich in die Richtung des Bruders zu kämpfen, doch die Menschen um ihn herum rangen ebenso entschieden um ihr Fleckchen Raum und gaben keine Elle nach.

Erst am Ende der Straße gelang es ihm, seine Geschwister einzuholen. Caedes und Aenne warteten reglos am Rand der Brücke, wie ein Felsen von Menschen umströmt. Als der ältere Bruder vorbeigespült wurde, fischte Caedes ihn aus dem Fluss aus Reisenden. »Sieh zu, dass du nicht ständig verschwindest«, schnarrte er.

Ezra stieß ein belustigtes Lachen aus – als ob er sich das aussuchen könnte! Er fragte sich, seit wann Caedes auf *ihn* achtgab, und nicht länger er auf Caedes. Die Zeiten hatten sich geändert, sein Bruder war nicht länger ein Kind. Allzu oft tendierte er dazu, das zu vergessen.

Caedes' großgewachsene Gestalt grub eine stetige Schneise in die Menge und führte die Geschwister zielstrebig zu einer Herberge namens *Felsensparte*. Das Gebäude war direkt in den Felsen geschlagen worden, besaß ausladende Fenster mit dichten, roten Blumentöpfen, sowie ein vorspringendes Holzschindeldach. Über einen Holzblock stiegen die Geschwister zur Eingangstüre empor und tauchten in das ruhigere Innere des Gasthofs.

Aenne stand am Fenster der Felsensparte und lugte durch das trübe Glas auf die belebte Straße, über die sich das dunkle Blau der Nacht legte. »Ich möchte die Purpurnen Märkte sehen«, flüsterte sie. Die meisten Geschäfte hatten um diese Uhrzeit schon geschlossen, doch gerade die Purpurnen Märkte boten auch des Nachts interessante Unterhaltung.

Holz knarrte, als jemand die Treppe hinabgestiegen kam. »Das wird wohl heute nichts mehr.« Die Frau, die gesprochen hatte, war füllig, rotbackig und dabei überaus attraktiv – eine der gelockten, weichen Verführungen, die Terra Talioni zu bieten hatte. »Die Straßen zum Purpurnen Markt wurden heute Nachmittag gesperrt. Vor morgen Früh braucht Ihr es also gar nicht erst versuchen.«

Aennes Augenbrauen wölbten sich enttäuscht. »Warum?«

Die Frau zuckte mit den Schultern. »Etwas treibt sich dort wohl schon wieder herum. Fragt nicht, was – das interessiert hier schon seit langem keinen mehr!«

Terra Talioni war eine seltsame Stadt mit einem überaus eigenwilligen Naturell. Groß genug, um als Stadtstaat regiert zu werden, lag sie inmitten des Gebirges *der Welle,* bot kaum ein Fleckchen ebenen Grund, konnte sich unmöglich autark versorgen – und wurde trotzdem von einer schier unglaublichen Menschenmasse als Lebensraum auserkoren.

Die Gelehrten, die in der Bibliothek der Ominösen Dinge studierten, behaupteten, es wäre die Magie, die Menschen wie seltsame Kreaturen gleichermaßen anzog. Und tatsächlich wusste jeder Bewohner eine seltsame Begebenheit zu erzählen, die ihm in dieser Stadt bereits widerfahren war. Die Magie, die hier pulsierte, war wild und dunkel – und schien auf ihre Art und Weise Reisende anzuziehen und zu verführen, sodass sie für immer blieben.

Die Menschen kamen, die Ungeheuer kamen und gingen meist wieder. Das Auftreten etwaiger ungewöhnlicher Ereignisse besaß seine eigene Eintönigkeit, von der auch die Wirtin gelangweilt schien.

Aenne setzte einen Schritt nach vorne. »Ich muss auf die Märkte«, beharrte sie. »Es ist wichtig. Gibt es nicht irgendeine Möglichkeit …?«

Jemand packte sie am Arm, sanft, aber bestimmt. Caedes zog sie an sich. »Die Märkte sind abgeriegelt«, brummte er. »Vermeide es, gleich am ersten Tag für Aufruhr zu sorgen. Warte zumindest bis zum zweiten.«

»Aber …!«

Er schüttelte unmerklich den Kopf.

Das Herz im Glas lastete schwer auf ihren Schultern. Das eigene Herz flatterte aufgeregt bei dem Gedanken an die purpurfarbenen Leinendächer, die die Geheimnisse dieser Stadt verdeckten. »Es gibt nichts, was ich in dieser Stadt sonst zu tun hätte!«

Er schenkte ihr ein sachtes Lächeln. »Dann finde dir eine Beschäftigung. Essen. Trinken. Lesen. Terra Talioni bietet viele Dinge, die einer Frau mit deinen Interessen gefallen könnten.«

Sie grübelte. »… die Bibliothek. Ich würde gerne die Bibliothek der Ominösen Dinge besuchen.«

Caedes nickte. »Tu das«, brummte er und wandte sich damit an die Hausbesitzerin. »Wir brauchen Zimmer. Ich suche nach Wagenleuten und Trägern und breche anschließend wieder auf – wenn möglich morgen, ansonsten übermorgen. Meine Begleiter haben vor, länger zu bleiben.«

Die Gastgeberin musterte Caedes, ihre Augen glitten über das von der Sonne verdunkelte Gesicht, über die dunkelbraunen Augen und das ungeordnete Haar. Ihr schien zu gefallen, was sie sah. Sie nickte langsam. »Ihr solltet es im *Nachtfalken* versuchen. Dort finden sich immer irgendwelche Dummköpfe, die sich für wenig Geld Leuten wie Euch anschließen.«

»Leuten wie mir?«

Ein kaum merkliches Lächeln bog ihre Mundwinkel zurecht. »Nichts für ungut – aber Jäger kennen wir hier reichlich, schließlich gibt es hier eine Menge zu erjagen. Vier Rhonen pro Nacht. Falls Ihr länger bleiben wollt, muss ich es einen Tag im Voraus wissen. Ich schließe die Türen mitternachts.« Ihre Augen folgten seinen Bewegungen. »Der Nachtfalke liegt vier Straßen von hier Richtung Tempel der Epena. Sagt Ollaster, Ellie schickt Euch.«

Sie verstauten ihre Sachen in ihrem Zimmer.

Aenne entpackte das Herz im Glas und schob es tief unter die Ecke ihres Bettes, sodass es nicht gestohlen werden konnte. Dort unten im spinnwebenüberzogenen Schatten würde es hoffentlich sicherer sein als in ihrem Rucksack, wo ein flinker Finger es rasch entwenden konnte. Sie legte eine Reihe von Knochenrunen darum, die Buchstaben bildeten das Wort *Erasta*, verstoßener Sohn der Rache- und Kriegsgottheit Hollers, auch *Schildgott* oder *Gott der Abwehr* genannt. Erasta rebellierte gegen seinen Vater, indem er den Menschen Schutz bot, über die Holler Krieg gebracht hatte. Sein Vater verstieß ihn daraufhin, doch die Menschen blieben Erasta treu und baten ihn bis heute um Unterstützung, genau wie Aenne, die die Runen küsste und fein säuberlich aufreihte.

Caedes beobachtete sie dabei skeptisch. Er war nicht sonderlich gläubig, seine Kommunikation mit den Göttern beschränkte sich auf etwaige zornige Ausrufe und hie und da eine Spende an die Göttin der Jagd, ohne dass er so recht an eine übersinnliche Führung glauben konnte.

Ezra befand sich glaubenstechnisch zwischen den Geschwistern. Nachdem sie zwei Mütter durch Kindbettfieber verloren hatten, glaubte er fest an einen göttlichen Segen, der seine Frau Thymiane bei der Geburt der eigenen Töchter geschützt hatte. Sobald er sich für mehrere Tage an irgendeinem Ort niederließ, wie hier in diesem Zimmer der Felsensparte, kramte er eine kleine Statuette der Lebensgöttin Gäga aus dem Gepäck und platzierte sie als kleinen Hausaltar am Fensterbrett. Er murmelte ein knappes Gebet und starrte zum Fenster hinaus, über die seltsame Häuserlandschaft hinweg, die sich so abwegig an und in den Fels schmiegte. »Morgen werden wir den Markt besuchen«, bemerkte er. »Aenne kann herausfinden, wer in dieser Stadt zu rituellen Zwecken schlachtet. Ich muss die Arznei für Thymiane besorgen.« Er drehte sich um, die Finger in einer überlegenden Geste ans Kinn gelegt, die Stirn in Falten. Thymiane hatte die Geburt ihres zweiten Kindes zwar überstanden, doch sie war noch immer nicht richtig genesen. Nicht ganz uneigennützig hatte er sich an Aennes Seite hierher begeben, um auf den Märkten ein Heilmittel zu erwerben.

Und Caedes? Caedes stellte einem Drachen nach, der in der Nähe von Terra Talioni die Händler von den Straßen fischte. Er schnallte das Schwert aus nachtelfischem Stahl ab und legte es auf das Bett, schälte sich aus der Lederrüstung und aus der feuerfesten Drachenhaut, die er darunter trug. »Ihr könnt den Abend verbringen, wie ihr es für richtig haltet. Ich für meinen Teil werde mir ein Bad genehmigen.«

Aenne, die den Runenring beendet hatte, setzte sich auf den Bettrand. »Das hast du auch dringend nötig, wenn du mich fragst.«

Caedes hörte ihren spitzen Kommentar nicht mehr, das Hemd über den Ohren verließ er bereits das Zimmer. Auf seinem Rücken waren ein paar neuere Narben zu sehen, die sich rosig von der alten Haut abhoben. Aenne seufzte. Zumindest waren sie gut verheilt.

Ezra nickte seiner Schwester zu. »Wir könnten etwas trinken gehen.«

Sie schüttelte sacht den Kopf. »Ich habe etwas Besseres vor.«

Ein zweifelnder Blick. »Und zwar?«

»Wir gehen in die Bibliothek.«

Ezras Mundwinkel kippten Richtung Boden.

III

Die Bibliothek der Ominösen Dinge

Die Stimme der Archivarin verschmolz mit dem Rascheln von Buchseiten. »Diese Nischen werden zum privaten Studium und als Lehrräume genutzt. Geschlossene Türen bedeuten, die Lese-Nischen sind bereits in Verwendung – stört die Gelehrten nicht bei ihren Studien.« Mit kleinen Schritten trippelte sie an den gedrungenen Türen vorbei, die hinter Kreuzrippengewölben in der Wand verschwanden. Aenne folgte der Bibliothekarin, warf einen Blick über die Schulter, doch Ezra war nirgends zu sehen. Sie seufzte innerlich. Normalerweise war es Caedes, der sich elegant aus dem Staub zu machen pflegte, doch manchmal besaß auch Ezra die unheimliche Eigenschaft, einfach von einem Moment auf den anderen zu verschwinden.

Aenne folgte ihrer Vorderfrau und trat dabei unter dem Kreuzgang hervor. Steinerne Balustraden legten sich an die Mauern, Stockwerk um Stockwerk. Die Wände der Laubengänge waren von unten bis oben mit Büchern, Pergamentrollen und gilebretischen Palmblattbüchern vollgestopft, sodass es wirkte, als wäre die Bibliothek mit einer zusammengeflickten, braunfleckigen Haut ausgekleidet.

Aenne stieß die Luft aus. »Wie soll ich mich hier bloß zurechtfinden?«

Mit weichen Pantoffeln glitt die Bibliothekarin voran. »Unsere Gelehrten sind auf die verschiedensten Bereiche aurorischer und gilebretischer Geschichte spezialisiert. Sie kennen den Aufbau der Bibliothek und wissen über die Literatur ihres Lehrbereichs Bescheid. Welche Thematik weckt Euer Interesse?«

Aenne biss unsicher die Zähne zusammen. Suchend blickte sie sich um, doch Ezra war nirgends zu sehen. Ein lautloses Seufzen entfloh ihren

Lippen. So war das mit Brüdern – man brauchte ihre Hilfe, stattdessen betrank sich der eine irgendwo in einer Schenke und der andere vermutlich zwischen uralten Folianten. »Ich suche …« Sie zögerte. »Blutmagie. Ich suche Literatur über Blutmagie.«

Die Archivarin hielt an. Sie glotzte wie ein verdutzter Rostwaldischer Karpfen. »Das ist verboten«, nuschelte sie. »… verbotenes Wissen!«

»I-ich habe nicht vor, Blutmagie zu erlernen«, beeilte sich Aenne zu sagen. »Mich interessiert«, sie leckte sich über die Lippen, »der Krieg in Gilebret. Die obersten Kasten der Heißen Länder kämpfen gegen das Dschungelvolk von Nodhal, da dieses seiner Blutgöttin Kaneph Menschenopfer darbringt. Ich möchte mehr über die Hintergründe dieses Konflikts erfahren.«

Die Archivarin musterte ihr Gegenüber von Kopf bis Fuß.

Na wunderbar, dachte Aenne, Caedes hatte sie gebeten, am ersten Tag keine Aufmerksamkeit auf sich zu ziehen, das war ihr ja prima gelungen.

»Geschichtliches Wissen also?«, hakte die Archivarin nach.

Aenne zuckte mit den Schultern. Was blieb ihr anderes übrig? Am Schafott wollte sie schließlich nicht enden. »Ja.«

Die Bibliothekarin kratzte sich die Nase. »Wir haben einen gilebretischen Gelehrten hier«, bemerkte sie. »Adalgis Rohoy-Perporri stammt aus einer phalanxischen Handelsfamilie. Wenn jemand über den Krieg seiner Heimat Bescheid weiß, dann er.«

Aenne konnte gerade noch ein Seufzen unterdrücken. Ein abgehalfterter Historiker, der sie stundenlang über die Geschichte der Heißen Länder belehrte – das hatte ihr gerade noch gefehlt.

Welch ein seltsamer Ort. Die Leute bewegten sich wie wispernde Schatten zwischen den Säulen, Regalreihen und Gängen. Fast schien es Aenne, als wären die Menschen selbst zu den ominösen Schatten geworden, die sie hier studierten.

Aenne lief an Leseplätzen vorbei, an denen Männer und Frauen vor Öllampen saßen, tief über ihre Pergamente gebeugt. Die Archivarin hob die Laterne höher, die Finsternis wich vor ihr zurück, sie schlich auf Samtpfoten weiter. »Wartet hier«, befahl sie. »Ich werde sehen, ob Perporri Zeit hat.« Die Lampe schunkelte von dannen und verschwand am Ende des Ganges.

Aenne stand und wartete. Ihr Blick glitt durch die Düsternis, über die hohen Bögen und Pfeiler. Tiere wuchsen aus dem Stein der Bibliothek, reckten seltsam geformte Schnäbel, Schnauzen und Mäuler hervor, starrten aus grauen Augen in die Tiefe wie Wasserspeier, die niemals Regen sehen würden.

Fröstelnd schlang Aenne die Arme übereinander. Wo blieb nur diese seltsame Archivarin? Langsam hatte sie wirklich keine Lust, noch länger …

Sie trat einen Schritt zurück und prallte gegen etwas. Ein Aufschrei, der nicht von ihr stammte. Aenne fuhr herum, eine Flüssigkeit durchtränkte ihre Bluse. Ihre Finger fuhren heran und betasteten das Gewebe, ihre Hände färbten sich schwarz.

Erschrocken riss Aenne den Kopf in die Höhe. Vor ihr stand eine Frau, soweit konnte sie es im dämmrigen Licht ausmachen, die Arme in einer schockierten Geste von sich gestreckt. Schwarz fiel ihr das Haar ins Gesicht. Über die Vorderseite ihres Kleides breitete sich ein dunkler Fleck aus.

Die Frau rührte sich nicht.

Einen Augenblick lang glaubte Aenne, die Fremde wäre verletzt. Sie führte die eigenen Hände ans Gesicht heran und schnupperte vorsichtig.

Der eigenartige Geruch von Eisengallustinte stieg ihr in die Nase. Kein Blut. »Verzeiht«, murmelte sie und setzte einen Schritt auf die Fremde zu. »Ich habe nicht …«

»Seid … Ihr … des … Wahnsinns?«, presste die andere hervor. Ein Ruck, das Kinn gehoben. Weit aufgerissene Augen, deren Farbe in der Düsternis der Bibliothek verblasste. Die Pupillen, wie schwarze Monde aufgegangen, zitterten.

»Ich …«

»Das ist Talanidische Seide!« Die Stimme schlug harsch durch die Bibliothek und wurde von den Wänden zurückgeworfen. Irgendwo erstarrten Lichter, deren Träger sich neugierig umdrehten. »Echte Talanidische Seide!«

»Ich …«

»Ihr habt dieses Kleid ruiniert!«

»Ich bin wirklich untröstlich, aber …«

Die Frau schien nicht an Entschuldigungen interessiert zu sein. Sie stieß einen gequälten Laut aus, presste die Augen zusammen und klatschte die Hände ins Gesicht. Als das Tintenabdrücke hinterließ, erklang ein Jammern in einer Sprache, die Aenne bis auf die letzten beiden Worte nicht verstand. »… Talanidische Seide!«

Nun gut, dachte Aenne, Talanidische Seide war wirklich nichts, das man an der nächsten Straßenecke erwerben konnte, und ja, Talanis lag ein Leben von hier entfernt – aber jemand, der sich ein solches Kleid hatte leisten können, konnte sich vermutlich auch ein weiteres leisten.

Aenne stieß ein Schnauben aus. »Ich zahle Euch das Kleid, das ist nun wirklich nicht …!«

»Ich will kein neues Kleid!«, bellte die Frau. »Ich brauche dieses hier! Sauber! Sofort!«

Der beißende Ton verschlug Aenne die Sprache. Sie presste die Lippen zusammen, verschränkte die Arme vor der Brust und schenkte der Frau einen arroganten Blick. »Ich kaufe Euch einen ganzen Raum voll Kleider, wenn der Verlust dieses einen Euch derart aus der Fassung bringt!«

Die Fremde starrte sie an, rührte sich nicht. Hinter ihr schaukelte ein Licht den Gang entlang. Pantoffeln schleiften über den Fußboden. »Perporri hier, ich habe gehört, jemand will …« Die Stimme verstummte, als der Lichtkreis der Laterne die beiden Frauen berührte. Die Linien des fremden Frauengesichts verblassten zur Unkenntlichkeit.

»Herrin?« Ein älterer Herr mit weißem Haar und gebeugter Gestalt streckte die Lampe in die Höhe. Hinter ihm spähte die Archivarin hervor. »Ihr seid noch nicht gegangen?« Die Frau wandte sich dem Gelehrten und der Bibliothekarin zu und offenbarte somit ihren Zustand. Die Augen des Alten weiteten sich ein Stück. »Oh, Herrin! Was ist geschehen?« Er kämpfte sich einen Schritt vor und fasste sie am Handgelenk. »Schnell, schnell! Wir brauchen Wasser und Seife, sonst werden wir diese Sauerei nie wieder los …!« Er zog sie hinter sich her, seine Kollegin folgte trippelnd. Die Fremde folgte widerstandslos, ohne Aenne weiter zu beachten, und verschwand mit ihnen am Ende des Ganges.

Als die Dunkelheit Aenne umschloss, schien es, als hätte es die drei komischen Vögel nie gegeben – als Beweis blieb bloß die Tinte an ihren Händen zurück.

Aenne fand Ezra auf den Stufen der Bibliothek wieder.

»Bibliotheken«, murrte er, während er mit einer Kerze die von Regenschauern erloschenen anderen entzündete. »Tempel der Weisheit nennen sie diesen Ort – warum war dann niemand so weise, sich diese Stufen zu ersparen?« Die Kerzen bildeten mit getrockneten Blumen und bemalten Steinen kleine Opfergaben, Huldigungen an Helior, den Gott der Erkenntnis, und Panumae, der zwielichtigen Göttin des okkulten Wissens, Schutzpatronen der Bibliothek. Als Ezra geendet hatte, war er ein paar Münzen in eine Opferschale. Schwerfällig erhob er sich und nickte Aenne zu. »Irgendetwas Nützliches gefunden?«

»Ich habe noch nicht einmal angefangen zu suchen.« Sie nickte hin zur Opferschale. »Wem hast du geopfert?«

Er wies zu den Säulen empor, Plastiken der Götter, die die Arme wie einen schützenden Schirm über ihnen ausstreckten und damit das Dach in die Höhe stemmten. »Zu Helior. Ich dachte, jetzt, wo wir auf der Suche nach Antworten sind, kann es nicht schaden, den Gott der Erkenntnis um Unterstützung zu bitten.«

Auf dem Weg zurück zur Felsensparte beobachteten die Geschwister die bunten Lampions, die über den Schluchten schaukelten. Auf den Straßen war es ruhig geworden, hie und da spazierten Menschen durch die Nacht, gedämpfte Unterhaltungen raunten durch die Gassen.

»Keine Bücher über Menschenherzen oder Blutmagie? Wundert mich nicht.« Sie passierten einen Stand, der nach Äpfeln und Zimt roch. Ezra schielte neugierig hinüber und blieb stehen. »Es gibt eine Menge verbotener Abteilungen, die nur von Angestellten betreten werden dürfen. Bestimmtes Wissen darf nicht in falsche Hände geraten.« Er kaufte zwei Stück Bratäpfel am Spieß, reichte einen davon Aenne, und sie spazierten kauend weiter.

»In die verbotenen Abteilungen kam ich nicht. Ich rannte in eine Frau, überschüttete sie mit Tinte und … oh, was rede ich, sie rannte in *mich* und *ihre* Tinte war es auch noch!« Aenne stemmte den Arm in die Hüfte. »Ich weiß gar nicht, warum ich mich überhaupt entschuldigt habe!«

Ezra hob die Augenbraue. »Nichts, was ein gutes Stück Seife nicht retten könnte, oder etwa nicht?«

»Das meinte ich auch. Aber du hättest sie sehen sollen – all die Tinte, Tränen und Toberei …!« Aennes Finger fuhren über die Bluse und hinterließen graue Tapser. Sie würde heißes Wasser brauchen, um die Sauerei loszuwerden. »Eindeutig von talionischem Adel, die Dame.«

Ezra hielt im Kauen inne. »Wie kommst du darauf?«

»Die talionische Aristokratie kennt doch keine Grenzen, wenn es darum geht, sich vom gemeinen Pöbel zu unterscheiden. Sie schreit lauter, gibt mehr Geld aus, kleidet sich umständlicher, bemalt sich kunstvoller – rötere Lippen, weißere Haut, schwärzeres Haar …!«

»Schwarz?«, hustete er. »Schwarz inwiefern?«

Sie zuckte mit den Schultern. »Schwarz eben. Schwarz wie die Kolkraben, die in den Bergen herumfliegen.«

Der Bruder verstummte.

Das machte Aenne misstrauisch. »Wieso fragst du?«

»Vielleicht ist es nur ein dummer Zufall, aber … bist du jemals einem Mitglied des talionischen Königshauses begegnet?«

Sie schüttelte den Kopf.

»Als Thymiane mit unserer Tochter Xersi in Tradea kindsesshaft geworden war, bliebst du bei ihr. Vater und ich aber brachen zu einem Treffen der südöstlichen Königreiche auf. König Aegis Septimus von Terra Talioni wohnte ebenfalls dem Treffen bei, er brachte seine Cousine mit sich, eine Frau von großem Einfluss. Ihr Name ist Uma Octavia.«

»Und …?«

»Nun …« Ezra schob den Kopf nach links und rechts, als müsse er sorgfältig überlegen. »Die Reges Numerabiles, so heißt es und so habe ich es erlebt, zeichnen sich äußerlich vor allem durch ihr außergewöhnlich schwarzes Haar aus. Es ist ein Merkmal der gesamten Familie.«

Aenne fiel das Gesicht ein. »Du meinst …?«

Ezra zuckte mit den Schultern und verschlang das letzte Stück Apfel. »Ach«, rief er leichthin, doch Aenne sah ihm an, dass ihm so leicht ums Herz nicht wahr. »Sicherlich ein Zufall! Uma Octavia schien mir nie wie eine Frau, die öffentliche Bibliotheken zu besuchen pflegt!« Er lachte den Gedanken davon.

»Ich muss mir das Epenaische Kartenorakel legen«, flüsterte sie. »So schnell wie möglich.« Sie eilte Ezra hinterher, der weit ausschweifenden Schrittes vorausgewandert war.

IV

Die Purpurnen Märkte

Als Aenne die Augen aufschlug, glaubte sie sich einen Moment lang in Tradea.

Als Kind des Reisenden Königs gewöhnte man sich selten daran, im selben Bett zwei Mal zu erwachen. Nachdem Aenne nun aber viel Zeit in Tradea verbracht hatte, war dieser Ort zu etwas geworden, das einem Zuhause erschreckend nahe kam.

Es war der Lärm der Straße, der sie eines Besseren belehrte. Müde rieb sie sich die Augen und kämpfte sich von der Liegestätte. Erst nach und nach bemerkte sie den eigentlichen Grund für ihr Erwachen – nämlich ein energisches Klopfen. »Aenne!« Ezra trommelte gegen die Türe. »Die Straßen sind frei! Lass uns zu den Märkten gehen und nicht den ganzen Tag verschwenden!«

»Moment!« Sie stieg über die Karten hinweg, die auf dem Fußboden verstreut lagen. Die halbe Nacht hatte sie damit verbracht, das Epenaische Kartenorakel zu legen, ohne dass die Bilder Sinn ergeben hätten – es sei denn, einer ihrer Brüder entschiede sich in naher Zukunft dazu, mit dem Herz im Glas eine amouröse Liebschaft einzugehen. Manchmal, so musste sie sich eingestehen, ergab auch das bestgelegte Kartenorakel keinen Sinn.

Ezra brachte einen Krug Wasser, sie wusch sich, schlüpfte in ein frisches Hemd und kämpfte sich in die Stiefel. Als sie sich nach dem zweiten Schuh bückte, fiel ihr Blick unters Bett.

Das verhüllte Herz wartete unberührt in der Ecke, umsäumt vom Runenring. Sie ließ es stehen, wo es war.

In den Gassen drängten sich die Menschen. Ezra erzählte, dass Caedes die Herberge früh verlassen hätte, um einen Wagenlenker für die Expedition in die Weiße Schlucht anzuheuern.

Es war nicht schwer, den Weg zu den Purpurnen Märkten zu finden – einmal im Strom aus Menschen angelangt, musste man sich einfach treiben lassen. So flossen die Geschwister mit der Menschenmasse die Straßen und Brücken hinab, tiefer und tiefer in die Schluchten hinein. Bei den Purpurnen Märkten handelte es sich um einen Ort, an dem sich alles sammelte – wie ein Regen schwemmte es die Bewohner aristokratischer Klippenvillen hinab, die Mittelschicht aus Kleinhändlern und Handwerkern, bis sie sich Seite an Seite mit den Armen und Kranken dieser Stadt wiederfanden.

Es dauerte nicht lange, da kamen die purpurnen Dächer in Sicht. Die Stoffbahnen spannten sich von Haus zu Haus und hoben und senkten sich schwerfällig im Wind. Geräusche drangen nur gedämpft darunter hervor. Ein wenig schien es Aenne, als würden die Leinendächer die Geheimnisse dieses Getümmels verdecken. Mit diesem Gedanken im Kopf trat sie unter das erste Purpurne Laken und tauchte hinein in eine unbekannte Welt.

Mit dem Marktlärm drängten exotische Gerüche auf die Straßen. Wie verführerische Finger schlängelten sie zwischen den Gebäuden hindurch und hakten sich an den Nasen potentieller Käufer fest, um sie in die Geschäfte zu ziehen. So lockten Rosenblüten, Lavendel und Seife, Honig, gebrannte Nüsse und edelste Schokolade – seit dem Krieg im Osten eine beinahe unbezahlbare Ware. Der Duft von Schafsmilch und Gewürzwein liebkoste Aennes Sinne ebenso wie der Geruch von frisch gemahlenem Kaffee. Nelken, Zimt und Pfeffer erinnerten an exotische Geschichten aus dem Osten, Meersalz, Fisch und Muscheln ließen in ihrem Kopf Bilder des tradeadischen Hafens aufkommen. Schlussendlich war es aber der Geruch von frischgebackenem Brot, der sie einfing und sie eine Bäckerei betreten ließ. Der Anblick des frischen Brotes und der süßen Himbeermarmelade ließ in ihrem Mund das Wasser zusammenlaufen.

Erst nachdem Aenne ihr Frühstück verschlungen hatte, gelang es ihr, sich gegen die verführerische Macht der Düfte zu wehren. An Ezras Seite durchquerte sie den Markt, wanderte an Barbieren, Töpfern und Badern vorbei, an Färbern, Gerbern und Kürschnern, aus deren Häusern sauer der Geruch von Gerbmitteln stieg. Sie passierte Goldschmiede und Glasmacher, aus deren Fenstern feurige Hitze quoll, sowie Metzger, Seifensieder, Seiler und Weber.

Ein Zwitschern zog schließlich Aennes Aufmerksamkeit auf sich. Sie blieb stehen, um in das Dunkel eines Geschäfts zu spähen. Vor dem Fenster raschelten Vögel in ihren Käfigen. »Ezra«, rief sie den Bruder zurück.

Ezra drehte sich um. Über der Tür baumelte ein Schild. Das Bild zeigte eine einzelne, schwarze Tollkirsche auf einem langen Stiel, Rauschmittel, Heilmittel und Gift zugleich, je nachdem, in welcher Dosis es eingesetzt wurde. Von Priestern und Heilern gleichermaßen verwendet, bedeutete das Symbol, dass hier Heilmittel und Ritualbedarf vertrieben wurden.

»Vielleicht verkaufen sie Herzen«, flüsterte Aenne. Die Vögel sprangen im Käfig umher, sie waren als Opfergaben gedacht.

Ezra nickte. »Kann sein – und falls nicht, finden wir hier vielleicht die Zutaten für Thymianes Arznei.« Sie betraten das Gebäude.

Es roch nach scharfen Essenzen, die in gläsernen Gefäßen aufgereiht standen. Milchige Flüssigkeiten, vielfarbige Pulver und Salze ruhten in Schalen, Kräuter hingen zu dicken Sträußen gebunden in den Fenstern. Weiters wurden viele typische Ritualutensilien angeboten: Halbedelsteine, Opferschalen, Ritualmesser, Mörser und Stößel, Klangschalen, Knochenflöten, Götterstatuetten, Ritualtrachten und vieles mehr. Jede Familie in Terra Talioni, die etwas auf sich hielt, besaß einen Hausaltar, den sie mit derlei Gegenständen ausschmückte, die Nachfrage war daher groß.

In der Ecke flatterten die Vögel. Rotkehlchen wurden vor allem der Feuergottheit Kafrit geopfert, Sperlinge der Herd- und Heimgottheit Senta. Größere Vögel wie Krähen, Dohlen und Eichelhäher wurden oft ausgenommen, um aus ihren Innereien zu lesen.

Aenne trat auf einen der Drahtkäfige zu und musterte einen Eichelhäher. Aus kleinen Augen starrte er sie an, das braune Gefieder aufgeplustert, der blaue Streifen an seiner Seite schillerte. Sie konnte sehen, wie das Herz unter dem Federflaum schlug, so schnell, dass das bloße Auge es kaum fassen konnte.

Ezra trat an den Tresen heran. Ein älterer Herr, der, dem Türschild nach zu urteilen, wohl Steffen war, seines Zeichens Apotheker und Besitzer dieses Ladens. Er füllte gerade ein gelbliches, nach Schwefel riechendes Pulver in Fläschchen.

»Travis sei mit Euch«, grüßte Ezra im Jargon der Reisenden. »Ich bin auf der Suche nach einer Arznei.«

Der Mann reagierte vorerst gar nicht, sondern ließ sich erst dazu herab, den Blick zu heben, als er das letzte Fläschchen sorgsam befüllt hatte. Ezra nahm es ihm nicht übel – Dinge wie diese waren es, welche die großen Städte von den kleinen Dörfern unterschieden, die sich am Land zerstreuten. Man gewöhnte sich daran. »Was sucht Ihr?«

Ezra griff in die Manteltasche und schob dem Apotheker das Rezept entgegen. Dieser studierte es eine Weile und massierte sich dabei den weißen Haarkranz, der seine Glatze wie ein Hufeisen einrahmte. »... Liebstöckel, Frauenmantel, Arnika, Blutweiderich, Waldlilie ...« Der Apotheker spazierte durch den Laden und fischte entsprechende Gefäße aus den Regalen, reihte sie auf der Theke auf. Die Vögel in den Käfigen raschelten nervös. Sie ahnten vermutlich, dass der Moment, in dem der Apotheker die Drahttüre öffnen würde, für einen von ihnen das Ende bedeutete.

»Um die Wirkung der Arznei zu verstärken, empfehle ich fein gemahlene Drachenklauen. Die potenzieren den heilenden Effekt um beinahe das Dreifache.«

Ezra strich sich über die Stirn. »Wie viel würde das kosten?«

Der Apotheker bemaß Ezra mit einem knappen Seitenblick. »Ihr könnt es Euch leisten.« Die Talionier besaßen ein gutes Auge, was potentielle Kunden anbelangte. »Einen halben Dragoner vielleicht«, fuhr der Apotheker fort. »Allerdings gibt es gerade einen eklatanten Engpass, was diese Substanz betrifft. Die letzten zwei erjagten Drachen, die ihren Weg nach Terra Talioni gefunden haben, wurden von König Aegis Septimus aufgekauft. Einer ziert ausgestopft den Thronsaal, den anderen nahm er als Brautgeschenk mit nach Badhre. Vielleicht findet Ihr am Markt noch jemanden, der Drachenknochen besitzt, vielleicht auch ein paar Schuppen, aber ich zweifle daran, dass es noch Klauen oder Zähne gibt – nicht, nachdem alle Vorräte zur Eindämmung der Silvatischen Pest beschlagnahmt wurden.«

Ezra warf Aenne einen fragenden Blick zu. »Haben wir ...?«, murmelte er und meinte insgeheim: *... noch Drachenklauen im Banktresor von Tradea?«*

Aenne verstand und schüttelte den Kopf. »Ich glaube nicht«, erwiderte sie verhalten. »Schädel, Zähne, ein Herz ... aber keine Klauen.« Caedes hatte nie eine besondere Vorliebe für die verhornten Krallen der Tiere besessen, er behielt nur die wertvollsten Teile.

Ezra wandte sich an den Apotheker. »Wenn ich Drachenkralle besorgen kann, könnt Ihr sie verarbeiten?«

Ein musternder Blick. »Natürlich. Ich würde Euch sogar mehr davon abkaufen.« Der Apotheker griff unter den Tisch und zog ein rotes Tintenfass hervor, um ein Glas zu beschriften. »Ich bereite währenddessen die Arznei vor. Sie anzusetzen kann eine Zeit dauern. Ein, zwei Wochen, und ihr könnt Sie Euch abholen – vorausgesetzt, Ihr besorgt mir rechtzeitig die Klauen.« Er schob ein paar Flaschen zurecht, in denen fertige Tinkturen schwappten.

»Verzeiht«, warf Aenne ein, die einen eiligen Schritt vorsetzte. »Vielleicht könnt Ihr *mir* weiterhelfen – in Tradea besuchte ich Aureas Geschäft für Wahrsagerei und erwarb dort präparierte Organe. Man sagte mir, sie stammten aus Terra Talioni. Ich möchte gerne mehr davon kaufen – könnten sie von Euch stammen?«

Der Apotheker schüttelte den Kopf. »Ich verkaufe nur Opfervögel. Eingelegtes gibt es bei mir nur für medizinische Zwecke. Abgesehen davon bediene ich bloß Privatkunden, keine Großhändler, die nach Tradea weiterverkaufen. Ich kann meine Vögel jedoch wärmstens empfehlen – gerade sind ein paar Dohlen hereingekommen, frisch aus den Bergen gefangen …«

Aenne schüttelte rasch den Kopf. »Nein. … Nein, ich suche mehr nach Herz, Leber und Nieren größerer Säugetiere.«

Ein breites Lächeln. »Für die Gäste nur das Beste, wie? Wenn Ihr Organe kaufen wollt, dann geht zu Ladina am Farnweg, sie handelt mit Seherei-Bedarf, oder zu Urkel am Sandplatz. Er verkauft exotische Tiere und jede Menge eingelegtes Zeug. Wenn ich mich nicht irre, sind auch immer wieder ein paar Herzen dabei – zuletzt sogar von einem Krokodil, direkt aus dem Phalanxischen Delta eingeführt. Benötigt Ihr hingegen alles frisch, wendet Euch an Quaris' Schlachthaus, es liegt hinter dem Tempel Kafrits. Quaris versorgt die fahrenden Händler. Allerdings werdet Ihr Euch einen Tag gedulden müssen – heute ist ein Feiertag der Epenai und Quaris hat geschlossen.«

Als Ezra und seine Schwester den Laden verließen, warf er Aenne einen fragenden Blick zu. »Ein Feiertag?«

Aenne riss die Augen von den Vögeln in Steffens Apotheke los. »Die Epenai richten sich nach dem Kalender der Heißen Länder. Sie teilen die Zeit in elementare Perioden. Die gegensätzlichen Elemente Feuer und Wasser, Erde und Luft meiden jegliche Berührung – bis auf zwei Ausnahmen im Jahr. Diese Tage, an denen sich Feuer und Wasser, Erde und Luft berühren, gelten als besonders schicksalsträchtig. Heute ist ein solcher Tag – Erde trifft auf Luft. Es ist ein heiliger Tag und die Epenai legen ihrer Göttin zuliebe die Arbeit nieder. Ich nehme an, dieser Quaris schlachtet zu sakralen Zwecken und hält den Feiertag daher ebenfalls ein.«

Ezra nickte. »Und was treiben wir bis dahin?«

»Lass uns die anderen Läden besuchen, von denen der Apotheker gesprochen hat.«

Diese hatten geöffnet, doch weder Organe noch Behältnisse glichen dem Herz in Glas. Während die Geschwister einige Geschäfte durchliefen, einen Metzger und den einen oder anderen Ritualbedarfverkäufer, dämmerte es Aenne langsam, dass sie am heutigen Tage nicht fündig werden würden. Irgendwie hatte sie angenommen, sie könnte die Antworten auf all ihre Fragen auf einem einzigen Spaziergang direkt von den gepflasterten Straßen Terra Talionis aufsammeln – gegen Abend sollte sie über ihre eigene Naivität lachen.

Sie gaben auf und machten sich stattdessen auf die Suche nach Caedes, schließlich hatten sie noch eine Bestellung abzugeben: *Einmal Drachenklaue für unterwegs.*

Als sie den Sandplatz passierten, über dem die purpurnen Dächer wogten, erfuhren sie, warum der Markt die Nacht zuvor abgeriegelt gewesen war. Die talionische Garde hatte sich vor dem Pranger um den Leichnam eines Nachtschabers positioniert und warteten dort auf dessen Abtransport. Die zottelige, zwei-Mann-hohe Version eines Maulwurfs hatte sich den Abend zuvor zwischen Sandplatz und Sandgraben aus dem Untergrund geschabt.

V

Der Duft von Rosen

Das sonnengegerbte, verwitterte Gesicht wirkte älter, als sein Besitzer vermutlich war. Das dichte, hellbraune Haar reichte dem Mann zottig bis zu den Schultern, nur in Bart und Augenbrauen fanden sich erste Spuren von Grau. Wenn Caedes in die scharfen, mit Fältchen umrahmten Augen des Wagenlenkers blickte, fragte er sich, wie er selbst wohl einmal in zehn Jahren aussehen würde. »Seid Ihr Soren?«

Der Mann zog an seiner Pfeife und paffte vor sich hin. »Wer möchte das wissen?«

»Ich.«

Ein kaum merkliches Lächeln, das im Bart verschwand. »Entweder eine äußerst dumme Antwort, oder eine sehr präzise.«

»Ich bin ein Jäger. Ich suche einen Wagenlenker und ich zahle gut. Die Hälfte jetzt, die andere später.«

Der Mann hob die Augenbrauen, Rauch stob aus seiner Nase. »Wen oder was jagt Ihr?«

»Drachen.«

»So, so.« Soren schwieg einen Moment. »Seid Ihr allein?«

»Ich habe ein paar Träger im Nachtfalken angeheuert, konnte aber keinen vernünftigen Wagenlenker finden. Man sagte mir, Ihr seiet leistbar, ehrlich und verfügbar.«

Soren nickte langsam. »Wundert mich nicht, dass ihr dort niemanden gefunden habt«, sagte er schließlich. »Der Nachtfalke beherbergt hauptsächlich Halsabschneider und Idioten.«

»Idioten kommen mir gerade recht. Ich brauche Träger, keine Gelehrten.«

Soren lachte leise. »… und einen Wagenlenker.«

Caedes hob die dunklen Brauen. »Könnt Ihr einen Wagen lenken?«

»Und wie ich das kann. Setzt Euch zu mir, lasst uns trinken. Ich bin mir sicher, wir können uns einigen.« Rauch verdunkelte sein Gesicht. Caedes ließ sich nieder und warf ihm einen fragenden Blick zu.

»Wie alt seid Ihr?«, fragte Soren unvermittelt.

»Was tut das zur Sache?«

»Es interessiert mich.«

Ein Moment lag in Stille. Caedes schien nicht gewillt, darauf einzugehen. »Siebenundzwanzig«, antwortete er dennoch.

»Das heißt, Ihr seid ein Mensch.«

Damit wusste der Jäger nichts anzufangen. »Ich fürchte, ich verstehe nicht.«

»Ihr seid allein, heuert bloß ein paar Träger und einen alten Wagenlenker an. Wenn Ihr alleine jagt … wenn Ihr allein Drachen jagt … frage ich mich, wie Ihr das anstellt, so ganz als Mensch.« Er kippte den Kopf. »Wüsste ich es nicht besser, ich würde vermuten, Ihr seid ein reicher Aufschneider und Dummkopf, der andere dafür bezahlt, seine Arbeit zu machen.«

Caedes verzog seine Lippen zu einem knappen Lächeln, die Arme vor der Brust verschränkt. »Wer weiß. Vielleicht bin ich ein reicher, aufschneidender Dummkopf. Wie der Drache stirbt, kann Euch doch gleich sein, solange Ihr entsprechend bezahlt werdet.«

»Allzu wahr«, paffte Soren. Plötzlich schien er jemanden hinter Caedes zu entdecken, der sein Interesse fesselte, denn er hob das Gesicht, seine Stirn schlug Falten »Nanu? Ein ungewöhnlicher Anblick in einer Kaschemme wie dieser!« Seine Augen bewegten sich mit Wohlgefallen auf und ab. Die Art, wie sich Sorens Mundwinkel kräuselten, machte klar, dass er eine Frau betrachtete.

Caedes wandte sich um und erspähte das Objekt von Sorens Freude. Abrupt drehte er den Kopf zurück und schirmte sein Gesicht ab. »Epena!«, stieß er unter angehaltenem Atem aus, was Soren sichtlich verwunderte.

Ein Augenblick der Stille verging, bis eine schöne Frau an den Tisch getreten kam. Sie besaß rotbraunes, sattes Haar, zu einer komplizierten Frisur geflochten. Wie sie so vor den zerzausten Männern erschien, die Haut weiß wie Milch, die Wangen rosig rot, wirkte sie wie ein Wesen aus einer anderen Welt, das in diese finstere Kaschemme herabgestiegen war.

»Herr«, sprach sie Caedes an, Gesicht wie Stimme emotionslos. »Ihr seid in Terra Talioni.« Es hätte eine Frage sein können, war jedoch eine Feststellung.

»Sheera«, erwiderte Caedes flach, während er sich mit dem Finger düster über den Nasenrücken fuhr. »Sieht ganz danach aus.«

Sheera legte den Kopf schief. Die Ketten und kleinen Ornamente an den Haarnadeln schwangen mit der Bewegung. »Ihr müsst wohl eben erst angekommen sein …« Ihre Stimme klingelte leise wie das Läuten eines Glockenspiels. »… schließlich würdet Ihr es doch nie versäumen, meiner Herrin einen Besuch abzustatten.«

Caedes hob das Kinn und fixierte die Augen der anderen. Ein Duell der Blicke, seiner finster, ihrer kühl. Sheera erinnerte Caedes an eine marmorne Statue: weiß, kalt und unbeweglich. Gerüchte, dass Männer, die ihr mit unangebrachten Avancen zu nahe traten, mit Haarnadeln in den Augen aufgefunden wurden, verstärkten sein Bedürfnis, ihr aus dem Weg zu gehen. Sah Caedes von dieser Tatsache ab, so war Sheera zu allem Unglück auch noch die persönliche Leibdienerin *der* Frau, der er in Terra Talioni am wenigsten begegnen wollte: *Uma Octavia,* die Cousine des Königs.

Caedes schätzte die Achtgeborene des talionischen Königshauses wenig. Es gab dafür keinen spezifischen Grund. Vermutlich war es ihre Art, die er zutiefst verabscheute – die maßlose Überlegenheit, die sie bei jeder Begegnung an den Tag legte.

Caedes und Sheera starrten einander an. Beide wussten, dass Caedes ein Treffen mit Uma Octavia vermieden hätte, wäre es ihm gelungen – und dass auch Sheera, wäre es nicht Uma Octavias Wunsch gewesen, gut darauf hätte verzichten können. Trotzdem sagte er: »Ich war gerade auf dem Weg zu ihr«, denn einen anderen gab es jetzt ohnehin nicht mehr.

Und dennoch erwiderte sie: »Welch eine Freude«, und nickte ihm, zu gehen.

Wenn Uma Octavia rief, dann folgte man – jetzt, da Aegis Septimus nicht in der Stadt weilte, galt dieses Credo umso mehr.

Caedes erhob sich lustlos. »Wie könnte man einen Abend angenehmer ausklingen lassen, als in der Gesellschaft zweier schöner Frauen?« Ein trockenes Lachen begleitete seine Worte.

Sheera schürzte die Lippen und folgte ihm, Soren einen abschließenden, abschätzigen Blick zuwerfend. Schmetterlinge schaukelten in ihren Haaren. Als sie gegangen war, blieb nichts zurück als der Duft von Rosen.

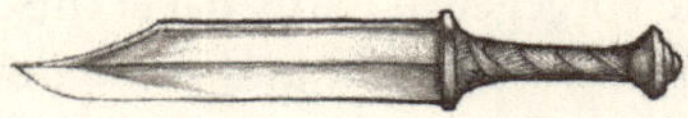

VI

Uma Octavia

Caedes empfand die meisten Sitten am Hofe als Lächerlichkeit, so auch die gesellschaftliche Verpflichtung, als Sohn des Reisenden Königs dem talionischen Königshaus die Aufwartung machen zu müssen. Er wusste nicht, woher Uma Octavia von seiner Anwesenheit erfahren hatte. Vielleicht hatte am Stadttor irgendjemand sein Gesicht mit dem Namen Caedes in Verbindung gebracht – er hätte sich vermutlich einen falschen Vornamen zulegen sollen. Gerüchte verbreiteten sich zu schnell in Terra Talioni.

Caedes folgte Sheera durch die Laubengänge, die sich an die Burgmauer schmiegten. Der Wind strich an den Bögen entlang wie an Öffnungen einer Knochenflöte und ließ den Fels pfeifen. Sheeras Kleid tanzte. Caedes konnte Sheera zwar nicht ausstehen, doch das hieß nicht, dass er ihr Attraktivität absprach. Früh hatte er gelernt, dass er sich vor schönen Frauen zu hüten hatte. Nicht in dem Sinne, wie man sich vor Trollja der Hos'iada-Jägerin hüten sollte, die ihn um zwei Haupteslängen überragte und eine Axt schwang, schwerer als Aenne samt Gepäck – sondern wie vor einer Schlange, in deren Nest man trat, ohne es zu bemerken. Man lief eine Weile weiter, fragte sich, was da am Knöchel stach, und brach auch schon röchelnd zusammen, ohne jemals den Grund des nahenden Todes zu erfahren.

Mit ausdrucksloser Miene bat Sheera ihn vor Umas Gemächern zu warten, und verschwand hinter einer Tür. Dort stand er herum, schlotterte eine gefühlte Ewigkeit in der Kälte, bis die stellvertretenden Herrin Terra Talionis sich endlich dazu erbarmte, ihm Einlass zu gewähren.

»Sieh an.« Die Cousine des Königs kehrte sich vom Wandteppich ab, den zu betrachten sie vorgegeben hatte, dabei rutschte ihr langes, ebenholzfarbenes Haar über die Schulter und pendelte vor dem Rücken hin und her. Uma war keine Frau, die sich mit Banalitäten wie Wandteppichen länger als einen flüchtigen Augenblick beschäftigte. »Ein König weilt in meiner Stadt und versäumt es, dem talionischen Königshaus die Aufwartung zu machen?«

»Es weilt kein König in der Stadt«, erwiderte Caedes schleppend.

Ein Lächeln. »Nein, ich erinnere mich. Bloß ein Prinz.« Sie musterte ihn aus schwarz gerahmten Augen, dann gab sie Sheera ein Zeichen. Die Leibdienerin machte sich daran, zwei Kelche mit Wein zu befüllen. Ihr Lächeln verging so schnell, wie es gekommen war. Nun griff sie mit kühlem Ausdruck nach dem Kelch.

Caedes nahm den zweiten Kelch entgegen und roch daran. Nicht, dass er erwartete, von Uma Octavia vergiftet zu werden – dazu besaß sie keinen Grund –, aber sein Vater hatte seine Kinder von klein auf gelehrt, Vorsicht walten zu lassen. Ein König, vor allem einer, der kein Reich besaß, war anderen Häusern immer ein potenzieller Konkurrent.

»Ihr seht besorgt aus«, bemerkte Caedes und nahm einen Schluck. Der Wein legte sich süßlich auf seine Zunge. Sollte er mit Gift versetzt sein, dann äußerst geschickt. »Falls ich zu einem ungeeigneten Zeitpunkt gekommen bin, braucht Ihr nur ein Wort sagen – ich kann gehen und ein anderes Mal wiederkehren.« *Spät, später oder am besten nie,* dachte er abfällig.

Sie hob den Blick. Ein bitteres Lächeln. »Ist meine Laune derart offensichtlich?«

»Nun, als Herr höherer Kreise ist es meine Pflicht, die sensiblen Stimmungen edler Damen wahrzunehmen.« Es kostete ihn außerordentliche Anstrengung, seine Mimik im Griff zu behalten. Sheera hielt einen Augenblick in ihrer Arbeit inne, fast erwartete er, dass sie zu lachen beginnen würde, doch ein solcher Fauxpas würde der Leibdienerin niemals passieren.

Umas Lächeln weitete sich. »Tatsächlich?« Sie machte einen Schritt auf ihn zu, dunkelblauer Stoff raffte sich an ihren Armen. Am Handgelenk prangte eine schwarze Tätowierung. In den Adelskreisen von Aurora eigentlich eine Unerhörtheit – Tätowierungen besaßen nur Krieger, Hafenarbeiter oder Prostituierte – doch die Reges Numerabiles bildeten in vielen Bereichen eine Ausnahme, so auch in diesem.

Uma Octavia trug eine schwarze *VIII* tätowiert, das Zeichen, dass sie die Achtgeborene der Familie war. Zeitlich gesehen hatte sie nach Aegis Septimus die Welt erblickt, dem Siebtgeborenen. Das machte sie allerdings nicht zur legitimen Thronfolgerin, als Aegis' Cousine lag sie nicht in der direkten Erblinie. Inoffiziell, und das war weithin bekannt, hielt sie auch ohne Zepter zu viel Macht in den Händen.

»Nun, meine schlechte Laune betrifft nicht Euch – ich darf Euch verraten, dass jemand mein Kleid ruiniert hat. Und das wiederum … hat meine Stimmung ruiniert.«

»Ich erkläre mich selbstverständlich dazu bereit, mich in dieser heiklen Situation zurückzuziehen, um die Dame nicht weiter in Verlegenheit zu bringen.«

»Keine Sorge. Es ist schwer, mich in Verlegenheit zu bringen.« Wie wahr, meistens brachte sie andere in Verlegenheit. »Was treibt Euch in meine schöne Stadt?«

Er schwieg einen Moment. »Ein Drache.«

»Oh. Und ich hoffte schon, Ihr wäret wegen mir gekommen.«

Er schenkte ihr ein verzogenes Lächeln.

Sie versteckte ihr Lachen hinter dem Kelch. Keiner der beiden war so naiv, wie er sich gab. »Was ist mit dem Rest der Familie?«

»Ich bin ohne König Jethro nach Terra Talioni gekommen.« Es war zumindest keine Lüge.

Sie nickte bedächtig. »Ich habe gehört, Euer Bruder ist wieder Vater geworden. Wie steht es um die junge Familie?«

»Thymiane ist in Tradea kindsesshaft geworden. Sie fühlt sich, wie sich eine Frau nach einer schweren Geburt wohl so fühlt.«

»Ich verstehe.« Uma glitt durch den Raum, das Kleid folgte ihr wie eine Schleppe dunkelblauer Nacht. Sie war älter als Caedes, wohl Mitte dreißig, dennoch von bestechender Attraktivität. Nicht wie Sheera – Sheera mimte ein bezauberndes Püppchen. Uma Octavia war von einer harten Schönheit, breitschultrig, mit einer festen Taille und den langen Gliedmaßen einer Reiterin. Sie wusste, wie sie auf andere wirkte, und setzte dies zu ihrem Vorteil ein. »Ihr seid also allein.«

Caedes hasste es, derlei höfische Aufwartung alleine durchstehen zu müssen, doch die Geschwister zu verraten, hätte mehr zerstört, als es genutzt hätte. Er widersprach daher nicht.

»Wie lange habt Ihr vor zu bleiben?«

»Morgen reise ich ab.«

»So bald schon? Zu schade! Kann ich Euren ersten und letzten Abend in dieser Stadt auf irgendeine Art und Weise versüßen?«

»Das wird nicht notwendig sein.«

»Seid Ihr hungrig? Durstig?«

»Ich habe gegessen und getrunken, vielen Dank.«

»Ich weiß. Sheera erzählte mir davon. Mit Eurem neuen Freund … wie war noch gleich sein Name?« Ein Blick hinüber zu der Dienerin, die sich knapp verbeugte.

»Soren, Herrin.«

»Soren – so, so.« Die Worte flatterten scheinbar leicht davon. Woher, bei Hollers sieben Höllen, kannte Sheera den Namen des Wagenlenkers, mit dem sich Caedes unterhalten hatte? »Ihr könntet wirklich besseren Umgang pflegen, mein junger Prinz.«

Caedes' Lippen pressten sich zu einem Spalt. »Wenn Ihr einen Wagen lenken könnt, Herrin, seid Ihr herzlich eingeladen, mich an Sorens Stelle auf die Jagd zu begleiten.«

Sie lachte. »Vielleicht ein anderes Mal. Irgendjemand muss doch auf Terra Talioni achten, während Aegis Septimus auf anderer Leute Hochzeiten tanzt!« Ihr Ringfinger tippte etwas nervös an den Hals des Kelches und verursachte ein klickendes Geräusch. Dieses stammte von dem Siegelring, den sie trug. Als Einzelkind und Aegis' Cousine war sie die erste und einzige Frau, die jemals das Goldene Auge Terra Talionis hatte tragen dürfen.

Caedes nickte, hakte sich an diesem formlosen Thema fest. »Ein bedeutender Akt, die Verbindung der beiden Herrschenden von Magarrjan und Soversch, zu der Aegis Septimus gereist ist. Beide Reiche gewinnen durch diese Hochzeit wesentlich an Einfluss und Macht.«

»Das mag sein. Solange sie Macht und Einfluss am anderen Ende Auroras ausüben, können sie tun und lassen, was sie wollen.« Sie schnaubte. »Dabei wird geflüstert, die beiden hätten sich aus Liebe zu dieser Verbindung entschlossen. Narren!«

Caedes kämpfte ein Lächeln zurück.

»Ich nehme an, Jethro hält sich ebenfalls in Badhre auf?«

Caedes senkte zustimmend das Kinn.

Uma betrachtete ihn unauffällig von der Seite. »Ist er … immer noch allein?«

»Mein Vater war nie allein.«

Ihre Mundwinkel hoben sich. »Das meine ich nicht. Ich meine – *Frauen.* Man sagt, er habe den Frauen abgeschworen, seit …« Ihr Zeigefinger löste sich vom Kelch und wies kreisend durch den Raum. »… seit diesen unglücklichen Zwischenfällen.«

»Ich möchte den Tod meiner Mutter sowie den der Mutter meiner Geschwister nicht als *Zwischenfall* bezeichnet wissen.«

Ein Lächeln entblößte ihre Zähne. Sie glich wahrlich einer Raubkatze. »Das stimmt. Verzeiht.«

Caedes hatte nicht vor, noch etwas hinzuzufügen. Er trank, um die Stille zu überbrücken. Uma starrte auf den Wandteppich, als besäße er etwas ungemein Faszinierendes an sich. Sie legte den Kopf schief, während sie den Fuchs betrachtete, der darauf abgebildet war. »Und was ist mit Euch?«, fragte sie unauffällig ruhig. »Ich habe gehört, Ihr pflegt eine recht intime Beziehung zu der Inselkönigin.«

Caedes stieß verhalten die Luft aus. Woher sie das wohl schon wieder hatte? Nicht, dass er sich wirklich darüber wunderte – Uma hielt immer einen Trumpf in den Händen, sie hätte ihn sonst wohl nicht zu sich geholt. »Habt Ihr das?«

Uma amüsierte sich köstlich. Der rotbraune Fuchs auf dem Wandteppich lachte mit ihr. »Meine Ohren schnappen so einiges auf.«

Sogar Gerüchte von den Freien Inseln, wie es schien. Wobei Shalimar, die Inselkönigin, die einzige Insel beherrschte, die nicht einem freien Volk gehörte. »Wir sind uns ein oder zwei Male begegnet«, gestand er. »Aber ich bin auch Euch schon ein oder zwei Male begegnet, ohne dass dahinter eine intimere Beziehung zu vermuten wäre.«

»Zu wahr«, sagte sie, ohne ihm zu glauben. »Das ist schade. Shalimar ist eine wunderschöne Frau. Eine Verbindung mit ihr brächte Eurer Familie sicherlich große Vorteile.«

»Sie ist schön«, bestätigte er, ohne weiter darauf einzugehen.

Uma Octavia stellte den leeren Pokal ab und verschränkte die Arme hinter dem Rücken. »Wenn nicht die schöne Shalimar, junger Herr, welche Art Frau ist es dann, die Euch gefällt?« Sie schlich näher, eine Katze auf der Lauer. »Wie mögt Ihr Eure Frauen? Klein? Groß? Zierlich? Voluminös? Dümmlich? … schlau?« Nah kam sie an ihn heran. Sie trug ein herbes Parfum, Ambra, Sandelholz, Bergamotte vielleicht. »Oder sind es am Ende gar keine Frauen, die Euch reizen?«

Das Einzige, was sie ihm entlockte, war ein stilles Lächeln.

»Ach, Caedes«, wisperte sie lieblich. »Ihr gebt Euch so rau und verschlossen! Ich bin mir sicher, ein Mann wie Ihr besitzt seine Wünsche, Vorlieben und … Bedürfnisse«, sie sprach das letzte Wort mit Bedacht aus. »Und ich glaube zu wissen, dass ich manche davon zu befriedigen wüsste.«

Ein Blinzeln verging. »Daran zweifle ich ernsthaft.«

Das Lachen, das sich ihr entrang, war trocken wie Herbstlaub. »Ich kenne Frauen, die Euch jeden Wunsch von den Lippen ablesen können. *Jeden.* Egal wie seltsam und abscheulich er für die Ohren anderer klingen mag – meine Mädchen würden sich fügen.«

»Wenn ich eine Hure will, kaufe ich mir eine. Aber ich danke für Euer großzügiges Angebot, Octavia, ich weiß es wirklich zu schätzen.«

Ihre Katzenaugen bewegten sich über sein Gesicht. Er hatte immer gedacht, ihre Augen besäßen keine besondere Farbe, doch nun erkannte er, dass sie alle Farben zugleich besaßen – Opale, die jede Regung ihres Gegenübers aufschnappten. »Wie mögt Ihr Eure Mädchen? Schwarz? Rot? Blond …?«

Er beugte sich ein kleines Stück vor, ein böses Lächeln auf den Lippen. »Violett«, erwiderte er sacht. »Ich bevorzuge Violett.«

Einen Moment lang antwortete sie nicht. Sie schien verwirrt – dann warf sie den Kopf zurück und stieß ein bellendes Lachen aus. »Welch ein Glück!« Ihre Hände kreisten wie Fächer. »Da habe ich genau das Richtige …!«

Caedes konnte nicht umhin, sich zu wundern. Falls sie log, dann tat sie es meisterlich.

VII

Jäger und Beute

Aenne und Ezra starrten zu dem Pferdekopf hinauf. Das Tier bewegte sich nicht, eben ganz so, als wäre es bloß ein ausgestopftes Haupt, das über dem Stadttor hing. Der Wind fuhr über die Mauern und kräuselte die Mähne. Die Sonne spiegelte sich in seinem Fell wie in schwarzem Glas. Eine Fliege summte herbei und setzte sich auf das pelzige Ohr.

Das Ohr zuckte.

Die Fliege flog weiter, ließ sich auf den Nüstern nieder. Das Pferdehaupt schnaubte, schüttelte sich und beugte sich hinab.

»Jemand trat durch dieses Tor,
der in Tradea dich verlor.
Er ist mit einem Ziel nur hier,
ist auf der Suche bloß nach dir.«

Damit hob sich das Haupt wieder an und richtete das Maul gerade. Man konnte beobachten, wie das Leben aus seinen Zügen rann.

Hastig riss sich Aenne aus der Erstarrung. »W-was? Was sagst du?«

Das Pferdehaupt schwieg.

Ezra packte seine Schwester an den Armen. »Ich sagte dir doch, das ist ein Unglückstier! Wir hätten nicht hierher zurückkommen dürfen!«

Stille. Der Wind kämmte die schwarze Mähne.

Aenne setzte noch einmal dazu an, das Tier wachzurufen, doch ihr Bruder schob sie weiter, von den Reisenden fort, die soeben den fackelerhellten Bogen des Stadttors durchschritten. »Lass uns gehen, Aenne, ich bitte dich! Ich brauche jetzt wirklich etwas zu trinken …«

Ihr Haar floss glatt und glänzend über die Schultern und war so violett wie der seidene Mantel, den sie trug.

Violett.

Das Gepäck glitt von Caedes' Schulter.

Es war schwer zu sagen, wie hübsch das Mädchen tatsächlich war – unter all dem Puder und dem Lippenrot konnte man seine eigentlichen Gesichtszüge bloß noch erahnen. Falls es hässlich war, so hatte der Künstler gute Arbeit geleistet.

Die junge Frau blinzelte unter dichten Stirnfransen hervor.

»Wie lautet dein Name?«, fragte Caedes.

Die junge Frau sah ihn aus großen Augen an. Ihm gefielen ihre Beine. »Gentiana«, gab sie sich verhalten.

»Gentiana.« Er musterte sie, dann eine Schale Pfirsiche, die auf dem Tisch auf ihn wartete. »Ist das deine natürliche Haarfarbe?«

Ein zögerliches Nicken.

»Gehörst du Uma Octavia?«

»Uma Octavia ist meine Herrin«, erwiderte sie plump.

Caedes verdrehte die Augen. Schien wohl nicht die Hellste zu sein, die Gute.

»Was ist deine Aufgabe, Gentiana?«

Etwas unsicher bewegte sie sich hin und her. »Ich fürchte, ich verstehe nicht ganz, Herr.«

»Ich kenne Octavia. Sie hätte mich nicht hierher gelockt, ohne sich davon etwas zu versprechen.«

Das schien sie nur noch mehr zu verwirren. »Ich … ich soll Euch glücklich machen, Herr.«

Er lachte, fischte einen Pfirsich aus der Schale und biss hinein. Die Frucht war pelzig und süß und entsprach in Form und Farbe dem wohlgeformten Gesäß einer Frau. »Glücklich«, wiederholte er. »Und wie willst du das anstellen, Gentiana?«

Ratlos sah sie ihn einen Moment an. Schließlich griff sie nach dem Kragen ihres Seidenmantels und zog ihn sich von den Schultern. Die Außenseiten ihrer Arme und ihre Brustwarzen waren mit Ringen durchstochen. Diese Ringe verrieten ihren Status: Es handelte sich um eine Sharonne. Dieses Mädchen war nicht irgendeine von Umas banalen Huren, sondern eine Sklavin von den Freien Inseln.

»Ihr wirkt verwundert, Herr.«

»Ich wusste nicht, dass du eine Sklavin bist.«

Einen Moment lang sah sie so aus, als wollte sie etwas erwidern, stattdessen schmiegten sich ihre Lippen aneinander. »Ich bin hier, um Euch Freude zu bereiten. Sagt mir, was Euch gefällt.«

Er setzte ein Lächeln auf und verspeiste den restlichen Pfirsich. »Ist es nicht deine Aufgabe, das zu erraten?«

Die Wimpern senkten sich über die Augen. Sie besaßen eine exotische Farbe – goldfarben wie zäher Honig. »Ihr wirkt, als würdet Ihr es ... hart mögen.«

Er lachte. »Nicht wirklich.«

Ihre Augen zitterten. Jetzt wusste sie nichts mehr zu sagen. Seufzend ließ er sich am Rand des Tisches nieder. »Ich hätte wirklich mehr von Uma erwartet.«

Befangen verschränkte die Sharonne die Hände im Schoß. Als er nicht sprach, versuchte sie schließlich selbst, die Stille zu überbrücken. »Ihr seid ein Drachenjäger«, bemerkte sie schließlich.

»Das bin ich.«

»Ihr seid sicherlich weit herumgekommen.«

Er wiegte den Kopf. »Hierhin und dahin.«

Der Ansatz eines traurigen Lächelns. »Wie gerne würde ich all das sehen, was Ihr gesehen habt. Wie gerne würde ich mit Euch kommen – hinaus in die weite Welt ...«

Caedes schmunzelte.

Ihre Lider kippten niedergeschlagen herab, sie betrachtete die eigenen verknoteten Hände. »Ihr habt sicherlich viele Geschichten zu erzählen.«

Er zuckte mit den Schultern. »Ich war nie ein großer Erzähler.«

Einen Moment lang glaubte er, er hätte sie damit zum Schweigen gebracht, dann jedoch fügte sie leise an: »Das ist wahr. Manche Leute erzählen Geschichten. Andere ... machen sie.« Die junge Frau rutschte vom Bettrand. Der Seidenmantel klaffte auseinander. Ihr Bauch war glatt und straff, was darauf hindeutete, dass sie noch kein Kind geboren hatte. Sie machte einen Schritt auf ihn zu, die Seide glitt zu Boden.

Ihr Schamhaar war violett.

Sie wandte sich um und schlug das Laken zurück. Ihr Gesäß ähnelte in Farbe und Form den Pfirsichen auf dem Tisch.

»Dann lasst uns eine Geschichte machen, Ihr und ich.«

❧

Als Aenne zur Felsensparte zurückkehrte, war die Sonne bereits vom Horizont verschwunden und die Straßen hatten sich geleert. Aenne hatte sich mit Ezra einen Becher warmen Gewürzwein gegönnt und ihn dann in der gefüllten Schenke im Gespräch mit einem alten Mann zurückgelassen. Auf ihrem Rückweg machten sich die Nachwirkungen des Alkohols bemerkbar – sie schwitzte, trotz der Kondenswölkchen, die in der bitteren Kälte der anbrechenden Nacht ihren Mund verließen. Ihre Füße klapperten in unregelmäßigen Schritten über den Pflasterstein.

Zwei Straßenecken von der Felsensparte entfernt wurde sie von jemandem angesprochen.

»Travis grüßt«, bemerkte ein Mann. »Habt Ihr einen Augenblick Zeit für mich?«

»Ich bin nicht von hier.« Die Worte zogen sich in ihrem Mund, die Füße machten noch ein paar Schritte, obwohl Aenne ihnen bereits den Befehl erteilt hatte, stehen zu bleiben. Es dauerte einen Augenblick, bis sie ihren Kopf so weit hatte, das zu tun, was sie nach den Regeln ihres Vaters schon viel früher hätte tun sollen – nämlich den Fremden genauer zu untersuchen.

Ein breites Lächeln. Blonde Haare, kurzer Bart, breites Kinn, helle Augen.

»Seid Ihr aus Tradea?«, fragte er.

Tradea? Warum sollte er sie das fragen? »Nicht … direkt«, antwortete sie, die Stirn in Falten gelegt. »Warum fragt Ihr?«

Der Fremde lächelte, als wäre sie etwas Schönes, das er soeben entdeckt hatte. »Ich bin auf der Suche nach jemandem. Nun – eigentlich bin ich auf der Suche nach *etwas.* Habt Ihr zufällig vor einigen Wochen in Tradea ein Schweineherz in Aureas Laden für Wahrsagerei erworben? Ein eingelegtes talionisches Schweineherz?«

»Nein«, schnappte sie instinktiv. »Warum sollte ich?«

»Oh, ich weiß nicht, warum Ihr das hättet tun sollen. Aber jemand, auf den Eure Beschreibung passt, hat es getan. Man heuerte mich an, dafür zu sorgen, dass dieses Herz in die Hände seines eigentlichen Besitzers zurückkehrt.«

Aenne kniff die Augen zusammen. Erst jetzt fielen ihr die Details auf, denen sie nüchtern wohl schon eher Aufmerksamkeit gewidmet hätte. Der Mann trug einfache Lederkleidung, ein Langschwert zu seiner Linken, dem Griff nach zu urteilen eine Spatha – sie zu ziehen, würde ihn Zeit kosten –, aber da befand sich auch noch ein kurzes Messer zu seiner Rechten, schnell zur Hand, wenn es darauf ankäme.

Sie schluckte. Aenne trug das nachtelfische Langmesser an ihrem Gürtel. Ihre Hände zuckten, doch sie unterdrückte den Drang, danach zu fassen. Der Mann war größer und breiter als sie, sein massiger Nacken verriet große Kraft. Nicht die Kraft, die ein Schmied, Träger oder Bergarbeiter besaß, sondern die Kraft eines drahtigen Kämpfers.

»Ich besitze kein Herz«, bemerkte Aenne schleppend. »Also lasst mich durch, ich muss zu meinen Brüdern.« Sie versuchte, an ihm vorbeizuziehen.

Der Mann lächelte noch immer, ganz so, als hätte er mit einer solchen Antwort gerechnet. Eine knappe Verbeugung. »Nun denn, Ihr müsst mir verzeihen, Herrin – mein Auftraggeber ist nicht für seine übermäßige Geduld bekannt. Dieses Herz … nun, sagen wir: Mein Auftraggeber hat es ins Herz geschlossen.« Er lachte über das platte Wortspiel. »Und er möchte es zurückbekommen, rein um der Sentimentalität willen. Er ist bereit, Euch großzügig für Eure Mühen zu entlohnen. Er bietet viel Geld. Sehr viel Geld.«

»Ich besitze kein Schweineherz. Und selbst wenn ich eines besäße – warum kauft sich Euer Herr nicht einfach ein neues?« In dem Moment, als dieser Satz ihren Mund verließ, erkannte sie, dass sie einen Fehler begangen hatte.

Das Lächeln des Fremden weitete sich. Eine knappe Verbeugung, die mehr ein Nicken war. »Mein Name ist Tarren«, sagte er. »Ich bin ein tradeadischer Kopfgeldjäger. Ich brauche ein Herz, das ich meinem Herrn bringen kann. Ist es nicht das eine, wird wohl auch ein anderes genügen.« Rasch zog er das Messer. Aenne sprintete los, als sie die Bewegung im Ansatz bemerkte. Mit einem Satz wollte sie an ihm vorbei, als seine andere Hand vorschnellte und sie mit einem kräftigen Stoß gegen die nächste Hauswand schleuderte. Mit seinem gesamten Gewicht warf sich der Kopfgeldjäger auf sie, quetschte sie gegen den Stein und lastete mit dem muskelbepackten Körper auf ihr. Er sah sie an, sein Atem strich über ihr Gesicht, die eine Hand in ihre Schulter gekrallt, in der anderen hielt er das Messer.

Er starrte.

Erstarrte.

Und ächzte.

Tarren stieß ein lang gedehntes Stöhnen aus. Sein Blick sank nieder, wo sich Aennes Langmesser von unten nach oben durch seinen Leib bohrte. Röchelnd sank er gegen die Frau, die ihn auf der Klinge hatte.

Aenne stöhnte auf und stemmte sich gegen ihren Angreifer, um nicht unter seiner Last zu Boden zu gehen. »Und mein Name ist Aenne«, stieß sie zwischen den Zähnen aus. »Ich bin die Tochter des Reisenden Königs. Meine Familie weiß ihre Waffen im Schlaf zu gebrauchen!« Sie drängte den Körper des Kopfgeldjägers gegen die Hausmauer. Für Vorbeikommende mochte es wirken, als hielten sie beide ein Stell-dich-ein.

Das Blut, das aus Tarrens Bauchhöhle quoll, durchtränkte die Stoffstreifen ihres Messergriffs, es drohte ihr aus der Hand zu gleiten. Mit einem angestrengten Laut stieß Aenne den Mann gegen die Mauer. Langsam rutschte er von der Klinge und sank zu Boden, die Augen starr, die Finger um das eigene Messer gekrampft.

Aenne hatte es allein ihren Reflexen zu verdanken, dass sie in angetrunkenem Zustand schneller zustechen hatte können als er. Tarren saß noch einen Moment lang da, an die Hauswand gelehnt, hustete. Bluttröpfchen besprühten sein Kinn. Ein letztes Ächzen, dann kippte er endgültig zu Boden.

Irritiert strich sich Aenne über die Stirn. Eine Spur Blut blieb feucht an ihrer Schläfe haften. Ihr Herz raste, Schwindel ließ sie taumeln. Tarren lag zur Seite gekippt auf der Straßenseite, sein Blut vermischte sich mit dem Abwasser, das die Leute aus dem Fenster zu kippen pflegten, und lief in ein Loch, das in die Kloaken unterhalb der Stadt führte.

Erst jetzt sickerte der Sinn von Tarrens Worten zu Aenne hindurch.

Jemand wusste, dass *sie* das Herz besaß. *Mein Herr,* hatte der Kopfgeldjäger ihn genannt.

Der Besitzer des Ladens, in dem Aenne das Herz gekauft hatte, musste ein weiteres Mal geplaudert haben. Doch was hatte er von ihr gekannt, abgesehen von ihrem Aussehen? Dennoch war es dem Kopfgeldjäger gelungen, ihren Spuren nach Terra Talioni zu folgen. Ein Kopfgeldjäger, der das Herz zurückbringen sollte – irgendein Herz, *ihr* Herz, falls notwendig!

Aenne war nicht länger nur dem Täter auf der Spur – der Täter hatte sich auch an ihre Spuren geheftet.

Sie schluckte.

Spuren!, riss es durch ihren Kopf. Sie durfte keine Spuren hinterlassen!

Rasch sank sie in die Knie und streifte die Klinge an Tarrens Gewand ab. Ein prüfender Blick, ob sie von niemandem beobachtet wurde, dann packte sie den Leichnam unter den Schultern und zog ihn mit all der Kraft, die sie besaß, in eine Seitengasse.

VIII

In düsteren Ecken

Aenne wartete auf ihre Brüder im Zimmer der Felsensparte, am Bettrand sitzend, die Hände zwischen den Knien verschränkt, der rechte Fuß trommelte nervös auf den Fußboden. Im Abstand weniger Minuten kehrten Ezra und Caedes heim. Aenne sprach nicht viel, sondern führte sie zum Leichnam des Kopfgeldjägers.

Caedes ging neben dem toten Kopfgeldjäger in die Hocke und untersuchte dessen Taschen. »Das kannst du vergessen«, bemerkte Aenne, die sich die schmerzenden Arme rieb. »Ich habe ihn bereits durchsucht. Ein paar Münzen, seine Waffen, sonst trägt er nichts bei sich.«

Der jüngere Bruder packte den Mann an der Schulter und rollte ihn zur Seite. »Dann muss er irgendwo abgestiegen sein. Niemand reist von Tradea nach Terra Talioni ohne Gepäck und Proviant.«

Ezra, der an der Mündung zur größeren Straße nach Ärger Ausschau hielt, wandte sich um. »Vielleicht ist er mit Händlern gereist? Die könnten für Kost und Logis gesorgt haben.«

Mit einem Ruck entfernte Caedes den Gürtel des Attentäters und warf ihn samt Schwert Aenne zu. Er begann, den Mann aus der Kleidung zu schälen, ein wenig sah es aus, als häutete er ein Tier, wie er so nach und nach mit präzisen Handgriffen die ledernen Schichten entfernte. »Wir werden es herausfinden.«

»Wie sollen wir das herausfinden?«

»Indem wir das tun, was unser guter Tarren vermutlich ebenfalls getan hat – wir fragen bei der talionischen Stadtwache nach.«

Aenne hob fragend die Augenbrauen. »Glaubst du …?«

»Er wusste deinen Namen nicht, also kannte er dich und dein Aussehen nur von der Beschreibung des tradeadischen Händlers.« Ein kurzer Seitenblick. »Ich habe dir doch immer gesagt, du sollst dein Haar nicht so kurz schneiden. Das fällt auf.«

Ezra trat heran, die Hand ans Kinn gelegt. Die Bartstoppeln wuchsen zu einem hellen, fast rotblonden Bart. Solange Thymiane ihn nicht damit sah, war das in Ordnung. Sie hasste Bärte. »Falls er auf offiziellem Weg nach Terra Talioni gekommen ist, musste er sich bei der Stadtwache registrieren lassen wie jeder andere. Und wenn er die Wache tatsächlich nach Aenne befragt hat, wird er um eine Einschreibung in das offizielle Register nicht herumgekommen sein. Allerdings … was hätte ihn daran hindern sollen, unter falschem Namen einzureisen?«

»Eine falsche Identität wäre immer noch ein besserer Anhaltspunkt als gar keine – vielleicht ist er schon früher unter falschem Namen gereist«, erwiderte Caedes und zog Tarren schonungslos die Hose vom Leib. Aenne rümpfte die Nase und wandte angeekelt das Gesicht ab. Nackte Männer waren eine Sache, tote nackte Männer eine andere – doch blutige, tote nackte Männer lagen an einer Grenze, die sie eigentlich niemals hatte überschreiten wollen. »Wir werden sehen, ob er unter dem Namen Tarren eingereist ist, zu welchem Zweck er angeblich nach Terra Talioni kam und woher er zu stammen vorgibt. Aenne, hast du seinen Akzent erkannt?«

Sie schüttelte den Kopf. »Er sprach Hochsprache. Akzentfrei.«

»Dann war er kein beliebiger Bauerntölpel.«

»Nein, das sicherlich nicht. Seine Art, sich auszudrücken und zu bewegen, wirkte gebildet.«

Caedes wälzte den Attentäter zurück auf den Rücken und wischte ihm mit dessen Unterhemd Schlamm und Blut vom Leib. »Sieh an«, bemerkte er. »Eine Tätowierung.«

Aenne beugte sich neugierig vor. Unter dem Dreck kam eine blasses, schwarzes Zeichen zum Vorschein, die Linien vom Zahn der Zeit zernagt. »Was soll das darstellen?«

Ezra erschien neben ihr. »Sieht aus wie … eine Spinne. Oder … ein Krebs?«

»Ein Krebs?« Aenne legte den Kopf schief. Mit viel Fantasie konnte das Ding mit Schwanz und Scheren als Krebs durchgehen.

Caedes zückte das Messer. Er setzte dem Leichnam den schwarzen Stahl an die Brust.

»Was tust du da?«, zischte Ezra.

»Ich schneide ihm die Tätowierung heraus.«

»Lass das!«, schnappte der Ältere. »Ich zeichne sie nach!«

Caedes' Gesicht sprach von seinem Zweifel.

Ezra verschränkte eingeschnappt die Arme. »Ich habe ein gutes Gedächtnis, verlass dich darauf!«

Ein Seufzen, doch Caedes steckte das Messer zurück in den Gürtel und erhob sich.

Aenne streckte ihm Tarrens Gürtel und Schwert entgegen. »Was soll ich damit anfangen?«, fragte sie.

»Vielleicht können wir herausfinden, woher die Waffe stammt. In Terra Talioni gibt es genügend Schmiedemeister und Händler, die sich mit derlei Materie auskennen sollten.« Er wollte ihr das Schwert im Vorübergehen abnehmen, doch sie presste die Scheide kopfschüttelnd an sich. »Ich übernehme das. Aber was ist mit dir, Caedes? Du wolltest doch heute aufbrechen!«, sagte sie. »Wegen des Drachen.«

»Der muss warten. Ich lasse euch nicht in einer Stadt voller Attentäter zurück.«

Aenne schüttelte den Kopf. »Du *musst* gehen. Ezra braucht Drachenklauen. Ohne sie kann der Apotheker Thymianes Rezept nicht fertigstellen!«

Caedes warf Ezra einen fragenden Blick zu.

»Schon gut«, murmelte Ezra und fasste Aenne an der Schulter. »Es muss auch ohne gehen.«

Sie entzog sich ihm. »Nein«, erwiderte sie. »Der Apotheker sagte es deutlich – Drachenklauen potenzieren die Wirkung der Arznei um das Dreifache!« Leiser fügte sie hinzu: »Ich weiß, dass Thymiane unter Schmerzen leidet! Und wir wissen beide, dass sie sechs Monate nach der Geburt nicht länger Schmerzen haben sollte!« Ein rascher Blick zu Caedes. »Wir brauchen die Drachenklauen!«

Ezra warf die Hände von sich. »Ich werde nicht von Caedes verlangen, sein Leben aufs Spiel zu setzen, bloß um ein paar stinkender Krallen wegen …!«

»Schon gut«, unterbrach der Jäger. »Ich besorge Thymianes Klauen. Wobei sie davon eigentlich selbst reichlich besitzen sollte … der alte

Hausdrache.« Sein dunkler Blick glitt zwischen den Geschwistern umher. »Was wird aus Euch, solange ich fort bin?«

Aenne verdrehte die Augen. »Du magst ein Drachentöter sein, Caedes – aber Tarren der Kopfgeldjäger ist heute nicht durch deine Hand gefallen!«

»Soren!«, grüßte Caedes den Wagenlenker. Dieser lehnte an dem gigantischen, beschlagenen Rad seines Wagens und rauchte Pfeife. Zwei dunkle Noriker mit gewaltigen Leibern standen davorgespannt und warfen die massiven Schädel hin und her.

Caedes nickte in Richtung Gasse, aus der sich zwei Gestalten näherten. »Das sind Olaf und Ürder, die Träger.«

Olaf und Ürder traten an Caedes heran, der eine stämmig und gedrungen, mit roten Wangen und zottigen schwarzen Haaren, der andere groß, dünn und blond, mit hellem Schnauzbart und rötlichem Hautunterton. Sie trugen Säcke mit Werkzeug bei sich – Hacken, Sägen, Beile, alles, was benötigt wurde, um die Knorpel eines Drachen zu durchtrennen und ihn in seine Einzelteile zu zerlegen.

Soren musterte die beiden stumm, Rauch vernebelte sein Gesicht. »Travis grüßt«, brummte er. »Ihr seid vom Nachtfalken?«

»Aye«, antwortete Ürder. »Arbeiten für Ollaster.«

»Ihr könnt Eure Sachen auf den Wagen laden, aber kommt den Pferden nicht zu nahe. Sie mögen keine Fremden.« Soren nickte in Caedes' Richtung. »Brechen wir auf?«

»Wir brechen auf.«

Aenne folgte den gewundenen Wegen der Purpurnen Märkte hinab, immer das rotglänzende Dach im Auge behaltend. Der Tempel der Feuergottheit Kafrit bestand aus rotem Stein und ragte mit seinem kuppelartigen Kupferdach über den restlichen Stadtteil hinweg. Es war daher einfach, Quaris' Schlachthaus zu finden, das sich in einem gedrungenen, wenn auch weitläufigen Gebäude hinter dem Tempel befand. Türen und Fenster waren mit feuchten, in Ölen getränkten Lappen verhängt, um das Ungeziefer draußen und den Geruch von Blut und Fleisch drinnen zu halten. Als Aenne das Tuch vor der Tür beiseiteschob und klopfte, geschah zuerst nichts. Sie überprüfte, ob der bunte Stoff saß, den sie wie eine Haube um ihr verräterisches Haar geschlungen hatte, das Tarren ihre Identität preisgegeben hatte, griff nach der Türklinke und betrat zögerlich die Schlachtanlage.

Tierkadaver, überall. Sie hingen an Haken von der Decke, manche am Stück, andere zerteilt, mit Kräutern, Asche und Ölen eingerieben. Im hinteren Teil des Raumes stapelten sich Gefäße, welche präparierte Organe enthielten, dazwischen ein hölzernes Gestell, in dem sich Knochen türmten.

Ein dumpfes Klatschen ertönte, das Aenne zusammenzucken ließ. Dann erneut, heftiger, als schlüge etwas Hartes gegen einen menschlichen Leib. Ein Schauer kroch über ihren Nacken.

Zögernd umrundete Aenne einen Holzpfeiler, an dessen Seitenstreben Lavendel hing. Lavendel war der Totengöttin Nif gewidmet und sollte Ungeziefer fernhalten.

»Hallo?«, rief Aenne in den Raum hinein.

Weiter hinten, in der Ecke, hielt ein Mann bei der Arbeit inne. Behäbig wandte er sich um, Kopf und Wangen kahlrasiert, nur die Augenbrauen dicht und dunkel. In den dicken Härchen glitzerte Schweiß. Er trug einen Lederschurz, auf dem dunkel Blut klebte, der Oberkörper darunter war nackt. Die Stirn in Falten gelegt, starrte er ihr mit dem Beil in der Hand entgegen, abweisend und irgendwie bedrohlich. Hinter ihm lag der Kadaver eines Steinbocks, den Kopf in einer unmöglichen Position verdreht. »Ja?«, brummte er und wischte sich mit dem Arm über das glänzende Gesicht. Trotz der Kühle des lehmausgekleideten Gebäudes schien er nicht zu frieren.

»Seid Ihr Quaris?«, fragte Aenne.

Die steile Falte zwischen den Brauen grub sich tiefer. »Ja«, antwortete er knapp.

»Der Apotheker …« Wie hieß er noch einmal? Sie versuchte sich an den Geschäftsnamen zu erinnern. »Der Apotheker Steffen schickt mich.«

Quaris' misstrauischer Gesichtsausdruck schwand nicht. Sein massiver Kiefer schob sich unruhig hin und her. »Was ist mit Steffen?«

»Er sagte, Ihr könntet mir vielleicht helfen. Ich bin auf der Suche nach …« Sie musste vorsichtig sein. Zu viel Information könnte sie in

Schwierigkeiten bringen, doch zu wenig davon brächte sie nicht weiter. Sie musste Nutzen und Kosten sorgsam abwiegen.

Unter Quaris' misstrauisch-beobachtenden Blicken setzte sie einen Schritt vor den anderen. »Meine Schwester ist krank«, sagte sie. »Sehr krank. Ich war in Tradea und traf dort jemanden, der mir von einem Herzen erzählte. Von einem Herzen, das aus Terra Talioni stammt. Ein Herz, das anders sei als alle Herzen, mit denen er jemals gearbeitet habe. So mächtig, dass es vielleicht den Tod selbst aufhalten könne.«

Quaris' Augenbrauen hoben sich. »Davon habe ich noch nie gehört. Von welcher Art Herz sprecht Ihr?«

»Ich weiß es nicht«, erwiderte Aenne. »Ich habe gehofft, es hier herauszufinden.«

Quaris schwieg einen Augenblick lang. Dann nickte er. »Für Regenerationsmagie empfehle ich Schwein oder Rind. Zum Lesen macht sich Pferd gut, oder Steinbock.« Er wies hinter sich auf den Tierkadaver. »Falls Ihr wollt, ich habe eben einen ausgenommen, das Herz ist ganz frisch …«

Aenne schüttelte hastig den Kopf, machte einen raschen Schritt auf ihn zu. »Nein«, rief sie entschieden. »Nicht Pferd, nicht Steinbock, nicht Schwein, nicht Rind! Das habe ich alles versucht! Es hilft nichts! Es muss etwas anderes geben!«

Quaris schwieg. Er sah aus wie ein Mann, der niemals lachte. »Wenn Ihr exotische Dinge braucht, geht zu Urkel. Der importiert Herzen von Krokodilen oder Kamelen …«

Sie schüttelte den Kopf. »Nein. Habe ich probiert. Ich habe sie *alle* probiert! Sie sind zu schwach, es muss etwas anderes geben!« Sie starrte ihm in die Augen.

Er wich ihrem Blick aus. »Ich weiß nicht, worauf Ihr hinauswollt, Herrin.«

»Meine Schwester stirbt«, betonte Aenne. »Und ich bin bereit, alles zu tun, um ihr Leben zu retten.« Sie presste die Lippen zusammen, versuchte wie eine Frau zu wirken, die alles versucht hatte und immer gescheitert war. »Ich bin bereit zu zahlen«, stieß sie unter angehaltenem Atem aus. »So viel Ihr wollt. Ich brauche einfach nur Hilfe!«

Quaris blieb still. Seine Augen waren dunkel wie seine Brauen. »Ich glaube zu wissen, was Ihr wünscht«, brummte er. »Aber was auch immer Ihr sucht, Ihr werdet hier nicht fündig.« Er wandte sich ab, drehte sich wieder dem Steinbock zu und setzte stumpf seine Arbeit fort – die

Fleischaxt schlug durch Knorpelgewebe, knackend löste Quaris einen Schenkel vom Leib.

»Bitte«, flehte sie. »Ihr müsst mir helfen!«

»Verschwindet!«, knurrte der Schlächter. Sein Beil sauste nieder, ließ erneut die Knochen knacken.

Sie stand hinter ihm und fürchtete sich, doch zwang ihre Angst zurück und trat noch einen Schritt näher. »Ich zahle alles«, flüsterte sie in seinen Nacken. »Mehr als man in einem Leben ausgeben kann! Falls Ihr doch noch eine Möglichkeit findet, mir zu helfen, fragt im Nachtfalken nach Stella.«

Quaris hielt einen Moment lang inne, sein Kopf schob sich zur Seite. »Verschwindet!«, schnauzte er.

Ezra hatte es irgendwie geschafft, an den gleichen Schreiber zu gelangen, der bei ihrer Ankunft die Daten aufgenommen hatte. Er fühlte sich in einem seltsamen Déjà-vu gefangen – der Beamte wirkte nicht nur ebenso gelangweilt, sondern auch genauso desinteressiert wie bei ihrem letzten Zusammentreffen.

»Aenne wollte inkognito bleiben«, erklärte Ezra mit aller Ruhe, die er aufbringen konnte. »Dennoch hat sie jemand gefunden. Ohne entsprechende Unterstützung ist das nicht möglich!«

Der Schreiber zuckte mit den Schultern. »Die Wege der Götter sind unergründbar.« Er sprach langsam und gedehnt, lehnte dabei an seinem Folianten, die Ärmel der Uniform mit schwarzer Tinte befleckt. *Desinteresse, du hast einen Namen,* schoss es Ezra durch den Kopf.

»Dieser Mann lauerte Aenne auf der Straße auf – und das aufgrund einer vagen Beschreibung ihres Aussehens! Ob er nun zu ihr oder jemand anderem wollte, irgendjemand muss ihn zu ihr geführt haben!«

»*Irgendjemand*«, wiederholte der talionische Schreiber sichtlich gelangweilt. »Und wer soll dieser irgendjemand gewesen sein?«

Ezra beugte sich vor, die Augen zu Schlitzen verengt. »Kommt schon! Muss ich es wirklich aussprechen?«

»So, wie ich das sehe, unterstellt Ihr gerade der öffentlichen talionischen Hand, diskrete Informationen an Privatpersonen weitergegeben zu haben. Euch ist hoffentlich bewusst, dass Anschuldigungen wie diese nicht sonderlich klug sind?«

»Irgendjemand hat den Angreifer zu ihr geführt«, beharrte Ezra. »Sonst hätte er nicht vor der Felsensparte auf sie gewartet!«

»*Irgendjemand*«, sinnierte der Schreiber mit nasaler Stimme, »ist so nicht wahr. Nachdem ich es war, der Eure Daten aufgenommen hat, bin ich der Einzige, der die gegebenen Informationen mit ihrem Aussehen hätte kombinieren können. Wenn Ihr also *irgendjemand* sagt, meint Ihr in Wirklichkeit, *ich* hätte diese Informationen weitergegeben.« Ein verzerrtes Lächeln. »Ist das in Eurem Sinne?«

Ezra schwieg verbissen, seine Finger gruben sich in die Handballen.

»Das dachte ich mir schon. Wenn Ihr weiterhin wahllose Anschuldigungen gegen die talionische Garde äußern wollt – von mir aus. Ich kann Euch gerne festnehmen lassen. Allerdings solltet Ihr Euch ernsthaft überlegen, mit wem Ihr Euch in dieser Stadt anlegen wollt.« Er sprach ruhig. Ganz, als erklärte er Ezra bloß den Weg zur nächsten Schenke. Seine Augen bewegten sich auf und ab. »Wie war noch einmal Euer Name?« Er blätterte in seinem Buch herum.

Ezra war ein Mann, der selten die Beherrschung verlor. Momentan spielte er mit dem Gedanken, dem Gegenüber den Folianten um die Ohren zu schlagen. »Mein Name tut hier nichts zur Sache. Hier geht es nicht um mich.«

»Es geht um die Wanderpriesterin Aenne, ich erinnere mich.« Die Seiten produzierten flatternde Geräusche, als sie umgeschlagen wurden. »Allerdings ist es nicht Eure Pflicht, Euch um das arme Mädchen zu kümmern, sein Wohlergehen liegt allein in der Verantwortung seiner Priesterschaft. Also spielt nicht länger den Helden und geht mir aus der Sonne.« In Anbetracht der Tatsache, dass sie sich in einem finsteren Felsenstollen inmitten der Stadtmauer befanden, war die Aussage des Schreibers mehr als eine bloße Verhöhnung. Ezra rührte sich nicht.

Ein Soldat, der ein paar Schritte entfernt stand, nickte. »Kommt schon, bewegt Euch weiter. Ihr solltet Euch beeilen. Man weiß nie, wer oder was hinter der nächsten talionischen Straßenecke wartet – eine Schlucht, ein Ungeheuer, eine scharfe Klinge …« Er grinste und streichelte den Griff seines Schwertes.

Ezra wusste einen Augenblick lang nichts zu antworten. »Nur so eine Frage«, brummte er. »Ist das die generelle Einstellung der talionischen

Garde? Ist sie konform mit Aegis Septimus' Wünschen? Und wie lange glaubt Ihr, damit durchkommen zu können?«

Ein sachtes Lächeln. »Verpiss dich, kleiner Mann. Und gib Acht, wenn du um die nächste Straßenecke biegst.«

Falls Quaris etwas über den Handel mit Menschenherzen wusste, würde er zum Nachtfalken kommen und nach Stella fragen. Jeder Mensch war käuflich und ein Schlächter bildete da keine Ausnahme.

Währenddessen vertrieb sich Aenne die Zeit am Markt, wo sie in Steffens Apotheke nach Thymianes Arznei fragte und Henna wie auch Gäga-Salz erwarb – das eine, um sich die Haare zu färben, sodass kein zweiter Tarren sie mit der Beschreibung ihres Aussehens finden konnte, das andere, um Heilpaste anzurühren. *Vorsicht ist besser als Nachsicht,* dachte sie.

Am Nachmittag lief sie zur Bibliothek der Ominösen Dinge, um auf eigene Faust nach Literatur über Blutmagie zu suchen; doch die einzigen Texte, die sie dazu fand, entpuppten sich als historische Abhandlungen über den Krieg im Osten, die so langweilig und trocken waren, dass der Staub förmlich durch ihre Augen kroch. Aus Ermangelung weiterer Möglichkeiten beschloss Aenne, den Historiker Perporri aufzusuchen, den ihr die Archivarin empfohlen hatte. Sie fragte nach dem Gelehrten und wurde prompt zu einer Leseloge am Ende der Bibliothek gesandt.

Dort angekommen, stand sie vor verschlossenen Türen. Aenne erinnerte sich daran, was die Archivarin über verschlossene Türen bemerkt hatte, doch jetzt war sie schon hier und man hatte sie schließlich hierher verwiesen, also musste es in Ordnung sein, einen kurzen Blick zu riskieren, oder etwa nicht? Zaghaft fasste sie nach der Klinke und drückte die Türe einen Spalt auf.

»… b-bi-biehst …«

»*Bist*, kurz, sonst wäre da ein langes *I*.«

»… bist d-du … h…« Ein übertrieben gehauchtes H, als würde eine Schlange zischen. »… hi-er. Hi-er?« Die Stimme betonte jeden Vokal einzeln, sodass *hjer* entstand. »Wer ist *hjer?*«

»Hier«, erwiderte die Stimme des älteren Mannes. »Ein langes *i. Bist* kurz, aber *hier* lang. Erinnert Ihr Euch an unsere letzte Stunde?«

Aenne wollte die Tür gerade wieder schließen, um Lesende und Leselehrer ihre Ruhe zu lassen, als sie einhielt. Sie kannte die Leserin. Das rabenschwarze Haar, das nach der aristokratischen Mode bemalte Gesicht – das war die Dame vom nächtlichen Zusammenstoß bei ihrem ersten Bibliotheksbesuch.

Die schwarzhaarige Frau rieb sich über die Augen. Sie wirkte müde. »Ich verstehe das nicht.« Kraftlos sanken ihre Schultern vor. »Das alles ist so verwirrend.«

»Gebt Acht«, forderte Perporri sanft und fasste ihr Handgelenk. »Ihr habt Tinte an den Fingern.«

Sie ließ die Hände sinken und starrte auf das Buch herab. »Es ist sinnlos«, resignierte sie.

Der alte Gelehrte sah seine Schülerin lange an. »Bildung ist niemals sinnlos, Herrin.«

Sie lachte bitter, es war Aenne nicht ganz klar, warum. Schließlich barg sie die Stirn in der Hand. »Ich bin müde«, sagte sie. »So müde. Und ich muss bald zurück. Niemand darf wissen, dass ich fort war.«

»Es dauert nicht mehr lange, Herrin. Seht doch – nur noch drei Zeilen. Ihr schafft das.«

Eine Weile lang sprach sie nicht, dann beugte sie sich über das Buch, darauf achtend, weder mit den Händen noch mit den Ärmeln ihres feinen Gewandes das frisch beschriebene Dokument zu berühren. Sie setzte an, weiterzulesen.

Aenne schloss lautlos die Tür.

Aenne traf sich mit Ezra wie besprochen vor den Stufen der Bibliothek.

»Ich bringe schlechte Neuigkeiten«, teilte er mit. »Die Stadtgarde scheint geplaudert zu haben. Wenn wir sichergehen wollen, dass die Soldaten nicht länger singen wie die Spatzen, sobald man ihnen ein paar Krümel hinwirft, sind wir auf Hilfe angewiesen.«

Aenne setzte ein besorgtes Gesicht auf. »Was meinst du?«

»Aenne, wir können nicht länger inkognito bleiben. Es reicht nicht, dass dir der tradeadische Kopfgeldjäger auf den Fersen war – nun hat mir auch noch die talionische Stadtwache gedroht! Ein korrupter Haufen, allesamt.«

Sie stieß schockiert die Luft aus. »Was sollen wir tun?«

Ezra seufzte. »Ich fürchte, wir werden Uma Octavia einen Besuch abstatten müssen.«

»Nein!« Sie schüttelte hastig den Kopf. »Wenn Uma erfährt, dass wir uns in der Stadt aufhalten, erfahren es auch andere! Wie soll ich mich als Tochter des Reisenden Königs unauffällig auf den Märkten bewegen können?«

Ezra fasste nach ihrer Schulter. »Es tut mir leid. Ich weiß, du wolltest unerkannt bleiben. Aber mir ist es lieber, einen lebenden Ochsen als Schwester zu haben, der mit viel Getöse durch Terra Talionis Straßen trampelt, als ein totes Mäuschen, das lautlos in irgendeiner Seitengasse verreckt!«

Aenne presste die Lippen zusammen. Sie hätte gern widersprochen, doch es wäre zwecklos gewesen – sie wusste ja selbst, dass ihr Bruder recht hatte. Dennoch, Ezras Entscheidung kam zu schnell. Sie benötigte Zeit, zumindest ein, zwei Tage, um Quaris die Möglichkeit zu geben, über ihr Angebot nachzudenken. Sollte dieser auf Umwegen erfahren, dass es sich bei der jungen, verzweifelten Frau, die ihn heute um Hilfe gebeten hatte, um die Tochter des Reisenden Königs handelte, würde er nämlich rasch erkennen, dass er einem falschen Spiel aufgesessen war. Denn Aenne, die Tochter des Reisenden Königs, besaß keine sterbenskranke Schwester, sondern lediglich zwei Brüder, die sich außergewöhnlicher Gesundheit erfreuten.

Noch. Offensichtlich nicht mehr lange, wenn es nach der talionischen Garde ging.

Aenne sah Ezra an. »Die Stadtwache hat dir gedroht?«, wiederholte sie.

Der Bruder nickte. »Ich soll mich vor Straßenecken in Acht nehmen. Und Terra Talioni hat echt verdammt viele Straßenecken zu bieten.«

Aenne biss sich auf die Unterlippe. Sie konnte Ezras Leben nicht aufs Spiel setzen. »Geh zu Uma Octavia«, beschloss sie, »und kläre das mit ihr.«

»So schnell?«, fragte er. »Ich hatte nicht gedacht, dass du so einfach nachgeben würdest.«

»Ich werde dich auch nicht begleiten.«

Er erstarrte, seine Hand glitt von ihrer Schulter. »Was?«

»Du musst sie noch ein wenig von mir fernhalten, nur für ein oder zwei Tage! Ich habe Uma Octavia nie getroffen, sie weiß nicht, wie ich aussehe! Gib mir zwei Tage, in denen ich mich unerkannt in Terra Talioni bewegen kann, und nachher tue ich alles, was du von mir verlangst!«

»Warum?«, fragte er schwach.

»Ich muss wissen, ob Quaris in die ganze Sache verwickelt ist! Ezra, ich bitte dich …!«

»Wie soll ich sie von dir fernhalten? Ich muss sie bitten, unser beider Leben zu schützen!«

Sie seufzte, strich sich über die Stirn. »Bitte«, murmelte sie. »Einen Tag. Verschaffe mir einen Tag! Sag ihr, ich sei … indisponiert. Halsweh. Kopfschmerzen. Irgendetwas!«

»Dann besteht sie erst recht darauf, dich zu sehen und von einem Heiler behandeln zu lassen!«

»Dann leide ich eben an der Silvatischen Pest!«

»Aenne, du verhältst dich lächerlich!«

»Ich bitte dich!« Sie faltete die Hände in einer flehenden Geste. Ihre Stimme brach beinahe. »Wenn ich jetzt zu Uma Octavia gehe, verliere ich die einzige Spur, die ich habe!«

Ezra atmete aus und sah sie einen langen Moment an, dann senkte er das hellbärtige Kinn. »In Ordnung«, gab er nach. »Ich werde ihr sagen, du hättest dich zurückgezogen, um dich vom Schock des missglückten Attentats zu erholen. Ich kann dir nicht garantieren, dass Uma Octavia sich damit zufrieden gibt. Sie wird Fragen stellen. Nach dir. Nach Tarrens Leichnam. Ich kann ihr schließlich schlecht verraten, dass wir ihn in den Abwasserflüssen versenkt haben.« Ein stierender Blick. »Wenn sie wiederholt darauf besteht, dich zu sehen, kann ich nichts für dich tun. Sie ist Teil einer Königsfamilie, wir sind ebenfalls Teil einer Königsfamilie, und so lauten nun mal die Regeln!«

Aenne nickte. »Ich verspreche dir, ich werde die sittsamste Prinzessin sein, die jemals in den talionischen Straßen von einem Kopfgeldjäger attackiert wurde!«

»Das«, brummte er, »nimmt dir doch ohnehin niemand ab!«

IX

Die Weisse Schlucht

Der Abend brach an, als die kleine Gruppe die Weiße Schlucht erreichte. Der Berg hatte hier sein Innerstes nach außen gedrängt, wie Knochen leuchteten die weißen Gesteinsbrocken in der Dämmerung.

Die Weiße Schlucht war dafür bekannt, Drachen anzuziehen. Der Stein, kalkhaltig und brüchig, bildete Höhlen und Klüfte, in welche sich die Tiere zurückziehen konnten. Das Problem: Drachen brauchten ausreichend Nahrung, um zu überdauern, und da Terra Talioni selbst kaum Tierherden besaß, sondern Fleisch lieber gesalzen oder geräuchert importierte, machten die Tiere Jagd auf Reisende und Händler, die sich über die Bergkämme bewegten. König Aegis Septimus hatte daher ein großzügiges Kopfgeld auf jeden erlegten Drachen ausgesetzt.

Soren schnallte seine Pferde ab und führte sie zwischen zwei Felsen – zwei große, fette Tiere wie die beiden Noriker waren optimale Beute für einen hungrigen Drachen. Der Wagen stand mit Planen abgedeckt vor dem Steinspalt und schirmte die Tiere ab.

Vom Wind der Berge umkreist, entzündete Soren seine Pfeife mit einem Kafritschen Teufel – kein größeres Feuer durfte errichtet werden, hätte es der Drache doch über Meilen hinweg gerochen. Er beobachtete Caedes, der sich zum Aufbruch bereitmachte. »Das ist es?«, murmelte er, die Augenbrauen gehoben. »So wollt Ihr einen Drachen erlegen? Ihr tragt nicht einmal einen Helm!«

Caedes lachte. Seine Rüstung bestand aus Leder, Drachenhaut und Knochen. In der Kälte der Berge wärmte sie besser als Eisen, doch dem Biss eines Drachen schien sie nicht viel entgegensetzen zu können.

An Caedes' Gürtel hingen ein Messer sowie ein kurzes, schlankes Schwert. Soren glaubte, dunklen Stahl gesehen zu haben, bevor es in der Scheide versunken war.

»Ein Helm?« Caedes klang amüsiert. »Wie soll mir ein Helm helfen?«

»Nun, ich weiß nicht …« Soren blies Rauch aus, der sich augenblicklich im Wind zerstreute. »Ich würde lieber einen Helm tragen, spie ein Drache Feuer auf mich oder versuchte er, mir den Kopf abzubeißen.«

»Ich verrate Euch ein Geheimnis«, lächelte Caedes. »Wenn Euch ein Drache den Kopf abbeißt, ist es egal, ob Ihr dabei einen Helm tragt oder nicht. Und falls er Feuer speit, besitzt ein Helm bloß den Vorteil, dass man Euer Hirn anschließend als siedende Suppe servieren kann. Hofft, dass ich gar nicht erst in eine derartige Verlegenheit gerate, sonst steht es schlecht um den zweiten Teil Eures Lohns!«

»Viel Glück«, sagte Soren und beobachtete den Drachenjäger, wie er sich daran machte, zwischen trockenem Gras und Steinen die Schlucht hinabzusteigen.

»Ich werde bis zum Morgengrauen zurück sein. Bin ich es nicht, könnt Ihr ohne mich aufbrechen.« Caedes' Stimme wurde vom Wind verblasen.

Soren sah ihm eine Weile hinterher, bis die schlanke Gestalt zwischen den aufragenden Felsbrocken verschwunden war. Er fragte sich, ob er den Drachentöter jemals wiedersehen würde.

Die Nacht hatte sich über die Weißen Klippen gelegt. Obwohl der Himmel eine mitternachtsblaue Farbe angenommen hatte, waren die weißen Felsen im Licht der Mondsichel gut zu sehen.

Soren hatte sich hinter seinen Wagen zurückgezogen, in eine Pferdedecke gehüllt, eine Schnapsflasche zur eigenen Unterhaltung, als Olaf und Ürder von einem Erkundungsgang zurückkehrten. Sie unterhielten sich gedämpft.

»… niemand da«, brummte der eine.

»Der kleine Wicht is' fort«, erwiderte der andere, bei dem es sich um Ürder handeln musste. Für diesen, groß und lang, wie er war, musste wohl jeder ein kleiner Wicht sein.

Soren nahm einen Schluck von der Schnapsflasche und schwieg, ihm war nicht nach Gesellschaft zumute, schon gar nicht nach der Gesellschaft zweier Trottel wie Olaf und Ürder.

»Wo's'n der Wagenlenker?«, fragte Ürder.

»Wahrscheinlich die Pferde bumsen«, erwiderte Olaf. Beide lachten.

Soren schloss die Augen. Nein, ihm war wirklich nicht nach Gesellschaft zumute.

»Seltsame Typen«, ächzte Olaf, als er sich zwischen den Felsen niederließ. »Alle beide.«

»Halt'n sich für was Besseres«, bestätigte Ürder.

»Halten sich doch alle für 'was Besseres. Aber am Ende sin' sie bei 'n Würmern und wir lachen uns 'n ab.«

Ürder lachte bestätigend, der Laut nasal und schrill, als schrie eine brünstige Katze. Mit ein wenig Glück würde er damit den Drachen wecken, sodass dieser die beiden Träger als Mitternachtsimbiss einsammeln konnte.

Olaf stieß ein Schnauben aus und plumpste auf den Boden. »Hast du gehört? Der Jäger will den Kopf behalten – Kopf, Herz und Klauen. Und wir soll'n den pop'ligen Rest auch noch mit'm Pferdebumser teilen!«

»Der Pferdebumser«, rief Soren hinter dem Wagen hervor. »ist mit dem Rest ganz zufrieden!«

Olaf und Ürder warfen einen Blick zum Wagen. »Schon fertig? Dann zieh' die Hose hoch und komm rüber! Aber lass die Gäule dort – nich' jeder steht auf so 'was!«

Soren seufzte, nahm einen Schluck aus seiner Flasche und erhob sich, um hinter dem Wagen hervorzutreten. »Warum habt ihr die Arbeit angenommen, wenn ihr unzufrieden seid?« Die weißen Felsen reflektierten das Mondlicht und beleuchteten Olaf und Ürder wie natürliche Lampen. »Es hätte sicherlich ein gutes Dutzend anderer Männer mit euren Fähigkeiten gegeben, die sich nach einer Gelegenheit wie dieser die Finger geleckt hätten. Bezahlung *und* der Großteil des Drachen – das ist ein gutes Angebot.«

Olaf lachte schnaubend. »Der Jäger ist allein«, sprach er. »Also kannst du dir ausmal'n, wie klein der Drache sein muss, den er erlegen will. Ein Großteil von klein is' winzig. Und das Wertvollste vom Drachen sind Zähne, Zunge, Aug'n, Hirn, Herz und Leber, das weiß doch jeder. Und was bekommen wir? Fleisch? Das reicht kaum für unsre nächste Mahlzeit!«

»Drachenfleisch ist eine begehrte Delikatesse in Tradea. Ein Pfund geht für fünfzehn bis zwanzig Rhonen. Das ist viel Geld.«

»Bis wir es dorthin geschafft haben, is' es doch längst verdorben – und gesalzen und eingelegt is' es nur noch halb so viel wert.« Olaf nickte Soren zu. »Warten wir, bis er mit der Echse zurückkommt. Dann schau'n wir, ob das Tier überhaupt ein Pfund Fleisch abgibt!« Er kramte demonstrativ ein Stück Trockenfleisch hervor, steckte es sich in den Mund und kaute daran herum. Zwei seitliche Zähne fehlten ihm, einer davon ein Backenzahn. »Du siehst selbst so aus, als könntest du Geld brauch'n. Und ein Bad. Und 'nen Barbier.«

Soren verzog den Mund zu einem bitteren Lächeln. »Ihr ebenfalls.«

Olafs Blick glitt prüfend über sein Gegenüber, während der lange Ürder schweigend danebensaß. Die Nacht färbte das Weiß seiner Augen hellblau. »Wir wollen das Herz«, sagte er. »Und den Kopf.«

Soren hob das bärtige Kinn. »Und wie wollt ihr das anstellen?«

Olaf verzog seine Lippen zu einem breiten, bösen Grinsen. »Wir hab'n so unsere Mittel«, sagte er und klopfte an seine Seite, wo ein Beil hing.

Die silbrigen Augenbrauen Sorens hoben sich. »Ihr wollt einen Drachenjäger töten? Haltet ihr das für eine kluge Idee? Einen Jäger zu jagen?« Ein prüfender Blick. »Ihr seht mir nicht wie Krieger aus.«

»Lass das unsre Sorge sein, wir werd'n das Schiff schon schauk'ln.«

»Ach«, erwiderte Soren matt. »Doch falls ihr das *Schiff* schaukelt, bekomme ich nicht den zweiten Teil meines Lohns, und das gefällt mir nicht.«

Olafs Gesicht war nicht zu lesen. Er kaute an seinem Trockenfleisch, die Arme auf den Beinen abgestützt. »Der Rest des Drachen is' mehr wert als dein zweiter Lohn«, sagte er. »Wir könnt'n teilen, du, ich und Ürder. Der Jäger vertraut dir mehr als uns. Du lockst ihn fort, zwischen 'n paar Felsen, wir erledigen den Rest.« Ein breites Grinsen. »Normalerweise mach'n wir so was nich'. Teilen, mein' ich. Aber du siehst aus, als könntest du 'n paar Rhonen brauch'n, also bin ich ausnahmsweise mal nett.«

Soren sah Olaf lange an. »Damit ihr mir danach ebenfalls die Kehle durchschneidet? Ich denke nicht.«

Olaf lächelte gehässig. Dafür, dass Soren Olafs Pläne zu Fall bringen könnte, blieb er ungewöhnlich ruhig. »Nun«, stieß er aus und zuckte mit den Achseln. »Ich kann dich nich' 'zu zwingen, uns zu helf'n. Aber … im Weg steh'n wirst du uns auch nich'.«

»Ach, nein?« Soren stand still, die Pferdedecke über den Schultern. Die beiden konnten nicht sehen, dass er seitlich die kleine, handliche Bartaxt trug, die ihm schon mehrmals das Leben gerettet hatte. Meist verschwand sie unter dem Lederrock seiner Tunika.

»Nein.« Die beiden Männer starrten einander an.

Von einem Moment auf den anderen setzte sich jeder von ihnen in Bewegung. Soren warf die Schnapsflasche von sich, griff unter die Decke und riss die Bartaxt aus der Schlaufe. Ürder sprang mit einem quietschenden Laut auf und lief ein paar Schritte fort. Olaf tat genau das Gegenteil – er ließ seine stämmige, kleine Gestalt in die Höhe schnellen und warf sich Soren entgegen, in der Hand das Beil.

Soren wusste, dass er schneller war, Olafs großes Beil machte ihn langsam. In einem raschen Bogen schlug er auf den kleinen Mann ein.

Dann kam das Feuer.

Einen Augenblick lang wusste Soren nicht, wie ihm geschah, er sah nur Flammen, die ein loderndes Hindernis bildeten, helle, orangeweiße Flammen, die flimmerten und sich zu einer undurchdringlichen Wand formten. Er konnte den eigenen Schlag nicht aufhalten.

Es war, als hackte er in einen beschlagenen Schild. Feuer leckte über seinen Arm, verbrannte Haar und Haut. Er ließ die Waffe los, die am Flammenschild zu Boden schlitterte. Der Holzgriff glomm, Soren stolperte zurück.

Hinter der Wand aus Feuer war Olaf nur schemenhaft zu erkennen. Er setzte einen Schritt vor, Soren konnte sehen, wie sich Olafs Bein bewegte. Der Feuerschild wanderte mit ihm, direkt auf Soren zu, welcher mit geweiteten Augen zurückwich. Soren stolperte so lange rückwärts, bis er an einen Felsen stieß. Der Feuerschild presste sich gegen ihn. Verzweifelt hob Soren die Hände, sodass die Hitze Haut, Nägel und Kleidung versengte. Bart und Augenbrauen kräuselten sich stinkend. »Hilfe!«, schrie er und wünschte, er könnte in den Stein versinken, um den Flammen zu entkommen. »Hilfe!«

Mit einem Mal stoppte das Feuer.

Olaf stand vor ihm. Er starrte den Wagenlenker finster an, trat einen Schritt auf ihn zu und klopfte ihm auf die Brust, Funken stoben auf. Es stank nach verbrannter Haut, Haaren und Nägeln. »*Nein*«, wiederholte der kleine Mann nur lächelnd.

Einen Moment lang glaubte Soren, Olaf hätte ebenfalls etwas vom Feuer abbekommen, denn an seinem Hals blitzte ein rotgoldenes Licht.

Es war keine Glut.

Mit geweiteten Augen, die Hände in den Fels gekrallt, starrte Soren auf Olafs Kehle. Dort baumelte eine Kette mit einem seltsamen Talisman, in dessen Zentrum ein roter Stein leuchtete, hell und intensiv wie die Wand aus Flammen zuvor.

»Wir sin' keine Anfänger«, bemerkte Olaf und trat einen Schritt zurück. »Das is' nich' der erste reiche Dummkopf, den wir um die Ecke bring'n – und sicher auch nich' der letzte.«

Soren starrte auf das Amulett.

»Wenn du uns im Weg stehst, bist du tot. Ich glaub' nich', dass ich betonen muss, dass der Drache von nun an für dich tabu is'.« Ein Grinsen. »Sei froh, wenn wir dich am Leben lass'n.« Damit wandte sich Olaf ab. Ürder stand ein paar Schritte abseits, in der Hand einen Haken. Er kicherte, hielt sich dabei die Hand vor den Mund, die Finger in den Schnauzbart gepresst. »Kaum zu glaub'n«, wieherte er. »Dass die Kette den vorigen reichen Schnös'l hätt' schütz'n soll'n.«

»Kaum zu glauben, nich'? Danach war er selbst 'n Spanferkel!«, lachte Olaf. Die beiden verschwanden in der Nacht.

Armer Kerl, dachte Soren, dem sie dieses magische Amulett mit Beil und Haken abgenommen hatten. Er lag vermutlich tot im Erdreich wie viele andere, die den beiden Kehlenschnittern begegnet waren.

Soren rührte sich eine Weile nicht – er schaffte es einfach nicht. Doch irgendwann nahmen die Schmerzen an seiner Brust eine Intensität an, die er nicht länger aushielt. Ächzend krümmte er sich zusammen. Er besaß nichts, um das wunde Fleisch zu reinigen, also vergrub er den verbrannten Kittel unter Steinen und zog sich einen Mantel über. Das Leder klebte schmerzhaft an der Wunde. Dennoch tat er so, als wäre niemals etwas passiert.

Uma Octavia saß auf einem massiven, beschnitzten Stuhl, der durchaus Ähnlichkeit mit einem kleinen Thron besaß, die Hände auf den Armlehnen abgestützt, die sich zu geschnitzten Löwenklauen krümmten. Ein unmerkliches Lächeln umspielte ihre Lippen. »Sieh an, sieh an«, kommentierte sie Ezras Erscheinen. »Zuerst *ein* Bruder, nun der andere. Ich bin überrascht.«

Warum klang sie dann nicht so?, schoss es Ezra durch den Kopf. Er verbeugte sich knapp. »Herrin«, sprach er. »Verzeiht, dass meine Aufwartung verzögert erfolgt, doch wir hatten bei unserer Ankunft mit Schwierigkeiten zu kämpfen.«

Ihre akkurat gezogenen Augenbrauen hoben sich. Sie fuhr sich mit den Fingern über die Lippen. »Welche Schwierigkeiten könnten das wohl gewesen sein? Und wer ist *wir?* Sagt bloß, Ihr habt Eure reizende Frau mit nach Terra Talioni gebracht? Ich hatte noch nicht das Vergnügen, sie kennenzulernen.«

Ezra ignorierte den spielerischen Ton. »Es ist nicht meine Frau, die ich mit mir brachte, sondern meine Schwester. Man attackierte sie auf offener Straße.«

Umas Gesicht verlor mit einem Schlag alles Spielerische. Die Lippen leicht geöffnet, wirkte sie ehrlich betroffen. »Attackiert? Hier, in meiner Stadt?«

Er nickte.

Sie senkte das Kinn, schloss den Mund. Nun wirkte sie zornig. Ihre Hände schlossen sich fest um die abgerundeten Enden der Armlehnen. »Erzählt mir, was geschehen ist!«

X

Das Beil im Rücken

Der Morgen brach gräulich-kühl an, als Caedes im Nebel zurückkehrte. Blut verkrustete Teile seiner Rüstung, sein Haar und den bandagierten Griff des Schwertes, es schien jedoch glücklicherweise nicht von ihm zu stammen. »Mein Teil ist erledigt«, bemerkte er und nickte Olaf und Ürder zu. »Jetzt seid ihr dran.«

Ürder und Olaf packten die Werkzeuge zusammen. Caedes wartete zwischen den Felsen auf die Träger, und nippte an einer Wasserflasche. Sein Blick schweifte über die Umgebung und hakte sich an Soren fest, der, in eine Decke gewickelt, im Schatten des Wagens kauerte. Er musterte das versengte Haar, die blasenbedeckte Stirn. »Was ist mit Euch passiert?«

Soren wandte den Kopf ab und schwieg. Olaf hingegen lachte. »Hat vergessen, dass er kein Feuer machen darf, der Pferdebumser. Hat es mit'm Gesicht voraus wieder ausgemacht.« Ürder wieherte.

Caedes sagte nichts. Er starrte in Sorens Richtung, der nur langsam nickte. Dann drehte sich der Drachenjäger wortlos um und führte die beiden Träger die Schlucht hinab.

»Aenne, wie siehst du denn nur aus?« Ezra stand im Türstock zu ihrem Zimmer und stemmte die Arme in die Seiten. Die Geschwister hatten die Felsensparte verlassen und sich in der *Roten Baronin* einquartiert, einer Herberge, die gegenüber dem Nachtfalken lag.

Aenne saß am Fenster und starrte die Straße hinab. Sie gab Ezra ein ärgerliches Zeichen, leise zu sein. Das Epenaische Kartenorakel lag wild verstreut am Boden und bildete komplizierte Muster, die Ezra nicht zu deuten wusste. Er kannte nur eine Karte mit Namen, und diese befand sich im Zentrum der Formation – sie hieß *Ego* und betraf den Kartenleger, in diesem Fall Aenne.

Ezra tanzte durch den Kartenwald und trat ans Fenster heran. Fassungslos starrte er auf ihr Haar herab, das plötzlich in einem satten Rot leuchtete. Er wusste nicht, wie sie das angestellt hatte – ob nun auf magische oder natürliche Art und Weise – aber die Veränderung ihres Wesens erschien ihm durch die simple Wahl einer anderen Haarfarbe frappant.

Aennes Augen verharrten auf der gegenüberliegenden Straßenseite – auf dem Eingang des Nachtfalken. »Wie lange sitzt du hier schon?«, fragte Ezra. Aus der Tasche zog er ein Stück Pergament und schob es ihr über das Fensterbrett entgegen.

»Eine Weile«, murmelte sie, ohne die Augen zu bewegen.

»Hier«, brummte er und konnte dabei nicht aufhören, den rotleuchtenden Schopf zu betrachten. »Ich habe Tarrens Tätowierung gezeichnet.«

Sie griff nach dem Pergament und kräuselte verwundert die Lippen. »Das hast du gut gemacht.« Ihre Augen glitten wieder hinaus auf die Straße.

Ezra lehnte sich an die Fensterbank. »Dieser Quaris – glaubst du wirklich, er kommt?«

»Ich weiß es nicht«, erwiderte sie und kniff die Augen zusammen, als sie einen Mann ausspähte, der eben die Taverne verließ. »Ich hoffe es.«

»Bis morgen Abend hast du Zeit.«

Das weckte ihre Aufmerksamkeit.

Ezra faltete die Hände übereinander. »Uma Octavia empfängt morgen Gäste und wünscht unsere Anwesenheit. Markgraf Nestor von der Grünen Küste, der Bruder König Laurins von Grünstadt, kommt nach Terra Talioni. Octavia veranstaltet ihm zu Ehren ein festliches Mahl.«

»Nestor«, verzog Aenne die Nase. »Ich kenne ihn. Ein grauenhafter Mensch. Ich habe ihn noch nie nüchtern erlebt, seine Sitten sind widerlich, er verhält sich laut und ungehobelt.«

Ezra zuckte mit den Schultern. »Du musst ja nicht neben ihm sitzen.«

Sie seufzte, spielte mit dem gefärbten Haar. »Morgen Abend also«, murmelte sie.

Ihr Blick glitt wieder hinaus auf die Straße. *Zu wenig Zeit,* dachte sie.

Soren stand am Wagen und band die letzten Stricke zu Knoten. Der Drache war von Caedes und den beiden Trägern in zersägten Stücken den Berg hinaufgeschleppt und anschließend auf den Wagen gehievt worden. Vor allem der massive Torso hatte die drei Männer einiges an Anstrengung gekostet, begleitet von Olafs und Ürders lästerlichen Flüchen, die von den Felswänden reflektiert wurden.

Soren stülpte die zerknitterte Plane über den Wagenrand und schnürte sie fest. In den Bergen der Welle herrschten kühle klimatische Bedingungen, von Natur aus gab es wenige Insekten. In Terra Talioni jedoch konnte sich die Wärme wie in einem Kessel stauen, sodass sich die Fliegen in Schwärmen vermehrten, man tat gut daran, den Drachen sorgfältig abzudecken.

Soren warf vorsichtige Blicke hinüber zu Olaf und Ürder. Eigentlich hatte er erwartet, dass sie Caedes auf dem Weg zur Drachenhöhle erschlagen würden, doch der Drachenjäger war lebend zurückgekehrt. Vermutlich hatten sie das Tier einfach nicht alleine den Berg hinaufschleppen wollen.

Sorens Augen suchten nach dem Amulett an Olafs Hals. Es lugte unscheinbar zwischen dessen Kragen hervor, das leuchtende Zentrum war zu einem langweiligen, rostbraunen Stein verblasst. Als Olaf das Kinn hob, wandte Soren rasch das Gesicht ab. Die Hände schmerzten ihn von den Verbrennungen, am schlimmsten verhielt es sich mit der Brustwunde, an die sich das Leder des Mantels legte. Soren schluckte, als er die eigenen Finger besah. Die Seile hatten Fasern in die Verbrennungen gerieben. Behandelte er die Wunden nicht bald, würde er vermutlich nicht alle Finger behalten können … falls er überhaupt jemals lebend nach Terra Talioni zurückkehrte.

Ein Blick hinüber zu Caedes, der eben von der Wasserstelle kam, Haar und Kleidung notdürftig gereinigt. Sein Gesicht war nicht lesbar, er kramte im Gepäck. Das Schwert lag einige Schritte entfernt im grauen Gras, nur ein Messer hing griffbereit am Gürtel.

Olaf und Ürder schienen diesen Moment nutzen zu wollen. Ein rasches Zeichen von Olaf, und Ürder bewegte sich zur Seite. Lautlos näherte sich Olaf dem Jäger von hinten.

Als er die Hälfte der Distanz überbrückt hatte, bemerkte Caedes, ohne dabei aufzusehen: »Was habt ihr vor, wenn ich fragen darf?«

Ürder erstarrte, Olaf räusperte sich. »Der Wagen ist fertig.«

»Dann können wir aufbrechen.« Caedes schnürte das Gepäck zusammen.

Ürder und Olaf wirkten einen Augenblick lang verwirrt, dann entsann sich Olaf seiner magischen Waffe – und seine Hand fuhr zum Hals. Der Stein im Zentrum des Amuletts glühte auf, die Feuerwand erschien mit tosenden Flammen.

Olaf stürzte sich auf den Drachenjäger.

Etwas Schwarzes segelte über den Wall aus Feuer, der die Gestalt des Drachenjägers verdeckte, flog rotierend an Olaf vorbei und bohrte sich unter Ürders Schlüsselbein. Ürder, den Haken in der Hand, starrte auf das schwarze Messer in seiner Brust. Er brach röchelnd zusammen.

Olaf, der einen Moment lang verwundert angehalten hatte, stieß ein zorniges Brüllen aus und warf sich erneut gegen Caedes. Die Feuerwand prallte gegen Widerstand, ein Zischen erklang, wie Fleisch, das auf eine heiße Platte geworfen wurde. Der Geruch von versengtem Leder, Haar und Haut wehte bis hin zum Wagen.

Soren presste die Lider zusammen, versuchte das Bild zu verdrängen, das sich vor sein inneres Auge drängte, spürte, wie ihm selbst die Tränen in die Augen traten, da die gerötete Haut darüber spannte. Doch das zischende Geräusch der Feuerwand, die gegen einen Leib gepresst wurde, wollte nicht verschwinden. Sein Geist malte grausame Bilder.

Olaf stieß ein langgezogenes Ächzen aus. Er wich einen unsicheren Schritt zurück, die Hand noch immer am Talisman. Es war keine freiwillige Handlung, wie Soren im nächsten Moment erkannte – etwas schob ihn zurück.

Nein. *Jemand.*

Caedes stemmte sich gegen das Feuerschild und kämpfte dagegen an – er drängte seinen Gegner zurück, Stück für Stück.

Ein wütender Schrei – Caedes', nicht Olafs – und ein Stoß gegen das feurige Hindernis. Olaf taumelte.

Den Moment an Freiheit nützte Caedes, um am Feuer vorbei zu seinem Schwert zu hechten. Die Lederrüstung rauchte, die linke Hand war mit roten Blasen überzogen, doch die Haut aus Drachenschuppen, die um seinen Arm lag, schien unversehrt.

Drachenhaut – immun gegen Feuer. Es schien doch etwas Wahres an den alten Weisheiten zu sein.

Entsetzt bemerkte Olaf, dass sein Opfer flüchten wollte; er wankte irritiert im Kreis und brachte sich anschließend wie ein Bock in Angriffsposition.

Der Jäger langte nach dem Griff des Schwertes.

»Nein!«, schrie Soren. »Der Wall ist nicht durchdringbar!«

Es war zu spät. Olaf hielt wie ein Rammbock auf Caedes zu.

Dieser hatte sich noch nicht richtig aufgerichtet, das Schwert halb in der Luft, halb auf der Erde, und blickte aus dunklen Augen dem Flammenwall entgegen, der ihn in der nächsten Sekunde niederzuwalzen drohte.

Ein gurgelnder Männerschrei, qualvoll und laut. In einem Ball aus Feuer stürzte Olaf nieder, die Männer rollten übereinander hinweg, dann verpasste einer dem anderen einen Tritt und stieß ihn von sich.

Caedes rappelte sich auf. In seinem Haar glomm ein Nest aus Asche, das er hastig auszudämpfen versuchte. Olaf war ein paar Schritte entfernt liegengeblieben, reglos, das schwarze, schlanke Schwert bis zum Heft im Magen. Das Feuer unter dem Träger loderte einen letzten Moment und warf Blasen auf der Haut, dann ebbte die Magie ab. Das Leuchten des Talismans an seinem Hals erlosch.

Caedes hustete und klopfte das rauchende Leder ab, schüttelte dann fluchend die verbrannte Hand. Zu seinem Glück nicht die Schwerthand; Soren schlug eilig das Segnungszeichen der Schicksalsgöttin Epena.

»Unfassbar«, murmelte der Drachenjäger, trat auf Olaf zu und stieß ihn mit dem Fuß herum. Er riss das Schwert mit einem Ruck aus dem Leib, spuckte auf den Mann hinab. »Der einzige Grund, warum ich dich nicht bereits heute Morgen ins Gras beißen habe lassen, ist, weil ich keine Lust hatte, das Vieh allein den Berg hinaufzuschleppen!«

Er drehte sich um und ging zu Ürder.

Ürder lag röchelnd am Boden, wohl mehr im Reich des Todes als in dem der Lebenden. Caedes fasste das Messer, das aus seiner Brust ragte, veränderte dessen Winkel und stieß tiefer. Das Röcheln erstarb. Nachdem der Jäger das Messer aus Ürders Leib gezogen und es an dessen Kleidung notdürftig gereinigt hatte, hob er den Blick. Soren saß noch immer auf dem Wagen und rührte sich nicht. Er starrte dem Jäger entgegen.

»Was ist mit Euch?«, fragte Caedes. Die Seite seines Gesichts war rot, das anschließende Haar versengt, ein Teil seiner Augenbraue fehlte. »Wollt Ihr hier bloß herumsitzen?«

Soren räusperte sich und hob den Kopf, an dem sich das verbrannte Haar borstig krümmte. »Werdet Ihr mich jetzt töten?«, fragte er.

»Weil Ihr den ganzen Tag bloß herumsitzt?«

»Weil ich Euch nicht gewarnt habe.«

Caedes sagte einen Moment lang nichts, beförderte nur den schwarzen Dolch zurück in den Gürtel. »Ihr habt Euch wohl noch nicht im Spiegel betrachtet – Euer Gesicht war Warnung genug.« Damit drehte er sich um, griff nach dem Gepäck und warf es auf den Wagen. »Lasst uns fahren. Wir sollten einen Heiler aufsuchen.«

»Ich danke Euch vielmals dafür, dass Ihr mich empfangen habt, Meister«, verbeugte sich Ezra vor dem älteren Herrn. »Man versicherte mir, Ihr könntet mir weiterhelfen. Ich bin auf der Suche nach Informationen zu diesem Symbol.« Ezra streckte dem Gelehrten seine Zeichnung unter die Nase.

Der Professor für Gilebretologie kniff die Augen zusammen, fasste mit den zitternden Händen eines alten Mannes nach dem Pergament und betrachtete es ausführlich.

»Meine Geschwister und ich sind uns nicht sicher, was es darstellen soll. Wir glauben, es handle sich um eine Art Krebs. Die Archivarin, mit der ich sprach, verneinte und schickte mich zu Euch.« Adalgis Rohoy-Perporri, oder Rohoy'Perporri'Adalgis, wie die Namensgebung in Gilebret eigentlich üblich war, schüttelte langsam den Kopf. »Die Archivarin hat Euch zu mir geschickt, weil sie glaubt, das Symbol falle in die gilebretische Semiotik, nicht in die aurorische. Ich denke, dass ihr beide bis zu einem gewissen Grad recht habt: Dieses Zeichen soll vermutlich keinen Krebs, sondern einen Skorpion darstellen – allerdings wurde es in Aurora gezeichnet, nicht in Gilebret.« Mit zittrigen Fingern fuhr der Gelehrte die Beinchen, den langen Schalenkörper, die Scheren und den geringelten Schwanz nach, den Ezra so fein säuberlich nachgezeichnet hatte. »Jedes Kind von Phalanx bis Vudelis weiß, wie ein Skorpion aussieht. Bei diesem Symbol handelt es sich um eine westliche Interpretation. Seht Ihr – die Beine, die Scheren, der Schwung des Schwanzes? Der Künstler orientierte sich an den Flusskrebsen, vermutlich wusste er es nicht besser.«

Ezra warf Perporri einen verwirrten Blick zu. »Das Symbol stammt nicht aus Gilebret?«

Der Gelehrte schüttelte den Kopf. »Nein, das denke ich nicht. Wisst Ihr, viele Diebesbanden im östlichen Teil des Grünen Kontinents verwenden Tiersymbole aus den Heißen Ländern, die auf irgendeine Art und Weise geheimnisvoll, gefährlich oder exotisch wirken. Hyänen, Löwen, Schakale, Kobras – Skorpione. Das kommt nicht selten vor.«

Diebesbanden, durchfuhr es Ezra. Das schien passend. Gehörte Tarren zu einer Bande, die einen Skorpion als Zeichen ihrer Zunft besaß? Hieß das, wo er herkam, gab es noch andere Leute seines Schlages? »Gibt es jemanden, der diese Zeichen unterschiedlichen Banden zuordnen kann?«

Rohoy'Perporri'Adalgis überlegte. »Manche Städte legen Verzeichnisse an, sobald sie bemerken, dass Verbrecher mit ähnlichen Tätowierungen vermehrt festgenommen werden. Phalanx hat damit begonnen, als die Kriminalität unter Kinderbanden stark zunahm, Tradea folgte bald – die beiden Hafenstädte verhalten sie sich in vielerlei Dingen sehr ähnlich.«

Ezra nickte. Gedankenverloren glitten seine Augen über den falschen Skorpion. Vorsichtig rollte er das Pergament zusammen. Jetzt musste er nur noch herausfinden, woher das Zeichen stammte. »Ich danke Euch für Eure Hilfe, Meister.« Eine knappe Verbeugung.

Perporri lächelte breit, zeigte dabei drei goldene Zähne, ein Zeichen, dass er aus einer äußerst wohlhabenden Familie stammen musste. »Es war mir ein Vergnügen, junger Herr. Ich rätsle für mein Leben gern.«

»Herr«, sprach Soren irgendwann, als sie den Berg hinabstiegen. Der Wagen rumpelte, die Noriker schwitzten. Soren hielt die Tiere am Seitengeschirr. Sie benötigten keine Führung, aber seine Nähe beruhigte sie – vielleicht beruhigte er damit auch ein wenig sich selbst. »Ich verstehe nicht, warum Euer Schwert den Feuerwall durchdringen konnte. Mein Beil prallte daran ab wie an Eisen!«

Caedes griff nach seinem Messer, zog es hervor und reichte es Soren mit dem Griff voraus. Die Leinenwickel waren steif vor Blut, Asche und Dreck. Unter dem schmalen Heft ragte eine schwarze Klinge hervor. »Nachtelfischer Stahl«, erklärte der Drachenjäger. »Immun gegen Magie. Deswegen konnte das Schild die Klinge nicht aufhalten.«

Soren bewunderte den Dolch, wiegte ihn in seiner Hand, sodass er das Licht bläulich einfing. »Nachtelfischer Stahl …«

»Der Name ist irreführend«, setzte Caedes hinzu. »Die Nachtelfen schmieden nicht und verwenden selbst kaum Metall – kein Wunder, in den Sümpfen von Ravennae lässt sich kein Erz finden. Mein Vater kaufte diesen Stahl von einem der wenigen Händler, die mit den Zwergen Geschäfte treiben. Sie benannten den Stahl nach den Nachtelfen, da er immun gegen magische Einwirkung ist – genau wie das Nachtvolk.«

»Ich bin noch nie einem Zwerg begegnet«, murmelte Soren. »Und ich wohne in den Bergen. Auch keinem Elfen.«

»Wer hat schon jemals einen Zwerg gesehen? Gäbe es nicht Dinge wie diese Waffen, man könnte vermuten, es handele sich bloß um Geschichten. Und die Nachtelfen? Sie verschanzen sich in den Sümpfen und regen sich nur dann, wenn der König von Walkorn nicht die Grenzen einhält, weil er glaubt, ganz Ravennae gehöre ihm.«

»Wie sehen sie aus, die Nachtelfen? Habt Ihr jemals welche gesehen?« Soren reichte Caedes den Dolch zurück.

»Einen«, erwiderte Caedes. »Doch, Epena sei Dank, nicht lange genug.«

Soren sah ihn fragend an.

»Ein nachtelfischer Jäger namens Wildschütz hat Ravennae zu seinem Territorium erklärt. Er duldet keine anderen Jäger in seinem Revier.«

»Und niemand macht ihm dieses Territorium streitig?«

Caedes zuckte mit den Schultern. »Dumm sind die, die es versuchen. Ravennae ist zwar voller Drachen, aber diejenigen, die in den Mooren leben, besitzen ein Gehör wie Luchse, man kann sich kaum an sie heranschleichen. Außerdem pirscht und kämpft es sich in sumpfiger Umgebung nur sehr schlecht. Die Drachen auf der trockenen Seite von Ravennae sind zum Großteil Metallspeier.«

Ein fragender Blick.

»Sie kotzen dich wortwörtlich mit flüssigem Metall voll. Und sie schlafen kaum, das heißt, die Periode, in der sie nicht dazu bereit sind, dich vollzureihern, ist nur von kurzer Dauer.«

Soren lachte. Die Wagenräder ratterten über den steinigen Weg, die Pferde schnaubten. Brust und Hände schmerzten ihn, doch in der Manteltasche drückte eine wohlige Schwere – die Kette, deren Verkauf ihn reich machen würde. »Und Ihr seid sicher, dass Ihr die nicht behalten wollt?« Er klopfte gegen die Manteltasche, die Kette klirrte.

»Wozu?«

»Nun, ein Krieger, wie Ihr es seid, kann eine Waffe wie diese doch sicherlich gut gebrauchen?«

»Behaltet das Amulett«, antwortete Caedes. »Ich habe keine Verwendung für derlei Magie. Mein Vater pflegte immer zu sagen – ›*Gehe bloß so weit, wie dich deine Beine tragen können.*‹ Magische Dinge wie dieser Talisman geben einem das Gefühl von Macht, die man im Grunde gar nicht besitzt. Ein Straßenjunge kommt mit leeren Händen, geht mit deinem Amulett und du bist ein toter Mann, weil du vergessen hast, wie du ohne es kämpfen sollst.«

Soren nickte nachdenklich. Von einem Teil des Erlöses würde er sich eine neue Bartaxt kaufen. Mit einer Bartaxt konnte er umgehen. Und die war auch leichter zu ersetzen als ein feuerspeiendes Amulett.

Aenne wartete am Hintereingang des Nachtfalken, die Kapuze tief ins Gesicht gezogen. Tag und Nacht hatte sie die Taverne im Auge behalten, ohne Quaris zu entdecken. Doch ihre Hoffnung starb zuletzt.

Es dauerte eine Weile, bis der Wirt Ollaster aus dem Gebäude getreten kam und sich die Hände an der mit Wein, Met und Bier befleckten Schürze abwischte. »Ihr seid für Stella hier?«

Aenne nickte.

Ollaster zupfte an einem goldenen Ohrring. »Man hat mir eine Nachricht für Stella gegeben.« Er nickte. »Eine Rhone und sie gehört Euch.«

Widerspruchslos griff Aenne in ihren Mantel und warf dem Tavernenbesitzer das Geld zu. Ollaster grapschte die Münze aus der Luft, biss prüfend darauf und steckte sie anschließend in die Schürze. »Ich soll Stella ausrichten, dass es in Terra Talioni keine weiteren Herzen geben wird.« Seine Augen bewegten sich über das dunkle Loch von Aennes Kapuze, versuchten ihr Gesicht ausfindig zu machen.

»Mehr nicht?«, fragte sie enttäuscht.

Der Wirt schüttelte den Kopf.

Aenne nickte und zog sich in den Schatten der Gassen zurück.

XI

Feuer Infra Rot

Ezra saß im Zimmer und schrieb einen Brief an Thymiane, als Aenne zurückkehrte. »Quaris ist nicht erschienen«, erklärte sie missmutig, schälte sich aus dem Mantel und warf ihn achtlos über einen Sessel. »Aber an Stella wurde eine Nachricht überbracht.«

Ezra blickte von seinem Brief auf. Die Tinte wob den Text wie schwarze Schlingpflanzen. »Und die wäre?«

Aennes Gesicht war im Schatten des Zimmers nur schwer auszumachen, doch sie wirkte bekümmert. »›*Es wird in Terra Talioni keine weiteren Herzen geben.*‹«

Ezra blinzelte. Das Licht fiel hinter ihm durchs Fenster und rahmte seine Gestalt. »Das heißt, Quaris weiß etwas.«

»Was hilft es uns, wenn er nicht sprechen will? Und nachdem wir heute Abend an Umas Festessen teilgenommen haben, wird unsere Identität nicht länger ein Geheimnis sein. Die Umstände verschlechtern sich, anstatt sich zu verbessern.«

Ezra legte die Feder zur Seite und lehnte sich zurück. »Ich kann dir keinen weiteren Tag verschaffen, Aenne. Du weißt das. Aber – schließt sich eine Tür, öffnet sich irgendwo eine andere.«

Sie seufzte niedergeschlagen, trat vor und ließ sich auf den Sessel gegenüber fallen. »Hast du etwas von Uma gehört? Was ist mit der talionischen Garde vor dem Stadttor? Werden sie schweigen?«

»Noch weiß ich von nichts. Aber ich hoffe, heute Abend mehr zu erfahren.« Er beugte sich vor, blies sorgsam auf die feuchte Tinte, schob Aenne anschließend den Brief zu. »Ich habe heute Adalgis Rohoy-Perporri aufgesucht, den Gelehrten aus Phalanx. Ich zeigte ihm das Symbol von Tarrens Brust. Er meinte, es handle sich um einen Skorpion, kein gilebretisches Werk, sondern um eine aurorische Nachahmung, wie sie manche Banden in Phalanx oder Tradea trügen. Tradea scheint ein Archiv mit den wichtigsten Bandenzeichen zu besitzen. Ich schreibe Thymiane, dass sie Nachforschungen anstellen soll.«

Aennes Brauen hoben sich überrascht an. »Perporri?«, fragte sie. »Du hast Adalgis Perporri gesprochen? Ohne Umschweife? Einfach so?«

Ezra setzte ein verständnisloses Gesicht auf. »Wieso nicht?«

Enerviert griff Aenne den Brief aus seiner Hand und zog ihn zu sich, um ihn zu lesen. »Männer!«, brummte sie. »Die Welt ist einfach ungerecht!«

Ein Trommelwirbel an der Tür. Aenne warf den Brief zur Seite, kämpfte sich empor und öffnete. »Bei Kafrits sieben Höllentoren!«, stieß sie aus. »Was ist mit dir geschehen?«

Caedes rümpfte die Nase. »Mein Freund Soren und ich hatten mit einigen Zwischenfällen zu kämpfen. Hast du Heilsalbe bei der Hand?«

Aenne schob sich an Caedes' Schulter vorbei. Hinter ihm stand ein Fremder, das zottige Haar wie Bart, Wimpern und Brauen angesengt. Caedes sah nicht besser aus, eine Seite des Gesichts rot, als wäre sie verbrüht worden, das anschließende Haar fortgebrannt. Ein Teil seiner Augenbraue fehlte. Aenne hob die Hand und betastete Caedes' Wange, er sog die Luft ein und fasste nach ihren Fingern. »Pass auf!«

Sie verzog missbilligend das Gesicht »Ihr habt Glück. Die Karten haben mich gewarnt. Ich habe bereits Heilsalbe angesetzt. Kommt rein.«

Caedes stieß einen Fluch aus. »Was tust du da? Muss das sein?«

»Halt still«, befahl Aenne und setzte das Rasiermesser an. »Man könnte meinen, ein Drachentöter wüsste, wie man Brandwunden behandelt! Das Haar verklebt die Wunde, sie wird sich entzünden, wenn es nicht entfernt wird!«

Caedes biss die Zähne zusammen und kniff die Augen zu. Die Haut riss, blutete. Soren saß am Bettrand, Ezra behandelte dessen Hände, bestrich sie mit der Gägasalbe und verband sie mit Leinenwickeln. »Das war kein Drache«, presste Caedes hervor. »Das waren zwei Vollidioten mit einem magischen Artefakt, zu wertvoll und zu gefährlich für Hände wie die ihren!«

Da Aenne sich auf das scharfe Rasiermesser in ihrer Hand konzentrieren musste, konnte sie nicht weiter nachhaken. »Sieh an«, rief sie aus, nachdem sie ihr Meisterwerk vollendet hatte. »Eine schicke Frisur!«

»Wie die deine?«

»Rot passt mir ganz ausgezeichnet«, erwiderte sie spitz, legte das Messer zur Seite und machte sich daran, seine Wunde mit einem ausgekochten Lappen zu reinigen. Er versuchte, sich die Schmerzen nicht anmerken zu lassen, blinzelte jedoch recht häufig.

Soren zog den Mantel aus. Ezra entfernte die notdürftigen Leinenwickel, welche die großflächige Brustwunde bedeckten. »Gut, dass Ihr gekommen seid, Soren«, sprach er leise. »Das hätte schlimm enden können.«

Aenne und Ezra arbeiteten eine Weile schweigend weiter.

Irgendwann klopfte es. Blicke hoben sich gehetzt. Aenne warf den Lappen in das heiße Wasser, trat vorsichtig zur Tür und öffnete sie einen Spalt.

Sheera. »Seid gegrüßt«, bemerkte Umas Dienerin ausdruckslos und reichte Aenne einen Korb. »Uma Octavia lässt Euch ihre Empfehlung ausrichten. Sie war sich nicht sicher, ob Ihr auf Euren Reisen passende Kleidung für einen Empfang mitzuführen pflegt, weswegen sie sich erlaubt hat, Euch diese hier herauszusuchen.« Ihre Stimme verlor sich, als sich ihre Augen an Caedes festhakten. »Caedes«, stellte sie fest, »Ihr seid zurück.«

Er antwortete nicht.

»Dann nehme ich an, der Drache ist tot. Hipp, hipp, hurra.« Es gab wohl niemanden, der weniger dazu gemacht war, hipp, hipp, hurra zu sagen, als die stoische Sheera. »Wir freuen uns, dass Ihr ebenfalls an Uma Octavias Empfang teilnehmen werdet.« Ein prüfender Blick, die Nase kräuselte sich. »Aber zieht Euch etwas Passendes an. Und frisiert Euch. Und … ein Hut würde sich vielleicht ebenfalls gut machen.« Sie wandte sich abrupt ab. »Ich werde meiner Herrin ausrichten, dass Ihr zu kommen gedenkt.« Damit verschwand sie wieder.

Caedes schob langsam, unendlich langsam den Kopf in Ezras Richtung. »Und davor hättest du mich nicht warnen können?«

Ezra spreizte seine Mundwinkel zu dem grotesken Versuch eines Lächelns. »Einen Hut könnten wir anbieten.«

»Herr«, sagte Soren leise, als er sich vor dem Haus von Caedes verabschiedete. »Diese Frau, die Euch die Kleidung brachte … die Dame, die Euch auch damals abholte, ist sie …?«

»… Uma Octavias Leibdienerin, ja.«

Soren schluckte. »Das heißt …«

»Ich bin ein Sohn des Reisenden Königs. Ezra und Aenne sind meine Geschwister.«

Soren blinzelte nicht. Dann machte er sich eiligst daran, sich zu verbeugen. Sein Oberkörper hüpfte auf und ab, als wollte er alle verpassten Momente für Höflichkeitsbekundungen nachholen. Caedes seufzte, klopfe dem Wagenlenker auf die Schulter. »Nichts hat sich geändert, Soren. Ich bin kein Prinz, ich bin ein Drachenjäger, und wenn Ihr vor mir auf die Knie fallen wollt, dann wegen meiner überragenden drachentöterischen Fähigkeiten, und nicht wegen eines Titels, der meine unglückliche Familie dazu verpflichtet, einer Frau wie Uma Octavia die Aufwartung machen zu müssen.«

Soren sagte einen Moment lang nichts. Sein Gesicht wirkte verändert, der Bart rasiert, die Augenbrauen gekräuselt. Ein Teil seiner Haare stand in wilden Stirnfransen von seinem Kopf. »Ihr müsst auf Euch achtgeben, Caedes«, sprach er heiser. »Die talionische Königin ist eine mächtige Frau. Allein Aegis Septimus steht über ihr. Jetzt, wo er fort ist, ist sie Herrin über Terra Talioni.«

Die talionische Königin?, dachte Caedes verwundert. Eigentlich gehörte dieser Titel Septimus' Gattin. Doch Uma Octavia war Uma Octavia – sie war *vor* dieser anderen Frau in Terra Talioni gewesen, und vermutlich würde sie auch noch nach ihr hier sein.

»Soren«, sprach Caedes. »Könnt Ihr Euch umhören, wo wir den besten Preis für den Drachen erzielen können?

Soren nickte.

»Wir treffen uns morgen, um alles Weitere zu besprechen.«

Soren nickte erneut, tauchte in die Dunkelheit ein und verschwand in den schattigen Gassen Terra Talionis.

Ein Blick zur Straßenecke hin. »Dort hinten steht Sheera«, murmelte Caedes. Er wandte sich an die Geschwister. »Zieht euch die Sachen über und lasst uns gehen. Für Privatangelegenheiten muss später Zeit sein.«

Nestor, Markgraf von der Grünen Küste und Bruder des dort ansässigen Königs, war bereits betrunken, als er auf dem Empfang auftauchte. Ezra war noch dabei, Uma Octavia zu begrüßen, als Nestor, rotnasig wie er war, in den Raum getrampelt kam und zielstrebig auf den Sitzplatz neben Aenne zuhielt.

Ohne ein Wort der Begrüßung zog er den Stuhl zurück. »Eine schöne Frau!«, rief er aus. »Eine schöne Frau, die ich noch nicht kenne – neben der will ich sitzen!« Und damit saß er auch schon. Ezra ließ sich seufzend einen Sitz weiter nieder.

Uma Octavia, die am Kopfende des Tisches saß, verschränkte die Finger ineinander. Ihr Gesichtsausdruck hätte als neutral bezeichnet werden können, doch die Art, wie sich ihre Lippen kräuselten, besagte, dass sie Nestors Verhalten wenig schätzte. Vielleicht hatte sie deswegen auf die Anwesenheit all ihrer Gäste bestanden – weil sie Nestor allein nicht ertragen mochte.

Nestor starrte Aenne von der Seite an. Er besaß ein aufgedunsenes, rotbackiges Gesicht, die feinen Äderchen auf der knolligen Nase waren durch jahrelanges Trinken geplatzt. Seine Existenz war eine Schande für seine gesamte Familie und jeder wusste das – vielleicht sogar er selbst, weswegen er vermutlich noch mehr trank.

Angeblich hatte es andere Zeiten gegeben. Zeiten, in denen Nestor ein großer Krieger und General gewesen war, mit Familie und einer Gefolgschaft, die ihn verehrte. Dann kam der Krieg gegen die Inseln. Die ersten Angriffe fanden in Nestors Verwaltungsbereich an der Grünen Küste statt, seine Burg wurde eingenommen, seine Frau vor seinen Augen ermordet. Selbst nach dem Kriegsende gelang es ihm nicht, sich von diesem Schlag zu erholen, der ihm nicht nur die Familie, sondern auch die Würde genommen hatte – er wirtschaftete die Grafschaft binnen weniger Jahre herunter und investierte das meiste Geld in seinen privaten Weinkeller, in welchem er auch den Großteil seiner Zeit verbrachte.

»Ihr seid ein hübsches Mädchen«, murmelte Nestor mit fleischigen Lippen. Er griff nach einem Pokal und wollte trinken, realisierte jedoch, dass dieser leer war. Entrüstet schrie er nach Wein.

Octavia saß da, das Kinn auf den verschränkten Fingern abgestützt und betrachtete den Gast ruhig. Die Sekunden zogen zäh vorbei, bis sie Sheera ein Zeichen gab, Wein zu holen.

Uma hob sich wie üblich von der Gesellschaft ab. Ihr schwarzes Kleid war mit kleinen Perlen der Glasinsel Palpreas bestickt. Sie hatte ihr Haar mit gläsernen Spangen hochgesteckt, an ihrem Finger ruhte der goldäugige Siegelring. Mit schwarzumrahmten Augen musterte sie die geladene Gesellschaft.

Bei Aenne blieben Umas Augen hängen. »Es freut mich, dass Ihr es zu uns geschafft habt, Aenne, Prinzessin ohne Königreich. Ich bedauere die Zwischenfälle, die Ihr in Terra Talionis Straßen zu erleiden hattet. Ich versichere euch, dass Vorkehrungen getroffen wurden, die derartige Intermezzi in Zukunft verhindern werden.«

Ezra richtete seine Aufmerksamkeit auf die Gastgeberin. »Darf ich fragen, um welche Vorkehrungen es sich handelt?«

Umas Augen schoben sich in seine Richtung. »Was hättet Ihr Euch denn vorgestellt?«

Ezra schwieg einen Moment lang. Nestor nebenan grummelte nach Wein. »Dass der Verantwortliche gefunden und entsprechend bestraft wird.«

Ein knappes Lächeln von ihrer Seite aus. »Das ist bereits geschehen.«

Ezra sah sie an, seine Kiefer mahlten aneinander. »So wie Ihr das sagt – sind die Wachen … tot?«

»Ihr fürchtet Euch vor der Antwort, weil Ihr ein gnädiger Mann seid. Das ehrt Euch, Ezra, Prinz ohne Königreich. Aber wenn Ihr sie nicht hören wollt, dann fragt nicht danach.«

Das ließ Ezra verstummen.

Nestors Stimme schwoll an. »… wo bleibt der Wein?« Speichel sprühte über den Tisch hinweg. Die Dame, die ihm gegenüber saß, blinzelte pikiert.

Sheera kehrte zurück, in ihrer Hand einen Krug Wein. Uma Octavia hob schweigend den Pokal und Sheera schenkte ihr ein.

»Wer ist das?«, schnauzte Nestor.

»Das ist Sheera, meine Dienerin. Sie wird uns heute Abend auftragen.«

»Das ist nicht Infra!«, schnaubte Nestor. »Wo ist Infra?«

»Infra ist indisponiert«, erwiderte Octavia. »Sheera bedient uns heute.«

Nestor kniff misstrauisch die Augen zusammen, beobachtete jede Bewegung von Sheera. »Sie ist hübsch«, stellte er fest. »Aber sie ist nicht Infra.«

Octavia ignorierte den Markgraf von der Grünen Küste, nahm einen Schluck und wandte sich an Caedes. »Wie war die Jagd, Caedes, Prinz ohne Königreich?«

»Zufriedenstellend.«

»Ihr seht so aus, als hättet ihr beide ringen müssen, der Drache und Ihr.«

»Mit den Händen, er und ich.«

Sie lächelte. »Eine sehr interessante Frisur habt Ihr ihm zu verdanken. Erinnert mich an die gilebretische Kriegerkaste der Kalir – viele von ihnen tragen ihr Haar, wie Ihr es nun tut.«

»Ich bin mir sicher, dies war ganz im Interesse des Drachen.«

Ein knappes Lächeln. »Was habt Ihr mit dem erschlagenen Tier vor?«

Nestor knallte die Faust auf den Tisch. Aenne und einige Gäste zuckten zusammen. Der Krug in Sheeras Hand blieb vollkommen ruhig. »Wo ist Infra?«, schnauzte Nestor.

Uma ignorierte ihn, also sprach Caedes weiter. »Ich werde den Drachen verkaufen – an denjenigen, der am meisten bietet.«

»Bestimmte Teile lassen sich gut für Heilmedizin verwenden. Die Mediziner der Purpurnen Märkte lecken sich die Hände danach. Was den Rest betrifft – der Tempel der Epena, der in Terra Talioni seine Pforten eröffnet hat, zahlt für Raritäten wie Drachenherzen ein Vermögen. Ihr solltet Euch an Modhi wenden, den obersten Priester.«

Caedes nickte. »Das werde ich tun.«

»Infra!«, brüllte Nestor plötzlich und hob seine massige Gestalt aus dem Sessel. Wankend blieb er stehen. Aenne fürchtete, dass er im nächsten Moment auf sie niederstürzen würde, und rückte vorsichtshalber ein Stück ab. »Ich will Infra sehen! Jetzt!«

»Nestor …!«, grummelte Uma Octavia. »Beherrscht Euch!«

»Infra war immer hier!« Er stand da, sein vorstehender Bauch lag auf der Tischplatte. »Sie war immer hier, um mir Wein zu bringen!«

Aenne schluckte. Obwohl Nestor sich kaum auf den Beinen halten konnte, machte ihr sein aggressives Verhalten Angst.

»Nestor …!«, zischte Uma. »Setzt Euch!«

»Ich setze mich nur … wenn … Infra kommt …!«

Uma starrte zuerst ihn, dann Aenne an, die mit angstvollem Blick danebensaß und den Drang unterdrückte, abwehrend die Hände zu heben, falls er einfach umfallen und sie unter sich begraben sollte. Schließlich verdrehte Uma die Augen. »Gut«, bemerkte sie verbissen. »Setzt Euch! Ich lasse Infra holen!« Sie nickte Sheera zu, die sich aufrichtete und den Raum verließ. »Und nun setzt Euch, Markgraf – Euer Verhalten ist ungebührlich und macht den Damen an diesem Tisch Angst!«

Einen Augenblick lang schien es, als würde Nestor nicht gehorchen, dann plumpste er doch auf den Sessel zurück. »Angst?« Sein Kopf kippte zur Seite. Die rotgeäderten Augen konnten Aenne nicht wirklich fixieren. »Ihr habt doch keine Angst vor einem alten Charmeur wie mir?«

Sie schüttelte hastig den Kopf.

Während Uma Octavia mit dem Herrn zu ihrer Linken sprach, kam Infra in den Saal getreten. Sie war eine Spur größer und weiblicher gebaut als ihre grazile Vorgängerin. Auf den ersten Blick zeichnete sie sich durch zwei Farben aus: *Rot und Weiß*. Weiß war ihre überschminkte Haut, rot leuchteten die Wangen, die Lippen und das Haar. Stirnfransen rahmten eine schön geschwungene Stirn, eine hübsche Nase und große, honigfarbene Augen ein.

Einen Moment überkam Aenne das Gefühl, das Mädchen zu kennen, doch schnell verwarf sie den Gedanken wieder. Eine Frau mit derart roten Haaren hätte sie sich sicherlich gemerkt.

Infra lief um den Tisch herum und schenkte Wein nach. Währenddessen gurgelte Nestor zufrieden vor sich hin, die Worte unverständlich – es interessierte ohnehin niemanden, was er zu sagen hatte. Aennes Augen waren auf den eigenen Pokal fixiert, ihre Finger schoben ihn nervös im Kreis. Dann hielt sie ein, ihre Stirn schlug Falten. Vorsichtig wanderte ihr Blick zurück zu dem Mädchen Infra und heftete sich an seinem Gesicht fest.

Es fiel Aenne wie Schuppen von den Augen. Sie wollte sich zuerst an Ezra wenden, doch dieser saß neben dem betrunkenen Nestor. »Caedes«, flüsterte sie daher. »Caedes!«

Caedes, mit einem Gesicht, als würde die Welt untergehen – weil er auf Umas Empfang sein musste – wandte ihr gelangweilt den Kopf zu.

»In meiner ersten Nacht in Terra Talioni – in der Bibliothek – lief ich in eine schwarzhaarige Adelsfrau und überschüttete ihr Kleid mit Tinte …!«

Caedes stieß ein Lachen aus. »Nein! Uma sagte bereits, dass …«

Aenne schüttelte den Kopf. »Nein. Nicht Uma. Ezra dachte ebenfalls, es wäre Uma gewesen. Aber nicht sie …!« Sie beugte sich zu ihm. »Die andere!«

»Die andere?«

»Das andere Mädchen!«

»Sheera?«

Wieder schüttelte sie den Kopf. »Nicht Sheera. Das Mädchen hier, Infra. Sie war es!«

Caedes drehte den Kopf; Infra stand zwei Stühle von ihnen entfernt und goss Wein in den nächsten Pokal. »Ihre Haare sind rot –« Dann stockte er. Seine Augen weiteten sich, ganz so, als würde er das Mädchen erkennen.

»Seltsam«, flüsterte Aenne. »Ihr Haar war schwarz, als ich ihr in der Bibliothek begegnet bin.«

»Die Sharonne? In einer Bibliothek? Was sollte eine Sklavin mit Büchern anfangen?«

Aenne lehnte sich dichter an Caedes heran, obwohl das nicht nötig gewesen wäre – der Lärm, den Nestor nebenan veranstaltete, übertönte alle anderen Geräusche. »Sie lernt lesen«, wisperte Aenne. »Ich sah sie später ein zweites Mal – und Adalgis Perporri lehrte sie lesen …!«

Keine Sharonne durfte lesen können. Für die Sklaven von den freien Inseln galten eigene Gesetze – und eines davon besagte, dass sie illiterat bleiben mussten.

»Aber Umas Kleid …«, murmelte Caedes, doch Aenne verstand nicht, was er meinte. Sein Blick schweifte über die Sharonne. »Lesen, wie?«

Infra trat an Caedes heran und beugte sich vor, um ihm einzuschenken. Der Wein floss rot wie ihr Haar, das über ihre Schulter glitt.

Caedes beobachtete sie heimlich, das gepuderte Gesicht, die rotbewimperten Augen, die roten Augenbrauen. »Gentiana«, stellte er fest.

Sie mied es, ihn anzusehen. »Infra ist heute mein Name, Herr. Seid gegrüßt. Ich hoffe, Eure Jagd war von Erfolg gekrönt. Ich zweifle nicht daran, bei Euren erhabenen Fähigkeiten.«

»Eine entzückende Haarfarbe hast du da. Ist sie echt?«

»Natürlich, Herr.« Der Wein plätscherte.

»Und, Infra? Ist das dein richtiger Name?«

»Natürlich, Herr.«

»Du trägst immer noch zu viel Schminke.«

Sie setzte schweigend den Krug ab. »Ein Mädchen wie ich möchte hübsch sein für Herren wie Euch.« Sie richtete sich auf und trat zu Aenne und beugte sich mit dem Krug vor. Die roten Wimpern hoben sich für einen Moment. Es war kaum ein Seitenblick, mit dem sie Aenne bemaß, doch …

Der Krug in ihren Händen wankte. Wein schwappte – über den Tisch, über sie selbst, über Aenne. Irgendwo schrie eine Dame auf, die eigentlich gar nichts mit der Sache zu tun hatte.

»Nein!«, rief Infra, oder Gentiana, oder wie auch immer sie hieß. Ihre Finger krallten sich um den nassen Krug. »Warum immer ich?«

»Infra!«, bellte Uma Octavia vom Anfang des Tisches. Infras Augen hoben sich mit einem Ruck, besahen einen Moment lang die Herrin wie ein erschrockenes Reh. »Es tut mir so leid!«, rief sie aus. Ihre Hände flogen, waren versucht, den Wein von Aennes Oberteil zu streifen. Das machte es jedoch nur schlimmer. »Es tut mir so furchtbar leid!«

Nestor nebenan brüllte vor Lachen.

Infra fächelte sich Luft zu, unter all dem Puder musste ihr Gesicht puterrot angelaufen sein. Ein klägliches: »Verzeiht …!«

»Infra!«, schnauzte Uma Octavia. »Steh nicht herum, hole ein Tuch!«

Und Infra rannte.

Sie kehrte mit einem Tuch zurück, hinter ihr her trippelte Sheera in stählerner Ruhe, in den Händen eine Wasserschale. Infra bot Aenne das Tuch an, die sich etwas verblüfft das Oberteil betupfte. Währenddessen bedachte Umas Mädchen die Tochter des Reisenden Königs mit einem Schwall von Verbeugungen und Entschuldigungen. »Schon gut«, murmelte Aenne. »Das kann passieren.«

Nestor lachte noch immer. Als Infra an ihm vorbei zur Tür laufen wollte, um weitere Tücher zu bringen, fing er sie ab und zog sie an sich. »Infra«, lachte er und zwang sie auf seinen Schoß. »Wie es aussieht, war hier jemand ein unartiges Mädchen!«

Einen Moment lang wollte sich Infra gegen seinen Griff wehren, doch schon einen Augenblick später gab sie nach. Er hielt sie wie eine wehrlose Puppe und verpasste ihr einen Klaps. »Dir werde ich den Hintern schon noch versohlen …!«

Vom Tischanfang ertönte ein Stöhnen. Uma Octavia vergrub die Stirn in den Händen. »Sheera!«, schnalzte es regelrecht aus ihrem Mund.

»Markgraf Nestor von der Grünen Küste fühlt sich unwohl. Bereite alles vor, er soll sich zurückziehen! Infra kümmert sich um ihn.« Der Herrin von Terra Talioni reichte es.

Sheera knickste.

»Das Turmzimmer!«, rief Nestor vergnügt. »Ich will das Turmzimmer! Das mit der langen Treppe!« Er wiegte Infra in den Armen. Sie wirkte unglücklich, doch schon in den nächsten Sekunden rann jegliche Stimmung aus ihrem Gesicht und ließ eine neutrale Hülle zurück, eine Puppe in den Armen eines großen Jungen.

»Das Turmzimmer also«, knurrte Uma Octavia. »Und jetzt geht!«

Nestor ging und nahm Infra mit sich. Als er fort war, seufzte Uma erleichtert. Niemand traute sich, ihrem Beispiel zu folgen, doch ein generelles Aufatmen war spürbar. »Deswegen bedient Sheera bei solcherlei Anlässen. Infra ist solch ein Tollpatsch! Stellt Euch vor – das Mädchen verschüttete zuletzt sogar ein Fass Tinte über eines meiner Talanidischen Seidenkleider …! Ich dachte, ich müsse sie aus dem Fenster werfen!« Uma nahm einen großzügigen Schluck. »Manchmal bin ich einfach zu gutmütig.«

XII

Im Schatten der Bäume

Irgendwann hatten es Ezra, Aenne und Caedes geschafft, sich unauffällig von der Gesellschaft zu entfernen, die sich weiterhin mit Wein und Bänkelsang unterhielt. Sie folgten einem Felsengang zu einem der Innenhöfe, über den sich der sternenbehangene Nachthimmel spannte. Bäume, Hecken und duftende Blumen bevölkerten die Nacht – gerade recht, um einen Moment lang zwischen den Blättern zu versinken und sich vor Umas neugierigen Ohren zu verstecken.

Caedes erzählte, was Soren und ihm auf der Drachenjagd widerfahren war, anschließend lauschten sie Aennes Resümee über die Ereignisse der letzten Tage. Das Zirpen der Grillen tauchte die gedämpften Stimmen in eine nächtliche Geräuschkulisse.

»… das heißt, Quaris weiß Bescheid.« Caedes kniff die Lippen zusammen. »Vielleicht sollte ich ihm einmal einen Besuch abstatten – und nachfragen, auf meine Art.«

Aenne schüttelte den Kopf. »Das heißt, Quaris weiß *etwas.* Wir wissen nicht, was. Ihn mit Gewalt zum Sprechen zu bringen, scheint nicht die produktivste Methode. Menschen, die bedroht werden, lügen gerne das Blaue vom Himmel, bloß um das Schwert von der Kehle zu bekommen.«

Caedes grinste. »Oh, ich kann schon sehr überzeugend sein, wenn ich will.«

Aenne seufzte. »Was ist mit der Stadtgarde? Uma ließ die Verantwortlichen hinrichten, wir werden nie erfahren, ob sie etwas über Tarren den Kopfgeldjäger wussten.«

»Der Brief an Thymiane ist unterwegs.« Ezra hatte überlegend die Hand ans Kinn gelegt. »Vielleicht kann man ihr in Tradea sagen, welche Kreise das Signum eines Skorpions benutzen.«

»Auch dann ist es nicht sicher, ob uns das weiterhilft.«

Caedes fuhr sich über die verbrannte Augenbraue. »Was ist mit dem Tempel der Epena? Uma Octavia sprach darüber. Die Epenai dienen der Schicksalsgöttin – wenn es jemanden gibt, der in Organen liest, dann sie. Die Priester der Schicksalsgöttin müssten über den Organhandel in Terra Talioni Bescheid wissen.«

»Ich werde diesen Modhi übernehmen, den obersten Priester des Tempels«, nickte Aenne. »Jeder hält mich für eine Epenai, also habe ich am ehesten Grund dazu, einen Tempel der Epena zu besuchen.«

»Pass auf«, warnte Ezra. »Die Epenai sind verschlagen. Ein Augenblick der Unachtsamkeit – und schon bist du eine von ihnen!«

Sie lächelte zart. Ezra konnte sich nicht entscheiden, ob sie dabei wie eine unschuldige Elfe oder ein verschlagener Kobold wirkte. »Ich werde auf mich achtgeben, keine Sorge.«

Der älteste Bruder wollte gerade weitersprechen, als hinter den Sträuchern Stimmen laut wurden. Es war das helle Auf und Ab junger Frauen, die sich unterhielten. Die Geschwister verstummten und rührten sich nicht, wurden zu einem Teil der Schatten.

Bunte Laternen, von Frauenhänden getragen, tanzten durch den Garten zu einem Pavillon, der im ankommenden Licht sichtbar wurde. Mit Blättern umrankt, versank er im Grün der Gartenanlage.

»… also beugt er sich über mich und fragt: ›*Berit, willst du mich heiraten?*‹ Und ich kann nicht anders – ich fange an zu lachen und höre einfach nicht mehr auf damit!«

Die Mädchen kicherten. Hohe Pantoffeln gruben sich durch Blätter und Gräser. Seidene Mäntel umspielten Beine, grün, orange, rot, violett. Es roch nach Tabak. »Du warst nie eine gute Schauspielerin, Berit!«, rief ein Mädchen in orangefarbener Seide. »Der arme Kauz kommt sicher nie wieder!«

»Sei froh, wenn Uma nichts davon erfährt«, bemerkte ein Mädchen in violetter Seide. »Sie würde dir dafür persönlich den Kopf abreißen!«

»Ich bitte dich!«, schnaufte eine Frau mit rotem Haar in roter Seide, die den anderen auf hohen Trippen hinterherstolperte. »Der arme Tropf schämt sich sicher viel zu sehr! Glaubst du, er würde nach alledem zu

Uma laufen?« Ein Ast schnalzte zurück, von der Vorgängerin unachtsam zurückgebogen. »Au! Berit! Pass doch auf!«

Die Vorderfrau warf einen hastigen Blick zurück. Sie trug einen grünen Seidenmantel, an der Hüfte locker zusammengeknotet, das Haar unachtsam aufgesteckt, in der Hand eine dicke Pfeife. »Verzeih, Gentiana – oder wie darf man dich momentan nennen? Infra?«

Infra rieb sich die Knie und folgte den anderen Mädchen in den Pavillon. Sie befestigten die Laternen an Haken zwischen den Balken, sodass sie den Rückzugsort der Frauen sanft erleuchteten. »Ich hasse dieses Turmzimmer! Und ich hasse Stufen!« Infra ließ sich auf einem der Bänklein nieder, die Knie blau geschlagen, vermutlich war sie die Treppe hinabgestürzt. Sie strich sich das rote Haar zurück, in ihrem Mundwinkel hing eine lange, dünne Pfeife.

»Du siehst reizend aus«, bemerkte die grüne Berit trocken und schüttelte die Pantoffeln von den Füßen. »Nach welchen Extraspäßchen dünkte es den guten Nestor denn heute?«

Infra kniff die Augen zusammen. »Frage nicht.« Das Mundstück zwischen den Zähnen, rauchte sie und rieb sich die Knie. »Ich hatte Glück – betrunken, wie er war, schlief er nach der Hälfte ein … auf mir. Ich habe ewig gebraucht, um mich unter ihm hervorzugraben.« Ihre Schminke war verwischt, der Lippenstift schmierte über ihr Kinn, als hätte sie Marmelade gegessen.

»Infra hat noch nie gelacht, wenn man ihr einen Heiratsantrag gemacht hat«, bemerkte das Mädchen in Orange amüsiert. »Dazu besitzt sie eine zu große Moral.«

»Ein Heiratsantrag ist nichts, worüber man lachen sollte«, erwiderte Infra. »Es zeigt, dass diese Männer nichts anderes zu lieben haben als uns.«

Berit seufzte theatralisch, schloss die Augen und lehnte sich an den Pfeiler. Kräftiges braunes Haar, ein verführerischer Schmollmund und ausladend weibliche Körperpartien waren ihre Markenzeichen. »Gerade das macht es doch so amüsant, findet ihr nicht? Manchmal versuche ich absichtlich, sie dazu zu bringen … einfach nur, um herauszufinden, ob ich es kann.«

»Du tust alles, was dir in den Sinn kommt, Berit – und es hat dich noch nie gestört, dabei auf die Nase zu fallen. Nicht alle Menschen sind wie du.«

Berit öffnete die Augen. »Was willst du damit sagen?«

»Nun, ich erinnere dich – die Sache mit Sheera? Wirklich? Das musste doch schiefgehen!«

»Da bin ich anderer Meinung«, behauptete Berit. »Sheera mag Frauen, ich *bin* eine Frau. Mit ihr zu schlafen bringt sicherlich Vorteile! Ich habe es versucht …!«

»… und du bist kläglich gescheitert.«

Berit verdrehte die Augen. Die Pfeife wanderte im Kreis. »Nun, es konnte ja niemand ahnen, dass Sheera sich Uma auch im Bett derart ergeben zeigt wie im restlichen Leben.«

»Das wundert mich wenig«, sinnierte Infra. »Ich glaube nicht, dass Uma jemanden in ihr Gemach oder ihr Bett lässt, dem sie nicht absolut vertrauen kann.«

Berit legte den Kopf schief. »Wo wir von Uma Octavias Gemächern sprechen – ich kann nicht fassen, dass du noch lebst, nach dem, was du angestellt hast!«

»Das ist reizend von dir.«

»Ich bitte dich!« Berit beugte sich vor. »Du hast dich heimlich in Umas Gemächer geschlichen, um dir ihre Kleider anzusehen? Und dann auch noch ein Tintenfass über ihr talanidisches Seidenkleid geschüttet? Überkam dich der Wahnsinn?«

Alle drei Mädchen starrten Infra an. Diese senkte den Blick. »Es war eine dumme Idee«, gestand sie. »Und ich wurde dafür bestraft. Mehrmals.«

»Du kannst von Glück sagen, dass Uma dir nicht persönlich den Hals umgedreht hat!« Ein prüfender Blick. »Wobei – du bist zäh.«

Infra zuckte mit den Schultern. Aus dem schmalen Pfeifenkopf kroch Rauch.

»Und dann … dann bekommst du auch noch diesen hübschen Kerl! Als wollte Uma dich für den ganzen Unsinn auch noch belohnen!«

»Ha?« Infra warf Berit einen verständnislosen Blick zu.

Auf dem Gesicht des braunhaarigen Freudenmädchens breitete sich ein schwärmerisches Lächeln aus. »Der Drachenjäger! Ich sah ihn, als er deine Gemächer verließ – er gefällt mir!«

»Dann bist du ihm noch nicht seit seinem Rendezvous mit einem Drachen begegnet! Dieses Treffen war seiner Schönheit ziemlich abträglich.«

Berits Augen rollten. »Einen solchen Mann kann man gar nicht verunstalten!«

Ein Raunen, weit entfernt zwischen den Blättern des Buschwerks, so leise, dass es nur derjenige hören konnte, dem es galt. Aenne kicherte lautlos in Caedes' Nacken. Dieser schenkte ihr einen finsteren Blick und wandte seine Aufmerksamkeit wieder den Mädchen in der Laube zu.

Infra saugte am dünnen Stiel der Pfeife. Der Rauch stieß aus Mund und Nase. »Nur weil jemand hübscher ist als Nestor, heißt das nicht, dass es sich um einen angenehmeren Freier handelt.«

»Ach«, erwiderte Berit flach. »Sag' bloß, er ist auch so ein Trinker!« Diesmal war es Ezra, der ein Schnauben nicht unterdrücken konnte.

»Nein, das meine ich nicht. Aber ... erinnert ihr euch noch an Markgraf Roland von den Rostroten Flüssen? Der aus Rostwald, mit der Halbglatze und den Goldzähnen?«

Die Mädchen nickten.

»Er war genauso.« Sie verstellte die Stimme und unterstrich die Worte mit weitläufigen Handbewegungen. »Hier bin ich! Erzittere vor meiner mächtigen Erscheinung! Glaube bloß nicht, du könntest wissen, was ein Mann wie ich will! Denn ich bin ein Drachenjäger und du nur eines von Umas billigen Mädchen!« Sie sank zurück, stieß dabei trocken die Luft aus. »Ich konnte mich glücklich schätzen, dass er nicht wie Roland zu heulen begonnen hat, als der Sex vorüber war.« Die Mädchen lachten. »Und heute? Dachte der Herr doch tatsächlich, er könnte mich über mein Aussehen belehren, nachdem er noch nicht einmal den Anstand hatte, sich selbst einen Hut aufzusetzen!« Die Mädchen kicherten.

In der Dunkelheit wandten Ezra und Aenne Caedes langsam den Kopf zu. Dieser reagierte nicht, stierte in Richtung der beleuchteten Laube.

»Oh«, bemerkte Berit spitz und nahm die Pfeife an sich. »Von mir könnte der Herr verlangen, was er möchte!«

»Du kannst ihn gerne haben – ich denke nicht, dass er wiederkommen wird.«

»Och«, murrte die Braunhaarige in gekünsteltem Mitleid. »Unsere arme Infra konnte einen Mann nicht mit ihren devoten Künsten begeistern? Nicht alle mögen es still und traurig! Kein Heiratsantrag für Infra, nicht dieses Mal!«

Infra zuckte mit den Schultern und zog die Beine an.

Hinter den Büschen konnte Ezra nicht verhindern, dass seine Schultern unter lautlosem Lachen bebten. »Sieh dir Caedes' Gesicht an«, wisperte er Aenne zu. »Sieht so aus, als hätte hier jemand eine harte Zeit!«

Caedes wandte sich langsam um. »Jemand wird eine harte Zeit haben«, bemerkte er schleppend. »Eine wirklich, wirklich harte Zeit …«

XIII

Modhi

»Quaris?«

Caedes betrat das Schlachthaus. Früher Morgen, kein Geräusch zu hören. Es roch nach Fleisch, Blut und Knochen, irgendwo summte eine Fliege. *Seltsam*, dachte Caedes, in Quaris' Beruf war man darauf bedacht, keines der Tiere ins Haus zu lassen – Schlachter wie er wandten sogar einfache magische Tricks an, um die Tiere draußen zu halten. Eine einzige Fliege konnte die Arbeit eines gesamten Monats zerstören.

Caedes glitt durch das Schlachthaus. Stille. Einen Moment lang überlegte er, ob er sich zu früh auf den Weg gemacht hätte und Quaris noch nicht zur Arbeit erschienen sei. Er trat zwischen den hängenden Tierleibern hindurch. Die Fliege sauste geräuschvoll an ihm vorbei, landete auf der borstigen Haut eines Schweines und putzte sich die Füße. Alarmiert hob er das Kinn. Seine Hand kroch an seine Seite, berührte sacht den Schwertgriff. Irgendetwas stimmte hier nicht.

Er schob einen Schweineleib zur Seite und sich selbst an einer Ziege vorbei, deren Hörner man bereits abgenommen hatte, horchte in den Raum hinein, die Fingerspitzen am Schwertgriff. Langsam wanderte sein Blick zur Seite.

Der Jäger erstarrte.

Quaris rührte sich nicht. Er baumelte nicht einmal, wie er dort von der Decke hing. Der Strick um seinen Hals saß eng, das Gesicht war bläulichviolett angelaufen und aufgedunsen, der Körper hing schlaff darnieder. Die Beine harrten in aller Stille über einem umgekippten Schemel.

Caedes starrte noch einen Moment lang zu dem Erhängten hinauf, trat dann einen Schritt näher und fasste dessen Wade. Die Muskeln waren hart, das Bein ließ sich schwer biegen. Der Schlachter hing hier wahrscheinlich schon die ganze Nacht.

Als Caedes losließ, bewegte sich Quaris' Körper leicht, schaukelte am Strick hin und her. Es war die einzige Regung im gesamten Raum.

Vielleicht hat er Selbstmord begangen, schoss es Caedes durch den Kopf.

Irgendwo summte die Fliege.

Vielleicht aber auch nicht.

Der Tempel der Epena lag an einem der höchsten Punkte Terra Talionis. Die Architektur erinnerte an den obersten Tempel der Insel Porta – klare Linien, hohe, runde Bögen, schlanke Säulen, goldene Kuppeln.

Der Tempel in Terra Talioni war jung. Es hatte zwar schon zuvor Anhänger der Epena in Terra Talioni gegeben, doch nach der Silvatischen Pest waren die Rufe nach einem epenaischen Domizil derart laut geworden, dass sie sich nicht länger hatten ignorieren lassen.

Der oberste Priester der talionischen Epenai hieß Modhi und war seines Zeichens Schüler der höchsten Priesterin von Porta gewesen. Er besaß makellose Haut und langes, sattschwarzes Haar, deren Pflege ihm wichtig schien. Anders als in anderen Priesterschaften war es bei den Epenai nicht verpönt, Schönheit und Luxus zu leben – und Modhi tat beides. Er war ein schöner Mann, nahezu feminin hübsch, mit sinnlichen Lippen und dunklen Augen, die verrieten, dass er ursprünglich aus den Steppengebieten stammen musste. Er begrüßte Aenne mit offenen Armen und Händen und Ohren voller Gold.

»Es freut mich, Euch kennenzulernen, Aenne!«, rief Modhi, als er die Treppe zum Heiligtum hinabgestiegen kam. »Eine Prinzessin an meinen Pforten – Epena beschenkt mich reichlich!«

Nach dem Empfang bei Uma Octavia wunderte es Aenne nicht, dass Modhi über sie Bescheid wusste. Jemand, der in Epenas Netzen des Schicksals lesen konnte, sah oft Dinge, die anderen verborgen blieben.

Modhi fasste sie an der Schulter. Seine Finger waren lang und schmal. Er lächelte und entblößte dabei weiße Zähne. »Mir kam zu Ohren, Ihr interessiert Euch für unseren Kult?«

Aenne nickte. »Epena war mir immer die nächste Göttin«, sagte sie. »Ich bewundere die Art, wie die Epenai ihr mit aller Hingabe dienen.«

»Das ist verständlich«, erwiderte Modhi und führte sie durch die marmorne Halle, von deren Decke Feuerschalen hingen. Durch große Fenster fielen Lichtbögen zu Boden. »Epenas Wege scheinen für viele unergründlich, doch an uns liegt es, einen Sinn in ihrem Wirken zu entdecken. Es handelt sich um Euren ersten Besuch in Terra Talioni?«

Sie nickte.

»Nun, unser Tempel ist jung, aber das nimmt ihm nicht seinen Wert. Die Menschen hier in Terra Talioni haben lange darauf gewartet, dass Epena und ihre Epenai durch ein Bauwerk anerkannt werden. Die Pracht des Tempels wird dieser langen Wartezeit gerecht.« Der Tempel präsentierte sich überaus opulent. Der Boden, über den sie schritten, zog sich in marmornen Mustern dahin, die Feuerschalen glänzten, als wären sie aus Gold. »Mit welchen Bereichen von Epenas Künsten habt Ihr Euch bisher auseinandergesetzt?«, fragte Modhi. Dabei bewegte er seine Hände auf eine exquisite Art und Weise, fließend wie Wasser. Aenne kam nicht umhin, ihn dabei zu beobachten.

»Es ist vor allem der Blick in die Zukunft, der mich interessiert …«

Ein sachtes Lächeln. »Wen nicht!«

»… aber auch Vergangenheit und Gegenwart erwecken meine Neugier. Seit Jahren lege ich das Epenaische Kartenorakel und möchte behaupten, mich recht geschickt anzustellen.«

Der Priester nickte. »Die meisten Schüler beginnen auf diese Art, in Epenas Netzen zu lesen.«

»Dann interessiere ich mich noch für die Kunst des Organlesens. Sie fasziniert mich.«

»Tatsächlich?« Modhi wirkte überrascht. »Junge Frauen stößt diese Kunst zumeist ab! Doch ich gebe Euch recht – meine primäre Gabe besteht ebenfalls in der Leserei aus lebenden Dingen! Worin pflegt Ihr zu lesen?«

»Darm, Leber … und Herz. Herzen üben eine besondere Faszination auf mich aus.«

Ein seliges Lächeln breitete über Modhis Gesicht. »Oh ja, Herzen! Keines gleicht dem anderen, wisst Ihr das? Nicht im Leben, nicht im Tod. Habt Ihr jemals einem Epenaischen Lebensritual beigewohnt?«

Aenne schüttelte den Kopf.

»Die Organe werden direkt aus dem lebenden Körper des Tieres gehoben. Damit verlieren sie nichts von den Geheimnissen aus Vergangenheit, Gegenwart und Zukunft, die sie in sich tragen. Es ist ein seltsames Schauspiel, erlebt man es das erste Mal, doch man gewöhnt sich schnell daran.« Er seufzte. »Ein Herz, das schlägt, erzählt eine Geschichte, Aenne. Eine Geschichte, die ein totes Herz niemals erzählen könnte. Es schlagen zu sehen, ist, als würde man einen Untergrund für all die Erzählungen legen, die man später darin finden kann. Sein Rhythmus ist der blutrote Faden, der die einzelnen Geschichten zusammenhält. Versteht Ihr?«

Sie nickte zögernd.

»Viele Priester ziehen falsche Schlüsse, setzen die Einzelteile ihrer Beobachtungen falsch zusammen – die Interpretation erhält eine undeutliche Nuance. Das liegt daran, dass sie den roten Faden nicht kennen.«

Sie schwieg.

»Verzeiht«, lachte Modhi. »Ich wollte Euch nicht verschrecken! Wie gesagt, ein derartiges Ritual kann anfangs verstörend wirken, doch man gewöhnt sich daran! Die Ergebnisse sind die Sauerei auf jeden Fall wert!«

»Nein«, wandte Aenne rasch ein. »Das ist es nicht! Ich bin nicht verschreckt – bloß interessiert! Welche Tiere werden für dieses Ritual geschlachtet?«

»Nun, wenn wir es durchführen – und das tun wir beileibe nicht immer, da es wochenlanger Vorbereitungszeit bedarf –, dann meist Stiere. Stiere besitzen ein großes, starkes Herz, einen endlosen Darm und zahlreiche Mägen. In ihren Organen zu lesen erweist sich als äußerst ergiebig.« Ein kurzes Seufzen. »Leider lässt die Tempelarbeit uns nur selten dafür Zeit. Wenn, dann an epenaischen Feiertagen, wenn Feuer auf Wasser und Wind auf Erde trifft. Gilebretische Zeitangaben, falls Ihr versteht.«

Sie nickte.

»Ihr solltet wiederkommen, das nächste Mal. Es zahlt sich aus, dabei zu sein. Eine aktive Teilnahme am Ritual ist allerdings der Priesterschaft vorbehalten. Nicht, dass Euch dieser Weg versperrt wäre.« Ein freundliches Lächeln, eine verführerische Einladung.

Sie nickte. »Ich werde daran denken.« Eine kurze Pause. »Die Organe, aus denen ich lese, erhalte ich meist in Tradea, doch mittlerweile bin ich nicht mehr zufrieden mit dem, was man mir dort bietet. Woher stammen Eure Vorräte?«

»Nun, den größten Teil kaufen wir an.«

»Aus Tradea?«

»Nein, direkt aus Terra Talioni. Ihr solltet einmal bei unserem Schlächter vorbeischauen, Quaris ist sein Name. Er besitzt gute Ware, frisch und nach sakralen Regeln geschlachtet.«

Sie nickte zögernd. »Das werde ich tun, vielen Dank.«

Modhi lächelte breit. »Kommt mit«, wies er sie an, seine schlanken Hände bewegten sich wie weiße Tauben. »Ich zeige Euch die Sternhallen – dort lesen wir aus dem Nachthimmel! Ihre Decken wurden mit Lapislazuli bemalt, ich bin mir sicher, auch Ihr als Frau von Welt habt noch nie etwas Vergleichbares gesehen …!« Modhi floss davon, seine Worte schwanden mit ihm.

Damit war das Thema Herzen beendet. Aenne wollte nicht auffallen und hakte daher nicht nach. Sie folgte ihm stumm.

Ezra legte das in Stoff gehüllte, längliche Paket auf dem Tisch der Schmiedin ab und öffnete es. »Meine Schwester war bereits in vier anderen Läden und einer Rüstungswerkstätte, doch niemand konnte uns eine eindeutige Antwort liefern.« Säuberlich schlug er den Stoff zurück. Zum Vorschein kam Tarrens Waffe, die parierstangenlose Spatha, die noch immer in der Scheide am Gürtel hing. »Vielleicht könnt Ihr mir den Ursprung dieser Waffe verraten.«

Die Schmiedin beugte sich vor, zog das Schwert heran und entfernte die Lederscheide. Als die Klinge aus der Hülle glitt, verursachte es ein helles Geräusch. Ezra fokussierte ihre Bewegungen. Ihre Augen glitten prüfend über den geschliffenen Stahl, ihre Finger testeten die Schärfe der Klinge, untersuchten den Griff und das Metall darunter. »Der Schliff ist in den südöstlichen Königreichen weit verbreitet«, erklärte sie.

Ezra nickte höflich. »Das sagte man meiner Schwester bereits.«

»Die Art, wie der Griff gewickelt und gestaltet wurde, wird eher in den südlichen Königreichen angewendet, vor allem zwischen Grünstadt und Tradea.«

Ezra strich sich nachdenklich über das Kinn.

»Einzig und allein …« Die Schmiedin schlug mit dem Fingernagel gegen die Klinge. »… das Material ist nicht der übliche Stahl, der dort unten verwendet wird.«

»Was meint Ihr?«

Die Frau ließ die Spatha zurück in die Scheide gleiten. »Das Schwert wurde von einem mittelmäßigen Schmied hergestellt, doch es besteht aus qualitativ hochwertigem, phalanxischen Stahl. Das ist, mit Verlaub, als würde man aus Gold einen Nachttopf schmieden.«

Ezra fuhr sich durch das rotblonde Barthaar. »Woran könnte das liegen?«

»Ich habe solcherlei Waffen bereits zuvor gesehen. Der Stahl wird meist über den Schwarzmarkt vertrieben, manchmal zu Spottpreisen, nachdem Schiffsladungen aus Phalanx überfallen wurden, doch die Käufer können sich nicht den Schmied leisten, dem ein derartiges Material gebührt. Heraus kommt …« Sie nickte zu der Waffe herab. »… so etwas.«

Er warf ihr einen nachdenklichen Blick zu. »Gibt es irgendeine Möglichkeit, herauszufinden, von welchem Schwarzmarkt dieser Stahl stammt?«

Die Schmiedin schüttelte den Kopf. »Nein. Aber nach der Waffenart zu schließen, würde ich sagen, Grünstadt oder Tradea.« Sie beugte sich vor, ließ die Spatha zurück in die Lederscheide gleiten. »Ich rate Euch nicht, diese Waffe zu tragen. Egal, woher Ihr sie habt – jeder vernünftige Händler und Schmied wird erkennen, dass es sich um Schmuggelware handelt. Wenn Ihr nicht wollt, dass man Euch mit dem Schwarzmarkt assoziiert, zieht Ihr diese Klinge nicht in der Öffentlichkeit.«

Caedes fiel Soren gegenüber auf den Sitz. Der Wagenlenker ließ den Blick über das heruntergekommene Interieur des Nachtfalken schweifen. »Warum treffen wir uns hier?«, brummte er und schielte misstrauisch in den Becher. »Der Wein ist gewässert und die Gesellschaft ist schlecht.«

Caedes lächelte. »Ich habe eine Verabredung mit meiner Schwester, sie besucht den epenaischen Tempel. Danach muss ich weiter. Der Nachtfalke liegt auf unserer beider Weg.«

Soren nahm einen Schluck Wein und verzog das Gesicht. »Schmeckt nach Essig.«

»Ich bin sicher, sie führen hier auch Besseres.« Caedes winkte den Wirt heran und bestellte zwei Gläser teuren Portwein, der auch prompt kam – nachdem Soren eine halbe Stunde auf seinen Becher Essigwein hatte warten müssen. »Also«, setzte Caedes an. »Wie steht es um unseren Drachen?«

Soren trank. Ein guter Tropfen, den er sich verdient hatte. »Die Heiler zahlen am besten für Klauen und Zähne. Der Preis für Drachenfleisch steht momentan allerdings auf einem Tiefpunkt, weswegen wir überlegen sollten, das Tier als Gesamtes zu verscherbeln, bevor es verdirbt.«

»Es ist ein Drache«, erwiderte Caedes gelassen. »Sie verrotten so langsam, wie sie gelebt haben. Wir haben sicherlich noch eine Woche, bevor der Verwesungsprozess eintritt.«

»Jemand fragte nach Flügeln, doch soweit ich sehen konnte, besaß unser Exemplar keine. Die kafritschen Priester würden die Feuerblase nehmen, sie zahlen besser als die Heiler. Der Apotheker, den mir Euer Bruder nannte, erklärte sich bereit, den Preis für die Arznei von dessen Frau zu drücken, wenn Ihr ihm die Drachenklauen verkauft. Er wäre ebenfalls an den Augen interessiert, würde damit gerne etwas ausprobieren. Die Priesterin Kafrits sagte mir, ich solle bei Quaris nachfragen. Der meinte, er hätte kein Interesse, aber die Epenai wären auf der Suche nach Raritäten wie Drachenorganen, die er nicht bereitstellen kann …«

»Quaris?«, fragte Caedes überrascht. »Wann habt Ihr mit ihm gesprochen?«

»Gestern Abend. Warum fragt Ihr?«

»Ich war heute Morgen bei ihm. Er ist tot.«

Sorens stummelige Brauen verschoben sich. »Quaris tot? Warum?«

»Baumelte von einem Balken. Erhängt.«

»Selbstmord?«

»Ich bin mir nicht sicher.«

Soren strich sich über den Bart. »Quaris meinte, die Epenai zahlten mehr, bekämen sie den gesamten Drachen. Sie würden ihn in den eigenen Schlachthäusern zerlegen und die Innereien direkt für ihre magischen Praktiken verwenden. In Einzelteilen sei er ihnen weit weniger wert.«

Caedes runzelte die Stirn. »Die Epenai besitzen eigene Schlachthäuser?«

Soren nickte. »Direkt am Tempel, sie schlachten dort für den eigenen Bedarf …« Er brach ab, als jemand neben ihm auf den Sessel fiel.

Aenne war von ihrer Erkundungstour in Epenas Tempel zurückgekehrt. »Ich habe den obersten Priester Modhi besucht.«, seufzte sie. »In seiner Gegenwart überkommt mich ein schlechtes Gefühl, ich kann nicht genau sagen, warum.«

Caedes senkte das Kinn. »Ich bringe schlechte Neuigkeiten, Aenne. Quaris ist tot. Er hat sich erhängt oder wurde von jemand anderem aufgeknüpft.«

»Was?« Aennes Augen weiteten sich. Vor einem Moment noch wie über den Stuhl gegossen, setzte sie sich nun ruckartig auf. »Er ist tot?«

Caedes nickte.

»Das kann doch nicht sein! Warum sollte er sich umgebracht haben?«

Caedes zuckte mit den Schultern. »Schuldgefühle?«

Aenne schwieg. Soren wirkte verwirrt. Der Wirt kam, um Aenne nach ihren Wünschen zu fragen. Sein Blick blieb an ihren Füßen hängen. »Seid Ihr Stella?«

Aenne erstarrte. »Wie?«

»Ob Ihr Stella seid? Oder gestern für Stella da wart – ist mir gleich.«

Sie regte sich nicht. »Wie kommt Ihr darauf?«

Er nickte zu ihren Schuhen herab. »Ihr tragt dieselben Stiefel, Ihr und die Kapuzenfrau gestern. Euer *Mann* war später noch einmal da. Ich soll Euch etwas geben.« Er streckte ihr ein Stückchen Pergament entgegen. »Zehn Rhonen macht das.«

Caedes vergrub das Gesicht in der Hand. »Ezra hatte recht – du bist wahrlich so unauffällig wie ein Ochse!«

»Womit hatte ich recht?«, fragte Ezra. Er hatte Tarrens Waffe in der Roten Baronin abgelegt, wo sie nun mit dem Herz im Glas sicher hinter einer Reihe Schutzrunen verborgen lag, und hatte wie besprochen zu seinen Geschwistern aufgeschlossen.

Der Wirt bewegte sich nicht vom Platz und musterte misstrauisch die Tischbelegschaft. Er nickte in Caedes' Richtung. »Apropos unauffällig«, bemerkte er. »Wo sind Olaf und Ürder? Und wo sind meine zehn Rhonen?«

Caedes sagte einen Moment lang nichts. Aenne glaubte schon, er würde irgendeine unglaubliche Geschichte erfinden, doch er verzichtete darauf. »Sie sind tot«, erwiderte er. »Und jetzt bringt den beiden Herrschaften Wein und verschwindet, bevor ich noch auf die Idee komme, dass Ihr mit den beiden Drecksäcken unter einer Decke gesteckt habt!«

Die Augen des Wirts weiteten sich, er eilte davon. Im Nu standen zwei weitere Becher auf dem Tisch. Ollaster fragte weder nach dem Geld für den Wein, noch nach den zehn Rhonen.

Aenne zog Ezra den Becher unter der Nase davon, bevor dieser trinken konnte. »Warte.« Sie schnupperte und tauchte die Zungenspitze in das Getränk. »Kein Gift.« Vorsichtig faltete sie den Zettel auseinander. »Ha? Was soll das heißen?« Sie schob Ezra den Zettel zu, den ihr Ollaster gegeben hatte.

»Keine Sprache, die ich kenne. Die Schrift sieht exotisch aus.«

»Die Sprache der Coltaire?«

Ezra schüttelte den Kopf. »Die würde ich erkennen.«

»Dann muss sie aus Gilebret stammen.«

Aenne hob die Augenbrauen. »Warum sollte Quaris eine Sprache aus den Heißen Ländern beherrschen?«

Soren, der stumm dagesessen hatte, räusperte sich. »Quaris konnte nicht schreiben«, sagte er. »Gar nicht.«

Die drei Geschwister drehten ihm verwundert die Köpfe zu. Für sie war es selbstverständlich, lesen und schreiben zu können, manchmal vergaßen sie, dass das bloß für einen erlesenen Kreis der Gesellschaft galt. »Wie?«, fragte Aenne verwundert.

»Quaris konnte nicht schreiben. Ich weiß das, weil es deswegen einen Riesenkrach mit den Epenai gab. Die ganze Stadt hat es mitbekommen. Die Epenai waren schon immer die größten Abnehmer von Quaris' Ware, doch sie nutzten aus, dass er nicht lesen konnte, und brachten ihn um eine Menge Geld. Daraufhin bat Quaris die Priester Kafrits, ihm zu helfen. Sie kontrollierten die Verträge zwischen ihm und den Epenai und verhinderten somit, dass die Priesterschaft weiterhin Vorteile für sich herausschlagen konnte. Die Kafriter und die Epenai bekamen sich daraufhin ordentlich in die Haare – sind sich auch jetzt noch immer spinnefeind.«

»Könnte ein Kafriter diese Nachricht geschrieben haben? An Quaris' Stelle?«

Soren zuckte mit den Schultern. »Keine Ahnung. Ich weiß nicht, welche Schrift das ist. Ich kann zwar zählen, aber lesen kann ich nicht.«

Aenne nickte. »Wir könnten zum Tempel des Kafrit gehen und nachfragen.«

»Oder«, erwiderte Ezra und nahm ihr den Zettel aus der Hand, »ich schaue auf einen Sprung in der Bibliothek vorbei und frage Adalgis Perporri.«

Aenne verdrehte die Augen. »Viel Glück dabei.« Sie wandte sich an Soren. »Habt Ihr eine Ahnung, wie man in die privaten Schlachtanlagen der Epenai gelangen könnte?«

Er schüttelte den Kopf. »Wenn Ihr keine Epenai oder ein persönlicher Lieferant seid, habt Ihr keine Chance, Herrin. Die Epenai sind sehr erpicht darauf, ihre Ritualräumlichkeiten rein zu halten.«

Ezra nippte am vorgekosteten Portwein. Aenne schien zu überlegen. Schließlich hob sie den Blick. »Caedes«, sprach sie. »Ich muss dich um einen Gefallen bitten.«

»Und der wäre?«

»Du musst Modhi deinen Drachen verkaufen.«

Perporri kratzte sich an der übergroßen Nase. Aenne war fassungslos, dem gefragten Mann endlich gegenüberzustehen. Kaum hatte sie mit Ezra die Bibliothek betreten, war er wie aus dem Nichts aufgetaucht und hatte sich augenblicklich dazu bereiterklärt, ihnen beiden Auskunft zu geben.

»Immerzu kommt Ihr mit Rätseln zu mir, junger Herr«, sprach Rohoy'Perporri'Adalgis, als er das Papier musterte. »Mir gefällt das!« Er wanderte zwischen zwei Regalen umher, seine Lippen bewegten sich lautlos. Als sie den Gang verließen, stellte er fest: »Es handelt sich um keine Sprache der Heißen Länder, aber sie ist mit ihnen verwandt. Die Schrift wird auf einigen der Freien Inseln geschrieben.«

»Könnt Ihr sie lesen?«

»Selbstverständlich.«

Ach, als ob so etwas selbstverständlich wäre, schoss es Aenne durch den Kopf.

»Die Nachricht besagt … ›*Gegen diese Spieler könnt Ihr nur verlieren. Geht, solange Ihr könnt.*‹« Perporri hob den Kopf. »Das klingt ja mächtig spannend! Allerdings heißt das wohl, dass Ihr auf der Hut sein solltet.«

Ezra und Aenne tauschten irritierte Blicke. Vielleicht sollten sie das tatsächlich. Quaris hatte das Spiel offensichtlich gespielt und verloren – gegen wen auch immer er angetreten war.

Infra klappte der Mund auf, als sie den Mann erkannte, der ihr Zimmer betrat. Schnell klappte sie ihn wieder zu.

»Du wirkst überrascht«, stellte Caedes fest, während er an ihren Tisch trat und sich einen Pfirsich aus der Schale fischte.

Sie blinzelte irritiert, riss sich jedoch wieder zusammen und zwang ein kleines Lächeln auf ihre Lippen. »Herr«, sprach sie und beugte ihren Kopf. »Verzeiht, falls ich einen Moment lang verwirrt schien – ich erwartete bloß … nun … nicht *Euch*.«

»Wen hast du sonst erwartet?« Caedes schnallte mit der freien Hand das Schwert ab und warf es auf den Tisch. Er ließ sich in den Sessel nebenan fallen, biss in den Pfirsich. Er schmeckte ihm ausgezeichnet.

Unschlüssig schwieg sie einen Moment lang. »Markgraf Nestor von der Grünen Küste«, gestand sie.

»Sieht so aus, als hätte der Markgraf für diesen Abend nicht genügend bezahlt.«

Ihre roten Augenbrauen hoben sich unmerklich, sie saß da wie das letzte Mal, als sie ihn erwartet hatte, die Hände im Schoß gefaltet. Offensichtlich gefiel einem Teil ihres Kundenstamms diese devote Geste. »Es freut mich, dass Ihr gekommen seid«, sagte sie schließlich. Ihre Augen glitten über die Brandwunden an seiner Seite, die sich dank Aennes Wundsalbe auf dem Weg der Besserung befanden. »Ihr seht aus, als hättet Ihr viele Abenteuer erlebt, seitdem wir uns das letzte Mal in diesen Gemächern begegnet sind.«

»Mag sein. Ich bin allerdings nicht hier, um über mich zu sprechen, Infra.« Er machte es sich gemütlich, ein Bein auf den Tisch, das andere darüber. Wenn er für diesen Augenblick schon ein Vermögen hatte zahlen müssen, dann wollte er ihn zumindest genießen. »Viel lieber möchte ich über dich sprechen.«

»Über … mich?«

»Ja, über dich.«

Sie schwieg betroffen.

Er verschlang den Rest des Pfirsichs und warf den Kern zurück in die Schale.

»Herr«, stieß Infra schließlich aus. »Es gibt nicht viel über mich zu erzählen. Euer Leben ist sicherlich viel aufregender als das meine. Ich bin bloß ein einfaches Mädchen, aber Ihr …«

Er stieß ein dumpfes Lachen aus. »Ich erinnere mich. Ich bin ein mächtiger Drachenjäger und du nur eines von Umas billigen Mädchen, das wäre mir beinahe entfallen?«

Sie saß da, die Augen aufgerissen. »W-wie?«

Er schnitt eine zufriedene Grimasse und wechselte das Thema. »Die Frau gestern. Die, die du mit Wein überschüttet hast. Du weißt, wer sie ist?«

Infra rührte sich nicht. Dann schüttelte sie den Kopf.

»Das war Aenne, die Tochter des Reisenden Königs.«

Ihre Wimpern zitterten, sie legten sich über ihre Augen. Ihre Lippen pressten sich zu einem schmalen Strich.

»Und weißt du, wer ich bin?«

Wieder Zögern. Sie sah ihn nicht an. »E-ein Drachenjäger, Herr.«

»Ich bin ihr Bruder.«

Sie rührte sich nicht, saß da, zur Salzsäule erstarrt, blinzelte. Ihr Mund öffnete sich ein winziges Stück, ein paar Worte in einer fremden Sprache quollen hervor. Irgendwann: »Ihr seht euch nicht ähnlich, Ihr und sie.«

»Auf den ersten Blick wohl nicht.«

Infra konnte seinen Anblick nicht länger ertragen, sie wandte sich ab. »Es … tut mir leid wegen des Weines«, murmelte sie. »Es war wirklich keine …«

»Ich weiß«, sprach er. »Ich weiß alles.«

Sie blickte stumm auf.

»Die Bibliothek. Umas Kleid. Der Zusammenstoß. Die Tinte.«

Ihre Unterlippe zog sich zitternd nach unten. Ein klägliches »Nein …!« verließ ihre Lippen

Nun regte sie sich wirklich. Sie schlang ihre Beine von der Bettkante, ließ sich zu Boden fallen. »Herr!«, rief sie aus. »Ich bitte Euch, Ihr dürft mich nicht verraten!« Sie verbeugte sich hastig. Ein, zwei, drei Mal, hunderte Male, falls notwendig. »Ich flehe Euch an, hoher Herr – ich appelliere an Eure Großmut …!«

»Oh Infra!«, seufzte Caedes. »Mir kommen fast die Tränen. Genug der Schauspielerei, kommen wir zum Geschäft.«

Sie erstarrte erneut. Setzte sich mit einem Ruck auf. Von einem Moment auf den anderen wirkte sie nicht mehr halb so verzweifelt, sondern viel mehr irritiert.

Er lachte amüsiert. »Hundert Dragoner würde ich zahlen, nur um zu wissen, was momentan in deinem kleinen Kopf vorgeht!«

Sie kniff die Lider zusammen. Schließlich sagte sie: »Einen Moment lang dachte ich, Ihr könntet meine Gedanken lesen, Herr, doch Eure Worte verwerfen diese Möglichkeit.«

Er beugte. »Was hast du in der Bibliothek getrieben?«, fragte er.

Sie presste den Mund auf eine Art und Weise zusammen, die klar machte, dass sie niemals vorgehabt hatte, darüber zu sprechen. Mühsam kämpften sich die Worte zwischen den Zähnen hervor. »Ich wollte … lesen lernen.«

»Lesen lernen?«

Sie nickte langsam.

»Warum willst du lesen lernen?«

Sie antwortete eine Weile nicht, zuckte dann mit den Schultern.

»Und warum musst du dazu ausgerechnet Umas Kleider tragen?«

Ihr Blick sank zu den Händen herab. »Ich bin eine Sharonne. Eine Sklavin der Freien Inseln. Jemandem wie mir ist es verboten, lesen zu können. Wenn … wenn Uma Octavia erfährt, dass ich mich heimlich davongeschlichen habe … dann … wird sie mich bestrafen.«

»Wie bestraft sie dich?«

Infra schwieg einen Augenblick. »Sie tut mir weh.«

»Hat sie dir auch nach der Geschichte mit der Tinte wehgetan?«

Infra mied seinen Blick, nickte jedoch.

»Also nehme ich an, dass du eine derartige Wiederholung der Ereignisse vermeiden möchtest?«

Das zwang ihre Augen auf. »Was wollt Ihr damit sagen?«

Ein breites Lächeln. »Nun, Infra – du und ich, wir sind nicht so verschieden, wie man vielleicht glauben möchte. Uns beide gelüstet es nach Wissen, das wir nicht besitzen. Du willst lesen lernen – und ich will … nun … über bestimmte Begebenheiten in Terra Talioni informiert bleiben.«

Eine steile Falte grub sich in Infras Stirn.

»Du, als Octavias Hure, hast in den Betten einiger bedeutender Männer gelegen …«

»Nur die wenigsten stammen aus Terra Talioni.«

»… und wenn *du* es nicht getan hast, dann sicherlich die eine oder andere deiner Freundinnen. Ich nehme daher an, du weißt über die Geschehnisse in hohen Kreisen Bescheid.«

Ihre Lippen schoben sich hin und her. »Was wollt Ihr damit sagen?«

»Nun, ich bin quasi ein Fremder, voller Fragen zu den Vorgängen in dieser Stadt. Du, Infra, wirst mir diese Fragen beantworten.«

Sie hob die Hand, strich sich mit dem Handballen über die Stirn. »Und was, wenn ich sie nicht beantworten kann?«

»Du wirst einen Weg finden.«

»… sonst geht Ihr zu Uma.«

»Sonst könnte mir das in den Sinn kommen.«

Sie senkte das Kinn. »Was wollt Ihr wissen?«

Caedes blieb nicht viel Zeit. Er musste abwägen, welche Fragen besonders drängten. Es gab vor allem zwei Personen in dieser Stadt, die sein Interesse geweckt hatten. »Uma«, sprach er. »Teilt sie ihr Bett nur mit Sheera? Oder gibt es andere Geliebte?«

Wieder ein überraschtes Gesicht. »Ich … denke nicht.«

»Es muss Gerüchte geben. Es gibt immer irgendwelche Gerüchte.«

Infra bewegte unwohl ihre Schultern. »Nein. Über Uma gibt es keine Gerüchte. Sie sagt, mit jemandem zu schlafen, macht dich verwundbar. Sie würde niemals mit jemandem schlafen, dem sie nicht absolut vertraut.«

»Und Sheera vertraut sie?«

Infra senkte zustimmend den Kopf. »Ohne Zweifel.«

»Gab es irgendwann einmal Grund zur Skepsis an Sheeras Loyalität?«

Infra schüttelte hastig den Kopf. Dann, zögernd: »Herr, warum wollt Ihr all diese Sachen wissen? Hat Uma Euch Anlass zu Misstrauen gegeben?«

Ein sachtes Lächeln. »Du bist nicht in der Position zu fragen, Infra. Und eine Frau wie Uma Octavia gibt immer Anlass zu Misstrauen.«

»Weil sie mächtig ist? Oder weil sie eine mächtige Frau ist?« Sie stellte zu viele Fragen. Er beschloss, sich einem anderen Thema zuzuwenden.

»Quaris der Schlächter«, fuhr er fort. »Was weißt du über ihn?«

Sie schluckte. »Quaris? Von den Purpurnen Märkten?«

Caedes nickte.

»Nicht viel. Er … er besitzt ein Schlachthaus bei Kafrits Tempel.«

»Gibt es irgendjemanden, der ihn tot sehen wollte?«

Sie saß regungslos da. »Ich weiß nicht. Wieso?«

»Weil er tot ist.«

Sie rührte sich nicht, den Mund leicht geöffnet. Er fragte sich, wie ihre Lippen wohl ohne Lippenstift aussehen würden. »Er ist … tot?« Die Worte wurden zart hervorgestoßen.

Er nickte.

Ihr Blick glitt zu Boden.

»Kanntest du ihn näher?«

Sie schüttelte den Kopf. Die Stirnfransen stießen sich an ihren Brauen.

»Weißt du irgendetwas über einen Streit, den er mit jemandem innerhalb der Stadt hatte?«

Wieder ein Kopfschütteln. Als würde sie merken, dass ihn das enervierte, fügte sie hastig an: »Ich darf nicht mit Männern von draußen reden. Ich bin eine Sharonne.«

»Sind alle von Umas Mädchen Sklavinnen?«

Sie schüttelte den Kopf.

»Was ist mit deiner Freundin Berit?«

»Nein, aber …« Sie richtete sich auf. »Woher kennt Ihr nun schon wieder Berit?«

»Keine Fragen, Infra. Du wirst Folgendes tun – du wirst all deine Freundinnen darauf ansetzen, der Frage um Quaris nachzugehen. Wer in dieser Stadt könnte Quaris tot gesehen haben wollen? Sie sollen sich umhören, auf den Märkten, in den Betten ihrer Männer – egal, woher sie die Informationen auch bekommen können, du wirst sie mir liefern.«

Ihre goldenen Augen bewegten sich verwirrt, doch sie erwiderte nichts, als wüsste sie, dass Widerstand zwecklos wäre. »Aber … ich … ich kann das Haus nicht verlassen! Ich kann Euch diese Informationen nicht besorgen, selbst wenn ich sie von irgendwoher bekommen könnte! Kein Mann darf mit mir außerhalb dieser Gemächer sprechen, hört Ihr?«

Caedes wirkte nicht sonderlich interessiert. »Ich habe nicht vor, jedes Mal ein Vermögen für ein Pläuschchen mit dir zu zahlen. Uma denkt, ich habe Gefallen an dir gefunden und verlangt für jedes zukünftige Treffen horrende Summen. Du wirst eine Möglichkeit finden müssen, mich außerhalb dieser Gemächer aufzusuchen. Du hast es geschafft, dich als Uma Octavia verkleidet aus dem Haus zu schleichen, du wirst es auch schaffen, dich mit mir zu treffen.«

Ihr Mund stand offen. Schließlich hob sie die Arme und barg ihr Gesicht darin, die Hände ins Haar gekrallt. »Das ist eine Katastrophe«, jammerte sie, »eine einzige Katastrophe …!«

»Du machst das schon, schönes Kind.« Caedes schwang die Beine vom Tisch, griff nach dem Schwert und spazierte zur Tür.

Infra fiel rückwärts auf den Teppichboden, alle Viere von sich gestreckt. »Warum ich?«, rief sie. »Warum immer ich?«

XIV

SCHWARZMARKT

Ezra stand vor einem Priester Kafrits und streckte ihm Quaris' Nachricht unter die Nase. »Ich habe diese Nachricht von dem Schlächter Quaris bekommen, dessen Schlachthaus hinter Eurem Tempel liegt. Er konnte nicht schreiben. Wisst Ihr vielleicht, wer diese Nachricht verfasst hat?«

Der Priester, gewandet in eine rote Robe, kniff die Augen zusammen. »Verzeiht«, sagte er. »Ich kann zwar ein wenig lesen, aber diese Schrift kenne ich nicht.«

»Es muss von jemandem geschrieben worden sein, der die Sprache der Freien Inseln versteht.«

Der Priester schien zu überlegen, nickte schließlich zögerlich. »Das kann nur Rhonda sein.« Er wandte sich ab und führte Ezra durch das sandrote Gebäude von dannen. Dafür, dass der Tempel einer Feuergottheit angehörte, füllte eine seltsame Düsternis seine Hallen. Die Gänge schienen im Gegensatz zum großzügigen Tempel der Epena niedrig und geduckt, die rote Farbe, mit der die Wände ausgemalt worden waren, blätterte ab und an der Decke prangten die rußigen Spuren der Fackeln, die an den Wänden hingen. Kafrits Tempel wirkte heruntergekommen.

Der Priester führte Ezra an einer Küche vorbei, aus der ein heißer Wind Rauch in Ezras Gesicht trieb. Er hustete, hielt sich die Hand vor den Mund. Sein Führer schien kein Problem damit zu haben, aber Ezra wunderte das nicht wirklich – schließlich diente der Priester dem Gott von Feuer, Ruß und Asche.

Über einige Kellergänge, in denen die Hitze brütete, wanderten sie auf die andere Seite des Tempels. Ein Köhler schleppte Säcke mit

Holzkohle in einen der Heizräume, die hier unten lagen. Die heiße Luft stieg durch Ziegelröhren in die Wände und Zwischenböden des Tempels. Ezra nestelte am Kragen seiner Tunika, schön langsam kam er ins Schwitzen.

Als sie Rhonda in einem anderen Trakt fanden, war Ezra derart durchschwitzt, dass ihm das Haar an der Stirn klebte. Er tupfte sich ein wenig verlegen die Schläfen ab, während er vor der Gebetszelle wartete, in der sich die Priesterin aufhielt.

Die ältere Frau kniete vor einem Becken glühender Kohle und war gerade dabei, Öle und heilige Kräuter über die Glut zu gießen, die sich zischend auflösten. Der Rauch trieb aus der Zelle und ließ Ezra husten. »Verzeiht«, bemerkte er etwas verlegen in Richtung des Priesters, der mit ihm wartete.

Dieser lächelte amüsiert. »Ihr seid ein Mann des Windes und nicht des Feuers, wie mir scheint.«

»Man könnte es so nennen.«

Rhonda verließ die Kammer, der Priester stellte die beiden vor und ging.

Ezra verbeugte sich höflich. »Kafriti«, grüßte er. »Man sagte mir, dieses Schreiben könnte aus Eurer Hand stammen.« Er reichte ihr Quaris' Nachricht.

Rhonda, aschbraune Haare, ein breiter Mund und eine ebenso breite Nase, fasste zögernd nach dem Pergament und überflog es. Im rötlichen Licht der Kohlebecken wirkte sie, als wäre sie Kafrits Höllentoren entstiegen. »Ja«, bestätigte sie tonlos. »Ich habe die Nachricht geschrieben, aber ich habe sie nicht verfasst.«

»Die Nachricht stammt von Quaris.«

Sie nickte beklemmt.

»Ihr wisst, was mit ihm geschehen ist?«

Erneute Zustimmung.

»Ihr versteht daher, dass die Vermutung naheliegt, ›*die Spieler*‹, von denen in dieser Nachricht die Rede ist, könnten etwas mit Quaris' Tod zu tun haben?«

Rhonda schwieg einen Moment. »Quaris war seit langer Zeit unglücklich«, sagte sie. Sie nickte ihm, die Gebetskammern zu verlassen, Seite an Seite wanderten sie den stickigen Gang entlang. »Es war nicht das erste Mal, dass er den Gedanken hegte, sich den Strick um den Hals zu legen. Nun hat er es getan.«

Ezra legte seine Worte sorgsam zurecht. So vorsichtig, wie er sie wählte, so vorsichtig setzte er auf dem zersprungenen Untergrund einen Fuß vor den anderen. »Ich glaube nicht, dass Quaris' Tod seine persönliche Entscheidung war.«

Rhonda legte die Hände übereinander. Als sie sprach, klang sie unendlich müde. »Kanntet Ihr ihn?«

»Nein, aber …«

»Dann wisst Ihr nicht, wovon Ihr sprecht.« Sie wandte den Kopf ab, führte ihn eine Treppe aus den rauchigen Tiefen des Tempels empor.

»Kafriti! Quaris war offensichtlich in Dinge verwickelt, die dunkel auf seiner Seele lasteten! Selbst wenn es Selbstmord war – Menschen treiben sich selten von allein in den Tod! Jemand in dieser Stadt setzte Quaris unter Druck! Derjenige muss zur Verantwortung gezogen werden!«

»Menschen leben heute, und morgen sind sie tot. Das ist keine ominöse Begebenheit, die es in der Bibliothek zu studieren gilt, das ist unser unvermeidliches Schicksal.« Die Priesterin schien kein zartbesaitetes Wesen zu sein, die Aussage kam so trocken wie die bröckelnden Wände des Feuertempels. Dennoch verlangsamten sich ihre Schritte, als sie den oberen Treppenabsatz erreichten. Sie drehte sich zu Ezra um. »Habt Ihr die Nachricht nicht verstanden?«

Er sah sie fragend an.

»Quaris konnte dieses Spiel nicht gewinnen – warum glaubt Ihr, dass Ihr es könnt?«

»Kafriti«, raunte er beschwörend. Er war versucht, nach ihrer Hand zu fassen, doch die Priesterin wirkte derart distanziert, dass er es nicht wagte, die heilige Frau zu berühren. »Wenn Ihr von etwas wisst, dann müsst Ihr es mir sagen!«

»Wenn es kein Selbstmord war … wenn ihn irgendetwas dazu getrieben hat … glaubt Ihr Euch stärker als ihn? Quaris war einsam. Sein Tod war Unglück nur für ihn selbst. Seid Ihr es auch? Habt Ihr keine Familie, keine Kinder, zu denen Ihr zurückkehren wollt?«

Ezras Augen zitterten. Er hatte in seinem Leben den Reden einiger Priester gelauscht – manchen hatte er zugestimmt, manche hatte er abgelehnt – aber noch nie hatten ihn Worte einer heiligen Frau auf einer solch zutiefst emotionalen Ebene erreicht.

Quaris war einsam. Seid Ihr es auch?

Bin ich nicht, kam es Ezra plötzlich. Er blinzelte hastig. *Bin ich nicht.* Und in gleichen Augenblick erschien vor ihm eine Frage wie ein Stolperstein. *Was tue ich hier eigentlich? Wer soll sich um meine Familie kümmern, sollte ich an dieser Stadt zugrunde gehen?*

Rhonda bemaß ihn mit einem traurigen Lächeln, sie schien seine aufkeimende Nervosität zu bemerken. »Ich kann Euch nicht helfen, es tut mir leid. Selbst wenn hinter diesem Selbstmord mehr steckt als sein seelisches Unglück – Quaris hätte uns Kafriter nie in Gefahr gebracht. Wir waren die Einzigen, die ihn nach dem Streit mit den Epenai unterstützten – und wir müssen bis heute mit den Konsequenzen kämpfen.« Sie stieß die Luft aus. »Unser Tempel steht seit Jahrhunderten hier in Terra Talioni, der Tempel der Epenai erst seit wenigen Jahren. Der Moment, als dieses listige Volk einen Fuß in diese Stadt gesetzt hat, war unser Untergang. Sie stehlen uns unsere Spender und sehen dabei zu, wie unser Tempel langsam zerfällt. Ihnen ist es egal, ob jemand anderer für ihren Prunk bezahlt – für sie zählt bloß der eigene Profit.«

»Ich habe davon gehört«, sagte Ezra, »dass die Epenai auch Quaris ausgenutzt haben.«

»Ausgenutzt«, schnaubte Rhonda. »Ausgebeutet haben sie ihn! Er versorgte sie mit einem Großteil der Organe, die sie für ihre morbiden Rituale brauchen! Zum Dank dafür ließen sie ihn einen Vertrag unterzeichnen, der ihn über Jahre hinweg dazu verpflichtete, seine Waren zu einem lächerlichen Preis abzutreten. Quaris verlor beinahe sein gesamtes Hab und Gut – und das, obwohl sich das Schlachthaus seit Generationen im Besitz seiner Familie befand.«

Ezra wurde hellhörig. »Was geschah?«

»Quaris und die Epenai fanden irgendwie zu einem Arrangement. Die Epenai lösten den Vertrag, doch es war klar, dass sie immer noch irgendwelche Ansprüche auf ihn besaßen. Modhi lässt seine Opfer nicht so einfach entkommen – er ist wie die Spinne, der er dient; er fängt die Unschuldigen in seinem Netz und nennt das Schicksal.«

Welche Ansprüche könnten das gewesen sein? Waren die Epenai durch ihre Spinnenfäden noch auf irgendeine Art und Weise mit Quaris verbunden geblieben? »Quaris arbeitete dennoch weiterhin für Modhi und die Epenai?«, fragte er vorsichtig.

»Ja, aber nur noch vereinzelt. Es war immer einer von uns Kafriti dabei, um die Verträge rückzulesen. Modhi hat das gehasst.«

Ezra nickte langsam. »Kafriti – gab es eine Person, der sich Quaris in privaten Angelegenheiten anvertraut hätte? Irgendjemand, der über seine Gedanken und Probleme Bescheid wissen könnte?«

Rhonda schüttelte den Kopf, sie wirkte ernsthaft betrübt. »Nein, mein Herr. Quaris sprach kaum. Er besaß keine Frau, keine Kinder. Er war kein leidenschaftlicher Mann, bloß ein unglücklicher.«

Rhonda führte ihn durch die gewundenen Gänge zurück zum Eingangsbereich, wo sie einen Segen über ihn sprach und ihn entließ. Ihre Worte hatten Ezra neugierig gemacht. Dennoch konnte er die Frage nicht verbannen, die sich in seinem Kopf eingenistet hatten.

Wer soll sich um meine Familie kümmern, sollte ich an dieser Stadt zugrunde gehen?

»Ein Drache?« Modhis Stimme sang wie ein Vogel. Seine Hände flatterten. »Ein ganzer Drache?«

Caedes nickte. »Nun – so ziemlich. Wir mussten ihm Kopf und Beine abnehmen, um ihn transportieren zu können.«

»Aber der Rumpf – der Rumpf ist doch unbeschädigt? Sind die Organe verletzt?«

»Sie sind so sicher eingepackt, wie Organe in einem Drachenrumpf nur eingepackt sein können.«

Modhi stieß das erfreute Lachen eines kleinen Jungen aus. Er hatte das glänzende Haar zu einem Zopf geflochten, Augenbrauen und Lider mit Kohle nachgezogen. »Ich kann Euch gar nicht sagen, Jäger, wie sehr es mich freut, dass Ihr mit dieser großartigen Neuigkeit zu mir gekommen seid! Fantastisch!« Er tanzte durch den Raum, fischte Pergament aus dem Regal. »Ich werde augenblicklich einen Vertrag aufsetzen, der unseren Handel bestätigt!«

»Wir haben noch nicht über die Konditionen gesprochen.«

»Ach«, flatterte Modhis Stimme. »Ich bin mir sicher, wir können uns einigen …!« Er war jung für sein Amt, sicherlich nicht viel älter als Caedes. Seine schlanken Hände kramten bedacht Tintenfass und

Feder hervor. Er tauchte das Federende in die Tinte und begann rasch zu schreiben, so schnell, dass man seinen geübten Bewegungen kaum folgen konnte. Seine Priesterschaft musste ihn seit früher Zeit das Schreiben gelehrt haben, überlegte Caedes, oder aber er stammte aus einer wohlhabenden Familie – niemand, der erst spät schreiben gelernt hatte, schrieb so unbekümmert und leicht wie Modhi.

»Ich habe gehört, Ihr seid nicht der einzige Drachenjäger, der momentan in der Stadt weilt.« Die Feder kratzte über das Papier.

»Ach?«

»Ja, wenn Euer Konkurrent auch kein Jäger der gewöhnlichen Art sein soll.«

»Nein?«

»Es heißt, er sei ein Prinz.«

Caedes hob die Augenbrauen. »Ein Prinz und Drachenjäger? So etwas existiert?«

Ein sachtes Lächeln auf Modhis schönen Lippen. »Offensichtlich«, sagte er. »Allerdings bezweifle ich, dass er seine Arbeit selbst erledigt. Ich habe gehört, er soll ein ziemlicher Schönling sein.« Er räusperte sich. »Nicht, dass ich Euch hässlich heißen möchte, Herr.«

Caedes lachte amüsiert. »Frauen fühlen sich zu Abenteurern gleichermaßen hingezogen wie zu hübschen Prinzen.«

Modhi kicherte. »Das kann ich mir vorstellen. Ich denke, als Prinz ist es wohl ein Leichtes, sich Männer zu kaufen, welche die Drachen für einen erschlagen. Da hat man es als Mann der Tat, wie Ihr einer seid, schwerer.«

Caedes antwortete nicht. Modhi musste gehört haben, dass die Kinder des Reisenden Königs vor zwei Tagen angekommen waren, um Uma Octavia einen Besuch abzustatten. Dass sie sich bereits früher in der Stadt aufgehalten hatten, wusste er nicht. Abgesehen davon glaubte kaum jemand, dass Prinzen verbrannte Gesichter besaßen. »Ich sollte vielleicht erwähnen, dass ich den Anspruch auf die Krallen einer Tatze geltend machen möchte«, sagte Caedes, während Modhi schrieb. »Den Rest könnt Ihr behalten.«

Modhi hob die Augenbraue. »Das ist … nicht der gesamte Drache.«

»Es sind ein paar Klauen. Ihr werdet es überleben.«

»Nicht der ganze Drache, nicht der ganze Betrag.«

Ein Lächeln, die Arme vor der Brust verschränkt. »Ich bin mir sicher, ich kann den Drachen auch anderswo verkaufen.«

Modhi legte den Kopf schief. »Nun, ganz so sicher wäre ich mir da nicht – der Schlächter Quaris wurde gestern Morgen tot aufgefunden. Vielleicht hätte er Euch den Drachen abgenommen, aber nun …« Ein Schulterzucken.

Caedes setzte zum Aufstehen an. »Nun, dann werde ich ihn wohl in Einzelteilen veräußern müssen. Die Priester Kafrits hatten ohnehin betont, dass sie für die Feuerblase mehr zahlen würden als manch anderer für einen gesamten Drachen.«

Modhi stieß einen kläglichen Laut aus. »Die Kafriter?«

»Genau die.«

Das Gesicht des obersten Priesters nahm einen säuerlichen Ausdruck an. »Setzt Euch!«, forderte er. »Dann eben keine Krallen!« Sein Blick sank wieder hinab zum Pergament, er schrieb weiter. Caedes ließ sich zurück in den Stuhl fallen.

Als Modhi geendet hatte, schob dieser ihm den Vertrag zu. »Dreißig Dragoner, das ist ein fairer Preis.«

»Ich bitte Euch«, erwiderte Caedes und schob den Vertrag zurück. »Allein das Herz ist fünfzehn Dragoner wert. Fünfzig müssten da schon drinnen sein.«

»Fünfzig?«, rief Modhi. »Ihr sagtet, es sei ein Jungtier – ein Kalb ist weniger wert als eine Kuh!«

»Ein Drachenherz bleibt ein Drachenherz, egal wie groß es ist.«

Modhi schien das unbeeindruckt zu lassen. »Fünfunddreißig Dragoner, mehr spielt es nicht.«

»Achtundvierzig.«

»Niemals.«

Caedes seufzte. »Soll ich gehen?«

Modhi presste die Lippen aufeinander. »Vierzig Dragoner. Mein letztes Angebot.«

Ein Blick in Modhis dunkle Augen und Caedes wusste, er würde nicht höher gehen.

»Vierzig. Von mir aus.«

Der oberste Priester besserte die Summe aus und schob ihm den Vertrag zu. »Unterschreibt dort unten.«

»Das werde ich gern tun«, erwiderte Caedes und schob den Vertrag zurück. »Wenn Ihr an die Zahl noch die Null daranhängt, die dort hingehört.«

Auf Modhis Gesicht erschien ein spitzbübisches Lächeln. »Huch«, hauchte er. »Sieht ganz so aus, als hätte ich da etwas vergessen!« Er setzte die Null an die Vier. »Ein gebildeter Drachenjäger, das nenne ich eine erfreuliche Überraschung.«

»Erfreulich für mich, nicht für Euch.« Caedes unterschrieb. »Wohin soll ich den Drachen liefern?«

»In unsere Schlachtanlagen, allerdings erst morgen. Wir müssen alles vorbereiten, bevor unser Gast eintrifft!«

»Herr?«, flüsterte Aenne in die Leseloge.

Adalgis Rohoy-Perporri, vollkommen in Lektüre vertieft, hob überrascht den Kopf.

»Habt Ihr einen Augenblick für mich?«

Er nickte. »Kommt rein, schließt die Türe hinter Euch, sonst werde ich bloß wieder von Studierenden belagert.«

Sie folgte seiner Aufforderung.

»Nun, Herrin, wie kann ich Euch behilflich sein?« Er klappte das Buch zu. »Wieder mysteriöse Nachrichten, die es zu entziffern gilt?«

Sie schüttelte den Kopf. »Es ist etwas anderes«, sagte sie. »Ich … ich möchte Euch etwas im Vertrauen fragen.«

Perporri hob die silbrigen Augenbrauen. »Und das wäre?«

»Ich muss mir allerdings Eurer Verschwiegenheit gewiss sein, Herr.«

Perporris Kiefer schob sich hin und her, die faltige Haut an seinem Mund bewegte sich mit. »Ihr müsst mir schon sagen, worum es sich handelt, mein Kind«, erwiderte er und klopfte neben sich auf die Bank. »Nur dann kann ich Euch helfen.«

Sie ließ sich neben ihm nieder. »Der Mann, dessen Botschaft wir Euch gestern gezeigt haben – er ist tot.«

Perporri nickte langsam. »Das ist eine schlechte Nachricht.«

»Ja. Wir fürchten, dass er sich mit einigen mächtigen Leuten hier in Terra Talioni angelegt hat.«

»Mächtigen Leuten, mit denen auch Ihr Euch anlegen wollt?«, fragte Perporri vorsichtig.

Es dauerte einen Augenblick, bis Aenne weitere Worte fand. »Diese Frage klingt seltsam, aber ich weiß nicht, wem in Terra Talioni ich sie sonst stellen kann.« Aenne stieß Luft aus. »Ihr seid nicht aus dieser Stadt und Ihr scheint mir ein gebildeter, guter Mann zu sein, deswegen vertraue ich Euch.« Ein erwartungsvoller Blick, er sah mit derselben Erwartung zurück. »Wenn jemand in Terra Talioni ein menschliches Herz besäße, sagen wir, jemand wie der oberste epenaische Priester Modhi etwa – wo würde er Dinge wie diese verkaufen?«

Perporri sagte eine Weile lang nichts. Er sah Aenne lange an. »Ihr solltet solche Fragen nicht stellen, Mädchen. Nicht einmal an mich. Ich könnte ein Feind sein wie jeder andere hier.«

Aenne beugte sich vor. Ihre Hand wanderte über die Tischfläche, ihre Fingerspitze berührte die alte, fleckige Hand mit den geschwollenen Knöcheln. »Ich habe gesehen, wie Ihr ein Mädchen lesen lehrtet«, erwiderte sie leise. »Ein Mädchen, das nicht lesen können darf. Dennoch unterrichtet ihr es. Ich glaube an Euren guten Charakter.«

Schlaffe Lider sackten über das Braungrün von Perporris Augen. Er stieß ein Seufzen aus. »Ihr dürft es niemandem verraten. Niemand darf wissen, was ich hier tue.«

»Keine Angst, ich verrate es nicht. Ich bin auch nicht hier, um Euch unter Druck zu setzen. Ich … ich brauche nur ein paar Antworten.«

Perporri rieb sich die Stelle zwischen den Augenbrauen. »Sagen wir, rein theoretisch, jemand wie Modhi – jemand mit der Macht Modhis – besäße ein menschliches Herz …« Er seufzte. »Rein theoretisch natürlich … und er wollte es verkaufen – dann müsste er es auf dem Schwarzmarkt verkaufen, denn kein offizieller Händler würde sich mit Blutmagie, wie es dieses Herz zweifelsohne wäre, in Verbindung bringen lassen wollen.«

»Gibt es in Terra Talioni einen Schwarzmarkt?«

»Natürlich. Jede Stadt besitzt ihre Schwarzen Märkte.«

»Und … jemand wie Modhi … rein theoretisch natürlich … besäße er Zugang zu diesem Schwarzmarkt?«

Adalgis presste die schmalen Lippen zusammen. »Nun, ich möchte mich natürlich nicht zu weit aus dem Fenster lehnen – doch die Vermutung läge nahe.«

Sie sah ihn fragend an.

»Modhi ist ein Epenai aus Gilebret, und diese verwenden in ihren Ritualen diverse Substanzen, die in Aurora verpönt oder verboten sind.«

»Welche wären das?«

Adalgis strich sich mit der Zunge über die Unterlippe. »Bewusstseinserweiternde Substanzen etwa. Asphodelienkraut, vielleicht sogar Nachtblut. Ich bezweifle, dass Modhi darauf verzichtet, nur weil er jetzt nicht mehr in Gilebret weilt. Modhi müsste seine Vorräte über den Schwarzmarkt erhalten.«

Aenne blinzelte. »Das heißt …«

Sie wurden unterbrochen, als die Türe aufgerissen wurde. »Herr!«, rief ein junger Bibliothekar. »Die Bibliothek muss geschlossen werden – irgendetwas hat sich in die unteren Archive gegraben!«

Adalgis nickte, schob das Buch unter seinen Arm und wies Aenne an aufzustehen. »Das heißt«, fügte er eilig an, »dass Vorsicht geboten ist, wem man hier in dieser Stadt etwas unterstellt – sollte es auch bloß in Theorie geschehen. Verräterische Ohren können überall lauern. Stellt niemandem außer mir solche Fragen.« Perporri fasste sie an der Schulter und schob sie aus der Lesekammer. Unter ihren Füßen ächzte der Fußboden. »Rasch, mein Kind …!« Irgendetwas dröhnte weit entfernt im westlichen Flügel. Überraschend flink führte Perporri Aenne zum Ausgang. »Wir sollten uns wirklich woanders weiter unterhalten!« Als sie das große Tor passierten, kamen ihnen bereits einige talionische Soldaten entgegengelaufen.

Infra polterte die schmale Wendeltreppe hinab. Sie trug Trippen, hölzerne Pantoffeln, die die feinen Damen Terra Talionis meist über den eigentlichen Schuhen trugen, um sich vor dem Dreck der Straße zu schützen. Hastig warf sie den Gürtel eines gelben Seidenmantels um die Taille. »Wfir!« Den Namen des Meeresgottes vernahm man nur selten in der Felsenstadt, doch Infra stammte von den Freien Inseln, also wunderte es Caedes nicht weiter. »Ihr hättet Euch keinen unpassenderen Moment aussuchen können!«

Caedes hatte am Treppenaufgang auf sie gewartet, mit der Schulter an den Durchgang gelehnt. »Komme ich ungelegen?«

Sie warf ihm einen Blick zu, der ihm sagte, dass ihr seine gesamte Existenz ungelegen kam, und hob dabei den Fuß, um die Trippe zurechtzuschieben, die sie auf dem Weg herunter beinahe verloren hätte. »Ich habe einen Kunden!«

Er lächelte ruhig. »Und schon ist es dahin, das sanfte, devote Mädchen.«

Sie reckte das Kinn vor. »Was wollt Ihr?«

»Drei Mal darfst du raten.«

Infra warf ihm einen missmutigen Blick zu. »Quaris hatte Streit mit den Epenai«, sagte sie. Nichts Neues, aber so wusste Caedes zumindest, dass sie ihn nicht belog. »Modhi brachte ihn um viel Geld. Modhi ist …«

»Der oberste epenaische Priester, ich weiß.«

»Es gibt das Gerücht, dass Quaris immer noch Schulden hatte und sich deswegen umgebracht haben soll.«

»Ich dachte, der Vertrag sei aufgelöst worden?«

Verwunderung spielte sich in ihrem Gesicht. »Woher wollt Ihr das wissen?«

»Ich besitze so meine Quellen.«

»Wenn Ihr Quellen besitzt, warum müsst Ihr dann mich belästigen?«

Caedes stieß ein dumpfes Lachen aus. »Mh, du bist hübscher als meine anderen Quellen«, *als Ezra allemal,* »dich zu treffen macht größeren Spaß.«

Ein flacher Blick. »Ich bitte Euch, macht Euch nicht lächerlich.«

Er nickte ihr zu. »Weiter.«

»Was weiter?«

»Was weißt du noch?«

Sie stieß die Luft aus, lehnte sich an die Wand, um zu überlegen und zuckte nervös mit den Zehen. Caedes' Augen hakten sich daran für einen Augenblick fest. Sie besaß niedliche Füße, das musste man ihr lassen. »Berit sagte, die Epenai hätten Rache geübt, weil Quaris sich Hilfe von den Kafritern geholt hätte. Die Epenai hätten dem Kafrit-Tempel großzügige Spenden abgeluchst, sodass der Kult nun Schwierigkeiten hat, das Gebäude zu erhalten.«

»Weißt du, um welche Spender es sich handelt?«

Sie hob die Schultern.

»Gibt es irgendjemand, der mit Quaris näher bekannt war? Eine Freundin? Eine Geliebte? Eine Hure von mir aus?«

Ein flacher Blick. »Ich weiß, Ihr haltet es nicht für möglich, aber es gibt Männer, die eine Menge Geld für mich zahlen – sie erpressen mich nicht zu einem Stell-dich-ein im Treppenaufgang! Quaris hätte sich jemanden wie mich niemals leisten können!«

»Uma hat sicherlich Mädchen, die billiger sind als du.«

»Billiger ja, aber so billig, dass Quaris sie sich hätte leisten können – nein. Da müsst Ihr in den Armenvierteln der Purpurnen Märkte nachfragen.« Alarmiert wie ein Reh hob Infra den Kopf, als im Innenhof Stimmen ertönten. Caedes fasste sie am Arm und drängte sie ein Stück die Wendeltreppe in die Höhe, sodass sie aus dem direkten Blickfeld verschwanden. »Gibt es irgendjemanden in Quaris' Privatleben?«, fragte er leise.

»Nicht, dass ich wüsste.« Sie zappelte nervös, und seine Hand an ihrem Arm schien es nicht besser zu machen.

Er seufzte und ließ los. »Du bist nicht sehr hilfreich.«

»Ich bin eine Hure, keine Spionin«, zischte sie. »Wenn Ihr einen Spion wollt, dürft Ihr Euch nicht an mich wenden.« Unten wanderten die Stimmen vorbei und entfernten sich.

»Mmh«, raunte Caedes. »Ich bin mir sicher, Uma Octavia kennt ein paar gute Namen.«

Sie rammte die Zähne ineinander, verschluckte einen Fluch. »Ihr seid ein böser Mann!«, stieß sie aus.

»Und du ein unartiges Mädchen. Wir passen gut zusammen, du und ich.« Er deutete eine Verbeugung an. »Ihr müsst nicht lange auf mich verzichten, Madame, ich komme morgen wieder. Jetzt aber habe ich einen Drachen zu verkaufen. Höre dich währenddessen um.« Damit wandte er sich zum Gehen.

Infra warf die Hände von sich. »Ich weiß wirklich nicht, was Ihr von mir erwartet! Ich bin keine Hellseherin – geht doch zu Modhi, wenn Ihr solche Sachen wissen wollt!« Sie machte sich daran, die Treppe zu erklimmen. »Und kommt nicht, wenn ich arbeite! Ich musste Nestor fesseln und ihm die Augen verbinden. Ich kann nur hoffen, dass er nicht bemerkt hat, dass ihn die letzten zehn Minuten Berit mit der Peitsche bearbeitet hat und nicht ich!«

»So etwas bietest du auch an? Du scheinst mir äußerst vielseitig zu sein.«

Er konnte nur noch ihre Hand sehen, die ihm einen vulgären Abschiedsgruß entgegenstreckte.

Mit einem Lächeln auf den Lippen sprang er die Treppe herab. Irgendwie begann ihm die ganze Sache Spaß zu machen.

Soren führte die Noriker an den Zügeln in den Seitenhof des epenaischen Tempels. Die Wagenräder rumpelten über den exquisit gepflasterten Untergrund. Das war etwas, das sich in einem Innenhof wahrlich nur die Epenai leisten konnten.

Modhi kam aus einem niedrigen Gebäude der privaten Schlachtanlagen getreten. »Willkommen, willkommen!«, rief er. Es war nicht ganz ersichtlich, ob er Caedes und Soren begrüßte, oder den toten Drachen auf dem Karren.

Der oberste Priester sprang herbei und fasste den Rand des Gefährts. »Darf ich?« Seine Laune schien strahlender als die gilebretische Sonne.

Caedes trat heran und löste einen Knoten der Plane. Zum Vorschein kam ein rotweiß gemustertes Schuppengeflecht, die Schulter des Drachen. Es war ein Jungtier, die Schuppen klein, die Haut noch nicht verhärtet, denn die erwachsenen Tiere besaßen plattenartige Schilde, die mit Waffen kaum zu durchdringen waren. Modhi streichelte die gesprenkelte Haut mit einem seligen Lächeln auf den Lippen. »Es ist zu lange her«, sprach er leise. »Und die Erdechsen der gilebretischen Wüsten sind einfach nicht dasselbe.«

Caedes verzichtete auf eine Erwiderung. Er nickte in Richtung der Gebäude, aus denen der Priester gekommen war. »Sollen wir den Drachen dort abladen?«

Modhi nickte. »Ich bitte darum.«

Es war schwierig, sich unauffällig in den Schlachtanlagen umzusehen. War es nicht Modhi, der sie nervös umtänzelte, so gab es genügend andere Priesterinnen und Priester, die an seine Stelle traten.

Die Informationen hatten nicht getrogen – die Epenai schlachteten selbst wenig, den größten Teil kauften sie präpariert an. So passierten Caedes und Soren Gänge voller Fässer, Räume, verstellt mit Regalen, vollgestopft mit Tontöpfen und Gläsern. Ein kleiner Stall beherbergte Ziegen, die Luxus ganz eigener Art genossen – sie steckten die Köpfe in eine Tränke, die reicher verziert war als manche Badewanne, in der Caedes bisher gesessen hatte.

Caedes schaute sich unauffällig um, wusste jedoch nicht wirklich, wonach er Ausschau halten sollte. Er konnte zwar aus hundert Schritt Entfernung sagen, wodurch sich das Herz eines Rieder Knochenknackers von dem eines Coltairischen Brockenbeißers unterschied, aber wie ein Menschenherz aussehen sollte, wusste nur Aenne zu sagen.

Der Drache war schneller in das Gebäude geschafft, als erwartet, woraufhin Caedes von Modhi schnurstracks zurück in die privaten Räumlichkeiten geleitet wurde. Soren verwies man augenblicklich des Tempels, ohne dass er eine Chance gehabt hätte, sich unbeobachtet umzusehen.

Es blieb Caedes daher nichts anderes übrig, als sich Modhi zu fügen und dem obersten Epenai dabei zuzusehen, wie dieser die goldenen Dragoner zu acht Stapeln schlichtete. »Vierzig Dragoner, wie vereinbart.«

Caedes beugte sich vor und sammelte die Münzen ein. Er erinnerte sich an das letzte Gespräch mit Aenne, darüber, dass Modhi Kontakte zum Schwarzmarkt besitzen musste. »Da ich schon hier bin, fällt mir ein, dass ich Euch noch etwas fragen wollte.« Das Gold klingelte, als er einen Münzstapel langsam in seinen Beutel fallen ließ. »Vielleicht könnt Ihr mir weiterhelfen. Ihr stammt doch aus Gilebret, nicht wahr?«

Modhi nickte.

»Nun, ich war eine Zeit lang in den Heißen Ländern unterwegs, um die Küste der Künste zu besuchen.« Das war gelogen und Caedes hoffte, dass Modhi nicht weiter nachbohrte, denn so viel wusste er über Ashas Küste nicht zu sagen. »Dabei stieß ich auf die eine oder andere landestypische Delikatesse, der ich seither verfallen bin.« *Kling, kling, kling,* fielen die Münzen in den Lederbeutel. Modhi beobachtete ihn erwartungsvoll, die Hände übereinandergeschlagen. »Delikatessen, die bei uns auf offiziellem Wege nicht erhältlich sind.«

Der Priester verzog die schönen Lippen zu einem kleinen Lächeln. »Und als gilebretischer Landsmann, wie ich es einer bin, erwartet Ihr, dass ich wüsste, wie man das aurorische Gesetz umgehen kann? Ich, als oberster epenaischer Priester?«

Caedes griff nach dem nächsten Stapel Münzen und setzte ein ebenso feines Lächeln auf. »Die Epenai waren nie ein Kult, der auf irgendetwas verzichtet hätte. Ich dachte mir, ich frage bei dem Mann nach, der solche Delikatessen ebenfalls zu schätzen wissen könnte.«

Modhi lachte, sodass die weißen Zähne blitzten. »Nun«, sprach er, erhob sich, griff nach der Feder im aufwendig bemusterten Tintenfass und trat um den Tisch herum. Er fasste nach Caedes' Hand, umschlang das Gelenk mit schmalen Fingern und drehte es nach außen. Schwarz zeichnete er einen Namen auf die Innenseite. »Fragt in der Schattengasse nach dieser Dame. Sie kennt vielleicht jemanden, der jemanden kennt …« Spöttisch schob er die Augenbrauen zusammen. »Ich denke, Ihr wisst, was ich meine.« Seine Finger harrten länger an Caedes' Handgelenk, als notwendig gewesen wäre. Seine Berührung war wie die eines Schmetterlings, der davonflog, als Modhi sich hell lachend entfernte.

Als Caedes am nächsten Tag zum vereinbarten Treffpunkt kam, wartete dort nicht Infra, sondern ihre braunhaarige Freundin Berit. Sie rauchte Pfeife. Wären nicht ihre Schuhe gewesen, man hätte sie für ein ganz normales talionisches Mädchen halten können. Verschmitzt lächelte sie ihm entgegen.

»Du bist nicht das Mädchen, mit dem ich mich verabredet habe.«

Sie zog einen Schmollmund. »Gefalle ich dir denn nicht?«

Stummes Stieren.

Sie seufzte. »Infra kann nicht kommen.«

»Du kannst ihr ausrichten, dass mich das gar nicht glücklich macht.«

Berit zuckte gleichmütig mit den Schultern. »Ich fürchte, das ist ihr in diesem Augenblick ziemlich gleich. Nestor hat unser Spielchen gestern bemerkt und sich bei Uma beschwert. Infra wurde bestraft.«

Caedes' Miene verhärtete sich. »Bestraft? Inwiefern bestraft?«

Berit stieß Rauch aus, spitzte dabei die Lippen, weil sie wusste, dass manche Männer das attraktiv fanden. Etwas plump, wie Caedes fand, doch nicht ohne Wirkung. »Wie ein Unglücksvogel nun mal bestraft wird, wenn er Tinte über Umas Kleider schüttet oder Scherze mit Umas Gästen treibt.«

»Trägt sie deswegen so viel Schminke? Weil sie ständig *bestraft* wird?«

Berit wiegte sich sacht in den eigenen Armen, den Ellbogen des einen Arms in der Ellenbeuge des anderen abgestützt, sodass sie die Pfeife auf Mundhöhe halten konnte. »Mmh«, raunte sie. »Nicht nur hübsch, klug ist er auch noch. Ich mag deine Narben, sie machen dich zu einem Mann.«

Ein trockenes Lachen von Caedes. »Und ich dachte immer, Männer erkennt man an etwas anderem.«

Sie schnalzte mit der Zunge. »Das könnten wir in Betracht ziehen.«

Er stieß die Luft aus. »Lässt Infra mir noch irgendetwas ausrichten?«

»Sie meinte, ich solle dir sagen, was ich über den toten Quaris weiß. Ich habe mich ein wenig auf den Märkten umgehört. Es heißt, Quaris hätte ab und an Privataufträge für Modhi übernommen. Die Art Aufträge, für die er zum Tempel der Epena gehen musste, um dort Arbeiten speziellerer Art zu verrichten.«

»Arbeiten speziellerer Art? Was soll das heißen?«

Berit zuckte mit den Schultern. »Das weiß niemand so genau. Aber ein Mann wie Quaris konnte eigentlich nur eines – Tiere töten und ausnehmen. Keine Ahnung, was Modhi von ihm wollte. Er scheint jedoch recht häufig den Tempel besucht zu haben – auch ohne Lieferung.«

Caedes legte nachdenklich die Stirn in Falten. Schließlich nickte er. »Was ist mit Quaris' Privatleben? Weißt du irgendetwas darüber? Freunde? Verwandte? Geliebte?«

»*Pff*«, stieß Berit zusammen mit einem Schwall Rauch aus. »Quaris doch nicht. Wir alle dachten lange Zeit, er sei schwul – hätte er sich dann nicht verliebt.«

»Verliebt?«, fragte Caedes überrascht. »In wen?«

»Na«, spitzte sie schmollend die Lippen. »Warum fragst du da nicht unsere kleine Prinzessin?«

Er wartete, bis sie sich erklärte.

»Infra«, seufzte sie. »Er verliebte sich in Infra. Starrte sie jedes Mal an, mit *solchen* Augen.« Sie riss die Lider auf. »Ich dachte, sie hätte es Euch erzählt.«

Das hatte sie nicht, und das machte Caedes noch unzufriedener, als er ohnehin bereits war. »Ich muss mit ihr sprechen.«

»Dann, Süßer, wirst du dafür zahlen müssen – wie es alle anderen Männer auch tun.«

Als Caedes zur Roten Baronin zurückkehrte, lag Aenne auf dem Bett und las einen Brief. Ezra packte seine Sachen.

Fragenden Blickes trat der Jüngere an den Älteren heran.

Ezra nickte in Richtung Tisch, wo ein kleines Behältnis mit Thymianes Arznei bereitstand. »Steffen, der Apotheker, konnte die Medizin fertigstellen. Dank der Drachenkrallen, die du ihm besorgt hast, kaufte er die benötigten Tinkturen an, die er sonst über längere Zeit hinweg selbst hätte ansetzen müssen.«

»Das heißt, du kehrst nach Tradea zurück?«

Ezra nickte. Auf irgendeine Art und Weise wirkte er bedrückt, auch wenn Caedes nicht wirklich hätte sagen können, woran es wirklich lag. Fahrig durchsuchte er den Raum nach seinen Sachen. »Ich muss«, stieß er aus und irgendwie klang es, als würde er es mehr zu sich selbst sagen als zu Caedes. »Thymiane braucht die Arznei – und die Medizin ist zu wertvoll, als dass ich sie von einem Boten zustellen lassen könnte. Nicht, nachdem du dafür einen Drachen abschlachten musstest.«

»Ich kann gerne auch einen zweiten abschlachten, falls notwendig.«

Ezra seufzte und schüttelte den Kopf. »Hoffentlich nicht.« Er blickte hinter sich, wo Aenne auf einer bunten Flickendecke lag, noch immer in die Brieflektüre vertieft. »Thymiane hat geschrieben«, sagte Ezra leise. »Vater ist auf dem Weg zurück nach Tradea, das Hochzeitsgelage in Badhre dauerte kürzer, als angenommen. Aegis Septimus müsste ebenfalls bald nach Terra Talioni zurückkehren.«

Caedes fiel auf, dass Ezra sich rasiert hatte. Ein Lächeln stahl sich auf seine Lippen – Thymiane mochte nicht, wenn Ezra einen Bart trug, also trug er ihn auch nicht länger. Er griff nach der Schulter des Älteren, drückte sie. Für einen kurzen Moment berührte seine Stirn Ezras Schläfe. »Du musst tun, was du tun musst. Richte Thymiane und dem alten König schöne Grüße von mir aus. Ich werde sie besuchen, sobald diese Sache hier beendet ist.«

Ezra wandte seinen Kopf um, sah Caedes lange an. Da lag so viel Traurigkeit in seinem Blick, die der Jüngere sich nicht erklären konnte. »Thymiane und die Kinder brauchen mich dringender als ihr.«

Aenne schien von Ezras Nervosität nicht viel mitzubekommen. Sie hielt noch immer den Brief vor sich. »Thymiane hat wegen des Attentäters einige Nachforschungen betrieben. Sie fand heraus, dass es in Tradea eine kriminelle Organisation gibt, die den Skorpion als Zeichen ihrer Zunft trägt. Sie nennen sich *Die Skorpione.*«

»Sehr einfallsreich«, kommentierte Caedes.

»Das Problem ist, dass die Skorpione nicht nur in Tradea existieren. Ableger befinden sich angeblich in vielen größeren Städten hier im Osten wie Grünstadt, Walkorn und Howan.«

»Terra Talioni?«

»Es gibt keine Aufzeichnungen, aber auszuschließen ist es nicht.«

Caedes nickte. »Wir können also nicht ausschließen, auch hier auf Skorpione zu treffen. Wer weiß, ob der gute Tarren noch Freunde in Terra Talioni hatte.«

Ezra lehnte sich an den Tisch und betrachtete die Schwester. »Thymiane bittet Aenne, ebenfalls zurückzukehren. Sie meint, Terra Talioni wäre nicht sicher, solange wir nicht wüssten, ob es weitere Skorpione gäbe, die sie erkennen könnten.«

Aenne hielt Thymianes Brief wie ein Schild über ihr Gesicht. »Ich trage eine andere Haarfarbe. Abgesehen davon kann mich die talionische Garde nicht länger verpfeifen – nicht, nachdem Uma Octavia sie einen Kopf kürzer hat machen lassen.«

»Es ist gut so, wie es geschehen ist. Ihr Tod bedeutet deine Sicherheit.« Caedes schnallte seine Waffe ab.

Aenne lachte, offensichtlich war sie auf eine belustigende Textstelle gestoßen. »Thymiane lässt dich grüßen, Caedes.«

»Wer's glaubt …«

»Sie lässt fragen, ob du es nicht für wichtig erachtest, das neue Familienmitglied zu begrüßen, oder ob du dich derart vor Kindern fürchtest – sollten es auch nicht die eigenen sein –, dass du dich einfach nicht dazu überwinden konntest, zu kommen.«

Caedes schnaubte.

Aenne wandte den Kopf vom Pergament ab. »Ich habe über mein Gespräch mit Perporri nachgedacht. Ich denke, es wäre klug, jegliche Beweise nicht länger in Terra Talioni zu verwahren.«

Ezra nickte. »Ich werde das Herz im Glas und Tarrens Schwert mit mir nehmen und es in unserem Familientresor in Tradea aufbewahren.«

Caedes nickte. »Das halte ich für eine gute Idee.« Er ließ sich am Rand von Aennes Bett nieder, überflog den Brief. »Modhi gab mir einen Namen vom talionischen Schwarzmarkt. Die Dame heißt Anoush, ich werde sie gleich morgen aufsuchen.« Er schob sich zu seiner Schwester aufs Bett. Zwei Paar Augen wanderten über Thymianes Schrift. Sie lagen dicht aneinander, wie sie es in ihrer Kindheit oft getan hatte. Irgendwann stieß Caedes ein Lachen aus. »Wenn ich das so lese, wundert es mich gar nicht, dass Thymiane sich so schnell dazu entschlossen hat, unseren Ezra zu heiraten …!«

Ezra wandte sich verwirrt vom Gepäck ab, im nächsten Moment färbten sich seine Wangen rot. Wütend stapfte er auf die beiden zu. »Ich sagte, den *ersten* Brief!«, schnauzte er und riss Aenne das Pergament aus der Hand. »Dieser hier ist privat!«

Aenne stieß einen protestierenden Schrei aus und haschte nach dem Pergament, doch es war zu spät. »Danke, Caedes!«, fuhr sie den Verräter an. »Ich war noch nicht fertig!«

Caedes lächelte. »Mit Worten umgehen, das konnte unser Ezra schon immer!«

Ezra wandte den jüngeren Geschwistern demonstrativ den Rücken zu und stopfte grummelnd den Brief in sein Gepäck.

XV

Nachtblumen

Caedes hätte es nicht für möglich gehalten, doch Ezras Abreise beunruhigte ihn. Es war nicht so, als könnte er nicht auf sich selbst aufpassen – mit dem Schwert in der Hand verhielt er sich um Einiges geschickter als sein älterer Bruder – doch Ezras Anwesenheit hatte etwas konstant Beruhigendes an sich, ganz so, dass sich einem der Gedanke im Kopf einnistete: Alles wird wieder gut.

Caedes schalt sich selbst für das plötzlich aufkeimende Verlustgefühl. Zwei Jahre hatte er den Bruder zuletzt nicht gesehen, als er an der Küste unterwegs gewesen war, um die dortige Wasserdrachenpopulation zu minimieren, und nun verhielt er sich wieder wie ein kleiner Junge, der seinen großen Bruder vermisste. Aber was sollte er daran ändern? Durch den frappanten Altersunterschied hatte Ezra schon immer etwas Väterliches an sich gehabt.

Caedes seufzte und verdrängte die Gedanken. Er musste sich auf sein Vorhaben konzentrieren. Er warf einen Blick auf sein Handgelenk, wo der Name *Anoush* prangte, und trat zu einem Händler, der stark gewürzte Fleischspieße verkaufte. »Ich suche Anoush.«

Der Mann, der lange, dünne Messer über glühender Kohle drehte, beäugte Caedes, dann nickte er hinter sich zu einem dunklen Durchgang. »Da drinnen.«

Caedes tauchte in den schattigen Bogen und durchwanderte die Finsternis, bis er in einen Innenhof gelangte. Alles lag in Stille, abgeschnitten vom Lärm der umliegenden Gassen. Efeu bedeckte die Wände, ein kleiner Tisch, umringt von pilzbedeckten Holzstümpfen, bot eine Sitzgelegenheit. »Hallo?« Caedes' Stimme hallte an den Wänden wider. »Anoush?«

Im ersten Stock schlug ein Fensterladen nach außen. Eine Frau, das hellblonde Haar zum Pferdeschwanz zurückgebunden, blickte in den Innenhof herab. »Wer möchte das wissen?«

»Ein Freund von Modhi!«

Sie zögerte, dann spreizten sich ihre Lippen zu einem Lächeln. »Freunde von Modhi sind auch meine Freunde!« Die Frau verschwand für einen Moment in der Dunkelheit, um kurz darauf die Tür zu öffnen.

Anoush sah nicht aus, wie man sich eine Schwarzmarkthändlerin gemeinhin vorstellte. Sie war klein und dünn, besaß strahlend blaue Augen und ein keckes Lächeln. Ohne nachzufragen, kochte sie Kaffee – in Westaurora eine begehrte, seltene Delikatesse – brachte ihn zum Tisch in den Innenhof und fragte Caedes nach seinen Wünschen.

»Modhi meinte, Ihr könntet mir Dinge besorgen, die anderweitig in Aurora nur schwer erhältlich sind.«

Anoush platzierte ihren grazilen Körper mit Bedacht. Die enge, schwarze Kleidung verriet schon kleinste Bewegungen. Er konnte sehen, wie sich ihr Schlüsselbein verschob, als sie den Kaffee einschenkte. »Nun«, sprach sie ruhig. »Ich besitze durchaus Verbindungen. Mein Talent ist es nicht, Dinge zu besitzen, sondern Personen zu kennen, die Dinge besitzen. Versteht Ihr, was ich meine?«

Eine Vermittlerin also. Caedes nickte, während er in den schwarzen Kaffee blies. Der Dampf stob nach allen Seiten.

»Also sagt mir, was Ihr benötigt, und ich sage Euch, ob mir die passende Person bekannt ist.«

Erfahrungsgemäß war es unklug, gleich mit der Tür ins Haus zu fallen – zuvor klopfte man besser erst einmal vorsichtig ans Fenster. »Nachtblut«, sagte Caedes daher. »Nicht das gestreckte Zeug, das man in Tradea an jeder Straßenecke bekommt. Das richtige.«

Die gilebretischen Künstler- und Priesterkasten wuchsen praktisch mit Nachtblut auf und waren daher hohe Dosen gewohnt. Wer das Kraut des Asphodelienstrauches noch nicht geraucht hatte, konnte sich kaum ausmalen, welche Auswirkungen das Harz der älteren Pflanzenstämme besaß. Die Droge war unter dem Namen *Nachtblut* bekannt, der Handel damit in gesamt Westaurora strengstens untersagt.

Anoush lehnte an der efeubewachsenen Wand, die schmalen Arme übereinandergefaltet. »Nachtblut, so, so. Nicht ganz einfach, da ranzukommen. Die meisten Lieferungen werden bereits in Tradea abgefangen. Aber …« Ein sachtes Lächeln. »Ich denke, ich kenne da jemanden, der jemanden kennt …« Modhis Worte, als er über sie gesprochen hatte. Anoush griff in die Tasche, um eine Dose samt Pfeife hervorzuziehen. »Lasst uns Genaueres bei einem Häppchen Asphodelienkraut besprechen. An wie viel Nachtblut habt Ihr denn gedacht?« Sie begann, sich seelenruhig die Pfeife zu stopfen. Der penetrante Geruch von Asphodelienkraut stieg Caedes in die Nase. Es einzunehmen war unter Jägern nicht unüblich. Caedes erkannte die Berufsgenossen, die dem Kraut verfallen waren, aus einer Meile Entfernung. Bei ihnen handelte es sich meist um diejenigen, die nicht mehr lange lebten, weil sie mit getrübten Sinnen irgendeinem Ungeheuer zum Opfer fielen.

Caedes setzte ein Gesicht auf, von dem er hoffte, dass es erfreut wirkte. »Genug für eine lange Reise.«

Anoush lächelte. Ihre Hände arbeiteten flink. Sie waren dünn, jede Sehne hob sich unter der Haut, jeder Knöchel stach als Verdickung hervor. Sie zündete die Pfeife mit einem Kafritschen Teufel an, einem kleinen, glühenden Stein, und blies Caedes den Rauch entgegen.

Infra war außer Atem, als sie ins Zimmer kam. Kaum hatte sie Caedes bemerkt, fiel ihr Gesicht in sich zusammen. »Nein!«, rief sie.

»Doch!«, rief Caedes zurück. Er saß auf dem Sessel neben der Pfirsichschale, das Hirn benebelt. Noch konnte er sich nicht entscheiden, ob es ein gutes oder ein schlechtes Gefühl war.

»Ich bitte Euch! Mein Klient ist gleich hier, Ihr müsst gehen …!«

»Keine Sorge. Der Klient bin ich.«

Sie blinzelte verwirrt. »Wie? Ich dachte, Ihr hattet nicht mehr vor, für mich zu zahlen?«

»Hatte ich auch nicht. Allerdings bist du mir keine Hilfe, wenn Uma dich jedes Mal halb totschlagen lässt, sobald wir uns heimlich treffen. Daher bin ich zurück – als zahlender Gast.« Er stützte sich den brummenden Kopf. »Ich kann mich glücklich schätzen – jetzt habe ich die ganze Nacht etwas von deiner erhellenden Gesellschaft.«

Infra stapfte missmutigen Gesichts zum Bett und ließ sich auf den Rand fallen. Falls sie jemals versucht hatte, elegant zu wirken, tat sie es nun nicht mehr.

»Zieh kein Gesicht, kleine Infra …« Caedes' Augen blieben an ihrem Haar hängen. »Einen Moment …« Er beugte sich vor, um besser sehen zu können. »Sind deine Haare heute braun?«

Sie griff nach einer Strähne, hielt sie sich vors Gesicht. »Verdammt! Ich muss den falschen Trank erwischt haben …!«

»Trank?«

Ihre Augen rückten zu ihm. »Welcher Trank? Es gibt keinen Trank!«

»Also handelt es sich hierbei um deine richtige Haarfarbe?«

Ein humorloses Lächeln. »Klar.«

»Und wie ist der dazu passende Name?«

»… Hasel.«

»Hasel? Wie in Haselnuss? Das muss aber ein plötzlicher Geistesblitz gewesen sein!«

»Aber nein. Das ist mein Name.«

»Nun gut.« Er lehnte sich zurück. »Dann eben Hasel.«

»Ich habe keine Neuigkeiten zu Quaris«, sagte Hasel.

»Wirklich nicht?«

»Nein.«

»Ich schon.«

»Ach ja? Wozu braucht Ihr mich dann noch? Ihr kommt doch gut allein zurecht.«

»Willst du wissen, welche?«

Sie blickte ihn gelangweilt an. »Wollt Ihr es mir denn sagen?«

Er legte den Kopf schief, stützte ihn auf seiner Faust ab. »Quaris war in dich verliebt.«

Sie blinzelte. »War er das?«

»So sagt man.«

»Sagt wer?«

»Ist das wichtig?«

»Ihr solltet nicht auf jeden hören, der irgendetwas sagt.«

»Wie etwa auf dich?«

Ihre Beine baumelten von der Bettkante, baumelten hin und her. »Ich spreche nur, wenn ich mir sicher bin, dass meine Worte keine bloße Mär sind.«

»Berit sagt es.«

Ihr Gesicht verhärtete sich. »Dann weiß Berit mehr als ich.«

»Du willst sagen, du wusstest nicht, dass Quaris in dich verliebt war?«

»Hört Ihr mir überhaupt zu? Ich darf nicht mit Männern außerhalb dieses Zimmers reden! Woher soll ich wissen, ob Quaris in mich verliebt war?«

»Du sagtest, du kanntest ihn nicht.«

»Ich kannte ihn auch nicht! Wenn ich ihn traf, dann nur, weil er Geschäfte mit Uma Octavia tätigte – ich habe noch nie mit ihm gesprochen!«

Sein Kopf brummte. Ihre aufgekratzte Stimme machte es nicht besser. Die Wange an den Finger abgestützt, warf er ihr einen herausfordernden Blick zu. »Und das soll ich dir glauben? Quaris verliebte sich in dich, obwohl du noch nie mit ihm gesprochen hattest? Allein aufgrund deines blendenden Aussehens?«

»Ich bin mir sicher, die Frauen, die sich in Euch verliebten, taten das wegen Eurer herausragenden Manieren und Eurer zuvorkommenden Art«, erwiderte sie spöttisch.

Caedes stockte, das hatte gesessen. Er massierte sich die Schläfen.

»Ich habe nicht gelogen, als ich sagte, Quaris nicht zu kennen«, fügte sie hinzu.

Caedes wartete; er wartete darauf, dass sie nervös genug wurde und weitersprach. Doch das tat sie nicht. Sie saß auf der Bettkante mit ihren braunen Haaren und schwieg. *Frauen,* rieb sich Caedes die Schläfen. »Was weißt du über Modhi?«

»Er ist mächtig. Und er mag Männer.«

»Das erklärt einiges. Irgendwelche bekannten Affären?«

Sie zuckte mit den Schultern. »Keine Ahnung, bei den Epenai finden sich bestimmt genügend hübsche Männer, die sich dazu bereit erklären würden, mit ihrem Obersten zu schlafen.«

»Was ist mit Uma? Er ist ein Mann mit Einfluss, sie ist eine Frau mit Einfluss – kommen sie sich in die Quere?«

Sie überlegte, wog den Kopf hin und her. »Neben ihrem Cousin Aegis Septimus ist Modhi womöglich der einzige Mann in Terra Talioni, den Uma Octavia respektiert. Ich schätze, es liegt daran, dass Modhi keine Frauen mag und Uma keine Männer. Er fühlt sich nicht zu ihr hingezogen, sie sich nicht zu ihm – und beide wissen das. Wenn sie aufeinandertreffen, dann als ebenbürtige Geschäftspartner.«

Das entrang Caedes einen verwunderten Blick. »Sie treffen sich häufig? Sind sie befreundet?«

Hasel sagte einen Moment lang nichts, das Gesicht blank. »Mächtige Leute sind darauf erpicht, sich mit anderen mächtigen Leute gutzustellen, wenn sie diese nicht stürzen können. Ich denke, Uma könnte Modhi ernsthaft schaden, wenn sie das wollte, doch Modhi ist der Oberste der Schicksalsgöttin Epena – und wer will schon das Schicksal selbst gegen sich aufbringen?«

»Ich hatte Uma nie für eine Frau gehalten, die abergläubisch ist.«

Hasel verzog das Gesicht. »Das ist kein Aberglaube. Wir wissen, dass es die Götter gibt. Gäbe es sie nicht, gäbe es auch keine Städte wie Terra Talioni.«

»An Götter zu glauben ist die eine Sache, an die Macht ihrer vermeintlichen Priester, die andere. Treffen sie sich häufig?«

Ihr Mund öffnete sich, doch nichts kam heraus, sie wiegte sich hin und her und sagte dann: »Aegis Septimus kehrt zurück.«

»Du …«

»In den nächsten Tagen.«

Er hob die Augenbrauen. »Ach ja?«

»Ja. Die Nachricht überraschte Uma Octavia, schließlich dachte sie, er befände sich noch immer in Badhre. Uma möchte bis zu seinem Eintreffen Nestor von der Grünen Küste loswerden, doch dieser hat spitzgekriegt, dass Aegis zurückkommt, und will sich nicht einfach abschieben lassen.«

Caedes nickte langsam. In seinem Kopf drehte sich alles. Doch irgendwie … irgendwie fühlte es sich gut an. Er wollte nachhaken, doch er hatte den Faden verloren.

Infra – nein, Hasel, berichtigte er seine Gedanken – schaukelte nervös hin und her.

»Wie ist dein Name?«, fragte er irgendwann, ohne zu wissen, wie viel Zeit vergangen war.

»Hasel«, erklärte sie. »Das sagte ich doch.«

»Nein, ich meine deinen *richtigen* Namen.«

Sie schwieg, legte die Lippen fest übereinander, damit die Wahrheit niemals ans Licht käme.

Caedes seufzte. »Ich bitte dich, was verlierst du, wenn du ihn verrätst?«

»In meiner Kultur steht ein Name für Freiheit«, sagte sie. »Das ist der Grund, warum wir ihn ablegen mussten, als wir in die Sklaverei gebracht wurden.«

Er hob die Augenbrauen. »Nennt dich hier niemand bei deinem richtigen Namen?«

Sie schüttelte den Kopf. »Nur ... Octavia.«

Octavia? »Ausgerechnet Octavia? Diejenige, die dich versklavt? Das nenne ich Ironie!«

»Nein. Sie besitzt mich, also besitzt sie auch meinen Namen.«

Er sah sie eine Weile an. Es sah aus, als würde sie hin und her wippen, bis er bemerkte, dass es sein Kopf war, der sich drehte. »Hast du wieder einmal Perporri besucht?«

Sie erstarrte zu einer Salzsäule, verneinte dann.

»Hast du lesen geübt?«

Ihr Kopf wandte sich scheinbar unendlich langsam nach links und rechts. Vielleicht dehnte sich auch nur die Zeit. Dieses verdammte Asphodelienkraut machte es wirklich schwierig, ein vernünftiges, auf knappe Fragen und Antworten reduziertes Gespräch zu führen. Caedes rieb sich die Stirn. »Wieso nicht?«

»Wie sollte ich?«

»Nun, nimm ein Buch und ...«

Sie schüttelte den Kopf. »Eine Sharonne darf nicht in der Gegenwart von geschriebenem Text leben.«

Er sah sie lange an, griff in die Tasche neben dem Sessel und zog ein kleines Buch hervor. Hasel starrte es an, mit einer Mischung aus Furcht und tiefem Hunger, sie ließ es nicht aus den Augen, wie es in seiner Hand tanzte. »Ich helfe dir. Wenn du mir deinen richtigen Namen verrätst.«

Ihre Zähne griffen ineinander. »Zuerst Erpressung, nun Bestechung? Was bin ich, ein Hund?«

»Von den Rechten, die du besitzt, vermutlich weniger als das.« Er hasste sich für diese Antwort, als er ihren gebrochenen Blick bemerkte.

Hasel holte tief Luft. »Lydia«, stieß sie aus.

»Lydia?«

Sie nickte.

Er kniff die Augen zusammen. »Du lügst.«

»Nein!«

»Doch.«

»Ich …«

Er seufzte, warf ihr das Buch zu. »Hier, Hasel.«

Überrascht fing sie es auf. »A-aber …!«

»Nun lies schon, bevor ich es mir anders überlege. Du liest, ich lausche.« Er schloss die Augen. Alles drehte sich.

Betroffen blickte sie auf das Lederbündel in den Händen. »Iox«, sagte sie schließlich. »Der Name, den mir mein Vater gab, war Iox.«

Caedes hob misstrauisch die Lider. »Iox?«, fragte er, jeden einzelnen Buchstaben langsam betonend. Er schien nicht überzeugt. »Was bedeutet *Iox?*«

Ihre Stirn legte sich in Falten. »Warum fragt Ihr?«

»Jeder Name hat eine Bedeutung. Wenn es der deine ist, kennst du sie.«

»Ach«, entgegnete sie. »Was bedeutet denn der Eure?«

Ein sachtes Lachen. »Es ist keine sonderlich schöne Bedeutung, fürchte ich. Caedes bedeutet … *Totschlag.*«

Sie schob das Kinn zurück. »Wer nennt denn sein Kind *Totschlag*?«

»Ich nehme an, es lag daran, dass mein Vater sich einen Krieger als Sohn erhoffte. Dann starb meine Mutter bei meiner Geburt und sowohl mein Name als auch dessen Eigenschaft nahmen ein recht seltsames Eigenleben an.«

Sie biss sich auf die Lippen. »Mein Name ist nicht viel besser, vermute ich. Iox … stammt aus der aurorischen Mythologie. Kennt Ihr die Geschichte von Kafrit und Laudine?«

»Keine Ahnung. Erzähle sie mir.«

»Kafrit war die Sonne am Himmel und kreiste dort oben, Tag und Nacht. Laudine, Kind und unfreiwillige Geliebte des Meeresgottes Wfir, lag in der blauen See und starrte immerzu hinauf, Tag für Tag. Sie sah hinauf und er sah hinab. Ihre Blicke trafen sich und ihre Liebe entflammte, obwohl ihnen ein Zusammensein für immer verwehrt schien. Eines Tages jedoch wurde die Sehnsucht derart groß, dass Kafrit nicht länger widerstehen konnte – er, der Feuerball, sank auf das Meer hinab, um Laudine zu treffen. Und Laudine erklomm die höchste Insel, um ihn berühren zu können.

Doch Wfir, Laudines Vater, war gegen diese Liebe, liebte er seine Tochter doch selbst. Er ließ das Meer ansteigen, bis es Laudine nass umschloss.

Kafrit hätte umkehren können, doch tat er es nicht. In seiner feurigen Pracht versank er im Meer und starb in Laudines Armen. Sie weinte um ihn. Es wurde Nacht.

Am nächsten Morgen wurde Kafrit wiedergeboren, er stieg zurück in den Himmel, dazu verbannt, sehnsüchtige Blicke mit seiner Geliebten auszutauschen. Die Sehnsucht ist ein tückisches Ding. Als der ewige Tag fortschritt, hatte sie ihn wieder umgarnt, sodass er zurück ins Meer sank, für einen kurzen Moment der Vereinigung.

Das war das Ende des ewigen Tages. Seitdem versinkt Kafrit jeden Abend im Meer. Und der Moment, in dem der letzte Sonnenstrahl Kafrits über Laudines Gewässer gleitet, diesen Moment, wenn die Sonne erstirbt, nennt man in der Sprache der Inseln *Iox*.«

»Iox, die sterbende Sonne also«, murmelte Caedes müde. »Du hast recht, das ist nicht besser.«

Sie lächelte zögerlich.

»Ist das eine Sage von den Inseln? Ich habe sie noch nie gehört.«

»Kann sein. Mein Vater erzählte sie mir immer.«

Eine Weile hüllte sich alles in weiche Stille, in der Iox das Buch in ihren Händen betrachtete, als wäre es etwas Fremdes.

»Komm schon, Iox«, forderte Caedes auf. »›*Der Fuchs und das Mädchen*‹, eine bekannte Erzählung. Lies mir vor, schließlich muss ich mir hier noch die Nacht vertreiben.«

Unschlüssig sah sie zwischen Buch und Mann hin und her. »Ich lerne lesen, ich kann es nicht.«

»Ich habe Zeit.«

»Seid Ihr Euch sicher?«

Caedes erhob sich, trat ans Bett, streifte die Stiefel ab und ließ sich neben ihr nieder. »Du liest«, stellte er fest. »Ich helfe, falls notwendig.«

XVI

Die Ecken und Schatten der Wege

Caedes saß Aenne gegenüber und rieb sich den dröhnenden Schädel. Sie saßen bloß in der klirrenden Morgenkälte, weil er darum gebeten hatte. Die kalte Morgenluft kühlte seine Stirn und das Plappern der Menschen verzog sich mit dem Rauch der Feuerstelle, auf der das Essen zubereitet wurde. Hier draußen schien alles besser als im stickigen Innenraum der Schenke.

»Erwarte kein Mitleid von mir! Als ich sagte, du solltest Anoush nach Dingen vom Schwarzmarkt fragen, meinte ich nicht, du solltest all diese Dinge auch ausprobieren!« Aenne verschränkte die Finger ineinander.

»Ja, ja«, murrte Caedes genervt. »Ezra wäre so etwas nie passiert, schon klar.«

Das stimmte, weil Ezra niemals eine Schwarzmarkthändlerin nach Rauschmitteln gefragt hätte. Aenne wusste das und war heimlich dankbar dafür, dass Caedes diese Risiken auf sich nahm, dennoch glaubte sie, zumindest eine Weile die strenge Mutter spielen zu müssen.

Ein Mann brachte herben talionischen Most, der aus den kleinen, holzigen Äpfeln der verkrüppelten Bäume hergestellt wurde, die in Terra Talioni wuchsen. Dazu reichte er zwei Teller mit Fleisch und Brot. Der Geruch machte Caedes krank, er zwang sich zum Essen. Erst nach und nach spürte er, wie die Übelkeit abebbte und größer werdendem Hunger Platz machte. Gierig schaufelte er nach.

»Also, wie war das nun mit dieser Anoush?«, fragte Aenne ungeduldig.

»Sie bringt mich zu jemandem, den sie kennt.«

»Einem Organhändler?«

»Einem Gemüsehändler.«

»Ha?«

»Er handelt mit Rauschmitteln.« Caedes schüttete den gärenden Most herunter.

»Wir wollen keine Rauschmittel. Wir wollen …« Ihre Stimme dämpfte sich. »Du weißt schon, was …«, nuschelte sie in ihren Teller.

Caedes grinste, obwohl das die Kopfschmerzen verstärkte. »Das mit den Drogen brüllst du über den gesamten Marktplatz, aber wegen ein paar Herzen bist du so kleinlich?«

Sie sah ihn an, als hätte sie in eine Faust voll Sauerklee gebissen. »Also?«

»Eins nach dem anderen. Man geht nicht gleich mit gezogenem Schwert zum mächtigen Ravennaeischen Metallspeier, sondern erlegt vorerst ein paar kleine, harmlose Rostdrachen. Zuerst das Nachtblut, dann die Herzen.«

Über Aennes Gesicht bewegte sich die Ungeduld. Sie hätte Caedes am liebsten am Hintern zu Anoush getreten. Geduld, dachte sie, war eine überbewertete Tugend. Bevor sie sich durchringen konnte weiterzuessen, entdeckte sie Soren, der eben den Platz überquerte. Sie winkte ihm zu, er gesellte sich zu ihnen. »Travis grüßt Euch, Kinder des Reisenden Königs!«

»Soren, alter Freund«, sagte Caedes kauend. »Was gibt es Neues?«

»Ich habe die Kette mit dem magischen Feueramulett den Kafriti verkauft. Sie konnten zwar nicht so viel zahlen wie andere, doch sie werden das Feueramulett umso besser verwahren.«

Caedes schob Soren den Teller zu. »Gute Entscheidung.«

Der Wagenlenker ließ sich nieder. »Ich war gestern im *Lanzenreiter*, um mit dem erworbenen Gold ein wenig zu prassen, als ich dort eine Unterhaltung zweier talionischer Wächter belauschte. Ich dachte, es könnte Euch interessieren.« Er zögerte, griff schließlich nach einem Stück Brot. Es wäre unhöflich gewesen, angebotenes Essen abzulehnen, dennoch war es Soren nicht ganz geheuer, mit den Kindern des Reisenden Königs zu sitzen, als wären sie alte Bekannte. »Sie haben von der Hinrichtung einiger Wachsoldaten gesprochen, die für das Ein und Aus in Terra Talioni zuständig waren.«

»Sind Hinrichtungen an der talionischen Garde so ungewöhnlich?«

»Nicht, wenn sie Unsinn treiben. Ungewöhnlich ist allerdings, dass die Hingerichteten keine Anhörung bekommen haben. Es wäre nicht einmal eine Bürgeranhörung vonnöten gewesen, schließlich befinden sie sich im Verwaltungsbereich des Königs. Ein Königsgericht hätte vollkommen ausgereicht. Nicht einmal das wurde ihnen zugesprochen.«

Die Menschen, die direkt am oder für den Königshof arbeiteten – Soldaten, Bedienstete, private Versorger – galten nicht als gewöhnliche Bürger und unterstanden der direkten Entscheidungsgewalt des Königs. Bestand der Verdacht auf Untreue, landeten sie vor dem *Königsgericht*. Hier zählte allein Aegis' Wort.

Jetzt, da Aegis nicht in der Stadt weilte, besaß Uma den Vorsitz im königlichen Gericht. Dass sie das Todesurteil nicht im Rahmen des Königsgerichts gesprochen hatte, sprach wohl für ihre autoritäre Art.

Caedes runzelte die Stirn. »Hast du Freunde in der talionischen Garde?«

»Hm, Freunde würde ich nicht sagen.« Soren kratzte sich an der Stirn. »Wohl eher Bekannte.«

»Kannst du dich ein wenig umhören?«

Der Wagenlenker sah ihn fragend an. »Was genau wollt Ihr wissen, Herr?«

Caedes kaute einen Moment lang, schien nachzudenken. »Die Soldaten wurden hingerichtet, weil sie Informationen über Einreisende weiterverkauft hatten, darunter auch über meine Schwester. Glaubst du, du könntest mehr darüber in Erfahrung bringen, an wen sie die Informationen verkauft haben?«

Soren nickte zögernd. »Ich werde mein Bestes tun, Herr.«

Aenne blies sich die Stirnfransen aus dem Gesicht, lustlos kauend. »Und was tue ich währenddessen?«

»Nichts.«

»Ich könnte zu Modhi …«

»Du wirst dich von Modhi fernhalten! Dieser Mann ist durchtrieben.«

»Dir ist bewusst, dass *ich* die Ältere von uns bin?«

Caedes zuckte unbeeindruckt mit den Schultern. »Nur ein weiterer Grund, der dich gefährdet, früher zu sterben.«

Darauf wusste sie nichts zu sagen. Sie trank hastig, um ihre Wortlosigkeit zu überspielen.

Der Händler, den Anoush kannte, führte einen Gemüse- und Kräuterladen in der Gasse der Hängenden Blätter. Dogor der Gemüsehändler war weder jung noch alt, dick noch dünn, hübsch noch hässlich und fiel zwischen mehr als zwei Menschen vermutlich kaum auf. Er verkaufte langlebiges Gemüse aus allen Teilen Auroras: gelbfleischige Kürbisse, rote und weiße Rüben, holzige Äpfel, schwarze Wurzelknollen und dickschalige Zwiebeln. In seinen Regalen stapelten sich Krüge, in denen Obst in Honig schwappte.

Anoush stand gerade hinter einem Strauch getrockneter Kräuterrispen, die von der Decke hingen. Sie hob die Hand und schob einige Zweige zur Seite, um Caedes besser sehen zu können. Ihrem Lächeln nach schien sie geneigt, den letzten Abend zu wiederholen.

Wie am Tag zuvor trug Anoush von Kopf bis Fuß Schwarz, angefangen von den glänzenden Stiefeln bis hin zu Handschuhen aus zartem Wildleder. Das weißblonde Haar betonte ihre rotviolett geschminkten Augen. Als ein Poltern ertönte, warf sie den Kopf wie ein Wiesel herum.

Dogor der Gemüsehändler kehrte aus den hinteren Räumlichkeiten zurück, einen Tonkrug im Arm. Er stellte das Gefäß auf dem Tisch ab und nickte Richtung Eingangstüre. »Schließt ab.«

Anoush glich einem schwarzweißen Schatten, der zur Türe huschte und der Aufforderung nachkam. Das Klicken des Schlosses war kaum vernehmbar. Das beunruhigte Caedes, denn Personen, die fähig waren, Türen lautlos zu schließen, konnten sie ebenso leise öffnen. Sie erleichterten einen um den Geldbeutel, ohne dass man es bemerkte, und wenn man einen besonders unglücklichen Tag erwischte, rammten sie einem dabei das Messer in die Niere.

»Was mag es sein?«, fragte Dogor. »Ein Quint? Ein Lot?«

»Zwei Unzen.«

Dogor musterte ihn prüfend.

»Ist das ein Problem?«

»Die Menge? Nein. Kannst du bezahlen?«

»Natürlich.«

Der Gemüsehändler lachte dumpf. »Sagte der nachtblutabhängige Drachenjäger mit dem Schwert in der Hand.«

»Mein Schwert befindet sich an meinem Gürtel, nicht in meiner Hand.« Caedes griff an seine Seite, sowohl Dogor als auch Anoush spannten sich an, doch er fischte nur nach dem Geldbeutel und warf ihn Dogor zu. Geschickt grapschte der Gemüsehändler das Bündel aus der Luft. Er öffnete das Leder, seine Finger – weder kurz noch lang – gruben durch die Münzen. »Zwei Unzen dann.« Er strich über den rötlichen

Rand des Gefäßes. Zeichen glühten auf und verblassten wieder. Mit roter Kreide gezeichnet, konnte man die Linien der magischen Symbole mit bloßem Auge kaum erkennen. Ein mit Magie gesicherter Tontopf – auch Caedes konnte durchaus noch überrascht werden, damit hatte er nicht gerechnet.

Dogor hob den Deckel ab, Salzkristalle leuchteten milchig. Seine Hand wühlte darin herum, bis sie ein kleines Gefäß gefunden hatte. Salz hielt den penetranten Geruch von Nachtblut davon ab, aus der Urne zu dringen, und wirkte gleichzeitig als schwacher Schutzzauber.

Das kleinere Gefäß wurde vorsichtig geöffnet, der Händler achtete sorgsam darauf, dass Caedes sich währenddessen nicht näherte. Dieser stierte auf die Schale schwarzroter Flüssigkeit und wartete, bis Dogor zwei bereitstehende Fläschchen befüllt hatte.

Anoush hielt sich im Hintergrund, die schmalen Arme vor der Brust verschränkt.

»Zwei Unzen«, sprach Dogor, trat hinter dem Tisch hervor und zu Caedes hin. »Das sollte für lange Zeit genügen. Kommt nicht ohne Anoush – betretet Ihr dieses Haus ohne ihre Begleitung, wird es das Letzte sein, was ihr tut.«

Caedes glaubte ihm. Jemand, der seine Tontöpfe mit magischen Zeichen schützte, scheute sich sicherlich nicht, sie auch an Fenstern und Türen anzubringen.

Die Fläschchen verloren sich in Caedes' Handfläche. Er schloss die Finger darum und ließ sie in die Tasche gleiten. »Gute Geschäfte. Travis grüßt.«

Anoush stieß sich von der Türe ab, die sie bewacht hatte – vor Eindringlingen, vielleicht auch vor Caedes' Flucht – und lächelte. »Seid Ihr zufrieden?«

Er nickte und folgte ihr durch den Türspalt auf die Gasse der Hängenden Blätter.

»Nachtblut ist nicht mein Ding.« Anoush langte über den Tisch und ließ mit flinken Fingern das Gold in den Taschen verschwinden. Anoush musste gut verdienen – aber so war das meist mit Wissen, wurde es nur richtig an den falschen Stellen eingesetzt. »Doch für einen Happen

Asphodelienkraut wäre ich zu haben. Was sagt Ihr?« Ihr Lächeln war klein und süß. »Ihr wolltet mit mir reden? Ich bringe Euch warmen Wein für Euer Nachtblut, ich rauche eine Pfeife – und wir reden.«

Das ist es nicht wert, schluckte er. Was interessierte ihn dieses Herz? Was interessierte ihn, wem es gehörte? Genau genommen hatte er mit alledem doch gar nichts zu tun! »In Ordnung.« Sein Lächeln war gezwungen, doch er hoffte, dass sie es nicht bemerkte. »Nur her damit.«

Der Wein dampfte. Anoush reichte ihm ein Silbertablett, auf dem ein durchsichtiger Glasstab ruhte, den Caedes mit zittrigen Fingern ergriff. Er schraubte langsam die Unze Nachtblut auf und hoffte, dass irgendetwas passieren würde, das ihn von dieser unglaublichen Dummheit abhielte – dass ihm vielleicht der Himmel auf den Kopf fiele.

Doch der Himmel fiel nicht. Noch nicht.

Er tauchte den Glasstab in die schwarzrote Flüssigkeit, die sich klebrig darum schloss, führte sie zum Wein und stieß die Spitze hinein. Langsam rührte er um. Das schwarze Harz des Asphodelienstrauches löste sich vom Besteck, verschwand in Schlieren in der roten Flüssigkeit.

Anoush betrachtete ihn selig lächelnd und saugte dann und wann an ihrer Pfeife. »Es ist faszinierend«, stellte sie fest. »Während das Kraut beruhigt, den Herzschlag verlangsamt und die Zeit zerrinnen lässt, beschleunigt das Harz den Puls und sensibilisiert die Sinne.«

Caedes zog den Stab aus dem Becher und legte ihn aufs Tablett zurück.

Anoush zog an der Pfeife, der starke Geruch von verbranntem Asphodelienkraut vermischte sich mit dem von Nachtblut.

»Manche der Leute, die ich zu Dogor brachte, wurden verrückt, nachdem sie das Zeug genommen hatten. Andere glaubten sich als kluge Köpfe, die weit über die Grenzen der Sterblichkeit hinausblicken könnten.« Rauch verschleierte ihr Gesicht. »Zu welcher Sorte gehört Ihr?«

Er hustete. »Zu keiner von beiden.«

Anoush griff nach ihrem Becher. Sie stießen an, die Berührung der Becher ein dumpfes Klicken. »Aber eines hatten sie alle gemeinsam«, flüsterte Anoush. Sie führte den Becher zum Mund.

Er tat es ihr gleich. Der Wein benetzte seine Lippen. Ein penetranter Geruch kroch in seine Nase und setzte sich dort fest. Harzgeschmack legte sich flach auf seine Zunge.

Anoushs Lächeln war seltsam nah, als sie sich zu ihm beugte. »Sie alle wollten vögeln.«

Großartig. In Caedes' Magen breitete sich ein warmes Gefühl aus. Er versuchte es zu ignorieren, räusperte sich. »Es gibt da noch etwas, das ich wissen möchte …«

Er sah nur ihr Lächeln vor seinem Gesicht, es spannte sich quer über sein Sichtfeld. »Mh?«, raunten diese Lippen.

Was war das doch gleich noch gewesen?

»Es … ich … ich wollte fragen … was … wenn es da noch andere Sachen gäbe, die ich bräuchte? Sachen … die ebenfalls nicht auf offiziellem Wege erhältlich sind …« Er erkannte seine Stimme kaum wieder. Leise, knisternd, wie reißendes Pergament.

Der Mund vor ihm lächelte. »Und die wären?« Sie waren feucht, diese Lippen, von Speichel und rötlichem Wein.

Sein Magen fühlte sich an, als hätte jemand ein Pfund Kohle hineingeschüttet. Das Feuer brannte und breitete sich in die benachbarten Organe aus.

»Mh …« Organe … seine Organe … andere Organe … Sein Herz raste, doch er merkte es nicht. Er vernahm dessen Schlagen wie ein exotisches Trommelspiel, das in diesem Hof stattfand. Und seltsamerweise glaubte er, Anoushs Herz ebenfalls zu spüren, obwohl diese doch nur mehr aus einem schimmernden Mund bestand.

»Trink mehr«, flüsterte Anoush. »Ich möchte ihn sehen, den Verrückten oder das Genie.«

Und er trank, weil es ihm gesagt wurde.

XVII

Die Stützen der Stadt

Caedes wusste nicht, wie er es geschafft hatte, Anoush und dem Schattenweg zu entkommen – als er erwachte, fand er sich einem Huhn gegenüber, das ihm Stroh aus den Haaren pflückte. Träume der letzten Nacht dämmerten sacht in seinem Kopf. Er hatte vom Pferdeschädel über dem Stadttor geträumt.

Erst als er sich auf den Weg zurück zur Roten Baronin machte, setzten sich die Traumfragmente zu einer Erinnerung zusammen.

Manchmal, so hatte Caedes unter dem Tor geächzt. *Manchmal wünschte ich mir, ich wäre Ezra. Einfach zu wissen, was man will … einfach so.*

Der Pferdekopf hatte auf eine maliziöse Weise gegrinst, wie nur dieser eine Pferdekopf grinsen konnte, und geantwortet:

Das Leben ist voller List!
Jeder von ihm kriegt
was er verdient,
jeder das liebt,
was das Leben für ihn sinnt –
und wenn es gar nichts ist.

Die Schmach darüber, tatsächlich wieder bei dem alten Rappen mit der großen Klappe gelandet zu sein, trieb Caedes zurück zur Herberge und ins Bett. Aenne war nirgends anzutreffen, wer wusste schon, wo sie sich wieder herumtrieb. Bevor er einen weiteren Gedanken an seine Schwester verschwenden konnte, übermannte ihn der Schlaf.

»Es freut mich, dass Ihr so bald zu uns zurückgekehrt seid, Aenne! Es ist mir eine Ehre, Euch bei uns zu haben!«

Modhi schien begeistert. Er klatschte in die Hände und hielt sie in einer sakralen Geste gefaltet, während er an ihrer Seite den Tempel durchwanderte.

»All diese wunderbaren Dinge, die Ihr mir gezeigt habt«, schmeichelte Aenne, »ließen mich einfach nicht mehr los! Es gibt so vieles, das ich sehen möchte, so viel mehr zu erfahren …!«

Sie hatte lange über diesen Schritt nachgedacht. Nun … vielleicht doch nicht zu lange. Vielleicht war es auch ein wenig die Langeweile gewesen, die sie getrieben hatte, während Caedes sich durch den Schwarzmarkt kaufte und nebenher Sklavinnen erpresste.

Caedes stürzte immer tiefer in die Geschichte hinein, auch wenn er sich anfangs zurückgehalten hatte. Dabei war es doch *Aennes* Aufgabe, *Aennes* Berufung. Sie musste etwas tun – und sie würde es tun, egal wie sehr Caedes sie vor Modhi warnte. Der oberste Priester mochte verschlagen sein, aber auch Aenne war nicht auf den Kopf gefallen. Sie unterdrückte ein selbstzufriedenes Lächeln, als sie an ihn herantrat und ihn begrüßte.

Modhis Gesicht lag in aller Selbstzufriedenheit vor ihr. Seine Reaktion war nachvollziehbar. Die Tochter eines Königs als Priesteranwärterin in seinem jungen Tempel, was hätte er sich mehr wünschen können? Er fasste ihre Hand, hielt sie jedoch ganz sacht, führte sie mit seinem Zeigefinger neben sich her wie ein Kind. »Ich möchte nicht neugierig sein, aber …« Während er sprach, konnte sie seine Zähne sehen, weiß wie die Gipfel der Welle. »Was war es, das Euch am meisten beeindruckte? Die Sternhallen? Die Sternhallen begeistern sie alle!«

Aenne schüttelte den Kopf. »Nein. Nein, es lag mehr an dem, was ihr sagtet. Über das Lesen im Epenaischen Kartenorakel und … das Lesen in Tieren.«

Modhi nickte sacht. »Wahrlich, ein interessantes Fach. Und eine interessante Frau, die das erkennt!« Er hob den langen Zeigefinger. »Das spricht für Euch und Eure Klugheit, Reisende Prinzessin!«

Aenne lächelte. »Wo bringt Ihr mich hin?«, fragte sie und versuchte, weniger unruhig als neugierig zu klingen.

»Zum großen Balkon vor Epenas Halle! Ihr werdet schon sehen!« Ganz in Weiß gekleidet wirkte Modhi wie ein Geist, der über die goldenen Flure des Tempels schwebte. Priester und Priesterinnen der Epena, denen sie auf den Gängen begegneten, verbeugten sich respektvoll vor ihrem Meister.

Bei dem *großen Balkon* handelte es sich um keine Übertreibung. Er streckte sich quer über das gesamte Tempeldach und erlaubte einen Ausblick auf alle Ecken und Enden der Stadt. Dort drüben, auf der anderen Seite des Berges, ragte Uma Octavias Felsenpalast aus dem Stein. Etwas erhöht, auf einem Gipfel dahinter, lag Aegis Septimus' Residenz. Mit dem Tempel der Epena bildeten sie eine erhöhte Trinität.

Modhi trat zum Rand des Balkons und wies Aenne an, ihm zu folgen. »Seht Ihr, dort hinten? Vor dem Stadttor?«

Sie beugte sich vorsichtig über die Brüstung. Modhi zeigte weitaus weniger Scheu – trotz des kräftigen Windes, der hier oben wehte, schien er auf den Schutz seiner Göttin zu vertrauen. Er stand da, die Arme ausgebreitet, das Weiß der Robe flatterte im Wind. Aenne wartete darauf, dass ein kräftiger Windstoß ihn wie eine Taube vom Dach fegte.

»Auf der Straße?« Aenne kniff die Augen zusammen. Menschen. Sie sammelten sich vor Terra Talionis Toren wie Ameisen vor dem Nest. »… Händler?«

Modhi schüttelte den Kopf. »Aegis Septimus und Florentina Coronae! Der König und seine Königin kehren zurück!«

Nun erkannte auch Aenne die gehissten Flaggen in den Farben des Stadtstaates. Irgendwo blies ein Horn, vielleicht war es auch nur der Wind.

Eine Weile beobachtete sie, wie sich der Zug langsam den Steinriesen am Tor näherte. »Wieso zeigt Ihr mir das?«

Modhi lächelte selig. »In Euch steckt Gewaltiges, Aenne. Mehr, als eine Prinzessin mit ihrem Titel allein jemals erreichen könnte. Epena, Ihr und ich – wir drei zusammen – könnten Großes leisten; so groß, dass selbst die mächtigsten Könige klein unter den Händen unserer Göttin wirkten.« Er senkte das Kinn, ein seltsames Lächeln auf den Lippen. »Ihr müsst es nur wollen.«

Aenne sah ihn ein wenig ratlos an.

»Sagt mir, dass Ihr es wollt, Aenne.« Er ergriff ihre Hand, ließ sie auf der seinen ruhen, dieses Lächeln voller Selbstvertrauen auf den Lippen.

Ein angedeuteter Handkuss, von einem Mann seines Status' eine schier unglaubliche Ehre. »Sagt es mir.«

Jemand klopfte an die Türe. Da Caedes seine Schwester erwartete, schleppte er sich mit Schüttelfrost und Magenschmerzen zur Tür und öffnete. Er hätte sie am liebsten wieder zugeschlagen.

»Du siehst aus, als wäre ein Drache über dein Gesicht gelaufen«, bemerkte Berit. Sie trug ein einfaches Kleid, das braune Haar zu einem lockeren Knoten gebunden.

»Du darfst das Schloss verlassen?«, brummte Caedes und fügte an: »Was willst du hier?« Er meinte damit: *Wie hast du mich gefunden?*

Berit tippte an ihre bloßen Schultern, wo keine Ringe steckten. »Ich bin keine Sharonne, nur eine gewöhnliche Prostituierte aus Notwendigkeit. Infra schickt mich.«

»Infra weiß nicht, wo ich wohne.«

Auf Berits Gesicht erschien ein breites Lächeln. »Nein, weiß sie nicht.«

»Wie hast du mich dann gefunden?«

»Willst du die lange Geschichte oder die kurze?«

Eigentlich wollte er gar keine, doch wenn Berit die Prostituierte ihn ohne Weiteres hatte finden können, dann konnten es andere erst recht. »Die lange«, sagte er also und versuchte sich möglichst unauffällig am Türrahmen abzustützen.

»Nun«, zog Berit den Laut dahin, die Hände in den Rocktaschen, den sie wie eine Glocke hin und her schwang. »Infra sagte, sie müsse dir eine Nachricht überbringen. Doch weil sie eine Sharonne ist, kann sie das Haus nicht verlassen. Also bat sie mich darum. Ich bin also los und habe mich umgehört, und man sagte mir, du würdest öfter Zeit mit diesem Wagenlenker aus dem Lanzenreiter verbringen. Den habe ich aufgesucht.« Pause.

Caedes war enttäuscht. »Soren hat mich verraten?«

»Nun, eigentlich lief er fort – ganz, als hätte er Angst vor einem kleinen, unbedeutenden Mädchen wie mir. Ich folgte ihm, weil ich dachte, er würde zu dir petzen gehen. Stattdessen besuchte er ein Bordell. Leider hat mich der Mistkerl reingelegt, ist zum hinteren Fenster wieder raus.

Also stand ich dumm da. Anschließend bin ich wieder zu Infra zurück und sagte ihr, wenn sie irgendwelchen edlen Herren Nachrichten zu überbringen habe, müsse sie das selber tun.«

»Aha.«

»Unsere Herrin der Herzen nahm daraufhin ihren gesamten Mut zusammen, ging zu Sheera und sagte ihr, dass du etwas in ihren Gemächern vergessen hättest. Sheera lachte sie aus.« Offensichtlich konnte Sheera also doch lachen. »Sie forderte, dass Infra ihr dieses Objekt überreichen möge, doch Infra weigerte sich und meinte, Sheera würde es nur behalten wollen und du gäbest dann ihr die Schuld. Sheera gab ihr eines auf die Nase, ließ einen Boten holen und zwang Infra, ihm das vermeintlich vergessene Objekt aushändigen. Ich fing den Boten ab, schenkte ihm ein paar glückliche Minuten und er plauderte wie ein Spatz, wo du zu finden seist. Daher«, sie seufzte, »wundere dich nicht, wenn morgen ein Bote kommt und dir einen Ring überreicht. Der gehört Infra.«

Caedes starrte sie stumm an. »Und die Nachricht?«

Berit seufzte und wies mit den Händen von sich. »Was soll ich sagen? Infra wollte sie mir nicht verraten. In manchen Angelegenheiten vertraut sie niemandem, nicht einmal mir. Also gab sie mir ein zweites Schmuckstück, diesmal eine Halskette, die ihr der Graf Pel'Dagan für ihre Dienste geschenkt hatte, und bat mich, sie dir zu geben.« Sie fasste in eine der Rocktaschen und zog die Halskette hervor. »Das ist sie.«

Caedes streckte zögernd die Hand aus, der Anhänger baumelte über seiner Handfläche, dann fiel er mitsamt Kette hinein. Er betrachtete das Schmuckstück einen Augenblick lang und wandte seine Aufmerksamkeit dann wieder Berit zu. Sie schien auf irgendetwas zu warten.

»Und?« Sie hob keck das Kinn. »Für all die Mühen habe ich mir doch eine Belohnung verdient, findest du nicht?«

Caedes war zu müde für Spielchen. »An was hattest du gedacht?«

Sie wackelte mit den Schultern, was wiederum ihren Busen beben ließ. »An einen Kuss vielleicht?«

Er griff in seine Tasche und warf ihr einen Dragoner zu, den sie mit geübten Fingern auffing. Ein helles Lachen. »Ein Mann wie du weiß eben, was Frauen wollen. Mein Prinz …!« Sie knickste, plötzlich ganz förmlich. »Solltet Ihr jemals von unserer Meisterin der Melancholie genug haben und ein wenig Spaß wollen, könnt Ihr gern nach mir fragen.« Damit klapperte sie auf ihren Trippen von dannen und stakste über erhöhte Steine, die eine Art durchbrochenen Fußweg auf der Straße bildeten, davon.

Caedes schlang die Arme um sich selbst, unterdrückte einen Anfall von Schüttelfrost und schob sich zurück ins Haus. Er besah die Kette in seiner Hand. Auf den ersten Blick hielt er die roten Steine für Granate, doch bei näherer Betrachtung erkannte er sie als Rubine. Dieses Amulett war vermutlich mehr Geld wert, als ein Handwerker in einem gesamten Jahr verdiente. Warum schickte ihm Iox etwas so Wertvolles?

Vielleicht, weil eine Sharonne ohnehin nichts davon hat.

Caedes wusste nicht, was er mit dem Geschmeide anfangen sollte. Er legte sich auf das Bett, da das Gefühl von Übelkeit ihn niederdrückte, und betrachtete das Geschmeide in seiner Hand. Mit zitternden Fingern wollte es untersuchen, als sich sein Sichtfeld derart zu drehen begann, dass er kurz die Augen schließen musste. Er merkte nicht, wie er einschlief.

Jemand schlug ihm ins Gesicht. Er spürte es nicht, hörte nur das Klatschen. Dann kam der Schmerz und mit ihm das Gefühl »Wa…?« Er wand sich im Meer aus Decke.

»Epena sei Dank! Du wachst auf! Ich dachte schon, du seist tot!«

Caedes blinzelte. »Aenne?« Über ihm erschien das Gesicht seiner Schwester. Zerzaustes, dunkelrotes Haar, weit aufgerissene Augen, die auf ihn hinabstarrten.

»Du hast dich nicht gerührt!«, rief sie. »Hättest du nicht geatmet, ich hätte den Leichenbestatter gerufen!«

Ihre Stimme kratzte an seinen Schläfen. Die Lider schmerzlich zusammengepresst, rieb er sich mit den Fingern über den Nasenrücken. »Ich bitte dich – sei doch etwas leiser!«

»Ich habe die ganze Nacht und den gesamten Morgen auf deine Rückkehr gewartet! Irgendwann dachte ich mir – warum mir länger die Beine in den Bauch stehen? Mein Bruder entschließt sich ja doch, zu tun was er will, also werde ich seinem Beispiel folgen!«

Er spürte, wie sie sich vom Bett erhob. »Ich war bei Modhi. Wo warst du?«

Ein Ächzen. Einerseits, weil ihre Stimme auch dann noch unerträglich war, als sie mit normaler Lautstärke sprach, andererseits, weil er Modhis Namen nicht hören wollte. »Ich …« Er brach ab und wälzte sich zur Seite. »Wasser …!« Vielleicht konnte man ja alles von dannen spülen – das grauenhafte Gefühl in seinem Rachen, Aennes Stimme und Modhis Namen.

Aenne hielt ihm einen Schlauch vor die Nase. Er trank, doch es half nichts. Das Wasser schmeckte brach, die Farben des Raumes schienen fahl und öde, Stimmen kratzten unangenehm an der Schädeldecke, ob nun Aennes oder die eigene.

»Epena!«, rief Aenne aus. »Du hast doch nicht schon wieder dieses Kraut geraucht? Du weißt, wie schnell man davon abhängig wird!«

»Hör auf zu sprechen«, murmelte Caedes in die eigenen Arme, auch wenn er keine Ahnung hatte, wie diese vor sein Gesicht gekommen waren.

»Holler soll dich bestrafen!«, spuckte die Schwester.

»Dich ebenfalls«, brummt er ins Kissen. »Du warst bei Modhi, obwohl ich es dir verboten hatte!«

»Du hast mir gar nichts zu verbieten!«

»Du mir auch nicht.« Ächzend versuchte er, sich aufzusetzen. Der einzige Grund, warum er es schaffte, war Aenne. Nicht, weil sie ihm half – es war allein sein Ego, das ihn antrieb.

Aenne musterte ihn durchdringend, nickte ihm zu. »Was ist das?«

Er blickte an sich herab. Eine Kette hing an seinem Handgelenk. Silberfarben, rote Rubine, ein hübsches Stück. »Eine Kette.«

»Tatsächlich«, knirschte sie.

»Führ dich nicht auf wie eine Talionische Giftschleuder.« Der Bruder schleppte sich zu einer Waschschüssel und wusch sich das Gesicht. Er sah aus, als müsste er sich im nächsten Moment übergeben. »Bin mal … kurz weg.«

Aenne erwartete beinahe, ihn die nächsten beiden Tage nicht mehr wiederzusehen; doch er kehrte zurück, die Hose schließend. »Und, bist du jetzt eine Epenai?«

Sie betrachtete ihn immer noch misstrauisch, die Arme vor der Brust verschränkt, antwortete ihm jedoch. »Eine Epenaianwärterin-Anwärterin, würde ich sagen.«

»Du wirst schon sehen, der Typ bringt dich um. Oder noch schlimmer – er macht dich zu einer überzeugten Priesterin.«

»Irgendwie muss ich in die Schlachtanlagen gelangen. Kein Nicht-Epenai darf hinein und ich kann dich nicht zehn Drachen erjagen und an Modhi verkaufen lassen, bis du zufällig einmal etwas Brauchbares entdeckst. Ich muss selbst Hand anlegen.«

»Hand anlegen«, brummte Caedes. Selbst jetzt verzog er den Mund zu einem Lächeln, wenn es auch ein schmerzverzerrtes war.

Aenne verdrehte die Augen. »Umas Mädchen steigen dir zu Kopf! Ezra sagt, du sollest achtgeben – Uma benutzt ihre Mädchen, um mächtige Männer an sich zu binden, Männer wie Nestor. Du könntest noch zu einem dieser Männer werden!«

»Abgesehen davon, dass ich weder Macht noch Mittel habe, um Uma zu reizen«, Caedes ließ sich auf den Rand des Bettes fallen, »wäre das doch ein belustigender Gedanke. Du als Modhis Epenai, ich als Umas Speichellecker.« Er stieß ein zynisches Lachen aus und griff erneut nach dem Wasserschlauch. »Gut, dass wir sonst keinen Verpflichtungen nachkommen müssen.« Er rutschte im Sitzen hin und her, etwas drückte, er griff in seine Hosentasche und …

Aenne holte zischend Luft. »Das glaube ich jetzt nicht! Bist du von allen guten Geistern verlassen?«

Caedes drängte ihr die Nachtblutphiolen auf. »Mach mit ihnen, was du willst. Aber sieh zu, dass ich sie nicht in die Finger bekomme. Nie wieder.«

Sie starrte ihn wortlos an, stand auf und verließ das Zimmer. Erst nach einer ganzen Weile kehrte sie zurück. »Ich habe es auf der Straße verschüttet.«

Verschüttet – fast hätte er laut gelacht. Aenne hatte gerade etwa einen Sack Gold auf der Straße verschüttet.

»Ich werde dich nicht fragen, warum du die bei dir hattest.«

»Du weißt, warum ich sie bei mir hatte … weil ich Anoush danach gefragt habe.«

»Nur weil du diese Dinge kaufst, musst du sie nicht gleich einnehmen!«

»Ich hatte keine Wahl. Anoush war da, ich war da und … nun, ich hatte noch einige Fragen. Es ging nicht anders.«

Seufzend ließ sie sich neben ihm nieder. »Was ist geschehen?«

»Ich bin mir nicht ganz sicher. Ich glaube, Anoush hat mit mir geflirtet, aber ich bin dann irgendwie weg, bevor es zu viel wurde.«

Ihr Gesicht verriet ihre Skepsis.

»Dann war ich noch etwas trinken, habe irgendwo auf der Straße getanzt, wollte mich einer reisenden Spielmannstruppe aus Gilebret anschließen, habe sie auf eine Runde Nachtblut eingeladen, habe mich mit dem Pferdekopf unter dem Stadttor unterhalten und bin unter der gespannten Wäscheleine einer älteren Dame im Purpurnen Viertel aufgewacht, als ein Huhn in meinen Haaren stand. Ich kam hierher und …« Er hob die Hand mit der Kette. »Eines von Umas Mädchen brachte mir das hier und sagte, ich hätte es vergessen, oder so ähnlich.«

Aenne biss sich auf die Unterlippe. Erst nach einer Weile klopfte sie ihm versöhnlich auf die Schulter. »Ich hoffe, du hast diese Nacht genossen, denn es wird die einzige dieser Art bleiben! Du wirst nie wieder Nachtblut nehmen, sonst komme ich und … trete dir ins Gesicht!«

Er hustete. Sein Mund fühlte sich pelzig an. »Schon klar.«

Aenne stand auf, um frische Sachen zurechtzulegen, denn Caedes stank nach Stroh, Hühnern und dem säuerlichen Schweiß Nachtblutabhängiger. Caedes blieb am Bettrand sitzen, die zitternden Hände spielten mit Iox' Anhänger.

Es dauerte eine Weile, bis er den Spalt im Amulett entdeckte. Er rammte den Fingernagel hinein und bog den Anhänger auf. Ein Stück Pergament fiel ihm entgegen. Der zerfranste Rand ließ vermuten, dass es aus einem Buch gerissen worden war.

Darauf stand in zittriger Schrift geschrieben:

Ier müst gen – tsu geferlich

Es dauerte eine Weile, bis Caedes die Worte entziffern konnte. Die Königreiche waren weit entfernt von einer einheitlichen Schreibung, das machte das Lesen oft schwer. Als er endlich verstand, stieß er ein amüsiertes Lachen aus.

Es sah so aus, als hätte Iox doch noch etwas Nützliches herausgefunden.

Caedes war nie wirklich ein Läufer gewesen, sondern viel mehr ein Kletterer. Deswegen hatte er sich auch für die Drachenjagd entschieden. Riesen, die einen über die Knochenfelder hinweg mit einem Prügel verfolgten? Dabei handelte es sich nicht um sein Ding. Ein Drache in einer Höhle, die es zu erklettern galt, das war sein Metier.

An diesem Tag allerdings fragte sich Caedes, ob er sich nicht doch für das Laufen und den damit verbundenen Riesen mitsamt Prügel hätte entscheiden sollen. Heute nämlich erkletterte er die felsige Wand eines von Umas Innenhöfen, um an Iox' Fenster zu gelangen – oder besser gesagt an das Fenster, das er für ihres hielt.

Caedes hievte sich ächzend die Öffnung empor. Er hatte Glück gehabt: Iox' Zimmer mit dem bemalten Tisch, dem ausladenden Bett, dem weißgelben Samtüberwurf, der Holzreiherwand. Nur das Mädchen selbst war nirgends zu sehen.

Sheera hatte ihn ohne viel Federlesens abgewimmelt, als er nach der Sharonne gefragt hatte. Uma Octavia und Infra besäßen eine Abmachung, so hatte sie mit schleppender Stimme erklärt, Iox empfange heute keinen Besuch. Und da Caedes Caedes war und Sheera Sheera, war sie natürlich auch nicht gewillt, diese Regeln für ihn zu ändern.

Also auf anderem Wege. Ab in die Vertikale.

Caedes wollte sich schon wieder vom Fenster herablassen, als er bemerkte, dass eine der hölzernen Reiherwände verschoben wirkte. Ganz so, als stünde sie einen Spalt offen. Vorsichtig zog er sich durch das Fenster.

Er durchschlich den Raum, bedacht, auf keine knarrenden Dielen zu treten. Bei der Wand angekommen, presste er sich an den Verschlag und warf einen Blick durch den Spalt.

Ein kleiner Raum, düster, kaum breiter als das Fenster, durch dessen Läden diesig das Licht fiel. Ein Schrank, eine Nische, sonst nicht viel zu sehen.

In der Nische kauerte eine Gestalt. In eine Decke gehüllt, das Haar schwarz wie die Nacht, verschmolz sie mit dem Schatten, in den sie sich zurückgezogen hatte. Sie hielt ein kleines, in Leder gebundenes Buch und fuhr die Zeilen darin nach, die Lippen in einem lautlosen Rhythmus bewegend.

Iox.

Caedes klopfte.

Iox schrie und wäre beinahe aus der Schlafnische gefallen. Sie fasste nach einer hölzernen Stange, die an ihrem Lager lehnte, und stürzte vor. Caedes konnte sich gerade noch unter dem herankommenden Schlag hinwegducken. »Halt!«

Sie erstarrte, die Stange in der Hand. »Wfir! Wie seid Ihr hier hereingekommen?«

Er wies auf das offene Fenster.

Sie stürmte hin und schloss es mit einem heftigen Knall, so als könnte sie Caedes damit im Nachhinein aussperren.

»Du hast mir eine Nachricht zukommen lassen. Wir müssen darüber sprechen.«

Iox warf ihm einen Blick zu, der besagte, dass sie ihn am liebsten dorthin zurückgeworfen hätte, wo er hergekommen war. »Ich habe meinen Hals riskiert, Euch diese Botschaft zu überbringen! Meine Anweisungen waren klar und deutlich: *Geht!,* stand dort – Und was macht Ihr? Ihr seid schon wieder hier!«

»Du hast geschrieben, Gefahr sei im Anmarsch. Das heißt, du hast etwas herausgefunden.«

Sie rammte die Zähne ineinander. »Ich weiß nichts Neues!«, stieß sie aus. »Es war mehr … eine allgemeine Feststellung! Und nun *geht* – heute empfange ich keinen Besuch!«

»Eine allgemeine Feststellung?« Er trat auf sie zu. »Das glaube ich nicht. Wir hatten genügend Zeit für allgemeine Feststellungen.«

Ein verzogenes Lächeln, während sie sich mit dem Rücken an die geschlossenen Fensterflügel drückte. »Ich musste Eure gewaltige Erscheinung erst einmal Revue passieren lassen, bevor mir einfiel, dass Euch zu warnen eine kluge Idee wäre.«

»Du hast irgendetwas herausgefunden«, wiederholte er stur.

Iox' Blick glitt zur Seite. Sie mied es, ihn anzusehen. Dann ein schneller Themenwechsel. »Ihr hättet Euch den Hals brechen können, das Fenster liegt im dritten Stock …« Sie lief am Bett vorbei, der Holzstab schleifte am Boden.

»Ein anderes Mal vielleicht.« Er schlüpfte durch die Geheimtüre, nahezu lautlos für einen Mann seiner Größe. »Zurück zum Thema. Sprich!«

Iox trippelte zu ihrem Lager und lehnte den Stock daneben. Es war finster, Licht fiel nur in schmalen Streifen durch die Fensterläden. Iox' Buch lag aufgeschlagen zwischen den Falten der Decke. Sie begann darin zu blättern.

Er seufzte. »Du wirst dir bei diesem Licht die Augen ruinieren.«

»Falls Ihr es noch nicht vergessen haben solltet – ich tue hier etwas Verbotenes.«

»Ich vergaß – jemand könnte am Fenster vorbeifliegen und einen Blick hineinwerfen!«

»Nein – vielmehr könnte ein reicher Schnösel an der Schlosswand emporklettern und unerwartet in meinem Zimmer stehen!« Sie barg das Buch in ihrem Schoß. »Es ist eine schöne Geschichte«, versuchte sie vom Thema fortzulenken. »Es ist schwer, aber ich komme voran.« Ein kleines Lächeln. »Prinzessin Jagode wird gerade von ihrem Mann umworben. Er hat für sie gesungen, ihr die Liebe gestanden und … sie haben sich geküsst.« Ihr Blick glitt nieder, fast ein wenig verschämt. »Das war schön.«

»Ach«, entgegnete Caedes flach. »Warst du schon an der Stelle, als er ihren Geliebten töten lässt und sie jeden Abend dazu zwingt, aus dessen Hirnschale zu trinken?«

Iox erstarrte, wandte Caedes langsam den Blick zu, das einzig Helle in dieser düsteren Umgebung. »Nein«, erwiderte sie gepresst. »Da war ich noch nicht.«

Oh. Etwas irritiert kratzte er sich am Hinterkopf. »Also«, nickte er. »Warum hast du es auf dich genommen, mir diesen Brief zu schreiben?«

Iox rührte sich nicht, das Buch in den Armen. Sie gab auf, ihn ablenken zu wollen. »Ihr solltet gehen. Nicht nur jetzt, sondern für immer. Verlasst Terra Talioni. Ihr stellt zu viele Fragen – und das an die falschen Personen.«

»Wie kommst du darauf?«

»Ich weiß es einfach.«

Er seufzte. »Ich bitte dich …!«

Verbissenes Schweigen, das sich als Schneidezähne in ihre Unterlippe grub. Dann irgendwann antwortete sie. »Als Ihr das letzte Mal bei mir wart, habt Ihr nach Asphodelienkraut gerochen. Und zwar nicht nach dem gestreckten Zeug, sondern nach dem, das nur von wenigen hier verkauft wird.«

»Du scheinst dich damit auszukennen.«

»Meine Klienten sind keine Engel.«

Er zuckte schließlich mit den Schultern. »Und?«

»Ihr fragt nach all diesen Leuten. Nach Uma, Sheera, Aegis, Quaris, den Epenai und den Kafriti. Und dann treibt Ihr Euch auf dem Schwarzmarkt herum.«

»Und?«

»Ihr solltet das nicht tun.«

»Weil?«

»Weil es Euch den Kopf kosten könnte, wenn die falschen Leute anfangen, Fragen über *Euch* zu stellen.«

Wie oft hatte er das in dieser Stadt schon gehört. »Wer sind diese falschen Leute?«

»Wollt Ihr, dass ich ehrlich bin? Jeder Mensch hier in Terra Talioni ist die falsche Person! Hier sind alle … sie sind … niemand hier …!« Sie brach ab, ihr Blick sank nieder. Als sie ihn wieder hob, strafften sich ihre Schultern. »Es ist schwer, in einer Stadt wie dieser gut zu bleiben. Man arrangiert sich.«

Er sah sie eine Weile an, die Arme vor der Brust verschränkt. »Es gibt noch mehr«, stellte er fest. Er versuchte sich ihr unauffällig anzunähern, einen kleinen Schritt vor den anderen, so klein, dass er sie nicht verscheuchen würde wie einen scheuen Wildvogel. »Du *weißt* mehr.«

»Ich weiß gar nichts.«

»Was ist geschehen, Iox? Worauf bist du gestoßen?« Er ging vor ihr in die Hocke. Seine Stimme war ein tiefes Raunen. »Ich kann sehen, dass du nervös bist. Ich kann sehen, dass dich etwas bedrückt. Du hast Gefahren auf dich genommen, mir diese Botschaft zu überbringen – und ich habe Gefahren auf mich genommen, dich zu sehen. Lass diesen Augenblick nicht unnütz verstreichen und sag mir, was du weißt.«

Betreten sah sie auf die Hände hinab. Ihre Finger bewegten sich. »Ihr solltet gehen, Caedes, Reisender Prinz. Ihr und alle, die Euch wichtig sind. Terra Talioni ist eine gefährliche Stadt voller gefährlicher Menschen. Personen verschwinden einfach. Manche tauchen tot in den Abwasserflüssen auf. Wenn Ihr nicht einer von ihnen sein wollt, dann geht, bevor es zu spät ist.«

Er legte die Stirn in Falten und stieß die folgenden Worte mit gefährlicher Ruhe aus. »Wer hat dir aufgetragen, mir das nahezulegen?«

Sie wirkte überrascht. »Niemand!«

»Hast du irgendwem von mir erzählt?«

»Glaubt Ihr, nach alledem, was Ihr über mich wisst, würde ich plaudern gehen und riskieren, dass Ihr mich verratet?«

»Ich weiß nicht.« Seine dunklen Augen hakten sich an ihren hellen fest. Er legte den Kopf schief. »Würdest du?«

Eine Weile sahen sie sich nur an. »Ihr habt die eigenartige Angewohnheit, Gegenfragen zu stellen, sobald Ihr nicht antworten wollt.« Iox zog die Beine an und sich selbst in den hintersten Winkel ihrer

Schlafnische zurück. »Berit hat gehört, dass Anoush Besuch von einem Drachentöter hatte. Ich nehme an, das wart Ihr. Passt auf – sie ist eine Schlange, die für jeden Gefallen, den sie einem tut, drei Gefallen zurückfordert.« Sie legte die Decke über ihre Beine. »Und hört auf, doppelsträngige Spielchen zu spielen, Ihr könnt dabei nur verlieren.«

»Ich frage mich«, sprach Caedes langsam, stemmte sich am Rand der Nische hoch und setzte sich zu ihr, »warum mir jeder in dieser Stadt das Gleiche rät … Wie eine verdammte Priesterschaft, die ständig dieselbe Litanei herunterbetet. Ich kann eigentlich nur zu einem Schluss kommen.«

Iox regte sich nicht. »Und der wäre?«

Er zog sich näher, sie beugte zögernd den Kopf heran. Das schwarze Haar berührte ihn wie Seide. »Jeder hier verbirgt Geheimnisse. Aber weißt du was, schöne Iox? Diese Stadt aus Geheimnissen steht auf wackligen Stützen. Werfe ich eine davon um, fällt sie bis zum obersten Turm, in dem du zu diesem Zeitpunkt sitzen magst.« Er drückte ihr etwas in die Hand, kalt schmiegte sich eine Kette an ihre Haut. »Falls dir noch etwas einfällt, du weißt, wie und wo du mich finden kannst.« Er richtete sich auf.

Iox sprach eine Weile nicht, starrte nur auf die Rubinkette herab. »Wir alle sind nur Menschen«, sagte sie, als er schon dabei war, den Raum zu verlassen. »Wir alle machen Fehler.«

XVIII

Man stirbt für die Sonne

Modhi drückte Aenne eine Schreibfeder in die Hand. Seine Finger pressten schlank und kühl gegen die ihren. »Hier müsst Ihr unterschreiben, meine Prinzessin – eine einfache Formalität.«

Unsicher blickte sie zu ihm auf. »Wozu verpflichte ich mich mit diesem Vertrag?«

»Ach, die üblichen Gelöbnisse. Jeder Anwärter muss sich vertraglich dazu bereiterklären, sich den Epenai gegenüber loyal zu verhalten.« Modhi zog sich zum Fenster zurück. Die Sonne schien hell, als befänden sie sich auf der Südseeinsel Porta. Der Oberste wirkte zufrieden – fast friedlich – und keineswegs wie ein Mann, der in den Eingeweiden irgendwelcher Lebewesen zu wühlen pflegte.

Aennes Fingerspitzen berührten den Papyrus. Es fiel ihr schwer, Modhis Schrift zu lesen, der gilebretische Einfluss zerrte an den Buchstaben. Alles lag in Stille, die Zeit rieselte vorbei, während Aenne las und Modhi im blauen Himmel badete.

»Hier steht … dass ich mit diesem Vertrag meine weltlichen Besitztümer aufgebe.«

Modhi wandte ihr überrascht das Gesicht zu. »Natürlich«, erwiderte er. »Jeder Anwärter tut das. Nicht nur bei den Epenai, das gilt für einen Großteil aller Priesterschaften.« Er trat auf sie zu, seine Finger flogen, glitten über zwei goldschwarze Katzenstatuen, die den Sitzplatz in seinen Arbeitsräumlichkeiten flankierten. Epenas dienende Geister nahmen die Gestalt von Katzen an, wenn sie auf dieser Welt wandelten – so glaubten es zumindest die Gilebreter.

»Ich dachte, die Epenai wären anders. Ich dachte, sie verschmähen keine weltlichen Besitztümer.«

»Das tun wir auch nicht. Wenn ein Mensch sich dazu entscheidet, einer Priesterschaft anzugehören, legt er sein altes Leben ab und mit ihm Gewand und Besitztümer. Wir Epenai glauben nicht an eine göttliche Armut wie die Helionten oder die kurzsichtigen Kafriter. Nachdem Ihr zu einem vollwertigen Mitglied unserer Gemeinschaft herangewachsen seid, ist es Euch erlaubt, privaten Geschäften nachzugehen. Ein kleiner Abzug davon – freilich – wird zur Erhaltung unseres Tempels gestiftet«, er wies um sich. »Der Rest steht zu Eurer freien Verfügung. Wir glauben, dass Luxus und Schönheit wesentliche Elemente unserer Göttin sind. Wir lehnen sie nicht ab.«

Aenne überlegte, ihre Kiefermuskeln bewegten sich. »Ich persönlich habe keinen Besitz, außer den, den ich am Leibe trage.«

Modhi hob die schwarze Augenbraue. »Ach nein?«

»Wir sind Reisende. Zu besitzen, heißt tragen.«

»Ich hatte gehört, der Reisende König lagert sein Vermögen in Tradea.« Ein sachtes Lächeln, kaum da.

»Ihr habt richtig gehört – der Besitz meines Vaters lagert in Tradea. Ich habe keinen Anspruch darauf.«

»Noch nicht.« Modhis Stimme klang seltsam flach.

Das verunsicherte Aenne. »… noch nicht. Aber sobald ich Epenai bin, verliere ich das Anrecht auf das Erbe meiner weltlichen Familie, nicht wahr?«

»Das ist wahr«, bestätigte Modhi.

Aenne schluckte. War das der Grund gewesen, warum er sie hatte anheuern wollen? Ihr vermeintliches Vermögen? Würde er sie nun ablehnen, nachdem sie sich als besitz- und nutzlos für ihn erwies?

»Nun, das soll uns nicht behindern. Lest ruhig weiter, Ihr solltet genau wissen, wozu Ihr Euch mit diesem Vertrag verpflichtet.« Modhi tänzelte voran, berührte dabei flüchtig Dinge, schien mit den Gedanken schon wieder ganz woanders.

Aenne hatte Verträge wie diese auch schon bei anderen Priesterschaften gesehen. Man verpflichtete sich, die Ausbildung zur Epenai zu beenden und seine weltlichen Güter hinter sich zu lassen. Allerdings überraschte es Aenne, dass Modhis Vertrag keinen Haken zu haben schien, ja, dass er ihr sogar entgegen kam. Hier stand ausdrücklich geschrieben, dass Aenne das Amt als Epenai jederzeit ablegen könne, falls sie dies wünschte.

Das Amt als Priesterin ablegen – einfach so.

Sie las weiter, die meisten Passagen betrafen religiöse Pflichten. Es ging darum, die Göttin Epena nicht zu entehren, ihre Schöpfungen auf Erden mit Respekt zu behandeln und nach ihren Vorgaben zu leben – die im Gegensatz zu anderen Priesterschaften ohnehin recht leger waren.

Er war in Ordnung, Modhis Vertrag. Das beunruhigte sie.

»Und?«, fragte Modhi, dessen Finger über einige Palmblattbücher strichen, die verknotet im Regal lagerten. »Habt Ihr noch Fragen?«

Aenne suchte verzweifelt nach einer Frage – doch nichts.

Taub schüttelte sie den Kopf. Ihre Hand zitterte, als sie die Feder in das Tintenfass tauchte. Die Spitze drückte eine Delle in den Papyrus und kratzte eine schwarzglänzende Unterschrift. Aenne schluckte, doch der Knoten in ihrem Hals wollte nicht schwinden. Sie wusste nicht, warum es ihr so schwer fiel, nun ihren Namen zu zeichnen … das war doch ihr Ziel gewesen, oder etwa nicht? *Ihr* Ziel, nicht Modhis?

Der Vertrag vor ihrer Nase war von einem Moment auf den anderen verschwunden, Modhi blies sacht auf die feuchte Tinte. Nach phalanxischem Vertragsrecht aufgesetzt, bog er den unteren Teil des Papyrus nach oben und versiegelte ihn. Der Papyrus besaß einen sichtbaren Vertragstext und eine versiegelte Kopie, die bei Fälschungsverdacht geöffnet und mit dem sichtbaren Teil verglichen werden konnte. Modhi konnte ihn also auch nicht im Nachhinein umschreiben.

Dennoch zitterten Aennes Finger, als sie die Feder niederlegte.

»Uma Octavia gibt heute zu Ehren des Königs ein Fest«, stellte Modhi in den Raum.

»Ich weiß«, erwiderte Aenne. »Ich bin eingeladen.«

»Welch Zufall!«, rief Modhi und klatschte in die Hände. »Lasst uns doch zusammen fahren, meine junge Elevin!«

Aenne war sprachlos. Sie hatte nicht damit gerechnet, dass Modhi als Priester zu Umas Fest eingeladen war – das erwies sich als Problem. Caedes würde nämlich ebenfalls dort sein.

Zwei Geschwister, die sich im Tempel der Epenai herumtrieben? Niemand war dumm genug, dahinter einen Zufall zu glauben, schon gar nicht der Oberste des epenaischen Kults.

Aenne wollte noch widersprechen, doch sie erkannte gleich, dass es nichts zu widersprechen gab. Sie hatte soeben einen Vertrag unterschrieben, der sie zur Priesteranwärterin machte – und Modhi zu ihrem Obersten. Wollte sie nicht augenblicklich wieder aus der Priesterschaft austreten, musste sie sich fügen.

Modhi bemerkte nichts von Aennes gedrückter Stimmung. Er flatterte umher wie ein junger Vogel und sang Lieder von den Kleidern, die er Aegis Septimus zu Ehren heute Nacht tragen würde.

Caedes blinzelte zu den goldäugigen Flaggen hinauf, die von den Häusern herabstarrten. Die Stadt feierte die Rückkehr ihres Herren und wie konnte man diese besser feiern als mit einem Fest? Sheera war heute vor der Türe gestanden, hatte ihm wortlos Kleidung in die Hand gedrückt, die sie für schicklicher hielt als alles, das der Drachenjäger jemals hätte selbst erwählen können, und war danach wortlos wieder gegangen.

Sheera – oder Uma, so viel Unterschied bestand da nicht – hatte Geschmack bewiesen. Caedes zog den bestickten Kragen eines schwarzen Tunikahemdes zurecht, an der Hüfte mit einem Gürtel zusammengehalten, eine ebenso dunkle Hose, schwarzpolierte Stiefel. Sein Schwert hatte er zurücklassen müssen, es besaß auf Umas Festivität keinen Platz, doch das nachtelfische Messer trug er sicher unter der Tunika verborgen.

Bevor er sich allerdings auf den Weg zu Umas Palast machen konnte, hatte er noch anderes zu erledigen. So tauchte er, der dunkle Mann in dunkler Kleidung, in den dunklen Schatten des Durchgangs, um zu Anoush zu gelangen.

Anoush wirkte nicht im Mindesten überrascht. »Sieh an«, sprach sie mit feiner Stimme. »Ihr seid zurückgekehrt.« Helle Augen glitten über den schwarzen Mantel, der Umas Kleidung verdeckte. »Sehr geheimnisvoll. Wie ein Mann aus den Schatten. Genau, wie Ihr das letzte Mal in den Schatten verschwandet, kaum hatte ich mich einen Augenblick umgedreht.«

Caedes räusperte sich. »Dafür wollte ich mich entschuldigen. Manchmal … gerät die Sache mit dem Nachtblut etwas außer Kontrolle.«

»Ich verstehe.« Sie lehnte im Türspalt, weiß vor der Düsternis, die in ihrem Haus lauerte, die Schläfe am Rahmen abgestützt. »Wie kann ich Euch helfen?«

»Es gab Dinge, die ich mit Euch besprechen wollte.«

»Ach ja?« Schwarze Spitze schlang sich ihren Hals empor. »Ich erinnere mich. Ihr wart auf der Suche nach etwas.« Ein zierliches Lächeln. »Worum mag es sich wohl handeln?«

»Ich zahle gut«, stellte er fest.

»Daran zweifle ich nicht.«

Kurzes Schweigen. »Das, was ich suche, ist schlimmer als Nachtblut.«

Sie legte die Stirn in spöttische Falten. »Es gibt kaum etwas, das schlimmer ist als Nachtblut.«

»Glaubt mir, wenn ich es sage.«

Eine Weile sagte sie nichts, dann zog sie die Türe auf, um ihn in die Finsternis einzulassen. »Kommt herein.«

Er folgte ihrer Aufforderung. Zur Sicherheit stellte er fest: »Heute kein Asphodelienkraut, kein Nachtblut. Wir müssen nüchtern bleiben.«

Anoush stand vor dem Fenster und blickte in die Nacht hinaus. »Ein ... Herz«, wiederholte sie. Ihr Gesicht war unlesbar, sie rührte sich nicht, das Profil mit der langen, schmalen Nase wirkte hart und kantig im kalten Mondlicht. »Ihr wisst, was Ihr da verlangt?«

Caedes stand in einer Ecke, ließ sich von der Dunkelheit umschließen wie von dem schwarzen Mantel, den er trug. »Der Mann, den ich kenne, ist bereit, mehr dafür zu zahlen als für drei erlegte Drachen zusammen.«

Keine Regung. »Warum glaubt Ihr, ich könnte Euch bei etwas Derartigem helfen? Warum glaubt Ihr, ich *wollte* Euch zu etwas Derartigem verhelfen?«

»Nun – Ihr kennt Personen, die die Ware besitzen könnten, ich kenne diejenigen, die dafür zahlen würden. Ihr deuchtet mich wie eine Frau, welche die Gelegenheiten, die ihr Epena bietet, zu ergreifen weiß. Epena bietet jetzt eine solche Gelegenheit. Ihr könnt sie ergreifen, wenn Ihr wollt.«

Anoush wandte sich langsam um. Ihr Gesicht verlor den Bezug zum Licht und wurde eine graue Maske. »Das könnte sein«, sagte sie. »Aber Euch muss bewusst sein, dass es sich hierbei um keinen einfachen Gefallen handelt. Mit ein paar sinnlichen Blicken und ein wenig Nachtblut habt Ihr nicht mein Vertrauen errungen, Drachenjäger – dazu gehört schon mehr.«

Caedes seufzte lautlos. »Und das wäre?«

Sie spreizte die Lippen. »Ihr müsst mir einen Gefallen tun. Eine Hand wäscht die andere, nicht wahr?«

Modhis Stimme war die eines Singvogels, der in Aennes Ohren saß. Er zwitscherte umher, von einer Person zur nächsten, grüßte, lachte, warf seine Hände von einer Seite zur anderen und machte sich einen Riesenspaß.

Aenne war da weit weniger angetan. Ihre Augen glitten auf der Suche nach Caedes nervös durch den mit Säulen gestreckten Raum.

»Kennt Ihr sie, die Lady von Hror?«, trällerte Modhi mit unheimlich guter Laune. »Sie stammt aus Howan und ehelichte einen reichen talionischen Händler, sodass dieser auf jegliche Mitgift von Seiten ihrer Familie verzichtete.«

»Sie kann sich ob dieser Großzügigkeit wohl glücklich schätzen«, erwiderte Aenne steif.

»Eine freundliche Frau – Epena sehr verbunden! Sie spendet viel an unseren bescheidenen Tempel!« *Bescheiden?* Aenne unterdrückte ein Lachen. Modhi glitt weiter, eine Erscheinung türkisblauer, samtener Eleganz. »Dort hinten, ich sehe …« Er drängte zwischen zwei Personen hindurch, als Aenne Caedes entdeckte, der zwischen zwei Säulen stand und sich mit Aegis Septimus unterhielt. Seine gesamte Aufmerksamkeit galt dem König, weswegen er Aennes hastiges, steifes Winken nicht bemerkte. Bevor Modhi ihn zu sehen bekam, packte Aenne ihren neuen Herren am Ärmel.

Der epenaische Oberste stolperte überrascht zurück. Damit hatte er wahrlich nicht gerechnet – es gab wohl niemanden, der es sonst gewagt hätte, ihn am Ärmel zu ziehen.

»Dort!«, rief Aenne, wies in die entgegengesetzte Richtung und zerrte an seiner Robe. »War das nicht Shalimar, die Inselkönigin?«

»Shalimar?«, fragte Modhi verblüfft. »Shalimar die Inselkönigin ist hier?«

Aenne drängte Modhi aus Caedes' Blickweite. »Ich bin mir sicher! Lasst uns ihr folgen! Sie ist eine gute Freundin der Familie!«

Noch kurz verdattert, schob sich nun ein erfreutes Lächeln auf Modhis Gesicht. Die Inselkönigin als Freundin seiner neuen Elevin – das schien ihm zu gefallen.

Es war nicht länger nötig, ihn zu ziehen.

Aegis Septimus war ein attraktiver Mann, der in seinem Aussehen Uma Octavia so sehr glich, dass sie auch Geschwister hätten sein können. Rabenschwarzes Haar, ein scharfgeschnittenes Gesicht, die lange Nase des talionischen Hochadels wie auch die seltsamen, farbenreichen Augen. Aegis' Lächeln hatte etwas Stählernes an sich, das Lachen, das ihm folgte, war ein Trommelhagel, hart, laut und abgehackt.

»… also packte Euer Vater den Kronprinzen von Rußwetter an den Ohren und zerrte ihn von der Tafel fort – begleitet von den Worten: ‚Der Tod Eures Vaters macht Euch nicht zu einem König – bloß zu einem Tölpel, der eine Krone trägt!' Rußwetter wollte zur Waffe greifen, hatte jedoch zu sehr dem Wein gefrönt, dass er rücklings aus der Tür fiel und dort liegen blieb. Die Dame, der sich Rußwetter auf so unangenehme Art und Weise angenähert hatte, zeigte sich daraufhin Eurem Vater äußerst zugetan und versuchte, ihn den restlichen Abend zu verführen, doch spätestens, als er anmerkte, sie besäße eine schier unglaubliche Ähnlichkeit mit seiner jungen Tochter, gab sie wohl auf.« Aegis unterlegte die gesprochenen Worte mit einem peitschenden Lachen. Seine Gattin Florentina, die daneben stand, lachte hinter vorgehaltener Hand. »Ich habe mich prächtig amüsiert! Ohne Jethro wäre Badhre vermutlich sehr schnell langweilig geworden!«

»Wir hatten nicht erwartet, unseren Vater so bald wiederzusehen. Es heißt, die Magarrjaner wie auch die Soverscher wüssten ausdauernd zu feiern.«

Aegis zuckte mit den Schultern. »Nun, Ana und Tores hatten es recht eilig, die Feierlichkeiten zu einem schnellen Ende zu führen.« Schalk zupfte an seinen schwarzen Augenbrauen. »Junge Liebe – Ihr versteht, was ich meine.«

Die Königin nebenan kicherte in den Schleier, der ihr Haar bedeckte.

»Seht an!«, rief der König, als er eine Person hinter Caedes entdeckte. »Graf Pel'Dagan aus Tradea!«

Michaelis Pel'Dagan befand sich an der tradeadischen Spitze der Nahrungskette. Eigentlich aus nichtadeligen Kreisen stammend, aus einer Familie phalanxischer Händler, die ihren Weg über das Meer nach Tradea gefunden hatte, integrierten sich Pel'Dagan schnell ins aurorische Adelssystem. Heute trug Michaelis, dessen schlohweißes Haar seit seiner Kindheit sein Markenzeichen war, den Titel Graf Pel'Dagan.

»Michaelis!« Aegis' Stimme rollte über die Menschen hinweg, einige der Umherstehenden machten automatisch Andeutungen, sich zu verbeugen. »Michaelis, gesellt Euch zu uns!«

Caedes wandte sich um. Michaelis Pel'Dagan, weißhaarig, blauäugig, mit einem akkurat rasierten Bart und die phalanxische Handelstracht tragend, kam heran. An seiner Schulter baumelte eine Kordel mit zahlreichen Knoten – die Anzahl der Städte, die seine Schiffe anzusegeln pflegten.

Bei Michaelis handelte es sich um den letzten Nachkommen des tradeadischen Zweiges seiner Familie. Im Krieg gegen die Inseln war Tradea belagert worden, die Stadtmauern abgeriegelt und Pest und Cholera hatten Einzug gehalten. Der Großteil seiner Familie war daran verstorben.

Anders als Nestor hatte dieser Schicksalsschlag Michaelis Pel'Dagan nicht bezwungen, sondern noch härter gemacht. Man konnte es an der zähen, sehnigen Gestalt und den tiefen Falten rund um Mund und Augen erahnen.

Obwohl Michaelis keine Familie besaß, befand er sich an diesem Abend in Begleitung. Hinter ihm lugte das seltsam blonde Haar einer Frau hervor, wie verblichene, gelbe Rosenblüten.

»Aegis«, grüßte Michaelis. »Ihr seid zurück und bei guter Gesundheit. Das freut mich.«

»Was verschlägt Euch nach Terra Talioni? Ich habe Euch bei den Feierlichkeiten in Badhre schmerzlich vermisst!«

Michaelis verzog die bärtig umrahmten Lippen zu einem knappen Lächeln. »Geschäfte im Osten.«

»Ihr habt eine ausgelassene Feier verpasst, alter Seemann – ein gutes Dutzend Schlägereien, eine Handvoll Ehen, die zu Bruch gingen, und den Kronprinzen von Rußwetter, der vor versammelter Mannschaft den Hintern blankzog!«

Die hellgraue Augenbraue Michaelis Pel'Dagans kroch in die Höhe. »Um nichts in der Welt hätte ich das verpassen wollen.«

Aegis Septimus lachte nur.

Michaelis wandte sich an die Königin und verbeugte sich knapp. Sie knickste, wenn auch keinen Zentimeter tiefer als notwendig. »Ich sehe, Ihr seid in Begleitung«, stellte Florentina fest, klang dabei jedoch etwas steif. »Stellt sie doch vor.«

Michaelis sagte einen Moment lang nichts, nicht einmal seine hellen Augen bewegten sich. Dann machte er einen Schritt zur Seite.

Iox fiel den Augenblick auf die Knie, in dem Graf Pel'Dagan nicht länger die Sicht auf sie abschirmte. »Herrin«, flüsterte sie und drückte die Stirn gegen den Boden. »Herr.«

»Ist das Euer Ernst, Michaelis?«, schnarrte Florentina. »Ihr bringt dieses Mädchen hierher?« Sie stieß ein verächtliches Schnauben aus, durch welches sich ihr Schleier bewegte. »Wenn ich eine von Umas Huren sehen will, dann statte ich ihnen einen Besuch ab! Und falls Ihr diesen Wink nicht verstanden haben solltet – ich statte Umas Huren *niemals* einen Besuch ab!«

Michaelis bewegte sich nicht.

Iox, ein Bündel aus zartgelbem Haar und zartviolettem Stoff rührte sich ebenfalls nicht. Sie schien wie eine festgefrorene Eisstatue, in der sich die Farben des beginnenden Morgens brachen.

»Das Mädchen ist mein Protegé«, entgegnete Michaelis gefasst. »Immer wenn ich hier bin, sehe ich sie.«

»Das ist lächerlich! Ihr alle gebärdet Euch vollkommen lächerlich! All diese Männer, die nach Terra Talioni kommen und das wegen dieser Mädchen – wegen *dieses* Mädchens – ich …!« Florentina verlor vor Wut die Worte, also stieß sie mit dem Fuß nach Iox, traf jedoch nicht, da Aegis Septimus sie abrupt zurückzog. »Ich bitte dich!« Seine Stimme war selbst als Flüstern deutlich hörbar. »Bewahre Fassung!«

»Nein!«, zischte Florentina. »Nein, ich fasse mich nicht! Wir sind das einzige Königshaus in ganz Aurora, dem nicht aus Respekt die Aufwartung gemacht wird, sondern weil die Cousine des Königs ein Bordell betreibt!«

»Du übertreibst.«

»Ich übertreibe nicht!« Die Stimme der Königin kratzte schrill durch den Raum. Einige Menschen drehten sich um, bemerkten den Blick des Königs und wandten sich sogleich wieder ab – sie bewunderten die architektonische Finesse des Raumes, die Kleider der Frauen, ihre eigenen Nägel, falls notwendig, bloß um Aegis nicht ansehen zu müssen.

Florentinas Finger fuhr scharf durch die Luft. »Ich will sie forthaben! Sie alle! Keine Einzige von ihnen möchte ich mehr in dieser Stadt sehen!«

»Ich erinnere dich daran«, raunte Aegis streng, »dass Uma Männer in diese Stadt brachte, die großen Einfluss auf deine Vergangenheit besaßen! Dein Vater kam nicht wegen des guten Weines nach Terra Talioni ...!«

Sie riss an seinem Griff, entkam ihm jedoch nicht. »Wage es nicht, den Namen meines Vaters hiermit in Verbindung zu bringen!«

Aegis stieß ein Lachen aus. »Sieh dir das Mädchen ruhig an! Sie ist der Grund, warum dein Vater kam und warum *du* geblieben bist! Also sammle dich, oder ich überlege mir noch einmal, ob ich damals wirklich die passende Königin für meine Seite erwählt habe!«

Erbost entriss sie ihm die Hand. Er gestattete ihr gnädig den Triumph, bevor sie davonrauschte. Ein dunkelroter Sturm, der sich zwischen den Menschen zerstreute.

Aegis seufzte. »Verzeiht«, sprach er zu Michaelis und Caedes in der stählernen Ruhe, für die er legendär war. »Meine Frau erfreut sich dezenter Gereiztheit, seitdem sie glaubt, dass ich in Badhre einem Stell-dich-ein mit der Frau nachging, die meine Wäsche macht. Ich gebe zu, die Frau gehörte der attraktiven Sorte an. Allerdings – wissen die Götter warum – halte ich meine Frau für attraktiver. Leider glaubt sie mir nicht. Seitdem sind ihre Launen schwer berechenbar.«

Michaelis und Caedes nickten nur verhalten.

Aegis' Blick glitt zu Iox. »Wie ist dein Name, Mädchen?«

Die Frau am Boden rührte sich nicht.

Michaelis Pel'Dagan räusperte sich an ihrer statt. »Sie besitzt keinen. Sie ist eine Sharonne. Ich nenne sie Aurora.«

Aegis lächelte sacht, während er Michaelis den Kopf zuwandte. »Aurora ... eine Himmelsrichtung, eine Tageszeit, ein Kontinent. Ein großer Name für eine kleine Frau.«

»Aurora, steh auf«, befahl Michaelis.

Iox robbte ein Stück zurück und erhob sich langsam, wollte sich wieder hinter der sicheren Schulter des Grafen platzieren. Caedes betrachtete das Schauspiel misstrauisch. Wie hatte Michaelis gemeint? *Sie war sein Protegé.* Er sollte sie beschützen.

Aegis schüttelte den Kopf. Die Geste war an Iox gerichtet, also blieb sie folgsam stehen.

»Sieh mich an, Aurora.«

Iox richtete den Blick auf Aegis, doch sie sah durch ihn hindurch, wie sie durch Nestor hindurchgesehen hatte und durch Caedes, als er ihr das erste Mal begegnet war. Als wären diese Männer gar nicht richtig hier – als wäre *sie* nicht richtig hier.

»Ich erinnere mich an dich. Damals besaßest du zwar eine andere Haarfarbe, aber ich erinnere mich.« Er musterte sie von oben bis unten. »Du siehst jünger aus, als du es mittlerweile sein musst. Wie alt bist du?«

Sie senkte das Kinn. »Ich weiß es nicht, Herr.«

»Wie alt warst du, als man dich nach Terra Talioni brachte?«

»Zwölf, Herr.«

»Dann bist du jetzt neunundzwanzig.«

Caedes glaubte, nicht richtig gehört zu haben. *Unmöglich.*

Sie rührte sich nicht. »Das mag sein, Herr.«

Das hieße …, er spann den Gedanken weiter, … sie wäre zwei Jahre älter als er. Das war einfach unmöglich!

Aegis Septimus nickte. »Uma erreichte das zwanzigste Lebensjahr, als der Krieg endete.«

Caedes schaute vorsichtig zwischen König und Sklavin hin und her. Hier stand er, Aegis Septimus und hielt ein Pläuschchen mit Iox. Hatte er ebenfalls …? Caedes Augen rückten zu ihr. Gab es eigentlich irgendeinen Mann, mit dem sie nicht …? Und warum überhaupt? Ja, sie war ein nettes Mädchen, aber …

Caedes schloss abrupt den Mund. *Das führt zu nichts*, dachte er.

Aegis seufzte. »Michaelis, ich verstehe, dass Ihr Euren Schützling sehen wollt, solange Ihr in Terra Talioni weilt – doch Ihr müsst auch mich verstehen. Eure Aurora trägt nur mäßig dazu bei, dass sich die Launen meiner Frau verbessern. Ich nähme es Euch nicht übel, wenn Ihr Euch von diesem Fest zurückziehen wolltet. Die Entscheidung steht Euch selbstverständlich frei.« Er nickte Michaelis Pel'Dagan zu, wandte sich ab und schritt von dannen. Seine hochgewachsene Gestalt öffnete wie von allein eine Scharte in der Menschenschar.

Sein Vorschlag war ein Befehl gewesen, und jeder der Beteiligten wusste das.

»Hier ist keine Shalimar!« Modhi klang nicht nur frustriert, er sah auch so aus. Er wirkte wie ein kleiner Junge, dem der süße Kuchen verwehrt worden war.

Aenne zuckte etwas hilflos mit den Schultern und versuchte, die Situation mit einem Lächeln zu überspielen. »Vielleicht hat sie sich zurückgezogen?«

»Vielleicht seht Ihr Gespenster!«, brummte Modhi düster. Seine Laune schien die tiefsten Schluchten Terra Talionis erreicht zu haben – doch als vor ihm ein neuer Gast erschien, der sich mit seiner Begleitung durch die Menge drängte, hob sie sich wieder wie eine Schwalbe empor.

Aenne spürte, wie ihr Herz hastig schlug. Es war unheimlich, wie schnell Modhis Launen wechseln konnten – wie seine Mundwinkel von einer Sekunde zur anderen von unten nach oben, von oben nach unten sprangen. Er hatte etwas Manisches an sich, das sie zutiefst beunruhigte. »Seht an! Graf Pel'Dagan! Ihr in der Stadt?«, flötete Modhi.

Der weißhaarige Pel'Dagan begrüßte ihn mit einem festen Händedruck. »Ich war gerade dabei, mich zurückzuziehen.«

»Zu schade, zu schade, Michaelis! Weilt Ihr noch ein paar Tage in Terra Talioni? Ihr solltet mir einen Besuch abstatten!«

»Das werde ich gerne tun«, nickte der Mann. Er wollte weiterdrängen, gefolgt von einer schönen Frau. Modhi beobachtete die beiden mit wachen Augen, auf seinen Lippen ein belustigtes Lächeln.

Sie wollten so schnell verschwinden, wie sie aufgetaucht waren, hätte sie nicht ein plötzlicher Schrei davon abgehalten. Die umstehenden Gäste fuhren herum. Es war ein wütender und zugleich klagender Ausruf, so verzogen, dass sich die Laute erst nach und nach zu einem verständlichen Wort zusammensetzten. »Infra!«

Pel'Dagans weibliche Begleitung warf sich herum.

Nestor von der Grünen Küste wühlte sich zwischen den Menschen hindurch, warf Damen nach links, Herren nach rechts und brüllte. »Infra!«

Aennes Augen rückten zu der Frau mit dem merkwürdigen blonden Haar und erstarrten. Infra, das Mädchen aus der Bibliothek. Das Mädchen mit dem Weinkrug. Das Mädchen aus dem Hinterhofgarten. Das Mädchen, das Caedes Informationen zuspielte.

Nestor, betrunken wie eh und je, kam auf sie zugewankt wie ein pfeilgespickter Eber. »Infra!«

Michaelis Pel'Dagan packte Infra an der Schulter und wollte sie hinter sich ziehen, doch Nestor war bereits heran. Seine blutunterlaufenen Augen harrten nicht auf Infras Gesicht, nicht auf ihrem Kleid, sondern auf ihrem Haar, in das er seine Hände grub, als wäre es ein von Sonne ausgeblichenes Weizenfeld. »Infra …!« Seine Finger krallten sich fester um die hellen Strähnen und zogen sie mit einem Ruck heran. »Wo ist meine Infra?«

»Nestor!«, zischte Infra. »Lasst mich los!«

Nestors Gesicht hatte etwas Verzweifeltes an sich. »Wo ist meine Infra?«

»Nestor …!«

Nestor von der Grünen Küste stieß einen Schrei aus, der jedes Wort erstickte, riss seinen Arm zurück und damit das Mädchen, das daran hing. Michaelis Pel'Dagan wollte hinterhersetzen, doch war er es nicht, der nun brüllte.

»Nestor von der Grünen Küste!«, schrie Infra. »Nimm augenblicklich deine Hand aus meinem Haar!« Ihre Stimme raspelte harsch über ihren Widersacher hinweg. Aenne hätte Infra eine solche Stimme niemals zugetraut, doch nun passte sie sich an ihre Gestalt an, als hätte sie schon immer zu ihr gehört.

Nestor blinzelte.

Infra richtete sich in seinem Griff auf. »Nimm – deine – Hand – aus – meinem – Haar! Sofort!«

Nestor ließ von ihr ab. Er zitterte. Warum, war nicht ganz ersichtlich – es konnte der Alkohol sein, die Aufregung, vielleicht … vielleicht war es aber auch Angst. »Meine Infra!«, flüsterte er. »Wo ist meine Infra geblieben?«

»Ich weiß nicht, wo Eure Infra ist!«, erwiderte sie knapp, die Hand zur Faust geballt. »Ihr könnt wüten, so viel Ihr wollt, doch lasst mich dabei in Frieden!« Sie drehte sich um, ihr Haar folgte der abrupten Bewegung. Ein Blick in Richtung Michaelis Pel'Dagan, dann verschwanden beide aus dem Saal.

Zurück blieb eine verwirrte Menge, ein betrunkener Nestor, der sich schluchzend zu Boden ließ, weil er nicht mehr länger stehen mochte, eine irritierte Aenne und ein hell lachender Modhi, der die ganze Situation sichtlich amüsant gefunden hatte.

Am Ende der Schneise, die Nestor in die Menschen geschlagen hatte, stand ein äußerst perplexer Caedes, der den weinenden Nestor anstarrte.

Aenne schluckte und wollte nach Modhi haschen, doch der entwand sich jeglicher Berührung mit einer tänzelnden Drehung. Er chauffierte sich an Nestor vorbei, als wäre der Markgraf von der Grünen Küste nichts als ein tragisches Dekorstück, das den Platz verstellte. »Seht an, Aenne – dort hinten!« Aenne fühlte, wie sie versteinerte. »Ihr wollt doch sicherlich mit mir diesen Drachenjäger begrüßen?«

»Das wird nicht notwendig sein«, erklärte Aenne. »Ich … ich mache mir nicht viel aus Drachenjägern!«

Modhi lachte, er wirkte belustigt. »Nicht? Ich dachte, Ihr würdet mehr Interesse zeigen – schließlich ist er doch Euer Bruder!«

Das war der Augenblick, als Aenne glaubte, der Himmel stürze auf sie nieder. Sie wusste nicht einmal mehr, den Mund zu öffnen, als Modhis Worte sich in ihrem Ohr festsetzten.

Zuerst wurde ihr heiß. Dann wurde ihr kalt.

Und dann war da Caedes, ein selten eleganter Anblick, der plötzlich den Kopf in die Höhe riss, als er den heranfliegenden, exotischen Vogel Modhi erkannte. Seine Augen weiteten sich, doch er beherrschte sich. »Modhi«, stieß er aus. »Euch hier zu begegnen …!«

Es dauerte eine Weile, bis Aenne sich wieder rühren konnte. Sie glaubte, ihre Gliedmaßen wie Gletscher brechen zu hören, als sie einen Fuß vor den anderen setzte. Die Zeit, die sie benötigte, um Modhi und Caedes zu erreichen, kam ihr vor wie die Ewigkeit, die Gletschereis brauchte, um zu wandern.

»… da kommt sie schon, die schöne Aenne, meine neue Elevin!«

Caedes begrüßte sie mit einem Nicken und einem Blick, der für andere Personen kühl-distanziert wirken musste, von dem Aenne allerdings wusste, dass er dazu gedacht war, gedanklich zu töten.

»Aenne, darf ich vorstellen? Das ist der Drachentöter, dem wir unser letztes Drachenherz zu verdanken haben.« Modhi schloss einen Augenblick lang die Augen und schüttelte genussvoll den Kopf. »Es war fantastisch! Ich kann Euch gar nicht sagen, welch aufregende Dinge ich darin gelesen habe!«

Aenne schluckte. Sie besaß eine ungefähre Vorstellung davon.

»Wenn Ihr wieder einmal einen Drachen vor Talionis Pforten erlegen solltet, könnt Ihr ihn jederzeit zu mir bringen, merkt Euch das!« Modhi klopfte Caedes auf die Schulter und tanzte weiter. Aenne zitterte. Welches Spiel trieb dieser Mann?

»Modhi!« Aenne holte den Obersten ein und riss ihn am Ärmel zurück. Ein suspekter Blick, der ihr besagte, wie wenig er diese offensive Geste schätzte. »Was sollte das alles?«

»Was? Das Treffen mit Eurem Bruder?«

»Ihr habt nichts gesagt! Habt so getan, als wüsstet Ihr nicht, dass wir uns kennen!«

Ein helles Lachen. »Ich folgte bloß Eurem expliziten Wunsch, gute Aenne. Es wird schon seinen Zweck haben, warum Ihr die Bekanntschaft mit Eurem eigen Fleisch und Blut leugnet – wer bin ich, Euch dieses Spiel zu vereiteln?«

»Modhi …«, herrschte Aenne unter angehaltenem Atem. »Momentan seid Ihr es, der Spiele mit mir treibt!«

Modhi betrachtete Aenne amüsiert. »Aenne«, flüsterte er. »Süße Aenne …! Ihr müsst noch viel lernen, um eine Epenai zu werden! Ihr habt noch viele Spiele zu spielen! Das hier ist nur eines von ihnen.« Er griff nach ihrer Hand, hob sie an und küsste sacht die Knöchel. »Ihr seid ein unschuldiges kleines Ding, es tut fast weh, mit Euch Possen zu treiben. Dennoch ist es notwendig, damit Ihr lernt!«

Aenne wollte ihm die Hand entziehen, doch es gelang ihr nicht. Diese schlanken Hände besaßen außerordentlich viel Kraft. »Wovon sprecht Ihr?«

»Ihr fragtet mich heute Nachmittag nach dem Vermögen, das Ihr dem Tempel zukommen lassen müsstet.«

»Ich habe keinen Besitz«, wiederholte Aenne.

»Noch nicht«, lächelte Modhi.

»Was …?«

»Momentan, gute Aenne, seid Ihr weder Prinzessin, noch Bürgerin, noch Epenai. Ihr seid eine Anwärterin. Ihr seid eine Elevin. All das Geld, das während der Zeit Eurer Ausbildung in Euren Besitz gelangt, fließt in die Kassen des Tempels.«

Aennes Kiefer bewegte sich sacht. »Ich besitze keinen Beruf. Ich habe keinen Gönner. Ich werde Euch kein Geld einbringen.«

Modhi legte den Kopf schief. »Ihr habt einen Vater.«

»Mein Vater gibt mir kein Geld.«

»Jeder König besitzt ein Vermögen, mag er auch nur ein Reisender sein. Nach seinem Tod wird das Vermögen unter seinen Kindern aufgeteilt werden, so will es das ostaurorische Recht. Der erste Sohn bekommt Krone und Gut, die verbleibenden Geschwister werden von ihm ausgezahlt.«

»Mein Vater ist weit entfernt davon, zu sterben. Er ist ein starker Mann, stark und gesund.«

»Das mag sein«, lächelte Modhi, seine Finger noch immer um die ihren geschlungen. »Aber auch er wird alt. Und er wird sterben.«

»Nicht in absehbarer Zeit. Zudem werden Priester und Priesterinnen aus der Erbfolge ausgeschlossen, da sie sich einer neuen Familie verpflichtet haben. Auch das entspricht dem ostaurorischen Recht.«

Modhis Mundwinkel hoben sich weiter an. »Zu wahr. Aber wie gesagt – Ihr seid keine Epenai, Aenne. Ihr seid eine Anwärterin. Und damit befindet Ihr Euch im zwielichtigen Grau zwischen hier und dort. Ihr habt Euch dem Rechtssystem der Epenai unterstellt und dieses gilt nun für Euch. Doch Ihr seid keine Epenai, daher werdet Ihr vom Rest der Welt auch nicht als Epenai behandelt.« Modhi senkte langsam den Kopf, um seine Worte zu untermauern. Die Worte waren so sanft, so gefühlvoll gesprochen, als erklärte er gerade auf liebevolle Art einem Kind die Welt. »Bevor Ihr mir widersprecht – ja, irgendwann werdet Ihr zweifelsfrei eine Epenai sein. Nur … den Zeitpunkt bestimmt Euer Oberster. Und wer, gute Aenne, ist Euer Oberster?«

Sie bewegte sich nicht. Ihre Hand lag kalt in der seinen. »Ihr.«

Eine angedeutete Bewegung des Kopfes. *Gut gemacht, kleines Kind,* sollte sie bedeuten. »Ich kann Eure Priesterweihe so lange hinauszögern, wie es mir passt. Wenn ich will, für immer. Das wäre natürlich eine Verschwendung Eures Potenzials, Aenne – denn Ihr müsst wissen, ich log nicht, als ich Euch Großes versprach. Vorher müsst Ihr bloß noch viel lernen.« Er tätschelte ihre Hand.

Sie sagte einen Moment lang nichts, schluckte. »Ich steige aus«, erklärte sie heiser. »Augenblicklich.«

Ein mildes Lächeln. Er hob den Zeigefinger und schob ihn mahnend hin und her. »Ihr habt wieder nicht zugehört, Aenne. Ihr müsst *schneller* lernen! Ihr könnt aussteigen, sobald Ihr Epenai seid. *Doch noch seid Ihr keine.* Momentan seid Ihr … *nichts.*« Modhi ließ ihre Hand los, sie fiel kraftlos nieder. »Ihr dürft mich jetzt verlassen, Aenne. Ihr dürft weinen. Doch dann werdet Ihr zurückkehren und lernen, wie ich es mir wünsche. Und merkt Euch eines für den Weg – spielt niemals mit Eurem Obersten.« Er wandte sich ab und stieß ein fröhliches Lachen aus, als er jemanden entdeckte, den er noch nicht begrüßt hatte. Den Namen, den er rief, konnte Aenne nicht mehr verstehen. Die dröhnenden Geräusche der Halle stürzten auf sie ein.

Caedes harrte in der Menge und rührte sich nicht. Dort, wo Nestor zuvor noch am Boden gekauert hatte, standen nun andere Menschen.

Aenne als Modhis Elevin. Nestor ein flennendes Wrack. Iox als Michaelis' Protegé.

Vor ihm, wie aus dem Nichts, tauchte Uma Octavia auf. Sie trug ein weites Gewand mit geschlitzten Ärmeln, die bis zum Boden hinabreichten. Ostaurorischer Königinnenschmuck lag um ihre Stirn und hing seitlich vor ihren Ohren herab – aneinandergereihte Goldperlen, die auf ihrem Schlüsselbein auflagen. In ihren Händen hielt sie einen Kelch. Von irgendwoher kam ein anderer, Caedes ergriff ihn widerstandslos.

Uma hob das Weingefäß, sie stießen an, tranken und schwiegen dabei. Nachdem Caedes geschluckt hatte – Walkornischer Roter mit seltsam harzigem Nachgeschmack – sagte er: »Eines muss man Euch lassen, Uma – Ihr wisst die Männer an Euch zu ketten, ohne dafür auch nur einen einzigen Finger krümmen zu müssen.«

Uma Octavia stieß ein heiseres Lachen aus, ihre Schultern, an deren äußersten Spitzen die Ärmel wie Wasserfälle herabfielen, hoben sich unter dem Laut. »Es gibt verschiedene Wege, Macht zu erlangen. Wäre ich in der Welt der Coltaire geboren, wäre ich nutzlos, könnte ich doch kein Schwert halten. Glücklicherweise herrschen im talionischen Hochadel andere Regeln.

Nun könnte ich natürlich selbst in all die Betten fremder Männer steigen – von Männern die Helden sind, es waren oder es einmal sein werden – doch wozu? Ich bin eine Regina Numerabilis, also kann ich mir Frauen leisten, die diese Arbeit für mich erledigen. Ich streue sie in die Betten aller, die sich irgendwann einmal als interessant erweisen könnten – und diese Dummköpfe zahlen auch noch dafür. Sie zahlen für die Frauen, von denen sie wissen müssten, dass es allein ihr Geld ist, welches die Mädchen Treueschwüre in ihre Ohren flüstern lässt. Und trotzdem kommen sie wieder – immer wieder – zahlen und verlieben sich in ihr eigenes Geld …« Sie seufzte, nahm einen Schluck. »Aber wem sage ich das, nicht wahr?« Ein Lächeln, das verwischte, als sie sich umdrehte und ging.

Es dauerte einen Moment, bis Caedes erkannte, dass es nicht nur ihr Lächeln war, das verwischte, sondern der gesamte Raum. Farben und Formen verloren an Substanz und vergingen zu Wölkchen.

Ein Blick hinab zu dem Kelch, in dem der rote Rest zu einem fahlen Spiegel verblasste. Er schluckte, seine Zunge fuhr über die Lippen. Der harzige Nachgeschmack.

Der Wein war mit Nachtblut versetzt.

Er stolperte aus dem Saal.

Er benötigte Hilfe.

Ezra.

Nein, Ezra war nicht hier.

Caedes presste sich an die Palastwand, um nicht zu stürzen. Hier draußen, im diesigen Licht der Nacht, verlor alles an Farbe. Das machte es leichter, sich zu konzentrieren. Er blinzelte hastig, damit ihm die Wahrnehmung der Formen nicht abhanden kam, und schob sich weiter.

Der harzige Geschmack in seinem Mund schwand nicht. Die Angst wuchs, dass ihm jemand Nachtblut untergemischt haben könnte, doch ganz sicher war er sich nicht länger – die Auswirkungen äußerten sich auf völlig andere Art als das letzte Mal.

Er brauchte Hilfe.

Aenne. Wo war Aenne nur, wenn er sie brauchte? War sie bereits zu einer Epenai geworden, gefangen in Modhis süß gesponnenen Zuckernetzen? Wie war es dazu gekommen?

Das Herz! Alles wegen dieses unscheinbaren, kleinen Herzens, das Aenne irgendwo in einem Trödelladen am Rande Tradeas erstanden hatte. Am Ende hatte es vielleicht gar keinem Menschen gehört. Am Ende hatte sich Aenne geirrt, und sie jagten den Mördern eines gewöhnlichen Hausschweins hinterher.

Er taumelte. So sicher war er gewesen, so sicher und arrogant – und nun kam der tiefe Fall. Er krachte nieder und klatschte hart auf dem steinernen Boden auf.

Aenne hatte ihn immer daran erinnert, Getränke aus fremden Händen zu prüfen. Aber sie war nicht hier gewesen. So lag er betäubt und fühlte, wie die Welt um ihn herum langsam an Bestand verlor.

Caedes konnte hören, wie sein Atem rasselte, hatte jedoch das absurde Gefühl, als gehöre er nicht ihm. Er lag dort und wünschte sich, es würde vorbeigehen.

Es ging nicht vorbei.

Jemand fand ihn, irgendwann. Dieser Jemand zerfloss mit jeder Bewegung zunehmend zur vollkommenen Unkenntlichkeit.

Die flirrende Gestalt packte Caedes an den Armen und versuchte, ihn in die Höhe zu ziehen. Der Griff brannte wie Feuer, brannte sich schmerzhaft ins Fleisch. Caedes glaubte, die Handabdrücke als Brandzeichen tief in den Muskelfasern zu spüren. Man zog an ihm, versuchte, ihn fortzuhieven, doch es gelang nicht. Caedes wusste nicht einmal, wo oben und unten war, er und sein kokelndes Fleisch, das mit jeder Berührung größere Flächen seines Körpers bedeckte, drehten sich im Raum aus milchigem Grau.

Dann, endlich, verschwand dieser Jemand wieder.

Hände, überall – links und rechts packten sie Caedes und zogen ihn in die Höhe. Er schrie, doch eine Hand klatschte auf seinen Mund. Caedes hatte das Gefühl, seine Lippen schmölzen über dem Zahnfleisch hinweg, ein schmerzerfülltes Brüllen verging zu einem Gurgeln. Er strampelte, doch die Hände blieben hart und trugen ihn weiter. Als Caedes glaubte, nur noch aus Knochen und ein paar Fleischfetzen zu bestehen, ließ man ihn los.

Jahrelanger, freier Fall. Dann tauchte er in kaltes Wasser.

Einen Augenblick lang wollte er noch schreien, schreien, so laut er konnte, dann bemerkte er, wie sich Wasser wohlig um seinen Körper schloss. Es umhüllte seinen zerschundenen Körper, füllte all die Hohlräume, die die Hände in ihn gebrannt hatten. Als wären sie eins, das Wasser und er – eine einzige, formlose Masse.

Irgendwo schien Licht. Die Gestalten um ihn herum zerstoben zu rosaroten Wolken, braunen Wolken und blonden Wolken. Stimmen verschwommen mit ihnen, ganz so, als besäße er nicht fünf einzelne Sinne, sondern nur noch einen einzigen, der nicht mehr richtig funktionierte.

Caedes, das Wasserding, schloss die Augen und konzentrierte sich darauf, ein Wasserding zu sein.

Er war ein Wasserding. Seit Jahrhunderten, ja Jahrtausenden, war er ein Wasserding. Ein altes, uraltes Wasserding, mit sich selbst im Reinen. Es war gut, ein Wasserding zu sein, wassrig, alt und weise.

Als das Wasserding irgendwann die Augen öffnete, erkannte es wieder nur rosarote Flecken, braune Flecken, gelbe Flecken, die vor einem gigantischen grauen Fleck verschwammen. Die bunten Flächen schienen zu leben wie er, denn sie wankten leicht vor und zurück.

Etwas verschwamm – es dauerte, bis das Wasserding erkannte, dass es nicht Farben waren, sondern Stimmen. Es konzentrierte sich, seine Wasserfühler auszustrecken und zu lauschen.

»… ich habe die gesamte Küchenmannschaft gebraucht, um ihn hierher zu bringen. Er liegt seit Stunden in der Badewanne und rührt sich nicht.«

»Sieh', er hat die Augen geöffnet.«

»Das tut er manchmal, aber er bewegt sich kaum. Ich habe schon überlegt, ihn mit einem Schal am Deckbalken festzubinden, damit er nicht ertrinkt – doch sobald man ihn berührt, schreit er wie von Sinnen. Canza kam vorbei – ich konnte ihr einreden, dass es sich um Lustschreie handelt, aber lange nimmt mir das keiner mehr ab. Schon gar nicht Sheera.«

Die Flecken über ihm bewegten und vergrößerten sich. Die Laute, die durch den Raum tanzten, verschlangen sich ineinander. »Kannst du nicht bei ihm bleiben?«

Der braunrosa Fleck zitterte. »Nein. Drei Klienten warten auf mich.«

»Michaelis schläft. Ich kann ein wenig bleiben, doch später muss ich zu ihm zurück.«

Ein Seufzen, das gut zum Wasser passte. »Sei froh, dass er schläft. Lass dir inzwischen die Wunden ansehen, bevor dir Sheera neue Ringe einsetzt. Die sehen nicht gut aus.«

Der gelbrosa Fleck bewegte sich nicht, zerfaserte nur Richtung Grau. »Ich komme zurecht. Jemand muss bei ihm bleiben.«

»Wir könnten Lyr fragen.«

»Lyr? Ich bitte dich, Berit, Lyrs Klappe ist größer als der Pass der Alten! Es reicht, dass die halbe Küche Bescheid weiß!«

»Keine Sorge«, lachte der braunrosa Fleck. »Ich habe ihnen gesagt, dass *du* involviert bist! Sie werden den Mund halten, solange sie die Hände behalten wollen.«

»Du bist gemein!«

»Ich kann nichts dafür, dass man Männern die Hand abschlägt, sobald sie mit dir sprechen.«

»… du bist trotzdem gemein.«

Ein Seufzen, das im Wasser ertrank. »Gut, was willst du dann tun?«

»Ich bleibe hier. Sieh zu, dass du dich beeilst.«

»Beeilen? Ich habe drei Klienten, einen davon im Badehaus auf den Märkten!«

»Du rühmst dich doch sonst immer, die Beste zu sein! Dann gib dir Mühe, sei die Beste und mach' schnell!«

Wieder ein Seufzen, das davonflog. »Panumae, der muss dich echt in der Mangel haben …!« Der braunrote Fleck zerschmolz und verschwand im Grau. Gelb und Rosarot blieben.

Das Wasserding hatte nicht länger Lust, sich zu konzentrieren, es schloss die Augen und verbrachte die folgenden Jahrhunderte mit sich selbst.

Aennes Beine zitterten, als sie die Straße entlanglief. Sie war gefangen. *Modhi* hatte sie im Netz der epenaischen Spinne gefangen.

Sie hätte vorsichtiger sein müssen. Wie dumm! Hatte sie nicht geglaubt, besser zu sein als Quaris, weil sie eine Prinzessin war, eine Reisende, eine Gebildete? Und nun zitterte sie hier durch die talionischen Straßen, von der Gunst eines Mannes abhängig, der wusste, dass sie ihn belogen hatte, der wusste, dass Caedes ihr Bruder war, der … Helior wusste allein, was er noch alles wusste! Schließlich konnte Modhi in Vergangenheit, Gegenwart und Zukunft lesen!

Wie vermessen, zu glauben, sie hätte gegen ihn ankommen können! Und nun hatte er sie gefangen und das alles nur, weil Aenne geglaubt hatte, eine Heldin spielen zu müssen, die sie nie gewesen war und die sie nie sein würde!

Sie rieb sich das verquollene Gesicht und bog in die Gasse zur Roten Baronin ein. Alles lag in dunkelblauen Nachtschatten.

Ihre Stiefel schlurften über den Pflasterstein, sie streckte die Hand zur Türe, trat dabei gegen etwas Weiches und fiel darüber. Ihre Knie schlugen knackend gegen Stein.

Fluchend stemmte sie sich in die Höhe, sank zur Seite, warf einen Blick zurück.

Etwas Vermummtes lag dort.

Sie kroch näher, streckte die Finger aus, berührte es vorsichtig. Der Stoff gab nach, beulte sich nach innen in weiches Fleisch. Aennes Finger gruben sich hinein, sie zog, ein Körper kippte zur Seite.

Dunkelblondes, struppiges Haar, das im silbrigen Licht der Nacht grau wirkte, weit aufgerissene, tote Augen, ein Mund, der in Trümmern lag, stummelige Reste in einem Meer aus Rot, purpurne Flüsse, auf einem stoppeligen Kinn erstarrt.

Soren der Wagenlenker war tot.

XIX

Ein Wasserding sein

Stimmen weckten das Wasserding auf unsanfte Art und Weise. »… für diesen Rekord sollte man mich zu den Gilebretischen Spielen laden!«, prustete jemand. Der braunrosa Fleck war zurückgekehrt.

»Ich danke dir.«

Braunrosa näherte sich. »Wie geht es ihm?«

»Unverändert. Ich glaube, jemand hat ihm Nachtblut verabreicht.«

»Ziemlich sicher sogar. Seine Haut ist derart überempfindlich, jede Berührung verursacht ihm Schmerzen. Viele Nachtblutabhängige stürzen sich aus Verzweiflung ins Wasser und ertrinken dabei.« Kurzes Schweigen. »Angeblich ein glücklicher Tod.«

»Hast du herausgefunden, wie er das Nachtblut bekam?«

Der braune Fleck wackelte. »Safrur meint, er hätte gesehen, wie er einen Weinkelch fallenließ. Dann sei er aus dem Raum gelaufen.«

»Wer reichte ihm den Kelch?«

»Das kann niemand genau sagen. Sheera vielleicht? Ich habe gehört, sie können einander nicht sonderlich leiden.«

»Sie bereitete in dieser Zeit Michaelis' Unterkunft vor, ich denke nicht, dass sie es gewesen sein kann.«

»Es gab zahlreiche Diener, die an diesem Abend unterwegs waren.«

Schweigen.

»Du solltest gehen, Aurora. Ich habe gehört, Sheera sucht nach dir und ich bin mir sicher, Michaelis Pel'Dagan wird bald erwachen. Bitte, lass deine Wunden ansehen, bevor du wieder zu ihm gehst.«

Der gelbrosa Fleck bewegte sich. »Danke, Berit. Du bist eine gute Freundin.« Für einen kurzen Moment verschmolz Braun mit Gelb, dann löste sich Gelb wieder in Grau auf.

Als Caedes erwachte, wusste er, dass er kein Wasserding mehr war, denn Wasserdinger konnten nicht schlafen und daher auch nicht erwachen. Er fror, seine Haut fühlte sich teigig und aufgeschwemmt an, Feuchtigkeit tränkte seine Kleidung. Er versuchte sich zu bewegen, doch es gelang ihm nicht – ein blinzelnder Blick ließ ihn erkennen, dass ihm jemand einen Seidenschal um die Achseln geschlungen hatte, dessen Enden an der Decke verknotet waren.

Er drehte den Kopf zur Seite und entdeckte Berit, die Pfeife rauchte und den Sonnenuntergang beobachtete. Oder war es ein Sonnenaufgang? Ihre Füße hatte sie auf die Fensterbank hochgelagert.

Erneut wollte er sich aufrichten. Das Wasser plätscherte, Berit wandte sich um. »Sieh an, du weilst wieder unter den Lebenden.« Sie steckte das Ende der Pfeife in ihren Mund und zog daran. »Auch wenn aussiehst, als wärst du Nifs Totenreich entstiegen. Bei Gelegenheit musst du mir erzählen, wie es dort unten war.«

»Was …?« Der restliche Satz verkantete sich in Caedes' Mund. Wie eine Marionette hing er im nassen Schal.

»Aurora hat mich geschickt, um nach dir zu sehen. Sie hatte eine Ahnung, dass du in Schwierigkeiten stecken könntest. Und was soll ich sagen? Du *hast* in Schwierigkeiten gesteckt!«

»Woher …?« Es war nicht notwendig, den Satz zu beenden.

Berit zuckte mit den Schultern. »Sie sagte dir doch, du sollest aus der Stadt verschwinden. Oder irre ich mich?«

Caedes blinzelte in das rötliche Licht der Sonne.

»Du hättest besser auf sie hören sollen.« Das Gesicht eine gleichgültige Maske, drehte sie es wieder dem Fenster zu.

»Könntest du …?« Er nickte Richtung Schal.

Berit warf ihm einen misstrauischen Blick zu. »Du wirst bloß wieder schreien und anschließend wie ein Stück Holz im Bottich treiben. Ich habe keine Lust, deinen Kopf über die Wasseroberfläche zu halten. Das ruiniert meine Fingernägel.«

»Ich will hier raus.« Caedes Sprache funktionierte wieder, er krallte die aufgeweichten Hände um die Ränder der Badewanne, um sich in die Höhe zu stemmen. Es gelang ihm nicht. Er war schwach. Schwach wie ein kleines Kind.

Und Berit, die sich erhob und Rauch ausblies, mimte die Mutter, die er nicht haben wollte. Sie trat heran und fasste ihn unter den Achseln. »Wehe du schreist«, warnte sie, die Pfeife noch im Mundwinkel. Sie hievte ihn mit überraschender Kraft hoch, er stemmte sich mit den Beinen nach. Wasser plätscherte, zitternd gelang es ihm, zuerst das eine, dann das andere Bein über den Rand des Holztrogs zu heben, bevor er wieder wie ein nasser Sack auf den Boden sank. Schwer atmend lehnte er sich an den Rand der Wanne, in der deutlich hörbar das Wasser nachschwappte. Sein Kopf dröhnte, die Stellen, an denen Berit ihn gepackt hatte, brannten wie Feuer.

»Alles in Ordnung?«, fragte Berit und klopfte ihm löblich auf die Schulter. »Sieht doch ganz gut aus!«

Caedes biss die Zähne zusammen. »Ich muss hier weg.«

Sie zuckte mit den Schultern. »Ich trage dich nicht. Wenn du gehen willst, musst du es selbst tun – und sei dabei bitteschön möglichst leise.« Sie kehrte zurück zu ihrem Stuhl, lagerte erneut die Füße auf die Fensterbank und rauchte weiter.

Caedes wusste, dass er noch nicht fähig war aufrecht zu stehen, kippte daher erschlagen den Kopf zurück und blieb sitzen.

»Berit, es tut mir leid, ich konnte wirklich nicht früher …« Iox blieb abrupt stehen, als sie die leere Badewanne entdeckte. Ihre Stimme klang panisch »Wo ist er?«

»Sitzt hinter der Wanne. Schläft vermutlich.« Berit zog die Beine von der Fensterbank. »Es war Zeit, ich habe Hunger. Du bist dran.« Damit verschwand sie.

Iox lief um die Wanne herum. Caedes schien tatsächlich zu schlafen, er saß in einer riesigen Wasserlacke, die Augen geschlossen. Sie ging neben ihm in die Knie, befühlte mit dem Handrücken seine Stirn und tastete nach seiner Schlagader. Caedes öffnete die Augen einen Spalt.

»Wie fühlt Ihr Euch?«, fragte Iox. Sein Puls schlug langsam aber stet.

Caedes' dunkle Augen glitten über ihr Gesicht, über ihr Haar. »Du hast gewusst, dass das passiert.«

»Ich habe nur gewusst, dass *etwas* passiert. Öffnet Eure Augen«, forderte sie. »Weit.« Sie suchte nach der Pupille. »Ich habe Euch gewarnt.

Ihr wolltet nicht hören. So ist das mit Euch großen Männern – Ihr wollt nie hören.« Sie strich ihm die nassen Haare aus der Stirn. Ihre Finger harrten warm an seiner Schläfe.

»Wer hat das getan?«, fragte er.

»Ich weiß es nicht.«

»Ich glaube dir nicht.«

»Glaubt, was Ihr wollt. Mir ist es gleich.«

Schweigen. »Das heißt, du fürchtest denjenigen mehr als mich.« Stille, in der sie aufstand und Tücher holte, um ihn abzutrocknen. Er seufzte, lehnte den dröhnenden Kopf zurück. »Ich wusste, ich hätte dir das Buch nicht schenken dürfen. Jetzt hältst du mich für weichherzig.«

Ein trockenes Lachen. »Natürlich. Eine einzige freundliche Geste von Eurer Seite und ich halte Euch für den Helden meiner schlaflosen Nächte.« Sie ging in die Hocke, die Tücher in ihrem Schoß gesammelt, und machte sich daran, den Gürtel zu öffnen, der Caedes' Tunika zusammenhielt. Wie eine Schlange zog sie ihn vom Körper und griff nach dem Saum des Hemdes, um es ihm über den Kopf zu ziehen.

Er ließ sie gewähren. Als sie ihn von der Tunika befreit hatte, schlang sie ihm das Tuch um die Schultern. »Passt auf, bevor es ins Wasser fällt.«

Er betrachtete sie genauer. Sie hatte sich mit nassen Fingern durch das Gesicht gestrichen und die Schminke verwischt. Dahinter kam goldgesprenkelte Haut zum Vorschein. Ein seltsamer Farbton, ähnlich dem ihres Haares.

»Das ist deine richtige Haarfarbe.« Diesmal war es eine Feststellung, keine Frage.

Sie reagierte vorerst nicht, rieb ihm nur die Schultern trocken. Ihre Augen mieden sein Gesicht, fixierten jedoch auf eine Weise seinen Hals, sein Schlüsselbein, seine Brust, die er zu einem anderen Zeitpunkt als Interesse verstanden hätte. Jetzt, wo er sich wie ein Schwächling fühlte, ließ er den Gedanken passieren. Momentan gab es andere Männer, auf die Iox ihre Aufmerksamkeit zu richten hatte. Er räusperte sich. »Warum bekam Michaelis deine richtige Haarfarbe zu sehen?«

»Ich bin Michaelis Pel'Dagans Protegé.«

»Das habe ich gehört.«

»Er hat Priorität.«

»Warum?«

»Er war mein erster Mann, nachdem ich hierher gekommen war. Der erste Mann einer Sharonne macht sie zu seinem Protegé. Wenn Michaelis nach Terra Talioni kommt, gilt er zuerst. Jeder bedeutende Mann, den ich besuche, bekommt eine andere Haarfarbe, denn jeder will sein eigenes Mädchen. Michaelis war der Erste, also bekam er mein richtiges Haar.«

Caedes schwieg. Iox Hände glitten zum Hosenbund herab und öffneten den zweiten Gürtel. Sie hielt ein, als sie das Messer daran erblickte, entfernte es kurz darauf mit spitzen Fingern.

»Warum bist du hier?«, fragte er. »Warum hast du Berit nach mir geschickt?«

Sie hob den Blick. »Du magst ein wenig dumm sein, aber auch dumme Menschen haben ein Recht zu leben.«

Er musste lächeln. Sie hatte ihn persönlich angesprochen. Hier saß er, gerettet von einer Hure, die ihm gerade die Hose von den Beinen zog – und das nicht, weil er sie dafür bezahlte. So weit war es mit ihm gekommen.

Er konnte ihre Hände sehen, die Farbe abgeschwemmt. Bläuliche Adern, die unter der Haut dahinflossen, rötliche Knöchelchen, grünliche Schatten zwischen sich bewegenden Sehnen.

»Kommt, haltet Euch an mir fest, wir bringen Euch ins Trockene.«

Er wusste nicht, wie sie es schaffte– wie sie es zusammen schafften – ihn in eine trockene Ecke des Raumes zu hieven. Iox baute ihm ein Nest aus Tüchern. »Ich werde Euch Kleidung bringen«, versprach sie, während sie ihm die Hände abtupfte, auf denen die Haut Wellen geschlagen hatte.

»Gehst du?«, fragte er, während er sich nicht mehr dagegen wehren konnte, seinen Körper zu Boden kippen zu lassen.

Sie deckte ihn zu. »Ich werde wiederkommen«, antwortete sie. »Mit Essen.« Ihre Hände waren warm und weich. Er liebte diese Hände und wie sie über seinen Rücken strichen.

»Ich komme wieder.«

Mit diesen Worten glitt er in den Schlaf.

Als Caedes wieder erwachte, dieses Mal in einem Meer aus Tüchern, kauerte Iox vor ihm, ein silbernes Tableau vor sich. Sie brach gerade Brot in kleinere Stücke, ihre Hände arbeiteten stetig, diese Hände, die alle Farben besaßen, Falten vom Leben und Sommersprossen, die sich über die Knöchel dahinzogen. »Du hast wunderschöne Hände«, flüsterte er irgendwann.

Überrascht hob sie den Blick. »Ich habe schon viele Komplimente bekommen, aber nie für meine Hände.«

Er schwieg. Sein Körper lag schlaff wie ein Mehlsack in den Laken. Er glaubte nicht, dass es ihm gelänge, seinen Körper aufzuraffen, um auch nur einen Bissen herunterzuwürgen. Er hasste es, sich so zu fühlen. Noch mehr hasste er, dass Iox ihm seinen Zustand anzusehen schien, denn sie rutschte näher, hob seinen Kopf in ihren Schoß und begann, ihm in Suppe getunktes Brot in den Mund zu schieben, als wäre er hilflos wie ein kleiner Vogel.

Hätte ihn ein Drache halb in Fetzen zerrissen – er hätte mit der Demütigung leben können. Aber wegen eines Kelchs Nachtblut derart außer Gefecht gesetzt zu sein, das glich einer Kastration.

Das aufgeweichte Brot legte sich auf seine Zunge, er konzentrierte sich auf das Kauen. Den Mund auf- und zuzuschieben entpuppte sich als Herausforderung, die ohnehin ihresgleichen suchte.

»Wie fühlt Ihr Euch?«

»Scheiße.«

Ein trauriges Lächeln. »Berit besuchte Eure Herberge, um Eurer Schwester zu berichten, dass Ihr in Sicherheit seid, doch sie war nicht anzutreffen. Ich weiß nicht, wo sie ist.«

Caedes kaute. »Hast du herausgefunden, wer mir das Nachtblut verabreicht hat?«

»Nein.«

Er glaubte ihr, obwohl er wusste, dass er niemandem in dieser Stadt trauen sollte. »Ich werde tun, was du gesagt hast. Meine Schwester nehmen und diese verdammte Stadt verlassen. Mit Drachen lässt es sich besser speisen als mit dem hinterlistigen Pack, das hier lebt.«

»Ich weiß«, sagte sie und führte Brot an seinen Mund. »Hätte ich die Wahl gehabt, ich hätte auch den Drachen gewählt.«

Er aß schweigend weiter. So fühlte sich das also an, Kind zu sein. Es besaß durchaus seine Vorzüge, wäre es nicht so verdammt erniedrigend gewesen. Noch erniedrigender war die Tatsache, dass er dringend pissen musste und nicht glaubte, ohne Hilfe in eine aufrechte Position zu kommen. Säße Berit an Iox' Stelle, es wäre nur halb so schlimm gewesen – sie hatte etwas von einem tradeadischen Zankweib an sich. Das war genau das, was er brauchte.

»Ihr seht so verbissen drein – ist irgendetwas?«

Caedes verweigerte den nächsten Bissen. »Könntest du … kurz den Raum verlassen?«

Ein verwunderter Blick, von oben herab.

»Ich … muss … pissen.«

Sie seufzte. »Und wie wollt Ihr das anstellen? Aus dem Liegen zum Abort hinüberzielen?«

Er stöhnte gepeinigt und vergrub das Gesicht in ihrem Rock.

»Was? Seid realistisch! Hier gibt es nichts, das ich nicht schon gesehen hätte – also reißt Euch zusammen und lasst mich Euch helfen!«

Sie half ihm. Den Moment, an dem er am Abort stand, von ihren Händen gestützt, und die Schlossmauern hinab in die Tiefe pinkelte, empfand er als den peinlichsten in seinem gesamten Leben. Und er hatte gedacht, als er in Königin Shalimars Gemächern die falsche Türe genommen hatte und nackt auf deren Balkon gestanden war, direkt während der Morgenzeremonie der Priesterschaft des Wassergottes Wfir, die im Innenhof stattgefunden hatte, wäre grenzwertig gewesen.

Iox schien das zu spüren, denn sie lachte. Das machte es für ihn nicht besser.

Zurück am Lager sank er entkräftet nieder. »Wann wird das aufhören?«, ächzte er. »Wann werde ich aufhören, mich *so* zu fühlen?«

Iox machte sich daran, die Wasserlacke am Rand der Holzwanne aufzuwischen. »Ihr könnt froh sein, dass man Euch fand. Andere hätten sich von den Klippen gestürzt, um den Schmerzen zu entkommen.«

»Ha.« Er fühlte sich schwer und matt. Seine Augen brannten, also schloss er sie. Er hörte nur, wie Iox weiter den Boden wischte. »Habe ich eigentlich Danke gesagt?«, fragte er irgendwann.

»Ich kann mich nicht daran erinnern.«

»Danke.«

»Ist schon gut.«

Nachdem sie das verschüttete Wasser beseitigt hatte und bereits glaubte, dass er wieder schliefe, hörte sie aus der Ecke eine weitere Frage. »Aegis Septimus hat dich gefragt, wann du nach Terra Talioni gebracht wurdest. Du sagtest mit zwölf. Ist das wahr?«

Ein zustimmendes Gemurmel.

»Wie kam es dazu?«

»Das wisst Ihr doch. Der Krieg.«

»Das meine ich nicht. Wie kamst *du* nach Terra Talioni?«

Eine ganze Weile sprach sie nicht. Nasse Lappen klatschten an den Rand der hölzernen Wanne. »Ich war zwölf«, sagte sie. »Der Krieg war gerade vorüber, als die Nachricht zu uns gelangte, dass die südöstlichen Königreiche nicht nur materielle Tributzahlungen forderten, sondern auch Sklaven. Weibliche Sklaven. Frauen und junge Mädchen.« Sie verstummte. »Meine Mutter ging mit mir zu den Klippen und wollte springen. Der Tod sei ein gnädigeres Schicksal als ein Leben in Sklavenschaft, sagte sie. Wir standen schon ganz oben, dann überlegte sie es sich anders.« Iox schwieg einen Augenblick. »Sie sprang allein.«

Caedes rührte sich nicht.

»Wahrscheinlich hoffte sie, dass ich zu jung sei und man mich nicht mitnehmen würde. – Am nächsten Tag kamen sie und nahmen mich mit. Mein Vater weinte. Ich war nicht die Jüngste.« Sie holte tief Luft. »Mit Booten brachten sie uns von Gjard, einer kleinen Fischerinsel, nach Penthesileia. Von dort aus fuhren wir mit größeren Schiffen nach Tradea. Vom Hafen holten uns Wägen ab, sie besaßen Fenster aus Gitterstäben. Sie reisten in alle Windesrichtungen davon, zu den Königreichen, welche Anspruch auf Sklaven erhoben hatten. Wir zogen über die talionischen Handelsstraße nach Norden. Michaelis Pel'Dagan erzählte mir später, er hätte mich an diesem Tag auf dem Wagen gesehen, aber ich kann mich daran nicht erinnern. Ich erinnere mich nur, dass es eng war, daran, dass wir alle weinten, dass wir keinen Platz hatten, um unsere Notdurft zu verrichten. Es wurde kälter, je höher wir in die Berge fuhren. Dann kamen wir nach Terra Talioni, wo wir auf den Hochadel aufgeteilt wurden. Der König wählte seine Sklaven, dann Uma die ihrigen. Sie wählte mich. Ein paar Tage später kam Michaelis und fragte nach mir. Er wurde an Uma verwiesen. Uma bemerkte, dass sie aus Michaelis' Verlangen Kapital schlagen könnte. Das war der Anfang, der Anfang von allem.«

»Das mit Umas Mädchen … das alles begann mit dir?«

»Es sieht ganz so aus.«

Stille. »Das tut mir leid.«

»Zuerst ein Dank, nun eine Mitleidsbekundung? Das Alter macht Euch bescheiden, Caedes, mein Reisender Prinz.«

Es verging so viel Zeit, dass Iox nicht mehr mit einer Erwiderung gerechnet hätte. »Ich beginne schön langsam, die Opfer zu erkennen, die andere für mich bringen«, sagte Caedes leise. »Ich schickte dich zum

Spionieren los, dich und andere … und konnte zu keinem Zeitpunkt begreifen, was es euch kosten könnte.«

Zwei Tage zuvor

Soren erklomm die schmale Felsentreppe, die zum Eingang in der Stadtmauer führte, hell erleuchtet wie der Schlund eines Drachen. Das Lumpentürl war eine winzige Schenke, hauptsächlich von talionischen Soldaten frequentiert, die nach ihrer Schicht noch rasch einen heben gehen wollten. Es wunderte Soren daher auch nicht, dass er eine zerschlissene, talionische Flagge beiseiteschieben musste, um die Schenke betreten zu können. Die Männer, die sich drinnen an kleinen Tischen drängten, trugen hauptsächlich die rotvioletten Uniformen der talionischen Garde.

Soren schritt hinein in dieses Kämmerchen voller Pfeifenrauch, Bierdunst und Männergeruch, misstrauische Blicke begrüßten ihn. In einem hinteren Eck stach ihm ein bekanntes Gesicht ins Auge. Es war Eldar, ein Gardeoffizier, der ihn vor geraumer Zeit einmal als Wagenlenker angeheuert hatte, um ein totes Chimärenwesen von der Straße zu schaffen, das irgendeinem Alchemisten ausgebüxt war. Soren hatte sich gut mit Eldar verstanden, allerdings war es wie üblich eine recht oberflächliche Bekanntschaft geblieben – die Talionier taten sich schwer, anderen zu vertrauen.

Grüßend hob Soren die Hand. Eldar grüßte zurück, winkte ihn einen Augenblick später herbei. Die anderen Soldaten, die Schulter an Schulter bei ihm saßen, hoben die Köpfe und blinzelten Soren misstrauisch entgegen. Dabei hielten sie ihre Bierhumpen fest umklammert, als fürchteten sie, der Neuzugang könnte sie ihnen wegnehmen.

»Travis grüßt«, warf Soren in die Runde. »Eldar, lange nicht gesehen.«

»Soren, alter Wagenlenker«, lachte Eldar auf und rückte zur Seite, um ihn auf die Bank zu lassen. Er hob die Hand und bestellte über die Tische hinweg zwei Humpen Bier. »Ich wusste nicht, dass Ihr noch in der Stadt verweilt! Wie geht es Eurer Marie?« Eldar – ob es sein Vor-

oder sein Familienname war, wusste Soren nicht – war ein untersetzter, gemütlicher Mann, der seinen militärischen Rang nicht seiner Stärke zu verdanken hatte, sondern seiner Beliebtheit. Die Männer, die ihn umringten, gehorchten ihm, weil sie wussten, dass er dafür sorgte, dass es ihnen besser gehen würde als anderen. Es war ein altes talionisches Spiel, das nicht unbedingt für die Kompetenz der hier ansässigen Miliz sprach, doch von dem auch Soren während Eldars Auftrags profitiert hatte.

Der Wagenlenker schwieg einen Augenblick lang. Die Wirtin schob ihm ein Bier vor die Nase – die leicht rötliche Farbe sprach für Tradeadisch Rot – er nahm einen Schluck und wischte sich den Schaum aus dem Bart. »Marie ist während der Silvatischen Pest verstorben«, sagte er.

Eldars Gesicht fiel in sich zusammen. »Das tut mir leid. Davon wusste ich nichts.«

»Ihr konntet es nicht wissen.«

Die Soldaten waren plötzlich ganz auf ihre Humpen fixiert, sie tranken eilig.

»Was führt Euch zu uns, Soren?«, fragte Eldar.

»Die Geschäfte gehen mäßig«, erwiderte Soren. »Ich wollte fragen, ob die Stadtwache Arbeit hat. An Ungeheuern mangelt es Terra Talioni selten, gibt es etwas Erschlagenes von den Straßen zu schaffen?«

Eldar lehnte sich zurück, schlang die feisten Arme um sich selbst und überlegte. »Seit der Abmachung des Königshauses mit den Epenai werden die toten Monstren kaum noch über uns entsorgt. Die Schicksalspriester übernehmen das.«

Soren stützte sich am Tischrand ab. »Welche Abmachung?«, fragte er interessiert.

»Die Epenai haben Interesse an den toten Monstren gezeigt und sind mit diesem Anliegen an Aegis Septimus herangetreten. All das magische Getier, das in der Stadt erlegt wurde, galt bis dahin als Allgemeingut – die Überreste konnten somit von denjenigen beansprucht und weiterverkauft werden, auf deren Grundbesitz sie erlegt wurden. Den Epenai dürfte es allerdings gelungen sein, es den Reges Numerabiles schmackhaft zu machen, ihnen die Kadaver zu verkaufen – mit dem Argument, dass die gesamte Stadt genaugenommen ohnehin Aegis Septimus gehört, mitsamt allem, was darin erlegt werden kann. Seitdem müssen die Epenai benachrichtigt werden, sobald innerhalb der Stadtmauern etwas erschlagen wird.« Eldar tätigte einen großzügigen Schluck und tauchte dabei die dicke Nase in den Schaum. »Sie zerlegen sie in ihren Schlachtanlagen und verwenden die Teile für ihre Rituale. Fragt mich nicht, was sie damit treiben.«

Einer der Soldaten an ihrem Tisch beugte sich vor. »Da gibt es nicht viel zu fragen! Die Epenai stimmen mit ihren Fähigkeiten die Schicksalsgöttin günstig und locken somit das Glück in unsere Stadt – wir sollten für alles dankbar sein, das sie dabei unterstützt!«

Ein anderer Mann hob die Augenbrauen. »Glück? Von welchem Glück sprichst du? Der Silvatischen Pest? Dem Schmuggelproblem?«

»Die Purpurnen Märkte florieren«, bemerkte ein Gardist in der Ecke, er verschränkte die Arme vor der Brust. »Wir unterstehen einem starken Königshaus. Wir können uns glücklich schätzen. Anderen Stadtstaaten – anderen Königreichen – geht es wesentlich schlechter.«

»Es gibt keinen Erben zum Thron«, seufzte ein anderer. »Aegis und Florentina sollten sich ins Zeug legen, sonst entgleitet ihnen der Thron!«

Eldar schlug ein Abwehrzeichen. »Sprecht nicht darüber«, brummte er. »Es bringt Unglück, über das tote Kind zu sprechen. Wenn Aegis' davon hört …!«

Die Soldaten schwiegen. Sorens Augen glitten über die Versammelten. »Die Überreste der Ungeheuer einfach den Epenai zu überschreiben scheint mir grausam. Die Familien waren auf den Verkauf der erlegten Tiere angewiesen, um die Zerstörung zu beseitigen, die diese in ihren Heimen angerichtet haben. Die Epenai besitzen so viel und andere so wenig – wo bleibt hier die Gerechtigkeit?«

Der Soldat, der neben Soren saß, bemaß ihn mit einem flachen Blick. »Für Gerechtigkeit sind andere zuständig. Wir bekommen unseren Sold und geben uns damit zufrieden.«

Soren sah vorsichtig zwischen den anderen umher. Nicht alle schienen die Meinung des einen zu teilen. Die Unzufriedenheit war gegenwärtig, die schlechte Stimmung, die sich aufgrund des Themas an dem kleinen Tisch aufgebaut hatte, hing zwischen ihnen wie eine schwere Regenwolke. »Ihr habt es schwieriger als andere«, sagte Soren, weil er wusste, dass sie das gerne hörten. »Ihr besitzt Verantwortung, doch werdet auch verantwortlich gemacht, sollte etwas nicht nach Plan verlaufen. Ich habe gehört, eine Gruppe aus Torwächtern wurde hingerichtet. Ein grausamer Akt. Unsereins bekommt zumindest eine Bürgeranhörung, doch als Aegis' Garde seid ihr auf seinen Gutwillen angewiesen.«

Eldar seufzte. »Alles hat seine Vor- und Nachteile. Schlussendlich lauert Aegis' Gesetz über jedem Bürger Terra Talionis. Wir werden bloß direkter damit konfrontiert.«

Soren lehnte sich zurück und mimte den Entspannten. Neben ihm stürzte ein Soldat das Bier herunter. »Da mögt Ihr recht haben, Eldar«, erklärte er ruhig. »Ich weiß nicht, was sich die gehängten Torwächter zu Schulden kommen haben lassen. Doch die Undurchsichtigkeit des Urteils fördert die Unruhe des Volkes und lässt finstere Gerüchte entstehen. Es wäre besser gewesen, den Grund der Hinrichtungen an die Öffentlichkeit zu tragen.«

Eldar wirkte alarmiert. »Gerüchte? Welche Gerüchte?«

Soren hob den Humpen und nahm einen langsamen Schluck. Er dachte lange darüber nach, bevor er sprach. »Im Vertrauen – schließlich ist es nur das, was man sich hinter vorgehaltener Hand erzählt –, so heißt es, ein Schreiber hätte Informationen über Einreisende verkauft. Darunter auch über … Damen und Herren von gewissem Stande.«

Eldar blinzelte, die Finger um den Henkel des Humpen geklammert. »Woher habt Ihr das?«, fragte er vorsichtig.

Soren erkannte, dass er ein Thema angeschnitten hatte, das unter den Soldaten noch mehr Nervosität verbreitete als Aegis' Bevorzugung der Epenai. Er musste achtsam sein. Um seine eigene Ruhelosigkeit zu unterdrücken, zog er seine Pfeife hervor. Der süße Geruch des Tabaks minderte das Zittern seiner Hände. »Ich war im Lanzenreiter trinken. Die Soldaten dort neigen einen über ihren Durst zu heben.«

Eldars Gesicht verlor nichts an Anspannung. »Welche Soldaten?«

Soren stopfte vorsichtig den Pfeifenkopf. Schön langsam wandte sich das Gespräch zu einer Art Befragung, und es gefiel ihm gar nicht, dass er dabei die Rolle des Verhörten und nicht des Verhörenden einnahm. »Ich kannte sie nicht.«

Eldar verfiel in Schweigen, doch seine Augen harrten wachsam auf Soren. *Vielleicht habe ich mich geirrt,* rätselte der Wagenlenker. Vielleicht hatte Eldar seinen Posten doch verdient, tarnte seine Talente nur ausgezeichnet hinter seinen Stummelbeinen, einem dicken Bauch und trägen Bewegungen. Soren entzündete die Pfeife mit einem Holzspan und der Kerze, die zwischen den Gardisten auf der klebrigen Tischfläche flackerte. Es tat gut, sich für einen Moment hinter einer Wand aus Rauch verstecken zu können.

»Ihr könnt Euch sicher an keine Namen erinnern?«

Soren schüttelte den Kopf. »Irgendwelche Jungspunde«, brummte er. »Uns allen war der Wein zu Kopf gestiegen.« Die Stimmung senkte sich weiter wie schwerer Nebel und drückte auf sie nieder. Soren versuchte noch, das Gespräch fortzulenken, doch Eldar verhielt sich zurückhaltend und antwortete einsilbig, also leerte er seinen Humpen und erklärte dann, dass er noch zu einer Verabredung müsste. Mit der Pfeife im Mundwinkel schob er sich aus dem Lumpentürl und schlenderte die schmale Treppe herab, die sich an der Felsmauer in die Tiefe zog.

Er beschloss, einen weiteren Zwischenstopp im Lanzenreiter einzulegen. Vielleicht fand er dort den einen oder anderen Soldaten, der sich das letzte Mal als so redselig erwiesen hatte. Im Schatten der gewaltigen Stadtmauer tauchte er in eine Gasse ein. Eine Schar Mäuse nahmen fiepend Reißaus. Die Fensterläden waren bereits vorgezogen, irgendwo in der Ferne bellte ein Hund. Hier am Rand der Stadt gab es keine Laternen, die Dunkelheit wurde nur vom erschlankenden Mond erhellt, der über den Hausdächern ruhte.

Er lief an einer Seitengasse vorbei. Ein dumpfes Geräusch. Ein wenig klang es, als würde jemand mit einer Rute einen Teppich bearbeiten. Einen kurzen Augenblick später schoss heißer Schmerz durch seinen Nacken und Soren erkannte, dass der Teppich, auf den jemand eingeschlagen hatte, er selbst war.

Ein zweiter Schlag, schnell und dumpf, mit dem er zu Boden ging. Der Pflasterstein küsste seine Wange, er ächzte. »Es tut mir leid, Soren«, hörte er Eldars Stimme über sich. Bestiefelte Füße traten in sein Sichtfeld, das sich absonderlich drehte, ein kantiges Holzstück baumelte daneben. »Nicht nur wegen Marie. Aber das hier … das ist etwas anderes. Niemand darf wissen, was bei den Stadttoren geschehen ist. *Niemand.*«

Soren stöhnte. Er versuchte, seine Hand zu bewegen, es verlangte ihm gar Unmenschliches ab, auch nur mit dem Finger zu zucken.

»Keine Sorge«, sprach Eldar. »Auch diejenigen, die im Lanzenreiter geplaudert haben, werden noch ihre Strafe finden.« Das Holzstück wurde hochgehoben. Sorens Finger ertasteten die kleine Bartaxt an seiner Seite. Neu, und doch irgendwie vertraut. Er löste sie aus der Schlinge.

Der Holzprügel lauerte irgendwo über ihm.

Er schlug blind zu.

Eldars Jaulen vermischt sich mit dem der Hunde in der Ferne. Soren hievte sich auf die Schulter und sah, wie der Soldat in die Knie ging, der Stoff klaffte auseinander und entblößte Blut und Knochen – er hatte die Kniescheibe getroffen, von der Axtschneide in der Mitte gespaltet. Das Holzscheit, mit dem Eldar ihn geschlagen hatte, polterte zu Boden. Eldar ging nieder und rollte seinen dicklichen Körper zur Seite, um den Druck vom zerstörten Knie zu nehmen.

Sorens Rückenmuskeln blockierten. Die Nerven sendeten glühende Schmerzimpulse hinauf in seinen Kopf, sodass er glaubte, die Schädeldecke müsse jeden Augenblick platzen wie eine Eierschale. Im Augenwinkel registrierte er, wie sich flimmernd ein Schatten näherte. Das Geräusch, wie ein Schwert aus der Scheide gezogen wurde, trieb Soren einen Schauer über den Rücken. Er wusste, wenn er nun nicht reagierte, würde das sein Ende bedeuten.

Als er sich in die Höhe riss, färbte sich sein Sichtfeld vor Pein weiß. Er stieß ein Brüllen aus und warf sich dem Schatten entgegen, spürte, wie die Bartaxt gegen Widerstand stieß, wie sie an Metall abrutschte und sich dann in Fleisch grub. Der Schrei, der ihm nun entgegenhallte, war von einer ähnlichen Wut erfüllt wie der seinige. Dann schnitt Stahl in Sorens Seite, riss die Haut auf, biss in das Fleisch darunter und ließ die Rippenbögen knacken. Das Schwert glitt aus der Spalte, die es gebildet hatte, und entfernte sich, um erneut zuzuschlagen.

Soren riss die Axt heran, ein sterbender Hund, der sich mit aller Verbissenheit in sein letztes Opfer krallte. Als sich sein Sichtfeld klärte, gerahmt von hellen Lichtpunkten, sah er einen Stiefel auf sich zuhalten. Jemand trat ihm ins Gesicht, sein Kopf schlug gegen Stein, der Aufprall beraubte ihn beinahe jeglicher Sinne. Er bemerkte kaum noch, wie ihm jemand auf die Hand trat. Seine Knöchel knackten und gaben die Waffe frei, der fremde Fuß kickte die Bartaxt von dannen.

Über ihm ein Schnaufen, das er als Elders erkannte, der sich auf seinem Holzscheit in die Höhe stemmte. »Das hättest du nicht tun sollen, Soren«, brummte er. »Ich wollte dich schnell gehen lassen, schnell und ohne Schmerzen … ein Luxus für Männer wie dich und mich.« Ein anderer Schatten gesellte sich an seine Seite, stützte ihn.

Eldar überreichte dem Soldaten, der mit dem Schwert über Soren lauerte, den Holzscheit. »Du wolltest es nicht anders. Gernot, schlag ihm die Zähne aus.«

Über ihren Köpfen der Mond, ein einsamer Beobachter, der aus bleichem Antlitz zu ihnen herabsah. Er war auch der Einzige, der, der sehen konnte, wie Soren lächelte. »Ich bin ein gemachter Mann«, flüsterte er leise. »Reich, wie ich bin, kann ich mir *zwei* Waffen leisten.«

Damit schnellte seine Hand in die Höhe. Die zweite Bartaxt, die er unter der Tunika zu seiner Linken getragen hatte, schmetterte in Eldars anderes Knie.

XX

Ringe

Als Caedes das nächste Mal erwachte, wunderte er sich zunächst, denn er hatte vergessen, wann und wie er eingeschlafen war. Der Baderaum lag in Stille, nur das Wasser tropfte vereinzelt.

Er blieb eine Weile liegen, bis er dem Drang nicht länger widerstehen konnte, auf die Beine zu kommen. Drei Versuche später saß er zumindest senkrecht und lehnte schwer atmend an der Wand. Jemand hatte ihn angekleidet, er trug grobe Leinensachen, die unterschwellig nach Rauch und Seife rochen. Sein Kopf fühlte sich seltsam an, als hätte jemand mit einem Stab in den Hirnwindungen gerührt.

Irgendwie gelang es ihm, sich von der Ecke, in der er saß, an der Badewanne vorbei zu Berits Stuhl zu kämpfen und sich dort hinzusetzen. So ließ er eine Weile die Zeit vergehen.

Als Caedes davon genug hatte, versuchte er sich gänzlich aufzurichten. Ohne die fabelhafte Unterstützung der Wand, an die er sich klammerte, hätte er es vermutlich nicht geschafft. Der Raum drehte und drehte sich, einen Moment lang glaubte Caedes, er würde wieder zu Boden kippen, doch nachdem er ein bisschen so gelehnt hatte, verging dieser Eindruck.

Vorsichtig machte er einen Schritt Richtung Türe, dann noch einen, mit den Händen immer nach sicherem Halt tastend.

Draußen ein schmaler, düsterer Gang, nur durch kleine, rote Laternen beleuchtet, die von der Decke hingen. Das schummrige Licht schuf eine seltsame, stickige Atmosphäre. Vorsichtig ging er hinaus.

Der Gang war schmal, wie ein Erdwurm schob Caedes sich vorwärts, mit den Armen links und rechts eingeklemmt. Irgendwo erklang ein weit entferntes Rumpeln, von mehreren Wänden abgeschirmt. Der Flur verzweigte sich, bog einmal scharf nach links und führte weiter geradeaus.

Ein zweites Bad, in dem sich niemand befand, ein stark parfümierter Raum, in dem sich Kissen auf weichen Teppichen türmten. Weiter vorn eine Türe am Ende des Ganges. Vorsichtig näherte sich der Wankende.

Ein polterndes Geräusch, das ihn einhalten ließ. Eine dumpfe Stimme, dann ein Schrei, gefolgt von einem schmerzverzerrten Ächzen.

Caedes lehnte die Schulter an die Wand, nahm das Gewicht von den Beinen und legte vorsichtig die Finger an die Tür.

Ein dumpfer Schlag, ein Keuchen.

Behutsam drückte Caedes gegen das Holz – ein kleiner Spalt, nur ein kleiner Spalt …

»… wrrrrah!« Iox versuchte, den Schrei zu unterdrücken, doch es gelang ihr nicht. Der Ring spannte ihre Haut, spannte sie immer weiter, spannte sie, bis Blut rann und die Haut riss.

Der Ring löste sich mit einem Schnalzen aus dem Arm, das Seidenband, das an ihm gezogen hatte, sprang zurück und der Ring drehte einige Runden darum, bis die Schwerkraft ihn herabzog.

Michaelis hatte ein Band durch die Ringe an Iox' Armen gezogen und es über einen Deckbalken gefädelt. Nun saß er ein paar Schritte davon entfernt auf dem Sessel, den Ellenbogen am Tisch mit der Pfirsichschale abgestützt – saß dort und zog an den Enden des Seidenbandes, bis die Ringe aus der Haut rissen.

»Wie fühlst du dich?«, fragte er vom Sessel aus, die Stimme rau.

»Gut«, kam nach einer Weile die Antwort – es durfte keine andere geben.

Ein Ruck, das rote Band spannte, Iox‘ Arm schnellte in die Höhe.

»Zieh' die Hand runter«, befahl Michaelis Pel‘Dagan.

Iox bewegte sich nicht, der Arm baumelte wie der einer Marionette in der Luft. Sie kniete auf dem Boden, nackt, das fahle Haar fiel ihr über die Schultern. Rote Flecken bedeckten ihre Knie, Blut lief ihre Brüste herab und sammelte sich in den Rillen des Bauches. Als Caedes ihre

Brüste sah, musste er sich einen Augenblick lang abwenden. Die Ringe darin waren bereits entfernt worden.

»Hand runter!«, schnappte Pel'Dagan.

Iox folgte seinem Befehl. Hand runter. Ihre Haut spannte.

»Weiter!«

Die Haut zog sich wie Baumharz.

»Tiefer!«

Die Haut platzte auf, der nächste Ring sprang seine Kreise und gesellte sich zu den anderen.

»Berühre den Boden.«

Diesmal zögerte Iox nicht. Ihre Finger senkten sich.

Dann – ein klirrendes Geräusch, ein lautes Poltern und Michaelis Pel'Dagan kippte seitlich aus dem Sessel.

Iox wandte sich erschrocken um.

Caedes stand hinter Michaelis, er hatte ihm mit der Pfirsichschüssel einen Schlag auf den Kopf versetzt.

Iox grub sich die Finger in die Haare. »*Wlad Wleow Wfir!* Bist du des Wahnsinns?«

Caedes hielt sich am Tisch fest. »Er hat dir wehgetan.«

Sie kämpfte mit Worten, die Hände zu Fäusten geballt. »Du kannst nicht einfach durch das Schloss geistern, wie es dir gefällt!«

Der Drachenjäger starrte sie an, starrte auf das Blut, das Brüste und Arme herabrann. Iox schlüpfte eilig in einen roten Seidenmantel. Rot, weil man darauf das Blut nicht so deutlich erkannte.

Sie hastete zu Michaelis und untersuchte dessen Kopf, zwischen seinem weißen Haar prangte eine Platzwunde. »Das kann nicht wahr sein!«, schnaufte sie. »Das kann einfach nicht wahr sein!«

»Er hat …!«

»Das ist meine Arbeit!«, rief sie aus. »Hast du es noch immer nicht begriffen? *Das hier* ist meine Arbeit!«

»Was soll daran …?«

»Ich bin ein Bluthund!« Die Worte hoben sie in die Höhe. »Verstehst du das? Männer kommen zu mir, um mich zu schlagen! Männer kommen zu mir, um von mir geschlagen zu werden! Manchmal schlafe ich mit ihnen, vorher, nachher, währenddessen – aber das ist nicht der Grund, warum sie zu mir kommen! *Deswegen* kommen sie zu mir! Wegen des Blutes und der Schmerzen! Hast du verstanden?«

Caedes' Gesicht wirkte verstört.

»Uma hat mich zu dir geschickt, weil sie dachte, du stehst darauf, Frauen zu schlagen! Deswegen kam *ich* und keine andere! Hätte sie gedacht, du magst lustige Mädchen, hätte sie Berit geschickt! Hätte sie vermutet, du magst zärtliche Mädchen, dann Sara! Sie dachte aber, du schlägst gerne Frauen – und deswegen kam *ich!*«

Er starrte sie an.

»Und jetzt hast du Michaelis Pel'Dagan ins Reich der Träume befördert! Wie soll ich ihm das erklären, wenn er wieder erwacht? Wie, bitteschön?«

Caedes rammte die Zähne ineinander. »Uma … dachte … ich stünde darauf, Frauen zu schlagen?«

Iox klatschte die Hände in ihr Gesicht, was rote Fingerabdrücke hinterließ. »Du bist so egozentrisch! Immer denkst du nur an dich!«

»Ich denke an dich«, erwiderte er flach. »Deswegen habe ich das doch getan.« Er taumelte ein paar Schritte zu Michaelis' Sessel, musste sich dort hinsetzen. Es kam ihm seltsam vor, den Platz des Schlägers einzunehmen. Vor einem Moment noch hatte hier ein rotes Seidenband vom Balken gehangen, das in Iox' Armringen hing und das sie mit jedem Schritt hinter sich her zog.

Müde vergrub er das Gesicht in den Händen. »Ich verstehe das nicht …«, murmelte er. »Das … ist einfach nicht richtig.«

Er schien ihr gar nicht länger von Bedeutung, ihr Blick glitt fahrig durch den Raum, um eine Lösung für dieses Dilemma zu suchen. »Der Kronleuchter!«, stieß sie aus. »Er könnte aus der Decke gebrochen sein!« Sie lief zu ihm. »Ich brauche den Sessel.«

»Iox …«

»Hör auf damit!«, fuhr sie ihn an. »Ich muss den Schaden begrenzen, den du angerichtet hast!«

Er griff nach ihrem Arm, seine Hand zitterte. »Das alles hier … ist nicht richtig.«

Einen Augenblick lang wirkte sie vollkommen fassungslos. Dann schrie sie ihn an. »Glaubst du, ich habe mir das *ausgesucht?* Glaubst du, ich habe *gewählt,* was ich bin? Wozu ich gemacht wurde? Glaubst du, mein Vater wollte das für mich, mein guter Vater, mein Bruder, die ich beide zurücklassen musste? Wenn es darum ginge, was *richtig* wäre, würde ich als glückliche Fischerin mit Mann und Kindern auf Gjard leben und wäre keinem einzigen von euch hohen Herren jemals begegnet! Aber diese Welt schert sich nicht um Richtigkeiten! Sie schert sich nicht darum, was ich will! Alles, was sie tut, ist, erneut zuzuschlagen!«

Einen Moment lang stand sie so da, dann nickte sie ihn mit einer einzigen Bewegung vom Sessel und er gehorchte, als wäre sie plötzlich seine Herrin. Sie kletterte auf die Sitzfläche, erklomm die seitlichen Armlehnen – einen Fuß links, einen Fuß rechts – und machte sich daran, an der Deckenbeleuchtung zu ziehen. »Steh nicht herum!«, schnappte sie. »Hilf mir lieber!«

Caedes kam vorsichtig näher, stützte seinen zitternden Körper an der Lehne ab und warf einen Blick zu ihr hinauf »Was soll ich tun?«

»Hol meinen Stock!«

Der Stock in der Nische, erinnerte er sich. Es dauerte, bis er die richtige Wandverkleidung gefunden und aufgeschoben hatte. Seine Knie wankten, doch er brachte Iox den Stock, sie stieß damit gegen die Wand, der Lehm bröckelte. Noch einmal, noch einmal, ein weiteres Mal – der Sessel wankte, doch Caedes hielt ihn, genau wie er sich daran abstützen musste, um nicht umzukippen. Irgendwann riss die Verankerung und der Leuchter krachte nieder.

Geknickte Kerzen, eine verschlungene Eisenkette, Lehmbrocken überall.

Irgendwann hatte sie es geschafft, den bewusstlosen Michaelis, den Kerzenleuchter und den Sessel so zu drapieren, als hätte an diesem Tag nichts anderes als ein Kronleuchter den Grafen Pel'Dagan ins Reich der Träume befördern können.

Seufzend wandte sich Iox wieder an Caedes. Ein musternder Blick von oben bis unten. »Ich sehe, es geht Euch wieder ganz gut.« Sie hatte die Kontrolle zurückerlangt – über die Situation, über sich und über ihn.

Gut war übertrieben. Weit übertrieben. Er hatte allerdings nicht vor, ihr das zu sagen, und wandte sich ab. »Ich sollte gehen.« Und er meinte damit, ganz gehen, fort aus dieser Stadt. Diese Stadt, voll von Grausamkeiten, dreckiger und blutiger als die Drachenjagd jemals sein konnte. *Hoffentlich schaffe ich es überhaupt aus Umas Anwesen*, dachte er. *Gehend. Lebend.* Jemand fasste ihn an der Schulter. »Wartet!«, sagte

Iox. »Berit hat Eure Sachen verwahrt! Geht zurück zum Waschraum, ich hole sie.«

Er sah sie an. »Du hast Blut im Gesicht.«

Sie wischte sich über die Wange, eilte dann aus dem Zimmer.

Sie kam wie versprochen, seine Sachen zu einem Bündel verschnürt. Das Einzige, das nicht ihm gehörte, war ein Fläschchen aus bläulichem Glas, welches sie ihm in die Hand drückte. »Trinkt das.«

Misstrauisch beäugte er die Phiole. »Was ist das?«

»Damit färbe ich meine Haare.«

Verwundert hob er die Augenbrauen, entkorkte allerdings widerstandslos das Fläschchen. »Wie lange hält der Effekt an?

»Einen Tag, manchmal zwei. Es kommt darauf an, wie schnell Euer Körper die Magie abbauen kann.«

Caedes setzte die Flasche an die Lippen und fragte sich, ob er nun als Blondine aus dem Anwesen schleichen müsste. Die Flüssigkeit schmeckte schal und unspektakulär, er spürte keine Veränderung.

Iox hatte sich währenddessen ein Tuch geschnappt und wischte sich das Blut vom Gesicht.

»Ich werde gehen«, sagte Caedes. »Ich hole meine Schwester und verlasse die Stadt.«

Iox nickte. »Das ist eine gute Idee.« Sie rieb sich mit dem Lappen über die Wangen, das Blut klebte im Ansatz ihrer Stirnfransen.

Schweigend trat Caedes heran, fasste nach dem Lappen und entfernte es. Das Rot verschwand, doch er machte weiter. Strich ihr über Kinn und Lippen, während sie ihn aus großen Augen ansah.

Er betrachtete die freigelegte Fläche. Der Lippenstift hatte rosarote Wolken hinterlassen, aber nicht die gesamte Rötung stammte von künstlicher Farbe. Iox war geschlagen worden. Nicht bloß von Uma – von Nestor, von Michaelis, von all den anderen Männern, die sie besuchten.

Er machte weiter, entledigte Iox aller Puderschichten, bis er fertig war – und erkannte, dass er einen Fehler begangen hatte.

Das Gesicht Iox' war zum Vorschein gekommen. Die goldgelbe Haut war an Nase, Stirn und Kinn mit dunklen Flecken und Sommersprossen übersät, als hätte sich die Dämmerung darin verfangen. Die gesenkten Lider warfen Schatten über ihre Wangen. Da waren Linien an ihrem Mund, von denen Caedes nicht genau sagen konnte, ob sie von Lachen oder Weinen stammten. Lippenstiftreste verfingen sich auf verkrusteten Lippen.

Er kippte ihren Kopf zur Seite. Sie mied es, ihn anzusehen, doch das Goldgelb ihrer Augen stach zwischen den Wimpern hervor.

Nun lag dieses ioxsche Gesicht vor ihm, in allem Licht und Schatten. Es wirkte älter, weiser und lebendiger, von Falten, Wunden und dem Leben gezeichnet. Und er wusste, dass Uma zufällig die richtige Entscheidung getroffen hatte, als sie diese Frau zu ihm sandte.

Er hasste sich selbst dafür. Er hasste sich und den Rest der Welt dafür, dass er dieses Mädchen mochte.

»Lebe wohl, Iox.«

Müde drehte er sich um und schlurfte davon. Er traf auf niemanden, als er das Anwesen verließ – er hatte Glück, denn er hätte nicht die Kraft gehabt, zu fliehen.

XXI

Spinnweben

Aenne war verschwunden – und mit ihr Caedes' Sachen. Der Besitzer der Roten Baronin erklärte schulterzuckend, jemand hätte sie abgeholt, er wüsste aber nicht, von wem.

Caedes fand Iox' Ring in der Hosentasche – er war ihm von einem Boten einen Tag nach Berits Besuch überbracht worden – und zahlte damit ein Zimmer. Als er sich das Gesicht wusch, bemerkte er, dass Iox' Trank sein Haar hellbraun gefärbt hatte. Schluckend nahm er wahr, dass er Aenne und Ezra ähnlicher sah denn je.

Es gab nicht viele Orte, an denen Aenne sich aufhalten konnte. Er startete einen Versuch, zum epenaischen Tempel zu gelangen, doch musste zwei Straßen weiter umkehren und eine Nacht Rast einlegen. Am nächsten Tag fühlte er sich noch immer zerschlagen, doch zumindest schaffte er es, länger als fünf Minuten zu stehen, ohne sich irgendwo festhalten zu müssen.

Einen Tag später machte er sich auf den Weg. Es gab ein ernsthaftes Wort mit dem obersten Priester der Epenai zu wechseln.

»Wo ist Aenne?«

Der Eleve, gewandet in eine bestickte Tunika, verzog die Nase. »Ich sagte doch bereits, Ihr könnt nicht einfach …«

»Ich bin nicht in Bestform«, unterbrach Caedes ihn ruppig, »aber mit einem wie Euch werde ich locker noch fertig!«

Der Junge verschränkte die Arme vor der Brust. »Ich möchte wiederholen, dass …«

Caedes schlug ihm ins Gesicht. Er war wirklich nicht in Bestform, aber es reichte, um den Epenaianwärter winselnd gen Boden sinken zu lassen.

Caedes spazierte an ihm vorbei und drang tiefer in den Tempel vor.

Die Epenai standen beisammen, ganz in Weiß gekleidet, die Arme gehoben und traditionelle Gesänge säuselnd. Verstört brachen sie ab, als schwere Stiefeltritte durch ihr Allerheiligstes hallten.

Modhi wandte sich vom Altar ab. Geformt aus knorrigen Zweigen, glich der Opfertisch einem kleinen Baum, über und über mit dichten Spinnweben überzogen. Die schwarzen Arachniden harrten in den röhrenförmigen Löchern ihrer Netze und warteten auf Beute.

Während die Priester über Caedes' Erscheinen verwundert bis verärgert wirkten, begrüßte Modhi den Eindringling mit geöffneten Armen. »Caedes, Drachenjäger meines Herzens!«, rief er aus. »Ich hatte Euch früher erwartet!«

»Hattet Ihr?« Die Stiefel hallten laut auf dem polierten Marmor wider. »Oder hattet Ihr vielmehr gehofft, meine Leiche die Abwasserflüsse hinabtreiben zu sehen?«

Modhi verzog skeptisch die schmalen Augenbrauen. An seinen Ohren schwangen goldene Ketten. »Muss ich das verstehen?«

»Wo ist meine Schwester?«

»Hier ist sie jedenfalls nicht, werter Drachenjäger, das könnt Ihr doch sehen.«

Caedes' Blick wanderte zwischen den Epenai hin und her. *Keine Aenne.* Vielleicht hatte das listige Volk sie an seine Spinnen verfüttert.

»Wo ist sie?«

Modhi trat langsam näher, setzte einen nackten Fuß vor den anderen. An seinen Fußgelenken klimperten goldene Reifen. »Ich mag zwar der Oberste dieses Tempels sein, werter Drachenjäger, aber auch ich bin nicht uneingeschränkt über die punktuellen Aufenthaltsorte meiner Schützlinge informiert. Aenne ist eine Anwärterin und als Anwärterin darf sie den höchsten Messen unseres Heiligtums leider noch nicht beiwohnen.« Ein abschätziger Blick. »Ihr übrigens auch nicht. Darf ich also bitten?« Er wies mit einer weitschweifigen Bewegung zurück zur Türe.

»Ihr bringt mich besser zu ihr«, stellte Caedes fest.

»Oder …?«

»Oder Ihr werdet es sein, der die Abwasserflüsse hinabtreibt.«

Modhi kräuselte die Nase. »Ihr seid unhöflich«, bemerkte er, während er neben Caedes einher aus dem Heiligtum trippelte. »Sehr unhöflich.«

»Na, seht doch!«, rief Modhi. »Kein Grund, unnötig Morddrohungen auszustoßen!«

Aenne sprang erschrocken vom Schlaflager ihres kleinen Zimmers auf.

»Wo warst du?«, schnauzte Caedes.

»Wo warst *du?*«, rief sie aus. »Ich habe nach Aegis' Fest auf dich gewartet!«

»Lange Geschichte.« Ein Blick über die Schulter, er nickte Modhi zu. »Ihr könnt gehen.«

Ein belustigtes Lachen. »Zu gütig.« Modhi machte sich daran, die Türe zu schließen. »Ach ja, Aenne«, wandte er ein, bevor er ganz verschwunden war. »Ihr dürft das Areal verlassen. Seid zum Abendessen wieder zurück.« Die Türe fiel ins Schloss.

Caedes wollte sich wieder Aenne zuwenden, diese stand aber schon vor ihm. Sie schlang die Arme um seinen Hals und küsste seine Wangen, die Augen voller Tränen. »Ich dachte, du seist tot!«, stieß sie aus. »Tot wie alle anderen!«

Caedes' Stiefel trat einen Stein von dannen, der munter die Straße hinabrollte. »Soren ist … tot?«

Sie nickte, die Augen glasig.

»Ein Zufall?«

»Der Zufall legt Sorens zahnlosen Leichnam nicht vor unsere Haustüre.«

Betroffen strich sich der Bruder mit der Hand über das Gesicht. »Was ist mit ihm geschehen? Nachdem du ihn gefunden hast, meine ich.«

»Die Priester Nifs haben ihn abgeholt. Er wurde verbrannt und in einen der Nifenschreine gebracht, die sie in die Wände der Berge schlagen.«

»Das ist meine Schuld. Ich bat ihn, sich bei der talionischen Wache umzuhören. Jemand muss ihm auf die Schliche gekommen sein.«

»Modhi?«

»Wäre zumindest möglich.«

Sie schwiegen.

»Ich hatte Angst«, bemerkte Aenne irgendwann. »So viel Angst. Modhi sagte mir, dass ich dem Vertrag nicht mehr entkommen könne – dass ich rechtlos sei. Ich kehrte zurück zur Roten Baronin und stolperte dort über Sorens Leichnam. Dann wartete ich auf dich. Du kamst nicht. Ich dachte, du seist ebenfalls tot.« Sie senkte betroffen das Kinn. »Ich schrieb an Vater.«

»Was?«

»Ich wusste nicht, was sonst tun! Ich bat ihn zu kommen.«

»Nein! Nicht Jethro!«

»Was ist das nur für eine Eigenheit, deinen Vater immer beim Namen zu nennen, wenn du ihn fürchtest?«

»Ich fürchte nicht ihn, ich fürchte seine Predigten!«

»Wir haben sie verdient!«

»*Du* hast sie verdient! All das hat doch mit dir und diesem Herz begonnen!«

Er hatte einen Nerv getroffen. Aennes Schultern sackten vor, als würde sie eine schwere Last tragen.

»Vater wird kommen und mir Vorhaltungen machen, wie er es immer getan hat! Ich hätte es besser wissen sollen, hätte dich aufhalten sollen! Wie hätte ich? Du hast dich doch nie aufhalten lassen, sobald du dir einmal etwas in den Kopf gesetzt hattest – aber am Ende fand Vater doch immer einen Grund, dass alles meine Schuld gewesen ist!«

In ihren Augen schwammen Tränen.

»Aenne«, stieß Caedes aus, der mit vielem umgehen konnte, aber nicht mit seiner weinenden Schwester. »Ich bitte dich!«

Sie wandte das Gesicht ab. Ihre Schultern zitterten.

»Aenne!«

»Mich anzuschreien macht es nicht besser!«, schnappte sie, Tränen auf den Wangen. »Hat es schon als Kind nicht!«

»Verzeih. Es ist nur …« Er brach ab. »Wir sitzen ganz schön in der Scheiße.«

Aenne nickte. Ihre Stimme klang dumpf. »Immer wir.«

Ein tiefes Seufzen. »Wer hat sich elegant abgeseilt, bevor es richtig knifflig wurde?«

»Ezra. Es ist immer Ezra.«

Maulend liefen die beiden jüngsten Geschwister nebeneinander her und ärgerten sich, dass es dem ältesten Bruder immer irgendwie gelang, sich rechtzeitig aus der Affäre zu ziehen.

»Wir müssen hier fort«, stellte Caedes fest. »Vater hierherzuholen hat doch keinen Sinn! Wir müssen aus dieser Stadt verschwinden, so schnell es geht!«

»Wir können hier nicht fort.«

»Natürlich können wir das.«

»Wir können nicht …«

»Aenne, ich verdanke mein Leben zwei Prostituierten! Das nächste Mal bin ich eventuell nicht mehr so glücklich!« Caedes unterbrach sich, als Aenne abrupt stehenblieb. »Du willst mich doch nicht hier zurücklassen?«, flüsterte sie. »Hier, in dieser Stadt – bei diesem Mann?«

Caedes blieb ebenfalls stehen. »Können wir nicht einfach deine Sachen nehmen und gehen? Was kann Modhi schon tun? Du bist immer noch die Tochter des Reisenden Königs, er …«

»Er kann alles tun!«, rief Aenne. »Wenn er will, schlachtet er mich ab und liest aus meinen Organen! Ich gehöre ihm, Caedes – er hat mich mit diesem Vertrag gekauft, genau, wie er Quaris gekauft hatte! Ich bin der neue Quaris, verstehst du?« Caedes rieb sich die Augen, dachte nach.

»Geh!«, rief sie heftig aus. Mit einem Ruck wandte sie sich ab und stieg die steile Straße zurück. »Geh einfach! Geh und töte deine Drachen! Ich brauche dich und deine Hilfe nicht!«

»Aenne!«, rief er ihr hinterher. »Aenne, komm zurück!«

»Nein! Verschwinde!«

»Aenne! Du weißt, ich könnte dich nie zurücklassen! Niemals! Eher würde ich sterben!«

Es war die Wahrheit – das wurde Aenne im selben Moment bewusst. Ihre Brust zog sich zusammen, ihre Schritte wurden langsamer, vorsichtig drehte sie sich um. Ein wenig wirkte sie wie ein verschrecktes Pferd, die Nüstern angstvoll gebläht, die Augen weit aufgerissen. Ein Karren rumpelte an ihr vorbei. »Du musst gehen«, sagte sie. »Du musst gehen, oder du wirst sterben!«

Ich kann es schaffen. Ich kann überleben. Sie musste bloß lernen, zu spielen wie der alte Meister Modhi. Wer, wenn nicht sie? Modhi war der beste Lehrmeister!

Aber Caedes? Caedes besaß für Modhi keinen Wert. Er würde ihn zwischen den Fingern zerquetschen wie ein lästiges Insekt, bloß um Aenne kleinzuhalten. Caedes müsste gehen, so sehr es ihr auch Angst machte, alleingelassen zu werden.

Sie blickte die Straße hinab, wo der Haflinger, der gerade an Caedes vorbeiwankte, den Schädel herumwarf. Caedes wich aus, die Hände gehoben, stand dort unten und sah zu Aenne hinauf, aus diesen dunkelbraunen Augen, die alle so an ihm liebten. In diesem Moment wirkte er so jung, als wäre er noch immer der zwölfjährige Junge, der anderen Kindern die Ohren langzog, um seine Ehre und die seiner Schwester zu verteidigen.

Er würde für sie sterben, falls notwendig.

Doch sie war die Ältere, sie musste *ihn* beschützen. Caedes musste von hier verschwinden. Und Caedes verschwand immer dann, wenn man ihn beleidigte. »Geh, du Dummkopf! Wer braucht dich schon! Du kannst nichts, außer hauen und stechen!«

»Aenne …«

»Geh und bleib bei dem, worauf du dich verstehst! Dieser Kampf ist der meinige! Modhi muss mit dem Geist besiegt werden, nicht mit Waffen! Etwas, worauf du dich noch nie verstanden hast!«

»Aenne!«, schnauzte Caedes gereizt.

Sie tippte sich an die Stirn. »Verschwinde, Caedes – schlachte deine Drachen, denn das ist das Einzige, worauf du dich verstehst!« Sie war kurz davor, ihm die Zunge zu zeigen. Als sie Kinder gewesen waren, hatte das gereicht, um ihn tagelang nicht mehr mit ihr sprechen zu lassen.

Aenne drehte sich abrupt um und stapfte von dannen. Caedes folgte ihr nicht. Alles in ihr zog sich zusammen. Ein Druck lastete auf ihrer Lunge, der allein ihrem Kopf entstammte, er presste wie ein Amboss auf ihre Brust und raubte ihr den Atem. Tränen schnürten ihr den Magen ab, doch sie unterdrückte sie; denn eine erste Lektion hatte sie bereits gelernt – eine Epenai weinte nicht.

XXII

Das echte Wasserding

»Ihr seid Perporri, nicht wahr?« Caedes ließ mit einem Ruck das Gepäck von seiner Schulter gleiten. Es fiel mit einem Knall auf den Tisch der Leseloge.

Perporri wirkte vollkommen überrumpelt. »Die Tür war geschlossen«, merkte er verdattert an.

Caedes‘ bedachte ihn mit einem flachen Blick. »Das haben verschlossene Türen meist so an sich.«

Adalgis Perporri lehnte sich zurück. »Ihr haltet Euch nicht oft in Bibliotheken auf, nicht wahr?«

»Sieht man mir das an?«

Ein prüfender Blick. »Dezent.« Der ältere Herr verschränkte die Arme vor der Brust. »Wie kann ich Euch in all Eurer Unhöflichkeit behilflich sein?«

»Ihr kennt meine Schwester, Aenne, und meinen Bruder, Ezra. Sie waren bei Euch, um Rat zu suchen.«

Perporri nickte langsam. »Ihr seht gilebretisch aus, nicht wie Eure Geschwister.«

»Unterschiedliche Mutter.«

Ein sachtes Nicken. »Und nun sucht Ihr Rat?«

»Weniger Rat, mehr Hilfe.«

»Ich bin nur ein einfacher Mann. Wie könnte ich Euch behilflich sein?«

»Ihr könnt mir Unterschlupf gewähren.«

»Wie bitte?«

»Ich wurde vor einigen Tagen beinahe umgebracht. Ich würde die Stadt verlassen, aber ich kann es nicht. Ihr sagt selbst, ich sehe nicht so aus, als frequentiere ich regelmäßig in Bibliotheken, daher ist dies hier der letzte Ort, an dem man mich vermuten würde. Ihr müsst mir Unterschlupf gewähren.«

Perporri stand der Mund offen. »Euch ist klar, dass dieser Vorschlag ziemlich dreist ist? Ich beherberge keine Kriminellen – und schon gar keine unhöflichen!«

»Ich bin nicht kriminell. Die gesamte Stadt ist kriminell und Ihr wisst das, denn Ihr habt mit meiner Schwester gesprochen. Aenne steckt in Schwierigkeiten und kann Terra Talioni nicht mehr verlassen. Ich will und kann sie nicht zurücklassen.«

Perporri überlegte eine Weile. Er nickte in Richtung Bank. »Setzt Euch!« Es war ein scharfer Befehl. »Und dann sprecht! Ich hoffe für Euch, Eure Geschichte ist gut!«

»Modhi.« Aenne trat an den Obersten heran. »Ich bin bereit.«

»Bereit?« Modhi, der gerade vor wehenden Vorhängen frühstückte, indem er rote Kerne eines importierten Granatapfels in eine Art Milchgetränk löffelte, lehnte sich in seinem Sessel zurück und sah sie fragend an. »Bereit wofür?«

»Bereit zu lernen.«

Modhi rührte mit einem langen, silbernen Löffel im Kelch herum, setzte ihn an die Lippen und nahm einen Schluck. Die Granatapfelsamen knirschten zwischen den Zähnen. »Was ist mit Eurem Gram?«

»Vergangen ist vergangen. Das war mein altes Leben. Jetzt muss ich mich auf mein neues Leben konzentrieren – auf mein zukünftiges. Ich werde eine Epenai. Eine vollwertige Epenai, mit all den Rechten und Vorteilen, die sich für sie ergeben. Ich werde eine gute Epenai sein, die in den Schicksalsfäden ihrer Göttin lesen kann. Eine Epenai, auf die jeder Oberste stolz sein kann.«

Eine Weile sprach Modhi nicht, man hörte nur die Kerne zwischen seinen Kiefern knacken. Dann deutete er neben sich. »Setzt Euch.«

Aenne saß. Fantastische Speisen türmten sich auf dem gewaltigen Holztisch, doch Modhi widmete sich ausschließlich dem Granatapfel. Fleischig, saftig und rot.

»Wisst Ihr, wie ich zu den Epenai kam?«

Aenne schüttelte den Kopf.

»Ich war jung, viel jünger als Ihr. Sechzehn, siebzehn, ich kann mich nicht recht erinnern. Ich hatte eine Affäre mit einem Mann, mit dem ich weitläufig verwandt war – ich glaube, er war ein Cousin zweiten Grades. Ein schöner Mann, aber leider verheiratet. Und obwohl gleichgeschlechtliche Beziehungen in weiten Teilen Gilebrets akzeptiert sind, so ist es Ehebruch nicht.« Er nahm einen Schluck. »Ein großer Skandal, noch dazu innerhalb der Familie. Da ich das zwanzigste Lebensjahr noch nicht erreicht hatte, galt ich als minderjährig, meine Eltern konnten über mich verfügen, wie sie es für richtig hielten. Sie beschlossen, mich aus dem Familienkreis zu entfernen, um den Kern des Übels aus der Welt zu schaffen. Nun, aus ihrer Welt zumindest. Sie verkauften mich als Arbeitskraft an den Tempel in Porta. Ich kam als Diener dorthin – dabei war ich es gewohnt, selbst von goldenen Tellern zu speisen und erlesenste Weine zu trinken. Nun war ich derjenige, der diese Teller reichte und den Wein in die Kelche anderer goss.«

Er schwieg und stellte den Pokal ab.

»Um meine Position zu verbessern, begann ich, innerhalb der Dienerschaft Ränke zu schmieden. Ich etablierte einen gut funktionierenden Schwarzmarkt, der meiner Kaste Dinge zukommen ließ, welche ihr ansonsten unzugänglich geblieben wären. Gutes Essen, bessere Kleidung, kleine Wertgegenstände, welche die Dienstboten unter der Hand verkaufen konnten, um das Geld ihren Familien zu senden. Ich denke nicht, dass Zweifel daran besteht, dass ich meiner Familie keinen Obolus zukommen ließ.«

Modhi besah sein Trinkgefäß.

»Es kam, wie es kommen musste. Ich war jung und unerfahren – daher fasste man mich, verraten von einem Diener, den ich als Freund erachtet hatte. Das war mir eine Lehre.«

Er griff nach dem Kelch, nahm einen Schluck. Die Granatapfelsamen hatten seine Zunge rot verfärbt.

»Ich wurde nicht einfach nur bestraft – schließlich hatte ich von der obersten Priesterschaft in Porta gestohlen –, sondern vor die höchste Gewalt geführt, die oberste Priesterin Megaira. Sie sollte mein Schicksal verkünden, und es sah düster aus für meine Zukunft. Megaira aber … sie sah ein Licht.« Er neigte seinen Kopf, sah Aenne tief in die Augen. »Anstatt mich töten zu lassen, wartete sie einen Monat, bis ich volljährig wurde. Dann ließ sie mich den Vertrag unterschreiben, der mich zum Anwärter machte. Ich musste schuften, oh ja – ich hatte zahlreiche Lektionen zu erlernen, Ihr könnt Euch die Art der Lektionen gar nicht vorstellen. Doch ich gab nicht auf. Denn ist ein Ziel golden, so ist der Weg dahin beschwerlich. Je beschwerlicher der Weg aber, desto goldener das Ziel. Versteht Ihr, was ich meine?«

Aenne nickte zögernd.

»Ich arbeitete und ich wurde Epenai. Nicht nur das, ich wurde Megairas Nächster. Und als verkündet wurde, dass in Terra Talioni ein Tempel der Epena errichtet werden solle, war ich es, der als dessen Oberster dort hingeschickt wurde. So kam ich hierher.«

Aenne saß still.

Modhis rote Zunge glitt über seine Lippen. »Das Leben, das ich jetzt führe, ist ein Leben, wie ich es mir damals, als ich im Bett meines Großcousins lag, niemals hätte vorstellen können. Für dieses neue Leben musste ich mein altes zurücklassen, musste ich mein nächstes Leben zurücklassen und das übernächste. Ohne die Schritte jedoch, die ich dazwischen gegangen bin, wäre ich niemals hierher gelangt.«

Er sah sie durchdringend an.

»Dinge, die ich Euch antue, Aenne, mögen Euch jetzt grausam erscheinen, doch sie sind notwendig, um Euch an Euer Ziel zu führen. Und, Aenne – ich kann Euch versprechen, dass dieses Ziel ein großes sein wird.« Er hob das Kinn. »Ich weiß, dass Ihr das jetzt noch nicht verstehen könnt. Aber wenn Ihr einmal ganz oben an der Spitze angekommen seid – dann werdet Ihr verstehen.« Seine Hand vollführte eine entlassende Bewegung. »Nun geht und denkt darüber nach. Wir sehen uns zum Nachmittagsgebet.«

Sie stand auf und verließ folgsam den Raum.

Aenne hatte gemeint, er solle gehen. Aber nur weil sie etwas sagte, hieß das noch lange nicht, dass Caedes ihrer Aufforderung Folge leisten müsste.

Bevor er Aenne den Epenai überließ, würde Caedes eher einen Mittelländischen Aschenmacher zu Modhis Tempel locken, damit Modhi einmal Bekanntschaft mit einem Monstrum von Drachen machen konnte.

Nun, vielleicht sollte er sich doch lieber an eine praktikablere Möglichkeit halten. Zum Beispiel konnte er sich an Anoushs Spuren durch die Schwarzmärkte heften. Nachdem alle vorigen Wege im Nichts verlaufen waren – Quaris tot, Stadtwache tot, Tarren tot, Soren tot; und ein Mädchen, das er mit seinen Fragen vermutlich nur noch näher an den Tod bringen würde, als es ohnehin schon war – gab es da noch immer die Schwarzmarkthändlerin. Sie schien eine Ahnung zu haben, wo man in Terra Talioni menschliche Herzen finden könnte.

Doch wie hatte Anoush gesagt? Das war kein einfacher Gefallen. Eine Hand wusch die andere. Jetzt war es Zeit, Anoushs Hände zu waschen.

Caedes ließ den Kopf kreisen, sein Nacken knackte. Er war nicht in Bestform, nicht nach der ganzen Nachtblut-Geschichte, aber welche Wahl besaß er schon? Die Verabredung mit Anoush stand – was auch immer sie von ihm verlangte, er würde es tun.

Er bog in die Rote Straße, die bei den Menschen in Terra Talioni für ihre blutige Vergangenheit bekannt war. Dass die Vermittlerin sich ausgerechnet hier mit ihm treffen wollte, beunruhigte ihn. Die Rote Straße besaß eine umfangreiche Geschichte von Mord und Totschlag, Caedes hatte nicht vor, sich in sie einzureihen.

Anoush wartete vor einem rostigen Gittertor, das so tief in die grobe Mauer gedrückt worden war, dass der Stein darum wie eine wulstige Braue wirkte, der sich über den rostigen Stäben wölbte. Aus den Tiefen strich ein fauliger Geruch. »Dort unten verstecken wir unsere Nachtblut-Vorräte«, erklärte Anoush. »Aber seitdem ein Hos'iada in den Kanälen sein Unwesen treibt, traut sich Dogor nicht mehr dort runter.«

»Ein Teuflischer also«, murmelte Caedes, während er versuchte, in die Düsternis zu spähen. Dort drinnen sollte sich ein gehörnter Dämon verstecken? Hier oben in den Bergen? Bekannte Hos'iada-Brutstätten befanden sich in den westlichen Königreichen wie Magarrjan oder Soversch, aber von Gehörnten, die sich in die östlichen Berge verirrt hätten, hatte er noch nie gehört.

Er legte den Kopf schief und zuckte mit den Schultern. »Warum habt Ihr gerade mich angeheuert? Ich bin nicht der einzige Jäger, der nach Terra Talioni kommt.«

Anoush legte die schmalen Arme um sich, als wäre ihr kalt. »Das hier ist die Rote Straße«, erklärte sie. »Die meisten Jäger meiden sie aus Angst.« Sie nickte in Richtung des Gitters. »Zum Teil ist es auch unsere Schuld. Nachdem wir hier unsere Vorräte und anderes Schwarzmarktgut zu lagern begannen, verbreiteten wir das Gerücht, dass jeder, der die Abwasserschächte hinabsteige, in Nifs Totenreich gelange. Die Menschen glaubten es, flüsterten darüber hinter vorgehaltener Hand, niemand wagte es länger, unser Versteck zu betreten. Der Hos'iada kam später, ironischerweise. Dogor vermutet, dass ihn der Tratsch der Leute hierhergelockt hat; wie so vieles andere auch, was nach Terra Talioni kommt.« Sie wiegte den Oberkörper in den Armen. »Ihr geht dort runter, erledigt den Hos'iada-Dämon, lasst Eure Finger vom Nachtblut – glaubt mir, Dogor kennt jeden Tropfen davon – und kehrt mit dem Schädel des Gehörnten zurück. Dann weiß ich, dass ich mich auf Euch verlassen kann. Wenn alles erledigt ist, können wir über andere Geschäfte sprechen.« Sie presste die Lippen zusammen und sah ihn kühl an. »Ihr wollt doch nicht plötzlich abspringen?«

Caedes verzichtete auf eine Antwort und nickte in Richtung Eisentor, das mit einem dicken Schloss gesichert war. Anoush entschlang ihre Arme, trat heran und öffnete es mit einem klirrenden Schlüsselbund.

Als hätte der Geruch von Verwesung nicht gereicht, stakste Caedes nun durch ein Meer von Fäkalien. Der Stoff, den er sich vor die Nase gebunden hatte, half nur wenig – süß und sauer zugleich kletterte der Gestank durch das Gewebe und setzte sich in Mund und Nase fest. Er hatte das Gefühl, sich übergeben zu müssen, doch er schluckte und schlich weiter.

Die Stiefel gruben sich in Schlick und saugten sich mit ekelerregender Feuchtigkeit voll.

Anoush hatte ihm eine Fackel angeboten, doch Caedes hatte abgelehnt. Eine Fackel war eine gute Sache, wenn es darum ging, den direkten Umkreis zu beleuchten, doch dahinter sah man quasi nichts – vor allem nicht das, was in der Dunkelheit schmatzend lauerte.

Caedes orientierte sich am diesigen Licht, das von oben durch die Löcher fiel, sie gehörten zu den Straßengräben. Er vermied es, direkt unter ihnen zu gehen, geschah es doch hin und wieder, dass plötzlich ein unappetitlicher Müllregen herabprasselte.

Seine Hand presste den Stoff fester auf den Mund, so pflügte er durch den Dreck. Ein wunderbares Versteck für einen Schwarzmarkthändler, das musste er Anoush und Dogor lassen. Niemand war dumm genug – Hos'iada hin oder her – diese Müllgrube zu betreten.

Irgendwann fiel ihm das Gehen leichter, der Dreck nahm ab, der Boden ebnete sich. Nach einer Weile vernahm Caedes, dass sich seine Schritte seltsam hohl anhörten. Er blieb stehen, trat probeweise auf den Untergrund. Schlick spritzte, darunter knarrte etwas. *Was ...?*

Er holte noch einmal aus, um herauszufinden, worauf er da stand, doch bevor er zutreten konnte, brach unter seinen Füßen Holz ein und er stürzte in die Tiefe.

Der Aufprall war im wahrsten Sinne des Wortes atemberaubend. Caedes lag einen Moment lang im Morast, nach Luft japsend wie ein Fisch im Trockenen.

Als er endlich wieder Luft bekam, machte es das nicht besser. Der Schal war von seinem Gesicht gerutscht, seine Hände versanken im feuchten Untergrund, der Gestank drang so penetrant in seine Nase, dass er sich übergeben musste. In Ermangelung einer sauberen Hand wischte er sich das Gesicht am einzigen Körperteil ab, das den Sturz einigermaßen unbeschadet überstanden hatte – an seiner linken Schulter.

Mühsam stemmte sich Caedes in die Höhe. Er konnte nun wirklich behaupten, am Boden der talionischen Traufe angekommen zu sein. Die Armenviertel der Purpurnen Märkte wirkten für ihn momentan wie unerreichbare, goldene Paläste, die in der Ferne verführerisch glänzten.

Er wischte sich die Hände ab und war dabei froh, nur wenig zu sehen. Das wenige vorhandene Licht flutete durch das Loch der Holzplanken, die unter ihm eingebrochen waren. Wer, in Graels Namen, dachte er, verdeckte in den Abwasserkanälen ein Loch mit morschem Holz?

Er blickte empor. Fünf Männer auf den Schultern des jeweils anderen hätte es benötigt, um wieder nach oben zu gelangen. Keine Chance, Epena hatte ihm ein Schnippchen geschlagen. Zu dumm, wenn man sich auch mit ihrem Priester anlegte.

Wie sollte er wieder an die Oberfläche gelangen? Was, wenn der gehörnte Dämon sich bereits in der Nähe befand und nur darauf wartete, zuzuschlagen?

Er haderte noch einen Moment, warum genau er Anoushs Fackel nicht doch angenommen hatte. Danach machte er sich daran, die Wände des Abwasserkanals zu ertasten. Im Prinzip riet er lediglich, ob der Gang nach oben oder unten verlief. Die Hand an die feuchte Wand gelegt, folgte er dem Tunnel, seine Stiefel wateten durch Unrat und Schmutzwasser.

Caedes wollte schon umdrehen und zurückkehren, von Unsicherheit geplagt, ob der Kanal wirklich an die Oberfläche führte, als er zu erkennen glaubte, dass sich das Schwarz am Ende des Tunnels lichtete. Er beschleunigte seine Schritte und kämpfte sich weiter.

Tatsächlich. Die undurchdringliche Schwärze verschob sich zu einem dunklen Anthrazitgrau, zu einem fahlen Schiefergrau und schließlich zu einem schimmernden Silbergrau. Der Gang bog um die Ecke, das Licht intensivierte sich. Abrupt hielt er an. Das Licht bewegte sich. Einen Moment lang verschob sich das Grauspektrum, dem er entgegenstieg, zitternd.

Caedes blinzelte. Vielleicht war jemand an der Öffnung vorbeigetreten. Anoush? War das Feuer? Nein, das Licht fiel kalt und fahl um die Biegung.

Seine Hände glitten zum Gürtel herab. Messer oder Schwert? Das würde sich zeigen, sobald er wusste, woran er war.

Caedes schluckte, die Arme spannten sich. Vorsichtig schlich er weiter, sich im toten Winkel der Biegung duckend. Seine Fingerspitzen harrten sacht an den Waffengriffen. Es wurde heller, das Licht besaß die kalte, bläuliche Note eines frostigen Wintermorgens. Caedes lief um die Biegung.

Vor ihm – eine weitläufige Kreuzung, in deren Mitte sich ein undefinierbares, leuchtendes … Etwas türmte.

Der Haufen maß sicherlich drei Mann Höhe, die Ränder liefen schleimig aus und versanken im Dreck. Die Umgebung sacht illuminierend, schien das Licht direkt *aus* dem Berg zu stammen, es strahlte aus einer Art festen, drahtigen Kern, der sich darunter wie ein Skelett wand.

Caedes kniff die Augen zusammen. Was war dieses Ding? Ein alter, magischer Beleuchtungskörper, hier unten in Vergessenheit geraten? Ein lebender Pilz, in den Kloaken Terra Talionis zu grotesker Größe herangewachsen?

Vorsichtig schritt Caedes näher, Wasser plätscherte. Vorsichtig streckte er die Hand aus. Seine Finger berührten es, stachen in die klebrige Masse.

Als er die Hand wieder zurückzog und seine Fingerspitzen betrachtete, bemerkte er ein leichtes Brennen. Hastig wischte er sie ab.

Offensichtlich war dieses Ding giftig. Er sollte zusehen, dass er hier wegkam.

Caedes, knietief im Abwasser, entfernte sich ein Stück und wollte den Haufen umrunden, als ein Zittern durch das Ding ging.

Sein Herz blieb stehen, seine Beine liefen weiter.

Ohne ein Geräusch zu verursachen, begann der skelettartige Kern des Wesens sich zu entfalten und eine andere Gestalt anzunehmen.

Das leuchtende Innere wurde zu einem Dutzend stützender Gliedmaßen, die sich durch die formlose Masse hindurch in den Untergrund rammten. Verbunden wurden sie von einer Wirbelsäule aus bläulich leuchtenden Fäden, die im hautlosen Leib zerfransten.

Ein leuchtendes, kopfloses Skelett in einem glibbrigen Etwas.

Und dann waren dort noch andere Dinge. Ein Axtkopf. Messer, Schwerter, Säbel. Ein Plattenpanzer ohne Lederschnallen, der in der glibbrigen Masse harrte.

Das Ding stemmte sich auf seine Gliedmaßen, die unförmige Masse floss mit ihm, die verschluckten Waffen erbebten. Die Kreatur gewann mehr und mehr an Körperlichkeit, hob die wabbelnde Masse aus dem Wasser. Ständig in Bewegung, floss der Schleim an den Knochen hinab und versank im Schlick.

Der Organismus machte stumm einen Satz nach vorn. Seine Wirbelsäule wellte sich unter der Bewegung, sein Leib warf sich wabernd zur Seite. Dann, ein Schritt.

Caedes, die Augen aufgerissen, merkte, dass sein Schwert in der Hand saß, ohne dass er sich erinnern konnte, es gezogen zu haben. Seine Augen glitten einen herzschlaglosen Augenblick über die Wesenheit, die sich vor ihm entfaltet hatte, und suchten nach ihrem Herzen, einem Hirn – irgendetwas, in das er hätte hineinstechen können – doch da war nichts.

Caedes wollte sich umdrehen und fliehen. Er schaffte fünf Schritte, als die unförmige Masse nahezu lautlos über ihm niederfiel. Er bohrte sich hinein wie ein Stachel in Fleisch. Dann begann das Brennen.

XXIII

Ein schlimmer Finger

Aenne kniete vor einer kleinen Gebetsnische, die Hände harrten flach auf dem kalten Marmorboden. Ihre Finger spielten unbewusst mit den Fliesenrillen. Es roch nach Sandelholz und Moschus, die in einer Opferschale vor Epenas Spinnenmosaik glommen. Die feingliedrigen Spinnenbeine, aus Glassteinen zusammengesetzt, spannten sich von einer Seite der Nische zur anderen, es sah aus, als würde sich die Schicksalsspinnerin darin festklammern.

Schritte tappten heran und stoppten hinter Aenne. Es war eine andere Anwärterin, die unruhig ihr Gewicht von einem Fuß auf den anderen verlagerte. »Elevin, ich habe nach Meister Modhi gesehen. Er ist vorerst nicht in seinen Räumlichkeiten anzutreffen und kehrt wohl erst wieder in den späten Abendstunden zurück.«

Aenne nickte sacht. »Ich danke Euch, Elevin. Ich werde auf unseren Meister warten.«

Die Füße der Anwärterin entfernten sich, ihre Schritte verhallten in der Ferne. Aenne rappelte sich leise in die Höhe. Mit den weichen Lederpantoffeln glitt sie den Gang entlang, direkt zu Modhis Quartier.

Den Schlüssel zu Modhis Arbeitszimmer hatte Aenne einem der Priester gestohlen, der seit ihrer Ankunft unverhohlenes Interesse an ihr gezeigt hatte – was sich vor allem während abendlicher Gebetszeiten äußerte, in denen er sich möglichst dicht hinter ihr positionierte.

Als Aenne sich einmal hinter *ihm* positioniert hatte, war es ihm wie ein Segen vorgekommen. Das Lächeln breit, hatte er nicht bemerkt, wie sie ihm den Schlüssel aus der Tasche gezogen hatte.

Aennes Hand glitt nun in die Tasche der eigenen Tunika und griff nach dem Schlüssel. Herausgezogen, ins Schloss geschoben, umgedreht, Türe entriegelt, aufgeschoben und …

Sie erstarrte zwischen Tür und Angel.

Modhi saß hinter seinem Tisch, einen Arm auf der Lehne abgestützt, die Wange an die gekrümmten Finger gelehnt. Er lächelte ihr entgegen. »Aenne.«

Sie verfluchte Epena.

»Ich wünschte, ich könnte sagen, welch eine Überraschung!«

Aenne schloss die Tür.

»Ihr seid ein unartiges Mädchen. Legt den Schlüssel auf den Tisch.«

Sie tat es.

»Wisst Ihr – Priester Korn mag ein Lüstling und Dummkopf sein … Allerdings – so dumm, nicht zu bemerken, dass der Schlüssel zu meinen Gemächern fehlt, ist er nun auch wieder nicht.«

Aenne stütze die Arme auf dem Tisch ab. Ihr Kopf sank zwischen den Schultern herab. Sie wagte es nicht, Modhi anzusehen, starrte nur auf die Dinge, die sich auf der Arbeitsfläche türmten – Tinte, Papiere, Bücher, Statuetten, Schlüsselbünde. »Was nun?«

Modhi hob die Augenbraue. »Das kommt darauf an. Was wollt Ihr?«

»Meinen Vertrag.«

Modhi entrang sich ein zartes Seufzen. Er stand auf, ging zu einem Stapel von Papyri und Pergamenten und durchblätterte diesen. Irgendwann fand er das Schriftstück und warf es Aenne vor die Nase. »Hier, bitte.«

Etwas dümmlich starrte sie zuerst der Papyrus, dann Modhi an. »Wie?«

»Euer Vertrag. Ihr wolltet ihn haben, hier habt Ihr ihn.«

»Ich …« Sie runzelte die Stirn. »Ich verstehe nicht ganz.«

»Deswegen seid Ihr doch hier. Euer Vertrag. Ihr hättet nur fragen müssen.«

Zögernd beugte sich Aenne vor und griff nach dem Schriftstück, das ihr Leben auf so drastische Weise bestimmen sollte. Sie hob es zögernd auf. *Und … nun?*

Modhi, der wieder saß, die Fingerspitzen aneinandergelehnt, sah sie kühl an. »Nun? Was habt Ihr vor?«

Aenne überlegte nicht lang, trat raschen Schrittes auf eine Feuerschale zu und warf den Vertrag hinein.

Modhi schrie nicht. Er sprang auch nicht auf, sondern blieb ruhig sitzen und beobachtete, wie die Flammen der Papyrus langsam zerfraßen. Der Vertrag verging, nur die Buchstaben lagen noch eine Weile in der glühenden Kohle, diese lächerlichen kleinen Buchstaben.

Dann erkannte Aenne, dass es sich nicht um eine optische Täuschung handelte – die Buchstaben lagen tatsächlich noch im Feuer. Sie saßen in den Flammen und stiegen langsam mit ihnen in die Höhe, bis sie sich von den flackernden Zungen lösten und in Richtung Wand geweht wurden. Dort legten sie sich an die geweißelte Fläche.

Mit einem Mal war er wieder da, der Vertrag – Schwarz auf Weiß, ein Meer aus Modhis Schriftzeichen, unter denen Aennes Unterschrift prangte, als hätte sie damals ihren Namen auf festem Mauergestein gezogen. Aenne klappte schockiert den Mund auf.

»Ein magischer Vertrag«, bemerkte Modhi vom Tisch her. »Und Ihr seid mit Magie an ihn gebunden. Ihr könnt den Vertrag ins Feuer werfen, doch ungültig machen kann ihn das nicht.«

Aenne starrte auf den Text an der Wand. Sie schluckte. »Darf sich jeder Anwärter über einen solchen Schatz freuen, oder bin ich etwas Besonderes?«

Ein sachtes Lächeln. »Ihr seid etwas Besonderes. Magie wie diese ist sehr kostspielig.«

»Ich fühle mich geehrt.«

»Das könnt Ihr durchaus.«

Aenne wandte sich langsam um. »Was tun wir jetzt?«

»Wir? Ich werde nichts tun. Ich hatte meinen Spaß. Und Ihr werdet lernen oder weiter bockig sein, Ihr könnt es Euch aussuchen.«

»Wie wollt Ihr mir jemals trauen?«

Modhi lächelte sanft. »Oh, Aenne – ich traue niemals irgendjemandem. Ihr seid da keine Ausnahme und werdet niemals eine sein.«

Modhi war ein weiser Mann.

Als Aenne den Raum verließ, glitt ein Schlüssel in ihre Hosentasche, frisch vom Schreibtisch gestohlen. Aenne lächelte still in sich hinein. Mal sehen, wie schnell der Meister erkannte, dass ein Schlüssel an seinem heiligen Bunde fehlte.

Die transparente Masse umschloss Caedes erstaunlich fest. Sie legte sich an ihn wie eine zweite Haut, aus der es kein Entkommen gab. Caedes wollte schreien, doch entsann er sich rechtzeitig, dass er dazu den Mund hätte öffnen müssen. Er spürte, wie die durchsichtige Masse langsam in seine Nase vordrang.

In diesem Augenblick überkamen ihn gleich mehrere Erkenntnisse.

Erstens: Er war dem Tod geweiht. Entweder erstickte er im Körper dieser seltsamen Wesenheit, die Pflanze, Pilz oder auch Tier sein konnte, oder es kroch durch seine Nase und füllte ihn von innen aus. (Ihm fiel just in diesem Moment auf, dass es nicht nur die Nase gab, durch die es in ihn hineinkriechen konnte. *Bei Hollers sieben Höllentoren,* dachte er, das Leben war einfach nicht gerecht!).

Zweitens: Anoush hatte ihn hereingelegt. Hier war es nie um einen unbedeutenden Hos'iada gegangen, sondern immer schon darum, Caedes loszuwerden.

Drittens: Niemand wusste, dass er hier unten war. Niemand außer Anoush. Er würde hier unten ruhmlos verenden wie all die anderen Idioten, deren Ausrüstung rund um ihn herum innerhalb dieser Wesenheit feststeckte. So hatte er sich sein Ende nicht vorgestellt – verschwunden und vergessen. Aenne würde vielleicht sogar glauben, er habe sie tatsächlich zurückgelassen und sich selbst in den sonnigen Süden abgesetzt.

Caedes war versucht, das Schwert loszulassen, konnte es jedoch nicht. Das Wesen ließ ihm nicht einmal dafür Platz.

So lag er in der Masse und ihm fiel nichts ein, das er seiner Nachwelt hinterlassen hätte können.

Iox' vorwurfsvolles Gesicht schob sich vor sein inneres Auge. Aus unerfindlichen Gründen kraulte sie gerade einem schwarzen Pferdekopf die Ohren. »*Ich habe es ja gesagt*«, merkte sie an. »*Du wolltest nicht auf mich hören.*«

Ja, er hätte auf sie hören sollen. Aber er hatte noch nie auf irgendjemanden gehört – einer seiner vielen Makel.

Er wollte nach ihrem Bild schlagen, damit sie und das dämliche Pferd verschwanden, doch die Bewegung geschah zu schwerfällig.

Aber … es gab eine Bewegung.

Die Masse zwang seinen Kopf nach vorn und brannte in den Augen wie Feuer, er konnte seine Hand nicht sehen. Blind begann er zu ziehen, so fest er nur konnte, Muskeln und Sehnen zu eisernen Seilen gespannt.

Die um den Schwertgriff geschlungene Hand rutschte nach, zuerst nur um ein Stückchen so breit wie ein Fingernagel, dann um eine Daumenbreite. Die Sehnen an seinem Hals strafften sich, er glaubte, sie müssten jeden Augenblick reißen. Die oberen Rückenmuskeln blockierten. Dann – rutschte sein Arm in sein Sichtfeld, verschwommen glitt er durch die zähe Masse.

Der nachtelfische Stahl kippte und schnitt durch die schimmernde Masse wie ein warmes Messer durch frische Butter.

Magie … der nachtelfische Stahl absorbierte Magie!

Caedes neigte die Hand mit dem Schwert. Der Stahl zog langsame Kreise, die wabernde Masse verdampfte, wo das Schwert sie berührte.

Der Jäger rang nach Atem. Das Wesen saß in seiner Nase. Ihm entfloh die Zeit.

Caedes nahm alle Kraft zusammen und riss kräftig am Schwertgriff.

Es bedurfte eines ungeahnten Kraftakts, sich aus dem Wesen zu schneiden, doch irgendwie gelang es ihm. Wie ein Neugeborenes kämpfte er sich aus dem glibbrigen Körper des Ungetüms, schnaufend, hustend, das Schwert um sich werfend, als wäre er dem Wahnsinn verfallen. Zischend löste sich das Monstrum an den Stellen auf, an denen die Klinge es berührte.

Würgend stürzte Caedes einen Schritt zurück, die Waffe auf das Ding gerichtet. In seiner Nase brannten schleimige Reste – und die Hälfte seiner Ausrüstung harrte noch im illuminierenden Körper. Dort schwebten ein Stiefel, ein Schulterschützer aus Drachenknochen, der ohnehin unnütze Schal und ein Unterarmschützer.

Caedes erwartete, dass das Wabba-Wabba sich wieder auf ihn stürzen würde, doch es blieb ruhig. Sein Skelett lag erneut in sich zusammengerollt im Zentrum.

Keuchend starrte Caedes den leuchtenden Berg an, seine Schwertspitze vibrierte. Schleim tropfte von seinen Armen ins Wasser und ließ ihn bei jedem Plätschern nervös zusammenzucken.

Das Wabba-Wabba bewegte sich nicht mehr – vielleicht regenerierte es seine Wunden, oder es war in eine Verdauungsphase übergegangen.

Caedes machte einen Schritt rückwärts, dann noch einen und noch einen. Was nun? Was, wenn das Wabba-Wabba-Monster wieder erwachte? Und … wohin sollte er überhaupt gehen? Er besaß kein Licht,

Verdauungssäfte brannten auf – und teilweise in – seinem gesamten Körper, er befand sich mehrere Ebenen tief unterhalb der Stadt. – Alles, was er tun konnte, war, blind tastend zu hoffen, zufällig auf den richtigen Weg zu gelangen.

Zitternd wandte er sich um. Hadern brachte ihn nicht weiter, er musste etwas tun! Er ignorierte das Wabba-Wabba in seinem Rücken und lief los.

Der Berg hinter ihm blieb still sitzen.

Nacht hatte sich über den Tempel gelegt und hüllte alles in ein seidigblaues Laken.

Aenne fädelte ihre Beine über die Fensterbank und warf einen hastigen Blick in den Innenhof herab. Sie holte Luft, drehte sich im Sitz und krallte die Hände an der Fensterbank fest, um sich vorsichtig in die Tiefe zu lassen. Die Angst kratzte an ihr, doch sie schluckte sie hinunter und ließ los.

Der Aufprall war härter als erwartet, er rüttelte durch ihren gesamten Körper, ihre Beine knickten ein. Betäubt tastete sie sich an der Wand empor und schnappte nach Luft.

Ihr Blick schweifte hastig durch den Innenhof. Ein abgegrenzter Misthaufen vor den Ziegenställen, ein Wagen, ein paar Fässer, sonst stand der Platz vor den Schlachtanlagen frei.

Im Schatten der Tempelmauern hob Aenne das Kinn und blickte zu den golderleuchteten Fenstern empor. Keine Silhouette war zu sehen. Einmal tief Luft geholt, hirschte sie durch den Hof, der Schlüssel in ihrer Tasche schlug mit jedem Schritt gegen ihren Schenkel.

Das Schloss klemmte.

Aenne stieß einen lautlosen Fluch aus, zwang den Schlüssel tiefer und versuchte, ihn mit Gewalt zu drehen. Nichts. Verdammt!

Vielleicht hatte sie den Falschen erwischt? Klein und unspektakulär sah er aus, wäre da nicht der aufwendig gestaltete Schlüsselbart gewesen, der auf ein kompliziertes Schloss verwies.

Erschrocken warf Aenne den Kopf herum. Stimmen rollten vom Tor heran, Licht zog einen flackernden Zirkel.

Panisch rüttelte Aenne am Schlüssel, doch nichts geschah.

Der Feuerkreis bog langsam um die Ecke, der Singsang gewann an Lautstärke. Schritte tappten dumpf auf Pflastersteinen.

Aenne gab auf – sie zog am Schlüssel, versuchte ihn aus dem Schloss zu reißen, als es knackte. Sie drehte, der Schlüsselbart rastete ein, die Sperre schob sich klickend zur Seite und die Tür ließ sich aufdrücken.

Mit einem schnellen Satz landete Aenne im Inneren. Sie musste an sich halten, die Tür nicht mit einem Ruck hinter sich zuzuwerfen, sondern sie vorsichtig zu schließen.

Die Stimmen, ein stetiges Gemurmel, näherten sich. Aenne verharrte, die Hände an das kühle Holz gelehnt, und lauschte in die Finsternis.

Die Stimmen entfernten sich wieder. Dennoch wartete sie eine Weile, bevor sie es wagte, in die Knie zu gehen und die Laterne vom Gürtel zu lösen. Sie zu entzünden gestaltete sich als Herausforderung – vollkommen blind musste Aenne nach dem kafritschen Teufel in ihrem Hosensack tasten und ihn über dem Zunderschwamm platzieren. Sacht pustete sie darauf, bis der Schwamm knisternd Feuer fing. Danach führte sie ihn an den ölgetränkten Docht der Laterne.

Diese warf einen schmalen Lichtkegel durch ein ausgestanztes Loch im Blech. Leisen Schrittes durchwanderte Aenne den Raum, der Lichtstrahl strich über die Umgebung. Festgestampfter Lehm, Holzplanken, welche die schlummernden Ziegen begrenzten. Eines der Tiere öffnete träge die Augen, zuckte jedoch nur müde mit den Ohren und döste weiter.

Sie schritt in den nächsten Raum, der vor Fässern überquoll. Nach näherer Inspektion, die reichlich Gewaltanwendung beinhaltete, stellten sich die Fässer wie auch ihr Inhalt als harmlos heraus. Sie enthielten scharf riechende Flüssigkeiten, aber keine Organe.

Vom intensiven Geruch benebelt, tappte Aenne in den nächsten Raum. Hier reihten sich Regale an Regale, vollgestellt mit Krügen, Urnen und anderen bauchigen Gefäßen aus Blech, Ton oder Glas.

Aenne hob die Laterne an und glitt zwischen den aufgetürmten Behältnissen hindurch. Das sah schon besser aus – Nieren, Därme, Mägen, Herzen, hell und dunkel, groß und klein. Geflügel, Reptilien, Säugetiere – alle hatten für die epenaische Sammlung ihr Leben lassen müssen. Jetzt war es an Aenne, den Rest des Menschen zu finden, von dem sie glaubte, dass Modhi sein Herz gestohlen hatte.

Als die alte Frau das Haus verließ, um die Reste ihres Abendmahls zum Schweinestall zu bringen, fiel ihr beinahe die Schüssel herunter.

In der Pferdetränke lag jemand. Sie erkannte es nur an den nackten Beinen, die aus dem Becken hingen. Männerfüße. Überaus dreckige, zerschundene und blutige Männerfüße.

Von ihrem Schrei alarmiert, tauchte ein Kopf hervor. Wasser ergoss sich bräunlich über ein gerötetes Gesicht, dunkle Augen blinzelten, Stroh klebte auf der Stirn. Der Mann schüttelte den Kopf, Wasser spritzte zu allen Seiten.

Und er stank. Er stank erbärmlich.

Die alte Frau rührte sich nicht.

»Ich gebe Euch zehn Dragoner, wenn Ihr mich noch ein bisschen in Eurer Pferdetränke baden lasst«, prustete der Mann.

Die Frau blinzelte, ihr Atem eine weiße Wolke in der nächtlichen Kälte. »Ich gehe Euch ein Handtuch und Seife holen.«

»Mist!« Aenne versuchte noch, das fallende Glas zu erhaschen, doch es entglitt schmierig ihren Fingern und krachte zu Boden. Das Klirren des brechenden Gefäßes ließ sie zu Eis erstarren. Die gelbliche Lösung, in die das Hirn – vermutlich von Lamm oder Zicklein – eingelegt war, spritzte nach allen Seiten, das Hirn sprang wie ein Ball seiner Wege, bis es in kleinere Teile zerfiel.

Aenne hielt den Atem an und lauschte in die Stille. Das Licht ihrer Laterne flackerte. Nichts … es war nur der Trommelwirbel ihres eigenen Herzens.

Vorsichtig ging Aenne in die Knie und versuchte, die Scherben zusammenzuklauben. Sie schnitt sich an einer scharfen Kante und ließ fluchend das Glasstück fallen.

Der Saum ihrer Tunika, hastig abgerissen, musste als Verband herhalten. Sie wickelte ihn um die Finger und machte sich anschließend daran, Scherben und Hirn vorsichtig in einen Eimer zu kehren. Die Flüssigkeit, in die das Hirn eingelegt gewesen war, schwappte über den festgestampften Lehmfußboden und fand keinen Ort, an dem es abfließen konnte.

Stroh. Sie brauchte Stroh, um die Unordnung zu beseitigen.

Die Flüssigkeit rann zur Seite und sammelte sich an einem Holzverschlag, der die Wand verstellte. Aenne huschte zurück zum Ziegenstall und stahl ein wenig Stroh, um den nassen Fleck abdecken zu können. Als sie zurückkehrte, hatte sich der große See zu einer kleinen Pfütze reduziert.

Aenne lauschte in die Dunkelheit. Ein tropfendes Geräusch. Sie ging auf alle viere und beugte den Kopf nieder.

Tatsächlich. Hohl hallte ein Plätschern wieder, das Wasser versickerte zwischen den Brettern. Sie rutschte näher, ignorierte den roten Lehm, der ihre Hosenbeine verschmierte, griff nach den Holzplanken und zog daran. Die Bretter saßen fest, doch nachdem sie eine Weile gerüttelt hatte, ließen sie sich lockern. Mit einem Ruck gelang es ihr, die oberste Planke aufzuschieben.

Darunter klaffe ein schwarzes Loch.

Aenne fasste nach der Laterne und leuchtete in die Dunkelheit. Dort waren hölzerne Stufen, auf denen schimmernd die Flüssigkeit abtropfte.

Klopfenden Herzens schob sie die restlichen Holzplanken zur Seite.

Anoush hob abrupt den Kopf, als ein seltsamer Geruch in ihre Nase stach. Es roch nach Fäulnis, Abfall, Fäkalien und …

Einen Moment lang verdunkelte ein Schatten den Raum, als sich etwas vor das Fenster des zweiten Stocks schob. Mit einem Ruck warf sie den Kopf herum.

»Anoush, Anoush«, murmelte Caedes, der vom Fensterbrett in den Raum stieg. »Der ganze Zirkus heute war wirklich nicht die feine Art, jemandem zu sagen, dass man ihm nicht traut.«

Die blonde Frau, die geglaubt hatte, den Drachenjäger nie mehr wiedersehen zu müssen – nicht, nachdem sie ihn zu diesem Monstrum hinabgeschickt hatte –, erstarrte.

»Ihr«, presste sie zwischen den schmalen Lippen hervor. Sie trug ein Nachthemd, hatte sich bereits bettfertig gemacht, geglaubt, sie könnte einfach so ins Reich des Schlummers tauchen.

Doch nun stand er wieder da und verpestete ihr Schlafzimmer mit seinem Gestank. »Ich sehe nicht den Teufelskopf, den Ihr bei Euch tragen solltet!«

Caedes spreizte die Lippen. »Ich stehe nur knapp davor.«

Der Mond beschien seinen Rücken, sodass Anoush das Gesicht des Jägers kaum ausmachen konnte. Dennoch registrierte sie am Weiß seiner Augen, dass er sie anstarrte. Sie senkte den Kopf, um seinem Blick zu folgen.

Eine schwarze Skorpionstätowierung schlang sich über ihre Schulter, die Scheren ruhten auf dem Ansatz ihrer Brust, der Schwanz kringelte sich über die Schulterspitze.

Anoush reagierte blitzschnell. Sie fasste das Messer von der Truhe und peitschte nach vorn.

Caedes wich mit einem Satz zurück. Er tänzelte aus der Reichweite der Klinge, da stach sie bereits ein zweites Mal zu – wie der giftige Schwanz eines Skorpions – so schnell, dass man der Bewegung mit bloßem Auge kaum folgen konnte.

Sie hatte nicht mit seiner Wendigkeit gerechnet. Er duckte sich unter den Angriffen hinweg, die Klinge schrammte an seiner Kehle vorbei. Seine Hand stieß vor und schlug ihr in den Magen. Anoush erwartete die Bewegung mit angespannten Bauchmuskeln, konnte den Schlag jedoch nicht vollkommen abfangen. Für eine Sekunde taumelte sie betäubt zurück, riss dann aber das Messer in die Höhe, um es mit all ihrer Kraft in Caedes zu rammen. Mit dem gesamten Körpergewicht, das Messer ein Teil ihrer selbst, warf sie sich auf ihn.

Im Gegenlicht des Mondes konnte sie gerade noch erkennen, dass Caedes' Hand an seinem Gürtel ruhte.

Sie rannte in ihn hinein, ihr Messer rammte sich in seine Lederrüstung. Die Spitze schnitt seitlich durch sein Fleisch.

Caedes keuchte vor Schmerz, schnappte zu wie ein Wolf. Plötzlich war seine Hand in ihrem Haar, sie wusste selbst nicht, wie sie da hingekommen war. Mit einem Ruck wurde ihr Kopf zurückgebogen, schwarzer Stahl blitzte durch die Nacht, ein glühender Schmerz riss durch ihre Kehle.

Kurz glaubte sie, es wäre nichts passiert – er hätte nicht getroffen. Dann spürte sie, wie Blut in einer Fontäne aus ihrem Hals sprühte, wie ihre Kehle auseinanderklappte –

Ohne ein weiteres Mal Luft holen zu können, sank Anoush röchelnd zu Boden. Der Versuch eines Schreis erstarb als Gurgeln.

Caedes betrachtete die Frau zu seinen Füßen. Ihre Augen bewegten sich noch einen Augenblick, dann erstarrten sie wie der Rest ihres Körpers. Das Leben verließ sie wie das Blut, das sich in einer schwarz verspiegelten Pfütze unter ihr sammelte. Ihre Schulter erschauerte ein letztes Mal, sodass es aussah, als ob sich der Skorpion auf ihrer weißen Haut noch einmal abschließend winden würde, dann erschlaffte er mit ihr.

Caedes holte tief Luft und stieß sie langsam wieder aus. Er hätte es wissen müssen. Anoush war Modhis Kontaktperson zum Schwarzmarkt gewesen, diejenige, die alles hatte besorgen können. Wenn Modhi dreckige Waren zu verkaufen gehabt hatte, zu wem war er gegangen? Natürlich zu Anoush, denn Anoush besaß die Verbindungen, ob zu Nachtbluthändlern oder Kopfgeldjägern war einerlei.

Nun war Anoush tot. Eine kurzzeitige Erleichterung für Caedes, der eben mit einem Messer attackiert worden war, aber langfristig ein Problem. Caedes hatte sie im wahrsten Sinn des Wortes mundtot gemacht.

Er fasste sich an die Seite. Anoushs Messer hatte durch das Leder der Rüstung geschnitten, ein Beweis dafür, wie scharf die Vermittlerin ihre Klingen zu schleifen gepflegt hatte. Er bewegte seinen Oberkörper nach links, nach rechts. Die Wunde spannte und brannte, schien aber nur oberflächlicher Natur zu sein.

Ein Schritt über Anoushs Leichnam, zur Truhe, von der sie das Messer gegriffen hatte. Messer, Spiegel, Rouge und Gift lagen dort – Dinge, die Frauen wie Anoush immer bei der Hand hatten. Vielleicht gab es in Anoushs Besitztum noch andere Dinge, die ihm weiterhelfen konnten.

Nervös kratzte Aenne sich die Nase. Der Raum, den sie über die geduckte Holztreppe erreicht hatte, war ein Schlachtraum. Man erkannte es am Geruch.

In die Erde gestanzt, konnte der süßlich-saure Duft von Balsamierungsmitteln, Fleisch und Blut nie ganz entkommen.

In der Mitte des Raumes ragte ein zeremonieller Steinquader aus dem Lehm. Unzählige Symbole zerfurchten seine Oberfläche – Kreise, verschobene Ellipsen, Quadrate, Dreiecke, fein gemeißelte Schriftzüge, die zu einem dichten Gewebe verschmolzen. Aenne trat näher, tastete mit den Fingern das Flechtwerk aus Bildern ab, fühlte die Vertiefungen, in denen rostigorange Reste klebten. Ein Schauer kletterte Aennes Arm hinauf und ließ die Härchen wie Zinnsoldaten stehen.

Sie wandte ihre Aufmerksamkeit auf den hinteren Teil des geduckten Raumes, stieg über sakrale Schüsseln hinweg und ging neben einer bemalten Truhe in die Knie. Zwei goldene Opferschalen flankierten diese wie eine persönliche Garde.

Aenne betastete die dicken Farbschichten auf dem morschen Holz. Einige Motive kamen ihr bekannt vor, sie erzählten Geschichten der Göttin Epena.

Langsam glitten ihre Finger zum Rand der Truhe, fassten den Deckel und öffneten ihn.

Finsternis.

Sie hob die Laterne, tauchte den Inhalt in flackerndes Licht.

Fläschchen, gefüllt mit dunkelroter Flüssigkeit. Leber, Lungen, Nieren, Schilddrüsen, Milz, Pankreas, Darm, alles in Gläsern abgepackt und mit Schutzsymbolen verziert. – Und dann waren da Finger. Abgeschnittene Finger, die in gelblicher Flüssigkeit schwebten.

Aenne griff nach einem Glas, in dem ein kleiner Finger schwebte, und hielt es sich vors Gesicht. Das Licht der Laterne leuchtete hindurch, zeigte, wie zart und schmal der Finger war.

Langsam erhob sich Aenne. Dieser Finger hatte einem Menschen gehört. Gehörte er auch zum Herzen im Glas …?

Blutmagie im Tempel der Epenai … Wie sollte sie nur dagegen ankommen?

Sie brauchte Hilfe – aber nicht irgendeine Hilfe.

Sie brauchte Hilfe von ganz oben.

XXIV

Ein Rosenstrauch auf Pferdedung

Es reicht!« Perporris abgekämpftes Gesicht schob sich über Caedes'. »Seit Eurer frühmorgendlichen Rückkehr habe ich kein Auge mehr zugetan! Ihr riecht wie eine Latrine – das raubt mir den Nerv und den Schlaf!«

Caedes blinzelte müde. Er lag auf dem Fußboden, eine dünne Decke über sich gebreitet und fühlte sich, als wäre Soren mit seinem Wagen über ihn hinweggefahren. »Ha?«

Adalgis Perporri drückte Caedes eine Münze zwischen die Finger. »Hier!«, rief er aus. »Ich lade Euch auf einen Besuch ins Badehaus ein! Nur geht schnell und badet ausgiebig!«

»Ich habe gebadet«, grummelte Caedes und hätte sich am liebsten umgedreht und weitergeschlafen.

»Dann badet in Parfum! Nur werdet diesen Geruch los – so kann ich Euch nicht verstecken! Eine Meile entfernt kann man euch noch erschnuppern!«

»Wie stellt Ihr Euch das vor? Soll ich am helllichten Tag in die Badehäuser des Purpurnen Viertels marschieren?«

Perporri, der ein weißes Nachthemd trug, kämpfte sich in die Höhe, wanderte zu einer Truhe, die am Fußende seines Bettes stand, und kramte aufgekratzt darin herum. Schließlich kehrte er zurück, eine Phiole in der Hand. »Hier!« Er hielt dem Drachenjäger das Fläschchen vor die Nase.

»Was ist das?«

»Es färbt Eure Haare! Und nun geht – ich ersticke hier drinnen!«

Misstrauisch fuhren Caedes' Finger über das kühle Glas. »Woher habt Ihr das?«

Perporri schlurfte ungeduldig zum Fenster. »Das geht Euch nun wirklich nichts an!«

Caedes rappelte sich müde in die Höhe, sein gesamter Körper fühlte sich an wie ein einziger Muskelknoten. Er schnüffelte. Was Perporri nur hatte, dachte er, so schlimm war es nun auch wieder nicht.

Während er zur Türe schlurfte, entkorkte er den Trank und kippte ihn die Kehle hinunter.

Perporri stieß die hölzernen Flügel des Fensters nach außen und stürzte bis zum Bauchnabel heraus, um nach Luft zu schnappen.

Kaum öffneten sich die Tore des Tempels, trat Aenne die Flucht an. Den Finger im Glas hatte sie mit einem Tuch auf den Rücken gebunden, sie rannte und rannte und rannte, ohne einen Blick hinter sich zu werfen.

Sie wusste nicht, was Modhis magischer Vertrag tun konnte, um sie zu binden, doch rennen konnte sie – und sie würde damit nicht aufhören, bis sie Aegis Septimus den Finger überbracht hätte.

Obwohl Aenne rannte, als wäre der Rachegott Holler persönlich hinter ihr her, zog sie kaum Aufmerksamkeit auf sich. Weder die Händler auf den Märkten, noch die Talionische Garde, die in den Gassen patrouillierte, noch die Laternenkinder, welche mit langen Stangen die Laternen der vorigen Nacht löschten, schenkten ihr einen zweiten Blick. Matt und farblos schaukelten die Lampions über den Brücken.

Aenne rannte ein gutes Dutzend Leute um, bis sie vor Aegis' Palast ankam.

Die talionische Garde interessierte sich nicht für die Anliegen der abgekämpften Frau. Ein verhärmt aussehendes Mädchen in der Uniform der Epenai? Sie, die Tochter des Reisenden Königs? Die Soldaten hatten nur ein paar müde Lacher für sie übrig. Wenn sie Probleme hatte, sollte sie sich doch an ihren Obersten wenden.

Die Garde verscheuchte sie vom großen Tor.

Eine Weile stand Aenne zur Mündung einer abfallenden Straße, sie atmete hastig, das harte Gefäß stach in ihren Rücken. Ihr Blick glitt über das unregelmäßige Gesicht Terra Talionis, über die Straßen, die sich den Berg hinaufschlangen, die Purpurnen Dächer in den Vertiefungen. Auf der einen Seite ragte der Tempel der Epenai empor, vor dem sie geflohen war – und zu dem man sie nun zurückschickte. Wohin sollte sie gehen? Gab es überhaupt einen Ort, an dem sie Zuflucht finden konnte, oder musste sie einsehen, dass sie als Modhis Elevin vollkommen schutzlos war?

»Herrin?«, erklang hinter ihr eine Stimme.

Aenne wandte sich um.

Sheera stand da, in den Armen ein Korb, den sie vermutlich aus Aegis Septimus Palast geholt hatte. Ihre Augen glitten prüfend über Aenne, musterten das Eleven-Gewand, das sie trug. »Ist irgendetwas nicht in Ordnung? Ihr seht … aufgelöst aus. Braucht Ihr Hilfe?«

Aenne sagte lange nichts, ihre Gedanken rasten. »Sheera«, flüsterte sie. »Ich brauche Eure Hilfe.«

Der Mann, der Caedes das Handtuch aushändigte, versuchte angestrengt, nicht die Nase zu rümpfen. Obwohl er nichts sagte, sprach das halbe Dutzend nach Rosen riechender Seifenstücke, das er ihm aushändigte, Bände.

Caedes zuckte mit den Schultern, schlurfte in die Männerumkleide, entledigte sich seiner Sachen und wurde anschließend zu einer Badenische geführt. Misstrauische Blicke folgten ihm, denn – wahrlich – er dünstete nicht nur den Geruch der talionischen Kloake aus, sondern besaß auch noch einen juckenden roten Ausschlag vom Schleim der seltsamen Wesenheit, auf die er dort unten getroffen war. Seine Füße sahen aus, als hätte er damit eine Pilgerfahrt nach Thanestorum hinter sich gebracht, die Wunde, die über dem Hüftknochen seine Seite zierte, entlockte anderen Badegästen unwohle Blicke. Hinzu kam, dass Perporris Trank seine Haare honigblond gefärbt hatte, was mit seinem Teint recht absonderlich wirkte.

Das Wasser in der Wanne dampfte einladend. Caedes knetete seine Schultermuskeln. Ein Bad schien ihm plötzlich allzu verlockend. Er trat zur Wanne und stieg hinein.

Im ersten Moment dachte er, er müsste sterben. Das heiße Wasser brannte auf der irritierten Haut wie glühendes Eisen.

Je schneller ich es hinter mich bringe, beschloss er, *desto schneller muss es vorbei sein.* Er ließ seinen restlichen Körper in die Wanne sinken. Anoushs Messerwunde tauchte ins dampfende Wasser.

Ein gellender Schrei hallte durch das Badehaus.

Sheera hatte sie nicht zu Aegis Septimus gebracht, egal wie sehr Aenne darum flehte. Ob die Dienerin es nicht konnte oder nicht wollte, vermochte Aenne nicht sagen, denn sie hielt ihr Gesicht wie üblich unter absoluter, eiserner Kontrolle.

Nun stand Aenne zitternd in Uma Octavias Gemächern.

Die Cousine des Königs zog sich ein Nachthemd über die Schultern, als sie Aenne empfing. Nichtsdestotrotz war sie auch an diesem Morgen, ungeschminkt und mit ungeordnetem Haar, eine beeindruckende Erscheinung.

»Aenne!« Uma erfasste die Situation mit einem einzigen, scharfen Blick. »Was ist los?«

Aenne schluckte, um ihre Kehle zu benetzen. Sie brauchte Hilfe. Auch wenn ihr Uma irgendwie Angst machte, so musste sie mit dem arbeiten, was sie dargeboten bekam. »Modhi …«, stieß sie nur aus.

Die Falten auf Uma Octavias Stirn gewannen an Tiefe. Aenne knotete das Tuch vom Oberkörper, das den Finger im Glas enthielt. Sie fasste nach der gläsernen Last, die schwer in dem Gewebe hing. »Modhi betreibt Blutmagie.« Damit drückte sie Uma Octavia das Glas in die Hand.

»Sieh an, sieh an …«

Caedes, in der Wanne lehnend, warf den Kopf herum.

»Wenn das nicht die herrliche Stimme meines bevorzugten Drachenjägers war!« Berit stand im Eingang der Badenische. Sie trug einen grünen Bademantel, ihre Hände spielten mit dem Gürtel und ließen die Enden kreisen. »Eine hübsche Haarfarbe hast du da. Eigentlich müsste ich dich jetzt Flava nennen, ginge es nach Infra.«

»Berit.« Caedes biss die Zähne zusammen. »Du hier?«

»Ich habe Kunden in diesem Badehaus.« Sie schüttelte keck die Schultern. »Sie mögen es, ein wenig herumzuplantschen.« Bei ihm angekommen, ließ sie sich neben der Wanne nieder. Ihr Bein knickte über den Rand. »Ich hätte es ja nicht für möglich gehalten, dich schon wieder in einer Wanne anzutreffen, doch offensichtlich meinen es die Götter gut mit mir. Diesmal bist du nicht nur bei Bewusstsein, nein, du hast auch noch deine Kleidung abgenommen.« Sie rümpfte die Nase. »Wäre da nicht dieser absonderliche Geruch, als würde ein Strauch Rosen auf einem Haufen Pferdedung wachsen.« Ein schelmisches Lächeln, während sie mit dem Finger Kreise in der Wasseroberfläche zog.

Caedes seufzte. Soviel dazu, anonym zu bleiben.

»Ich dachte, du hättest dich entschlossen, die Stadt zu verlassen?«

»Wollte ich auch.«

»Aber?« Ihre Finger tanzten über das Wasser.

»Aber ich dachte, ich nehme zuvor ein Bad.«

Sie lachte amüsiert. Fasste unters Wasser.

»Hey, hey, hey!«

»Mh, gefällt es dir nicht?«

»Berit, ich bin wirklich nicht ...«

»Männer sind nie *nicht* ...« Sie schnalzte. »Was ist das?«

Er schnaubte genervt.

»Nein, das meine ich nicht ... Ich meine das hier.«

Er sog scharf die Luft ein und fasste grob ihr Handgelenk. Berit hatte ihm in die Schnittwunde gefasst.

»Sieht so aus, als hätte unser Drachenjäger eine gefährliche Begegnung mit einem Stück Seife gehabt.«

Ein schmerzverzerrtes Lächeln. »Gefahren lauern an den ungewöhnlichsten Orten – sogar in einem Badehaus.«

Sie musterte ihn amüsiert. »Schon gehört? Anoush wurde heute Morgen tot aufgefunden.«

»Ich habe keine Ahnung, wer das sein soll.«

»Nicht? Ich dachte, ihr hättet Bekanntschaft geschlossen.«

»Scheint, als wären deine Bekanntschaften weitläufiger als die meinen.«

»Oh, ich kannte Anoush nicht wirklich. Unsereins kann sich ihre Dienste nicht leisten.« Berit entzog ihm die Hand und durchfuhr erneut das Badewasser. Die feuchten Strähnen ihres braunen Haares schaukelten mit der Bewegung. »Aber einige Bekanntschaften Anoushs werden beginnen, Fragen über ihr vorzeitiges Ableben zu stellen. Das ist sicher.«

Ein dumpfes Lachen. »Und ich dachte immer, in Terra Talioni stünde der Tod auf der Tagesordnung.«

»Nun, das tut er auch, er harrt an allen Türschwellen – nur nicht an denen der Mächtigen.« Sie kippte den Kopf zurück. Dort, wo das Kinn in den Hals überging, saß ein Muttermal. »Du weißt nicht zufällig etwas über den Tod, der an Anoushs Tür geklopft hat?«

»Liebste Berit, du stellst zu viele Fragen an die falsche Person.«

Amüsiert faltete sie die Hände im Schoß. Ein Zwinkern. »Ich bin doch nur ein dummes Mädchen, du musst mir schon verzeihen!«

»Du bist vieles, Berit, aber dumm bist du nicht.«

»Aber Männer mögen es, uns so zu glauben. Sie vögeln lieber Dummes.«

»Vermutlich, weil dumme Mädchen nicht so viel reden.«

»Da magst du recht haben.« Sie hob den Fuß an und tauchte den Zeh ins Wasser. »Lust auf Gesellschaft?«

»Heute nicht.«

Sie verdrehte die Augen. »Sag nicht, du bist Infra noch immer nicht überdrüssig?«

»Es geht nicht um Infra.«

Berit zog den Fuß zurück und erhob sich. »Es gibt nur einen Grund, warum Männer nicht vögeln wollen – eine andere Frau. Ist es nicht Anoush, ist es nicht Infra, wird es eine andere sein.« Sie spazierte wiegenden Schrittes davon.

»Berit!«, rief Caedes ihr nach.

Wie ein träges Kätzchen drehte sie sich um.

»Vielleicht hast du recht. Willst du dir etwas dazuverdienen?«

Ihre Hände glitten zum Gürtel ihres Bademantels.

»Das meine ich nicht. Du musst eine Botschaft überbringen.« Ein sachtes Lächeln. »An eine Frau.«

Uma Octavia starrte auf den Finger, der in der gelben Flüssigkeit schwebte. Die schwarzen Wimpern senkten sich ein, zwei Mal. »Ist das wirklich das, wofür ich es halte?«

Aenne nickte.

Octavia schluckte, trat zum Bett und setzte sich. Ihr Blick glitt ab. »Wo habt Ihr das gefunden, Aenne?«

»In den Schlachtanlagen der Epenai. Es gibt einen geheimen Raum, in dem Modhi Menschen schlachtet. Ich fand mehr davon – Finger, Blut, Organe … Herzen.«

Uma Octavias Kinn hob sich mit einem Ruck. »Herzen?«

»Nun, dort unten nicht. Aber … aber es gibt ein Herz.«

Einen Moment lang sagte die schwarzhaarige Frau kein Wort, nur die Muskeln an ihrem scharfgeschnittenen Kinn bewegten sich.

»Ich glaube, der Schlächter Quaris war in die ganze Sache verwickelt. Modhi zwang ihn in einen fesselnden Vertrag und konnte so frei über ihn verfügen. Ich glaube, er zwang Quaris dazu, ihm beim Schlachten der Menschen zu helfen. Doch Quaris besaß im Gegensatz zu Modhi ein Gewissen – bevor er sprechen konnte, ließ Modhi ihn umbringen.

Modhi besitzt Verbindungen zum Schwarzmarkt, über ihn schaffte er die Organe nach Tradea und …«

Uma Octavia hob abrupt die Hand. »Die Organe. Die Finger. Woher sollte Modhi seine Opfer bekommen?«

Aenne zuckte mit den Schultern. »Ich weiß es nicht. Aber Menschen verschwinden doch jeden Tag auf Terra Talionis Straßen, nicht wahr?«

Uma Octavias Blick war vielsagend. Er sagte: *Nicht ohne mein Wissen.* Jetzt aber schien die Cousine des Königs unsicher. Das wilde Haar umschattete ihr Gesicht, verstärkte die vergrämten Falten. »Verbindungen zum Schwarzmarkt, sagt Ihr?« Ihre Finger massierten die Schläfen. »Verkauft nach Tradea?«

»Offensichtlich.«

»Warum glaubt Ihr das?«

Aenne schluckte, nun war es so weit. »Weil … weil das der Grund war, warum ich hierher kam, Herrin.«

Ein fragender Blick.

»Als ich in Tradea weilte, besuchte ich ein Geschäft für Ritualbedarf und Wahrsagerei. Dort erstand ich ein Herz im Glas. Ein menschliches Herz im Glas, wie sich herausstellte. Der Besitzer des Ladens meinte, er bekäme seine Ware aus Terra Talioni. Ich kam hierher, um herauszufinden, woher es wirklich stammte, dieses Herz.«

Uma Octavia betrachtete stumm die Frau vor sich. Irgendetwas in Octavias Augen, die so unendlich viele Farben besaßen, veränderte sich. Sie schwieg verblüfft. »Eure Brüder …?«

»Sie sind beide fort. Ich bin allein, allein unter Modhis herrschender Hand, und kann nichts tun – außer Euch bitten, mir zu helfen.« Sie ging in die Knie, um den Finger im Glas vor den Füßen Uma Octavias abzustellen. »Ich brauche Eure Hilfe, Uma. Ihr seid die einzige Person, der ich zutraue, es mit Modhi aufnehmen zu können!«

»Modhi betreibt Blutmagie«, erwiderte Uma Octavia hart. »Das macht ihn zum Verbrecher. Er wird vor ein Gericht gestellt werden wie jeder andere!«

»Unterschätzt ihn nicht, Herrin. Modhi ist der Oberste der Epenai – und der verschlagenste! Wenn es jemandem gelingt, sich aus alledem herauszuwinden, dann ihm!«

»Er wird Euch mit in den Abgrund reißen wollen«, überlegte Uma, die Finger an die Lippen gelegt. Sie erhob sich vom Bett und begann den Raum zu durchwandern. Das Nachthemd folgte ihr wie ein Geist, transparent und leise raschelnd. »Modhi scheint freigiebig Fehler zu verzeihen, solange sie ihm nicht zu Schaden gereichen – doch wenn Ihr ihn denunziert, Aenne, könnte er versuchen, Euch in die Sache zu verwickeln. Wer weiß schon, was diesem Mann einfällt – er ist kreativ darin, seine Vorteile auszuspielen.«

Aenne nickte, während sie die Löwin auf ihrer Wanderung beobachtete.

»Weiß er, dass Ihr hier seid?«

Sie zuckte mit den Schultern. »Ich ging, als die Tempeltüren geöffnet wurden.«

»Nun gut. Um Modhi anzuklagen, muss ein Haftbefehl ausgesprochen werden. Da Aegis in der Stadt weilt, hat er das letzte Wort. Das kann dauern. Modhi jetzt mit allem zu konfrontieren, wäre unklug – es würde ihm Zeit verschaffen, sich vorzubereiten.« Uma wandte sich um und blicke Aenne an. »Was ist mit Eurem Vertrag?«

»Was soll damit sein?«

»Wollt Ihr tatsächlich eine Epenai werden?«

Etwas hilflos zuckte Aenne mit den Schultern. »Ich habe nie wirklich darüber nachgedacht. Für mich war es ein Mittel zum Zweck … und jetzt komme ich dort nicht mehr heraus.«

»Habt Ihr es versucht?«

»Das ist nicht möglich. Der Vertrag ist magischer Natur. Ich habe ihn verbrannt und der Text stieg mit dem Rauch an die Wand, und nun steht er dort geschrieben. Modhi hat alle Vorkehrungen getroffen.«

Uma Octavias akkurate, schwarze Augenbrauen wölbten sich. »Das klingt ganz nach ihm.« Sie nickte, mehr zu sich selbst als zu Aenne, während sie weiter ihre Kreise zog. Sie schwang die Arme hin und her, als könnte sie sich so besser konzentrieren. »Nun … offiziell kamt Ihr aus folgendem Grund zu mir, Ihr batet mich um Hilfe, Euren Vertrag mit den Epenai zu lösen. – Ich werde mit Euch zum Tempel zurückkehren, um Modhi zu überzeugen, Euch aus dem Vertrag zu entlassen. Das wird er nicht tun, denn er ist Modhi – aber zumindest haben wir den eigentlichen Grund Eures Besuchs verdeckt. Anschließend ersuche ich um eine Audienz bei meinem werten Cousin an, der vermutlich gerade damit beschäftigt ist, seine hysterische Frau zu pflegen …« Uma rollte mit den Augen. »Ich werde alles tun, was in meiner Macht steht, um den Haftbefehl bis zu seiner Ausführung geheim zu halten. Doch währenddessen müsst Ihr das Spiel mitspielen und in den Tempel zurückkehren.«

»Aber …« Aenne fuhr sich über die Augen. »Ich musste einen Schlüssel stehlen, um in die Schlachtanlagen zu gelangen. Modhi ist nicht dumm – er wird es längst bemerkt haben!«

Uma Octavia seufzte, die Arme hinter dem Rücken verschränkt. Ihre breiten Schultern hoben sich unter dem Laut. »Ich verstehe.« Sie überlegte, die Augen geschlossen. »Gebt mir den Schlüssel«, forderte sie schließlich.

Aenne zögerte.

»Ich werde sagen, dass Ihr in meinem Namen gehandelt habt. Das verschafft mir zwar ein, zwei unangenehme Tage, in denen ich mich vor Modhis bösartigen Scherzen hüten muss, doch ich werde es überleben.« Sie straffte die Schultern.

»Warum solltet Ihr mich Modhis Schlüssel stehlen lassen?«, fragte Aenne verwundert.

»Das«, lächelte Octavia geheimnisvoll, »lasst ganz meine Sache sein.«

XXV

Blut und Wasser.

Uma Octavia trat aus Modhis Arbeitszimmer, eine Frau in einem herrschaftlichen, dunkelgrünen Samtkleid, deren Schultern unter weißem Fuchspelz verschwanden.

»Es tut mir leid, Aenne«, sprach Uma, die Hände übereinandergefaltet. »Ich konnte nichts für Euch tun.«

Modhi hatte ein selbstgefälliges Lächeln aufgesetzt. »Kommt, Uma die Achte, ich werde Euch zur Tür begleiten!«

»Für Euch bin ich immer noch die Erste, liebster Modhi.«

»Die Zweite, vielleicht – die Erste ist immer noch Epena!«

Uma glitt von dannen. Aenne setzte eine sauertöpfische Miene auf und schlich hinterher.

Modhi klopfte Aenne auf die Schulter. »Ich bewundere Eure Ausdauer – aber irgendwann müsst auch Ihr einsehen, dass Eure verzweifelten Versuche etwas Lächerliches an sich haben.« Er rauschte Uma hinterher. »Herrin«, rief er. »Wollt Ihr vielleicht ein paar Dragoner für unseren bescheidenen Tempel spenden? Epena wird es Euch wohlwollend vergelten!«

Die große Halle, in der sich die weltlichen Gläubigen sammelten, war zugleich Eingang als auch Ausgang des Tempels. In seiner Mitte, von Stufen flankiert, erhob sich ein steinernes Bildnis Epenas – diesmal nicht als Spinne, sondern als eine von Katzen flankierte, stilisierte Frau. Vor den Füßen der Statue türmten sich Opfergaben – Räucherwerk, tote Vögel, Münzen, Blumen, Weinschalen und Speisen –, die man der Göttin darbot. Menschen knieten vor den Stufen und beteten für ein günstiges Schicksal.

Uma Octavia griff in ihren Geldbeutel, zog zwei Dragoner hervor und warf sie in eine goldene Schale. Die Augen geschlossen, formte sie mit den Fingern Epenas Segen. Sie nickte Modhi zu. »Behandelt die Prinzessin gut«, verwies sie auf Aenne.

»Sie wurde nie schlecht behandelt – das ist der Dame bloß noch nicht bewusst.«

Aenne schwieg bitter. Die beiden sprachen über ihren Kopf hinweg, als wäre sie gar nicht anwesend. Dennoch musste sie zufrieden sein – Modhi hatte Uma die Scharade offensichtlich abgekauft. Die seltsame Anspannung, die von Aenne Besitz ergriffen hatte, wollte dennoch nicht vergehen.

Modhis Blick schweifte über die Gläubigen, die vor Epena knieten. Eine der Frauen erhob sich und strich ihren Rock glatt. Modhi rümpfte die Nase, als er sie erkannte. »Uma, Eure Huren kreuchen und fleuchen wie Ratten durch Terra Talioni. Fast könnte man meinen, sie vermehrten sich.«

Uma drehte den Kopf und bemerkte eines ihrer freien Mädchen, das folgsam knickste. »Was schert es mich, wohin meine Mädchen beten gehen«, grummelte sie und wandte sich ab, um den Tempel zu verlassen.

Das braunhaarige Mädchen grinste und schwang die Röcke.

»Genug gebetet!«, rief Modhi aus. »Raus mit dir!«

»Wie kann eine wie ich genug gebetet haben? Wer, wenn nicht ich, ist von Epenas günstigen Gelegenheiten abhängig?« Das Mädchen tänzelte an Aenne vorbei, zwinkerte ihr zu. »Habt Ihr schon etwas vor, schöne Anwärterin? Mit mir könntet Ihr ein paar solcher günstigen Gelegenheiten erleben …!« Sie verpasste Aenne einen raschen Kuss. Aenne wich verstört zurück.

»Verschwinde!«, schimpfte Modhi. »Oder ich verweise dich des Tempels!«

Das freie Mädchen kicherte, die Hand vor den Mund gefächert, sprang aber folgsam von dannen.

Aenne runzelte die Stirn. In ihrer Hose drückte etwas – und nein, nicht, weil sie sich so freute, dem Mädchen begegnet zu sein.

In der Schlafkammer zog Aenne einen kastaniengroßen Stein hervor, mit Pergament umschnürt. Sie wickelte die Streifen ab und entrollte den Text.

Er stammte von Caedes.

Aenne erkannte die Schrift auf den ersten Blick. Man sah jedem Buchstaben den Widerwillen an, mit dem er gezogen worden war.

Anoush gehörte zu den Skorpionen und heuerte den Kopfgeldjäger Tarren an, der dich in Terra Talioni aufgespürt hat. Anoush ist tot und ich wurde beinahe von einem Ungeheuer aufgefressen. So sah es aus:

Darunter hatte Caedes mit kratzender Feder ein Bild gezeichnet, das erschreckende Ähnlichkeit mit einem Haufen Blutwurst besaß. Etwas verwundert drehte Aenne das Pergament in alle Richtungen, doch das Monster gewann nicht an Kontur.

Während sie versuchte, in Caedes Zeichnung etwas anderes als einen unförmigen Klumpen zu erkennen, ließ sie seine Nachricht Revue passieren.

Anoush, ein Skorpion? Sie war es gewesen, die Tarren auf Aenne abgesetzt hatte? Und jetzt ... sollte sie tot sein?

Das konnte nur eines bedeuten: Caedes hielt sich noch immer in der Stadt auf.

Modhi bat Aenne, mit ihm zu dinieren – nur sie beide zu zweit. Unter anderen Umständen hätte Aenne diesen Vorschlag für eine amouröse Avance gehalten, doch das schloss sie bei ihm aus.

Vielleicht ahnt er etwas, flüsterte etwas in ihrem Hinterkopf.

Modhi saß leger gekleidet am reich gedeckten Tisch und wies Aenne an – mit einer weiten Geste über Brathähnchen und glasierte Früchte hinwegdeutend –, Platz zu nehmen. »Wie geht es Euch, Aenne?«, fragte er. »Habt Ihr Euch von Eurem morgendlichen Ausflug erholt?«

Etwas steif ließ sich Aenne auf dem Sessel nieder. »Den Umständen entsprechend«, antwortete sie vage.

»Es war nicht unklug, an Uma Octavia heranzutreten, um ihre Hilfe zu erbitten, doch leider besitzt sie in meinem Tempel keine Macht.«

»Das ist bedauerlich.«

Modhi schnippte, ein Bediensteter trat heran, in der Hand eine Karaffe Wein. »Heute Morgen«, sprach er, die Augen auf den roten

Strahl fixiert, der sich in seinen Kelch ergoss, »erwachte ich mit einem schlechten Gefühl in der Magengegend. Und wenn ich eines in meinem Leben gelernt habe, dann ist es, diesem Gefühl zu vertrauen.«

Aennes Hals fühlte sich trocken an, als sie schluckte. Der Diener trat zu ihr und schenkte ihr ebenfalls Wein ein. Sie nippte, doch das Kratzen verschwand nicht.

»Ich dachte also nach – woran könnte es liegen? Was könnte ein derartig schlechtes Gefühl in meiner Magengegend verursachen? Und da ich die Ursache nicht ergründen konnte, beschloss ich, eine Ziege zu schlachten.« Ein tiefes Seufzen. »Seit Quaris nicht mehr hier ist, gibt es keinen vernünftigen Schlächter mehr in dieser Stadt.« Ein betrübtes Nicken. »Ich machte mir also selbst die Hände schmutzig entnahm dem Tier all das Wissen über Vergangenheit, Gegenwart und Zukunft, welches ihr dampfender Leib beherbergte.« Wein schwappte über seinen Kelchrand und hinterließ einen roten Fleck auf Modhis weitem, weißem Leinenhemd. »Ich habe viel gelesen in dieser Ziege.«

Aenne saß starr da. »Was habt Ihr gesehen?«, fragte sie schwach.

»Aenne, Eure Tunika ist zerrissen.« Ihr war nicht klar, ob Modhi diese Tatsache in der Ziege gelesen hatte, oder ob sie einer aktuellen Erkenntnis entsprach.

Sie blinzelte, ein, zwei Mal. »Ich muss hängen geblieben sein.«

»Wo?«

»… ich weiß nicht genau.«

»Nein?«

Sie schüttelte den Kopf.

Modhi setzte den Kelch an die Lippen und neigte ihn. »Uma retournierte heute den Schlüssel.«

Ihr Hals schnürte sich zu. »Ach?«

»Den Schlüssel, den Ihr mir gestohlen habt, nachdem Ihr in mein Arbeitszimmer eingedrungen wart. Der eigentliche Grund für Euren Einbruch. Nicht der Vertrag – ich war dumm genug, Euch diese Farce abzunehmen. Gut gespielt, Aenne, das muss man Euch lassen.« Er schwenkte das Trinkgefäß, Aenne konnte den roten Spiegel sehen, der sich darin drehte. »Aber langsam verliere ich die Geduld. Mich zu hintergehen, mich zu bestehlen und das als die nichtige Elevin, die Ihr seid – das ist zu viel.« Er schnalzte leise mit der Zunge, eine rosarote Schlange, die sich zwischen seinen Zähnen wand.

»Es war nicht richtig«, gestand Aenne ein. »Aber Uma verlangte den Schlüssel.«

»Aenne«, sagte Modhi und stellte den Kelch ab. »Wo hält sich Euer Bruder momentan auf?«

Der abrupte Themenwechsel brachte sie beinahe aus der Fassung. »Ich weiß es nicht. Er hat die Stadt verlassen.«

»Ihr wisst, welchen Eurer Brüder ich meine?«

Ihre Lippen schlossen sich fest. Die Angst ließ ihre Hände zittern. Sie versuchte es zu unterdrücken, schlang die Finger fester um den Weinbecher. »Sie sind beide nicht in der Stadt.«

»Das«, betonte er, »glaube ich nicht.«

Aenne hielt die Luft an.

Modhi sah sie ernst an. Jegliches Amüsement war aus seinem Gebaren gewichen. »Heute Morgen wurde eine Frau tot aufgefunden. Ihr Name war Anoush.«

Aenne schwieg.

»Sie wurde in Begleitung Eures Bruders gesehen.«

»Das kann ich mir nicht vorstellen.«

»Oh doch. Ich habe ein gutes Dutzend Zeugen, die das bestätigen – es auf ihr Leben schwören würden, falls notwendig.«

»Natürlich habt Ihr das. Ihr versprecht diesen Menschen das ewige Glück der Epena – wer würde nicht für Euch lügen?«

Modhi klackte mit der Zunge. »Selbst wenn es so wäre, in Eurem Fall kann es Euch gleich sein. Ich kann Euren Bruder des Mordes bezichtigen. Und das würde Caedes, den Reisenden Prinzen, zu einem Flüchtigen machen, der als Mörder in den südöstlichen Königreichen gesucht werden würde.«

Aenne rammte die Zähne ineinander. »Wer immer diese Frau auch war«, spuckte sie aus, »ich bin mir sicher, sie hatte es verdient zu sterben!«

»Zu dumm, dass Ihr nicht über diese Wertigkeiten zu entscheiden habt, Aenne.«

»Ihr ebenfalls nicht!«

»Mord ist Mord. Auch Aegis Septimus sieht das so.«

»Ihr könnt nicht …!« Aenne hob es aus dem Stuhl. »Ihr könnt nicht einfach meinen Bruder des Mordes bezichtigen! Das könnt Ihr nicht!«

»Das kann ich wohl.«

Diese einfache Antwort erstaunte Aenne derart, dass sie kraftlos zurückfiel. »Warum?«

»Weil ich es leid bin, Euch zähmen zu müssen wie ein wildes Fohlen. Euer eigenes Glück scheint Euch nur sehr wenig am Herzen zu liegen. Das Glück Eures Bruders hingegen …« Er zuckte mit den Schultern, die Lippen gekräuselt.

Modhi wurde unterbrochen, als ein Epenai den Raum betrat. Er brachte eine Reihe an Entschuldigungsformeln vor, ging lautlos zu seinem Meister und flüsterte ihm ins Ohr. Modhi saß still. »Lasst es aufräumen«, befahl er.

Der Epenai verbeugte sich und verließ den Raum. Modhi schnippte zwei Mal mit den Fingern, der Diener mit der Weinkaraffe kehrte zurück. Er schenkte beiden nach und ignorierte dabei den Umstand, dass Aennes Wein so gut wie unberührt war.

»Es liegt in Eurer Hand, Aenne«, sagte er. »Ich kann wahllose Anschuldigungen aussprechen und sein Leben zerstören, oder ich kann darauf verzichten.« Er hob den Weinkelch an. »Es liegt allein an Euch.«

Aenne schluckte. Welche Wahl besaß sie schon? Sie hob den Kelch, stieß mit Modhi an – die Berührung war kaum wahrnehmbar, so taub fühlte sie sich –, dann führte sie den Becher zum Mund und trank.

Eine Sekunde später öffnete sie den Mund wieder. Wie ein roter Wasserfall stürzte der Wein über ihr Kinn. Sie stieß ein Husten aus.

Modhi stellte den eigenen Kelch ab. »Der Epenai sagte mir eben, er hätte in den Schlachtanlagen ein zerstörtes Glas gefunden. Glaubtet Ihr wirklich, ich ließe die Schlachthäuser nicht gründlich inspizieren, nachdem ihr mir den Schlüssel gestohlen hattet?«

Aenne hustete. Ein bitterer Geschmack breitete sich in ihrem Mund aus. Ein taubes Gefühl kroch die Speiseröhre entlang.

In Gedanken sah Aenne plötzlich das breite Grinsen eines Pferdekopfes, sie erinnerte sich an die Ankunft in Terra Talioni mit ihren Brüdern. Was hatte der seltsame Tierschädel gesagt?

Einmal schnippen – Bringt den Wein!

Zweimal schnippen – Lasst es sein!

»Aenne, Aenne«, seufzte Modhi und schüttelte müde den Kopf. Sie griff sich an die Kehle. Das Atmen fiel zunehmend schwer. »Ich hätte wissen müssen, dass Ihr nur Ärger bedeutet, als Ihr mit Eurem Bruder bei mir auftauchtet. Euer Bruder, der bei Anoush herumspioniert; Ihr, die in meinen Schlachtanlagen herumschleicht – ich hätte die Zusammenhänge früher erkennen müssen. Meine Gutmütigkeit hat mich blind gemacht für die bittere Wahrheit.«

Die Wahrheit war tatsächlich bitter. So bitter, dass Aenne das Gefühl hatte, die Geschmacksknospen ihrer Zunge stürben ab. Sie hechelte, doch ihre Luftröhre versteifte sich, der Hals zog sich zusammen. Röchelnd fiel sie zwischen Tisch und Stuhl, krümmte sich zu Modhis Füßen.

»Wann werden die Menschen endlich lernen, ihre Nasen nicht in anderer Leute Angelegenheiten zu stecken …?«

Aenne wand sich und japste nach Luft wie ein Fisch im Trockenen. Sie konnte sehen, wie sich Modhi erhob, seine Füße erschienen vor ihrem Gesicht. »Zu schade, wirklich. Ihr hättet Großes wirken können. Aber manches soll eben nicht sein.«

Aenne hörte noch, wie die Türe mit einem lauten Knall an die Wand schlug. Das Trampeln von Füßen, dann ein schnappender Ruf: »Oberster Modhi! Ihr seid der Verwendung von Blutmagie angeklagt! Im Namen Aegis' Septimus seid Ihr verhaftet!«

»Ist das ein Scherz?«, schnarrte Modhi. »Wer gibt Euch das Recht …?«

»Epena!«, stieß ein Soldat aus, als er das gekrümmte Bündel neben dem Tisch bemerkte. »Die Epenai bekommt keine Luft! Holt Hilfe!« Jemand ging neben Aenne in die Knie und schüttelte sie. Sie griff sich an den Hals, die Lippen bläulich, die Augen aufgerissen, alles flimmerte.

Modhis Stimme klang aggressiv. »Lasst mich sofort los, Ihr Bauerntölpel!«

»Uma Octavia lässt Euch festnehmen!«

Ein schockiertes Lachen. »Uma Octavia? Ist das Euer Ernst? Sie …!« Ein dumpfer Schlag, Modhi verstummte.

»Endlich. Ich dachte schon, er hält nie die Klappe.«

Von irgendwoher ein panischer Schrei. »Modhi! Modhi!«, rief eine Epenai. »Was fällt Euch ein – das ist unser Oberster!«

»Wir brauchen einen Heiler!«, brüllte der Mann über Aennes Kopf, sie konnte ihn vor lauter Schwarz und Weiß, das vor ihren Augen tanzte, bereits nicht mehr erkennen. »Wir brauchen sofort … !«

Alles versank in Schwärze.

XXVI

Die Rückkehr des alten Königs.

Ezra!«

Thymiane stand plötzlich im Zimmer, in der Hand hielt sie ein Glas, in dem ein dickes, rotfleischiges Herz lag. »Was tut das in deinem Gepäck?«

Ezra verzog den Mund zu einem unbeholfenen Lächeln. »Nun«, räusperte er sich, »eigentlich gehört es Aenne. Sie bat mich, es für sie in unserem Banktresor zu verwahren.«

Thymiane trat zum Tisch und knallte Ezra das Gefäß vor die Nase, das Herz schaukelte in der gelblichen Flüssigkeit. »Hast du dir schon einmal darüber Gedanken gemacht, was passiert, wenn Xersi das in die Finger bekommt? Monatelang werden sie wieder Alpträume plagen, wie damals, als Caedes, der Dämlack, einen Drachenschädel hierher hat schaffen lassen!«

Erza lehnte sich mit einem Seufzen zurück. »Xersi hatte keine Alpträume«, behauptete er träge. »Sie träumte davon, eine Drachenjägerin zu sein.«

»Ich bitte dich«, schnaufte Thymiane. »Was sollte daran kein Alptraum sein?«

Ezra lachte dumpf. »Caedes lässt dich grüßen.«

»Er kann sich seine Grüße sonst wohin …« Sie wollte sich umdrehen und gehen. Vieles hätte sie ihrem Schwager verziehen – aber nicht, dass er sie bei ihrem ersten Zusammentreffen als alt bezeichnet hatte.

Bevor Thymiane wieder verschwinden konnte, fischte Ezra nach ihr und zog sie zu sich auf den Schoß. »Bleib doch ein wenig«, murmelte er in ihr kastanienbraunes Haar. »Nur einen Moment.«

»Ich kann nicht. Phadhre ist allein. Sie hat Hunger.«

»Ich habe auch Hunger«, brummte Ezra und schob ihr Haar zur Seite, um ihren Nacken zu küssen. »Man kann nicht immer alles haben.«

Sie genoss einige Zeit lang die Liebkosungen, dann entzog sie sich ihm. »Eben.« Damit verschwand sie.

Ezra blieb zurück. Er hatte geahnt, dass Thymiane angesichts seiner langen Abwesenheit gekränkt sein würde. Aber etwas zu ahnen und etwas am eigenen Leibe zu erfahren war doch ein Unterschied.

Leicht verstimmt wandte er sich wieder den Briefen zu, die sich während seiner Abwesenheit angehäuft hatten.

»Ezra!« Kein zorniges Rufen, sondern ein aufgeregtes Frohlocken. »Ezra, komm herunter!«

Ezra schob den Brief von sich, erhob sich und verließ das Zimmer. »Thymiane?«

»Papa!«, krähte Xersi von unten. »Papa, Nan ist da.«

Jethro, der Reisende König, König ohne Königreich, drängte zur Türe herein. Xersi kannte ihren Großvater nicht unter diesen Namen. Mit einem hellen »Nan!« fiel sie ihm um die Beine.

Der Reisende König lächelte. Er war nie ein Mann überbordender Emotionen gewesen, und das war gut – denn wurde der alte König wütend, war es klüger, sich zurückzuziehen. »Travis grüßt«, murmelte er in den dichten Bart, der sich in Wellen das Kinn herabrankte. Er tätschelte Xersi den Kopf, betrachtete dabei Thymiane. »Wie ich sehe, geht es dir gut, Thymiane. Das freut mich.«

»Ezra brachte mir Arznei aus Terra Talioni. Ich fühle mich besser.« Thymiane trat an den alten König heran und fasste ihn an den Wangen, wie es in den Familien der Rostwalder üblich war. Vorsichtig küsste sie ihn auf das gelockte Grau. »Wir haben Euch erwartet.« Für Sie blieb er immer ein König, die persönliche Anrede schien ihr unpassend. »Wie waren die Feierlichkeiten?«

»Mal amüsanter, mal weniger«, brummte der König und wuschelte durch das Haar der kleinen Xersi, die an seinem Bein hing und nach links und rechts wippte. »Wie solche Feiern immer sind.«

»Und die Rückreise?«

»Einen großen Teil der Strecke fuhr ich mit König Laurin von Grünstadt, Excelior von Howan sowie Tenkel von Riedelei. Wir zogen

gen Süden an die Küste und durchquerten ohne Zwischenfälle die Küstenkönigreiche.«

Thymiane führte Jethro in den Gesellschaftsraum, hin zur Feuerstelle, damit er sich setzen konnte.

»Die Seeschlangen setzen den Küstengegenden stark zu.«

Ezra nickte. »Caedes erzählte davon.«

Der König warf dem ältesten Sohn einen überraschten Blick zu. »Hat er geschrieben, der alte Schriftverweigerer? Mag ich vielleicht an ihm vorbeigewandert sein, ohne es zu bemerken?«

Ezra schüttelte den Kopf. »Aenne und ich trafen ihn auf dem Weg nach Terra Talioni.«

Der alte König setzte sich, das Schwert zwischen den Knien, die schwieligen Hände darauf abgestützt. »Wo sind sie dann, die beiden? Ich will sie sehen!«

Ezra wirkte betreten. »Gut, dass du sitzt, Vater. Aenne hat geschrieben. Der Brief ist an dich adressiert.«

Die buschigen Brauen des Königs rückten misstrauisch zusammen.

Jethros Augen, die unter gesenkten Lidern verschwanden, wirkten klein und dunkel im Netz aus Falten, welches sie rahmte. Sie wanderten über den Brief in seiner Hand.

Irgendwann sprach er: »Ich muss aufbrechen.« Der alte König erhob sich und blickte zu Ezra. »Er kommt mit.« Damit verließ er den Raum.

»Was?« Thymiane warf den Kopf herum. »Was soll das heißen?«

Ezra sah zu Boden und mied ihren Blick.

»Warum musst du schon wieder gehen? Du hattest mir versprochen, zu bleiben! Du sagtest, du würdest dich um mich und die Kinder kümmern! Und jetzt gehst du? Wie lange bleibst du diesmal fort? Wochen? Monate? Vielleicht machst du es wie Caedes und verschwindest gleich für die nächsten Jahre!«

»Thymiane …!« Ezra hielt die Stimme gedämpft. »Aenne wird von den Epenai gefangen gehalten. Caedes ist verschwunden, vielleicht sogar tot – wir müssen sehen, was noch zu retten ist.«

Thymiane blinzelte erschrocken. »Wie?«

»Vater und ich müssen reisen. Du musst das verstehen.«

»Ich bleibe nicht allein zurück! Damals, als du um meine Hand anhieltest, versprachst du mir, dass es anders sein würde als an den anderen Höfen! Dass ich nicht im goldenen Turm zurückbleiben müsse, während du deine Abenteuer bestreitest!«

»Was willst du tun? Du kannst nicht mitkommen!«

»Sagt wer?«

Sagte er. Aber diesbezüglich hatte er ohnehin nie viel mitzureden gehabt.

Sie alle brachen noch am selben Tag auf.

XXVII

LIEBESSPIELE.

Ich habe die Botschaft überbracht.« Berit knickste. »Für diese Mühe wurde ich allerdings aus dem Tempel geworfen.«

Caedes sah sie misstrauisch an. »Was hast du angestellt?«

»Ich? Ich stelle nie etwas an! Doch ich kann Euch versichern, kein Oberster sieht gerne Freudenmädchen in seinen goldenen Hallen. So ist das mit den meisten Menschen – nachts ficken sie uns, des Tages jagen sie uns davon.«

»Du steckst wahrlich voller Weisheiten, Berit.«

»Weisheiten, die mich das Leben gelehrt hat.«

Caedes konnte nicht umhin, Berit zu mögen. Sie war ein kesses Ding, fand er, vermutlich klüger, als es für sie gut war, und klug genug, sich es nicht anmerken zu lassen. Berit rang dem Leben seine guten Seiten ab, es war ein steter Kampf. Vermutlich waren er und sie sich ähnlicher, als er sich eingestehen wollte.

Der Gedanke amüsierte ihn. »Ich danke dir.«

»Kann ich Euch sonst noch irgendwelche Dienste anbieten, mein Herr?«, fragte sie bewusst affektiert.

Er lachte. »Hast du keine anderen Männer, die du besuchen musst?«

»Müssen …« Sie verdrehte die Augen. »Dich mag ich lieber.«

»Ich vermute, das sagst du zu jedem Mann.«

»Das mag sein. Aber in deinem Fall stimmt es.«

Er glaubte ihr seltsamerweise. »Willst du etwas trinken? Als Dank für deine Mühen?«

»Ich dachte, die Rhonen waren der Dank – dennoch sage ich nicht nein …« Sie zog ihn die Straße entlang, direkt unter die purpurnen Dächer der nachtumschatteten Märkte.

Berit saß Caedes gegenüber und nippte unschuldig an ihrem Becher Met, ihre Zehen spielten mit seinem Knie. »Deine Schwester hat sich ganz schön in die Scheiße geritten, wenn sie sich Modhi verschrieben hat«, stellte sie fest.

Caedes reagierte nicht.

»Modhi ist ein grausamer Mann. Aber das ist dir sicherlich nicht neu – sind doch die meisten Leute, die ganz oben mitspielen, grausam und amoralisch.«

Da saß er nun und ließ sich von einer Hure über Moral aufklären. Er lächelte knapp und trank von seinem Becher. Er hatte Lust auf Sex.

»Aegis ist anders«, sagte sie.

»Wieso?«

Sie zuckte mit den Schultern.

»Besucht er euch?«

Berit schüttelte den Kopf. »Nein, du verstehst das falsch. Er und seine Frau sind glücklich. Doch er und Uma pflegen ein enges Verhältnis, er schätzt ihren Rat. Wenn er im Haus ist, ist er zu jedem Mädchen, das er trifft, höflich. Auch zu denen, die ganz unten stehen.«

»Ganz unten?«

»Du weißt schon.« Ihr Finger kreiste über den Rand des Bechers, ihre Zehen über seinem Knie. »Die Bluthunde. Infra … und die anderen.«

»Ah.«

Berit nickte.

»Und er hat nie mit einer von euch …?«

Sie schüttelte den Kopf. »Was ist mit dir?«, fragte Berit. »Wartet auf dich irgendwo eine Königin, die dein Herz besitzt?«

Vielleicht wusste Berit von Shalimar, es wäre ihr zuzutrauen. Gerüchte gab es zur Genüge. Wer einmal nackt auf Shalimars Balkon gesichtet worden war, wurde diesen Ruf nicht mehr so schnell los.

Dennoch hatte Caedes die Inselkönigin niemals als eine Frau betrachtet, die auf jemanden wartete – auch nicht auf ihn. Wenn er dort war, war er da, wenn er fort war, dann eben nicht.

Er schüttelte den Kopf.

Berit legte das Kinn schief und grinste etwas schelmisch, während ihre Zehen tiefer glitten. »Ich bitte dich! Irgendwo gibt es doch sicherlich das eine oder andere Mädchen, das auf deine Rückkehr wartet!«

»Hast du mich in letzter Zeit schon einmal genauer angesehen?« Die Begegnung mit Olafs Feueramulett, der tagelange, benebelte Ausflug in die talionier Drogenszene und dann das Bad im Monstrum unter der Roten Straße in Kombination mit seiner neuen, honigblonden Haarfarbe hatten seine Attraktivität nicht unbedingt gesteigert. Die zahlreichen Niederlagen standen ihm zu Gesicht.

Früher war alles noch leichter gewesen, dachte er. Ein Drache – *zack!* Und hinterher noch wunderschön, wie man war, ein Bier trinken … Epena hatte ihn im Stich gelassen. Kein Wunder, wenn man mit ihren Schergen rang.

Berit grinste. »Ich weiß, warum du nicht gehen willst.«

Seine Augenbrauen hoben sich. »Ach ja?«

»Wegen Infra.«

Stille. Ein trockenes Lachen. »Nein. An Infra liegt es sicherlich nicht.«

»Es ist nicht so, als könnte Uma durch uns jeden Mann an sich ketten. Es gibt Männer, die einmal kommen und nie wieder nach Terra Talioni zurückkehren. Du bist zu lange hier, um einer dieser Männer zu sein. Das heißt, Uma hat dich bereits gefangen. Und wir kennen doch den Köder, den sie ausgeworfen hat.«

»Es stimmt – Infra ist ein nettes Mädchen. Ich bin dankbar, dass sie dich geschickt hat, um nach mir zu sehen, denn wer weiß, ob ich sonst noch am Leben wäre. Aber … das war es auch schon. Ich habe sie seit dem Nachtblutrausch nicht mehr gesehen.«

Berit beobachtete jede Regung seines Gesichtes. »Schade«, sagte sie irgendwann. »Du bist nicht wie die anderen. Und wissen die Götter – Infra hätte jemanden verdient, der nicht kommt, um ihr die Seele aus dem Leib zu prügeln.« Der Fuß saß mit einem Mal in seinem Schritt. »Aber mir soll es recht sein.« Ihre Finger spielten mit ein paar Strähnen ihres nussbraunen Haars, ihr Fuß spielte in der abgeschiedenen Dunkelheit des Tisches zwischen seinen Beinen.

»Berit!« Irgendwoher erklang ein Rufen.

Berits Fuß zog sich plötzlich zurück.

»Berit!« Die Stimme näherte sich. »Berit – Modhi wurde festgenommen! Gerade heute, kannst du das fassen? Der einzige Tag im Jahr, an dem ich Ausgang habe und dann wird Modhi eingekerkert, wenn das nicht Gotteswerk ist! Endlich wird er der Blutmagie angezeigt! Er …!« Iox kam an den Tisch herangelaufen, nickte dem blonden Mann flüchtig zu und sprach weiter. »Ich dachte schon, es passiert nie! Die Talionische Garde hat ihn soeben abgefüh…« Sie brach ab, als Berit ihr ein hastiges Zeichen gab, still zu sein.

Das lange *Ü* noch auf den Lippen, wandte sie sich an Berits blonden Freund. Sie starrte Caedes an.

Caedes starrte zurück. Was hatte sie gerade gesagt? *Endlich?* Endlich werde Modhi der Blutmagie angezeigt? Sie dachte schon, es passiere nie?

Caedes erhob sich langsam. »… du wusstest es.«

Iox rührte sich nicht.

»Du wusstest von Modhi. Und der Blutmagie.«

Ihre Lippen öffneten sich zitternd. »Ich habe keine Ahnung, wovon Ihr sprecht!«

Caedes stierte in ihre Augen. Unter seinem dunklen Blick schien sie kleiner zu werden. »Du wusstest es«, knurrte er. »Und dennoch hast du geschwiegen!«

Iox Hände hoben sich abwehrend. »Ich …«

»Menschen sind gestorben!«, rief er aus. »Wer weiß, wie viele es wirklich waren! Wenn du etwas wusstest, wäre es deine Aufgabe gewesen, alldem ein Ende zu machen!«

Sie widersprach nicht. Für ihn war das ein Schuldeingeständnis.

»Ihr, ihr versteht das nicht …«, stotterte sie. »Ich bin nur …«

»Oh nein, Infra – komme mir nicht mit der Verharmlosung deiner Person! Du besitzt Einfluss auf – weiß Helior wie viele Männer! Hättest du deinen Worten Gehör verschaffen wollen, es wäre dir sicherlich gelungen!«

Sie biss sich auf die Unterlippe.

»Ah«, fuhr er fort, als hätte ihn eine plötzliche Erkenntnis getroffen. »Jetzt verstehe ich. Du wusstest, dass Modhi mich vergiften wollte! Deswegen hast du Berit nach mir geschickt!«

Iox stieß brüskiert die Luft aus der Nase. Ein weiterer Schritt zurück.

»Meine Schwester … musste Modhis Vertrag unterschreiben … weil du …!«

»Niemand hat Euch oder Eurer Schwester jemals gesagt, dass Ihr nach Terra Talioni kommen sollt!«, schnappte Iox. »Glaubt nicht, mir Euer Schicksal anlasten zu können!«

Er sah sie lange an. »Welch ein grausames, kleines Mädchen du bist. Und ich dachte, du würdest Männern die Herzen bloß bildlich aus dem Leibe reißen.«

Iox presste die Kiefer aufeinander und reckte das Kinn in die Höhe. Sie war eine kleine, kämpferische Füchsin, mit dem Rücken zur Wand.

Sie öffnete den Mund und sprach den einzigen Satz, mit dem sie die Moral einer gesamten Armee hätte zerstören können. »Ich kann wirklich nichts dafür, dass Ihr Euch in mich verliebt habt!« Damit drehte sie sich um und rannte von dannen, so schnell, dass der vollkommen verdatterte Caedes nichts mehr tun konnte, um sie aufzuhalten.

Caedes blieb stehen, der Mund offen wie ein Scheunentor.

Berits Hand fasste vorsichtig nach Caedes' Arm. Schnell wandte er sich um. »Hast du das gewusst? Das mit Modhi?«

»Ich wusste nie Genaues. Mit solchen … Dingen habe ich nichts zu tun.«

»Mit solchen Klienten meinst du.«

»Auch.«

Er sah sie an. »Ihr hättet etwas tun müssen, du und sie!«

Sie blickte mit traurigen Augen zurück. »Wer glaubst du, wer wir sind, Caedes? Wie viele Leute behandeln uns schon wie Menschen? Wir haben nur einander, wir Mädchen! Ich kann den Palast verlassen, aber was kann sie? Alle paar Jahre, wenn Uma die Großzügigkeit überkommt, darf sie den Mauern des Anwesens entfliehen, nur um in den Mauern der Stadt eingesperrt zu sein. Sie hat niemanden außer uns. Ich bin die Einzige, der sie vertraut. Nicht einmal mir würde sie von derlei Machenschaften erzählen!«

»Menschen sind tot, weil …«

»Menschen sterben immer und überall. Für uns hat das keine Bedeutung.« Berit seufzte. Ihr Blick glitt zur Menge, in der Iox verschwunden war. »Ich hatte ihr versprochen, dich nicht zu sehen«, flüsterte sie. »Das wird sie mir nie verzeihen.«

Ein zorniges Brummen. »Es ist nicht deine Aufgabe, sie glücklich zu machen.«

»Sie ist ein Bluthund. Es ist niemandens Aufgabe, sie glücklich zu machen.« Sie stand auf, streckte die Hand aus. »Komm.«

»Wohin?«

»Wenn Modhi im Gefängnis sitzt, heißt das dann nicht, dass deine Schwester frei ist? Wir sollten feiern. Komm einfach. Ich tue dir schon nichts.« Einen kurzen Moment war sie da, ein sachter Kuss. »Nun komm.« Sie zog ihn hinfort.

Iox folgte den beiden Gestalten mit einigem Abstand. Trotz ihres für Terra Talioni untypischen Aussehens gelang es ihr gut, mit der Masse zu verschmelzen. Wer in Umas Felsenpalast lebte, war es gewohnt, Schleichwege zu benutzen. Wer auffiel, hatte meist mehr Ärger am Hals, als ihm lieb war.

Diese Stadt der Schlangen, sie hasste sie wie die Pest! Hier unten, am Boden der Elendsviertel, voll von billigem Bier, billigem Sex und allen Arten absonderlicher, billiger Unterhaltung, erschien die Welt, wie sie wirklich war. Man sah den Leuten an, was sie waren und was das Leben in Terra Talioni aus ihnen gemacht hatte.

Die Armenviertel waren das Ehrlichste, das Terra Talioni zu bieten hatte.

Iox hatte gewusst, dass Berit mit dem Drachenjäger geliebäugelt hatte. Es gab nicht viele Männer, die Berit gefielen – aber der Reisende Prinz, der hatte es der Überlebenskünstlerin angetan.

Iox hatte sie gebeten, sich von Caedes fernzuhalten. Berit hatte es ihr nach etlichem Ringen versprochen. Dass sie das Versprechen so leichtfertig gebrochen hatte, war Iox eine Lehre – Berit war eben doch nur eine Talionierin wie all die anderen.

Aber so waren sie, die Talionier – ohne zu zögern brachen sie ihr Wort und anderen das Genick.

Sie schlich zwischen den Menschen hindurch. Berits ungezähmtes, braunes Haar tanzte zwischen ihnen davon. Daneben der Blondschopf, der Drachenjäger. Sie hatte Perporri einen ihrer Tränke geschenkt, für den Notfall aller Notfälle, und jetzt war der Drachenjäger blond. Hatte er den Trank gestohlen? Oder hatte Adalgis Perporri sie verraten wie all die anderen Talionier? Dieser Ort veränderte jeden, der sich länger darin aufhielt!

Auf nackten Sohlen wand sie sich zwischen zwei Männern hindurch. Berit und Caedes verschwanden eben in *Perditas*, eine Herberge, die vor allem von billigen Prostituierten frequentiert wurde. Iox kannte Berit. Der Mann, den sie heute mit aufs Zimmer nahm, musste nicht zahlen. Wenn Uma davon erführe, würde sie Berit vierteilen lassen.

Iox würde den Mund halten, genau, wie sie es immer tat. Mochte diese Stadt aus all den Bewohnern Monster gemacht haben – Iox hatte ihr standgehalten.

Sie huschte in das Haus, wich Perdita aus und tauchte wie ein Schatten in einen der anliegenden Räume. Sie wartete, bis die Besitzerin der Herberge den Gang verließ, und trippelte dann eilig weiter. Ihr Atem war ein Hauch, kaum da, schon wieder fort.

In vielen Türen hingen rote Laternen, dahinter wälzten sich Leiber. Irgendwo knarrte es, anderswo schrie jemand. Sie ging weiter, drehte sich an einem Mann vorbei, der eine Frau an die Wand drängte. Der Rock eines Leinenkleides raschelte leise. »Einen goldenen Schatten« hatte Berit sie irgendwann einmal genannt. Iox hatte das Gesicht verzogen, da die Umschreibung einer sterbenden Sonne erschreckend ähnlich gewesen war.

Im oberen Stock angekommen lauschte Iox nach Berit – doch sie hörte kein keckes Lachen. Sie suchte weiter, warf einen Blick hierhin, einen Blick dahin. Hier oben gab es kaum Türen, nur Vorhänge und bemalte Holzperlenschnüre, von denen die Farbe blätterte.

Iox tauchte vom Licht in die Dunkelheit, schob sich die Wand entlang, lugte in den Raum zu ihrer Linken …

Gefunden! Drachenjäger und Hure in trauter Einigkeit.

Berit suchte gerade nach den Lippen des Mannes, er wollte sich entziehen, ließ es dann jedoch zu. Iox konnte nicht anders, als hinzustarren. Die Männer, die sie normalerweise besuchten, pflegten nicht zu küssen – auch dieser hier nicht – und wenn sie es taten, dann war es meist weniger eine feucht-fröhliche, als vielmehr eine ertrunken-traurige Angelegenheit. Von einem Liebhaber geküsst zu werden, der nach Alkohol und Asphodelienkraut stank, mit angeregtem Speichelfluss und dem festen Glauben, der Hauptgewinn für alle Frauen zu sein, war vernachlässigenswert.

Berit schien die Küsse zu genießen. Sie grub die Hände in die Hose des Drachenjägers und zog das Hemd daraus hervor. Ihre Finger kratzten über seine braune Haut, hinterließen rote Streifen, die sich über die Muskeln bewegten.

Iox riss ihre Aufmerksamkeit los, ging in die Knie und rutschte durch den Spalt des Vorhangs in den Raum. Wie eine Raupe robbte sie zum Bett, in dem sich die Liebenden wälzten, hin zu dem Gürtel, der wie eine zusammengerollte Schlange am Boden lag. Sie grapschte nach dem Lederbeutel, der daran hing. Aus diesem ragte der Hals einer leeren gläsernen Phiole – in der Tat, es war der Trank, den Iox Adalgis Perporri geschenkt hatte. Niemand durfte diese Phiole jemals zu Gesicht bekommen, oder es würde ihr schlecht ergehen.

Eng an das Bett gepresst, das unter den Bewegungen erzitterte, nestelte sie am Verschluss herum. Ihre Finger bebten so stark, dass sie den Knoten kaum zu lösen vermochte.

Das Bett knarrte, Iox machte sich klein. Ein Schatten fiel über sie. Erschrocken duckte sie sich zu Boden.

Ein Hemd fiel auf sie herab.

Großartig. Sie konnte in der leinernen Dunkelheit nur die Nase rümpfen. Es roch nach Seife, dem Drachenjäger und fernerhin nach Michaelis Pel'Dagan – das musste das Hemd sein, das sie für ihn gestohlen hatte. Welch Ironie. Sie hätte ihn nackt aus dem Felsenpalast werfen sollen.

Vorsichtig zog sie den Leinenstoff vom Gesicht und arbeitete weiter an der Verschnürung. *Endlich, geschafft!*

Sie barg die Phiole an ihrer Brust und machte sich daran, rückwärts Richtung Tür zu robben. Ein Blick über ihre Schulter stoppte sie inmitten der Bewegung. Vor dem Ausgang stand ein Mann, in der Hand eine Schnapsflasche, er wankte leicht vor sich hin. Irritiert blinzelte er ihr entgegen.

Iox starrte zurück, stumm.

Der Mann grinste lediglich, nahm einen Schluck und schlurfte weiter.

Vorsichtig stieß Iox die angehaltene Luft aus und kroch weiter, die Beine zwischen Türstock und Vorhang aus dem Raum fädelnd.

Gänzlich im Flur angekommen, rappelte sie sich schnell auf, drückte das Fläschchen an die Brust und verschwand.

Ein Mal noch drehte sie sich um, sie konnte nicht anders. Braungebrannte Haut, sehnige Arme, muskulöse Schultern. Berit schob Caedes mit geschlossenen Augen die Hose vom Hinterteil.

Ja, die gute Berit hatte schon gewusst, was sie kaufte – sie hatte sich noch nie in die alten, hässlichen Männer verliebt.

Iox huschte den Gang entlang und wollte gerade die Hintertreppe nehmen …

Jemand packte sie am Arm und riss sie zur Seite. Eine Hand schob sich über ihren Mund, dämpfte einen erschrockenen Schrei, fleischige Arme schlangen sich um ihren Körper. »Infra«, flüsterte Nestor von der Grünen Küste. Der Alkohol schlug ihr feucht entgegen. »Meine kleine, süße Infra …!«

Iox versuchte, sich aus seinem Griff zu winden, doch es gelang ihr nicht. Nestor legte sein Gesicht in ihren Nacken, atmete rasselnd ihren Duft. »Du siehst nicht aus wie meine Infra, aber du riechst wie sie.« Er wiegte sie in den Armen, wiegte sie hin und her wie ein kleines Kind.

Sie schüttelte den Kopf, seine Finger verrutschten. »Lasst mich los, Nestor!«, zischte sie. »Dieser Tag gehört mir! Ihr habt kein Recht, ihn mir zu nehmen!«

»Oh, Infra«, seufzte Nestor. »Infra, ich liebe dich doch so!« Die fleischigen Lippen berührten ihren Hals, hinterließen Speichelreste.

Sie strampelte. »Lasst … mich … los!«

»Sei doch nicht so wild«, nuschelte der Mann, jeder Laut aus seinem Mund zog sich in die Länge. »Ich will dich doch nur halten.«

»Lasst mich!«

»Was wird wohl Uma dazu sagen?«

»Heute … ist …!« Sie strampelte, wand sich in seinen Armen, doch keine Chance.

»Was wird Uma dazu sagen, dass du und deine kleine Freundin euch mit Männern trefft, die nicht für euch bezahlen?«

Iox hielt ein, sich zu wehren. »Was?«

»Ich habe ihn gesehen, den Reisenden Prinzen.« Seine Lippen durchnässten ihr Haar. »Ihr habt es ihm besorgt, alle beide.«

»Das ist nicht wahr!«

»Und wie es wahr ist. Uma wird mir glauben, denkst du nicht?«

Iox schluckte. Das würde sie. Sie rührte sich nicht mehr. »Was wollt Ihr?«

»Lass uns hinaufgehen, meine Infra. Ganz hinauf, ins oberste Zimmer. Dorthin, wo die vielen Stufen sind.«

Iox hasste Stufen.

»Lass uns hinaufgehen, nur wir beide …« Sein Gesicht lag noch immer in ihrem Nacken. »… Uma muss nichts erfahren …«

In dieser Stadt hatte es keinen Sinn, sich zu wehren.

Er drückte sie an sich, die Flasche entglitt ihren Fingern und zerschellte am Boden. Niemand hörte es.

Nestor schleppte Iox die Stufen hinauf. Er mochte es, Mädchen die Treppen hinabzustoßen und dabei zuzusehen, wie sie sich alle Knochen brachen. Manchmal mochte er auch, dass man ihm wehtat, doch wenn er ein Zimmer mit Stufen bestellte, dann waren die Mädchen dran.

Heute war ein solcher Tag.

Oben angekommen, ließ er Iox los. Sie floh auf die andere Seite des Zimmers, auch wenn sie wusste, dass es kein Entkommen gab.

Das Zimmer glich einem Dachboden. Es gab kein Bett, durch das Fenster strich kalte, nächtliche Abendluft. Zusammengerollte Teppiche, übereinandergestapelte Pelze, Ballen Vorhangstoff, mit Gerümpel befüllte Truhen. Ein Tisch unter einer Dachluke, auf dem Kleinkram lag. Iox überlegte einen Augenblick, ob sie versuchen sollte, aus dem Fenster zu klettern, doch damit hätte sie Berit ausgeliefert. Nestor hasste Berit – er würde sie ohne Skrupel an Uma verraten.

So krallte Iox nur die Hände um den Tischrand und sah zu Nestor, der in der Düsternis den Gürtel von seiner Hose löste. Eine knappe Bewegung, dann schnalzte das Leder zu Boden.

Nestor wusste seinen Gürtel zu bedienen, egal wie betrunken er war. Ein Lachen entkam seinen dicken Lippen, es war Iox wohlbekannt und doch machte es ihr Angst. »Meine Infra«, raspelte seine Stimme. »Meine kleine Infra …«

Der erste Schlag peitschte durch die Nacht. Dann der zweite. Nicht sonderlich stark – nicht für seine Verhältnisse – dennoch stieß sie ein Jaulen aus. Täte sie es nicht, würde die Nacht ungleich blutiger enden.

Er schlug zu, immer wieder, peitschte auf ihren Rücken, ihr Gesäß, ihre Beine ein. »Na?«, rief er. Der Gürtel sauste. »Na? Wen liebst du, Infra – wen?«

»Dich, Nestor – ich liebe *dich*.«

»Mich liebst du! Für mich hast du hier zu sein! Auf mich … wartest du!« Ein kräftiger Schlag, der ihr Kleid zerriss.

Er stand hinter ihr, schlug ihren Rock in die Höhe. Ihr Kopf versank zwischen ihren Schultern. Sie hörte, wie Nestor an seiner Hose nestelte.

Wenn Nestor Sex wollte – und das wollte er beileibe nicht immer – war es zumindest schneller vorbei. Es waren die besseren Tage.

»Was ist mit diesem Prinzen?«, plärrte er, seine Hose fiel zu Boden. »Was ist mit dem tradeadischen Grafen? Was ist mit ihnen?«

»Nichts«, murmelte Iox. »Sie sind nichts. Ich liebe doch nur dich, Nestor.«

Nestor drängte sich an sie, riss ihren gebeugten Körper in die Höhe, seine Hände schlossen sich um ihren Hals. »Natürlich tust du das!«, grollte er. »Natürlich liebst du deinen Nestor! Das gefällt dir, was?« Seine Finger quetschten ihr Fleisch. »Du wartest nur darauf …!«

Iox Antwort kam lediglich als ein Gurgeln hervor. Seine Hände drückten unerbittlich auf ihren Kehlkopf, sie schnappte nach Luft. Er stand da und schüttelte sie vor sich hin, weil er auf eine Antwort wartete, die ihre Kehle nicht verlassen konnte. »Na?«, herrschte er. »Na, gefällt dir das?«

Ein Ächzen. Ihre Finger krallten sich um seine Hände, wollten sie lockern. Er gab nicht nach, betrunken konnte er seine Kraft nicht im Zaum halten. »Du liebst mich, weil ich der Stärkste bin! Sieh, wie stark ich bin! Viel stärker, als all die anderen Hänflinge! Sollen sie doch kommen, allesamt, sollen deine Freunde von den Inseln kommen, ich zerquetsche sie alle unter meinen starken Fingern!« – und seine Finger quetschten fester.

Iox Fingernägel kratzten an seinen Händen, die ihr so tief im Hals saßen, als befänden sich dort Löcher. Ihre Augen quollen hervor, ihr Mund stand offen, die Beine knickten nach links und rechts.

Es tat weh, so unbeschreiblich weh.

Heute war doch ihr freier Tag.

Ihr Tag in Freiheit.

Er hatte kein Recht …

Sie griff nach irgendetwas, das vor ihr auf dem Tisch lag, und rammte es nach hinten.

Nestor stieß ein schmerzerfülltes Brüllen aus. Er taumelte zurück. In seiner Schulter steckte eine Haarnadel, an deren Ende eine Perle baumelte.

Iox, die sich keuchend den Hals hielt, reagierte wie ein erschrockener Hase und wollte Haken schlagend Richtung Treppe sprinten.

Sie kam nicht weit.

Nestors Hand schoss vor und packte sie am Oberarm, sodass es sie von den Füßen riss. Ihre Knochen knackten.

Sie stieß einen erschrockenen Schrei aus, ihre Zehen radierten über Holz, sie spürte in einem Schmerzensblitz, wie zwei davon brachen.

Nestor schlug ihr in den Bauch und stieß zornige Laute aus. Schon wieder der Luft beraubt, die sie doch gerade erst zurückerobert hatte, sank Iox in sich zusammen.

»Ihr seid doch alle gleich, ihr verfluchten Menschen von den Inseln!«, schnauzte er. »Kurz unbeobachtet, fallt ihr einem in den Rücken und mordet alles, das euch unter die Finger kommt!« Er hob den Fuß, der noch im Stiefel steckte, und trat brutal auf den ihren. Sie heulte, als ihre Mittelfußknochen barsten.

Sie glaubte, sich vor Schmerzen übergeben zu müssen, doch bevor sie dem Impuls nachgehen konnte, lag eine Gürtelschlinge um ihren Hals. Erbarmungslos zog Nestor das Leder enger, zwängte die Finger, die sie dazwischenschob, ein. Sie röchelte. »Nicht!«

»Du wirst schon sehen, was du davon hast!« Nestor zog sich die Nadel aus der Schulter. Niemand hier in Terra Talioni hatte ihn jemals als Krieger erlebt. Alle kannten ihn nur als wankenden Säufer, der nach Wein und Frauen schrie.

Doch Iox kannte ihn. Sie kannte den Krieger, der er einmal gewesen sein mochte, bevor die Menschen der Freien Inseln seine Heimat zerstört hatten.

Der Krieger war zurückgekehrt.

»Wolltest mein Gesicht treffen, was? Hättest besser zielen sollen!« Eine kurze, harte Bewegung – und er rammte ihr die Haarnadel ins Auge.

Iox schrie, ihre Stimme schnitt schrill durch das Finstere der Nacht.

Sie brüllte noch immer, als sie sich zusammenkrümmte, mit den Händen furchtvoll das zerstörte Auge bergend.

Nestors stinkender Atem wusch über sie hinweg. »Du hättest dankbar sein sollen, Infra! Einfach nur dankbar!« Er packte sie am Kinn und zog sie in die Höhe. Etwas Kaltes legte sich an ihren Hals, direkt über den ledernen Riemen, der sie abschnürte. »Wenn du mich nicht willst, kriegt dich auch kein anderer!« Damit fuhr das Messer durch ihr Fleisch.

Iox Schreie vergingen in einem dickflüssigen Gurgeln.

Nestor stieß ein heiseres Lachen aus, als Blut über seine Hände floss. Er zog den glitschig gewordenen Gürtel fester, um Iox in der Höhe zu halten. »Niem…«

Irgendetwas in ihr brach, ein Damm, der all die heiße Wut viel zu lange zurückgehalten hatte. Mit einem Schwall goss sich diese Wut durch ihren Körper und senkte sich bis in die prickelnden Fingerspitzen.

Iox riss die Nadel aus ihrem Auge und rammte sie in Nestors. Diesmal traf sie. Die Haarnadel bohrte sich durch die Augenhöhle tief in den Kopf. Zusammen stürzten sie nieder.

Berits Lächeln war klein aber süß, ihre Hände glitten warm über seine Arme. »Du musst mit vielen Frauen geschlafen haben«, flüsterte sie, »so wie du dich anstellst.«

Caedes stieß ein trockenes Lachen aus und wälzte sich zur Seite. »Klar«, antwortete er zynisch.

»Glaubst du mir nicht?«

»Glaube niemals dem Wort einer Hure – schon gar nicht, wenn sie mit dir schläft.«

Enttäuscht sank Berit zurück aufs Lager. Bei anderen Männern war es so einfach, sie glücklich zu machen. Vor dem Zimmer tappte jemand am Vorhang vorbei, vermutlich war es irgendein Betrunkener. Berit beobachtete Caedes, wie er in sein Hemd schlüpfte, anschließend in die Hose.

Draußen – ein Schrei, schrill und panisch.

Der Drachenjäger war mit einem Satz bei der Tür und schob den Vorhang zurück.

»Was …?« Berit stolperte an seine Seite.

Im Gang stand Iox. Sie hatte ihnen den Rücken zugekehrt, doch Berit erkannte sie sofort – das Haar hing lang und glatt über ihren Rücken, es besaß diese absonderliche Farbe, die niemand genau benennen konnte.

Vor ihr tropfte etwas dunkel zu Boden.

»Infra …?«, stieß Berit nervös aus. »Was tust du hier?«

Ein Mädchen, das am Ende des Ganges stand, starrte sie an, die Augen panisch aufgerissen, die Hand vor den Mund geschlagen.

Iox drehte sich langsam im Kreis.

Berit stieß einen Schrei aus.

Iox' Auge war ein schwarzrotes Loch, Blut und Augenflüssigkeit rannen ihr über die Wange. Ihre Hand, blutüberströmt, umklammerte den Hals und versuchte, die rote Flüssigkeit davon abzuhalten, aus ihrem Hals zu stürzen.

»… die … Phiole …«, entrang es sich gurgelnd ihrem Hals. Dann sackte sie in sich zusammen.

Berit stürzte an Caedes vorbei und fiel bei Iox auf die Knie. »Infra!«, schrie sie. »Infra!« Sie schüttelte den leblosen Körper. »Aurora! Hörst du mich?«

Andere Menschen kamen herbei, blieben in einiger Entfernung stehen, um zu gaffen, oder machten sich eilig daran, das Haus zu verlassen.

Berit hob mit einem Ruck den Kopf. »Caedes, du musst sie tragen!«

Der Drachenjäger brauchte einen Augenblick, bis er sich rühren konnte. »Sie ist tot«, stellte er fest. Er fühlte sich taub, als wären ihm jegliche Emotionen abhandengekommen.

»Du musst sie tragen!«, schrie Berit erneut. »Schnell!«

Er tat, was sie verlangte. Kam, schob seine Hände unter Iox' Körper, aus dem noch immer Blut rann wie aus einer zerbrochenen Flasche, und stemmte sie in die Höhe, während Berits blutige Finger das Gesicht ihrer Freundin streichelten. »Mein kleines Mädchen«, flüsterte sie. »Alles wird wieder gut!«

Er spürte, wie sein Hemd den dunklen Lebenssaft aufsaugte, wie er auf seine Füße tropfte, wie er eine Spur hinterließ, während sie die Treppe hinabstiegen, – eine nahezu unendliche Spur –, als er die Sonne, die nun tot war, zu Umas Palast brachte.

»Ich brauche Sheera!«, schnappte Berit, als sie von der Talionischen Garde aufgehalten wurde.

»Was wollt …« Der Soldat brach ab, als er Iox sah. Er blinzelte irritiert. »Was …?«

»Sheera!«, brüllte Berit. »*Sheera!*«

Iox lag wie ein nasser Sack in Caedes' Armen. Ihr Kopf war zurückgekippt, ließ den Blick frei auf einen weit geöffneten Hals. Er wandte das Gesicht ab.

»*Shee… !*«

»Halt die Klappe, du dumme Gans, du kannst nicht durch den gesamten Palast schreien, als wäre es …« Der Soldat verstummte, als eine schlanke Gestalt am Ende des Ganges auftauchte. Sheera trat in den Lichtkreis einer Fackel. »Was ist los?«

Berit schien erleichtert. »Sheera!« Sie lief auf Umas Dienerin zu, die brüskiert den Kopf zurückschob, als sie all das Blut erblickte. »Infra«, keuchte Berit. »Sie ist … sie …!«

Plötzlich kam Leben in Umas Leibdienerin. Sie eilte zu den Wachen, drängte sich zwischen ihnen hindurch und ächzte, als sie Iox sah. Mit keinem einzigen Wort fragte sie, was geschehen war, löste nur hastig den ledernen Gürtel, der noch am Hals der Toten hing, und gab den Soldaten das Zeichen, Iox aus Caedes' Armen zu nehmen. Angewidert folgten sie ihrem Befehl.

Sheeras Blick streifte den blonden Caedes. Ihre Augen weiteten sich. »Caedes«, sagte sie. »Ihr …«

Seine Hände klebten von fremdem Blut. Er schwieg und bewegte sacht die Finger, die sich anfühlten, als hätte er sie in Met getaucht.

»Was …?«, setzte Sheera noch an, dann riss sie sich wieder zusammen und klärte ihr Gesicht. Hinter ihr trug der Soldat den Leichnam fort, Iox von sich gestreckt, als wäre sie ein räudiger Hund, den er im Straßengraben aufgelesen hatte. Berit lief nebenher, beschwörende Floskeln flüsternd.

Sheera rührte sich nicht, faltete die Hände übereinander. Ihre Lippen öffneten sich, doch die Worte stockten in ihrem Mund. »Wir wussten nicht, dass Ihr noch in der Stadt weilt.«

Schweigen.

»Sonst … hätten wir uns eher an Euch gewandt.«

»Ich habe es bereits gehört.«

Ihre Augen weiteten sich vor Überraschung. »Habt Ihr?«

Er nickte.

Sheera schluckte. »Es … es tut mir leid.«

Seine Augenbrauen verschoben sich. »Euch tut leid, dass Modhi festgenommen wurde?«

»Ihr … wisst es noch nicht?«

»Was weiß ich noch nicht?«

Sheeras Mund öffnete und schloss sich.

»Sheera!«, rief Caedes. »Was ist geschehen?«

»Kommt!« Sie rauschte davon, Caedes hatte keine andere Wahl, als ihr zu folgen.

XXVIII

Die Wahrheit ist ein reines Gut.

Caedes wartete eine gefühlte Ewigkeit, bis Uma Octavia höchstpersönlich das Zimmer betrat, ihr Haar zu einem hastigen Knoten geschlungen. Sie wischte sich Blut vom Gesicht. »Verzeiht«, murmelte sie, trat zu einer Waschschüssel und tränkte einen Lappen im warmen Wasser.

»Dazu gibt es keinen Grund.«

Sie kehrte ihm den Rücken zu, wusch sich. Das Wasser plätscherte. »Ich werde Euch nicht fragen, woher Ihr einen meiner magischen Tränke hattet. Ich werde Euch nicht fragen, warum Ihr in der Nähe der beiden Mädchen wart – und auch nicht, ob Ihr es wart, der Infra die Kehle durchgeschnitten hat.«

Caedes überlegte einen Augenblick lang, ob er widersprechen oder sich erklären sollte, entschied sich jedoch dagegen. Was nutzte es schon? Er war mit einer toten Frau in den Armen vor Umas Toren gestanden – jeder andere wäre ebenfalls zur selben Schlussfolgerung gekommen. »Danke, dass Ihr mein Mädchen zurückgebracht habt.« Stille. Das Plätschern von Wasser. »Von diesem Tag an werden wir nie wieder über die Geschehnisse der heutigen Nacht sprechen. Ab jetzt wird es so sein, als hätte es Infra niemals gegeben.«

Caedes schwieg. Uma schien das als Zustimmung zu nehmen. Sie faltete den feuchten Lappen und klatschte ihn über den Rand der Waschschüssel. Rosige Flecken blühten auf dem matten Weiß ihrer Wangen.

Sie wandte sich um. »Ihr wisst, dass Modhi festgenommen wurde?«

Ein langsames Nicken. »Ich habe davon gehört.«

»Solche Neuigkeiten verbreiten sich schnell.« Ein lautloses Seufzen. »Hätte ich gewusst, dass Ihr Euch noch in der Stadt befindet, hätte ich Euch eher rufen lassen.«

»Weswegen?«

Die Muskeln an ihrem Kiefer bewegten sich. »Es gab einen … Zwischenfall. Um einen Mann von Modhis Rang festnehmen zu können, musste Aegis einen Haftbefehl aussprechen. Aenne hatte Beweise dafür gefunden, dass Modhi Blutmagie betreibt. Ich dachte, Modhi hätte nichts bemerkt, doch …«

»Was soll das heißen?«

Umas Brust hob sich schwer. »Modhi war schnell. Er fand heraus, dass Aenne spioniert hatte, und mischte ihr Gift in den Wein.«

Caedes versteinerte, er konnte sich nicht mehr rühren. »… wie bitte?«

»Meine Soldaten kamen hinzu, doch es war zu spät. Modhi wählte kein gewöhnliches Gift wie etwa Schierling oder Belladonna; er benutzte Kafritsperlen. Aenne scheint das Gift bemerkt zu haben, doch es war zu spät.« –

Kafritsperlen waren kleine, rote Beeren. Auf den ersten Blick vollkommen harmlos, sodass sie manch hungriger Wanderer pflückte – bis sich Mund und Magen auf qualvolle Art und Weise auflösten. Assassinen verwendeten das ätzende Gift, um Pfeilspitzen oder Dolchschneiden zu bestreichen.

»Ist sie tot?«

»Noch nicht, aber sie liegt im Sterben. Die Schäden an ihrer Luftröhre sind verheerend. Meine Heilerin tat, was in ihrer Macht stand, doch Aenne kann nicht gerettet werden.«

Caedes glaubte nicht, sich bewegen zu können, dennoch sprach er. »Kann ich sie sehen?«

»Natürlich. Folgt mir, Reisender Prinz.«

Aenne lag in einem reich verzierten Bett voll prunkvoller Bettwäsche. Das rotbraune Haar stand fransig zu allen Seiten, das Gesicht lag wie ein Klumpen Wachs in den Laken. Caedes hätte sie für tot gehalten, wäre da nicht das Rasseln gewesen, das jeden endlos langsamen Atemzug begleitete. Mund und Kinn sahen aus, als klebte darauf Himbeermarmelade.

Doch es war keine Himbeermarmelade; verätzte Krusten erhoben sich in rötlichen Bergen von der wächsernen Haut.

Das war zu viel.

Uma stand hinter Caedes und schwieg.

»Bitte …«, sprach er in die Stille hinein, seine Stimme brach. »Bitte lasst mich mit ihr allein.«

Als er sich zu Aenne aufs Bett gesetzt hatte, war die Herrin des Hauses verschwunden. Er hob die Bettdecke an, griff nach der Schwester. Das Laken umhüllte sie kühl. So kühl, wie ihr gesamter Körper inzwischen war.

Er legte sich zu ihr, wie sie es als Kinder getan hatten, wenn der jeweils andere krank gewesen war. Sie hatten ihr Leid geteilt, wie es nur Kinder konnten.

Er legte seine Arme um sie, zog ihren kalten Körper an sich, das Rasseln ihres Atems war das einzige Geräusch, das den Raum durchdrang.

Er wünschte sich, ebenfalls krank zu sein. Er wünschte sich, ihr die Krankheit abnehmen zu können.

Aber Epena erhörte sein Flehen nicht – und er hasste Epena dafür.

Caedes erwachte. Der saure Geruch der kranken Aenne stieg mitsamt dem durchwaschenen Atemgeräusch an ihn heran. Seine Wange ruhte an ihrer schweißfeuchten Schläfe. Er wollte die Augen nicht öffnen, wollte die Narben nicht sehen, wollte …

»Caedes«, ertönte eine Stimme über ihm. Einen Augenblick lang dachte er, all das Erlebte würde sich als böser Traum entpuppen – dass er nach einer langen Grippe mit der gesunden Aenne im Arm erwachte, damit sie endlich auf die nächste Reise aufbrechen konnten.

Erst nach und nach drang der Klang der Stimme an seine Ohren, das tiefe Raspeln, das Knacken, das volltönige Brummen. Er schob die Hand von den Augen, sich im Bett herumwälzend.

Vor ihm saß Jethro, die Arme auf den Beinen abgestützt, auf der gebeugten Gestalt saß der Fellkranz seines Mantels wie eine graue Krone.

»Vater.« Caedes' Stimme wankte. Er kämpfte sich in die Höhe, ließ die Beine über den Rand des Bettes gleiten. »Es ist meine Schuld.« Begrüßungsworte waren unnötig, sie dienten ja doch nur dazu, das Wesentliche hinauszuzögern. »Das alles ist meine Schuld. Wir hätten nicht hierherkommen dürfen.«

Der Vater legte die Hände auf die Schultern des Sohnes. Eine Stirn legte sich an die andere. Als der alte König sprach, drang das unterschwellige Brummen wie ein Beben durch sie beide hindurch. »Sorge dich nicht. Wir alle sind hier.«

»Ich bringe nur den Tod, wohin ich auch gehe! Mein Name ist mein Schicksal!«

»Noch lebt deine Schwester.«

»Sie wird sterben!«

»Das werden wir alle einmal, Caedes.«

Es dauerte eine Weile, bis Caedes berichten konnte, was geschehen war. Ezra stand dabei, den Arm um Thymianes Schultern gelegt, deren Nasenflügel bei Aennes Anblick schockiert bebten.

Jethro, der am Bett seiner Tochter saß, strich stetig über deren Hand. »Alles begann also mit diesem Herzen. Ezra, du trägst es bei dir?«

»Ich habe es«, bestätigte der älteste Sohn.

Thymiane sah ihn an. »Wir müssen es zu Uma Octavia bringen.«

Der alte König schüttelte den Kopf. »Nicht zu Uma – zu Aegis. Aegis Septimus ist der König in dieser Stadt. Er hat das letzte Wort, auch Aenne hätte sofort zu ihm gehen sollen. Vielleicht hätte es Modhi die Gelegenheit genommen, sie zu vergiften.« Er streichelte seine Tochter.

»Was hilft es, wenn wir Aegis das Herz bringen?«, wandte Caedes ein. »Aenne ist die einzige Zeugin! Sie war es, die das Herz in Tradea erworben hat. Sie fand den abgetrennten Finger in Modhis Schlachtanlagen. Niemand außer ihr kann all diese Dinge bezeugen! Quaris ist tot, ich habe Anoush getötet – es gibt keine weiteren Zeugen! Ohne Aenne sind all unsere Anschuldigungen haltlos, mag uns Aegis noch so sehr glauben!«

Der Vater nickte. »Du magst recht haben. Dennoch – die Wahrheit ist ein reines Gut. Sie wird ans Licht kommen.« Jethro war ein Mann mit einem festen Glauben daran, dass die Wahrheit – mochte sie gut oder schlecht sein – einen festen Platz in dieser Welt besaß. Caedes jedoch hatte den Glauben an die Wahrheit längst verloren – irgendwo zwischen dem Stadttor und dem Bett, an dem er saß, war er auf der Straße liegen geblieben. »Du weißt nicht, wovon du sprichst«, murmelte er. »Wir hätten niemals hierherkommen dürfen!«

Jethro schüttelte langsam den Kopf. »Aenne hatte recht, den Schlächter des Herzens zu suchen. Es war etwas, das getan werden musste, und niemand sonst hätte sich dieser Aufgabe angenommen – aus Angst vor den Konsequenzen.«

»Zurecht!«, rief Caedes heftig. »Sieh hin, was aus ihr geworden ist!«

Der Reisende König sah hin, besah das Gesicht seiner Tochter, während er noch immer ihre Hand hielt. »Ich sehe es«, brummte er. »Aus einem kleinen Mädchen ist eine große Frau geworden.«

»Eine tote Frau!«

»Caedes!«, rief Thymiane streng. »Reiß dich zusammen!«

Caedes sank in seinen Sessel zurück, ein Gesicht düster wie die finstersten Teile der Hexenwälder, die Arme eisern vor der Brust verschränkt.

»Vielleicht wird Aenne sterben«, sagte Jethro. Diesem war es ein Rätsel, wie die Stimme des Vaters so stark und gerade bleiben konnte. »Wir wissen es nicht. Aber ob sie stirbt oder lebt – wir werden nicht zulassen, dass dieser Epenai seiner gerechten Strafe entkommt. Er wird büßen – für die Morde an anderen, für den Anschlag auf unsere Aenne.«

Es war Nacht.

Nur das Rasseln von Aennes verätzter Luftröhre und dann ein leises Klicken, als ein Wandverschlag zur Seite geschoben wurde. Jemand kroch in den Raum, schlich durch das Zimmer, entzündete eine Kerze, legte ein Buch auf den Tisch und schlug es auf. Finger blätterten durch die Seiten, bis ein Knick die Stelle verriet, welche die unsicher huschenden Augen gesucht hatten.

Füße gruben sich in die weichen Fransen des Teppichs, ein Trippeln in der Nacht, als der Abstand zum Bett überwunden wurde, eine rasche Bewegung, die Bettdecke über Aenne fiel zurück. Knie versanken in der Matratze aus Stroh, Wolle und Gänsefedern. Zögernd fasste die freie Hand nach dem Saum des fremden Nachthemds und schob ihn in die Höhe, bis sich der Stoff über Aennes Brust raffte.

Aus einem Gürtel nestelten Finger ein schmalklingiges Messer hervor. Die Hände zitterten, deswegen legten sie das Buch ab, neben den Kopf der Frau, deren Lebendigkeit man nur am grauenhaft verstellten Atem erkennen konnte. Ein Blick auf das Papier, über das sich die Schrift spannte, auf die Bilder, die dazwischen gezeichnet waren. Das Messer glitt zitternd zur eigenen Hand, schnitt in das Gelenk. Blut sammelte sich in Perlen über der Wunde, begann dann zu rinnen.

Das Messer wurde niedergelegt, ein Glas herbeigezogen, in dem mehrere abgetrennte Finger schwebten. Blut floss, der Deckel des Gefäßes schnalzte auf, Finger fischten Finger hervor und legten sie auf Aennes Bauch, der sich unter angestrengtem Atmen hob und senkte.

Dann fuhr ein Finger – einer, der an der Hand saß, keiner, der auf dem Bauch lag – zur Daliegenden und begann, einen Kreis aus Blut zu zeichnen. Eine zitternde Stimme flüsterte Formeln durch die Nacht.

Atemloses Warten.

Nichts geschah.

Vorsichtig, fast zärtlich, wurde Aenne gesäubert und angekleidet.

Ein Hauch ließ die Kerze erlöschen, ein Trippeln in der Dunkelheit, das leise Knacken eines Wandverschlags.

Stille. Aennes geplagter Atem. Ganz so, als wäre niemals jemand hier gewesen.

Caedes, der sich des Nachts in Umas Küchen geschlichen hatte, um nach etwas Essbaren zu suchen, erwachte auf einem groben, zerhauenen Tisch, den Kopf in der eigenen Armbeuge abgelegt. In seiner Hand hielt er einen angebissenen Apfel. Als er den Kopf hob, bemerkte er, dass er nicht allein war. Um ihn herum standen Mägde und Knechte und starrten ihn an.

Jemand tupfte ihn an die Schulter. Der kleinste Knecht von allen hatte die Aufgabe übertragen bekommen, den schlafenden Drachen zu wecken, der die Küche belagerte. »Herr«, flüsterte der Junge. »Herr, wir haben wirklich versucht, leise zu sein – aber wir müssen die Töpfe auf den Herd heben und das Feuer anheizen. Wir können nicht länger warten!«

Caedes rieb sich verschlafen die Augen. »Verzeiht«, brummte er. »Ich hatte Hunger.«

So schnell konnte er gar nicht schauen, da standen schon ein Teller mit kalter Blutwurst, Brot und ein Becher Apfelmost vor ihm.

Er aß schweigend, während die Küche um ihn herum zum Leben erwachte.

Anfangs noch als Kuriosität gehandelt, schien die Küchenmannschaft schnell zu vergessen, dass Caedes existierte. Die Öfen wurden befeuert, bauchige Eisenkessel über die Feuerstellen gehievt, Messer knallten auf

Holz. Die Knechte und Mägde unterhielten sich mit schwerem, talionischem Akzent, der Caedes wie eine Fremdsprache vorkam.

Er hatte noch den halben Teller vor sich, als Thymiane am Treppenabgang erschien. »Caedes!«, rief sie. »Caedes, bist du hier?«

Caedes schenkte ihr einen missmutigen Blick, den sie geflissentlich ignorierte. Bei ihm angekommen, schob sie ihm den Teller von der Nase fort. »Du musst kommen.«

»Was ist passiert?«

»Aenne!«

Aennes Augen standen offen.

Sie hob den Kopf langsam in Richtung Tür, blinzelte ihrem Bruder entgegen. »Epena«, brummte sie mit der Stimme eines Ghuls – rau, raspelnd, unmelodiös. »Blonde Haare stehen dir wirklich nicht.«

Caedes brauchte eine Weile, um das, was er für einen Traum hielt, als Realität anzuerkennen. Dann warf er sich auf sie und drückte sein Gesicht in ihren Nacken. »Ich dachte, du wärst tot!«

»Dachte ich auch, als ich zu Modhis Füßen lag«, krächzte Aenne mit Grabesstimme, doch Caedes war es egal. Seine Hände hielten ihren Kopf und küssten die feuchten Schläfen, immer und immer wieder.

»Caedes!«, rief Ezra von der anderen Seite des Bettes. »Du bringst sie noch um!«

Jethro legte dem Ältesten die Hand auf die Schulter und schüttelte den Kopf. »Sieh ihn dir an«, flüsterte er. »Als wäre er wieder ein kleiner Junge.«

Ezra beobachtete die Geschwister, wie Caedes Aenne mit Küssen bedeckte und diese ein krächzendes Lachen ausstieß. Sie hustete.

Caedes ließ von ihr ab. »Wasser?«

Aenne schüttelte den Kopf.

An der Tür klopfte es. Thymiane und Mariella, Uma Octavias Leibärztin, traten herein. Mariella starrte Aenne ungläubig an, dann deutete sie Caedes, sich vom Bett zu entfernen. »Lasst mich sehen«, murmelte die Frau und schob die Bettdecke von Aennes Leib.

»Ich verstehe das nicht.« Mariella untersuchte den Innenraum von Aennes Mund, ohne dabei besonders zärtlich zu sein, was der Patientin Tränen in die Augen trieb. »Einfach nur unglaublich!« Verätzungen waren eine komplizierte Angelegenheit, was magische Behandlungen anbelangte. Feuer und Säuren fraßen sich unregelmäßig durch die Schichten des menschlichen Gewebes – der Versuch, die Gewebeheilung zu fördern, verursachte meist nur noch größere Schäden.

Die Narben in Aennes Mund allerdings entsprachen nicht den groben Narben magischer Wundheilung, sondern wirkten, als hätte sie der Körper in einem langwierigen Prozess abgeheilt, wie nur ein Körper Wunden heilen konnte.

»Es könnte sein, dass Ihr nicht mehr schmecken könnt, Aenne.«

Aenne, den Mund weit aufgerissen, sodass die verkrusteten Mundwinkel spannten, konnte nicht antworten, doch Mariella schien das auch nicht von ihr zu erwarten. »Der Rachen scheint gut verheilt zu sein. Wie fühlt sich das Atmen an?« Sie ließ den Mund los, die Zähne schnappten zusammen.

»Schlecht«, antwortete Aenne.

Mariella musterte sie stirnrunzelnd. »Euch fehlt offensichtlich die Relation dazu, wie Ihr Euch momentan eigentlich fühlen müsstet.«

Aenne presste die Lippen zusammen. Die Krusten an ihren Mundwinkeln waren aufgebrochen und bluteten, Mariella tupfte sie ab. »Wir können nur abwarten. Ich vermute aber, dass Eure Stimmbänder sich nicht regenerieren werden – seid froh, dass Ihr überhaupt noch sprechen könnt. Mit den Narben werdet Ihr leben müssen.«

Aenne schlug bedrückt die Augen nieder, wagte jedoch nicht, Tränen zu vergießen. Ihre Finger krochen zum Kinn hinauf, betasteten die zerstörte Haut. Es fühlte sich grauenhaft an. Alles in und an ihrem Mund fühlte sich grauenhaft an – das Zahnfleisch, die Innenseite der Mundhöhle, der Gaumen, der Hals. Die Art, wie sie sich fühlte, war nicht einmal im Entferntesten mit dem Wort Halsschmerzen zu vergleichen.

Sie lebte. Das war doch etwas. Dann würde sie eben nie … Sängerin werden oder wissen, wie Steckrüben aus Welborum schmeckten. Es war traurig, doch nicht zu ändern.

Als die Heilerin gegangen war und Thymiane den Tee ansetzte, welchen Mariella verschrieben hatte, wandte Aenne sich wieder an die

Familie. »Was ist geschehen? Was ist mit Modhi passiert? Konnte er entkommen?«

Ezra schüttelte den Kopf. »Er wurde festgenommen und sitzt abgeschottet im Kerker. Dort bleibt er bis zu seiner Anhörung.«

»Er wird vor Gericht gestellt?« Aenne holte heftig Luft. Obwohl es ein schrecklicher Laut war, sprach er von Erleichterung.

Thymiane ließ sich auf dem Bettrand nieder, ein kleines Gefäß in der Hand, das mit Arznei versetzten Honig enthielt. Sie tauchte einen Löffel in die dicke Flüssigkeit. »Nimm etwas davon. Das lindert die Halsschmerzen.«

Aenne öffnete folgsam den Mund, der Löffel führte den Honig auf ihre vernarbte Zunge. Sie lutschte ihn ab.

»Schmeckst du etwas?«

Aenne schüttelte den Kopf. Da saßen Tränen in ihren Augen, doch sie unterdrückte sie tapfer. Sie fühlte sich wie ein Monster. »Ich muss mit Uma sprechen«, sagte sie, die Zähne klebrig. »Ich muss ihr sagen, wo sich Modhis geheime Schlachtkammer befindet.«

Ezra strich ihr beruhigend über die Schulter. »Uma hat nach Modhis Festnahme die gesamten Anlagen durchsuchen lassen. Die geheime Schlachtkammer wurde gefunden. Aber … Modhi hatte Vorkehrungen getroffen. Der Raum war leer. Modhi behauptete, er würde den Raum verwenden, um seltene Tiere zu zerlegen, er wäre kaum in Benutzung.«

»Das ist eine Lüge!«

»Das mag sein. Doch es lassen sich keine Organe finden, die Gegenteiliges beweisen. Modhi muss sie fortgeschafft haben. Das Einzige, das uns bleibt, ist das Herz und der Finger – von denen wir nicht beweisen können, dass sie Modhi gehören.«

Aenne nickte langsam. »Und die Anhörung? Wie wirkt sich das auf die Anhörung aus?«

»Modhi steht vor dem Königsgericht. Aegis entscheidet über sein Schicksal. Modhis Wort …« Er brach ab.

Caedes beendete den Satz: »Modhis Wort steht gegen deines.«

Betrübt leckte Aenne den Honig von den Zähnen. Thymiane brachte ihr Tee, den sie von einer Tasse in die andere schüttete, um ihn abzukühlen. Schweigend trank Aenne, während Jethro ihr den Kopf stützte. »Mein Wort gegen Modhis …«, murmelte sie.

Ihr Blick erstarrte, als sie bemerkte, dass die Tür sich einen Spalt weit öffnete. Ein braungelockter Kopf spähte herein. Xersi.

Aenne räusperte sich. Xersi ging erschrocken in die Knie.

»Xersi!« Ezra erhob sich vom Bettrand. »Habe ich dir nicht gesagt …?«

»Geht es dir gut, Tante Aenne?« Das Mädchen klammerte sich mit den kurzen Fingerchen an der Türe fest.

Aenne nickte und versuchte zu lächeln, obwohl sie wusste, dass das nur ein unzureichend willkommener Anblick war. »Gut«, schnarrte sie.

Ezra war auf dem Weg zur Türe, um Xersi zurück in ihr Zimmer zu führen. Das Mädchen blickte auf, griff nach seiner Hand. »Phadhre weint«, sagte sie und Vater und Tochter gingen, um nach dem Baby zu sehen.

Aennes Kinn sank betrübt nieder. »Sie wird den Rest ihres Lebens Angst vor mir haben.«

Caedes stieß ein leises Lachen aus. »Wenn Xersi sich nicht vor Drachen ängstigt«, küsste er seine Schwester auf die Schläfe, »dann fürchtet sie sich auch nicht vor der schrecklichen Tante!«

Aenne erwachte inmitten der Nacht. Einen Moment lang glaubte sie, es wäre ein Geräusch gewesen, das sie hatte auffahren lassen, doch aus der Ecke erklang nur Caedes' ebenmäßiges Schnarchen. Er schlummerte in einer unmöglichen Position auf einem Sessel, neben sich eine leere Flasche.

Dann erkannte Aenne, dass es nicht sein Schnarchen gewesen war, das sie geweckt hatte. Auf ihrer Brust lag ein Stück Pergament. Sie fädelte die Hände unter der Bettdecke hervor und fasste nach dem Schriftstück. Nein, es war kein Pergament, wie sie an der Struktur erkannte, es war Papyrus.

Modhi will Euch sehen

Ein einziger Name – und Aenne schlug das Herz bis zum Hals. Jemand war hier gewesen. Irgendjemand hatte ihr diesen Zettel untergeschoben.

Dieser Jemand hätte Caedes und sie töten können.

Die Aufregung verlieh Aenne Energie. Sie setzte sich schwerfällig auf, schob die Beine vom Bett. Brust und Lungen brannten wie Feuer.

Kurz überlegte sie, ob sie Caedes wecken sollte, doch dieser schnarchte friedlich, daher durchquerte sie den Raum aus eigenem Antrieb. Es gelang ihr wankenden Schrittes, die Tür aufzuschieben.

Auf dem fackelerhellten Gang stand ein Soldat Wache. »Ihr!«, rief sie aus. »Wer hat mein Zimmer betreten?«

Etwas irritiert drehte sich der Mann um. »Herrin! Seid Ihr sicher, dass Ihr stehen solltet?«

»Jemand hat mein Zimmer betreten!«, herrschte sie ihn an. »Wer?«

»Euer Bruder, Herrin.«

»Den meine ich nicht!«

»Wen denn sonst, Herrin?«

»Jemand, der mir eine Nachricht hinterlassen hat!«

»Aber Herrin«, sprach er ruhig. »Niemand außer Eurer Familie hat dieses Zimmer betreten!«

Aenne starrte den Gardisten im flackernden Licht an. Falls er mit dem Überbringer der Botschaft gemeinsame Sache machte, war es ihm nicht anzusehen.

Sie schloss wortlos die Tür hinter sich, verriegelte sie und schlurfte zurück zum Bett, in das sie mit schmerzhafter Erleichterung fiel. Diese Nacht fand sie keinen Schlaf mehr.

XXIX

Vier

Caedes blinzelte Aenne verschlafen entgegen. »Du bist schon wach?«

»Ich konnte nicht schlafen.«

Er rückte erschöpft auf dem Sessel zurecht. »Hattest du Schmerzen? Ich sagte doch, du solltest mich wecken, falls …«

»Jemand hat heute Nacht dieses Zimmer betreten.«

Eine steile Falte bildete sich zwischen seinen Augenbrauen. »Wie bitte?« Er hievte sich in eine senkrechte Sitzposition, die Knochen in seinen Schultern knackten.

»Jemand war in diesem Zimmer. Modhi hat mir eine Nachricht zukommen lassen.« Sie reichte ihm den Zettel.

Caedes beugte sich vor, griff nach dem Papyrus und las es mit einer raschen Augenbewegung. Seine Lippen pressten sich zusammen.

»Caedes?« Er reagierte nicht. »Caedes, ich möchte Modhi sehen.«

»Aenne, nein!« Er setzte sich zu ihr. »Lass dich nicht von den Intrigen dieses Mannes verwirren!«

»Caedes …« Aenne drängte sich in die Höhe, so gut es ging. Ihre Brust schmerzte, doch sie ignorierte es. »Modhi ist es gelungen, jemanden in mein Zimmer zu schleusen. Hätte er mich umbringen wollen, das wäre der geeignete Moment gewesen! Aber ich lebe noch.«

»Niemals!«, schnappte Caedes. Ich habe dir damals gesagt, dass wir uns aus der ganzen Sache heraushalten sollten – und ich habe Recht behalten! Und jetzt sage ich es wieder, Aenne, und bitte dich, mir dieses Mal zu glauben! Was immer Modhi auch vorhat, es handelt sich um nichts Gutes! Ich werde Uma bitten, die Wachen vor deinem Zimmer zu verdoppeln und zu verdreifachen! Vater, Ezra, Thymiane und ich werden abwechselnd nach dir sehen, damit niemand zu dir gelangt, aber ich werde dich sicherlich nicht …«

»Modhi hat alle Beweise verschwinden lassen, du hast es doch selbst gehört.« Aenne rutschte ein Stück vor. »Vielleicht kann ich etwas herausfinden.«

Caedes' Gesicht war der Ausdruck purer Verzweiflung. »Aenne, sieh dich an. Sieh dich doch an!« Er setzte zu einer Truhe, öffnete sie und zog aus Aennes Gepäck einen kleinen, glänzenden Spiegel hervor. »Hast du dich angesehen? Willst du, dass es noch schlimmer wird?«

Nein, sie hatte sich noch nicht gesehen. Zitternd griff sie nach dem kleinen Stück poliertes Metall, in welchem sie ihr gespiegeltes Ich erblickte.

Es war eine Sache, sich wie ein Monster zu fühlen. Die andere war es, das Monster zu erblicken, welches man selbst war. Ihre Lippen, ihr Kinn, alles war von einer roten Kruste überzogen. In Schlieren zogen sich die wulstigen Narben das Kinn herab.

Aenne begann zu weinen. Caedes weinte mit ihr, das Gesicht in den Händen vergraben.

Irgendwann, nachdem sie den Spiegel weggelegt hatte, verebbten die Tränen wieder. »Jetzt erst recht«, sagte sie. »Jetzt muss ich ihn erst recht sehen.« Ihre Finger fuhren über ihr verkrustetes Kinn, die Augen leer.

»Vater wird das niemals zulassen.«

»Vater wird auch nichts davon erfahren.«

»Ich werde nicht …«

»Ich bitte dich, Caedes. Erfülle mir meinen einzigen Wunsch. Ich werde dich auch niemals wieder um etwas bitten.«

Ihr Bruder barg das Gesicht in den Händen und schwieg.

Caedes wandte sich an den Soldaten vor der Türe. »Wir müssen Modhi sehen.«

Das Gesicht des Gardisten verriet Verwirrung. »Wie bitte?«

»Modhi. Wir müssen zu ihm.«

Der Mann schluckte. »Ich werde die Bitte an Uma Octavia herantragen, aber ich denke nicht …«

Entschieden schüttelte Caedes den Kopf. »Nein. Nicht Uma Octavia. Niemand soll davon erfahren.«

»Herr, Ihr wisst, dass das nicht mögl…«

Caedes drückte dem Mann seinen Geldbeutel in die Hand. »Wir wissen doch beide, dass in Terra Talioni nichts unmöglich ist.«

Der Mann starrte einen Augenblick lang auf den Lederbeutel in seiner Hand, er bewegte sacht die Finger, die Dragoner darin schlugen leise aneinander. »Nun«, stieß er aus. »Ich werde sehen, was sich machen lässt.«

Aenne und Caedes wurden von zwei Soldaten in die Kerkeranlagen gebracht. Caedes wich seiner Schwester dabei nicht von der Seite. Seinen Arm fest um sie geschlungen, stützte er sie, bis sie die tiefste Grube erreicht hatten, in der Modhi in einer Zelle saß.

Hier unten roch es nach Fäulnis, Stein, Erde, Fäkalien und – auch wenn es unmöglich schien – nach Finsternis.

Modhi war ein Schatten zwischen den Schatten. Seine schlanke Gestalt hockte in der Ecke einer Zelle, trotz seiner hoffnungslosen Situation zeigte er keine Angst. Den Kopf mit dem strähnigen Haar an die Wand gelehnt, die Arme um die knöchernen Knie geschlungen, strahlte er eine absurde Entspanntheit aus.

Aus halb geschlossenen Augen blickte er den Ankommenden entgegen.

Einer der Soldaten befestigte die Fackel in einer Halterung an der Wand und beide verließen den Trakt.

Aenne wollte näher an das Gitter herantreten, doch Caedes hielt sie zurück. Da sie ohne seine Hilfe nicht stehen konnte, musste sie sich seinem Willen fügen. »Sieh an«, bemerkte er verbissen. »Der hübsche Priester ist plötzlich die Ratte im Loch, die er zuvor noch so verachtet hat.«

Modhi verzog den Mund. »Wenn Ihr glaubt, banale Vergleiche würden mich auf einer emotionalen Ebene treffen, dann habt Ihr euch geirrt. Ich freue mich allerdings, dass Ihr meinem Ruf gefolgt seid. Euch zu treffen, Caedes, hätte ich nicht erwartet.« Sein Blick glitt über Aennes Gesicht. »Aber ich hatte zuvor auch nicht vermutet, Euch jemals lebend wiederzusehen.«

Aenne fand eine ganze Weile lang keine Worte. »Ihr habt nach mir gerufen«, sagte sie irgendwann. »Hier bin ich, Meister. Ich kann Euch bei Eurem Verfall nun genauso beobachten, wie Ihr es bei mir getan habt.«

»Werdet nicht sentimental, Aenne«, entgegnete Modhi. »Der Tod wird immer dramatisiert, als wäre er ein langes Leiden. Der Tod ist niemals ein langes Leiden – er ist ein Moment: Zuerst hat man gelebt, dann tut man es nicht mehr. Kein Grund, ein Theater darum aufzuführen.« Seine dunklen Augen bewegten sich zwischen den Lidern. »Aber, in der Tat – der Tod ist der Grund, warum ich Euch hergebeten habe, Aenne. Denn meiner ist gewiss.«

Aennes Kiefer griffen ineinander, es schmerzte. »Ihr habt gute Chancen, den Rest Eures Lebens hier unten verbringen zu müssen. Eine einfache Todesstrafe wäre zu gnädig für jemanden wie Euch.«

Modhi lächelte bitter. »Ich würde Euch diese Genugtuung wünschen, Aenne, doch die Wahrheit sieht leider anders aus – ich werde dieses Gefängnis niemals lebend verlassen.«

Aennes Gesicht spiegelte Verwirrung.

»Habt Ihr Euch nie gefragt, warum die talionische Garde, die Euren Attentäter nach Terra Talioni gelassen hat, keine Anhörung bekam? Sie wurde festgenommen und einen knappen Moment später war sie tot. Mir wird es nicht anders ergehen.«

»Wollt Ihr Mitleid von mir?«

»Mitnichten. Ich will Euch nur etwas zeigen, das direkt vor Euch liegt. Zum Beispiel auf den Attentäter. Ihr könntet mich fragen, warum ich von ihm weiß.«

»Ihr kanntet Anoush. Und Anoush kannte Tarren. Ich muss Euch das nicht fragen, die Verbindungen sind klar.«

»Dann eben anders. Habt Ihr Euch nie gefragt, warum das Herz nach Tradea kam?«

Aenne schwieg. »Warum?«, fragte sie schließlich.

Ein zartes Lächeln. »Es war ein Zufall. Wie Epena es wollte, ein unglückliches Missgeschick. Der für diesen Zwischenfall verantwortliche Unglückspilz war der Knecht eines Händlers, der Schafsinnereien unseres Tempels in Tradea verkaufte. Wie das Schicksal es wollte, griffen an diesem Tag verschiedene missgünstige Umstände ineinander. Es war das erste Mal, dass wir ein Herz aus der Brust eines humanoiden Besitzers hoben, wir fühlten uns rastlos und euphorisch zugleich. Hinzu kam, dass das Herz nicht für mich bestimmt war. Ich präparierte es und ließ es achtlos stehen, in dem Glauben, der zukünftige Besitzer wäre klug genug, es sich noch in derselben Nacht abzuholen. Doch das tat er nicht.

Also kehrte der Knecht am Morgen darauf ein und packte es fort, ohne sich dabei etwas zu denken.« Modhi stieß ein übertriebenes Seufzen aus, seine schmalen Schultern hoben sich unter dem strähnigen Haar. »Wir bemerkten erst später, dass das Herz fehlte. Zu diesem Zeitpunkt befand es sich schon auf dem Weg nach Tradea. Anoush schickte ihre Meute hinterher, doch es war zu spät – das Herz hatte bereits seinen Besitzer gewechselt. An eine Frau, so berichtete der Verkäufer, die auf dem Weg nach Terra Talioni war – um eine Arznei zu erwerben.«

Aenne erinnerte sich. Sie hatte in dem tradeadischen Laden nach Thymianes Arznei gefragt und war nach Terra Talioni verwiesen worden.

»Die Skorpione sorgten dafür, dass der dumme Knecht das Zeitliche segnete, sein Meister glaubte, er hätte sich betrunken den Kopf auf einer Treppe zerschlagen.« Ein trockenes Lachen. »Danach schickten Anoushs Leute den Kopfgeldjäger Tarren los, um die Frau zu finden, die unser kostbares Kleinod erworben hatte. Tarren heftete sich an Eure Spur, und tatsächlich – frisch, wie sie war, gelang es ihm, Euch zu finden. Zu seinem Unglück starb er jedoch, bevor er Eure Identität verraten konnte.« Modhi lachte erneut, ein harter Laut. »Tarren verschwand und damit die Spur zu Euch – mit Reisenden ist es wie mit dem Meer, das sich unter den Gezeiten verändert: Die Bekanntschaften, die Ihr auf Eurer Reise nach Terra Talioni geschlossen hattet, hatten sich in alle Windesrichtungen zerstreut, die Kopfgeldjäger, die wir Tarren hinterher schickten, verloren die Spur zu Euch. Wir dachten, damit wäre es getan. Das Herz war verschwunden, ein Schicksalswink Epenas. Das Leben musste weitergehen. Aber das Leben ging nicht weiter, nicht für alle. Quaris, dieser Dummkopf, knüpfte sich auf dem nächstbesten Balken auf.«

»Sein Tod war tatsächlich Selbstmord?«

Modhi nickte. »Er war geistig nie sehr stabil. Was soll man auch von einem Mann erwarten, der seinen Lebensunterhalt damit verdient, unschuldige Lebewesen abzuschlachten?« Ein vielsagender Blick hin zu Caedes.

»Stimmt«, rümpfte Aenne die Nase. »Lebewesen. *Menschen*. Damit habt Ihr keinerlei Erfahrung.«

Ein weites Lächeln. »*Einen* Menschen«, beharrte er.

»Warum habt Ihr es nicht selbst getan?«, fragte Aenne. »Ihr habt Drachen, Ziegen und Schafe ausgeweidet, Ihr hättet es auch bei Menschen geschafft. Warum Quaris in die ganze Sache mit hineinziehen?«

Modhis dunkle Augenbrauen hoben sich. »Die Frage ist doch – wieso nicht?«

»Er bedeutete ein zusätzliches Risiko.«

Ein schallendes Lachen. »Quaris doch nicht. Nicht alle riskieren ihren Hals oder den anderer so leichtfertig wie Ihr, Aenne – die meisten Menschen sind daran interessiert, zu leben. Quaris hätte niemals das riskiert, was Ihr riskiert habt. Er stand in meiner Schuld und hätte sich früher das Leben genommen, hätte ich ihn nicht für mich arbeiten lassen und ihm so eine Alternative geboten. Er übernahm das Schlachtritual, ich erließ ihm den Knebelvertrag und musste mir nicht selbst die Finger schmutzig machen. Eine glückliche Lösung für alle.«

»Und weil er so glücklich war, brachte er sich um?«, schnappte Caedes, der sich während des Gesprächs merklich zurückhielt. Sein Hass gegen den obersten Epenai sprach aus jeder angespannten Sehne.

Modhi zuckte mit den knöchernen Schultern. »Ob Selbstmord oder Mord – sein Tod warf Fragen auf. Man könnte fast sagen, dass sich dieser Mann mir im Tod sehr viel mehr entgegenstellte, als er es im Leben je gewagt hätte. Die Leute in Terra Talioni munkeln gerne – unterstützt von den Feuerzungen der Kafriti kamen Gerüchte auf, dass wir Epenai etwas mit Quaris' Tod zu tun hätten. Und tatsächlich – wäre Quaris' Tod nicht gewesen, Ihr wäret vermutlich noch ein wenig durch die Stadt geirrt und schließlich wieder gegangen.«

»Vermutlich«, gestand sie.

»Wie auch immer … Quaris' Tod trat zu einem denkbar ungünstigen Zeitpunkt ein.« Modhi vollführte eine heilige Geste, indem er Daumen und Zeigefinger zusammenführte. »Als Ihr dann das erste Mal unseren schönen Tempel betratet, Aenne, dachte ich mir nicht viel. Ihr deuchtet mich ein wenig naiv, aber durchaus liebreizend.«

Sie verzog den vernarbten Mund zu einem grauenhaften Lächeln. »Das hier ist kein Ort für Komplimente, Modhi.«

»Nein. Nicht mit Eurer Stimme.« Selbst in dieser Zelle schaffte er es noch, über sie zu lachen. »Dann kam Euer Bruder mit seinem Drachen zu mir. Ich wusste zunächst nichts von Eurer familiären Verbindung. Ein Versäumnis meinerseits. Jäger haben mich als Personen nie sonderlich interessiert, das Einzige, das mich interessierte, war die Kreatur, die auf seinem Wagen lag. Das Ritual zog vorbei und ein Flüstern erreichte mein Ohr, dass der Drachenjäger, dessen Beute ich erworben hatte, von königlichem Blute sei.« Modhi legte den Kopf schief. »Und dann kehrtet Ihr zurück, Aenne, und fingt an, mich zu umschmeicheln – fast wie eine Braut, die ihren Bräutigam umwirbt. Das machte mich stutzig. Was wolltet Ihr von mir? Konnte es sein, dass die beiden Königskinder auf der Suche nach etwas waren? Ich wusste, dass Ihr mir Übles wolltet, doch, was sollte ich tun? Ihr seid eine Prinzessin, und Prinzessinnen verschwinden weit weniger unauffällig als Knechte, Attentäter oder Selbstmörder. Euer adeliges Blut war Eure vorläufige Rettung. Dankt Eurem Vater dafür, wenn Ihr daran denkt.« Sein Kopf kippte an der Wand hin und her. »Epena sei Dank wart Ihr es selbst, die mir die Lösung auf dem Silbertablett servierte. Ihr wolltet Euch in meinem Tempel einschleichen, und ich nahm das als Anlass, Euch Schnüfflerin vertraglich wie magisch an mich zu binden.« Ein helles Lachen. »Ein widerspenstiges Fohlen an mich zu binden, vielmehr.« Er beobachtete sie aus schmalen Augen. »Es hat mir viel Freude bereitet, Euch bei mir zu haben. Ihr seid ein listiges kleines Ding.«

»Kommt auf den Punkt, Modhi.«

»Nun, den Rest der Geschichte kennt Ihr ja. Ihr stahlt meinen Schlüssel, brachtet ihn zu Uma und sie sandte Euch zurück in meine Teufelsgrube, nicht ahnend, dass ich schon auf Euch wartete.«

»Warum habt Ihr dann doch versucht, mich umzubringen? Ihr sagtet selbst – Prinzessinnen verschwinden nicht von einem Tag auf den anderen.«

»Weil Ihr, gute Aenne, zu diesem Zeitpunkt nicht länger eine Prinzessin wart. Ihr gehörtet mir und meinen Regeln. Ich hätte schon einen Grund für Euren Tod gefunden, das könnt Ihr mir glauben. Leider starbt Ihr zu langsam und Octavias Männer kamen zu schnell. Selbst wenn ich nicht wegen Blutmagie hier unten säße, so säße ich hier aufgrund des Mordversuchs an Euch.« Er verzog das Gesicht zu einer Grimasse. »Eine Reihe unglücklicher Umstände, wie gesagt. Sonst hätte ich vielleicht noch darüber nachgedacht, Euch von hier unten aus ermorden zu lassen, wäre dieser Akt nicht völlig sinnlos. Und … wie sich herausstellte, kann ich Euch im Anblick meines Todes noch brauchen.«

»Ich weiß noch immer nicht, warum Ihr mich hierhergerufen habt. Wenn Ihr wollt, dass jemand Eure bewegende Lebensgeschichte niederschreibt, müsst Ihr wohl weiterhin Schreiber der talionischen Garde bestechen.«

Im Schatten bewegten sich die Linien von Modhis Gesicht geheimnisvoll. »Nein, Aenne. Ich warte bloß darauf, dass Ihr die richtige Frage stellt.«

»Welche Frage?«

»Nun, ich habe Euch die Fäden des blutbefleckten Teppichs zusammengetragen, ein Bild entsteht – doch noch immer fehlt ein Stück und Ihr bemerkt es nicht.«

Aenne sah ihn verständnislos an.

»Das Herz, Aenne.«

Sie blinzelte irritiert.

»Ihr habt es mit Euch herumgetragen – etwas derart Intimes, das Innere, das *Zentrum* eines Menschen … Habt Ihr es Euch denn nie gefragt?«

Caedes drückte Aennes Hand. »Die Opfer«, raunte er mit rauer Stimme.

Plötzlich verstand sie. Ihr Mund war trocken. Sie schluckte, doch so recht wollte sich ihre Zunge nicht benetzen lassen. »… wem gehörte dieses Herz?«

Modhis Mundwinkel dehnten sich. »Ja, wem gehörte es nur?«

»Habt Ihr es irgendeinem Bettler gestohlen?«, fuhr Caedes ihn an. »Irgendeinem Heimatlosen ohne Freunde und Familie, den niemand vermisst?«

Modhi schüttelte sacht den Kopf. »Nein, so einfach ist das nicht. Glaubt Ihr wirklich, dass ich als oberster Priester in den Straßen herumlaufen und Bettelvolk aufsammeln kann? Dass es das Talionische Auge nicht bemerken würde, verschwänden seine Bewohner von den Straßen?«

Caedes legte die Stirn in Falten. »Ihr sprecht in Rätseln, Modhi.«

»Nichts geschieht in Terra Talioni ohne das Wissen der Obrigkeit.«

»Ach nein?«

Er schüttelte langsam den Kopf. »Und …« Ein Lächeln. »Ich war es nicht, der Caedes vergiften ließ.« Caedes' Finger gruben sich in Aennes Rücken. »Was wollt Ihr damit sagen?«

Modhi lachte heiser. »Es waren nicht nur Quaris, Anoush und ich. Es gab eine weitere Person. Einen vierten Schlächter.«

Aenne rührte sich nicht. Sie spannte sich an wie ein Brett, ihr Körper schmerzte. Neben ihr verkrampfte Caedes seinen Arm um ihre Taille »… was?«

»Ich hatte meinen Anteil an dieser Sache, doch ich war nicht die leitende Figur in diesem Experiment. Unglücklicherweise habt Ihr auf Eurem Weg, mich zu überführen, alle Leute umgebracht, die Anderweitiges bezeugen könnten – Anoush, Quaris …«

»Ich habe Quaris nicht umgebracht!«

Ein kantiges Lachen. »Eure Fragen haben ihn in den Selbstmord getrieben – nennt es, wie Ihr wollt.« Er schüttelte den Kopf. »Habt Ihr wirklich geglaubt, jemand hätte grauenhafte Dinge wie diese tun können, ohne dass die Obrigkeit davon erführe? Nicht einmal *ich* stehe über dem talionischen Gesetz! Es gab einen weiteren Schlächter. Derjenige, der an mich herantrat und mir die Idee für die gesamte Unternehmung vorlegte. Derjenige, der das Auge der Obrigkeit war, das man im passenden Moment schließen konnte. Derjenige, der uns das Mädchen brachte, dessen Herz Ihr wochenlang mit Euch herumtrugt!« Modhi harrte regungslos in seiner Ecke. »Derjenige, der als Letzter von uns übrig ist. Und derjenige, der davon profitiert, wenn ich dieses Gefängnis niemals lebend verlasse.«

Aenne stand da, erschüttert. »Ich verstehe nicht …«

»Dieser Schlächter besaß die Macht, das goldene Talionische Auge zu schließen. Er war es, der Caedes das Nachtblut untermischte, nachdem er von Anoush erfahren hatte, dass dieser sich in der talionischen Drogenszene bewegte. Und dieser Schlächter hatte befohlen, euren neugierigen Freund umbringen zu lassen, nachdem dieser zu viele Fragen an die talionische Garde gestellt hatte.«

Aenne schwieg, ihr Unterkiefer zitterte.

»Wer könnte es sein? Kommt, Caedes, Ihr wisst, von wem ich spreche.«

»Uma …«

»… Octavia«, beendete Aenne den Namen leise.

Modhis Mund bildete eine zufriedene Mondsichel in seinem Gesicht.

»Ihr lügt!«, rief Aenne heftig. »Ihr wollt bloß die Schuld von Euch schieben! Ihr …« Bevor sie weitersprechen konnte, bog einer der beiden Soldaten um die Ecke.

»Rasch!«, grunzte er. »Ihr müsst gehen!«

»Nein! Modhi, Ihr lügt! Gebt zu, dass Ihr lügt!«

Nun kam Leben in den obersten Priester. Er kroch aus seiner Ecke hervor, ein dünner, großer Mann in einem schmutzigen Kittel, der sich an die Gitterstäbe klammerte. »Denkt darüber nach, Aenne! Denkt an die Königin von Terra Talioni! Denkt an ihre Wachen, denkt daran, wie sie diese hinrichten ließ, um die Spuren der Kopfgeldjäger verwischen zu lassen, die nach Terra Talioni einkehrten! Sie ist auf dem Weg hierher und niemand kann sie aufhalten! Niemand kann ihr etwas beweisen! Ich werde sterben und sie wird all das schöne Gold, das wir mit den Innereien verdienten, allein ausgeben!«

»Modhi …!«

»Fragt den kleinen Sonnenschein! Wie war noch sein Name? Das Mädchen, das Euch so gefiel, Caedes! Sie ist es, die …« Seine Stimme riss ab, als der Soldat die Geschwister packte und sie durch die Türe stieß. Das Eisen schlug hinter ihnen zu, Modhis Stimme erstickte.

»Was?«, rief Aenne panisch. »Was hat er gesagt?«

»Schnell!«, forderte der Wachmann. »Jemand anderer will zu Modhi! Ihr müsst hier verschwinden!«

»Wer?«, keuchte Aenne. Sie versuchte Caedes' Griff zu lockern, doch selbst im Vollbesitz ihrer Kräfte wäre es schwer gewesen, sich aus seinen Armen zu winden. Er schien sich von der Panik der Wachen ergreifen haben lassen und trug sie halb durch den Gang. »Wer will zu ihm?«

Sie bekam keine Antwort.

XXX

Verbotene Bereiche

»Was sollen wir tun?«, flüsterte Aenne. Caedes packte ihren zitternden Körper ins Bett und schob die Ränder der Decke darunter, sodass sie sich nicht bewegen konnte. Offensichtlich eine Sicherheitsmaßnahme, um sie zumindest kurzzeitig von weiteren Dummheiten abzuhalten.

Sein Gesicht war düster. »Das war eine dumme Idee«, stieß er aus. «Es war bereits ein Fehler, Modhis Einladung zu folgen! Wenn Vater davon erfährt, bin ich geliefert!«

Aenne gelang es, ihre Hand aus der mumienhaften Umhüllung zu drängen und packte ihren Bruder am Handgelenk. »Modhi sagte, wir sollten uns an jemanden wenden! Ein Mädchen – den *Sonnenschein*. Wen meinte er damit?«

»Niemanden.«

»Caedes …!«

Entnervt biss er die Zähne zusammen. »Sie ist tot, in Ordnung? Sie wurde vor einigen Tagen ermordet!«

Aenne starrte ihn verblüfft an. »Was ist geschehen? Wer war sie?«

»Niemand, sagte ich. Sie ist ein Niemand.«

»Sag mir nicht, sie besitzt keinen Namen!«

Er lachte finster, weil es so ironisch war, schließlich besaß Iox tatsächlich keinen, irgendwie. »Sie war eines von Umas Mädchen. Ihr wurde die Kehle durchgeschnitten.«

»Weil … weil sie etwas wusste?«

Er strich sich über die Stirn. »Sie war ein Bluthund – eine der Frauen in Umas Regiment, die ihre Kunden schlug und die von ihnen geschlagen wurde. Wer weiß schon, was wirklich geschehen ist.«

»Warte«, stockte sie. »… Infra?«

Er antwortete nicht.

»Könnte jemand darüber wissen, wie sie umkam?«

Berit.

Doch abgesehen davon, dass offensichtlich auch Berit nicht alle Geheimnisse der schönen Iox wusste, so hatte er auch keine Ahnung, wo sie sich momentan aufhielt. Uma hatte sie nach ihrer Eskapade vermutlich gänzlich aus seiner Reichweite sperren lassen, es hätte ihn nicht gewundert, sie neben Modhi in der Zelle wiederzutreffen. Daher schüttelte er den Kopf.

Aennes Augen standen weit offen, als sie so an die Decke starrte. Irgendwann kippte ihr Kopf zur Seite. »Du mochtest Infra?«

»Sie war ein nettes Mädchen«, wich er aus.

»Dann tut es mir leid.«

Er erhob sich vom Bettrand und wandte ihr den Rücken zu. »Warum sollte es? Sie war bloß eine Hure.«

Der alte König lag mit seiner Tochter auf dem Bett, ihr Kopf auf seinem Arm abgestützt, während seine Hand ihr Haar kraulte. Niemand außer Aenne hatte Jethro jemals auf diese Art erlebt. Aenne liebte es, ja, sie brauchte es. In der Stille schmiegte sie sich an ihren Vater.

»Vater?«, flüsterte sie irgendwann.

Die Antwort ein dunkles Brummen. Sie mochte dieses Brummen. Es war der einzige Trost für ihre zerstörte Stimme – ähnelte sie somit doch eher der des Vaters.

»Ich habe Angst.«

»Ich bin hier.«

»Vater«, stiegen zögernd die Worte hervor, »ich glaube, Modhi, Quaris und Anoush waren nicht die Einzigen, die an den Menscheninnereien verdient haben.«

Schweigen, nur das Streicheln ihres Haares.

»Ich glaube …«

Die Tür wurde aufgestoßen. »Bist du verrückt geworden?«, brüllte Jethro. Ezra und Caedes quollen die Augen hervor, sie sanken augenblicklich in sich zusammen. Ein rascher Blick zum jeweils anderen, um herauszufinden, wer etwas ausgefressen hatte, dann duckte sich Caedes hinter dem Tisch hinweg und trat die Flucht an.

»Caedes!«, donnerte der Reisende König, momentan ein rasender König. »Komm sofort zurück!«

Doch Caedes kam nicht zurück.

Es war nicht Jethro, der Caedes am nächsten Tag fand, sondern Sheera. Als er erwachte, stand sie plötzlich vor ihm, die Augenbrauen süffisant gehobenen. Das Licht, das durch das Fenster fiel, verursachte ihm Kopfschmerzen.

»Euer Vater sucht nach Euch«, stellte Sheera in den Raum. Die Männer, die ebenfalls in der Schenke herumlümmelten, starrten die schöne Erscheinung unumwunden an.

»Seltsam«, brummte Caedes. »Ich hätte schwören können, dass Ihr es seid, die nach mir sucht.«

»Ihr könnt Euch nicht ewig verstecken, Reisender Prinz. Erspart mir Arbeit und kommt freiwillig mit.«

»Oder?«

»Oder ich lasse Euch von der talionischen Garde zu einem Päckchen schnüren und Eurem Vater übergeben.«

Er hob die Hände. »Ich ergebe mich. Wem, wenn nicht Euch!«

Als sie die Schenke verlassen hatten, nahm Caedes Reißaus. Er war vielleicht nicht der schnellste Läufer Auroras, doch eine Frau in bodenlangem Kleid, die Trippen über ihren Pantöffelchen trug, war durchaus zu schlagen.

Er tauchte in die schattigen Gassen Terra Talionis ein und machte sich durch das undurchdringbare Geflecht von Seitengassen auf den Weg zur Bibliothek der Ominösen Dinge, wo seine Sachen noch in Perporris Gemach herumlagen.

Er schlich in Richtung der Quartiere, ohne sich Sorgen zu machen, dass Sheera ihn hier finden könnte – sie war die Letzte, die ihn an einem derartigen Ort suchen würde.

Caedes fand die Tür zu Perporris Unterkunft verschlossen. Über einen kleinen Seitenhof erreichte er Perporris Fenster und zog sich hinauf in den Raum. Er sog die Luft ein und bemerkte, dass noch immer der dezente Duft von Abwasser in der Luft lag. Der alte Mann hatte wohl doch nicht übertrieben.

Caedes ging neben dem Bett in die Knie und wollte seine darunter verstauten Sachen hervorziehen, als er einen leicht verschobenen Wandverschlag bemerkte. Stirnrunzelnd kroch er näher, griff nach der Holzplatte und schob sie zur Seite.

Dahinter wartete ein schwarzes Loch.

Die Talionier schienen allesamt eine Vorliebe für Geheimgänge zu teilen. Vielleicht führte dieser geduckte Gang zu Perporris bevorzugter Leseloge und ersparte ihm somit einen komplizierten Umweg. Oder aber es war ein Geheimgang, der zur Bibliothek hinausführte. Oder …

Es gab nur einen Weg, es herauszufinden.

Der Geruch von altem Leder, moderndem Pergament und Eisengallustinte setzte sich bereits in seiner Nase fest, bevor er das Ende des Gewölbes erreicht hatte. Am Ende des Ganges duckte er sich unter einem Mauervorsprung hinweg und richtete sich in absoluter Finsternis auf.

Irgendwo in der Ferne verschob sich die Schwärze zu einem dunklen Grau, ein Zeichen dafür, dass es eine Lichtquelle geben musste. Vorsichtig schritt der Jäger voran, darauf bedacht, kein Geräusch zu verursachen. Mit einem dumpfen Geräusch stieß er gegen ein Hindernis. Seine Finger fuhren über Holz, Leder, Pergament, Papyrusrollen und Palmblattbücher. Ein Bücherregal, von oben bis unten mit Beschriebenem gefüllt.

Er schob sich an dem Regal vorbei in Richtung der helleren Grauschattierungen. Wo war er hier gelandet? In einem alten Archiv?

Die Bücherregale erstreckten sich bis hoch oben in die Finsternis. Alles, was beschrieben werden konnte, hatte man hier aufgehäuft und unter Spinnweben dem Vergessen zugeführt. Vorsichtig schob er sich um die Ecke.

Vor einer Kerze kauerte eine Gestalt, eine schwarze Silhouette, in uralte Texte vertieft. Das Kerzenlicht flackerte, die Schatten tanzten.

Caedes wollte schon den Mund öffnen, um nach Perporri zu rufen, hielt dann jedoch ein.

Achtsam schlich er näher, nutzte die Regale als Deckung.

Dann ein falscher Schritt, ein leises Knacken, das durch die zerbrechliche Stille drang.

Die Gestalt hob den Kopf wie ein wachsames Tier, wandte Caedes einen Moment lang das Profil zu, dann beugte sie sich vor und mit einem einzigen Hauch verging die Kerzenflamme.

Leise Schritte trippelten durch die Dunkelheit.

Caedes erwachte aus der Starre und setzte nach.

Als Caedes durch das Dunkel sprang, sah er nichts. Er fühlte sich wie in den kalkigen Höhlen der Weißen Schlucht, auf der Suche nach dem rotweißen Drachen. Diesmal war es jedoch nicht der ruhige, rauschende Atem des Tieres, der ihn leitete, sondern das leise Klappern von Schritten, die sich zwischen Bücherreihen hindurchwanden.

Caedes' Stiefel schmetterten durch die Archive, das Trippeln verschnellerte sich, gefolgt von einem dumpfen Aufprall, als der Flüchtige gegen ein Regal stolperte. Der Flüchtling zog Schlangenlinien, suchte nach einem Ausweg und plötzlich – Stille.

Caedes blieb ebenfalls stehen.

Der Flüchtende war in die Tarnung übergegangen. Irgendwo musste er harren, zusammengekauert, in die Schwärze lauschend.

Beinahe lautlos tastete sich der Jäger zwischen den Bücherregalen hindurch. Die Ohren gespitzt, den Atem verhalten, horchte er in die Finsternis.

Stille.

Er blieb stehen, schloss die Augen und konzentrierte sich ganz auf sein Gehör.

Sacht, ganz sacht, kaum mehr als ein Kitzeln an seinem Ohr, ein Atemstoß. Wie eine Katze schmiegte sich Caedes an das Regal und glitt weiter, immer dem Geräusch folgend.

Es war nah. Vermutlich musste Caedes nur noch die Finger ausstrecken, um den Flüchtling fassen zu können. Er ging in die Knie, sprungbereit und ließ die Hand vorschnellen.

Ein heller Schrei, jemand schlug nach ihm, Fingernägel krallten sich in seinen Hals. Caedes riss die Person heran und schlang seine Arme um sie, eiserne Greifwerkzeuge, mit denen er die Oberarme des Fremden an dessen Körper presste.

Als Antwort gruben sich Zähne in seine Schulter, fest und unbarmherzig. Caedes fluchte, warf sich mit dem Gefangenen zu Boden. Zusammen krachten sie auf steinernen Untergrund. Die Zähne lösten sich, schlugen hart aufeinander.

Mehrere Dinge wurden Caedes im selben Augenblick klar. Sein Flüchtling war eine Frau – es war sowohl an dem Schrei erkennbar gewesen, den sie ausgestoßen hatte, wie auch an den weiblichen Merkmalen, die sich gegen seinen Oberkörper drängten.

Und dann … dann war da dieser Geruch.

Er saugte die Luft ein.

Er kannte diesen Geruch.

Caedes schleppte die Frau zurück zum Geheimgang und zerrte sie in Perporris Gemach. Selbst im geduckten Gang versuchte sie noch, zu entkommen, zornig an seinen Armen zerrend.

Caedes schob die Wandverkleidung zur Seite und zog die Frau mit einem Ruck durch die Öffnung, sodass sie auf Perporris Bett landete.

Er traute seinen Augen kaum.

XXXI

Kafrits Wiedergeburt

Iox.

Caedes blinzelte.

Er blinzelte ein zweites Mal, nur um sicherzugehen.

Zu einem dritten Mal kam er nicht, denn Iox rollte sich vom Bett und setzte zur Türe. Sie rüttelte am Mechanismus, doch nichts geschah.

Ein Blick über die Schulter – dort, das einladend geöffnete Fenster –, doch kaum hatte sie einen Schritt darauf zugemacht, stand Caedes davor und hieb die Fensterläden zu.

Sie fletschte die Zähne, die Schultern gehoben, die Arme angespannt – eine Füchsin in Angriffsposition.

Caedes Mund stand offen, er wusste beim besten Willen nicht, was er sagen sollte.

»Geht mir aus dem Weg!«, fauchte sie und sah dabei aus, als wollte sie ihm ins Gesicht springen.

»Iox?«

»Verschwindet!«

Caedes rückte sicherheitshalber näher ans Fenster heran, um jegliche Fluchtversuche im Keim ersticken zu können. »Du …«

»Verpisst Euch!«

»… *du bist tot!*«

Anstatt zu antworten, sprang Iox los und versuchte, ihn vom Fenster zu drängen. Er fasste sie an den Handgelenken, sie stemmte sich dagegen, die Gelenke krachten.

Er ließ los.

Sie stieß ein dumpfes Lachen aus, schlug die Fensterläden auf und wollte hinausklettern. Rechtzeitig packte er sie am Schlafittchen und riss sie zurück. Ihr Kopf kippte nach hinten und entblößte ihren Hals. Den Hals, durch den ein klaffender Schnitt geführt hatte. Doch es gab keinen Schnitt mehr. Bloß eine leichte Rötung, die auch vom Kampf im alten Archiv herrühren konnte.

Sie zappelte in seinem Griff.

Seine Augen wanderten zu ihrem Gesicht. Mund, Nase, Augen – alles lag heil und unversehrt vor ihm. Ihre goldenen Augen zuckten wütend zwischen zusammengekniffenen Lidern. Irrte er sich, oder schien eines rötlicher als das andere?

»Du bist tot!«

»Seid nicht dumm!«, schnauzte sie zurück. »Wenn ich tot wäre, könntet Ihr mich doch nicht quälen!« Sie trat ihm auf den Fuß. Da er Stiefel trug, kümmerte es ihn nicht.

Stumm glitten seine Augen zwischen Hals und Augen hin und her.

Er zog die Frau zum Bett, zwang sie nieder.

»Was soll das werden?«, schnaufte sie in die Kissen. »Hatte Uma doch recht, als sie mich zu Euch sandte?«

Er zog ihr das Kleid von den Schultern.

»Wenn das Eure hochwohlgeborene Familie wüsste!« Sie strampelte, traf ihn am Knie, er machte trotzdem weiter. Das Kleid weigerte sich, gab schließlich nach und riss. Caedes zog ihr den Ärmel von der Schulter.

Sklavenringe, an der Außenseite der Arme. Sie saßen in der Haut, wie sie es immer getan hatten. Aber … Caedes hatte gesehen, wie Michaelis Pel'Dagan ihr diese Ringe aus den Armen gerissen hatte.

Er wälzte sie im Bett herum, als wäre sie eine Puppe. »Was ist?«, stieß sie aus. »Macht schon, bringt es hinter Euch!«

Er zog ihr den Ausschnitt von den Brüsten. Beachtete nicht, wie sie die Augen verdrehte. Die Ringe in ihren Brustwarzen waren wieder eingesetzt worden. Keine Narben. Nichts.

Er ließ sie los und richtete sich auf.

Sie lag da, halb entblößt und mimte ein Gähnen. »Das war es schon? Ihr enttäuscht mich, Drachenjäger! Kneifen steht Euch nicht!«

Er schwieg, versuchte, die Puzzleteile zusammenzusetzen, versuchte zu verstehen, warum sie lebte und nicht tot war. Er griff sich an die Stirn, wollte sich abwenden, wagte es aber dann doch nicht, aus Angst, Iox'

Abbild würde wieder verschwinden. Iox war noch immer da, stemmte sich auf den Armen in die Höhe und zog das Kleid über die Brust.

»Habt Ihr Euch genügend ergötzt? Kann ich jetzt gehen?«

Keine Antwort. Er durchwanderte den Raum, warf immer wieder Blicke in ihre Richtung.

Sie saß auf dem Bett, das Gesicht finster, und schaute zum Fenster. Nein, so erkannte er nach einer Weile – nicht zum Fenster, sondern zum Schreibtisch.

Caedes trat an Perporris Schreibtisch heran. Dort stapelten sich Bücher in muffigen Einbänden, die zu zerbröckeln drohten. In ihrer Mitte ein gut erhaltenes Exemplar, ein kleiner, brauner Band, der ihm bekannt vorkam.

Er hob die Bücher ab und zog *Den Fuchs und das Mädchen* hervor.

Ein Blick zu Iox, sie warf demonstrativ den Kopf zur Seite. Er strich über den Einband, klappte den Umschlag auf.

Von der ersten Seite fehlte eine Ecke. Er kannte die Form, es war das Stück Pergament, das Iox für ihr Warnschreiben an ihn verwendet hatte.

Er blätterte die Seite um.

Der Fuchs und das Mädchen.

Darunter, in Endlosschleife, Kopien des Titels, die Iox händisch hinzugefügt hatte. Sie hatte geübt.

Caedes klappte die nächste Seite um. Iox sprang auf und wollte ihm das Buch entreißen. Eine schnelle Bewegung, er drehte sich fort, den Band über den Kopf gestreckt.

Sein Mund klappte auf.

Er wusste, welchen Teil der Bibliothek er durch die Geheimtür betreten hatte. Er wusste nun, was Iox gelesen hatte. Und er wusste auch, warum sie noch lebte.

»Das … sind Anleitungen zur Ausübung von Blutmagie.« Iox sprang an ihm in die Höhe wie ein bettelnder Hund. »Du hast dich in die verbotenen Archive geschlichen – deswegen hast du lesen gelernt.«

»Gebt das her!«

»Das ist Blutmagie, hörst du?«

»Ich bin nicht taub. Gebt mir mein Buch!«

»*Mein* Buch!« Er schob ihr das Kinn entgegen. »Ich fasse es nicht! Zuerst dachte ich, du hättest Angst, man könnte dir etwas antun! Aber du steckst mit drin in der ganzen Sache!«

»Ich stecke überhaupt …!« Sie brach ab und hörte auf, wie wild geworden in die Höhe zu schnellen. »Gebt mir das Buch, Caedes, oder ich schwöre Euch, Ihr werdet es bereuen!«

»Ach ja?«, schnappte er. »Da bin ich aber wirklich gespannt, Iox von den Freien Inseln! Willst du mich mit der Blutmagie umbringen, die du in diesem Buch festgehalten hast?« Er hielt ihr die Seiten vor die Nase. »Sieh dir das an! Diese Formeln, Zeichnungen und Texte! Was sind sie fähig zu tun? Wen bringst du damit um?«

»Ich bringe niemanden um!«, rief sie aus. »Das sind Heilzauber!«

»Klar.«

»Ja!« Sie wollte nach dem Buch greifen, doch er entzog es ihr. Mit einem Ausdruck von Verzweiflung sanken ihre Hände nieder. »Niemand kam damit zu Schaden. Ich habe die Sprüche und Zeichen nur verwendet, um Gutes zu tun. Ich habe damit Kranke geheilt!«

»Iox, bist du wirklich so dämlich? Das ist Blutmagie! Um sie anzuwenden, braucht man Blut und Organe eines Lebenden!«

»Ich weiß«, stieß sie unter angehaltenem Atem aus.

»Ich habe dich gesehen, Iox. Ich habe deinen vollkommen zerstörten Körper mit eigenen Händen zum Palast zurückgetragen. Du warst *tot*, verdammt noch mal! Wie viele Menschen mussten sterben, damit du wieder leben konntest?«

»Ich war nicht tot.« Sie schüttelte den Kopf. »Niemand kann Tote zum Leben erwecken. Wäre ich tot gewesen und jemand hätte mich zurückgeholt, wäre ich ein Ghul aus den Hexenwäldern – ein geistloser, nach Leben lechzender Untoter!«

»Niemand hätte mit diesen Verletzungen überleben können.« Caedes beugte seinen Kopf zu ihr herab. »Nichts auf dieser Welt ist umsonst. Für jeden Menschen, den man mit Blutmagie rettet, muss ein anderer sterben!«

Sie war ein Bluthund, und Bluthunde starben jung.

Sie hingegen lebte noch immer. Neunundzwanzig Jahre, eigentlich viel zu alt für jemanden wie sie.

Seine Stimme entkam ihm als ein Wispern. »Wie viele Menschen mussten deinetwegen bereits sterben?«

Ihre Augen verengten sich. »Niemand«, antwortete sie. »Niemand musste meinetwegen sterben!«

Er machte einen Schritt zurück. »Ich nehme an, Uma weiß davon? Schließlich bist du ihr größter Schatz, nicht wahr? Wie schade wäre es für sie, wenn die süße Iox, die schon so manchen hohen Mann an diese Stadt band, einfach sterben würde? Daher – falls es mal zu heftig hergehen sollte – gibt es doch noch irgendwo ein menschliches Herz irgendeines armen Tölpels, mit dem man das goldene Kind wieder zum Leben erwecken kann …«

»Niemand musste wegen mir sterben!«, schrie Iox.

»War das der Grund, warum sie damit anfingen? Um dir das Leben zu retten? Trat Uma deswegen auf Modhi zu und bat ihn, Menschen zu schlachten?«

»Ihr hört mir nicht zu!«, rief sie. »Niemand starb …!«

Er sah sie lange an. »Und das glaubst du wirklich?«

»Das *weiß* ich!« Tränen saßen in ihren Augen, doch sie zwang sie zurück.

Es hatte keinen Sinn. Vermutlich hätte es sie zerstört, hätte sie sich die traurige Wahrheit eingestanden.

Sie rührte sich nicht, die Hände zu Fäusten geballt, schien in seinem Gesicht etwas zu suchen. »Ihr glaubt mir nicht«, erklärte sie schließlich resigniert.

Caedes gab keine Antwort.

»Glaubt doch, was Ihr wollt!« Sie drehte sich um, ließ das Buch sein, wo es war – in seinen Händen – und stieß die Fensterläden auf. Das Licht des frühen Tages tauchte ihr maisblondes Haar in ein kühles Licht, verstärkte die dunklen Flecken auf der Nase, sowie die rosigen Narben an Auge und Hals. »Und nur, damit Ihr es wisst – ohne mich und meine Magie wäre Eure Schwester jetzt tot!« Mit einem Satz sprang sie aus der Öffnung.

Als er ans Fenster trat, war sie verschwunden.

In der Hand hielt er noch immer das Buch.

Die Familie hatte sich in Aennes Zimmer versammelt. Der Vater maß den Zurückgekehrten mit einem Blick voll stummer Enttäuschung, der dem Sohn unter anderen Umständen Schmach bereitet hätte. Nicht so heute.

»Modhi wurde ermordet«, teilte Aenne ihrem Bruder mit. »Es wird keine Anhörung geben.«

»Es gibt eine Zeugin«, erwiderte Caedes und warf ihr das Buch zu. »Infra lebt. Sie wurde geheilt, mit Blutmagie.« Ein Blick zu Aenne. »Sie sagt, sie hätte dich ebenfalls geheilt.«

Aenne rückte ein Stück vor. »Wie bitte?«

»Sie meinte, ohne ihre Hilfe wärst du nicht mehr am Leben.«

Aenne blinzelte. »Ich … ich fasse es nicht! Warum sollte sie so etwas tun?«

Er fuhr sich durch das Haar. »Ich weiß es nicht.«

Aenne war sprachlos. Caedes fühlte sich ein wenig, als blickte er in ein Spiegelbild. Er fühlte sich ebenso ratlos. »Du weißt, was das bedeutet«, flüsterte sie. »Wenn sie die Wahrheit gesprochen hat, starb jemand, um mich zu retten.« Ja, das wussten sie alle. Das viel größere moralische Dilemma war jedoch – Caedes wusste es und war dennoch dankbar dafür.

Aennes Finger fuhren über das Buch in ihren Händen, zogen den äußeren Rand des Einbands nach, klappten ihn auf. Sie begann die Seiten durchzublättern. Dort, wo die Erzählung nicht die ganze Seite bedeckte, hatte Iox Notizen hinzugefügt, so gut es ging. Die Zeichnungen zeigten die Anatomie des Menschen und andere komplizierte Symbole und Muster.

Stumm sah sie den Bruder an. »Damit haben wir Beweise. Dieses Buch … Infra … Damit haben wir Beweise gegen Uma Octavia.«

Jethro, die Finger ineinander verschlungen, nickte langsam. »Die Wahrheit ist ein erhabenes Gut«, sprach er. »Du hältst sie in den Händen, Aenne.«

Aennes Unterkiefer mahlte nach links und rechts. »Wir müssen zu Aegis. Uma Octavia muss vor das Königsgericht gestellt werden.«

Kein Zuspruch, keine Ablehnung, nur Schweigen. Es war klar, hierbei handelte es sich allein um Aennes Entscheidung.

XXXII

Vor dem König

Stille hatte sich über den Raum gelegt. Aegis Septimus hielt den Ellenbogen auf der Armlehne seines hölzernen Stuhls abgestützt, die Finger an die Wange gelegt und sah der Familie entgegen, die um eine Audienz gebeten hatte. Eine Weile war kein Geräusch zu hören, bis Aenne ein Husten hervorpresste. Schüchtern hob sie den Blick. Erst jetzt bemerkte sie, wie der König mit den vielfarbigen Augen sie musterte. »Ich weiß nicht, Jethro«, sprach Aegis langsam. »Stellt Euch vor, Ihr befändet Euch an meiner Stelle. Ihr kehrt zurück in Euer Heim, trefft dort auf meine Kinder, die lächelnd behaupten, sie wollten Eure Gastfreundschaft genießen – und nachdem Ihr sie entsprechend geehrt und bewirtet habt, stehen sie plötzlich vor Euch und erklären, dass Eure Familie in Mord und Blutmagie verwickelt sei.« Seine Augen lagen starr auf Aenne gerichtet. »Ich weiß nicht, wie Ihr denken würdet, aber ich kann Euch durchaus erklären, wie *ich* mich fühle.« Seine Stimme blieb gefährlich weich. »Ich fühle mich verraten. Ausgenutzt. Und ich fühle meine Autorität infrage gestellt – und zwar durch eine andere Königsfamilie. Unter Umständen könnte ich das als Herausforderung ansehen. Nicht als eine, die es mit Worten zu überwinden gilt – sondern eine, die einer Kampfansage gleicht.«

Aenne wollte gerade den Mund öffnen, doch Caedes klatschte ihr die Hand aufs Knie und hielt sie davon ab.

»Ich habe Euch immer geschätzt, Jethro, und ich sah Euch nie als Bedrohung. Doch andere Könige fürchteten immer, es könnte Euch nicht genügen, über die Fahrenden und Reisenden zu herrschen. Vielleicht hatten diese Stimmen recht. Vielleicht sollte ich Euch ebenfalls als Bedrohung für mein Amt und mein Königreich sehen.«

Jethro deutete ein Nicken an, das auch eine knappe Verbeugung sein könnte. »Ich versichere Euch, Aegis, meine Anwesenheit ist mitnichten als Infragestellung Eurer Herrschaft anzusehen. Im Gegenteil – sie soll Euch absichern und unterstützen.« Nun war es Jethro, der in aller Ruhe die Hände aneinanderlegte. »Ich will Euch sagen, wie es mir ginge, wäre ich in Eurer Position. Ich stelle mir vor, ich kehrte zurück in mein Heim und fände dort Eure Kinder vor, die unter meinen Fittichen Schutz gesucht hätten.

Doch dann kämet Ihr und Eure Kinder und erzähltet mir gar Unglaubliches – dass Mord und Totschlag, denen Eure Familie knapp entkommen sei, nicht die einzigen Vergehen wären in meinem Heim. Dass unter meiner Herrschaft Menschen verschwänden, nach denen niemand fragte. Dass dunkle Magie im Spiel sei – und ihre Spuren direkt zu einer Person meines Vertrauens führten.« Er nickte langsam und nachdenklich. »Ich wäre entsetzt. Und würde Euch vermutlich kein Wort glauben. Denn ich traue jedem Mitglied meiner Familie bedingungslos mein Leben an.« Er nickte nachdrücklich, sein Blick hing einen Augenblick in der Leere. »Dann würde ich mich fragen, ob die Mitglieder meiner Familie anderes Leben ebenso schätzten wie das meinige.« Sein Kopf neigte sich zur Seite. »Meine Tochter tötete, um zu überleben. Mein Sohn tötet Drachen, um sein Leben zu verdienen. Sie alle töten – aus dem einen oder anderen Grund.«

»Ihr behauptet, meine Familie betreibe Blutmagie, Jethro! Das ist wohl nicht zu vergleichen!«

»Nein, Aegis. Ich behaupte, dass Eure Cousine in Machenschaften rund um das Wirken von Blutmagie verwickelt ist. Und ich behaupte, dass sie Blutmagie anwendete, um eine Frau zu retten, die ihr lieb und teuer ist.«

»Eine Hure? Das ist absurd!«

»Eine Frau, die Uma Reichtum und Macht eingebracht hat. Dass es sich dabei um eine Hure handelt, ist nebensächlich.«

Aegis kniff die Lippen zusammen, der akkurat geschnittene Bart bewegte sich sacht. »Ich dachte immer, Ihr seid ein Kämpfer und Wanderer, Jethro, ein Mann der Muskeln. Es hat den Anschein, als wäret Ihr auch mit den Worten geschickt und verstündet euch darauf, die Wahrheit zu verdrehen.«

Jethro lächelte nicht. »Ich bin auf Reisen, ich denke und spreche. Ob Ihr es als Wahrheit seht oder nicht, ist Eurem fähigen Urteil überlassen.« Jethro klang nicht, als wollte er Aegis ärgern. Er meinte es ernst.

Aegis Septimus strich sich über den Bart und betrachtete zuerst den Reisenden König, dann dessen Kinder. »Aenne«, sagte er irgendwann. »Bringt mir das Buch, von dem Ihr mir erzählt habt.«

Sie stand auf, suchte nach dem Gleichgewicht und schaffte es schließlich, einigermaßen gerade vorzutreten. Sie reichte Aegis *den Fuchs und das Mädchen.*

Der König begann zu blättern. »Caedes, Ihr sagt, Umas Mädchen wäre tot gewesen?« Seine Augen glitten über das Papier, Seite um Seite.

»Ja, Herr. Ich bin ein Jäger. Ich erkenne durchaus, wenn etwas in Nifs Totenreich eingekehrt ist.«

Aegis flog über die Seiten hinweg und seufzte. »*Der Fuchs und das Mädchen*«, murmelte er. »Eine Geschichte über List und Täuschung. Ich habe diese Erzählung nie geschätzt, doch Uma liebte sie bereits als Kind.« Das Blättern verursachte raschelnde Geräusche. Nach einer Weile fuhr Aegis fort. »Ich verstehe viele der Formeln nicht, sie sind in Sprachen geschrieben, die ich nicht spreche. Doch nach den Notizen zu urteilen, die das Mädchen beigefügt haben mag – sofern dieses Buch nicht eine einzige Fälschung ist – sind es Blutzauber. Blut für Blut, manche benötigen Krüge davon; einige Zauber verlangen Finger und Zehen. Von Organen scheint hier kaum die Rede zu sein.«

»Wir wissen nicht, wie viele andere Bücher es noch gibt, Herr. In der Bibliothek der Ominösen Dinge stehen ganze Archive voll von verbotener Magie. Vielleicht …« Aenne brach ab.

Ein knapper Blick über den Rand des Buches. »Vielleicht besitzt Uma Octavia noch andere Zeugnisse, wollt Ihr sagen?«

Aenne senkte bedrückt die Augen.

»Nun«, setzte Aegis fort und klappte das Buch zu. »Wie es der Zufall will, traf ich das Mädchen bei meinem gestrigen Besuch an. Es ist quicklebendig.« Ein scharfer Blick. »Ihr habt es den Umständen zu verdanken, dass ich keine dunkle Magie in meinem Reich dulde, dass ich der Sache nachgehen werde – anderweitig hätte ich Euch vermutlich schlicht aus Terra Talioni werfen lassen.« Er fuhr sich über den schwarzen Bart. »Ist wahr, was Ihr sagt, werde ich das Mädchen als Zeugin festsetzen lassen. Des Weiteren müsste es Zeugnisse vom Kontakt zwischen Modhi und Uma geben, welcher Art auch immer.

Ich lasse Modhis Archive durchsuchen, genau wie diese ominösen Archive der Bibliothek.«

»Was ist mit Uma? Wird sie ebenfalls festgenommen?«

»Macht Euch nicht lächerlich, Aenne«, schnauzte der König und erhob sich von seinem Sessel. »Das hier ist kein Beweis gegen meine Cousine, schließlich gehört dieses Schriftstück nicht einmal ihr!« Er warf das Buch zurück auf den Stuhl. »Sobald andere Beweise gefunden wurden, kann das Gericht tagen. Bis dahin würde ich Euch raten, Umas Gastfreundschaft nicht länger zu strapazieren. Verlasst ihren Palast. Nicht, weil ich ihr irgendeine der Gräueltaten zutraue, die Ihr der Achten unterstellt – sondern weil ich es abscheulich finde, die Gastfreundschaft derer auszunutzen, denen man in den Rücken fällt.«

XXXIII

Viele schlimme Finger

Uma Octavia stürmte in ihr Schlafzimmer. »Was soll das?«, donnerte sie. Einer der talionischen Soldaten, die ihre Gemächer auf den Kopf stellten, richtete sich auf. Die Matratze ihres Bettes kippte mit einem dumpfen Geräusch zu Boden.

»Herrin«, erklärte er höflich. »Wir haben die Anweisung, Eure Räumlichkeiten zu durchsuchen.«

»Durchsuchen? Wonach? Was fällt Euch ein! Verschwindet sofort!«

Im Eingangsbereich stand Sheera, zum ersten Mal in ihrem Leben sichtlich beunruhigt. Ihre Hände kneteten ineinander, ihr Blick huschte unsicher hin und her. Sie hatte ihre Herrin gerufen, nachdem die talionische Garde Umas Gemächer gestürmt hatte.

Ein anderer Soldat trat aus Umas privaten Baderäumlichkeiten. Drei goldene Augen an der Uniform zeichneten ihn als ranghöchsten Offizier aus. »Herrin, mein Name ist Koloman Reis. Im Nachlass Modhis sind Ungereimtheiten aufgetaucht. Dokumente fehlen, eventuell handelt es sich bei manchen sogar um Fälschungen. Daher …«

»Daher was?«, polterte sie. »Gibt es Euch das Recht, die Privatsphäre Eurer Herrin außer Acht zu lassen? Seid Ihr von allen guten Geistern verlassen? Ich werde Euch am nächsten Galgen aufknüpfen lassen, Ihr verkommener Halunke …!«

»Unser Befehl kam direkt von König Aegis Septimus, Herrin.«

Uma erstarrte in ihrer Wut. Ihr Mund klappte auf. »… von Aegis?«

»Ja, Herrin.«

»Ihr lügt!«

»Nein, Herrin.«

Aus dem Ankleidebereich des Schlafzimmers trat ein weiteres Gardemitglied. Der Soldat hielt ein Glas in der Hand. »Ich habe etwas gefunden«, nuschelte er. Er nahm die Hände zur Seite und gab Sicht frei auf kleine Finger, die in klarer Flüssigkeit schwammen.

»Das ist doch wohl ein Scherz! Das habt Ihr mir soeben untergeschoben!«

Der oberste Offizier trat auf sie zu. »Uma Octavia, im Namen Aegis Septimus' muss ich Euch festnehmen!« Leiser fügte er hinzu: »Es tut mir leid.«

Sie wich schockiert zurück. »Glaubt Ihr wirklich, wenn ich mit Teilen von Menschen handeln würde, dass ich sie in meiner *Umkleidekammer* aufbewahrte?« Sie warf den Kopf herum. »Dieses Ding gehört nicht mir! Jemand muss es hier hereingeschmuggelt haben. Wart es nicht Ihr, dann war es einer von Modhis Schergen. Selbst tot ist er noch eine richtige Plage. Ich …«

Der Offizier fasste nach ihrem Handgelenk. Sie entzog sich und platzierte eine gezielte Ohrfeige, die ihm den Kopf zurückriss. Zwei andere Soldaten sprangen herbei, packten Uma und zwangen ihre Arme nach hinten. »Ich schwöre Euch, das werdet ihr bereuen. Wer auch immer mir diese Finger untergejubelt hat, wird bald nach einem sauberen Tod betteln!« So wurde Uma Octavia, fluchend wie ein tradeadischer Hafenarbeiter, abgeführt.

Ihre Dienstschaft zog sich zurück, sobald sie die Herrin kommen hörte. Auch nachdem Uma Octavia ihre Festung verlassen hatte, blieb es still.

Iox kletterte aus dem Geheimgang und schloss leise das Holzpaneel hinter sich. Zögerlichen Schrittes trippelte sie durch ihr Zimmer, schlich um die Ecke – und wurde von einer Hand gepackt. »Da bist du ja!«, stieß ein Soldat aus, der totenstill auf sie gewartet hatte. »Woher kommst du?«

»Vom Abtritt.«

Er zerrte sie aus dem Raum. »Du bist unter Arrest. Du wirst als Zeugin vor das Königsgericht geladen.«

»Wa… Was?«

Der Soldat hatte nicht vor, sich weiter zu erklären, und Iox erkannte, wann ein Mann stärker war als sie selbst. Sie versuchte daher nicht, sich aus dem Griff zu winden und ließ sich abführen.

»Ich fasse es nicht«, brummte Ezra. »Ich kann es einfach nicht glauben.« Er schlug sacht mit dem Hinterkopf gegen die Mauer.

Caedes, der neben ihm saß, rührte sich nicht. »Was hast du erwartet? Wir haben Aegis dazu gezwungen, seine Cousine festzunehmen. Er hasst uns dafür. Das ist seine Strafe.«

»Sie haben mich vor Xersis Augen abgeführt. Vor Xersis Augen!«

»Und ich war gerade pissen, erwarte also kein Mitleid von mir. Es ist seine Art der kleinen Rache.«

Ezra verdrehte die Augen, wobei der Gedanke, wie Caedes von einem Haufen talionischer Soldaten auf dem Abtritt belagert wurde, durchaus Amüsement barg.

Von weiter weg ertönte Lärm, Stimmen wurden laut, Ketten klirrten. »Was ist hier los? Warum will mir niemand sagen, was vor sich geht?«

»Halt die Klappe!«

»Bitte …«

Caedes richtete sich auf. Er kannte die Stimme.

»Bitte, so sagt mir doch, was ich falsch gemacht habe!« An der Zelle vorbeigetrieben wurde Iox. »Schneller, Mädchen!«

Ein Blick zur Seite, dabei entdeckte sie die beiden Brüder. Ihre Augen weiteten sich. »Was …?«

Caedes sprang vor, er wusste selbst nicht warum. »Iox!«

»Was ist hier los?«, schrie sie. »Warum bin ich hier?«

Ein dumpfer Schlag, Caedes zwängte das Gesicht zwischen die Gitterstäbe, konnte sehen, wie ihr Kopf zurückgerissen wurde. »Halt die Klappe, habe ich gesagt!«

»Was habe ich getan?« Eisen klirrte, eine schwere Türe knallte, die Geräusche dämpften ab.

Seine Finger verkrampften sich um die Eisenstangen, sein Herz schlug schnell. Er lauschte, doch Iox' Stimme war nicht länger zu hören.

Caedes schreckte vom Lärm auf, der die Soldaten ankündigte. Ezra wirkte nicht, als ob er geschlafen hätte, aufgerichtet saß er da und wartete, dass die Zellentüre geöffnet wurde.

»Es ist so weit«, verkündete einer der Soldaten. »Das Königsgericht tagt.«

Aenne wartete bereits vor den breiten Flügeltoren. Vor ihr, von Soldaten flankiert, stand Uma Octavia. Aus katzenhaften Augen beobachtete sie die Ankömmlinge. Ein finsteres Lachen entkam ihr. »Da sind sie, die kleinen Kinder, die glauben, sie könnten mit den Erwachsenen spielen. Hegt keinen Zweifel, dass ihr all das bereuen werdet.« Sie wandte ihr ungeschminktes Gesicht wieder vor.

Ein weiterer Soldat kam, er trieb Iox vor sich her. Sie sträubte sich, als er sie hinter Octavia stieß.

Iox stand starr hinter ihrer Herrin und hoffte, dass Uma Octavia sie nicht bemerkt hatte. Uma aber begann leise zu sprechen. »Ich besaß viel Zeit nachzudenken, als ich dort unten im Dunklen saß.« Die raue Stimme ging durch Mark und Bein. »Ich konnte mir Gedanken darüber machen, wer mir diese Finger hätte unterschieben können.

Da erinnerte ich mich daran. An dich und den *Zwischenfall*. Du sagtest, die Türe sei offen gestanden und du hättest dich in meine Gemächer geschlichen, um meine Kleider anzusehen. Du hättest sie auf dem Tisch ausgebreitet, um sie in all ihrer Pracht bewundern zu können – und dabei hättest du aus Versehen ein Tintenfass umgestoßen.« Sie pausierte kurz. »Ich mag den letzten Tag im Arrest gesessen sein, Iox von Gjard, aber einige Sachen fanden dennoch ihren Weg an mein Ohr. Du hast heimlich lesen und schreiben gelernt.«

Iox sank in sich zusammen.

»Da wusste ich – meine Tür war niemals offen gestanden. Du hast meine Gemächer niemals durch die Tür betreten. Du hast den geheimen Zugang entdeckt. So stahlst du meine Kleider und schlichst verkleidet aus dem Haus und wieder zurück.«

Stille.

»Auf diesem Weg brachtest du auch das Glas mit den Fingern in meine Gemächer. Man sagte mir, sie seien nicht richtig eingelegt. Nicht so, wie man andere Sachen einzulegen pflege. Es sei billiger Alkohol gewesen, die Finger aufgeschwemmt. Du … hast die Finger selbst gesammelt und bei mir platziert.«

Man konnte sehen, wie sich die kleinen Härchen an ihren Armen aufrichteten.

»Iox, Iox …« Ein dunkles Lachen, sanftes Kopfschütteln. »Das alles war sehr dumm von dir. Ich werde heute nicht verurteilt werden, und das weißt du. Dann kehre ich zurück.

Als deine Herrin ist es meine Aufgabe, für deine Vergehen eine Strafe zu ersinnen. Und du wirst erkennen, wie freundlich und zuvorkommend ich bis jetzt zu dir war.« Das schwarze Haar bewegte sich sacht. »Es gibt Menschen, die grausamer, bösartiger und gewalttätiger sind als alles, das du bisher erlebt hast. Und jeden von ihnen werde ich in Aurora finden, um sie zu dir zu bringen. Und dann werde ich dabei zusehen, wie sie das, was nach ihren Torturen von dir übrig bleibt, ficken werden – und es wird mir vermutlich sogar mehr Spaß machen als ihnen.« Ihr Rücken war ganz gerade, ihre Schultern straff. »Und am Ende jedes Abends werde ich dabeisitzen, wenn man dich wieder zusammenflickt, nur um dich am nächsten Tag wieder in lauter kleine Stücke zerteilen zu können …«

Die Tore öffneten sich einen Spalt, das Licht brach weiß hervor. »… aus dem Haus der Reges Numerabiles, Uma Octavia, die Achtgeborene …!« Uma schritt, flankiert von zwei Soldaten, durch den Streifen aus Licht. Die Flügel schlossen sich hinter ihr.

Etwas raschelte, Caedes beugte sich vor. »Du … hast die abgetrennten Finger in Uma Octavias Schlafgemach platziert?«

Sie antwortete nicht.

»Iox!«

Mit einem Mal platzte es aus ihr hervor. »Sie hätten sonst keine Beweise gefunden! Sie hätten niemals irgendwelche Beweise gefunden, Uma ist viel zu vorsichtig!«

»Aber es ist eine Fälschung! Ein falscher Beweis kann widerlegt werden! Sie wird dich verraten!«

Iox schwieg, bis sie aufgerufen wurde.

Das Tor öffnete sich und Iox wurde durch den Lichtspalt getrieben wie eine Kuh in den Schlachthof. Es war nur eine Frage der Zeit, bis sie hinterhergetrieben werden würden.

Uma Octavia

XXXIV

Laudines Vermächtnis

Aegis Septimus und seine Frau ruhten auf dem schwarzen Thron der Reges Numerabiles, flankiert von Schreibern und Soldaten. Angehörige des aegischen Hofes hatten sich in sogenannten Reihen der Gerechtigkeit positioniert, die links und rechts im Halbkreis ausliefen.

Die Anwesenden streckten die Köpfe, um Iox und Uma Octavia sehen zu können, die, umringt von Soldaten, auf der einen Seite saßen. Ihnen gegenüber hatten Aenne, Ezra, Caedes und der talionische Gardeoffizier Platz genommen, der die Befehlsgewalt innegehabt hatte, als die Finger in Umas Schlafgemach gefunden worden waren.

Aegis' Gesicht erschien wie weißer Marmor vor dem Thron aus Ebenholz. »Wir befinden uns heute hier, weil in unserer Stadt Ungerechtigkeiten vonstattengegangen sind. Ein menschliches Herz wurde gefunden«, ein Raunen ging durch die Reihen der Gerechten, »und menschliche Finger, entfernt von ihren Besitzern. Personen haben Blutmagie betrieben. Unschuldige Menschen sind gestorben und andere leben, die eigentlich tot sein sollten.

Noch wissen wir nicht, wer die Opfer und Täter dieser Ungerechtigkeiten sind, denn zwei Parteien stehen einander gegenüber, Ankläger und Angeklagte. An dem heutigen Tage sollen Zeugenaussagen vernommen, Beweise eingeordnet und Gegenaussagen angehört werden, um erkennen zu können, gegen wen sich diese Intrigen richten.« Eine kurze Pause. »Wer auch immer hier lügt, kann sich sicher sein – ich lasse keine Gnade walten.« Ein nachdrückliches Nicken. »Wir beginnen.«

Der Schreiber zu Aegis' Rechten erhob sich, die Feder in der Hand, vor ihm ein großer, aufgeschlagener Quartoband. Während er sprach, schrieb sein Kollege, der spiegelverkehrt neben der Königsgattin Florentina Coronae saß, hastig mit. »Ich rufe die ersten beiden Zeugen, Aenne und Ezra, Prinz und Prinzessin ohne Königreich, vor König und Königin!«

Aenne und Ezra erhoben sich zeitgleich. Ezra bot Aenne unauffällig den Arm, doch sie schleppte sich aus eigener Kraft in die Mitte. Ihr Bruder hielt das Herz im Glas, fest eingewickelt in Leinenbinden.

König Aegis nickte ihm zu. »Bringt Euren Beweis vor.«

Ezra nickte trat hin zu den hölzernen Stufen vor Aegis' Thron, verbeugte sich und bot das Glas dar. Der Schreiber übernahm das Bündel. Zurück beim Tisch wickelte er den Stoff vom Gefäß.

Ein Murmeln ging durch die Menschenmenge. Da saß es, das Herz im Glas, rot in gelblicher Flüssigkeit. Aegis drehte den Kopf, Florentina beugte sich vor. Zahlreiche Hälse reckten sich.

»Ein Herz«, stellte Aegis fest.

»Ein menschliches Herz«, fügte Ezra hinzu.

»Ist das erwiesen?«

Der Schreiber wandte sich zur Reihe der Gerechten. »Wir haben eine Gelehrte herangezogen. Anis?«

Eine ältere Frau erhob sich in der letzten Reihe, neben ihr ein wohlbekanntes Gesicht – Adalgis Perporri. »Mein Name ist Tina Anis, Gelehrte für Biologie und Anatomie an der Bibliothek der Ominösen Dinge. Ich bezeuge, dass dieses Herz aus der Brust eines Menschen stammt.«

Aegis verfiel in grummelndes Schweigen. Er betrachtete das Herz im Glas, dann nickte er der Gelehrten, sich zu setzen. »Aenne«, nickte er nun. »Jetzt ist es an Euch, zu erklären, wie Ihr in den Besitz dieses Herzens kamt.«

Und Aenne erzählte es. Ihre dunkle, heisere Stimme beunruhigte die Anwesenden. Aenne spürte, wie ihr Herz aussetzte, ihre Zunge verknotete sich mitsamt den Worten darauf, sie verlor den Faden, presste die Augen zusammen.

Überall diese angespannte Unruhe.

Sie sprach weiter. Erzählte alles, was sie zu erzählen hatte, hier und da ergänzt von Ezra, wenn sie erneut den Faden verloren hatte.

Die Menschen tuschelten noch, als Aenne längst wieder schwieg. Sie fühlte sich, als hätte sie all ihre Lebensenergie herauserzählt. Schwach haschte sie nach Ezras Arm, um sich festzuhalten.

»Das hast du gut gemacht«, flüsterte Ezra und stützte sie. »Wie eine Königin.«

Bevor Aenne etwas erwidern konnte, ergriff Aegis wieder das Wort. Das Mauscheln verstummte. »Ihr habt hier eine wahrlich eindrucksvolle Geschichte erzählt, Aenne. Nun aber benötigt Ihr Zeugen, wollt Ihr nicht als Bardin gelten. Wo sind Eure Zeugen?«

Aenne wusste nichts zu sagen.

»Damit meine ich nicht Eure Brüder, Aenne. Ihr liebt Eure Brüder und Eure Brüder lieben Euch. Ich meine Zeugen ohne Vorbehalt.«

Aenne zögerte. »Das ist schwierig.«

»Schwierig?«

»Quaris … ist tot. Anoush … ist tot. Und Modhi …« Sie verstummte.

»Sie sind alle tot.« Aegis stieß ein Schnauben aus. »Bloßer Zufall?«

»Ich war es nicht, die sie umgebracht hat.«

Aegis musterte sie. »Ihr braucht Zeugen, Aenne.«

»Es gibt eine Zeugin!«, rief sie. Sie wies auf die Sharonne, die neben Uma saß. Diese duckte sich unter den fremden Blicken, die plötzlich wie Geister von allen Seiten an sie herandrangen.

»Ich verstehe«, erwiderte Aegis. Sein Gesicht war nicht zu lesen. »Habt Ihr noch etwas hinzuzufügen?«

»Nein, ich nicht«, sagte Aenne, »aber mein Bruder, Caedes.«

Aegis entließ sie, wofür sie Epena dankte. Zuvor aber beugte sich Florentina Coronae von ihrem Thron. »Aenne«, rief sie sacht.

Aenne drehte sich zur Königin.

»Es tut mir leid, dass es so weit gekommen ist.« Die Königin fasste sich sacht ans eigene Kinn, während ihre Augen auf Aennes harrten.

Florentinas Mitleid hätte Aenne beinahe zum Weinen gebracht. Mit ihrer letzten verbliebenen Kraft schleppte sie sich zurück zum Platz.

Der Schreiber zu Florentina Coronaes Linken erhob sich. »Ich rufe den dritten Zeugen – Caedes, Prinz ohne Königreich – vor König und Königin!«

Caedes erhob sich. Unter seinem Arm trug er den ledernen Band, der eine Mischung aus Mär und finsterer Blutmagie beinhaltete.

»Bringt Euren Beweis vor«, verlangte Aegis.

Caedes tat, wie ihm geheißen, und überreichte das Buch. Ein Blick zur Seite, wo Iox saß – sie vergrub das Gesicht in den Händen, die Haarsträhnen um die Finger gewickelt.

Der Schreiber nahm das Buch entgegen, ging zurück zum Tisch und positionierte es dort. Ein Räuspern, ein Blick zu seinem Kollegen, der die Feder bereithielt, dann erklärte er mit sonorer Stimme: »Dieses Buch enthält Formeln, Sprüche und magische Symbole, die bei der Anwendung von Blutmagie Verwendung finden. Als zusätzlichen Zeugen rufe ich hierbei Adalgis Rohoy-Perporri auf.«

Dieser erhob sich, seine alte Gestalt wankte leicht, er wirkte kränklich, vielleicht auch ein wenig traurig. »Mein Name ist Rohoy'Perporri'Adalgis, ich bin ein phalanxischer Gelehrter, der in der Bibliothek der Ominösen Dinge Gilebretologie studiert und lehrt.« Ein knapper Blick zur Zeugenbank, der nur denjenigen auffiel, die darauf achteten. »Es ist wahr. Das Buch enthält Anleitungen zur Anwendung von Blutmagie.«

Ein Grummeln in den Reihen der Gerechten, fast wie ein Donnern, das durch Gewitterwolken wanderte.

»*Aber ...!*«, rief er dazwischen. »Aber, so möchte ich betonen – diese Anwendungen sind Zauber der Art, die Menschen helfen sollen, nicht ihnen schaden!«

»Was macht das für einen Unterschied?«, schnaubte Aegis. »Blutmagie bleibt Blutmagie! Ob man Menschen tötet, um andere zu heilen oder um sie zu töten, immer fordert es das Leben unschuldiger Menschen!«

»Mit Verlaub, Herr – in meinen Augen ergibt sich ein frappanter Unterschied! Blutmagie mag schlecht sein – und Blutmagie mag töten ... Und es ist wahr, im Krieg der Nodhaler gegen die Gilebreter wird sie dazu genutzt, Leben zu vernichten, und nicht, um es zu retten! Tausend Menschen sterben, um tausend andere zu töten! Wie könnte das allerdings damit vergleichbar sein, wenn tausend Menschen sterben, um tausend andere zu retten?«

»Das Ziel rechtfertigt nicht die Mittel.«

Perporri senkte das Kinn. »Das stimmt. Ich bitte dennoch, meine Worte zu bedenken, bevor Ihr das Urteil verkündet, Herr.«

Perporris Worte waren kühn gewählt. Der Thronsaal hielt den Atem an, um Aegis' Reaktion zu lauschen.

Perporri schien gesagt zu haben, was er sagen wollte, und glitt ohne Aufforderung zurück auf die Bank.

Der König wandte sich wieder an Caedes. »Ihr«, rief er. »Warum kamt Ihr nach Terra Talioni? Und wie gelangtet Ihr an dieses Buch? Erklärt Euch!«

Und so erklärte sich Caedes. Er tat es so knapp wie möglich. Er war weder ein Freund großer Worte, noch ein Freund öffentlicher Entblößungen, hier aber besaß er keine andere Wahl. Er hasste es und es war ihm anzusehen.

»Ihr sagt, das Mädchen wäre tot gewesen. Hier sitzt es jedoch, unverletzt«, resümierte Aegis. »Ihr meint, ihr Leben wäre mit Hilfe von Blutmagie verlängert worden. Mit eben derselben Blutmagie, von der Adalgis Rohoy-Perporri eben bemerkte, dass sie dazu gedacht sei, zu heilen. Stimmt das?«

Bevor Caedes antworten konnte, wurde er unterbrochen. »Schwachsinn!«, rief Uma Octavia von der Seitenbank aus. Sie hatte sich lange Zeit zurückgehalten, nun aber platzte es aus ihr heraus.

»Uma, zügle dich! Deine Zeit zu sprechen wird kommen!«

»Ich kann mir diesen hausgemachten Unsinn nicht länger anhören, und ich verbiete, dass es andere tun! Das Mädchen soll andere Menschen ermordet haben, um sich selbst mit Blutmagie zu heilen? Das ist doch völliger *Schwachsinn!*«

»Ich behaupte nicht, dass sie selbst diese Menschen getötet hat, um sich zu heilen, Uma«, erwiderte Caedes von der Mitte aus. »Ich behaupte, dass du es getan hast.«

»Oh ja, das hast du dir ganz hervorragend ausgedacht, nicht wahr? Dein unschuldiges, kleines Täubchen und ich, der Geier, der an ihr nagt! Dann erkläre mir doch bitte, warum sie heimlich lesen lernte? Warum *sie* es war, die heimlich Blutmagie studierte? Wo doch *ich* es gewesen sein soll, die sie angeblich heilte – warum dann all die Heimlichtuerei? Ich bin die Cousine des Königs, du Dummbeutel – wenn ich einen Zauberspruch über Blutmagie suche, gehe ich in die verdammte Bibliothek und hole ihn mir!«

Caedes sah sie an, seine Augen bewegten sich nicht. Er fand keine Gegenworte.

»Uma Octavia!«, rief Florentina Coronae. »Haltet Euch zurück, oder ich lasse Euch den Mund verbinden!« Ein scharfer Blick verriet, dass die beiden Frauen offensichtlich keine Freundinnen waren.

»Ich …!«, herrschte Uma, doch bevor sie weitersprechen konnte, hatte Florentina bereits ein Zeichen gegeben und zwei Soldaten traten vor, um Uma Octavia zu knebeln. Sie hielten den Leinenwickel schon in den Händen, als Aegis dazwischenging.

»Schluss jetzt!«, rief er aus. »Uma, still! Florentina, mäßige dich bitte! Ich will nichts mehr von euch hören!«

Beide Frauen verstummten. Florentinas Wangen färbten sich rot. Gedemütigt sank sie zurück, gedemütigt senkte Uma Octavia den Blick.

»Caedes«, schnappte Aegis. »Habt Ihr noch irgendetwas hinzuzufügen?«

»Nein.«

»Dann nehmt Platz. Nächster Zeuge.«

Der andere Schreiber sprach. »Ich rufe den vierten Zeugen, Koloman Reis, Offizier der talionischen Wache, vor König und Königin!«

Die Königin schmollte, das Gesicht abgewandt, der König grummelte finster. Koloman Reis, der Offizier, der für Uma Octavias Verhaftung zuständig gewesen war, schien jedoch bester Dinge zu sein. Er lächelte sogar ein wenig.

»Koloman Reis«, sprach Aegis gedehnt. »Bringt Ihr Beweise für die Anschuldigungen gegen Uma Octavia vor?«

Reis nickte, trat vor und präsentierte die Finger im Glas.

»Wurden diese Finger untersucht?«

Tina Anis wurde erneut befragt und sie bestätigte, dass es sich beim Besitzer der Finger um ein humanoides Wesen handele, vermutlich eine Frau in den Zwanzigern. Die Finger seien allerdings, im Gegensatz zum Herzen, nur schlecht präpariert gewesen, so als hätte sich ein Dilettant daran zu schaffen gemacht.

Die Finger lagen am Grund des Glases, aufgeschwemmte, kleine Würstchen. Die Menschen verbogen sich, um sie zu sehen.

»Schließt Ihr daraus, dass diese Finger anders eingelegt wurden als das Herz?«, fragte Aegis schließlich.

»Nun, es lässt zwei Vermutungen zu. Entweder stand der Präparator unter Zeitdruck und konnte die Finger nur schleißig präparieren, oder … die Finger wurden von jemand anderem präpariert als das Herz.«

»Es ist also möglich, dass Herz und Finger nicht von derselben Person entfernt und eingelegt wurden?«

»Das mag möglich sein.«

Weder Uma noch Iox reagierten.

Aegis Septimus seufzte. »Nun gut. Koloman Reis, setzt Euch. Weiter im Text.«

Koloman, noch immer ein Lächeln auf den Lippen – vermutlich, weil er sich durch das Gericht einen freien Tag erkämpft hatte –, ließ sich wieder neben Caedes nieder. Dieser wandte Ezra den Kopf zu und fragte: »Es sieht nicht sonderlich gut aus für uns, nicht wahr?«

Ezra seufzte. »Nein, nicht sonderlich.«

Aenne starrte auf die Anklagebank hinüber. »Ich habe Angst«, bemerkte sie leise. »Angst davor, wohin das alles noch führen wird.«

Ezra starrte in Aegis' Richtung. »Wir besitzen kaum noch Kontrolle darüber, Aenne.«

»Das ist es ja, was mir Angst macht.«

Das Gemurmel der Menge verschluckte jegliche Erwiderung, als klar wurde, wer als nächster Zeuge sprechen sollte.

»Uma Octavia, Regina Numerabilis«, donnerte Aegis, bevor ein Schreiber das Wort erheben konnte. »Tretet vor Euren König!«

Aegis' Hände strichen über den Papyrus, den er auf seinem Schoß ausgebreitet hatte. Niemand sprach.

»Modhi war ein gewissenhafter Mann. Alles, was für ihn Bedeutung besaß, hielt er fest. Und Modhi war klug genug, zu wissen, dass alles eine Bedeutung besaß.« Der Papyrus knisterte. »Es war nicht so sehr das, was wir fanden, das mich misstrauisch machte, sondern das, was wir nicht fanden. Ab einem gewissen Zeitpunkt steht in Modhis gesamten Notizen kaum ein Wort mehr über Euch geschrieben, Uma Octavia.

Nun könnte man annehmen, ihr beide wäret einander nie begegnet. Doch sowohl Modhis Priesterschaft als auch Eure Dienerschaft erzählen von Begegnungen, die auf dem Grund des Epena-Tempels oder im Felsenpalast stattfanden.«

Umas Gesicht rührte sich nicht. »Was weiß ich, was Modhi niederschreibt und was nicht. Ich besitze wohl kaum Einfluss darauf.«

Aegis klappte das Buch zu. »Ihr gebt also zu, mit Modhi in Kontakt gestanden zu haben?«

»Wer hat das nicht? Hier in Terra Talioni war er der Oberste der Epenai. Niemand wollte ihn oder seine Göttin gegen sich aufbringen. Da spendet man schon einmal eine Rhone oder lädt den Mann zum Tee ein.«

»Gebt eindeutige Antworten.«

Sie schnaufte. »Ja. Ja, ich habe ihn getroffen.«

»In welchen zeitlichen Abständen?«

»Kann ich nicht sagen. Dann und wann.«

Aegis beugte sich über das Buch, die Hände über dem Papyrus verschränkt. Es sah ein wenig so aus, als beugte er sich zu Uma herab, um im Vertrauen mit ihr zu sprechen. »Nun, das wiederum überrascht mich. Nach Eurer Festnahme, Cousine, ließ ich Eure Dokumente ebenfalls überprüfen, denn ich weiß, dass auch Ihr Notizen anzulegen pflegt. Modhis Name kam nicht darin vor.«

Sie zuckte mit den Schultern. »Ich notiere beileibe nicht alles. Ich sehe meine Schriften weniger als chronologisch geführten Historienband denn als ein … persönliches, punktuelles, vielleicht sogar literarisch anmutendes Zeugnis unserer Zeit, das niemals den Anspruch besaß, vollkommen zu sein.«

»Seitenlange Aufzeichnungen über die Mostapfelernte würde ich nicht unbedingt als literarischen Erguss bezeichnen.«

»So hat jeder andere Vorstellungen von den schönen Künsten.«

Aegis seufzte und lehnte sich zurück. Das schwarze Ebenholz des Throns stand für die schwarzen Haare der Familie. Mystische Kreaturen streckten die Hälse aus den Rändern der Rückenlehne, die Rachen weit aufgerissen – Zähne fletschend, Feuer speiend, Zungen reckend. Ein dämonischer Heiligenschein, den der König besaß. »Ich nehme an, auch alle meine zukünftigen Fragen werden derart ins Nichts führen?«

»Das hängt davon ab, wonach Ihr fragt, Eure Majestät. Aber… *Nein,* ich habe mich niemals mit Modhi getroffen, um Blutmagie auszuführen. *Nein,* ich habe niemals Blutmagie auf meine Sharonne angewendet. *Nein,* ich wusste nicht, dass meine Sharonne schreiben und lesen lernte, um in den alten Archiven der Bibliothek verbotene Werke abzuschreiben. *Nein,* die Finger, die man in meinem Gemach fand, gehören nicht mir und wurden niemals von mir dort platziert.« Die Reihen der Gerechtigkeit gerieten in Bewegung. Uma hob stolz das Kinn. »Das ist es doch, was Ihr wissen wollt, Aegis, oder nicht? Egal wie lange Ihr fragt, meine Antworten werden immer dieselben sein.«

Aegis seufzte erneut. »Uma Octavia, Ihr seid aus dem Zeugenstand entlassen. Tretet zur Seite. Ich möchte die besagte Sharonne anhören.«

Uma wurde zur Seite abgeführt, Iox an den Armen in die Mitte geschleift. Das Raunen klang ab.

Sie stand da, die letzte Zeugin, wirkte verloren im großen Saal. Ihre Augen hakten sich an dem Herzen fest, das im Glas am Tische stand. Mit einem fast sehnsüchtigen Blick besah sie das Gefäß.

»Wie ist Euer Name, Sharonne?«, fragte Aegis.

Iox presste die Lippen zusammen, ein schüchterner Blick zu Uma.

»Euer Name, Sharonne!«

Schweigen, betreten starrte sie auf ihre Füße.

»Uma?«

»Sie kann ihren Namen nicht preisgeben, da ich ihn besitze.«

»Dann gebt ihn preis.«

Einen Moment schien Uma sich seiner Forderung widersetzen zu wollen, dann jedoch sagte sie: »Iox. Ihr Name ist Iox von Gjard.«

Mit diesem Namen wandte sich Aegis wieder an die Sharonne. »Iox von Gjard, ist das Euer Name?«

Iox räusperte sich. »Das war er einmal.«

»Iox von Gjard, es wird behauptet, man hätte Euch ermordet. Stimmt das?«

»Wie kann ich ermordet worden sein, wenn ich doch vor Euch stehe?«

»Keine Gegenfragen. Sind Euch diese Gerüchte bekannt?«

»Ja.«

»Warum könnten diese Gerüchte aufgekommen sein?«

»Ich bin ein Bluthund, Herr. Männer und Frauen kommen, um mich zu schlagen. Für unwissende Augen mag es vielleicht so wirken, als ob ich totgeschlagen worden wäre.«

»Diese unwissenden Augen gehörten Caedes, dem Sohn des Reisenden Königs. Caedes, tretet in die Mitte. Was habt Ihr dazu zu sagen?«

Caedes erhob sich langsam und etwas schwerfällig, trat neben die Sklavin. Sein Blick streifte sie knapp, dann mied er es, sie anzusehen, wie sie es mied, ihn anzusehen. »Sie war tot«, erklärte er. »Und falls nicht, dann wäre sie es bald gewesen. Keine Medizin der Welt hätte sie retten können.«

»Das ist nicht wahr!«, protestierte Iox.

Seine Augen harrten auf dem König. »Hast du schon mal einer Frau in den aufgeschnittenen Hals geschaut? Das habe ich nämlich bei dir getan!«

Sie ließ sich kurz hinreißen, den Kopf zu ihm zu drehen, zornig, dass er widersprach.

»Gibt es weitere Zeugen?«, fragte Aegis.

»Das Mädchen Berit und Sheera, Leibdienerin von Uma Octavia, sowie zwei Soldaten, die zu dieser Zeit an den Toren von Umas Palast Wache gehalten haben.«

Berit saß neben Sheera in der Reihe der Gerechten. Auch sie wurden neben Caedes und Iox in die Mitte gerufen.

Zuerst musste Sheera sprechen. »Sie hat gelebt«, sagte sie schlicht. »Ich habe es ganz deutlich gesehen.«

Ein trockenes Lachen verließ Caedes' Mund.

»Was gibt es zu da zu lachen, Herr?«

»Ich bitte Euch, Sheera – Ihr seid Umas persönliche Dienerin und vermutlich gerade eben aus ihrem Bett gestiegen. Auf Euer Wort hält doch keiner eine Rhone.«

Sheera öffnete brüskiert den Mund, Aegis vergrub mit einem Stöhnen das Gesicht in der Hand, Uma Octavia formte auf ihrer Bank die Worte: *Ich bringe Euch …!*

»Das Mädchen Berit aus Terra Talioni!«, donnerte Aegis.

Berit machte einen zögernden Schritt vor. Ein Blick nach rechts zu Iox, ein Blick hinüber zu Uma, ein Blick nach links zu Sheera. »… ich … ich denke, sie hätte noch am Leben sein können, Herr«, sprach sie zögernd. »Sonst hätte ich sie doch nicht so schnell zurückbringen lassen.«

»Das geschah vor wenigen Tagen, Berit aus Terra Talioni. Seht Euch Eure Freundin an – sie scheint kerngesund zu sein.«

Berit schluckte und schob sich unangenehm berührt hin und her, spielte mit ihren Fingern. »Ich kann wirklich nicht viel dazu sagen, Herr. Ich bin nur ein einfaches Mädchen. Vielleicht sah alles viel schlimmer aus, als es war. Vielleicht war es nur … eine Platzwunde.«

Caedes verschloss den Mund mit zwei Fingern, um nicht lachen zu müssen und schüttelte ungläubig den Kopf.

Die Soldaten traten vor, sie bestätigten Sheeras Version.

Aegis reckte das Kinn hoch. »Caedes, habt Ihr etwas dazu zu sagen?«

»Was soll ich schon dazu sagen?«, erwiderte der Jäger schleppend. »Besäße ich ein Freudenmädchen, eine Leibdienerin und eine persönliche Leibwache, würde ich ebenfalls erwarten, dass sie genau das sagen, was ich von ihnen verlange. All diese Zeugen sind Umas Bedienstete. Dementsprechend sind sie keine verlässlichen Zeugen.«

»Ihr wollt damit sagen, das sei Umas Werk.«

»Das Mädchen war tot«, wiederholte Caedes. »Nun lebt es. Es gibt nur ein Mittel, um etwas Derartiges zu bewirken – Blutmagie. Das Leben einer Person muss genommen werden, um das einer anderen zu retten.«

»Warum sollte Uma Octavia derartige Mittel anwenden, um eine gewöhnliche Prostituierte zu heilen?«

»Das müsst Ihr sie schon selbst fragen.«

»Lächerlich!«, rief Uma von der Seite herüber. »Das ist einfach nur lächerlich!«

»Die Frau, die neben mir steht, ist neunundzwanzig Jahre alt. Seit ihrem zwölften Lebensjahr arbeitet sie als Prostituierte und Prügelmädchen. Seht sie Euch an, Aegis – sie besitzt keine einzige Narbe. Das Gesicht, vor einer Woche noch blaugeschlagen, zeigt keine Prellung. Der Schnitt durch die Kehle, das zerstochene Auge – nichts zeugt mehr davon!«

»Eine kleine Platzwunde!«, rief Uma von der Seite herüber. »Das blutet gewaltig, und man mag meinen, es wäre mehr passiert!«

»Uma«, erwiderte Caedes eisig. »Ihr könnt mir glauben, ich weiß eine Platzwunde von einem Kehlenschnitt zu unterscheiden.«

Aegis nickte in Iox Richtung. »Wann genau geschah das mit der Platzwunde?«

Iox schwieg.

»Wann?«, wiederholte der König schärfer.

»Vor … vor einigen Tagen. Einer Woche, vielleicht?«

»Wo ist sie, diese Platzwunde?«

Iox' Blick zitterte, irritiert strich sie sich über die Stirnfransen. Ein Soldat, der zu ihrer Rechten stand, trat auf sie zu und schob ihr das Haar zurück. Nichts. Keine Beule, kein Fleck, keine Narbe – nichts.

»Wo ist sie?«

»Ich heile schnell«, murmelte sie.

Aegis kniff die Lippen zusammen. »Danke, Caedes. Setzt Euch, allesamt. Iox, Ihr bleibt.«

Alle Aufgeforderten kehrten zu ihren Plätzen zurück.

»Iox von Gjard, tat Uma irgendetwas Ungewöhnliches, um Euren Heilungsprozess zu beschleunigen?«

Irritiert ordnete Iox die Stirnfransen. »Nichts, was über die übliche Behandlung hinausgegangen wäre.«

»Worin besteht die übliche Behandlung?«

»Wundsalben, Leinenbinden, im Notfall ein paar Stiche.«

»Welche Art Wundsalben?«

»Ganz normale. Wie gesagt, ich heile schnell.«

»Hat Uma Octavia jemals sonderbare Arten von Magie auf Euch gewirkt oder wirken lassen?«

»Nein.«

»Und Modhi?«

Ein überraschter Blick. »Nein, auch er nicht.«

»Hat ein Dritter Magie auf euch angewendet?«

»Nein, Herr.«

Aegis nickte zum Schreiber. »Iox von Gjard, in Eurem Besitz fand man angeblich dieses Buch. Gehört es Euch?«

Es dauerte lange, bis Iox nickte.

»Woher habt Ihr es?«

Ihr Blick harrte am Boden. »Es war ein Geschenk.«

»Ein Geschenk von wem?«

»… von einem Mann.«

»Einem Eurer Freier?«

Zögern, dann Schulterzucken. »Uma schickte mich einmal zu ihm, aber das war nicht der Grund, warum ich ihn wiedersah.«

»Was war der Grund?«

Etwas unwohl wand sich Iox im Stand, ihre Augen schoben sich zu Aegis hinauf. Sie hatte den Mund geöffnet, doch kein Wort ertönte.

Caedes spannte sich an. Jetzt würde sie die Wahrheit sagen. Sie würde sagen, dass er sie erpresst hatte!

Caedes hatte sich noch nie Gedanken darüber gemacht, ob er so etwas wie Ehre besaß. Es war eine Sache, wenn man mit einer Hure in Verbindung gebracht wurde, aber sie auch noch zu erpressen …

Er hatte immer gedacht, es ging darum, Uma zu fangen. Jetzt bemerkte er, wie viel seine Familie zu verlieren hatte: ihre Glaubwürdigkeit, ihren Status, ihre Ehre.

Ein Blick hinauf zu seinem Vater, der dort auf der Bank der Gerechten saß. Sein Gesicht war kaum lesbar. Dort saß er nun mit seinem festen Glauben an die Wahrheit, so knapp davor, seine Würde zu verlieren. Und was war ein König ohne Reich, wenn er seine Würde verloren hatte?

Iox zuckte mit den Schultern.

»Hattet Ihr Euch in diesen Mann verliebt?«, fragte Aegis sacht.

Ein etwas verstörter Blick. »Vielleicht ein wenig.«

»Wie heißt dieser Mann, der Euch das Buch gab?«

»… Caedes.«

»Caedes wie noch?«

»Caedes, Sohn des Reisenden Königs.«

Es hatte den Anschein, als würden alle Anwesenden auf der Bank der Gerechten zeitgleich einatmen. Der Einzige, der sich nicht bewegte, war Jethro, der unlesbare Fels in der Brandung.

»Der Caedes, Sohn des Reisenden Königs, der als Zeuge gegen Uma Octavia auftritt?«

Sie kniff die Lippen zusammen.

»Iox von Gjard!«

»Ja, das ist er.«

Caedes, ein steifes Brett, rührte sich nicht.

»Als Caedes Euch das Buch gab, wie sah es da aus? All die Formeln, Bilder, magischen Sprüche – standen sie bereits auf den Seiten?« Aegis beugte sich ein Stück vor. »Ihr müsst keine Angst haben, Iox. Denkt gut darüber nach, was Ihr nun antwortet. Ich kann Euch vor vielem beschützen – vor der Liebe zu einem Mann jedoch nicht.« Wieder dieser verstörte Gesichtsausdruck. »Wenn Ihr das Falsche sagt, um den Prinzen zu schützen – dann kann das Euren Tod bedeuten. Überlegt also gut, ob Ihr für ihn lügen wollt.«

Sie stand da, die Augen weit aufgerissen, die Lippen geöffnet und stieß ein stotterndes Geräusch aus, das kein Wort war.

Caedes griff sich an die Stirn, rieb sich die Augenbrauen. Sie hatte Angst vor Uma. Sie würde nun *ihm* all die Verbrechen anlasten, die Modhi und Uma begangen hatten. Natürlich – er, der grausame Drachenjäger, der die Schuld auf ein unschuldiges, blondes Mädchen abschob, das sich Hals über Kopf in ihn verliebt hatte. »A…also nein«, entgegnete Iox. »Als der Drachenjäger mir das Buch gab, enthielt es nichts außer der Geschichte, zu deren Zweck es gebunden worden war!«

»Welche Geschichte?«

»Die des *Fuchses und des Mädchens.*«

»Warum gab er Euch dieses Buch?«

Betreten verlagerte Iox das Gewicht. »Er hatte mich ertappt, als ich versuchte, mir selbst das Lesen beizubringen. Es war eine freundliche Geste, nichts weiter.«

Aegis legte die Stirn in Falten. »Euch ist bewusst, dass Ihr nicht lesen können dürft? Dass das Zuwiderhandeln einer schweren Straftat entspricht? Dass auf diese Straftat der Tod stehen kann?«

Iox nickte.

»Warum habt Ihr es dennoch getan?«

Iox sah ein wenig hilflos aus. »Weil ich es wollte.«

Dumpfes Murmeln in den Reihen der Gerechten.

Aegis hob die Augenbrauen. »Warum?«

»Verzeiht, wenn ich das sage, Herr, aber Ihr könnt das nicht verstehen.«

»Erklärt es mir«, erwiderte der König ruhig, die Wange an seiner Hand abgestützt.

»Es ist, als lebte man in zwei Welten – in der des gesprochenen und der des geschriebenen Wortes. Ihr lebt in beiden, daher wisst Ihr nicht, wie es wäre, in nur einer zu existieren. – Ich habe bloß in einer gelebt und weiß, wie es ist, die andere nicht zu verstehen. Alles, was für Euch selbstverständlich scheint – der Titel eines Buches, der Name einer Schenke, das Gebet auf einer Statue – all das bleibt Menschen wie mir verborgen. Menschen wie Ihr profitieren davon, dass Menschen wie ich nichts wissen.«

»Was meint Ihr damit, Iox?«

»Quaris zum Beispiel. Modhi wusste, dass Quaris nicht lesen und schreiben konnte, und zwang ihn in einen Vertrag, aus dem er nicht mehr entkommen konnte. Modhi nutzte Quaris' Unwissen aus, er profitierte davon. Quaris trieb es in den Ruin und anschließend in den Tod.«

»Ihr sprecht ausgerechnet von Quaris. Warum?«

»Weil Modhi tot ist und weil Quaris tot ist. Das ist doch der Grund, warum wir hier sind, nicht wahr?«

»Nein, Iox«, sprach Aegis sanft. »Wir sind hier, weil das Buch, das Ihr verwendet habt, um lesen zu lernen, Anleitungen zur Anwendung von Blutmagie beinhaltet. Und wir sind hier, um herauszufinden, wer diese Blutmagie zu verschulden hat.« Aegis senkte das Kinn. »Hat Caedes, Prinz ohne Königreich, irgendetwas mit den verbotenen Inhalten Eures Buches zu tun?«

Caedes hielt die Luft an.

»Nein.«

Caedes stieß die Luft wieder aus. Er konnte kaum glauben, dass sie die Wahrheit gesagt hatte.

»Hat Uma Octavia irgendetwas mit den verbotenen Inhalten zu tun?«

Die Körper der drei Geschwister spannten sich an. Sogar Ezra, ungewöhnlich still, rückte in seinem Sessel herum.

»… nein.«

»Ihr seid Euch sicher?«

Iox nickte.

»Ihr habt all das selbst geschrieben?«

Iox nickte. Der Raum lag in einem auf und ab wiegenden Flüstern wie in einer morgendlichen Brandung.

Aegis lehnte sich in seinem Stuhl zurück. »Allein die Tatsache, dass Ihr lesen gelernt habt, könnte bereits die Todesstrafe nach sich ziehen, Iox. Dass Ihr zugebt, Blutmagie zu studieren, macht die Todesstrafe unausweichlich.«

Sie nickte. Iox wirkte im Angesicht dieser Nachricht nicht verängstigt. Ein seltsamer Ausdruck von Zufriedenheit umspielte ihre Mundwinkel.

»Nein!«, rief Uma Octavia und sprang auf. »Sie ist meine Sklavin! Wenn sie bestraft wird, wegen welch befremdlicher Anschuldigungen auch immer, dann von mir!«

»Wage es nicht, Uma!«, zischte Aegis zornig. »Schätze dich glücklich, dass ich sie deiner Verantwortung entbinde – sonst müsste ich mir die Frage stellen, wie es ihr gelingen konnte, unter deinen Augen Blutmagie zu erlernen!«

Uma blinzelte irritiert.

Aegis wandte sich wieder an Iox. »Iox von Gjard, habt Ihr die Blutmagie, die in Eurem Buch geschrieben steht, angewendet?«

Stille. »Ja.«

»Wann und wo habt ihr sie angewendet?«

Sie blinzelte. »Ich habe ein Mädchen geheilt, das ebenfalls ein Bluthund war. Man hatte es beinahe zu Tode geprügelt.«

»Dieses Mädchen, wie heißt es?«

»Man nannte es Calla. Aber sie lebt nicht mehr. Ein Freier brachte sie später um.«

»Also keine Zeugin. Wen noch?«

»Ich … ich habe einem Küchenjungen geholfen, der sich einen Topf mit heißem Öl über die Beine geleert hatte.«

»Ich nehme an, er weilt ebenfalls nicht mehr unter den Lebenden?«

»Doch, aber Ihr braucht ihn nicht fragen. Ich habe mich des Nachts in die Dienstquartiere geschlichen. Alle glauben, es wäre ein Wunder gewesen.«

»Sonst noch irgendwelche Wunder, von denen ich wissen muss?«

Sie zuckte mit den Schultern. »Es ist nicht wichtig. Niemand, dem ich half, weiß davon.«

»Habt Ihr Euch selbst geholfen? Ist das der Grund, warum Ihr noch lebt?«

Sie zögerte, man sah ihr die Unsicherheit deutlich an. »Ich weiß nicht, was ich sagen soll«, erklärte sie schließlich.

»Ja oder nein.«

Sie kaute auf ihrer Lippe herum. »Falls ich mir selbst geholfen habe, dann nie mit Absicht.« Bei dieser kryptischen Antwort blieb es.

»Nun gut …«

»Herr!« Es war Aenne, die ihn unterbrach. Sie gelangte ungewöhnlich flott auf ihre wackligen Beine. »Herr, verzeiht! Aber was ist mit dem Herzen? Mit dem Finger aus Modhis Schlachträumen? Mit den Fingern in Umas Gemächern? Keine Blutmagie ohne tote Menschen! Irgendwoher muss dieses Mädchen das Blut gehabt haben, das die anderen Menschen heilte!«

»Aenne hat recht. Keine Blutmagie ohne Blut. Woher nahmt Ihr das Blut, Iox? Oder was immer Ihr benötigtet, um diese Menschen zu heilen?«

»Mit Verlaub, Herr« Iox schlug die Augen nieder. »Ich verstehe, warum Blutmagie illegal ist!«

»Worauf wollt Ihr hinaus?«

»Die Nodhaler opfern Menschen der Blutgöttin Kaneph und erlangen dadurch große magische Macht. Im Prinzip aber … ist das Lesen von tierischen Organen, wie es die Epenai betreiben, ebenfalls Blutmagie – beides fußt auf demselben Prinzip. Diese Arten der Magie basieren auf der Regel, dass alles Lebendige Magie in sich trägt, die genutzt werden kann. Warum also wird das Lesen in tierischen Organen nicht als Blutmagie bezeichnet? – Weil das Abschlachten von Tieren nicht verpönt ist. Im Prinzip ist es also nicht die Blutmagie an sich, die verboten ist, sondern das Töten von Menschen.«

Aegis' Augenbrauen pressten sich aneinander. »Das ist es.«

»Ich habe keine Menschen getötet.«

»Wenn andere in Eurem Namen töteten, macht das die ganze Sache nicht weniger abscheulich, Iox – Ihr könnt Euch dieser Verantwortung nicht entziehen. Wer Blutmagie anwendet, braucht Blut. Woher hattet Ihr es?«

»Es war mein eigenes Blut.«

Ein amüsiertes Lachen von der Seite des Königs. »Ich ließ mir die Magie erklären, die Ihr niedergeschrieben habt. Blutmagie funktioniert nicht nach einem äquivalenten Prinzip. Für Blutmagie gilt, was für alles im Leben gilt – man zahlt immer mehr, als man zurückbekommt. Nehmen wir also Euren Küchenjungen, Iox – um seine verbrannten Beine zu heilen, bräuchte man mehr Blut als einem lebenden Menschen zu entnehmen möglich ist.«

Sie schwieg.

»Dementsprechend könnt Ihr nicht bloß auf das Eure zurückgegriffen haben.«

Iox mied es, Aegis anzusehen.

»Andere Zauber wiederum, die sich in Eurem Buch fanden, basierten nicht auf Blut. Sie benötigten Haut, Fleisch, Finger oder Zehen.«

Sie nickte.

»Streckt Eure Hände aus.«

Sie streckte die Hände aus. Alle Finger waren vorhanden.

»Zeigt mir Eure Füße.«

Sie streckte die Füße aus. Keine Zehe fehlte.

»Wie also soll das funktionieren?«

Sie rührte sich nicht.

»Iox von Gjard, woher hattet Ihr die menschlichen Teile, um Eure Blutmagie ausüben zu können?«

»Von mir«, flüsterte sie.

Aegis verdrehte die Augen und lehnte sich zurück. »Wer hat sie Euch gegeben? Modhi?«

»Niemand.«

»Habt Ihr jemanden getötet?«

»Nein.«

»Euch ist bewusst, dass es für alle Lügen zu spät ist? Ihr werdet der Blutmagie verurteilt und hingerichtet werden. Falls Modhi oder eine andere Person Euch die Menschenteile gab, falls jemand Euch half, Menschen zu töten – falls jemand Euch dazu anleitete –, dann müsst Ihr es *jetzt* sagen!«

»Niemand half mir, irgendjemanden zu töten. Ich habe niemanden getötet.«

Aegis seufzte. »Das ist Eure letzte Chance. Sollte sich herausstellen, dass Ihr auf Anleitung eines Dritten gehandelt habt, könnte ich das Todesurteil vielleicht noch einmal überdenken.«

Sie sah ihn an, lange, fast ein wenig entsetzt.

Und da erkannte Caedes es.

Iox wollte sterben.

Wie konnte sie auch nicht? Sie war siebzehn Jahre lang in dieser Stadt gefangen gewesen, und jedes Mal, wenn sie dem befreienden Tod nahe gekommen war, hatte man ihre Teile zusammengesucht und sie wieder zusammengeflickt. Viele Menschen fürchteten den Tod. Für manche aber war Nifs Reich wohl die einzige Erlösung. Iox wollte sterben. Das war der Grund, warum Uma am heutigen Tag nicht fallen würde. Iox *wollte* schuldig sein.

Doch … wozu hatte Iox dann die Finger in Uma Octavias Gemächern platziert? Hatte sie vielleicht einen kurzen Moment der Hoffnung geschöpft, Hoffnung auf ein besseres Leben?

Was immer sie dazu getrieben haben mochte – nun war es zu einem Ende gekommen. Iox hätte Uma mit ins Verderben ziehen können, doch sie tat es nicht.

Ein Blick hinüber zur Achtgeborenen, die still auf dem Sessel saß. Ihr Gesicht, ihre Haltung – nicht zu lesen. War sie zufrieden? Caedes glaubte es nicht. Im Gegenteil, ihr Mund schien sich missbilligend zu verzerren. Warum? Besser hätte sie es nicht treffen können.

»Nun gut, Iox von Gjard«, sprach Aegis Septimus. »Wir werden sehen, ob Ihr die Wahrheit sprecht oder nicht. Ich ordne Folter an. Sollte diese zu keinem brauchbaren Ergebnis führen – und Ihr danach noch leben –, verurteile ich Euch hiermit zum Tod durch Feuer. Damit ist die …«

Caedes wollte aufspringen, doch bevor er protestieren konnte, war es überraschenderweise jemand anderer, der dazwischenrief.

»Nein!« Umas Stimme war schneidend. Sie hastete zwischen den beiden Soldaten hindurch, die nach ihr griffen, sie aber nicht fassen konnten. »Nein, sie darf nicht sterben!«

»Uma …!« Aegis entschwand langsam jegliche Geduld.

»Nein!«, rief sie und trat an Iox heran, um sie am Oberarm zu packen. »Dieses Mädchen hier versucht bloß, sich an den Strick zu bringen!«

Aegis besah sie unruhig. »Warum sollte es das tun?«

»Weil Iox sterben will! Sie will sterben, um nicht länger für mich arbeiten zu müssen!«

Aegis runzelte die Stirn. »Ein wenig umständlich, findest du nicht? Blutmagie zu erlernen, um an den Strick zu kommen? Warum ihn nicht selbst drehen?«

Uma kniff die Lippen zusammen. Die vielfarbigen Augen besahen den Cousin lange und eindringlich.

»Herrin!«, flüsterte Iox. »Herrin, ich bitte Euch! Lasst mich …«

Umas Finger schlossen sich fester um den Oberarm der Sharonne. »Sie gehört mir«, bellte sie scharf »Sie wurde mir zugesprochen nach all den Regeln, die das Kriegsende mit sich gebracht hatte! Die Sklavengesetze sind klar formuliert und ich habe sie nie gebrochen! Ich habe niemals die Gesetze gebrochen und wer anders denkt, ist ein Narr!«

Aegis verschränkte die Arme vor der Brust. »Worauf willst du hinaus, Octavia?«

Octavia reckte stolz ihr Kinn empor. »Die Sklavengesetze besagen – ein Sklave darf von seinem Herren geschlagen und verletzt werden, doch nicht getötet!«

»Das ist mir bekannt.«

»Und zu den Gesetzen zur Ausübung von Blutmagie – Terra Talioni hält sich an die aurorische Verordnung zur Blutmagie! Diese besagt, dass kein Mensch als Magiequelle verwendet werden darf, falls dieses Tun bleibende Schäden hinterließe! Wie das Mädchen bereits sagte – Blutmagie ist nicht gleich Blutmagie! Die Ars-Signorum-Kundigen verwenden seit Menschengedenken das eigene Blut, um magische Zeichen von großer Macht zu schaffen, und niemandem wäre jemals eingefallen, sie als Blutmagier zu bezeichnen!«

»Das ist etwas anderes. Um ein Simulacrum zu zeichnen, muss kein Mensch getötet werden. Das Blut in Kombination mit den magischen Zeichen schafft seine eigene, starke Magie.« Aegis schob sich auf seinem Thron zurecht. »Worauf willst du hinaus, Uma?«

Uma starrte ihren Cousin an. Das Einzige, das sich an ihr bewegte, waren die Kiefermuskeln, als ihre Zähne aneinanderrieben. »Ich habe niemals Blutmagie betrieben«, betonte sie. »Aber die Organe, die Aenne fand, gehörten Modhi und mir.«

Einen Moment lang schienen jegliche Geräusche aus dem Raum zu weichen, dann begannen die Bänke zu ächzen.

»Wie bitte?« Aegis Septimus rührte sich nicht auf seinem Thron aus schwarzen Kreaturen.

»Das Herz, das Aenne bei sich trug, gehörte mir. Der Finger, den sie bei Modhi fand, gehörte ihm. Die Finger, die man in meinen Gemächern fand, gehörten weder ihm noch mir, Iox schob sie mir unter.«

»Ich verstehe das nicht. Erklärt Euch.« Aegis' Stimme gewann an Kraft.

Uma wandte sich um, ihr suchender Blick glitt über die Bänke der Gerechten, zu der Stelle, an der Sheera saß. Sie hastete zu ihr, fasste ihr ins Haar und zog eine Haarnadel hervor – zwei Klingen, die an der Spitze filigran zusammenflossen.

Uma packte Iox am Arm und zerrte sie zu Aegis auf die Stufen.

»Nein!«, rief Iox aus. »Bitte nicht!«

»Wenn du glaubst, du kannst dich umbringen lassen, du dummes Ding, dann hast du dich geirrt!«, schnauzte Uma.

»Lasst mich!«

Mit einem Ruck warf Uma die Frau vor dem König auf die Knie. »Ich bitte Euch!«, heulte Iox. »Lasst mich! Ich habe doch nichts verraten! Ich bitte Euch! Ich will einfach nur …«

Uma, zum Entsetzen des Königspaares, packte Iox' Hand und zwang sie nieder, sodass man das Innere des Handgelenks sehen konnte. Sie holte mit Sheeras Haarnadel aus und rammte sie quer hindurch.

Wie ein Messer spießte das Haarkonstrukt durch Iox' Arm, durch Haut, Adern, Fleisch und Knochen. Die Spitze steckte in den hölzernen Stufen fest.

Uma trat zurück, ein, zwei Schritte, da wurde sie auch schon von zwei Soldaten gepackt. Man schleifte sie aus Aegis' Reichweite.

Der König starrte fassungslos auf Uma, dann auf das Mädchen herab, das wimmernd versuchte, sein Handgelenk zu befreien. Es gelang ihm nicht, das Handgelenk rutschte auf und ab und stieß sich am perlenbesetzten Ornament. Blut floss dick und rotschwarz über die Stufen.

»Uma«, ächzte Aegis. »Hat dich jegliche Vernunft verlassen?«

»Es handelte sich um eine längere Geschichte«, erklärte Uma. »Du nimmst dir besser die Zeit, Iox anzusehen, während ich sie vortrage.«

Iox wimmerte und zog.

Irgendjemand rief nach einem Heiler, doch da keiner anwesend war und sich auch niemand rührte, rann das Blut weiter über die Stufenkanten des ebenholzfarbenen Throns. Nun riss Caedes endgültig der Geduldsfaden. Er schnellte in die Höhe und entging den heischenden Armen eines Soldaten, da Ezra diesen gegen die Schulter rammte.

Der Gardist blickte den sonst so stillen und unauffälligen Mann einen Augenblick lang verdattert an. Er wollte nach dem Schwert greifen, doch

Ezra zeigte keinerlei Anzeichen dafür, den Kampf zu suchen. Schlank und gerade stand er da, während er den Weg Richtung Caedes blockierte. »Lasst die Waffe ruhen, Soldat!«, stieß er aus. Wenige kannten Ezra als Autoritätsperson, doch in diesem Augenblick besaß er mehr Ähnlichkeit mit Aegis als irgendjemand anderer in diesem Raum. »Das Mädchen stirbt, wenn ihr niemand hilft!«

Die Waffe halb gezogen, spähte der Soldat hinüber zu den Thronstufen. Die nächsten Geschehnisse vergingen rasch. Drei Soldaten stürzten sich auf Caedes. Er wich dem ersten aus, schlüpfte unter dem zweiten hinweg, doch der dritte, ein gewaltiger Prügel, rammte ihn einfach ungespitzt in den Boden. Ohne Waffe besaß der Jäger keine wirkliche Chance, sie drückten ihn zu Boden, fesselten ihn und führten ihn zum Platz zurück. Aenne flehte währenddessen um einen Arzt, doch niemand kam.

Iox saß in einer Lache aus ihrem eigenen Blut. Caedes und Uma waren gefesselt. Ezra wurde mit einem Speer im Nacken zurück auf seinen Sitzplatz gedrängt.

Aegis aber sah nur seine Cousine an, seine Augen zitterten. »Sprich.« Uma konnte sich nicht bewegen, dennoch wirkte sie gefasst. »Als das Mädchen damals zu mir kam, dachte ich mir nichts weiter. Ein hübsches Mädchen, aber doch eines wie jedes andere. Als ich es nach seinem Namen fragte, sagte es, es hieße Iox von Gjard. Ein Name aus den Geschichten der Götter. Auf der Fischerinsel Gjard, auf der es lebte, erzählte man Sagen, dass seine Familie von Laudine, der Tochter des Wassergottes Wfir abstammte.« Uma lachte leise. »Ich dachte mir – welch ein naives Kind! Dann reiste Graf Michaelis Pel'Dagan an und fragte nach ihr. Er habe sie in Tradeas Straßen vorbeifahren sehen und sei deswegen nach Terra Talioni gereist. Er verlangte das Mädchen als Protegé. Ich dachte mir – warum nicht, wenn er bereit ist, dafür zu zahlen?

Was ich zu diesem Zeitpunkt noch nicht wusste – ich war selbst noch recht naiv mit meinen knapp zwanzig Lebensjahren –, was ich also nicht wusste, war, wie ich meine Sharonne zurückerhalten würde. Nämlich von Kopf bis Fuß mit Schnittwunden übersät.« Umas Augenbrauen tanzten. »Damals ahnte ich nicht, wozu Menschen fähig sein konnten. Meine Sharonne lag im Sterben. Doch sie starb nicht. Drei Tage später war sie wieder kerngesund, Pel'Dagans Misshandlungen hatten keine einzige Narbe hinterlassen.«

Iox, die die Knie gegen die Stufen stemmte, zerrte wimmernd an der Falle, die sie gefangen hielt.

»Wie es aussah, handelte es sich bei ihr tatsächlich um kein gewöhnliches Mädchen. Ob meine Sharonne nun von den Göttern abstammte oder einfach nur einer glücklichen, körperlichen Disposition unterworfen war, war mir gleich. Egal, wie sehr man sie schlug, am nächsten Tag … war sie wie neu.«

»Bitte …«, ächzte Iox, doch ihre Bitte verging ungehört.

Uma stieß ein dunkles Lachen aus. »Und ich nutzte das natürlich aus. Ich war im Besitz eines unzerstörbaren Mädchens, das eine außergewöhnliche Anziehung auf die Zerstörer dieser Welt ausübte. Die Männer – und auch manche Frauen – kamen und liebten Iox für das, was sie mit ihr tun konnten. So vergingen die Jahre.« Ein leichtes Seufzen, das ihre Schultern hob. »Ich verdiente viel Geld mit diesem Mädchen. Aber wie immer, wenn man womit viel Geld verdient, überlegt man, ob man damit nicht noch mehr Geld verdienen könnte.

Als ich eines Tages bei Modhi saß, der mir wie üblich eine großzügige Spende für seinen Tempel abschwatzen wollte, kamen wir auf seine liebste Freizeitbeschäftigung zu sprechen – das Lesen aus Organen. Er erzählte mir, es sei viel zu lange her, dass er aus einem Drachen gelesen habe – und Drachen seien das Um und Auf eines epenaischen Organorakels. Ein Unglück, dass es nie einem Epenai gelänge, einen Drachen frisch zu schlachten. Die Jäger brächten die Tiere bereits tot, die Magie des Fleisches wäre dann bereits geschwächt. Er könnte sich gar nicht ausmalen, welch ein Potenzial in einem lebenden Drachen steckte, dem man das Herz frisch aus dem Panzer schnitte … Ich hörte mir also all diese Dinge an, die mich so gar nicht interessierten, als Modhi mir verriet, wie viel er für einen lebenden Drachen zu zahlen bereit sei. Ich kann Euch verraten – ich könnte Euch damit einen neuen Palast erbauen, Aegis. Da fing ich an zu denken. Zu denken, zu denken, zu denken …« Ihre Stimme verlor sich. Der Blick glitt zu Iox.

Aegis starrte auf das Mädchen vor ihm, das aufgehört hatte, an der Haarnadel zu ziehen, sondern nur noch still blutend über den Stufen harrte.

»Ich fragte, welchen Wert wohl ein menschliches Herz besäße. Modhi mimte den Schockierten – Menschenopfer? Seine Landsleute bekämpften die Gräuel der Blutmagie seit über einem halben Jahrhundert, er wisse über die Gefahren Bescheid. Doch, ähnlich wie unsere kleine Iox, hatte ich längst die Wahrheit hinter dem Verbot der Blutmagie erkannt. Es war nicht die Magie an sich, die den Regeln widersprach – sondern der Mord an den dazu benötigten Menschen.«

Stille. Aus katzenhaft bunten Augen sah Uma Octavia zum Thron hinauf. Ein feines Lächeln umspielte ihre Lippen. »Ich hielt mich immer an die Regeln. – Wir begannen Schritt für Schritt, ganz langsam, um zu sehen, wie weit wir gehen könnten. Zuerst nahmen wir Iox Blut und Finger ab und schauten zu, wie sie ihr nachwuchsen. Später begannen wir mit kleinen Operationen. Zuerst unwichtigere Organe, dann wichtigere. Sie regenerierte alles. Jeder einzelne Teil ihres Körpers wuchs nach.

Schließlich vollbrachten wir unser Meisterwerk. Wir gelangten … zum Herzen.«

Iox von Gjard lag auf dem rituellen Steinblock.

Sie lag da, von Drogen betäubt. Anoush verstaute behutsam die kleinen Fläschchen. Modhi streckte die Hand aus und hielt den Handrücken über den Mund des Mädchens. »Sie atmet noch«, brummte er. »Epena sei Dank.«

Quaris, damit fertig, die Rippen aufzubrechen, stand in einer Ecke des Raumes und wischte sich die Hände. Es war eine andere Sache, Menschen aufzuschneiden. Und eine ganz andere, einer Frau den Brustkorb aufzubrechen, um an ihr Herz zu gelangen.

Selbst Uma hatte sich abgewendet, ein Taschentuch vor Nase und Mund. Pikiert hatte sie die Augen zusammengepresst, als das Krachen brechender Rippen erklungen war.

Nun trat sie neben Modhi, ihre Augen huschten über dem parfümierten Tuch hin und her.

»Quaris!«, schnappte dieser. »Reiß dich zusammen und komm her!«

Quaris, ein Messer in der Hand, trat heran. Anoush gesellte sich dazu.

Zu viert starrten sie auf den geöffneten Brustkorb hinab. Niemand bewegte sich.

Das Herz lag da und schlug. Es kontrahierte, groß und rund wie es war, zog sich mit einem Ruck zusammen, nur um sich kurze Zeit später wieder zu entspannen. Es tat sein Schlagen träge und bedächtig. Den vier Tätern fehlte diese Gelassenheit, in ihren Brüsten hämmerte es aufgeregt.

»Seid Ihr Euch sicher, dass …?«, murmelte Anoush.

»Ich bitte Euch – keine moralischen Vorhaltungen! Dafür ist es reichlich zu spät!« Uma betrachtete das Mädchen dort unten nicht als Lebewesen. Für sie war es ein nimmer leer werdender Geldsack.

Anoush wiegte den Kopf hin und her. »Damit gehen wir weiter als jemals zuvor.«

»Falls es jemals eine Grenze gab, wurde sie vor langer Zeit überschritten«, wandte Modhi ein und stemmte die Arme in die Seiten. »Kommt schon, nehmt es heraus!«

Quaris trat schweigend an Iox heran. Seine Hände fuhren nach vorne, setzten das Messer an die dicken Adern, die zum Herzen des Mädchens führten. Die Umstehenden hielten den Atem an. Jeder wollte das Herz besitzen, keiner sich die Hände beschmutzen. Für die schmutzigen Arbeiten gab es Quaris.

Quaris zögerte. Seine Hände zitterten über dem pumpenden Organ. Sein Blick glitt hinauf zu Iox' Gesicht.

»Schnell«, flüsterte Modhi aufgeregt, während er sich die Hände rieb. »Du musst streng schneiden, die Aorta ist zäh!«

Quaris knurrte. »Ich verdiene mein Geld damit, Sachen wie diese zu wissen.« Er setzte das Messer an den Schlauch, der das Herz mit Blut versorgte. »Aber – ich bin mir nicht sicher, ob …«

»Tut es schon!«, schnappte Uma. »Wir haben nicht ewig Zeit!«

»Aber seht es Euch an!«, rief Quaris verzweifelt. »Es ist ein menschliches Herz! Wir können nicht …!«

»Tut es, oder ich tue es!«, spuckte Modhi.

Quaris schluckte, fasste die Venae Cavae und die Aorta und trieb das Messer hindurch.

»Das ist vielleicht eine Schweinerei.« Uma war einen Schritt zurückgetreten und presste das Tuch fester gegen Mund und Nase.

»So ist das mit Herzen. Herzen verursachen immer eine riesige Schweinerei.« Modhi fand sein Wortspiel offensichtlich maßlos komisch, denn er lachte hell.

Quaris hob das Herz ehrfürchtig aus dem Brustkorb. »Seht es Euch an!« Da lag es nun, rot und fleischig, nur schlagen konnte es nicht mehr. Fast schien es, als wäre es eingeschlafen.

»Schnell!«, rief Modhi und tanzte nervös hinter Quaris her, hin zu den vorbereiteten Salbschalen. »Ihr müsst es einlegen, bevor es schlecht wird und die Magie vergeht …«

»Ich halte diesen Gestank nicht länger aus!« Uma bückte sich durch das Loch oberhalb der Treppe. »Ich hole das Herz später. Wagt nicht, es unauffällig verschwinden zu lassen, Modhi!«

»Nein, nein …«, flüsterte der oberste Epenai, der das Herz zärtlich wie ein Frischgeborenes in den Händen wiegte.

»Kann ich gehen?«, ächzte Quaris.

»Macht das Mädchen zu, bevor Ihr geht.«

Anoush hatte keine Lust so lang zu warten. »War interessant, aber ich bin dann mal weg.«

»Es war das einzige Herz, das wir je entnahmen. Iox starb beinahe. Es dauerte Monate, bis sich ihr Körper regeneriert hatte.« Uma schluckte. Fast schien sie betroffen. Ihre Augen irrten umher. »Aus Angst, dass sie das nächste Mal tatsächlich sterben könnte, beließen wir es dabei.

Leider kam es zu einem unglücklichen Zwischenfall. Das Herz war für mich bestimmt, so war es abgemacht – meine Sharonne, mein Herz. Ich hatte bereits einen Käufer gefunden, der eine exorbitante Summe dafür bot. Doch einer der Händler, der die Schafs- und Ziegeninnereien der Epenai in Tradea vertrieb, schickte am folgenden Tag seinen Knecht. Sie verkauften das Herz in Tradea. An Aenne.« Ein Nicken zu ihrer Linken.

Aegis starrte zu Iox herab. Diese rührte sich nicht.

»Iox von Gjard«, sprach er heiser. »Sieh mich an.«

Keine Bewegung. War Uma Octavia endgültig dem Wahnsinn verfallen und hatte hier vor aller Menschen Augen die eigene Sklavin ermordet?

»Iox von Gjard …!«

Iox hob den Kopf. Ihr Handgelenk steckte noch immer an der Haarnadel. Das Metall schimmerte rötlich.

»Warum bist du nicht tot?«, flüsterte Aegis, die Augen weit aufgerissen.

»Ich sagte doch«, kam die wispernde Antwort. »Ich heile schnell …«

Mit einem Ruck hob Aegis Septimus das Kinn, dann den gesamten Leib empor. »Uma Octavia!«, rief er. »Bist du von allen guten Geistern verlassen?«

»Ich habe niemals etwas Verbotenes getan!«, schnarrte Uma. »Sie ist meine Sharonne, ich kann mit ihr tun und lassen, was ich will, solange ich sie nicht töte!«

»Du …« Aegis' Stimme donnerte, seine Hand hob sich.

»Ich habe die Regeln befolgt! Keine bleibende Schäden! Alles, was ich von ihr nahm, wuchs zurück! Sieh es an, das Mädchen zu deinen Füßen – wirkt es krank? Selbst die Nadel, die in seinem Handgelenk steckt, ist nur ein vorübergehendes Ärgernis – die Wunde hätte längst aufgehört zu bluten, würde sie nicht ständig wie ein Kleinkind daran herumziehen!«

Iox, die zwischenzeitig wieder versucht hatte, die Nadel loszuwerden, hörte auf, verzweifelt an ihr zu rütteln.

»Ich habe gesehen, wie ein Herz aus der Brust dieses Mädchens gehoben wurde! Und hier sitzt es vor Euch, munter wie nie!«

»Du hast Blutmagie in mein Reich gebracht!«, brüllte Aegis.

»Ich habe niemals Blutmagie angewendet, nicht einmal, als ich die Gelegenheit dazu hatte! Wenn du dich bei jemandem beschweren willst, dann bei Modhi – er hat mit großer Begeisterung in ihrem Dickdarm die Zukunft gelesen! All das Blut und die Organe, die mir zugesprochen wurden, habe ich lediglich verkauft!«

»Was, bei all den Göttern, glaubst du denn, dass diese Menschen damit machen?«, röhrte Aegis. Eine dicker Aderstrang pulsierte quer über seiner geröteten Stirn.

»Was interessierte es mich, was diese Idioten damit tun?«

»Ob *sie* Blutmagie damit betreiben oder *du*, macht keinen Unterschied!«

»Natürlich«, spottete Uma Octavia. »Ein Mann mordet mit einem geschmiedeten Messer, und plötzlich wird der Schmied zum Mörder?«

»Wage es nicht …« Aegis' Stimme war ein Unwetter, das sich heranbahnte.

»Was soll ich nicht wagen?«, rief Uma Octavia zurück. »Spiele nicht den Erbosten! Diese Stadt ist auf Gesetzen gebaut, nicht auf moralischen Lehren! Ich habe mich an diese Gesetze gehalten!«

»Du magst in den gesetzlichen Grauzonen gehandelt haben, aber das macht es noch lange nicht richtig!«

»Ich bitte dich! Terra Talioni ist ein Ort, an den die Leute kommen, um zu trinken, zu huren und zu schlagen – und das ist in Ordnung, weil sie dafür bezahlen! Niemals hast du auch nur einen Augenblick darüber nachgedacht, ob die Sauferei und Hurerei moralisch verwerflich sein könnte!«

»Du hast eine Frau geschlachtet!«, brüllte Aegis. »Immer und immer wieder! Du hast ihre Teile verkauft, als wäre sie ein nachwachsendes Schwein!«

»Und nichts anderes war sie für mich! Sie wurde geschlagen und zerschunden – immer und immer wieder! Das passt dir doch wunderbar in den Kram, du falscher Hund! Denn damit lockt sie Leute hierher, deren Unterstützung du dringend brauchen kannst!«

Aegis starrte seine Cousine eisern an. »Du bist zu weit gegangen, Uma!«

»Nicht nach den Gesetzen Terra Talionis!«

»Aber nach den Maßstäben jeglicher menschlichen Moral!«

»Menschliche Moral kann mich nicht richten!«

»Die Moral vielleicht nicht«, sagte er plötzlich ruhig und gefasst; dann erhob er sich und seine Stimme donnerte durch den Thronsaal wie ein Jahrtausendunwetter. *»Ich bin hier der König! Ich kann richten, wen und was immer ich will!«*

Stille.

Umas Augen zitterten zum ersten Mal. »Das ist es jetzt?«, stieß sie aus. »Du willst mich hinrichten lassen, weil ich mich über *deine* Maßstäbe menschlicher Moral hinweggesetzt habe?«

»Ich will dich richten«, zischte Aegis, »weil du dich über *mich* hinweggesetzt hast!«

Umas Atem war zu hören. »Uma Octavia«, ertönte Aegis' Stimme kalt und klar. »Ihr seid der Anwendung von Blutmagie angeklagt …«

»Ich habe niemals …«

»… die unter Euren Augen durch Eure Sharonne Iox von Gjard betrieben wurde.«

»Sie hat Menschen mit ihrem *eigenen* Blut geheilt! Nach den Gesetzen handelt es sich hierbei nicht um Blutmagie!«

»Durch den Fund von Fingern in Euren Gemächern liegt nahe …«

»Sie hat sich diese Finger selbst abgeschnitten! Sie hat sie gesammelt und mir untergeschoben!«

Aegis' Stimme wankte. Ein Blick hinab zu Iox. Er sah aus, als hätte man ihn geschlagen. Seine Stimme war kaum vernehmbar. »… ist das wahr?«

Iox kauerte da, die Hand festgenagelt. »Was erwartet Ihr von mir?«, rief sie aus. »Was erwartet ihr denn alle von mir? Lasst mich doch endlich sterben!«

Aegis trat die Stufen zu ihr herab, griff nach der Haarnadel, die in Gelenk und Holz steckte, und zog sie heraus.

»Bitte!«, flehte Iox und fasste nach seinen Händen. »Ich bitte Euch! Lasst mich sterben! Ihr werdet einen Weg finden, wie ich sterben kann, da bin ich mir sicher …!«

Aegis Septimus stand da und blickte auf das Mädchen herab, das ihn mit blutigen Händen anflehte, ihm das Leben zu nehmen. Die Stimme leise, wirkte es, als spräche er zu Iox, nicht zu Uma. »Uma Octavia, ich nehme Euch Eure Sharonne.«

»Niemals! Du kannst mir meine Sharonne nicht nehmen! Sie wurde mir zugesprochen, mir ganz allein!«

»*Ich bin dein König!* Du wirst sie mir freiwillig übergeben!«

»Nur über meine Leiche!«

Aegis blinzelte. »Ist das dein Wille, Uma? Dass ich dich zum Tode verurteilen muss, um das Mädchen aus deinen Händen zu bekommen?«

Uma hob das Kinn. »Iox von Gjard gehört mir, mitsamt Haut, Haar und Namen! Wenn du sie haben willst, musst du mich töten!«

Aegis' Lippen öffneten sich, es sah aus, als würde er die Zähne blecken. »Das ist eine Sharonne, Uma! Wie kannst du dein Leben geben, nur um sie zu besitzen?«

»Ich bin nicht dumm, Aegis! Ich weiß, dass ich nur einen Bruchteil meiner Macht besäße, wäre mir dieses Mädchen niemals in die Hände gefallen! Jetzt magst du Mitleid mit ihr haben – ja, dich vielleicht sogar ein wenig verzaubert fühlen von ihr, denn das ist es, was Iox tut, aber dann werden all die Männer zurückkehren! Michaelis Pel'Dagan, Nestor von der Grünen Küste, der Markgraf von den Rostroten Flüssen … und sie alle werden nach ihr fragen! Sie werden betteln, bitten, bieten und drohen! Und irgendwann drohen sie dir mit Krieg, denn das ist es, was Männer tun, wenn sie nicht bekommen, was sie wollen! Solltest du bis dahin nicht die Regeln menschlicher Moral über Bord geworfen haben, wirst du es dann tun, denn Terra Talioni ist ein Stadtstaat, der sich keinen Krieg leisten kann! Und dann wirst du Gefallen daran finden, welche Macht dir Iox von Gjard verleiht! Und irgendwann, so wirst du erkennen, handelst auch du nur noch nach den Gesetzen Terra Talionis und nicht länger nach den Maßstäben menschlicher Moral!«

Aegis starrte sie an. »Bringt sie weg«, befahl er. »Bringt sie alle weg!«

Aufruhr im Saal, die Menschen auf den Bänken der Gerechten begannen sich zu bewegen.

Die Soldaten kamen heran.

»Alle raus hier! *Alle!*«

Iox wurde am Arm genommen und in die Höhe gezerrt, die drei Geschwister, von denen niemand ein Wort gesagt hatte, flankiert und mit Speeren hinaus getrieben.

»*Raus!*«

So leerte sich der Saal. Sogar die Königin floh mit fliegenden Röcken.

Der König Terra Talionis blieb allein zurück, sank auf seinem Thron zusammen und vergrub die Stirn in der Hand. Die Finger warfen tiefe Schatten einer dunklen, lastenden Krone über sein Gesicht.

XXXV

Aegis' Entscheidung

Iox weinte.

Caedes konnte es nicht sehen, nur hören. Einige Zellen weiter schluchzte sie in den Rock ihres Kleides.

»Iox …« Es war das gefühlte hundertste Mal, dass Caedes nach ihr rief.

Sie reagierte nicht, heulte nur leise vor sich hin.

Caedes stieß mit der Stirn gegen das Gitter, immer und immer wieder. Hinter ihm trat Ezra heran. »Was erwartest du von ihr?«, sagte der Ältere verhalten.

Caedes hörte auf, den Kopf gegen die Stangen zu schlagen. Langsam glitt er das Gitter herab. Staub wirbelte auf, als er auf den Boden fiel. »Ich muss mit ihr sprechen«, murmelte er mehr zu sich selbst als zu Ezra.

»Ich denke nicht, dass sie mit dir sprechen will.«

»Danke, das habe ich auch schon bemerkt.«

Ezra zuckte mit den Schultern.

»Iox!«

Ein Wimmern.

Caedes lehnte die Stirn an das Gitter. »Iox, ich bitte dich … Hör mir wenigstens zu.«

Falls sie ihn hörte, bemerkte er es nicht.

»Ich weiß nicht, ob es klug ist, ihr irgendetwas erklären zu wollen.«

»Ezra«, fauchte Caedes, »könntest du bitte deine Klappe halten? Ich wäre dir sehr verbunden!«

Ezra seufzte und blieb still.

Caedes saß da, die Stirn an den Eisenstangen, und ließ sich von Iox' Tränengeräuschen berieseln. Je länger er ihr zuhörte, desto schlechter fühlte er sich. Und er wollte sich so schlecht fühlen, wie es nur möglich war. Irgendwann verging ihr Weinen zu einem unruhigen Atmen.

Caedes hob den Kopf. »Iox?«

»Ich hasse Euch.« Es war eine reichlich trockene Feststellung, dafür, dass sie eben noch geheult hatte wie ein Schlosshund. Ihre Stimme knisterte.

»Meine Geschwister und ich wollten dir nicht schaden, Iox.« Caedes klang betroffen. »Wir kamen nur, um dem Besitzer des Herzens zu helfen und Ungerechtigkeit zu verhindern.«

»Es war mein Herz. So sehr habt Ihr mir geholfen.«

»Du … du hättet es mir sagen können. Dass das Herz dir gehörte. Was Modhi und Uma mit dir taten …«

»Habt Ihr noch immer nichts gelernt? Sie *taten* es nicht nur, sie werden es auch weiterhin mit mir tun. Denn hätte Aegis seine Cousine verurteilen wollen, hätte er das Urteil längst gesprochen! Ihr kennt diese Menschen nicht – ich hingegen schon! Aegis wird Uma Octavia niemals hinrichten lassen. Und dank Euch erfährt die ganze Welt davon, was ich bin. All die grausamen Menschen, die es gibt, werden kommen, um mich zu sehen. Und Uma wird die Grausamsten unter ihnen aussuchen! Mein Schicksal war schrecklich, bevor Ihr hierherkamt – aber wie soll ich es jetzt ertragen?«

Ezra sah zu seinem Bruder hinab. Er glaubte, ihn weinen zu sehen.

Danach sagte keiner mehr etwas für eine lange Zeit …

Man führte sie zurück in den Thronsaal. Iox Handgelenk blutete nicht länger. Bitternis hatte sich um ihren Mund gelegt.

Sie stand nur da und sah durch alles und jeden hindurch. Als wäre sie nicht wirklich hier.

Aegis wartete einsam vor seinem Thron. Florentina befand sich zwar im selben Raum, hatte sich aber nicht zu ihm gesellt – sie stand irgendwo auf der Seite und unterhielt sich leise mit ihren persönlichen Dienerinnen.

Nicht alle, die der Anhörung beigewohnt hatten, waren zur Urteilsverkündung zurückgekehrt. Perporri saß angespannt neben seiner Kollegin, Sheera stand ein wenig abseits. Jethro harrte auf demselben Platz wie vormals. Aenne warf ihrem Vater einen hoffnungsvollen Blick zu, doch die Miene des alten Königs blieb steinern und unberührt.

Auch Uma Octavia wurde wieder in den Thronsaal geführt. Wie eine Schwerverbrecherin lag sie in Ketten. Ihr Hass richtete sich offen gegen den Rest der Welt.

»Zur Urteilsverkündung zugelassen sind nur Zeugen und Angehörige des hohen Adels«, verkündete einer der Schreiber.

Die Flügeltüren schlossen sich.

Aegis wartete, bis Ruhe einkehrte. Als niemand mehr sprach, hob er den Blick. »Ich habe meine Entscheidung getroffen«, stellte er fest.

Die Feder des Schreibers kratzte auf dem Pergament.

»Ich komme zur Urteilsverkündung. Uma Octavia, tretet vor Euren König!«

Die Soldaten wollten die Gefesselte emporhieven, doch sie stand so schnell, dass es nicht nötig war. Die Soldaten stießen ihr die Speere in den Rücken.

»Senkt die Waffen!«, befahl Aegis Septimus.

Der König Terra Talionis sah seine Cousine lange an. Uma Octavia erwiderte seinen Blick, ebenso hart, ebenso gerade. Im Augenblick, der über ihr Schicksal entschied, zeigte sie sich wild und kämpferisch. Sie würde sich nicht beugen, egal was käme.

»Uma Octavia«, sprach der König. »Ich kann Euch nicht des Mordes verurteilen, da die Besitzerin des Herzens nie starb. Ich kann Euch nicht der schweren Körperverletzung verurteilen, da diese Frau Eure Sklavin ist. Ich kann Euch aber sehr wohl des illegalen Organhandels anklagen, der möglicherweise zur Ausführung von Blutmagie führte.«

Octavias Lippen schmiegten sich fest aneinander.

»Der Tod all dieser Menschen – Modhis, der talionischen Garde, des Schlächters oder der Schwarzmarkthändlerin – ich kann sie Euch nicht anlasten.« Pause. »Und um ehrlich zu sein, will ich das auch gar nicht.«

Er hob die Hand.

»Wisset, dass ich, sollte Euer Name jemals wieder auch nur im Entferntesten mit solcherlei Taten in Verbindung gebracht werden, keine Gnade mehr werde walten lassen.«

Iox schluchzte und vergrub das Gesicht in den Händen. Aegis' Gnadenakt konnte für sie nichts Gutes bedeuten.

»Uma Octavia, aufgrund der moralischen Vergehen, die dem Stadtstaat Terra Talioni, seinem Königshaus und seinen Bewohnern Schaden zugefügt haben, verurteile ich Euch zu sieben Tagen am Pranger! Ihr werdet der öffentlichen Schande ausgesetzt!«

Stille.

»Danach soll nie wieder von diesen Vorkommnissen gesprochen werden.«

Uma Octavia erwiderte nichts, ihr Gesicht hing an dem ihres Cousins. Man führte sie zurück zum Platz.

Aenne konnte spüren, wie ihr Herz pumpte.

Aegis Septimus hatte sich dafür entschieden, seine Cousine zu schützen. Vielleicht enttäuschte ihn ihr Handeln, aber nicht genug, um sie zu bestrafen – sie *angemessen* zu bestrafen. Hatten ihre giftigen Worte ihn verführt?

Eine Woche am Pranger? Ja, hierbei handelte es sich um einen entwürdigenden Akt und Uma hielt die Würde höher als alles andere. Aber schlussendlich würde sie nach dieser Woche in ihr Schloss zurückkehren und – wie hatte Aegis gesagt? – alles wäre vergessen.

Alles wäre vergessen.

Aenne schluckte. Ein Gewicht mit der Schwere eines Ambosses drückte auf sie nieder. Das alles konnte doch nicht wahr sein.

»Iox von Gjard«, sprach Aegis Septimus. »Tretet vor Euren König!«

Iox erhob sich zitternd, die Soldaten im Nacken. Sie schaffte es kaum, einen Fuß vor den anderen zu setzen. Als sie in der Mitte des Saals angekommen war, wischte sie sich hastig Tränen von den Wangen.

»Ihr seid nicht länger des Mordes angeklagt.«

Aenne atmete auf; nicht so Iox.

»Und glaubt mir, wenn ich sage, wie leid es mir tut, zu wissen, was Euch angetan wurde. Es tut mir … unendlich leid.« Aegis Lippen, die Mundwinkel beugten sich seinem Kummer. Sein Bedauern schien ehrlich zu sein.

»Euer Leid …«, flüsterte Iox. »Von Euer aller Leid kann ich mir nichts kaufen.«

Aegis schien das nicht zu hören – oder nicht hören zu wollen. »Dennoch gibt es zwei Anklageschriften, die ich nicht fallen lassen kann. Iox von Gjard, Ihr, eine Sharonne, habt entgegen dem Gesetz lesen gelernt. Und Ihr habt diese Kunst dazu verwendet, Blutmagie zu erlernen und anzuwenden. Ich verstehe Eure Motive. Ich habe Verständnis. Man hat Euch Schreckliches angetan. Und da bei der Anwendung dieser finsteren

Magie niemand zu Schaden gekommen ist außer Ihr selbst, will ich noch einmal Gnade walten lassen. Ich kann mir nicht vorstellen, wie es sein mag, in Eurer Haut zu stecken …«

»Nein«, rief sie. »Nein, das könnt Ihr wahrhaftig nicht!«

Aegis' Stimme schwankte einen Moment, bis er weitersprach. »… weswegen ich ein mildes Urteil sprechen werde. Da Eure Blutmagie auf Eurer Fähigkeit zu lesen basiert, werde ich sie Euch nehmen.«

Iox starrte ihn an.

»Ich berufe eine Heilerin und Schamanin aus dem Gebiet der Coltaire. Die Coltaire sind bewandert in allerlei magischen Dingen, die den Geist beeinflussen. Die Schamanin wird Euch Euer Gedächtnis nehmen, Iox. Die Erinnerung daran, wie Ihr das Lesen erlernt habt.«

Iox fielen die Worte aus dem Mund. Alle Anwesenden schwiegen schockiert.

»Auf diesem Wege wird Euch nicht nur der Gegenstand Eures Vergehens genommen, sondern auch das Wissen, verbotene Magie anzuwenden. Vermutlich werdet Ihr sogar mehr verlieren. Erinnerungen daran, was in den letzten Wochen und Monaten geschehen ist, daran, was Modhi und …« Er brach ab. »Was Modhi mit Euch getrieben hat. Vielleicht ist es besser so, Iox. Vielleicht ist es besser, wenn Ihr all diese Dinge vergesst.«

Sie sah den Herrscher an, aus großen, spiegelnden Augen. »Damit ich nicht einmal mehr weiß, warum Uma mich hasst und quält?«

Darauf wusste selbst der König nichts zu erwidern. »Seid froh über dieses milde Urteil.« Ein Wink, fast ärgerlich, sie wurde abgeführt, ihr Gesicht ein Oval der Leere.

Der talionische König räusperte sich. »Aenne, Prinzessin ohne Königreich«, befahl er, wobei seine Augen immer wieder zurück zu Iox huschten. »Kommt vor den talionischen König!«

Aenne erhob sich und kämpfte sich in die Mitte.

»Ich fürchte, für Euch gibt es keine guten Nachrichten. Den Vertrag, den Ihr unterschrieben habt …«

»Modhi ist tot«, warf Aenne rasch ein.

»Ihr habt ihn nicht einfach nur mit Modhi geschlossen, sondern mit der Priesterschaft der Epenai.«

Aenne legte die Stirn in Falten.

»Modhi mag tot sein. Der Vertrag aber gilt.«

Aenne geriet ins Wanken. Ein Soldat tauchte neben ihr auf, wollte sie stützen, doch sie stieß ihn fort. »Das kann nicht Euer Ernst sein!«

Aegis nickte nachdrücklich. »Ich wünschte, ich könnte Euch Besseres offenbaren, Aenne – aber Ihr habt Euch einer Priesterschaft verschrieben, diese untersteht einem eigenen Regelsystem, auf das ich nur bedingt Einfluss besitze. Ich mag ein weltlicher Herrscher sein, aber kein göttlicher. In diesen Belangen bin ich machtlos.«

»Niemand kann mich zwingen, zu bleiben! Modhi ist tot, der Tempel besitzt keinen Obersten!«

»Jetzt nicht, noch nicht. Aber ein neuer Oberster wird kommen. Bis dahin seid Ihr Modhis Vorgesetztem unterstellt.«

»Modhis Vorgesetztem?« Sie brach ab. Ihre Augen weiteten sich. »Nein …!«

»Doch.« Aegis' Kehlkopf hob und senkte sich. »Ihr seid Megaira unterstellt, der obersten epenaischen Priesterin.«

»Megaira ist eine gilebretische Priesterin! Sie residiert auf Porta! Das liegt nicht einmal auf diesem Kontinent!«

»Der Glaube an die Göttin Epena gelangte aus dem Osten hierher. Landesgrenzen besitzen für einen Priesterkult kaum Bedeutung. Momentan untersteht Ihr Megaira, der obersten aller epenaischen Priester. Vielleicht lässt sie Euch gehen, das kann ich nicht sagen. Es wird Euch nicht erspart bleiben, nach Porta zu reisen und sie zu bitten, Euch aus Eurem Vertrag zu entlassen.«

Aennes Kehle entrang sich ein Ächzen. Ihre Augen sanken zu Boden, alles drehte sich. »Gilebret …!«

»Verdammt nicht mich, Aenne – ich bin lediglich der Überbringer dieser Botschaft.«

Aenne taumelte, wankte zurück zu ihrem Platz. Ezra und Caedes fingen sie auf.

»Ich verstehe das nicht …«, nuschelte sie.

Sie spürte, wie sie an eine Brust gezogen wurde, es roch nach Ezra. Er barg ihren Kopf. »Wir finden eine Lösung«, flüsterte er in ihr Haar. »Ganz bestimmt.«

Aenne kam nicht dazu, weiter über Aegis' Worte nachzudenken, denn dieser erhob wieder die Stimme. »An die Familie des Reisenden Königs möchte ich abschließend mein Worte richten. Nie wieder soll einer von Euch meinen Grund und Boden betreten, es sei denn, es geschieht auf meine ausdrückliche Einladung. Meine und Eure Familie verbindet von diesem Punkt an keine Freundschaft mehr. Ich will am selben Tische mit Euch sitzen, sollte es notwendig werden, doch keinen Augenblick länger. Stellt Ihr Euch gegen mich oder mein Wort, nehme ich das als Kriegserklärung!« Ein scharfer Blick in Jethros Richtung. »Ihr habt sieben Tage, Eure Geschäfte hier abzuschließen. Dann will ich Euch nicht mehr sehen.« Aegis Septimus machte sich daran, den Thron zu verlassen. Seine Stiefel klopften laut auf den hölzernen Stufen, von Iox' Blut verdunkelt. »Das Königsgericht kommt hiermit zu einem Ende!«

XXXVI

Flucht

Die talionische Garde setzte ihnen nicht die Waffen an den Rücken, machte jedoch durch ihr Verhalten deutlich, dass die Familie des Reisenden Königs nicht länger in Aegis' Anwesen erwünscht war.

Jethro trat zu seiner Tochter und führte sie aus dem Thronsaal. Er sprach dabei kein Wort, weder zu ihr, noch seinen Söhnen.

Weiter vorn lief Iox an der Seite eines Soldaten. Sie hielt den Kopf gesenkt, obwohl der Gardist weder Waffen trug, noch Anstalten machte, sie zu fesseln. Der Gang beschrieb eine Biegung, doch Iox bemerkte es nicht. Der Soldat legte ihr mit einer bedachten Geste die Hand an den Rücken.

Ezra bemerkte, wie sich Caedes abseits hielt, ein Gesicht wie sieben Jahre Finsternis. Aus Angst, was Aegis' Urteil aus dem jüngsten Bruder gemacht haben mochte, ließ er sich zurückfallen und legte ihm die Hand auf die Schulter.

»Ich weiß, wie du dich fühlst«, sagte Ezra irgendwann.

»Einen Dreck weißt du.«

»Ich bin nicht dein Feind, Caedes.«

Der Jüngere presste die Lippen zusammen.

Schritte hallten von den Mauern wider – ganz so als flöhe jeder aus dem Herzen des Schlosses.

»Wenn du über Gefühle reden willst …«, brummte Caedes. »Ich kann dir sagen, wie ich mich ungefähr in einer halben Stunde fühlen werde.«

Ezra sah ihn überrascht an.

»Betrunken.« Caedes dehnte das Wort, als läge zwischen dem ersten und dem letzten Buchstaben ein ganzes Leben. »Heillos betrunken. Oh ja, ich werde mich so richtig volllaufen lassen.«

»Sei kein Dummkopf«, schalt Ezra. »Dazu ist nun keine Zeit! Hast du Aegis' Worte vergessen? Wir sollen aus Terra Talioni verschwinden!«

Ein gleichgültiges Lachen. Caedes' dunkle Augen harrten auf dem Paar vor ihnen, dem Soldaten und dem Mädchen, das zurück in sein grausames Reich geführt wurde. »Eine Woche«, sagte Aegis. Und du kannst dir sicher sein, dass ich jeden Augenblick von Umas Demütigung genießen werde!« Er leckte sich die Lippen.

Ezra packte seinen Bruder an der Schulter. »Hast du Aenne vergessen? Sie ist noch immer an die Epenai gebunden, selbst nach Modhis Tod!« Er konnte sehen, wie es hinter der Stirn des Jüngeren arbeitete. Vielleicht kam er ja doch noch zur Vernunft.

»Wenn wir etwas gelernt haben, dann ist es doch, dass sich jeder um seinen eigenen Scheiß kümmern sollte. Hätten wir uns daran gehalten, hätten wir nicht noch mehr ruinieren können, als schon ruiniert war.«

»Glaubst du das wirklich?« Ezra warf die Arme von sich. »Dass wir die Schlächter einfach hätten weitermachen lassen sollen?« Er war ein paar Schritte vorausgegangen, doch als er sich zu seinem Bruder umdrehte, um ihm eine ausführliche Standpauke zu halten, befand sich da kein Bruder mehr, nur eine unauffällige, leere Seitentreppe. Caedes hatte sich davongemacht.

Der talionische Gardist warf der Frau immer wieder hastige Blicke zu. Sie bemerkte es nicht.

Ihre Zehen …! Hatte sie sich diese tatsächlich abgeschnitten? *Und da, die Finger.* Das sollten dieselben Finger gewesen sein, die im Glas auf dem Tisch des Schreibers geschwommen waren?

Unfassbar, dachte er.

»Mädchen«, raunte er leise.

Es reagierte nicht.

Er räusperte sich. »Iox?«

Sie riss das Gesicht in die Höhe und blinzelte irritiert.

»Nicht alle Menschen hier in Terra Talioni sind … *so.* So wie Modhi und Uma Octavia. Ich wollte Euch das nur wissen lassen.«

Ein zartes Lächeln, das weder die Bitternis der Mundpartie überspielen, noch Iox' Augen erreichen konnte.

»Ich würde Euch helfen, wenn ich nur …«

»Danke. Macht Euch keine Gedanken. Ihr könnt nichts für mich tun. Niemand kann das.«

Der Soldat schwieg bedrückt. Dann, ein Nicken. Ein alter Herr in Kutte schlurfte vorbei, während er sich mit einer Frau unterhielt. »Er, der Gilebreter«, murmelte der Gardist leise. »Er lässt Euch etwas ausrichten.«

Iox Schritte kamen aus dem Takt.

»Er sagt – *Wer etwas verlernt, kann es wieder erlernen.*«

Just in diesem Moment drehte Perporri den Kopf zur Seite und lachte, vermutlich über irgendeinen Scherz, den seine Kollegin gemacht hatte. Ihre Augen trafen sich, seine und die der Sklavin. Im Gesicht des Alten ruhten zwei Finger, die den lächelnden Mund verschlossen wie das Geheimnis, das er darin verwahrte.

Der Augenblick war so schnell vergangen, wie er gekommen war, niemand außer Iox hatte etwas bemerkt.

Iox sah dem alten Mann ratlos hinterher. Er glitt mit weiten Schritten hinweg, fast wirkte es, als liefe er auf Eis. Als der Gelehrte ins Freie schlitterte, warf er die Hand von sich. »Seht Euch den Himmel an, Tina!«, rief er aus, die Finger gespreizt. »Majestätisch! Man wartet nur, dass ein Drache über Terra Talioni hinwegflöge!«

Langsam verschwand seine Gestalt am Treppenabsatz, nur die Finger waren noch eine Weile zu sehen – alte, verrunzelte Finger vor hellem Blau.

Aegis Septimus nestelte seit geraumer Zeit an seinem Kragen herum. Er stand am Fenster, vor der nächtlichen Silhouette Terra Talionis. Berge, Felsen, Klüfte, Häuser, Türme, Dächer – sie alle formten das scharfkantige Bild einer Stadt, des Tages so vollkommen und des Nachts so zerbrochen wirkte.

Florentina raschelte hinter ihm. Normalerweise halfen sie sich gegenseitig dabei, einander zu entkleiden, sie bevorzugten die traute Zweisamkeit im Schlafgemach. Heute aber wagte es keiner von beiden, den Schritt zum anderen zu machen und ihn um Hilfe zu bitten.

So zog Aegis am eigenen Kragen herum und Florentina an den langen Bändern ihres Kleides. Die Klippen führten die rauschenden Stadtgeräusche zu ihrem Fenster, als wäre dieser Tag einer wie jeder andere.

Aegis hatte eine Entscheidung treffen müssen. Wer außer ihm hätte sie sonst fällen sollen? Florentina hätte sich anders entschieden. Aber seine Frau hasste Uma Octavia. Sie konnte nicht objektiv richten.

Nur … konnte er es? Diese Frage quälte ihn.

»Ich bin mir unsicher, ob es nicht eine andere Lösung gegeben hätte«, gestand er schließlich.

Er hörte, wie das Kleid seiner Gemahlin zu Boden glitt und raschelnd Falten schlug. Sie schwieg.

»Ich sah keine andere Lösung. Ich habe gesucht, nachgedacht und gehadert – aber ich fand keine.«

»Du hast diese Entscheidung allein gefällt«, erwiderte sie knapp. »Also musst du auch allein damit leben.«

Er hatte sie gekränkt, das wusste er. Sie trat hinter ihm vorbei, warf das Kleid über eine Truhe und zog das Nachtgewand hervor.

»Zum Glück sind sie alle tot. Die Übeltäter, meine ich. Sie sind alle tot, niemand kann mehr …«

»Uma ist nicht tot!«

Er schluckte. Der Kragen saß eng. Je länger er daran zog, desto enger wurde er. »Sie ist Familie. In ihren Augen mag sie tatsächlich rechtens gehandelt haben! Sie … – Im Gegensatz zu Modhi hat sie die Organe nie verwendet. Er las darin die Zukunft, sie nicht. Sie wandte nie Blutmagie an.«

»Schluss damit!«, stieß Florentina aus. »Ich will es nicht hören – und dir selbst brauchst du es nicht zu erklären!«

Der Kragen, er saß so eng! »Sie ist Familie. Sie würde ihr Leben für mich geben, jederzeit – und ich meines für das ihre!«

»Leben geben?« Florentina trat an ihn heran. Er bemerkte aus dem Augenwinkel, wie sie den Schleier löste und das Haar in satten braunen Locken herabfiel. Er liebte diese Locken. Gern hätte er seine Hand darin vergraben. Wenn da nur nicht dieser dumme Kragen gewesen wäre …

»Sieh mich an, Aegis!«

Langsam wandte er sich um.

Sie stand da, nackt, die Hände in die Hüften gestemmt, das Haar ergoss sich über die Schultern. Wütend sah sie aus. Ähnlich wütend wie zu dem Zeitpunkt, als in Badhre das Wäschermädel nackt aus seinem Trakt gestolpert war. Wen auch immer das Mädel dort gesucht hatte –

Aegis war nicht der Grund gewesen, doch Florentina hatte ihm nicht geglaubt und würde ihm niemals glauben.

Genau so wütend sah sie jetzt aus.

»Ihr Leben geben? Glaubst du wirklich, Uma gäbe für irgendjemanden ihr Leben? Sieh dir das Mädchen an, das sie misshandelt hat! Hätte ich gewusst, was sie mit ihr tat … hätte ich gewusst, was all diese Männer mit ihr trieben …! Das Mädchen hat sein Leben gegeben, um andere zu retten! Finger und Zehen hat es sich abgeschnitten, Haut, Blut, Knochen und wer weiß noch was! Und wer dankt es ihm?«

»Ich konnte nichts tun, Florentina! Um sie zu befreien, hätte ich Uma hinrichten lassen müssen! Du weißt, dass ich das nicht kann! Sie ist wie eine Schwester für mich! Könntest du einen deiner Brüder hinrichten lassen? Könntest du es?«

Florentinas Unterlippe zitterte. »Niemand wird diesem Mädchen jemals helfen, Aegis!«

»Ich werde nach ihm sehen!« Fast wirkte er gekränkt. Sie glaubte nicht daran, dass er nach dem Rechten sehen konnte. Sie zweifelte sein Können an, diese Stadt und ihre Bewohner zu schützen.

»Uma entnahm dieser Frau schon vor der Verhandlung ohne Bedenken ihr Herz, jetzt hasst sie Iox – glaubst du wirklich, sie wird keinen Weg finden, ihr Schaden zuzufügen?«

Aegis stieß ein Schnauben aus. »Seit wann bist du zur persönlichen Beschützerin von Umas Huren avanciert? Du warst es, die diese Mädchen immer am meisten hasste! Verachtest hast du sie, fort wolltest du sie haben!«

»Da wusste ich auch nicht, was Männer wie du ihnen antun können!« Abrupt wandte sie sich ab, die braunen Locken schwangen über ihren Rücken. »Glaube nicht, dass du heute Nacht in diesem Bett schlafen kannst!«

Aegis platzte der Kragen. Er tat es wirklich, denn er riss entzwei, von einem Moment auf den anderen. »Wer wird mich davon abhalten?«, röhrte er wie ein Hirsch.

Florentina rutschte zwischen die Laken und warf ihm einen eiskalten Blick zu. »Wage es ruhig, Aegis – du wirst schon sehen, was du davon hast. Du magst mein Mann sein – nicht aber bist du mein König!«

Der Vater saß der Tochter gegenüber, fasste ihre Hände und drückte einen Kuss daran.

»Was werden wir tun?«, fragte Aenne.

»Wir sind Reisende, Aenne. Daher werden wir das tun, was wir am besten können – reisen.«

Ein trauriges Lächeln. »Ich kann nicht einfach gehen. Tue ich es, bin ich eine Geächtete. Die Epenai werden mich davonjagen, wo immer sie mich sehen, und auch andere Priesterschaften werden mir den Rücken kehren, weil ich mein Priestergelübde gebrochen habe. Sie werden mich vors Gericht zerren, wenn es sein muss. Und dann …« Sie wusste nicht, was dann.

»Wir sind Reisende, Aenne«, murmelte Jethro in die Hände der Tochter. »Und was wir tun, ist zu reisen. Mag unser gemeinsames Ziel Porta sein, so handelt es sich um kein besseres oder schlechteres Ziel als jedes andere.«

Eine lange Zeit sah Aenne ihren Vater an; mit diesem Gesicht, das so leer, so erschöpft und von Narben verunstaltet war. Nach und nach kämpfte sich ein Lächeln auf ihre Lippen. Ein müdes Lächeln, doch es war da. »Niemals hätte ein Kind um einen besseren Vater bitten können.«

Jethro antwortete nicht, sein Bart verteilte bloß beruhigende Küsse.

XXXVII

Am Pranger stehen

Das Atmen fiel ihr schwer. Dennoch war Aenne nicht gewillt, länger das Bett zu hüten. Als die Familie, die über sie wachte wie über einen wertvollen Schatz, einen Moment lang die Herberge verließ, schlich sie aus dem Bett. Sie zog sich den Mantel über und machte sich auf in den diesigen Regen.

Ein Blick in den grauen Himmel. Wassertropfen sprühten wie Nebel auf sie herab. Die Gipfel der Welle stachen in tiefhängende Wolken, kein Wunder, dass sie Wasser bluteten.

Sie kippte die Kapuze über den Kopf. Nicht nur wegen des Regens – sie hasste es, wie die Menschen sie anstarrten.

Einen Moment lang zögerte sie noch, dann packte sie den Gehstock fester, zog sich den Schal über die untere Gesichtshälfte und humpelte los.

Ihre Lungen brannten, Wasser sammelte sich im Mund und brannte den Rachen hinab. Dennoch schluckte sie tapfer und zwang sich weiter, Schritt für Schritt. Der Gehstock hinterließ Spuren im aufgeweichten Boden.

Eine Weile lang wusste sie nicht, wohin sie lief. Erst als sie angekommen war, erkannte sie, was sie gelockt hatte.

Sie stand zwischen den Häusern einer engen Gasse und blickte auf den Sandplatz hinaus. Die Händler hatten sich unter die purpurnen Dächer verzogen. Manche unterhielten sich gedämpft, die Köpfe eng zusammengesteckt. Es schien, als ob alles und jeder laute Geräusche zu vermeiden versuchte.

Dort vorn, der Pranger. Ein Mauervorsprung am Tempel Hollers, eineinhalb Mann hoch. Darüber, mit Handschellen an die Wand gekettet, Uma Octavia. Sie stand da, im Regen, nackt, Regenwasser hinterließ graue Spuren auf ihrer Haut. Das schwarze Haar klebte in Strähnen auf ihren Schultern.

Sie starrte vom Pranger hinab.

Eine kleine Gestalt saß im Schneidersitz auf dem Boden, hockte dort im Dreck der Straße und starrte zurück.

Es war Iox.

Die beiden Frauen harrten im Regen und besahen einander. Niemand bewegte sich. Zwei Feindinnen, ein kalter Krieg.

Aenne überlegte kurz, ob sie zu Iox gehen sollte. Im Prinzip waren sie Unbekannte füreinander. Sie wusste nicht, wie sie den Weg zu ihr fand, doch irgendwann stand sie hinter ihr. »Ich danke dir«, sagte sie. »Du hast mein Leben gerettet.«

Niemand reagierte, weder Iox noch Octavia. Irgendwann drehte sie sich um und humpelte zurück zu der Herberge.

Als Aenne zurückkehrte, überkam sie ein Fieberschub. Sie verkroch sich im Bett. Thymiane zeigte sich besorgt und brachte ihr gesüßten Tee, den sie nicht schmecken konnte; also vergrub sie frustriert den Kopf unter der Decke und verlor sich in Fieberträumen.

Zwei Tage später war das Fieber fortgeschwitzt und Aenne kroch wieder hervor, um sich auf die Suche nach Caedes zu machen. Vom jüngsten Bruder hatten sie seit zwei Tagen nichts mehr gehört. Ezra zeigte sich beunruhigt, er war mit den Abreisevorbereitungen beschäftigt und versuchte, eine Reisegelegenheit für Aenne aufzutreiben. Die talionischen Wagenlenker indes zeigten sich wenig kooperativ, nachdem Soren tot aufgefunden worden war.

Thymiane saß mit Phadhre im Arm neben der schlafenden Xersi, als Aenne das Zimmer verließ. »Wie geht es dir?«, fragte sie.

»Gut. Wo ist Caedes?«

Thymiane wiegte Phadhre im Arm. »Ich weiß es nicht«, gestand sie. »Er ist seit Tagen nicht mehr aufgetaucht.«

»Ich gehe ihn suchen.«

»Sei nicht dumm.«

Aenne seufzte. »Was ist mit Uma?«

»Was soll mit ihr sein? Geh schlafen.«

Aenne ging zurück zum Bett, doch sie schlief nicht. Als Thymiane eingedöst war, ihr Atem sacht rauschend über dem der Kinder, warf sich Aenne den Mantel über und griff nach dem Gehstock.

Uma hing in den Fesseln, das schwarze Haar fiel ihr wie ein verfilzter Vorhang über das Gesicht. Sie bewegte sich nicht.

Iox war nirgends zu sehen, dafür erkannte Aenne eine andere, ihr bekannte Gestalt, die unter dem purpurnen Stoffdach einer Kneipe saß. Alle Talionier mieden den Platz von Umas Schande geflissentlich.

Nicht so Caedes. Er saß vor einem Humpen tradeadischem Bier, in der Hand eine Pfeife.

»Asphodelienkraut, am helllichten Tag? Warum bindest du dich nicht gleich zu Uma an den Pranger?«

»Die Leute hier überqueren den Platz bloß mit geschlossenen Augen. Sie fürchten den Blick der Hexe.« Er zog an der Pfeife. Der penetrante Geruch stieg Aenne in die Nase. Seufzend ließ sie sich neben ihm nieder.

»Du solltest nicht hier sein«, sagte sie.

»Die Familie sucht nach dir.«

»Und du bist die Einzige, die mich finden kann?«

»Ezra hat mir von eurem Gespräch erzählt. Ich dachte mir, du würdest Umas Nähe suchen.«

Er nickte zum Pranger. »Sieht aus, als wäre sie tot, findest du nicht?«

»Ist sie es?«

»Nein. Sie bewegt sich manchmal. Einmal am Tag kommt eine Magd, füttert und wäscht sie. Uma sieht dabei aus, als wolle sie ihr den Kopf abhacken. Kein Mensch wagt es, den Platz zu diesen Zeiten zu betreten.«

»Und du?«

Ein bitterböses Lächeln. »Glaubst du, ich lasse mir diesen Moment ihrer Schande entgehen?«

Aenne stützte das Kinn ab, fuhr sich mit den Fingern über die Narben. »Ich frage mich … wie sie so werden konnte. So grausam, so kalt.«

»Sie ist, wie sie ist.«

»Niemand ist von Anfang an, wie er ist. Jeder ist irgendwie zu dem geworden, wie er ist.«

Ein knapper Blick zur Seite.

Aenne wischte sich die Kapuze vom Kopf. »Sieh uns doch an, uns beide! Narbengesichter sind wir geworden, du und ich!«

Er brachte ein Lächeln zustande, als amüsiere ihn das. Er beugte sich vor. Aenne war versucht, zurückzuweichen. Ein sanfter Kuss aufs Kinn. Er roch nach Asphodelienkraut und Alkohol. »Vernarbt mögen sie uns haben. Gebrochen haben sie uns nicht.« Er lehnte sich zurück, lagerte die Beine hoch, rauchte und beobachtete Uma.

»Ich gebe nicht auf«, sagte Aenne. »Du solltest es auch nicht. Und … du solltest nicht werden wie sie. Dich am Schmerz anderer erfreuen.«

Der Rauch des Asphodelienkrautes wehte auf den Platz hinüber und verlor sich im kühlen Wind.

Nach einer Weile sprach Aenne wieder. »Hast du Iox gesehen?«

»Warum sollte ich? Sie ist zurück in ihrem Gefängnis, dem Felsenpalast.«

»Sie war hier. Auf diesem Platz.«

Er sah sie überrascht an, so als rede sie Unsinn. Aenne vergrub bloß die Wange in der Hand, betrachtete traurig die reglose Frau am Pranger und überlegte, was zu tun sei, sollte sie erst einmal in Porta bei der obersten Priesterin angekommen sein.

»Das ist für dich.«

Iox rührte sich nicht.

Aegis setzte einen Fuß vor den anderen. Es fühlte sich seltsam an, wie das kühle Glas in seiner Armbeuge lag. Das Herz schunkelte in der Flüssigkeit.

Er kam nicht umhin, Iox auf die Brust zu starren. Bildete er es sich ein, oder bewegte sich der Brustkorb unter ihrem Herzschlag? Unter ihrem zweiten Herzen? *Flatterflatterflatter* pulsierte es unter ihrer Haut.

Langsam ging er in die Knie und stellte ihr das Glas vor die Füße. Da, ihre Zehen, ganz nah an seinem Gesicht.

Ein Schritt zurück. Dann realisierte er, wie absurd er sich verhielt. Er war der König dieses Stadtstaates, verdammt noch einmal, ein Rex Numerabilis! Diese Frau hatte ihm einen Kreis aus Respekt zu zollen, nicht umgekehrt! Er riss das Kinn in die Höhe und wollte ein Wort der Macht nach ihr werfen, irgendetwas, das ihr zeigte, wer hier König war – doch ein Blick in ihr Gesicht und die Worte zerfielen ihm modrig im Mund.

»D…« Er stotterte. Er stotterte! »Du hast darum gebeten. Deine Bitte sei dir hiermit gewährt. Schließlich gehört es dir, nicht wahr?«

Langsam kam Leben in das Mädchen. Ihre Gestalt streckte und reckte sich, krümmte sich nach unten, die Finger haschten nach dem Behältnis.

Vorsichtig hob sie es in die Höhe, umrahmte es mit den Händen, als wären sie der Körper, der eigentlich das Herz tragen sollte.

Iox barg es in ihrem Schoß, das Herz … ihr Herz. Danach war sie wieder eine reglose Gestalt. »Danke.« Eine goldbleiche Statue, keiner Veränderung unterworfen.

Aegis Septimus, der zutiefst verstörte König, nickte und wandte sich zum Gehen.

In der Türe drehte er sich noch einmal um. »Ich werde nach Euch sehen, Iox. Ich verspreche es Euch.«

Sie regte sich nicht.

Das Herz im Glas wiegte sanft in der Flüssigkeit, als würde es schlagen.

XXXVIII

Ein Herz für Drachen

Das Erste, das er seit Tagen vernahm, waren Stiefeltritte, laut und krachend, sodass sie sogar seinen alkohol- und asphodelienkraut-durchtränkten Nachtschlaf durchbrachen. Sie stampften durch das Zimmer, hielten mit einem *Rumms!* neben ihm und traten ihn aus dem Bett. Ein kurzer Versuch, sich zu wehren, schlug fehl – die Bettdecke hielt ihn gefangen.

Ein Tritt in den Hintern. »Steh auf!«, schnarrte Jethro. »Ich kann nicht fassen, einen solchen Sohn gezeugt zu haben!« Es polterte, Fensterläden stießen nach außen und schlugen gegen die Hauswand.

Caedes schirmte mit den Händen das Licht ab und stöhnte. »Bist du endlich draufgekommen, dass ich nicht dein Spross sein kann?«

»Dummkopf, dämlicher!«, schimpfte Jethro und stieß den Sohn unsanft in die Seite. »Deine Sturheit hast du nicht von deiner Mutter geerbt! Deine Geschwister besitzen, den Göttern sei Dank, nicht halb so viel davon!« Ein Blick hinunter, wo sich Caedes die Stirn rieb. »Auf mit dir, du Säufer – und reiß dich zusammen! Etwas ist geschehen.« Damit verließ der alte König das Zimmer.

Caedes blieb liegen und war bereits wieder dabei, einzuschlafen, als ein kleiner Schatten durch die Türe hechtete. »Caedeees!«, rief Xersi und warf sich bäuchlings auf ihren Onkel. Er ächzte und hätte sich am liebsten übergeben, als Xersi ihm im Liebestaumel das Knie in den Magen grub. »Du stinkst!«, stellte das Mädchen fest, als es sich an seine Wange schmiegte. »Und dein Bart kratzt!«

Wenn einem die sechsjährige Nichte sagte, dass man stank und der Bart kratzte, hatte man etwas dagegen zu tun. Also kämpfte sich Caedes aus der Decke, schleppte sich zur Waschschüssel und begann mit der Katzenwäsche.

Das Rasiermesser kratzte an seiner Kehle, glitt über das seifige Kinn und hinterließ eine Spur glatter Haut. Es dauerte eine Weile, bis er sich den Bart entfernt hatte. Als er mit einem heißen Lappen nachwischte, fühlte er sich seltsam nackt.

Seine Finger tasteten über das Kinn, die Wangen, seine Augen. Die Augenringe saßen so tief, als hätte er sie mit einem Meißel gezogen. Dort, an der Schläfe, war das eine Prellung? Wie war die dahin gekommen?

Er klatschte sich auf die Wangen. Das Asphodelienkraut machte ihn benommen, als befände er sich im Zustand ständigen Erwachens.

Die Familie fand er versammelt vor. Xersi sang leise Lieder vor sich hin, hängte sich an sein Bein und schwang hin und her, als wäre er das Zentrum eines Reigenspiels. Phadhre quengelte, Ezra hielt sie im Arm und zog mit ihr schunkelnd Kreise. Thymiane hatte für sich und Aenne zwei Becher Met gewärmt, der vor ihnen in den Tassen dampfte, Jethro stand am Kamin, Caedes den Rücken zugewandt. Das orangerote Feuer rahmte ihn beeindruckend.

»Sieben Tage sind vergangen«, schnaubte Ezra, der gerade mit dem Baby an Caedes' vorbeizog. »Dass du dich auch endlich mal blicken lässt! Glaube nicht, du könntest mit Aenne auf dem Karren mitfahren, du Trunkenbold! Du gehst zu Fuß, und wenn du die gesamte *Welle* hinunterrollen musst!«

Thymiane sagte nichts, hob nur den Met und trank. Aennes Finger spielten nervös mit dem eigenen Becher.

»Das ist es jetzt?«, fragte Caedes in den Raum. »Wir packen Aenne zusammen und reisen nach Porta, um zu hoffen, dass Modhis Meisterin ein besserer Mensch ist als er? Bin ich der Einzige, der daran zweifelt?«

Der Vater hatte die Arme vor der Brust verschränkt, die Finger der rechten Hand lagen auf dem Bizeps des linken. Man konnte sehen, wie sie gegen die Muskeln trommelten. »Es ist etwas geschehen, während du bewusstlos in deinem Bett hingst«, knurrte er.

Xersi drehte sich um Caedes, immerzu leisen Singsang von sich gebend.

»Und das wäre?«

Ezra schunkelte das Kind an ihm vorbei: »Ich kann nicht fassen, dass du die Treppe hinabgefallen bist! Vater und ich mussten dich hinauftragen!«

Caedes betastete seine Schläfe, zumindest erklärte das die Prellung.

»Genug!« Langsam wandte Jethro sich vom Feuer ab. »Dein Mädchen«, schnappte er in Caedes' Richtung. »Wie war ihr Name?«

»Sie ist nicht mein …«

»Du weißt, wen ich meine, also gehört sie dir! Ihr Name?«

Ein düsterer Blick. »Iox.«

»Iox – sie hat etwas angestellt!

Du weißt, dass man ihr das Gedächtnis nehmen wollte.«

Zögerndes Nicken.

»Die coltairische Hexe kam heute nach Terra Talioni, doch sie kam nicht dazu, Umas Felsenpalast zu betreten.«

Caedes' Augenbrauen verschoben sich. »Wer sollte sie davon abhalten?«

»Ja«, knirschte Jethro mit den Zähnen. »Wer sollte das?«

Caedes, Jethro, Ezra und Aenne standen zu Füßen des mondbeschienenen Palastes. Sie waren nicht die Einzigen – Menschentrauben hatten sich davor versammelt, viele davon gehörten Uma Octavias Dienerschaft an, bei anderen handelte es sich um Freudenmädchen, aber auch Anrainer und vorbeiziehende Händler drängten sich näher.

Näher, aber nicht zu nah. Was daran lag, dass soeben einige Fensterläden aus den Angeln rissen und sich eine glühende, rotgoldene Flüssigkeit in einem gebogenen Schwall vor die Palasttore ergoss.

Menschen schrien. Die Flüssigkeit spritzte zu allen Seiten. Der Geruch von Schwefel platzte aus dem Gebäude, es stank nach Ruß und Asche und …

»Eisen«, stellte Caedes verdutzt fest. »Das ist flüssiges Eisen.«

Jethro hatte die Arme fest vor der Brust verschlungen. Er blickte zu den leuchtenden Fenstern hinauf, hinter denen es glomm und fackelte. »Aye«, brummte er. »Flüssiges Eisen.«

Irgendwo weiter vorn stand eine schwarze Gestalt, die Caedes nur erkannte, weil sie derart laut schrie, dass ihr die Stimme zu reißen drohte.

»Ich bringe dich um, du kleine Schlampe!« Uma Octavia reckte den Zeigefinger empor. »Ich schwöre dir, ich drehe dir den Hals um!«

Sheera stand daneben. Sie trug ein Nachtgewand, was darauf hindeutete, dass sie zu einem ungewöhnlichen Zeitpunkt aus dem Schloss geflohen war. Uma wandte sich um, das Gesicht wutverzerrt. »Du!«, stieß sie aus, den Zeigefinger auf Caedes gerichtet. Ihre abgehackten Bewegungen machten klar, dass sie sich nach der Woche am Pranger nicht uneingeschränkt bewegen konnte. Die Stimme klang heiser, fast krank. »Du wirst ihn umbringen!«

»*Ich?* Wen?«

»Den …« Ein ohrenbetäubendes Grollen verschluckte ihre Stimme. Zuerst klang es, als bräche das brennende Felsenschloss in sich zusammen, doch schon im nächsten Moment verzerrte sich das Grollen zu einem Brüllen, welches sich wie ein infernalischer Brunftschrei in die blaue Nacht erhob.

Caedes kletterte ein Schauer über den Rücken. Das war ein …

»… Drachen! Tötet doch jemand den verdammten Drachen!«

Er schluckte. »Was macht ein Ravennaeischer Metallspeier in Umas Festung?«

Jethro warf seinem Sohn einen knappen Blick zu. »Da musst du schon dein Mädchen fragen.«

»Sie ist nicht …«

»Epena!«, rief jemand hinter ihnen. Aegis Septimus eilte heran. Er hatte sein Pferd einige Straßen weiter zurücklassen müssen, nachdem die Tiere wegen des Getöses durchgedreht waren. »Was geht hier vor?«

»Das hast du davon, du mildherziger Tölpel!«, schrie Uma ihm entgegen. »Dein armes Mädchen hat inmitten meines Palastes einen Drachen beschworen!«

Ein Brüllen, diesmal klatschte wirklich etwas gegen die inneren Palastwände, man konnte hören, wie ein Teil des Felsenpalastes in sich zusammenstürzte. Uma Octavia stieß heisere Flüche aus.

»Was braucht es, um einen Drachen zu beschwören?«, stieß Caedes' entgeistert aus.

Neben ihm, eingehüllt in eine Menschentraube, drehte sich ein alter Mann um. Adalgis Perporri. Er trug sein Grinsen wie einen Orden vor sich her. »Kommt darauf an, welche Magie man anwendet, um diese Beschwörung zu vollziehen. Bei Blutmagie … ein gutes Dutzend Herzen vermutlich. Wobei – wäre es ein ganz besonderes Herz, an einem so besonderen Ort wie Terra Talioni – so reichte vermutlich schon ein einziges. Aber wer kann das schon so genau sagen?«

»Löschen! Jemand muss das Feuer löschen! Wo bleibt das Wasser?«, brüllte Aegis. Einige Soldaten sprangen gehorsam herbei.

»Wasser?«, schrie Uma zurück. »Das ist ein Drache, verdammt! Was glaubst du, kann man mit einem Eimer Wasser ausrichten?«

Etwas bewegte sich im Palast. Einen Moment lang glaubte Caedes zu sehen, wie sich ein riesiger Körper die Fenster entlangschob – ein dunkler Schatten vor gleißendem Orange. Der Untergrund vibrierte.

Gackerndes Lachen, das von Umas Freudenmädchen stammte. Allen voran – Berit. Sie tanzte um einen brennenden Karren. Die Mädchen sangen einen lustigen Reigen, als wäre dies hier der heiterste Tag ihres Lebens.

Und dann – dort oben. Etwas bewegte sich auf einem der höheren Balkone. Zuerst erwartete Caedes den Drachen zu sehen, doch der Schatten schob sich nur winzig über die Brüstung.

»Du!«, schnarrte Uma und streckte den Zeigefinger in die Höhe, als könnte sie Iox damit aufspießen. »Du wirst …«

»Oh, seht mich doch an!«, rief Iox vom Balkon herunter. Ein Satz und sie landete auf der Brüstung wie ein Kätzchen. Ein warmer Windstoß blies durch die Balkontüre und ließ violette, bestickte Seide flattern. »Ich bin Uma Octavia und trage teuerste talanidische Seide!« Eine Drehung, in der sie das Kleid von den Schultern streifte und in die Tiefe gleiten ließ. Es landete in einer glühenden Pfütze und ging in Flammen auf.

»Du wagst es nicht …!«, krächzte Uma, doch Iox war schon wieder verschwunden. Ein ums andere Mal kam sie zurück, immer mehr von Uma Octavias liebsten Sachen segelten vom Balkon.

Kleider wurden zu bunten Vögeln, die hinabflatterten und im geschmolzenen Eisen landeten – wie Phönixvögel zerstaubten sie zu Asche. Parfum- und Alkoholflakons schwirrten wie Sprenggeschosse durch die Luft, zerschellten in tausend Scherben und übertünchten die schwefeldurchtränkte Umgebung für einen kurzen Augenblick mit den Gerüchen von Jasmin, Veilchen und Rosen. Wie Sterne zerstreute sich Schmuck in der Nacht, erleuchtete den schwarzen Himmel und stürzte dann wie Sternschnuppen ins Feuer.

Uma Octavia erging sich in einem gurgelnden Anfall. Die Hände am Mund verkrampft sah sie so aus, als fräße sie ihre eigenen Finger auf.

Ein gewaltiger Knall, der Boden zitterte, der Berg rüttelte und mit ihm der Felsenpalast im Stein. Auch Iox, die gerade auf der Brüstung tanzte, taumelte. Ein unsicherer Blick hinter sich, zurück zu dem Tor, aus dem sie gekommen war – da zersprang die Wand darum in tausend Stücke.

Ein gewaltiger, schwarzgescheckter Reptilienschwanz peitschte durch das Loch und zog sich anschließend wieder zurück. »Das ist dann wohl Euer Bad gewesen, Euer Hochwohlgeboren!«

»Das wirst du mir büßen, du Miststück!«

»Ihr seid herzlich eingeladen, meinen Palast zu betreten!« Eine tiefe Verbeugung.

Da stand sie, die Sklavin Iox, in einem Kittel, ohne Schuhe, ohne Schutz vor Feuer und flüssigem Metall, während hinter ihr ein Drache Umas Palast verwüstete.

Unten johlten Berit und die Mädchen, als gefiele ihnen das Spektakel, als würde es nur für sie aufgeführt.

Irgendwo röhrte der Drache, flüssiges Eisen ergoss sich durch Löcher, als wären es Wasserspeier.

Iox zog sich in den Palast zurück.

»Ich verstehe nicht …« Zuvor noch von Aegis Septimus' Ländereien verbannt, standen sie nun in seinen privaten Empfangsgemächern und bekamen von Florentina Wein eingeschenkt. Florentina reichte Caedes den Kelch. Er nahm an, würde aber den Teufel tun und davon trinken. Auch Aenne griff zu, aber …

Nun, sie hatten alle dazugelernt.

Uma Octavia stand beim Fenster. Im Hintergrund, auf dem anderen Berggipfel, konnte man die Fenster ihres Palastes leuchten sehen. Der Balkon und die zerschmetterte Wand flammte wie ein orangeroter Ball. Ab und an hallte das Getöse des Drachen an den Bergwänden wider. Der Geruch von Rauch und Schwefel zog zu ihnen herüber.

»Ich verstehe nicht«, wiederholte Caedes lauter. »Was tun wir hier?«

Jethro nahm den Kelch entgegen. Aegis erhob den seinen, die beiden Könige prosteten einander stumm zu und tranken.

Sie waren die Einzigen im Raum. »Ein Drache befindet sich in meiner Stadt«, erklärte Aegis dumpf. »Er sitzt im Palast meiner Cousine.«

Caedes stieß ein Lachen aus. »Ich wüsste nicht, was uns das angeht. Wir wurden aus Eurem Reich verbannt, Aegis. Sieben Tage, morgen sind wir fort.«

Ein scharfer Blick des Vaters. »Schweige!« Jethro wandte sich an den Rex Numerabilis. »Und Ihr, Aegis, verschanzt Euch nicht hinter höflich gereichten Weinkelchen! Meine Familie hatte genug davon in letzter Zeit! Sprecht, worum es Euch geht!« Jethros Lippen wiesen keine Weinspuren auf. Er hatte nicht getrunken. Offensichtlich hatte auch er gelernt.

Aegis Augen harrten auf dem König ohne Königreich. »Ich habe mich dumm verhalten, das gebe ich zu. Ich legte dieses Herz in die Hand einer Frau, ohne ihr zuvor das Wissen über Blutmagie zu nehmen.«

Florentina Coronae stand mit ihrem Kelch am Fenster und schwenkte ihn leger, während sie das Feuerwerk auf dem gegenüberliegenden Berghang beobachtete. »Ich weiß nicht«, bemerkte sie leichthin. »So gefällt mir der Palast ganz gut. Eine Festbeleuchtung, möge man meinen!«

Uma warf den Kopf herum. Sie unterdrückte den Drang, der Königin die Augen auszukratzen, drehte das Gesicht stumpf zurück und krallte die Finger fester um den Fensterrahmen.

Aegis Septimus ignorierte die beiden. »Ich gab Iox das Herz, da es ihr gehörte. Ich wusste nicht, dass sie … so etwas damit tun könnte. Es ist …« Er brach ab, sein Kinn sank nieder. »Ich habe augenblicklich veranlasst, dass die Archive, aus denen dieses Wissen stammt, zerstört werden. Meine Garde ist gerade dabei, die Bücher und Schriftrollen zu verbrennen. Die Archive mögen nur für wenige Personen zugänglich sein, doch dieser Sklavin ist es irgendwie gelungen.«

Florentina stieß ein belustigtes Lachen aus. »Du kannst deinen Männern gleich sagen, sie sollen die Bücher in Umas Palast werfen, der brennt ohnehin schon.«

Uma warf sich auf die Königin. Aenne stand dazwischen. »Dafür ist nun wahrlich keine Zeit!«, schnappte sie. »Reißt Euch zusammen!«

Florentina lehnte sich an die Wand, nippte an ihrem Kelch und schenkte Uma ein kleines, süßes Lächeln. Diese wandte sich ab.

»Wie dem auch sei, als Lohn für meine Dummheit sitzt nun ein Drache in meiner Stadt. Dabei stellt sich als vollkommen nebenrangig heraus, dass er in Umas Palast beschworen wurde – aber ihre Festung liegt im Herzen von Terra Talioni. Irgendwann wird der Drache genug davon haben, in einem verfallenen Palast zu wüten und beschließen, das Schloss zu verlassen. Selbst wenn er dann auf geradem Wege aus der Stadt ziehen wollte, müsste er zumindest ein Mal quer durch sie hindurchmarschieren. Ein gewaltiges Vieh, das Metall und Feuer speit! – Das heißt, der Drache muss weg.« Mit einem Ruck wandte er sich an Caedes.

Dieser spreizte die Mundwinkel. Nicht aus Amüsement – ein schockiertes Lachen entfloh ihm. »Das ist nicht einfach ein Drache«, erwiderte er. »Das ist ein Metallspeier! Diese Tiere sind nicht nur besonders groß und außergewöhnlich gut gepanzert, sie sitzen noch dazu mit Vorliebe in der Mitte ihres eigenen, flammenden Erbrochenen! Ihr Gehör …«

»Das ist mir vollkommen gleich«, fauchte Uma vom Fenster her. »Und wenn es sich um Thakna den Drachengott höchstpersönlich handelte! Ihr werdet das Vieh töten!«

»Das – wiederum – glaube ich nicht.«

»Ihr …«

»Uma, du bist wohl die Letzte, die ihn um etwas bitten sollte!«, knirschte Aegis. »Aber sie hat recht, Caedes, ich benötige Eure Hilfe. Ihr müsst diesen Drachen töten.«

»Nein.«

»Nein? Das soll Eure simple Antwort sein?«

»Ja.«

»Warum?«

»Weil ich nicht lebensmüde bin.«

»Ihr seid ein Drachenjäger, verdammt noch einmal!«

»Ein Drachenjäger ja, lebensmüde nein. Das ist ein Metallspeier. Sie zu jagen hat mehr mit Glück als mit Verstand zu tun.«

Uma sah ihn giftig vom Fenster her an. »Dann packt Eure Glücksbringer aus und …«

»Sucht Euch einen anderen Jäger. Dieser hier ist nicht verfügbar.«

Aegis machte einen Schritt auf Caedes zu. »Mir ist klar, dass Ihr uns nicht helfen wollt. Aber das hier ist keine Sachen zwischen mir und Euch! Lasst Umas Palast brennen, man kann ihn wieder aufbauen! Aber was ist mit den Menschen, über die dieses Ungetüm trampelt, mit den Existenzen, die es zerstören kann?«

»Ich bin mir sicher, irgendeine abenteuerlustige Drachentötertruppe wird sich von Euren pathetischen Worten beeindrucken lassen.«

»Glaubt Ihr nicht, ich würde einen anderen fragen, wenn ich das könnte? Aber meine Zeit ist begrenzt! Dieser Drache muss sterben – und zwar so schnell wie möglich! Bevor er hinaus in die Stadt zieht und sie vollkommen dem Erdboden gleichmacht!«

Caedes stand da, die Arme vor der Brust verschränkt, die Lider schoben sich ein, zwei Male über die dunklen Augen. »Nein.«

Aegis wollte schon aufbrausen, als Jethro dazwischenging. »Caedes«, beschwor er. »Terra Talioni mag eine grausame Stadt mit grausamen Regeln sein, aber das heißt nicht, dass all ihre Bewohner es verdient haben zu sterben! Was ist mit unseren Leuten? Mit den fahrenden Händlern, ziehenden Musikanten, all den Reisenden wie wir? Das sind unsere Leute – und wir besitzen die Verantwortung, sie zu schützen!«

»*Du* besitzt die Verantwortung, sie zu schützen – denn du bist der König! Ich bin nur ein einfacher Drachenjäger, der Risiko und Gewinn abwägt, bevor er sich ins nächstbeste Abenteuer stürzt! Die Wahrscheinlichkeit, dass ich diesen Drachen töte, bevor er mich tötet …« Er schüttelte den Kopf. »Nein danke, sucht euch einen anderen Lebensmüden!« Er wandte sich ab und wollte den Raum verlassen.

»Warte!«, rief Uma ihm hinterher. »*Das Mädchen!* Wenn sie überlebt – *falls* sie überlebt, schließlich sitzt sie in einem brennenden Schloss mitsamt einem Drachen fest – kannst du sie haben für … sagen wir eine Woche!«

Caedes winkte lachend ab und entfernte sich.

»Zwei!«

»Mach dich nicht lächerlich, Uma.«

»Einen Monat!«

Er lachte.

»Für dich mag es nichts sein, Jäger, aber was würde es für sie bedeuten?« Ihre Worte hingen wie Federn in der Luft.

Seine Schritte verlangsamten sich, vor der Tür blieb er stehen.

»Ein Monat in Freiheit! Weißt du, was das für sie bedeuten würde? *Freiheit?* Kannst du das überhaupt verstehen? Sechzehn Jahre Gefangenschaft und dann …«

»Du glaubst doch nicht ernstlich, dass ich sie leben lassen kann, nachdem sie …«, polterte Aegis dazwischen, doch Uma hieß ihn mit einer strengen Geste schweigen.

»Ein Monat, Caedes! Ich gebe ihr einen Monat in Freiheit, wenn du mir diesen Drachen erschlägst! Nimm sie fort mit dir, in diesem

Monat, zeig ihr die Welt, schwängere sie, wenn es sein muss! Ich gebe sie dir für diesen Monat, du musst nur das tun, worauf du dich am besten verstehst!«

Langsam wandte sich Caedes um, die Augen zusammengekniffen. »Lass sie frei, für immer. Das wäre zumindest eine Verhandlungsbasis.«

Ein helles Lachen. »Nein, nein – so funktioniert das Spiel nicht! Erinnerst du dich, was Aegis beim Königsgericht sagte? Mit Blutmagie ist es wie mit allem im Leben – man bekommt immer weniger, als man gibt!«

»Das mag sein«, er legte den Kopf schief, »aber dieses Mal wollt Ihr etwas von mir und nicht ich etwas von Euch.«

Ein sachtes, bösartiges Lächeln breitete sich auf Umas blassen Lippen aus. Ihr Kinn ging nieder, sie sah ihn aus umschatteten Augen an, sah ihn an und lächelte. »Es ist eine Frage von Prioritäten. Mein Palast ist zerstört. Und diese Menschen …? Nun, du kannst dir überlegen, wie wichtig sie mir sind.«

»… Uma!«, brummte Aegis entsetzt.

»Aber du, du hast da noch dieses Mädchen. Durch das, was sie verbrochen hat, wird sie am Galgen enden – vielleicht baumelt sie dort bis in alle Ewigkeit. Sie ist am Ende. Aber du, du könntest ihr noch ein paar schöne Wochen schenken. In *Freiheit.*« Sie betonte das Wort sacht, stieß es vorsichtig mit der Zungenspitze zwischen den Zähnen hervor. »Vier schöne Wochen, was sagst du?«

»Vergiss es.« Er drehte sich um und öffnete die Tür. Bevor er sie ganz hinter sich schließen konnte, rief ihm Uma noch einmal hinterher. »*Ein Jahr!*«

Er hielt inne. Nur ein Spalt verriet, dass die Tür noch nicht geschlossen war.

»Ein Jahr, Caedes – mein letztes Angebot!«

Er zögerte. Und weil er zögerte, wusste er bereits, dass er verloren hatte.

XXXIX

Der Eisenpalast

»Ihr müsst uns alles sagen, was Ihr wisst, Perporri!« Ezra zuckte nervös mit dem Fuß, die Bank, auf der er saß, zitterte unter der Bewegung. Als großer Bruder fühlte er sich bemüßigt, die Kontrolle zu behalten. Dass er sie gerade verlor, beunruhigte ihn zutiefst.

Caedes lehnte sich zurück, tippte mit den Fingern auf einen ledernen Bücherband, der einen Titel aus unverständlichen Symbolen trug. Daneben lag ein Blatt Pergament, auf dem Perporri *An Leabhar na Fhuil agus Fheoil* notiert hatte.

Aenne hatte einen Schemel vor die Tür der Leseloge gezogen und sich darangelehnt. Spätestens, wenn sie rückwärts umkippte, wüssten sie, dass ungebetener Besuch nahte.

»Was sagt Ihr zu dem Vertrag?«

Perporri fuhr sich über den Bart. »Wenn Ihr ihn unterschreibt, kommt Ihr nicht mehr heraus, fürchte ich.«

»Das meine ich nicht. Kann Uma sich herauswinden?«

Der ältere Herr hob den Blick. »Niemand kann aus diesem Vertrag aussteigen, wenn Ihr das meint. Jede Partei muss ihren Part einhalten. Ihr habt einen toten Drachen zu liefern, sie ein freies Mädchen. Auf ein Jahr begrenzt, natürlich.«

Caedes nickte. Das zu wissen, war ihm wichtig.

Ezra rieb sich die Augen. »Es geht nicht um den Vertrag, verdammt! Es geht um den Drachen!«

»Natürlich geht es um den Vertrag«, brummte Aenne von der Türe her. »Glaubst du, Uma sei anders als Modhi?«

»Der Drache.« Adalgis Perporri schob das Tintenfässchen zwischen seinen Fingern immerzu im Kreis. »Ja, das wird keine einfache Aufgabe.«

»Iox hat ihn beschworen. Ihr müsst etwas darüber wissen.«

»Ich besitze leider weniger Kenntnis über derlei Materie, als Ihr Euch vermutlich erhofft. Ich fand diesen Band in der Abteilung für Beschwörungszauber. Die Beschwörung, die Iox anwendete, stand unentdeckt zwischen den Seiten. Ich nahm das Buch an mich, um es in die verbotene Abteilung zu bringen. Nach dem Urteil des Königsgerichts habe ich die Seite aus dem Buch gerissen und Iox' Freundin darum gebeten, sie ihr zu bringen.«

»Ihr habt einfach so einem Mädchen einen Drachenbeschwörungszauber zukommen lassen? Seid Ihr noch ganz dicht?«

Er blickte ihn unbeeindruckt an. »Charmant wie eh und je. Ihr wollt Euer Leben für dieses Mädchen riskieren, aber Ihr scheint es nicht wirklich zu kennen. Iox hätte diesen Drachen niemals beschworen, hätte sie darin ein Risiko für ihre Freunde gesehen.«

»Das ganze Schloss liegt in Schutt und Asche. Was soll daran kein Risiko sein?«

»Ihr seid ein Prinz wie jeder andere, Caedes – habt Ihr mit den Menschen vor dem Palast gesprochen? Nein. Ihr standet da, zwischen Uma, Aegis und Euresgleichen. Hättet Ihr das Küchenpersonal gefragt, wären Euch interessante Informationen zu Ohren gekommen.

Denn um einen Drachen zu beschwören, benötigt man zuoberst einmal Platz. Das heißt, Iox muss den Drachen in einer der großen Hallen oder einem der Festsäle beschworen haben. Dann benötigt man Blut. Eine Menge Blut. Und ein Herz. So etwas fällt auf. Glaubt Ihr, niemand würde nachfragen, was sie da treibt?«

Perporris Worte zeigten Wirkung, Caedes' schien nachzudenken.

»Die Schlossbewohner machten sich also eilig daran, das Haus zu verlassen, als sie bemerkten, was hier im Gange war. Diejenigen, die es nicht taten, folgten der Aufforderung alsbald, nachdem das erste Brüllen ertönt war. Die Menschen in Terra Talioni sind nicht lebensmüde – hören sie ein Brüllen, rennen sie wie die Hasen; das hat noch immer geholfen.«

»Die Beschwörung«, lenkte Caedes zum Thema zurück. »Gibt es irgendeine Chance, sie rückgängig zu machen?«

Perporri lachte dumpf. »Nein.«

»Seid Ihr Euch sicher?«

»Ich bin kein Meister der Beschwörungen, aber ich kann Euch versichern, dass die allgemeine Mär, man könne alles, was man herbeizaubert, einfach wieder wegzaubern, nicht der Wahrheit entspricht. Gerade Terra Talioni kann hiervon ein Lied singen. Oft reicht es aus, einen Fluch auszusprechen, da steht schon das nächste Vieh in der Stadt. Das Problem ist, das Vieh wieder fortzubekommen. Da hilft kein Betteln und Flehen, und sicher nicht die sinnlose Weißmagie, die einem die Hexen verkaufen wollen.«

»Sehr interessant, Perporri. Warum gerade ein Metallspeier?«

»Ein was?«

»Der Drache. Ein Ravennaeischer Metallspeier. So heißt die Art.«

»Keine Ahnung. Vielleicht befand er sich gerade in der Nähe?«

Ein Seufzen.

Das Tintenfass drehte sich zwischen Adalgis' Fingern.

»Habt Ihr einen Drachenkenner hier?«

»Ich dachte, ich säße vor ihm?«, erwiderte Perporri spitz.

»Ein Buch«, blaffte Caedes. »Besitzt Ihr ein Buch über Drachen?«

»Lesen könnt Ihr?«, lachte der Alte. »Das nenne ich eine erfreuliche Überraschung.«

Caedes blickte auf, als er bemerkte, wie Ezra ihn anstarrte. »Was?«

Ezra strich sich über die Lippen. »Ich kann mich nicht erinnern, wann ich dich das letzte Mal lesen gesehen habe.«

Ein Grummeln, mit dem der Jüngere wieder zwischen den Seiten verschwand.

Perporri kehrte in die Leseloge zurück, seine Arme voller Pergamentrollen und Bücher. Er stapelte sie fein säuberlich vor Caedes auf den Tisch.

»Hier steht«, bemerkte Aenne von der Ecke her, »Stuesshi und sein Gefolge hätten sechs Ravennaeische Metallspeier erlegt. Dazu sei eine perfekte Arbeitsteilung notwendig – einer müsse den Sprinter mimen, er würde den Drachen aus den Grabhügeln hervorlocken. Gut zu Fuß müsse er sein, denn Reittiere drehten im Allgemeinen durch, näherten sie sich einem Drachen. Ihm zum Vorteil komme, dass der Metallspeier keine Flügel besitze und durch seine stattliche Größe verhältnismäßig langsam sei. Da steht, Stuesshi arbeitete mit einem«, Anne kniff die Augen zusammen, »Sphinx zusammen?« Ein ratloser Blick.

»In unseren Wüsten leben Wandler«, erklärte Perporri. »Sphingen sind Katzenwandler. Sie könnten dem Drachen vermutlich davonlaufen.«

Aenne schluckte. »Dämonen?«

Perporri zuckte mit den Schultern. »In Gilebret treffen wir derlei Unterscheidungen nicht. Es gibt Menschen, es gibt Götter und es gibt Wesen dazwischen. Wir teilen die Welt nicht in Gut und Böse, schön und hässlich, wie Ihr es tut – als wäre all das nicht ein und dasselbe!«

Aenne wandte sich wieder dem Buch zu. »Nun gut – dieser Sphinx läuft voraus, lockt den Drachen in eine Falle. Die Hügel Walkorns halten einige Schluchten bereit, meist werfen sie Steine hinab und …«

»Eine Abenteuergeschichte, wenn ihr mich fragt«, murmelte Caedes. »Abgesehen davon fehlen uns jegliche Grundvoraussetzungen für einen solchen Spaß. Kein Sphinx, kein Läufer, keine Hügel, keine Steine … Obwohl, Steine hätten wir zur Genüge, ich weiß bloß nicht, ob Aegis begeistert wäre, ließen wir sie auf seine Stadt hinabstürzen.« Einen Moment später. »Warum schreibt überhaupt irgendjemand ein Buch über den Stuesshi den Wildschütz?«

»Womit du sagen willst – warum schreibt keiner ein Buch über dich?«, stichelte Ezra. »Vielleicht fehlt deinem Leben die richtige Würze?«

»Mein Leben ist nun wirklich interessant genug für ein Buch!«, protestierte Caedes und schirmte mit dem ledernen Band sein Gesicht ab. »… du wirst schon sehen!«

Perporri entrollte eine Schriftrolle. »Ja, wenn man nur lange genug sucht, findet man sicherlich irgendeinen Dilettanten, der bereit ist, für genügend Geld die Feder zu schwingen!«

Caedes schoss dem Gelehrten über den Buchrand einen düsteren Blick zu.»Hier.« Perporri schob Caedes die Schriftrolle zu. »Der Grundriss von Umas Palast.«

»Woher habt Ihr den?«

»Der Felsenpalast war der erste der beiden Königspaläste. Irgendwann konnte er die Königsfamilie nicht länger fassen, daher baute man einen höheren, üppigeren, größeren. Dort residiert nun Aegis.

In der Tat aber sind die Grundstrukturen von Umas Felsenpalast sehr alt, vermutlich so alt wie die Steinriesen, die unser Tor bewachen. Es liegt im kulturellen Interesse, diese Strukturen zu erkunden und zu bewahren. Meine Kollegin Favilla hat sich über Jahrzehnte hinweg mit den Strukturen des Felsenpalasts auseinandergesetzt, den alten wie den neuen. Das hier sind die Ergebnisse.«

»Na endlich«, brummte Caedes. »Endlich einmal etwas Brauchbares.«

»Natürlich«, bemerkte Perporri pikiert. »Viele anschauliche Bilder, das ist etwas für einen Mann von Eurem Verstand, nicht wahr?«

Die Fenster waren rußige, tote Augen, die auf die Straßen hinabstarrten.

Doch das hatte nichts zu heißen. Bei einem stillen Drachen handelte es sich nicht unbedingt um einen schlafenden Drachen, schon gar nicht, wenn er die Zeit zuvor damit verbracht hatte, das Innere einer Festung von Metall auszuweiden. Vielleicht ruhte er sich aus, döste ein wenig vor sich hin – aber wehe dem, der es wagte, einen Fuß in sein Reich zu setzen.

Die Einzigen, die sich trauten, sich der Festung zu nähern, waren Kinder, die in den erstarrten Eisenpfützen nach Schätzen suchten. Sie schlugen mit Steinen das weiche Gold aus dem Untergrund, das Iox den Tag zuvor vom Himmel hatte regnen lassen.

Ein Mädchen lief krähend an Caedes vorbei, in der gestreckten Hand hielt es einen goldenen Dragoner, vielleicht war es auch ein Medaillon.

Jethro schob sich neben seinen Sohn. »Also?«, knurrte er. »Was tun wir hier?«

»Ich sehe mir die Lage an.«

»Wirkt ruhig.«

»Das mag sein.«

»Ein guter Zeitpunkt?«

»Nein. Ein guter Zeitpunkt wäre ein Brutschlaf. Das aber kann einige Monate bis Jahre dauern, einmal davon abgesehen, dass wir nicht wissen, ob es sich überhaupt um ein Weibchen handelt. In der nächsten Zeit allerdings wird es keine bessere Gelegenheit geben.«

»Wieso?«

»Der Drache hat die Festung in Schutt und Asche gelegt. Überall stinkt es nach Schwefel und Verbranntem. Verzieht sich der Geruch erst einmal, brauche ich gar nicht erst versuchen, den Felsenpalast zu betreten. Der Drache würde mich riechen, sobald ich einen Fuß über die Schwelle setzte.«

Jethro schob ein wenig unwohl die Schultern hin und her. »Was wirst du tun? Einfach zur Fronttüre rein?«

»Würde vermutlich keinen Unterschied machen, wäre der Drache allein.«

»Wie bitte?«

Caedes schob überlegend den Unterkiefer vor und zurück. »Iox ist bei ihm. Und ich glaube nicht, dass es ihr gelegen kommt, wenn jemand den Drachen tötet, den sie sich zum Schutz vor Uma Octavia beschworen hat.« Er trat zu einer Schar Kinder hin. »Hey, ihr! Habt ihr Lust, euch etwas dazuzuverdienen? Ich habe eine Aufgabe für euch.«

Da standen sie nun in der Roten Straße und sahen zu, wie sich Caedes mit Dreck einrieb, den ihm die Kinder mit größtem Vergnügen zusammengesucht hatten. Schlamm, Staub, Kiesel, Schlick, Kohle, Asche – alles, was sich rund um Umas verfallenem Palast finden ließ, wurde in Eimer geräumt und mit strahlenden Gesichtern dem Drachenjäger gebracht, der den Kindern dafür ein paar Rhonen zahlte.

Ezras Nase befand sich in einem Zustand ständigen Gerümpftseins. »Ist das wirklich notwendig?« Er wich zurück, als Caedes die schmierige Schicht auf seinen Schultern verrieb. »Wenn du mich fragst, solltest du dir lieber eine ordentliche Rüstung suchen, anstatt dich im Dreck zu wälzen!«

Caedes griff großzügig in den Eimer und verteilte den Schlick auf der ledernen Hose.

»Hm«, kommentierte Jethro, die Stirn in misstrauische Falten gelegt. »Sicher, dass ich nicht mitkommen soll?«

»Wie viele Drachen hast du schon erlegt, Vater?«

»Einen.«

»… tatsächlich?«

»Ja, im ersten Krieg der Freien Inseln. Eine Seeschlange griff damals unsere Barke an.«

»Klingt sehr spannend. Aber nein, ich gehe ohne dich. Du bist groß und plump – sollte der Drache schlafen, weckst du ihn nur auf.«

Ein Klaps auf den Hinterkopf. »*So* plump bin ich! Erweise deinem Vater gefälligst Respekt!«

Caedes rieb sich den Hinterkopf, während Jethro die eigene Hand am Mantel abwischte. »Ich kann nicht glauben, dass du das tust!«

»Das war es doch, was du wolltest? Terra Talioni und seine Bewohner retten, schon vergessen?«

»Wenn du es für Terra Talioni und seine Bewohner tätest! Aber das alles nur wegen deines Mädchens …«

»Ich …«, protestierte Caedes, wurde jedoch von Aenne unterbrochen, die auf einem Mauervorsprung saß, den Gehstock zwischen die Beine geklemmt.

»Je öfter du es sagst, Vater, umso mehr bestärkst du ihn nur.«

Jethro stieß ein Grummeln aus und bückte sich nach dem Waffengurt. Er trat an seinen Sohn heran und legte ihm die Waffen um. Caedes ließ ihn gewähren.

»Und … du bist sicher?«, fragte Aenne von der Mauer aus.

»Perporri zeigte mir die Pläne. Von der Roten Straße führen Abwasserkanäle direkt hinauf ins Schloss.«

»Aber … das Wabba-Wabba!«

»Hat seinen Standort hoffentlich seit dem letzten Mal nicht verändert. Perporri nennt es den Tod der Roten Straße. Er vermutet, es könnte das Nebenprodukt einer magischen Beschwörung sein.«

Ezra trat zu Caedes und befestigte zwei Fackeln an dessen Schultergurt. »Für den Notfall.« Einen Beutel mit Zunder und einem Kafritschen Teufel hängte er an seinen Gürtel. »Und das hier«, er küsste den Jüngeren auf die Wange, »ist von Thymiane.«

Caedes' Augen blitzten verräterisch. »Den hätte sie mir ruhig persönlich zukommen lassen können.« Damit handelte er sich die zweite Kopfnuss an diesem Tag ein.

Zuletzt rutschte Aenne von ihrem Platz und ging auf ihn zu. »Ich bin besorgt«, sagte sie. »Was, wenn der Drache bereits auf dich wartet?« Einen Schritt näher, ihr Mund an seinem Ohr. »Was, wenn Iox bereits tot ist?«

Er küsste sie auf die Stirn. »Ein wenig mehr Vertrauen in den Mann, der alles kann!« Er streckte die Arme, spielte den Lässigen.

Sie rollte mit den Augen und haschte nach seiner Hand, um ihn heranzuziehen und zu umarmen, Dreck hin oder her. »Kehre heil zurück.«

Er antwortete nicht, löste sich nur nach und nach aus ihrem Griff, der so eisern war, als hätte sie bereits ihre alte Kraft zurückerlangt. Dann bückte er sich hinab zum altbekannten, rostigen Eisentor und hoffte, dass er dem Tod der Roten Straße diesmal nicht begegnen würde.

Offensichtlich hatte es an Caedes' Ausrüstung nicht viel zu nähren gegeben, denn der Verdauungsschlaf des Monsters hatte anscheinend nicht sehr lange angehalten. Eine halbe Stunde seit seinem Abstieg in die Kanalisation befand sich Caedes in einer Situation, die er eigentlich unter allen Umständen hatte vermeiden wollen – auf der Flucht vor einem Monster, das sich überraschend rasch durch das Abwasser bewegte.

Das Monster walzte hinter ihm her.

Weiter, weiter, weiter!, keuchte Caedes und warf die Beine in die Höhe, um das wadentiefe Wasser zu überwinden. *Höher hinauf!*, feuerte er sich an.

Er federte um die Ecke. Es roch verbrannt, war es die Fackel oder der Felsenpalast? Immer weiter, hinter ihm stampfte das Monstrum.

Wind rauschte an ihm vorbei, riss an der Fackel, entriss ihr beinahe die Flamme – da bemerkte er es! Es wurde heller, dort vorn, noch winzig, aber deutlich, unverkennbar: ein weißes Loch, das musste ein Ausgang sein!

Mit aller verbliebenen Kraft trieb er sich an, raste auf das Licht zu, und erhaschte gerade noch den Rand des Durchbruchs, um sich festzuhalten. – Vor ihm fiel der Fels steil ab. Ein weiterer Schritt und Caedes wäre in die Tiefe gestürzt und irgendwo auf den spitzen Dächern Terra Talionis zerklatscht.

Ein Blick hinauf. Fels so weit man sehen konnte. Weit über ihm ein paar Fenster und Balkonanlagen, die rückwärtig zum Schloss hinausführten. Sie schienen unerreichbar.

Hinter ihm der Tod der Roten Straße, der den Tunnel gänzlich ausfüllte. Gnade kannte dieses Monstrum nicht, es walzte näher, quetschte Wasser und Unrat als stinkende Matschlawine vor sich her.

Caedes warf die Fackel vom Berg hinab – er hatte keine Wahl, er musste es einfach riskieren! Er sprang, bevor sich seine Finger um die Kante des Felsens krallen konnten. Sein Körper schlug hart gegen den Stein, aber er hielt sich. Mit der letzten Kraft schwang er sich die Wand empor.

Überraschend wendig überbrückte er die ersten paar Ellen, bis er den Fehler machte, einen Blick nach unten zu werfen. Ein Stück des silbrigbleichen Wabba-Wabbas ragte aus dem Loch, sein Skelett wand sich unwohl in der formlosen Masse.

Caedes' Fuß rutschte aus der Halterung, sein Körper sackte nach. Allein die Finger waren es, die ihn noch hielten. Er taumelte, Kies rieselte an ihm vorbei und prallte auf das Ungetüm unter ihm, doch Caedes zwang die Augen in die Höhe, hinauf zu seinen Fingern, die zwischen den Spalten verschwanden. Er spannte die Muskeln an und zog sich in die Höhe.

Kein Blick zurück. Er konnte es sich nicht leisten, ein weiteres Mal den Halt zu verlieren.

Zehen tasteten nach dem nächsten Felsspalt.

Wie eine Spinne erklomm er die Felswand zu Umas Palast.

Mit einem kraftvollen Ruck riss er den Fensterladen aus der Angel und zog sich in das Innere des Gebäudes. Er merkte kaum, wie er zu Boden knallte. Seine Finger schmerzten, seine Arme schmerzten, sein Rücken schmerzte – einen Moment lang konnte er nichts anderes tun, als sich zusammenzukrümmen.

Schritt eins wäre hiermit erledigt. Er hatte den Felsenpalast erreicht. Nun galt es, Iox, der Drachenbeschwörerin, aus dem Weg zu gehen und ihren Drachen zu töten.

Er verschwendete einige Minuten damit, seine Arme zu massieren und rappelte sich dann auf, um den Felsenpalast näher zu erkunden.

Hinaus auf den Gang. Die Räumlichkeiten am hinteren Teil des Schlosses wirkten eilig ausgeräumt, wiesen sonst aber kaum Spuren von Zerstörung auf. Erst als Caedes tiefer in die verwirrenden Felsengänge vordrang, stieß er auf Spuren der Verwüstung. Er kämpfte sich durch stickige Gänge, die Wände rußgeschwärzt, Wandbehänge, Teppiche und Truhen zu Asche verkohlt. Ascheflocken stoben bei jedem Schritt auf. Die Flammen mussten durch die Gänge gewandert sein, bis sie am bloßen Stein verhungert waren.

Erste Anzeichen aktiver Zerstörung – eingestürzte Wände, Felsbrocken, der penetrante Gestank von Schwefel, der durch die Gänge zog. Krallenspuren, die Reste eines gewaltigen Kronleuchters, den das Biest vermutlich verspeist hatte, um an mehr Eisen zu gelangen. Zwischendecken und Fußböden protzten vor Löchern, manchmal konnte man mehrere Stöcke weit sehen. Der Boden strahlte eine eigentümliche Wärme ab.

Als Caedes den Gang verließ, um einer in Stein gehauenen Treppe zu folgen, merkte er, wie sich die Struktur des Untergrundes veränderte. Er ging in die Knie, seine Finger fuhren über die getrübten Stufen. Erstarrtes Eisen kratzte an seinen Fingernägeln.

Caedes glitt vorsichtig weiter, Stufe für Stufe. Die Treppe schmiegte sich am Rand des Raumes hinab, durch die bogenförmigen Fenster reckte sich erstarrtes Eisen wie graue Zungen in die Tiefe. Die Stufen verloren zusehends an Form, überschwemmt mit Metall. Caedes rutschte vor. Er stieß sich an etwas, das ein Stück Bratenspieß gewesen sein mochte – der Metallspeier hatte offensichtlich das Kücheninventar verspeist.

Ein Rauschen wanderte die Treppe hinauf.

Caedes erstarrte. Vorsichtig rutschte er zur Seite. Ein Blick in die Tiefe.

An die Treppe gelehnt, in einem erkalteten Nest aus Eisen, döste der Drache vor sich hin. Sein schwarzer Kamm zitterte, als er ein Schnauben ausstieß – ein Schnauben, das eine Drohgebärde wie auch ein wohliges Seufzen sein konnte. Dunkle Platten reihten sich dicht an dicht über dem muskulösen Körper. Flügellos, besaß er die typischen Proportionen eines Feuerdrachen – höher und massiver als die wendigen gilebretischen Erdechsen, mit einem kräftigen, verhornten Schweif ausgestattet, der zum Peitschen und Schlagen taugte. Den Unterleib schützte ein dunkelblaues Schuppengeflecht, das sich hinauf zum breiten Nacken zog, in dem die Feuerblase wie auch zahlreiche Schmelzmägen saßen. Schwarze Zotteln rahmten Kopf und Schultern sowie die krallenbewährten Füße. Ein Drache, der sich in Gefahr sann, konnte seine Hautkämme zu erschreckender Größe aufplustern – und Drachen rochen immer Gefahr, sobald sie sich in der Gegenwart von Menschen befanden.

Caedes konnte sehen, wie sich der Körper des Ungetüms unter stetigen Atemzügen hob und senkte. Drachen dösten Wochen, manchmal sogar Monate, bevor sie in einen Schlaf versanken, der intensiv genug war, sodass sie nicht mehr durch kleinere Geräusche erwachten. Der Straßenlärm Terra Talionis, der durch die Fenster zog, kam Caedes gerade recht – er übertönte die von ihm verursachten Geräusche.

Vorsichtig glitt er weiter, immer am Rand der Treppe entlang. Er umrundete den Drachen in angemessenem Abstand und hielt abrupt an, als er ein zweites Bündel entdeckte, das vor dem Leib des Tieres zusammengerollt lag.

Ein Drachennest? Unsinn, Drachen bauten keine Nester aus Kissen und Decken! Ein blonder Haarschopf lugte zwischen bunten Flicken hervor.

Bei Holler – der Drachenjäger hatte sein Mädchen gefunden! Wie hatten sich die Zeiten verändert, dachte er, da die Mädchen nicht länger Prinzessinnen waren und nun mit den Drachen gemeinsame Sache machten, die es zu erschlagen galt!

Caedes könnte an Iox vorbeischleichen und dem Drachen das Schwert ins Hirn rammen. Allerdings besaßen die Tiere die unschöne Angewohnheit, brüllend um sich zu schlagen, sobald sie starben.

Caedes könnte sein Glück versuchen und Iox einfach liegen lassen. Schließlich war es ihre dumme Idee gewesen, einen Drachen zu beschwören.

Fast hätte er gelacht. Wem machte er hier etwas vor. Er würde sie doch nicht zurücklassen können.

Die letzten Stufen schlitterte er hinab – sie waren unter all dem Eisen nicht mehr auszumachen – und landete mit einem weichen Satz auf dem hügeligen Untergrund.

Der Drache grunzte. Bewegung kam in seinen Rückenkamm, wie unter einem Gänseschauer hoben sich die Zacken. Ein Schnaufen – dann wieder Stille.

Ein Schritt, und noch einer. Wie hatte Aenne gesagt? Ein leises Mäuschen müsse man sein, leise, leiser, am leisesten … Seine Stiefel fuhren über Brocken Mauerwerk und verursachten ein unangenehmes, kratzendes Geräusch.

Caedes kniff die Augen zusammen. Das konnte doch nicht wahr sein!

Immer noch Stille.

Das Ungetüm harrte wie ein gewaltiges, schwarzblaues Massiv in der Eisenkuhle.

Weiter, noch weiter, immer bedacht, weder den Drachen, noch den Boden vor seinen Füßen aus den Augen zu lassen. Über einen Haufen Eisen hinweg, stieg er in die Senke hinab, zu dem Bündel aus Flickenteppichen. Er ging in die Knie, wie eine Katze kroch er nieder und direkt an den blonden Haarschopf heran.

Der Griff war sorgsam gesetzt, so sorgsam, dass kein Wort durch seine Hand dringen konnte. Er drückte Iox nieder, sein Mund dicht an ihrem Ohr. »Still.« Beinahe lautlos gesprochen und doch schlug Caedes das Herz bis zum Hals.

Iox wand sich unter ihm wie eine Schlange, versuchte, seine Hand abzuschütteln, ihre Zähne gruben sich in seine Finger, doch er blieb eisern. Den folgenden Satz in der Gegenwart des Drachen auszusprechen, schien ihm wie ein Sakrileg. »Wenn er erwacht und um sich schlägt, sind wir beide tot!«

Ein Blick hinüber zum kammbesetzten Berg, der sich unter Atemstößen hob und senkte. Nichts. Der Lärm Terra Talionis musste das Tier nahezu taub machen.

Caedes schob seinen linken Arm wie eine Fessel um Iox' Körper, die rechte Hand fest auf ihren Mund gepresst, und zwang sie in die Höhe. Sie zeigte sich widerspenstig, ihre Füße schleiften beängstigend laut über das bucklige Eisen. »Sei ein artiges Mädchen«, raunte Caedes, »und fordere deine regenerativen Kräfte nicht unnütz heraus.«

Das schien zu helfen, ihre nackten Füße folgten seinen Schritten, zurück, zurück, immer einen Schritt zurück. Sein Kinn in ihrem Nacken, bewegte er sich durch einen Nebel ihres Geruchs, was ihm den eigenen Zustand – Kloakenduft – nur noch bewusster machte. Der Drache schien es nicht zu bemerken.

Seltsam, sehr seltsam, dachte er.

Caedes zog Iox zu einem großen Wandloch, vermutlich vom Leib des Drachen höchstpersönlich geschlagen. Hinaus auf den Gang, um die Ecke, dort drängte er Iox an die Wand. »Ich werde diesen Drachen töten«, murmelte Caedes. »Und du hältst besser die Klappe, oder ...«

Ein langgezogenes Heulen. Die Erde knirschte, als sich etwas Massiges erhob. Ein peitschendes Geräusch, die Wände erzitterten.

Caedes' Hand verrutschte.

»Meine Körperteile wachsen nach, wie sieht es mit deinen aus?«

Der Drache war wohl doch nicht so taub, wie Caedes gehofft hatte. Er war selbst schuld, wenn er hier Ansprachen hielt!

Ein weiterer Schlag, der Boden wankte, Caedes mit ihm. Iox nutzte den Moment und entschlüpfte seinen Armen, über die Flut an gehärtetem Eisen hinwegspringend wie ein Sommerhase.

Caedes kam nicht dazu, einen zweiten Gedanken daran zu opfern. Im nächsten Augenblick prallte der Drache gegen die Wand und schob sie wie ein Blatt Papier um. Caedes verdankte es dem Glück, dass er diesen Angriff überlebte – er wurde so weit zurückgeschleudert, dass er eine

Rampe aus geschmolzenem Eisen hinabrutschte. An ihm vorbei polterte ein Felsbrocken und krachte in die Wand.

Die nächsten Bewegungen geschahen ganz von allein. Er fand sich auf seinen Füßen wieder, sah zwischen rollenden Steinen blondes Haar verschwinden und folgte der hakenschlagenden Iox nach.

Sie verhielt sich wendiger, als Caedes ihr zugetraut hätte. Zwischen dem bröckelnden Mauerwerk tanzte sie wie eine Gämse, keinen einzigen Tritt verfehlend. Caedes geriet in eine Geröllawine, es kostete ihn Zeit und Kraft, sich durch das Feld an Kieseln zu kämpfen.

Am Ende der Treppe hatte sich geschmolzenes Eisen vor dem Ausgang getürmt und war dort gehärtet wie an einem Damm. Den einzigen Ausweg bildete ein schmaler Spalt an der Spitze der Türe. Caedes, der sich den Schweiß aus der Stirn wischte, sah noch, wie Iox den Hügel erklomm und ohne Zögern durch das Loch rutschte.

Hinter ihm ein Brüllen, nein, viel mehr ein Röhren, das ihm das Blut in den Adern gefrieren ließ. Diese Art Gebrüll aus dem Maul eines Feuerdrachen zu hören, war nie ein gutes Zeichen.

Ein Satz auf den Hügel, doch er rutschte ab.

Hinter ihm das seltsame Geräusch, als flüssiges Eisen über eine harte Oberfläche floss. Ein Blick zurück – eine rotorange Fontäne, die aus einem weit aufgerissenen Drachenmaul flutete, hinab zu Caedes, der auf allen Vieren wie ein Affe die steile Eisenwand zu erklimmen versuchte.

Das schwarzblaue Ungetüm stampfte weiter, stapfte dabei durch das eigene Erbrochene. Caedes fädelte die Beine durch den Spalt und verhakte sich mit dem Schwert.

Er konnte sehen, wie der breite Nacken des Tieres zuckte, wie die Muskeln kontrahierten, wie die Hautkämme unter der Bewegung vibrierten. Der Drache versuchte, weiteres Eisen zu speien, doch es gelang ihm nicht – vermutlich hatte er seine Reserven verbraucht.

Caedes' rief ein Stoßgebet an Epena, fasste das Schwert und zwang sich durch den Türspalt.

Er rutschte den Eisenberg hinab und warf sich um die Ecke. Mit einem Ruck riss er sein Schwert hervor.

Der Drache prallte gegen die Wand, Staub rieselte von der Decke, doch das Eisen, das rund um die Steinschicht erstarrt war, wirkte wie eine natürliche Befestigung. Die Wand hielt.

Caedes konnte das blauschwarze Schuppengeflecht vorbeigleiten sehen, ein Brüllen gefolgt von einem kurzen Moment der Stille, dann ein zweiter Aufprall, diesmal heftiger. Dieses Tier war gewohnt, sich durchzusetzen.

Der Jäger warf den Kopf herum und suchte nach Fluchtmöglichkeiten. Zersprungene Fenster, zu hoch über der Stadt. Eine Tür, durch die Metallberge unbrauchbar geworden. Eine fehlende Wand, hinter der ein gewaltiger Durchbruch sowohl im Fußboden wie auch in der Decke prangte. Der Raum dahinter wies Krallen- und Fußspuren auf.

Caedes hechtete zu dem Loch. Mehrere Stockwerke in die Tiefe fehlte der Boden. Ein fauliger Gestank trieb herauf, unten glänzte Wasser. Er riss das Kinn in die Höhe.

Das waren Uma Octavias Baderäumlichkeiten, oder zumindest das, was von ihnen übrig war.

Der Fußboden zitterte, als sich der Drache ein drittes Mal gegen die Wand warf. Ein klägliches Heulen, das durch Mark und Bein ging.

Caedes warf den Kopf herum. Ohne Fluchtmöglichkeit mit einem wütenden Drachen im selben Raum bedeutete ein sicheres Todesurteil.

Ein paar Schritte wich er zurück, steckte das Schwert in die Scheide und holte tief Luft.

Er begann zu laufen.

Ein ohrenbetäubendes Kreischen, der Drache knallte gegen die Wand und brachte sie zu Fall, Caedes federte über das Loch hinweg.

Ein Fuß erwischte die Kante, der andere rutschte ab. Caedes warf seinen Oberkörper nach vorne, das rechte Bein hing in der Leere. Er steckte all die verbliebene Kraft in das linke Bein und katapultierte sich damit über den Rand.

Hinter ihm knackte Stein, ein Donnern, das aus der Kehle des Drachen stammte. Das Biest warf den Kopf herum und entdeckte die kleine Gestalt am anderen Ende des Loches. Ein, zwei schwere Schritte. Der Drache passte genau durch die Lücke. Ein Satz und seine Vorderbeine krallten sich in den Rand gegenüber. Da hing er, nur den Bruchteil einer Sekunde, nur ein paar Schritte von Caedes entfernt, der am Rücken der Bestie hinaufsah, hin zu dem mit Nackenkämmen gespickten Schädel.

Der Jäger nutzte den Augenblick, wuchtete sich in die Höhe, riss dabei das Schwert aus der Scheide und sprang über einen Haufen Geröll, um dem Drachen das Schwert ins Hirn zu rammen.

Der Metallspeier warf den Kopf zur Seite. Der Jäger wurde gegen die Lochkante geschmettert, die sich wie Zähne in seinen Rücken grub.

Ein helles Kreischen. Ohne Widerstand war das Schwert durch die Augenhöhle geglitten und steckte nun eine Handbreit über dem Heft im Schädel des Giganten.

Der Drache taumelte, sein Bauch sackte ein Stück in die Tiefe, der Rand der Bruchstelle bröckelte. Dann, ein wütendes Rasseln aus tiefster Kehle, ein würgendes Geräusch, mit welchem er offensichtlich doch noch irgendwo Metallreserven aus seinem Inneren zusammenkratzte – und schon ergoss sich glühendes Eisen vor Caedes' Füße. Ein Schrei, als sich Eisenspritzer durch seine Kleidung sengten und mit seinem Fleisch verschmolzen. Caedes versuchte, der Pfütze auf allen Vieren auszuweichen, kam irgendwie wieder auf die Beine und kroch vom Drachen fort. Sein Glück, denn der Metallspeier stemmte sich bereits wieder auf die Vorderbeine und kletterte in den Raum.

Der Drache war nicht tot. Entweder steckte das Schwert nicht tief genug, oder aber die Klinge hatte sich gerade so ungünstig durch die Hirnwindungen gebohrt, dass es das Tier nicht weiter störte.

Wie auch immer – der Drache lebte, war stinksauer und Caedes' Schwert befand sich nicht länger in seinem Besitz.

Hastig stand der Jäger auf. Er gewann ein paar Sekunden, als die Bestie mit dem zerbröckelnden Rand kämpfte und sprintete um die Ecke. Die Fußspuren im Untergrund bezeugten, dass der Drache diesen Weg bereits einmal bestritten hatte – er konnte daher kaum in einer Sackgasse enden.

Die grausigen Geräusche niederbrechender Räume folgten Caedes auf seiner Flucht. Treppen hinauf, einen Gang entlang, der Drache rauschte hinterher.

Sein Bein brannte, das Eisen hatte sich tief ins Fleisch gebohrt. Er spürte, wie sein Schrittfluss einen unregelmäßigen Takt annahm. Seine Hand suchte unterstützend nach der Wand. Er schwächelte. Das war schlecht. Merklich schlecht.

Er rieb sich mit der Hand über den Oberschenkel, doch der Schmerz wurde nur noch unerträglicher. Am Ende der Treppe angekommen, schnappte Caedes nach Luft. Nur ein kurzer Moment, ein kleiner Augenblick der Ruhe …

Hinter ihm schob sich das blauschwarze Ungetüm um die Ecke, trampelte über den Ansatz der Treppe und schlang sich empor.

Weiter. Weiter! Dort vorn, zwei Türen, eine links, eine rechts. Caedes zog den Blick vom Drachen fort, hin zum linken Durchgang – eine schmale Wendeltreppe – hinüber zur rechten Türe, die er mit den nächsten zwei, drei Sätzen erreichte.

Heftig rammte er die Fersen in den Grund.

Er sah Iox' Gesicht kaum länger als einen Augenblick, als sie ihm die Hände in die Seite rammte. »Wirst du wohl endlich verschwinden!«

Mit vielem hatte er gerechnet, aber nicht, dass sie genug Kraft besäße, um ihn ernsthaft ins Wanken zu bringen. Ein Aufschrei, dann polterte er schon durch die zweite Tür die Wendeltreppe hinab.

Ein Mordversuch, ganz eindeutig!, zürnte er innerlich.

Er raspelte die abgetretenen Stufen hinab. Über ihm ein zorniges Brüllen. Der Drache warf sich gegen die schmale Öffnung. Ein wütendes, frustriertes Jaulen ertönte.

Der Jäger rappelte sich auf und machte sich daran, dem Verlauf der Treppe zu folgen. Am Ende angekommen, erwartete ihn eine Überraschung – er stand am Anfang einer unberührten Prunkkammer, in der Uma Octavia aufwendig gestaltete Rüstungen, Waffen, Wappen und Siegel, herrliche Kelche und Königsschmuck aufbewahrte.

Er brauchte ein Schwert. Er brauchte eine Waffe, irgendetwas!

Caedes hastete an einigen Paraderüstungen vorbei, untersuchte mit fliegenden Fingern die Waffen, die jene in den leeren Handschuhhänden hielten. Prunkwaffen besaßen zwar ein prächtiges Erscheinungsbild, waren aber nie zum Kämpfen geschmiedet worden.

Er stürzte an einem Wandteppich mit dem Talionischen Auge vorbei und passierte eine Reihe an der Wand befestigter Waffen – eine coltairische Streitaxt, ein walkornischer Morgenstern und ein Kriegshammer, der vermutlich aus der Küstenregion stammte.

Daneben reihten sich weitere Rüstungen – einzelne, verzierte Brustharnische, uralte Knochenrüstungen und mit Zierrat geschmückte Eisenblechrüstungen aus der phalanxischen Hochzeit. Caedes fischte einem Harnisch das Schwert aus den ledernen Handschuhen. Eine Goldgriffspatha, die Scheide reich verziert und mit Schwertperlen besetzt.

Caedes riss das Schwert aus der Hülle und wiegte es in der Hand. Unförmig lag der Griff in seinen Händen, die Klinge war lang und unausgeglichen. *Unbrauchbar.*

Ein Blick zurück zu Streitaxt, Morgenstern und Kriegshammer. Einfache Kampfwaffen, wohl von persönlicher Bedeutung. Caedes hatte sich nie als Axt-, Morgenstern- oder Kriegshammerkämpfer gesehen, doch was nicht war, konnte sich ändern. Er trat zu Letzterem und löste ihn von der Wand – ein Habichtschnabel, seitlich langgezogen und zugespitzt, sodass man ihn in die Lücken von Rüstungen schlagen konnte. Und was war ein Drachenpanzer schon anderes als ein Schienenpanzer?

Apropos Drache. Der hatte sich in der letzten halben Minute seltsam ruhig verhalten. Vielleicht hatte er …

Mit einem Brüllen brach der Drache durch die Decke.

Deckenteile fielen in großen Stücken auf Caedes herab. Den Moment, den er dazu hätte nützen können, vorzusetzen und dem Drachen den Habichtschnabel zwischen die Schuppen zu schlagen, verbrachte er damit, die Arme in die Höhe zu reißen und sich vor herabfallenden Lehmbrocken zu schützen.

Der Drache warf seinen Kopf vor, überraschenderweise nicht in Caedes' Richtung, sondern in die Richtung eines Brustharnisches. Das Metall knirschte, als das Tier es einfach zerbiss.

Das war der Moment. Caedes könnte fliehen. Jetzt, zur anderen Seite des Raumes hinaus, hinaus aus dem Palast, direkt durch das Fronttor. Er könnte fliehen, Terra Talioni mit seinen Problemen zurücklassen, ohne jemals wieder einen weiteren Gedanken an diese Stadt zu verschwenden.

Aber wenn er lief, würde ihm der Drache folgen. Inmitten eines Haufens Menschen, unter denen zumindest ein paar waren, die es nicht verdient hatten, zu sterben.

Der Moment verstrich und Caedes sprang vor, die Unachtsamkeit des Drachen nutzend. Das Tier warf den verhornten Schweif zur Seite. Ein Satz, über den Schwanz hinweg, in welchem sich die Muskeln wölbten. Unter dem zweiten Peitschenhieb tauchte er hinweg, nutzte den Schwung und holte mit dem Kriegshammer aus.

Der Metallspeier sah den Mann kommen und schnappte nach ihm. Caedes wich aus und hackte in das weiche Fleisch des Unterkiefers, riss zwischen den Hautkämmen hindurch und ließ das Tier vor Wut heulen. Dann kam das Gurgeln, der Nacken blähte sich.

Caedes versuchte nicht, einen zweiten Angriff zu landen, sondern sprang über die Lehmbrocken hinweg zur Wendeltreppe. Hinter ihm ergoss sich geschmolzenes Metall auf den Fußboden.

Wunderbar!, schimpfte er. – Er hatte den Drachen quasi ins Drachenparadies geführt. All die Schätze, die Uma Octavias Rüstungskammer bot, landeten nun in seinen Schmelzmägen.

Caedes hastete die Wendeltreppe hinauf. Seine Seite brannte – Anoushs Schnittwunde musste wieder aufgeplatzt sein – Bein und Arm schmerzten von den Verbrennungen. Dennoch lief er weiter, denn er besaß keine andere Wahl.

Oben angekommen konnte er das Loch sehen, durch das sich der Drache in die Rüstungskammer gegraben hatte. Fressgeräusche drangen nach oben, als das Tier das knisternde Eisen herunterwürgte. Es roch wie im Inneren einer Schmiedekammer.

Ein rascher Blick hinunter, doch der Drache hatte sich außer Reichweite begeben.

Dann – ein winziger Moment der Stille.

Ein Knall, der Boden erzitterte. Der Drache nahm die Verfolgung auf und es war ihm gleich, ob dabei Wände oder Böden im Weg standen.

Caedes folgte den Verwüstungsspuren und wunderte sich nicht weiter, als er durch eine Öffnung zurück in die Halle gelangte, in der er den schlafenden Drachen gefunden hatte. Er warf den Kopf herum. Kein Ausweg. Die einzige Chance, die er besaß, war es, sich im hinteren Teil des Schlosses zu verschanzen.

Er hastete zum Treppenansatz, als der Metallspeier durch das Loch krachte. Sein Nacken pulsierte, jederzeit fähig, einen glühenden Tod zu entlassen.

Caedes rannte die Treppe hinauf, kämpfte mit der rutschigen Metallkruste. Der Drache trampelte durch sein eisernes Nest und hielt auf den Jäger zu, der in einer Spirale die Wand entlanglief, um zur oberen Tür zu gelangen.

Einen Moment lang wirkte es, als dächte das Ungetüm tatsächlich darüber nach, ihm über die schmalen Stufen zu folgen, dann trat es jedoch an die ringförmige Treppe heran, hob sich auf die Hinterbeine und reckte seinen Kopf über die Stufen.

Das Maul öffnete sich und ein Strahl geschmolzenen Metalls ergoss sich über die Treppe, hielt direkt auf Caedes zu. Der Jäger versuchte abzubremsen, doch dann trugen ihn seine Füße zum Rand der Treppe. Den Kriegshammer umfasst, katapultierte er sich von den Stufen auf den speienden Drachenschädel zu, auf diese groteske Version eines

Wasserspeiers. Tropfen glühenden Eisens trafen ihn, brannten sich in seine Schulter, doch selbst wenn er gewollt hätte, hätte er nun nicht mehr stoppen können.

Der Habichtschnabel grub sich in das verbliebene Auge des Drachen. Der Schwung warf Caedes gegen dessen Nacken, der Schwall aus flüssigem Eisen wurde zur Seite gerissen.

Einen Augenblick lang baumelte der Jäger noch, dann riss der Dorn des Kriegshammers aus der Augenhöhle.

Mit einem Schrei stürzte Caedes zehn Schritte tief zu Boden. Er versuchte noch, sich zu wappnen, doch alles geschah viel zu schnell – er schlug ungebremst auf und verlor das Bewusstsein.

XL

Der Blinde

Der Drache sank mit einem gequälten Laut zurück auf alle viere und rieb sich den verletzten Schädel an der Wand, als könne er damit die Schwärze vor seinen Augen vertreiben. Der Schweif peitschte nervös hin und her, als hoffte er seinen Angreifer zufällig damit zu erschlagen, klagende Laute drangen aus seinem Maul.

Ein goldener Schatten huschte durch die Halle.

Abrupt warf der Drache den Kopf herum und blähte die Nüstern. Er kannte diesen Geruch, er war ihm vertraut. Er tappte vor sich hin, auf der Suche nach dem, das er zu beschützen hatte. Seine Ohren – kleine Löcher, gut zwischen den Hautkämmen verborgen – versuchten jedes noch so kleine Geräusch auszumachen, doch der Lärm der Stadt war wie ein beständiges Kriegstrommeln, das ihn störte. Er folgte seiner Nase.

Iox ließ den Drachen nicht aus den Augen. Vorsichtig ging sie neben dem Drachenjäger in die Knie. Er lag am Rücken, die Augen geschlossen, Arme und Beine schlaff von sich gestreckt. Nervös strich sich Iox die Haare hinters Ohr und streckte die Finger aus, um zu sehen, ob der Mann noch atmete. Kein Luftzug, außer dem, der durch die zerstörten Fenster fuhr.

Vorsichtig beugte sie sich hinab und legte das Ohr an die fremde Brust. Kein Trommeln unter der Lederrüstung, nur das Rauschen der Stadt.

Nervös richtete sie sich auf.

Der Drache tappte blind durch den Raum, den Kopf am Boden, schnuppernd. Es war nur eine Frage der Zeit, bis er erkennen würde, dass der Geruch von Straßendreck und Kloake vom Jäger stammte, nicht aus dem Loch, das er bis in die Abwasserkanäle gegraben hatte.

Iox strich dem Reisenden Prinzen über die Stirn. Die Finger fuhren seine Schläfe entlang, über die verbrannte Seite seines Gesichts, über die frisch rasierte Wange. Es war eine unbeholfene Bewegung, sie teilte kaum familiäre Momente mit anderen Menschen, doch jetzt, wo der Jäger tatsächlich tot war, fühlte sie sich dazu verpflichtet.

Vorsichtig rückte sie sich zwischen Jäger und Drachen. Was sollte sie tun? Den Prinzen zurücklassen, sodass der Drache ihn verspeisen konnte? Und was sollte sie mit dem augenlosen Tier anfangen? Blind, wie es war, war es nur eine Frage der Zeit, bis Octavia einen anderen Jäger auftrieb, der sich für genügend Geld seiner annähme.

Sie warf den Kopf hin und her. Vielleicht könnte sie Caedes' Leichnam nach draußen schaffen, sodass ihn seine Familie finden konnte. Sie bückte sich und fasste ihn an den Knöcheln, um ihn fortzuziehen.

Der Drache warf den Kopf zur Seite. Erschrocken ließ Iox die Füße wieder fallen.

Der Metallspeier kam zu ihr, drückte seinen gewaltigen Kopf heran. Warme Luft blies durch seine Nüstern und strich über ihren Körper. Er roch sie, aber er roch auch den Jäger – und das irritierte ihn.

Ein Rascheln, das in Iox' Nacken die Härchen aufstehen ließ. Vorsichtig warf sie einen Blick nach hinten. Caedes hatte seinen Kopf bewegt.

Der Schädel des Drachen erstarrte. Er lauschte in die blinde Finsternis, die nur ihn umgab.

Iox ging langsam in die Knie, drängte sich näher an den Jäger heran. Aus dem Augenwinkel bemerkte sie, wie Finger sich den Boden entlangtasteten – in Richtung des Streithammers. Abrupt grapschte sie nach der Hand, hielt sie so fest, wie sie nur konnte. Finger verschränkten sich ineinander. Vorsichtig zog sie den Mann an sich heran und stemmte ihn in die Höhe. Sie drückte sich an den Jäger, bis sein Körper warm an ihrem harrte, und stieß mit ihrem Bein nach seinem. Ein Schritt zurück, beide zusammen. *Tapp.*

Der Kopf des Drachen zuckte irritiert.

Das linke Bein, gehoben, nach hinten gedrückt – *Tapp.*

Sie führte Caedes weiter, Schritt für Schritt, zurück dorthin, woher er gekommen war. Der Drache folgte ihnen zunächst nur mit einer Kopfbewegung, dann tappte er langsam hinterher.

Es dauerte eine halbe Ewigkeit, bis sie den Eisenkrater zurückgelassen hatten, und eine ganze Ewigkeit, bis sie die Stufen der schmalen Wendeltreppe erreicht hatten, die in die Waffenkammer und von dort aus in einen Innenhof führte, von dem man zum Fronttor gelangen konnte, sein Kopf in ihrem Nacken.

Sie standen da und Iox wartete, dass Caedes ging, doch er rührte sich nicht. Seine Finger lagen immer noch fest um die ihren geschlungen.

»Lauf, so schnell du kannst!«, stieß sie aus.

Der Drache hob den Kopf wie ein aufgeregter Gockelhahn.

»Das werde ich tun«, wisperte er. Er riss an ihrem Arm und stieß sie die Stufen hinab. Caedes aber lief los – weiter den Weg entlang, den er heute schon einmal entlang gelaufen war.

Der Drache fauchte und folgte dem Geräusch von Caedes' Schritten, wie auch dem seltsamen Geruch, den der Jäger ausstrahlte. Metall sprühte aus seinem Rachen, ein Durchgang wurde unfreiwillig vergrößert. Das Tier bahnte sich mit schierer Kraft seinen Weg durch alle Hindernisse und folgte dem Mann, dem es den Verlust seines Augenlichts zu verdanken hatte.

Plötzlich stoppten die kleinen Menschenschritte.

Der Drache glaubte, den Jäger einfach überrennen zu können, irgendwo hier musste er doch stehen! Er warf seinen massigen Körper zu Boden – und stürzte direkt in das Loch, das er vorher selbst gerissen hatte.

Einen Moment lang krallte sich das Ungetüm noch am Rand der Bruchstelle fest, doch die Balken konnten das Gewicht nicht tragen und rissen. Das verzweifelte Brüllen, mit dem das Tier in die Tiefe klatschte, trieb Caedes einen Gänseschauer über den Rücken.

Caedes hatte viele Drachen getötet, doch die meisten davon waren während ihres Tiefschlafs gefallen. Dieser Schrei voll von allzu menschlicher Agonie verstörte ihn.

Der Drache, dort unten zur kleinen Figur verkommen, rührte sich nicht mehr. Das riesige Tier war, wie erhofft, durch seine eigene Masse erschlagen worden. Da lag es nun dort unten und …

… bewegte sich.

Der Drache stieß ein Heulen aus und wälzte sich zur Seite. *Nein!* Das konnte doch einfach nicht wahr sein!

Eine Weile schwankte das Tier, dann schüttelte es den Kopf. Die Kämme hatte es ängstlich angelegt. Irritiert warf es seine Schnauze hin und her.

Wenn der Metallspeier einen Weg aus dem Abwassersystem fand, einen Weg hinein in die Stadt, dann war alles verloren, wofür Caedes hier gekämpft hatte …

Er vernahm das seltsame Stampfen erst viel später. – Bevor er realisierte, worum es sich handelte, kam ein glibbriges Etwas herangeschleimt und warf sich auf den Drachen. Das entsetzte Tier verbiss sich in die unförmige Lawine, die den Drachen zu umschlingen versuchte. Wäre der Drache im Besitz seiner vollen Kräfte gewesen, hätte er sich vermutlich aus dem tödlichen Griff befreien können – doch nun gelang es ihm bloß, einen qualvollen Schrei auszustoßen. Heißes Metall ergoss sich aus seinem Maul und brannte durch das Wesen, das ihn umfangen hielt. Doch die gefühllose Masse rückte einfach nach. Das nächste Kreischen verging in einem Gurgeln.

Caedes erhob sich unsicher und setzte einen Schritt zurück. Er konnte nicht dabei zusehen, wie der *Tod der Roten Straße* den Drachen erstickte. Allein die Geräusche, die von unten zu ihm heraufdrangen, machten ihn krank.

Ein Blick hinüber auf die andere Seite.

Iox. Sie hob die Hand, ihr Zeigefinger zog eine imaginäre, tödliche Linie. »Du!«, stieß sie aus. »Du hast meinen Drachen getötet!«

Sie kauerte vor dem Loch nieder, die Hände im Haar vergraben, und starrte in die Tiefe. Der *Tod der Roten Straße* harrte in aller Stille dort unten. Der Drache bewegte sich nicht mehr.

Dafür bewegten sich Iox' Lippen, doch kein Wort entkam ihnen. Sie sah aus, als würde sie Ringgebete sprechen, immer und immer wieder.

»Iox?«

Stille.

Noch ein Schritt auf sie zu, die Hand zögerlich ausgestreckt. »Iox?«

Sie schlug seine Hand mit einer raschen Bewegung fort. »Verschwinde! Lass mich allein!«

»Wir sollten reden …«

»Ich habe dir nichts zu sagen, lass mich in Ruhe!«

»Aber ich dir.«

Sie strich sich übers Gesicht. »Ich kann nicht glauben, dass ich dir das Leben gerettet habe.« Sie rieb sich Tränen aus den Augen. »Ich habe es so satt. Immer wieder dasselbe. Hätte ich dich nur sterben lassen, der Drache hätte dich aufgefressen und ich besäße ein Problem weniger. Stattdessen mache ich immer wieder den gleichen Fehler und weiß noch nicht einmal warum …!« Sie erhob sich, zog einen Bogen um ihn und ging davon. »Lass mich einfach in Ruhe. Uma wird bald kommen. Bis dahin will ich allein sein.«

Er blickte ihr hinterher. »Was hast du geglaubt? Dass du dich den Rest deines Lebens hier verschanzen kannst? Du und dein Drache? Dass er ewig bleiben wird, um dich zu beschützen?«

»Er hat sich auf mich verlassen … und ich … ich habe ihn verraten …«

»Das war ein Drache, verdammt noch einmal! Vielleicht sah er dich nicht als Gefahr, durch die starke Magie, mit der du ihn beschworen hast! Das heißt aber nicht, dass er dich beschützen wollte!«

Sie schwieg und lief davon.

»Das ist es doch, was du glaubst. Dass du etwas herbeizaubern kannst, das dich liebt und beschützt? Magie kann das nicht möglich machen!«

Sie warf einen gekränkten Blick hinter sich, hielt aber nicht an.

»Iox!«

»Was?« Sie warf sich herum. »Was willst du von mir hören? Ja! Ja, ich habe mir etwas gewünscht, das mich liebt und mich beschützt! Ist das denn so schwer zu verstehen?«

»Nein«, erwiderte er tonlos. »Nein, ich verstehe das.«

»Warum hörst du dann nicht auf, mich zu quälen?«

»Was meinst du damit?«

»Warum lässt du mich und meinen Drachen nicht einfach sein? Was schert es dich, was mit dieser Stadt und ihren Einwohnern geschieht? Sie haben dir und deiner Familie nur Unglück gebracht!«

»Ich bin nicht wegen der Talionier hier«, erwidere er etwas verdattert.

»Ach nein? Ist es dir ein persönliches Bedürfnis, die Welt von jedem Drachen zu befreien, der es wagt, sich in deiner Gegenwart aufzuhalten?«

»Nein … Ich bin wegen dir hier.« Er hätte sich am liebsten die Zunge abgebissen.

Vor allem, als er ihren ungläubigen Gesichtsausdruck sah. Sie stieß ein schockiertes Lachen aus. »Mach dich nicht lächerlich.«

Er starrte sie an. Sie starrte zurück. Dann wandte sie ihr Gesicht ab. Murmelnd tippte sie sich ans Kinn. »Ich muss die Finger verstecken. Und den Darm. Den Dickdarm, er muss noch irgendwo sein …« Sie drehte ihm den Rücken zu und lief weiter.

»Wohin gehst du?«, rief Caedes ihr nach.

Sie ignorierte ihn, wie eine alte Dame vor sich herplappernd. Die Tage allein mit dem Drachen hatten ihr wohl zugesetzt. »… der Darm. Der Dickdarm, ach ja! Und der Drache? Nein, dort kann ich nicht hin, der *Tod der Roten Straße* … Aber der Dickdarm, mit dem müsste sich was machen lassen. Ob man damit einen Drachen beschwören kann? Wahrscheinlich nicht. Aber etwas anderes. Einen Geist vielleicht? Einen Geist! So etwas müsste doch gehen, man müsste nur …«

Der Jäger folgte ihr. »Was soll das?«

»Als der Drache Umas Schlafzimmer zerstörte, habe ich ein Geheimversteck entdeckt.«

»Mit deinem Dickdarm?«

»Ja, mit meinem Dickdarm.« Sie lief in die Halle, auf deren Stufen sich das Eisen verhärtete. Am Rand des Drachennestes blieb sie stehen, maß aus der Entfernung Abstände. »… wenn ich ihn hier hineinlege, es könnte funktionieren. Ich muss nur …«

»Iox! Das kann doch nicht dein Ernst sein. Du kannst nicht einfach weitermachen, wo du aufgehört hast!«

»Kann ich nicht? Wieso nicht?«

»Das ist verrückt!«

»Ein Drache wird nicht funktionieren. Aber ein Geist, was sagst du? Ein Geist müsste doch eigentlich schaffbar sein.«

»Du kannst keine Geister beschwören!«

»Natürlich kann ich das! Was glaubst du, wie der *Tod der Roten Straße* nach Terra Talioni kam?«

»Ein Magier hat ihn beschworen?«

»Du irrst dich! Ein Vater, der in der Roten Straße lebte, erzählte seinen Kindern immer dieselbe Geschichte – die Geschichte vom *Tod der Roten Straße*, der Kinder frisst, die nicht schlafen wollen. Der *Tod der Roten Straße* besitzt keine Form, keine Augen, keine Nase – und doch weiß er, wie er dich findet. Er wartet unter den Straßen – und man kann ihm nur entkommen, wenn man still im Bett liegt. Tut man es nicht, kommt er und holt dich!«

»Was?«

»In Terra Talioni hat es gereicht, dass ein Mann diese Geschichte erzählte, damit der *Tod der Roten Straße* sich in der Kanalisation einnistete! Also werde ich doch wohl mit mächtiger Magie einen kleinen Geist beschwören können!«

»Es gibt keine Geister!«

»Natürlich gibt es Geister!«, erwiderte sie voller Überzeugung.

»Nein! Abgesehen davon – die Seelen der Toten können nur von Nekromanten aufgespürt werden!«

»Bist du ein Nekromant?«

»Natürlich nicht!«

»Kennst du einen Nekromanten?«

»Nein!«

»Na wunderbar – nicht, dass du noch auf die Idee kommst, mir auch noch meinen Geist zu töten!«

Caedes entglitten die Gesichtszüge. »Das ist absurd. Abgesehen davon, dass es keine Geister gibt, könnte man sie auch nicht töten, da sie bereits tot sind!«

»Was weiß ich, was Nekromanten mit Geistern machen! Du kennst keinen – das reicht mir!«

»Du glaubst doch nicht wirklich …« Er brach ab. Denn sie glaubte es doch, ganz offensichtlich sogar. Wenn sie die Beschwörungsformel einfach umkehrte, nach Gutdünken ein paar Worte änderte, das Herz mit einem Darm austauschte – er glaubte nicht, dass sie dann einen Geist beschwören konnte, aber man musste kein Hellseher sein, um sich auszurechnen, welch Unheil sie damit anrichten könnte. Vielleicht war das, was sie dieses Mal in dieses Schloss holen würde, schlimmer als ein Drache. »Das wirst du nicht tun!«, rief er also nur.

»Wer soll mich davon abhalten?«, blinzelte sie gelangweilt.

Ein eisernes Starren.

Sie setzte ein besserwisserisches Lächeln auf. »Weißt du, was dein Problem ist, Caedes?«

»Nein, aber du wirst es mir bestimmt sagen wollen.«

Sie streckte den Zeigefinger aus. »Du hinkst.«

»Was soll das heißen?«

»Dass du mich erst fangen musst.« Und damit rannte sie davon.

Caedes fluchte.

Er fand sie in den Resten von Umas Schlafzimmer, als sie gerade Finger auf dem Fußboden drapierte. Es war absurd, vollkommen absurd.

»Wenn ich du wäre, würde ich jetzt gehen«, sagte sie, ohne vom Boden aufzublicken. Neben ihr stand das Herz im Glas. Das Herz wirkte verändert, blasser, ganz so, als hätte es seine Farbe verloren.

Iox war gerade dabei, einen Tonkrug zu öffnen. Vermutlich enthielt er ihren Dickdarm.

»Nimm deine verdammten Innereien und geh!«

»Sprich nicht so über mich und meine Innereien!«

»Los!« Er wies aus dem Zimmer. »Raus hier! Raus aus dieser Stadt und raus aus Terra Talioni!«

Ein Lachen quetschte sich aus ihrem Mund. »Klar. Einfach so. Als ob ich das nicht schon versucht hätte!«

»Ich habe einen Vertrag mit Uma Octavia. Ich töte den Drachen, sie gibt dir ein Jahr lang die Freiheit! Du solltest die Zeit nicht damit verschwenden, katastrophale Zauber auszusprechen, sondern sie nutzen, um aus dieser Stadt zu verschwinden!«

Eine Weile lang glaubte Caedes, sie hätte ihn nicht verstanden. Ihre Finger – die, die an ihrer Hand saßen – fummelten weiterhin am Verschluss des Kruges. Dann stieß sie erneut ein Lachen aus, das mehr wie ein Schnaufen klang. »Ein Jahr. Natürlich!«

»Es ist die Wahrheit.«

»Deine Lügen werden von Mal zu Mal verletzender!«

»Ich habe dich nie angelogen, Iox. *Du* hast mich angelogen.«

»Ich habe nie gelogen! Ich habe nur nicht alles gesagt, das ist ein Unterschied!«

»Gleichfalls.«

»Sag nicht solche Dinge. Sprich nicht von Freiheit, was weißt du schon, was das ist!«

»Meine Schwester ist im Epena-Kult gefangen, der ihr nur Schlechtes will. Ich glaube, ich kann mir vorstellen, was der Verlust von Freiheit bedeutet.« Er schwieg einen Augenblick und sah sie geradlinig an, sein Blick war hart. »Ein Jahr. Mehr konnte ich nicht aushandeln. Ein Jahr Freiheit, in der du tun und lassen kannst, was du willst!«

Ihre Hände hörten auf, den Tonkrug zu bearbeiten. »Nehmen wir an, ich glaubte dir.« Sie lehnte sich ein Stück zurück. »Nehmen wir an, es gäbe diesen Vertrag. Du hättest den Drachen getötet, um mir ein Jahr

Freiheit zu erkaufen. Was sind deine Erwartungen? Dass ich von Umas Sexsklavin zu deiner werde? Dass ich dir durch alle Lande folge und dir die Füße küsse für deinen Moment der Großzügigkeit?«

Er fühlte sich wie ein getretener Welpe. »Ich erwarte gar nichts. Ich … ich habe dich nicht zu dem gemacht, was du bist, Iox. Behandle mich nicht so. – Ich war es nicht, der von deinem Volk Kriegstribute verlangte, ich war es nicht, der dich nach Terra Talioni brachte und ich war es nicht, der dich dort versklavte. Trotzdem ist deine jetzige Situation zum Teil meine Schuld; das tut mir leid. Was mir nicht leidtut, ist der Tod von Anoush, Modhi und diesem Drachen. Alle drei hatten keinen Platz in Terra Talioni.«

Langsam erhob sie sich. »Du willst damit sagen, dass du nie ein Teil dieses Systems warst?« Sie trat auf ihn zu. Ihre Finger hakten sich an seinem Gürtel fest und zogen ihn heran. »Du hast ebenfalls in meinem Bett gelegen, wie all die anderen, schon vergessen?« Ihre Augen waren kalt. Kaltes Gold.

»Was willst du hören? Eine weitere Entschuldigung? Mehr als eine wirst du an dem heutigen Tage nicht bekommen.«

»Ich kenne dich. Männer wie dich. Nichts auf dieser Welt gibt es umsonst. Jetzt magst du selbstherrlich in deiner eigenen Großmut baden, aber schon morgen wirst du meine Schulden einfordern.« Sie ließ den Gürtel los. »Egal was du erwartest, ich werde es nicht zurückzahlen.«

»Das erwarte ich auch nicht.«

»Das sagst du jetzt, doch morgen …«

»Ich werde auch morgen nichts anderes sagen!« Er verstand, warum sie so sprach. Sein Kopf sagte ihm, es sei verständlich. Es war verständlich, dass sie ihn in diesem Moment hasste, dass sie zweifelte nach den Grausamkeiten, die man ihr in ihrem Leben angetan hatte. Sie war es gewohnt, immer für sich allein kämpfen zu müssen. Dennoch kränkte es ihn nach alldem, was er auf sich genommen hatte – für sie, weit weniger für die Bewohner Terra Talionis.

In diesem Augenblick hasste er sie dafür, dass sie ihn hasste.

Also wandte er sich ohne ein weiteres Wort um und ging.

XLI

Es ist ein schönes Herz, das du da trägst ...

Caedes verließ den Felsenpalast durch das Fronttor, als Iox hinter ihm auftauchte. Wie ein Schatten hing sie ihm im Nacken. »Verschwinde!«, knurrte er. Der Verlust seines Schwertes, die klagenden Schreie des erstickenden Drachen, eine verrückte Blutmagierin – das war zu viel für einen Tag.

Sein Bein brannte, sein Arm brannte und seine Schulter schmerzte von den zahlreichen Treppenstürzen. Und mit dem Tod des Drachen und Iox' kurzweiliger Befreiung hörten die Probleme noch lange nicht auf. Da war noch Aenne. Er musste sich um seine Schwester kümmern.

Iox schien seinen Körper als lebendigen Schutzschild zu verwenden, sie duckte sich hinter ihm.

»Hast du nicht gehört?«, stieß Caedes aus. »Suche dir einen anderen liebestrunkenen Drachen!«

Sie trippelte hinter ihm her. Im einen Arm hielt sie den Tonkrug, im anderen das Herz im Glas. »Ich dachte ich bin ein freies Mädchen? Ich kann gehen, wohin ich auch will!«

Er stöhnte. »Ich bin mir ganz sicher, du wirst dir dort draußen rasch Freunde machen.«

Seine Schritte verlangsamten sich, als er eine bekannte Gestalt bemerkte, die, flankiert von ihrer Garde, die Straße erklomm. Uma Octavia.

Iox lugte an seiner Schulter vorbei und machte sich noch kleiner.

»Mir wurde von Todesschreien berichtet und ich kam, um mich zu vergewissern, dass es nicht die Euren waren, Jäger!« Sie trug ein weites Kleid aus stahlgrauem Stoff, das sie wie eine graue Regenwolke umhüllte, ein Reif umschloss ihre Stirn, weiße, tropfenförmige Ohrringe baumelten an ihren Ohren. Sie sah fantastisch aus, wenn auch wesentlich älter als vor wenigen Wochen.

»Der Drache ist tot. Ich habe meinen Teil der Abmachung eingehalten. Ich hoffe, Ihr tut das Gleiche.«

Uma Octavia legte ihren Kopf schief und sah Caedes mit einem seltsamen Lächeln an. Mittlerweile fürchtete er diese Katzenaugen mit den tausend Farben – wie Opale, die zwischen schwarzen Strichen saßen. »Natürlich«, sagte sie. »Sag ihr, sie soll vorkommen.«

Caedes rührte sich nicht. Iox rührte sich ebenfalls nicht. »Ich bin frei!«, rief sie hinter dem Rücken des Drachenjägers hervor. »Ihr habt mir gar nichts zu sagen!«

»Natürlich nicht. Jetzt … nicht. Ich kann dich bloß höflich darum bitten.«

Iox rührte sich nicht.

Ein sachtes Seufzen. Fast wirkte Uma wie eine Mutter, die gehofft hatte, ihr Kind würde Manieren zeigen. »Vertrag ist Vertrag, kleine Iox. Ein Jahr. Aber was ist schon ein Jahr in deinem Leben? Ich mag ein paar Falten hinzubekommen, aber du wirst schön bleiben, schön und makellos. Wie die Sonne wirst du jeden Tag in voller Pracht neu am Horizont erscheinen, nicht wahr?«

Iox schwieg. Sie lehnte ihre Stirn an Caedes' Rücken. Er ließ es zu.

»Ich werde auf dich warten. Deine Zeit läuft. Dreihundertfünfundsechzig Tage – und eine Stunde davon hast du schon eingebüßt.« Uma Octavias Stimme klang so süß, doch es war die brennende Süße von Nachtblut, nicht die von Honig. »Ein Jahr«, sagte sie. »Ich freue mich schon sehr auf diesen Tag. Bring sie mir heil wieder zurück.« Sie winkte ab. »Als ob man sie kaputtmachen könnte!« Ein strenger Wink, die Gardisten folgten ihr. Drei goldene Augen auf der Uniform zeichneten einen der Soldaten als ranghöchsten Offizier aus. Er war nicht Koloman Reis, der baumelte nach Umas Rückkehr vermutlich am Galgen. In Terra Talioni änderte sich wenig.

Die Garde teilte sich, marschierte an ihnen vorbei, links und rechts, wie ein Meer, das sich um sie spaltete. Uma Octavia war unter ihnen, sie glitt an ihnen vorüber wie grauer Nebel.

Allesamt verschwanden sie im Palast. Die Aufräumarbeiten begannen.

Caedes und Iox blieben vor den Toren zurück. Etwas ratlos klammerte sie sich an ihre Behältnisse.

Caedes seufzte. »Lief doch besser, als erwartet.«

Ihr Blick hing in der Leere. »Ich weiß nicht, wo ich hingehen soll.«

»Nach Hause?«

»Damit es noch schrecklicher wird, hierher zurückkehren zu müssen? Ist es nicht das, was Uma will?«

Darauf wusste Caedes keine Antwort.

In der nächsten Straße traf Caedes auf bekannte Gesichter. Jethro stand bei Aenne, die sich auf ihrem Gehstock abstützte, Ezra bei Thymiane, die das Baby hielt, Xersi am Bein. Als Xersi Caedes sah, stieß sie ein Krähen aus und lief auf ihn zu, um sich ihm an die Knie zu werfen.

Lange blieb sie dort nicht. Sie rümpfte die Nase, ließ los und rief: »Du stinkst!«

Caedes zuckte etwas hilflos mit den Schultern.

»Hast du den Drachen erschlagen?«

Caedes öffnete schon den Mund, um zuzustimmen, als er Thymianes verkniffenen Blick bemerkte. Er räusperte sich. »Ich habe mein Bestes gegeben.«

»Hast du jetzt oder hast du nicht?«

Caedes vollführte eine Kopfbewegung, die sowohl *ja, nein,* als auch *vielleicht* heißen konnte und trat zu seiner Familie. Jethro half Aenne ein paar Schritte vor. Als Caedes bei ihnen angekommen war, umarmten sie ihn von links und rechts. »Xersi hat recht«, murmelte Aenne in Caedes' Nacken. »Du stinkst, als wärst du den Abtritt hinuntergefallen.«

»Bin ich auch.«

»Dann bin ich beruhigt.«

»Der Drache ist tot?«, raunte der Vater.

Ein Nicken.

»Gut.« Er löste sich vom Sohn, musterte erst ihn, dann die etwas verlorene Gestalt, die bloßfüßig, mit einem Tonkrug und dem Herz im Glas ausgerüstet durch die Straße stapfte. »Sieh an.«

Wie ein Traummännlein wandelte Iox über den Pflasterstein. Ihr Blick irrte umher, sie entdecke die Familie, tappte auf sie zu und drückte Aenne den Tonkrug in die Hand. »Hier bitte«, sagte sie. »Den schenke ich Euch.«

»W… wie?« Aenne betrachtete verwundert das Gefäß. »Was ist das?«

»Mein Dickdarm. Ich muss weit wandern, ich kann ihn nicht tragen. Ich schenke ihn Euch.«

Aennes Augen weiteten sich. »Was, in Hollers Namen, soll ich mit Eurem Dickdarm tun?«

»Modhi mochte es, in meinen Därmen zu lesen. Ihr werdet vermutlich nie wieder eine solche Gelegenheit bekommen, also nutzt sie.« Sie schien verwirrt, nestelte am Ring in ihrem Ohr herum, murmelte undeutliche Dinge vor sich hin. So als hätte sie den Verstand verloren.

»I-ich danke Euch«, erwiderte Aenne. »Für alles.«

»Iox.«

Iox wandte sich um und sah Caedes an. Ihr Ohr blutete. Sie fasste seine Hand, drückte etwas zwischen seine Finger – klein, rund, glitschig. Ein Sklavenring. Er starrte auf das kleine Stück Gold herab. »Was soll ich damit anfangen?«

»Du solltest es behalten. Als Erinnerung.«

Sein Kiefer mahlte hin und her. Sie schien nicht zu denken, dass sie sich jemals wiedersehen würden.

Sie wollte sich schon umdrehen und gehen, da fing er sie ein und zog sie zurück. Es war nicht wirklich eine Umarmung und irgendwie war sie es doch. »Geh heim, mag die Zeit auch noch so begrenzt sein«, flüsterte er an ihre Schläfe. »Es wird wehtun – aber das ist es wert, ich verspreche es dir.«

Sie hob den Kopf, einen Augenblick harrten ihre Lippen nahe an seiner Wange. »Wer könnte schon widerstehen?«, flüsterte sie. »Wir sind doch nur Menschen.« Damit wandte sie sich ab und begann zu laufen.

Bloß mit einem Kittel bekleidet rannte sie zum Stadttor. Es war kalt und würde noch kälter werden. Trotzdem hielt sie nicht an. Sie lief unter einem lachenden Pferdekopf hindurch, sie lief und lief.

Lauf, lauf dahin, du kleines Ding,
lauf hinfort, du Sonnenstrahl!
Lauf, dorthin, wo man dich fing,
lauf zu dem Mann, dem man dich stahl!

Trägst immer mit dir zwei reine Herzen,
eins in der Hand, eins in der Brust;
eins zu verschenken, kannst du verschmerzen –
auch wenn eins doch hierbleiben muss.

Epilog

Der alte Mann saß in seinem Haus, gegen dessen brüchige Planken das Meer schlug. Es war eine seltsame Musik, einmal langsam und träge, dunkel und tief, einmal rasch und eilig, hell und gluckernd. Er mochte diesen Rhythmus, er bestimmte seinen Alltag.

Heute plätscherte das Wasser vor sich hin, umspielte salzig sein Heim, liebkoste es mit vorsichtigen Fingern und hinterließ weiße Krusten, grüne Algen, schwarze Muscheln und flaumigen Schaum. All das zupfte der alte Fischer von den Netzen, die sich in seinem Schoß sammelten – er brach die Muscheln auf, die sich in den Schnüren verfangen hatten, kratzte die Algen von den Knoten und wusch Salz und Schaum davon. Mit zitternden, knotigen Fingern flickte er die Löcher, welche die Fische und die Gezeiten ins Netz gerissen hatten, knüpfte Knoten um Knoten, wie er es seit Jahrzehnten getan hatte. Dabei lauschte er dem Rauschen der Gezeiten.

Das Leben eines Fischers barg kaum Aufregung. Selbst ein Unwetter konnte ihn nicht mehr ängstigen, sie wiederholten sich im steten Rhythmus wie jeder andere Sonnentag. Alles besaß seinen Takt und der alte Mann folgte dessen Vertrautheit mit zufriedener Genugtuung.

Die Tür wurde aufgeschlagen, doch selbst das brachte den Fischer nicht aus der Ruhe. Sie wurde aufgeschlagen wie jeden Morgen und jeden Abend, wenn sein Sohn das Haus verließ und wieder zurückkehrte. Alles besaß seine Zeit, so auch diese aufgeschlagene Tür.

Füße ließen die betagten Dielen knarren, feucht klatschten sie über das Holz. Dann waren sie bei ihm angekommen.

Der alte Mann hörte auf zu knüpfen. Er starrte auf die Füße hinab, die nicht seinem Sohn gehörten. Auf den Zehen tanzten Sommersprossen. Sie bewegten sich, auf und ab, wie die Wellen des Meeres. Er spürte, wie sein Herz aus dem Rhythmus geriet. Langsam hob er den Kopf. Er weinte schon, bevor er sie sah.

Iox streckte Ishmael das Herz im Glas entgegen. »Das ist für dich, Vater. Es hat schon immer dir gehört.«

Begriffsverzeichnis

Aegis Septimus	Aegis Septimus ist der siebtgeborene der Familie und der derzeitige König von Terra Talioni, verheiratet mit Florentina Coronae.
Ars Signorum	Ars Signorum, die Kunst der Zeichen, löst magische Ereignisse durch bestimmte Symbole, den sogenannten Simulacra, aus, die von Ars-Signorum-Kundigen abgebracht werden.
Ashas Küste, die	Ashas Küste, auch die Küste der Künste genannt, zeichnet sich durch ihr besonderes Aussehen aus. Das Meer schwemmte salzhaltiges Land ab und so enstehen tiefe Gräben an der Landkante, die an Krallenspuren eines Gottes erinnern. In diesen Klüften leben Künstler und Prostituierte aller Art in Höhlenwohnungen.
Asphodelienkraut, das	Der Sage nach sind die Asphodelien Blumen, die am Untergrund der Unterwelt blühen. Tatsächlich blühen sie meist an heiligen Orten, die mit dem Tod zu tun haben. Aus ihnen wird ein Kraut gewonnen, das geraucht eine beruhigende Wirkung hat. Hohes Abhängigkeitspotenzial.
Aureas Geschäft für Wahrsagerei	Geschäft für Ritualbedarf in Tradea.
Aurora	Aurora ist der Name des Kontinents, wird vor allem auch für Westaurora benutzt. Er steht auch für den Morgen und den Sonnenaufgang.

Badhre	Hauptstadt von Soversch, hier wird die Verbindung zwischen den Herrschern der Königreiche Magarrjan und Soversch gefeiert, unter Ana von Magarrjan und Tores von Soversch
Blutmagie, die	Blutmagie basiert auf dem Prinzip der ungleichen Äquivalenz – Lebensenergie muss gegeben werden, um magische Ereignisse wirken zu lassen. Hierbei muss immer mehr Lebensenergie gegeben werden, als magisch erreicht werden kann. Blutmagie ist in Aurora und Gilebret vor allem nach dem Krieg gegen Nodhal strengstens verpönt.
Coltaire	Die Coltaire, auch »die Wölfe« genannt, sind ein abschüssig lebendes Bergvolk im Nordosten der Welle. Sie teilen ihre Gebiet mit den Riesen.
Coltairischer Brockenbeißer, der	Ein im Coltairegebiet ansässiger Drache, der seinen Namen daher hat, dass er mit seinem starken Gebiss Gestein knackt, um an die darin enthaltene Braun- oder Steinkohle zu kommen, mit denen er seine Feuermägen beheizt.
Der Fuchs und das Mädchen	Alte Sage über den listigen Fuchs, der ein Mädchen im Namen seines Herren entführte, ohne zu bemerken, dass sie ihn selbst an der Nase herumführte.
Dragoner, der	Währungseinheit der südöstlichen Königreiche
Ego, das	Zentrale Karte im Kartenorakel, die auf den/die LegerIn verweist.
Elevin, die, Eleve, der	AnwärterIn einer Priesterschaft, der/die noch nicht den offiziellen Status eines Priesters genießt. In Gilebret wird auch der Künstlernachwuchs Eleve/Elevin genannt.

Epena	Göttin des Schicksals, die aus dem Osten in den Westen gelang ist, Symbol der Spinne oder der Katze, bekannt für List und Tücke sowie Genuss- und Verschwendsucht. Die Spitze der Epenai ist in Form der obersten Priesterin Megaira in Porta ansässig.
Epenai, die	Priesterschaft der Epena, bekannt für ihre Listigkeit. Oberster Priester in Terra Talioni ist Modhi.
Epenaisches Kartenorakel, das	Mit Hilfe spezieller Karten wird ein Blick in Zukunft, Vergangenheit und Gegenwart geworfen.
Epenaisches Lebensritual, das	Mit Hilfe der Magie, die lebenden Dingen inne ist, werden Tiere geschlachtet und aus deren Organen die Zukunft, Vergangenheit und Gegenwart gelesen.
Felsensparte, die	Herberge in Terra Talioni
Gäga	Gäga ist die Göttin der Geburt und des Lebens. Gegenstände mit heilenden Eigenschaften werden vor allem nach ihr benannt.
Ghul	Ein von dunkler Magie erweckter Toter, der in den Sümpfen der Hexenwälder zu finden ist.
Gilebret	Der »Heiße Kontinent« liegt zwar örtlich gesehen auf derselben Kontinentalplatte wie Westaurora, wird aber meist als eigener Kontinent »Gilebret«, aus dem Nomadischen »Gil'e'Bret« (die heißen Länder) gehandelt. Anlaufpunkt aus dem Westen ist die Hafenstadt Phalanx.
Gilebretische Spiele, die	Die Macht der einzelnen Kasten in Gilebret wird durch die Gilebretischen Spiele gefestigt. Hierbei wird durch Gruppenkämpfe eine höchste Kaste gewählt.

Gilebretischer Kalender, der	In Gilebret wird die Zeit nicht in Wochen, sondern elementare Perioden eingeteilt – Feuer, Wasser, Erde, Luft, Metall. Zweimal im Jahr treffen gegensätzliche Elemente aufeinander, diese Tage gelten als besonders schicksalsträchtig und sind hohe Feiertage.
Grael	Mutter aller Monster, manchmal auch Mutter aller Dämonen.
Grünstadt	Küstenkönigreich, regiert von König Laurin von Grünstadt
Heilige Städte, die	Die wichtigsten Götter der Heißen Länder besitzen Heilige Städte, denen göttliche Nähe zugeschrieben wird. Einige davon sind mittlerweile schon verfallen.
Helionten, die	Priesterschaft des Heliors, legt ihren Besitz ab und verschreibt sich dem Wissen und dessen Weitergabe.
Helior	Gott des Wissens
Hexenwälder, die	Die Hexenwälder liegen im Norden Auroras. Frequentiert von den Waldlandhexen, die wilde Magie praktizieren, geht das Gebiet in das der Berglandhexen über, die in der Welle leben.
Hos'iada, die	Gehörnte Dämonenart, die hauptsächlich unterirdisch in Westaurora beheimatet sind. Hos'iada werden im Allgemeinen eher in die Nähe von Tieren gestellt, besitzen aber durchaus eine eigene Kultur, Sprache und Gesellschaft.
Howan	Küstenkönigreich, regiert von König Excelsior von Howan
Inselkönigin, die	Siehe Shalimar

Jethro, der Reisende König	König Jethro ist der derzeitige Herrscher über die fahrenden und Reisenden, er trägt den Titel des »Reisenden Königs« oder des »Königs ohne Königreich«. Ein Familiensitz im Falle von Kindsesshaftigkeit befindet sich mitsamt dem Vermögen in Tradea.
Kafrit	Kafrit ist der derzeitige Gott des Feuers, später wird er von der gilebretischen Göttin Oleandra abgelöst.
Kafriti, Kafriter, die	Die Priesterschaft des Kafrits, ansässig auch in Terra Talioni. Sie kämpfen momentan gegen die Verdrängung durch die jüngere Priesterschaft der Epenai.
Kafritscher Teufel	Magisches Gestein, das sich bei Kontakt mit bewegter Luft erhitzt und mit dem man Wasser wärmen oder Zunder entzünden kann.
Kafritsperlen	Beeren, die ätzend wirken. Werden von Jägern und Meuchlern verwendet, um Dolche und Pfeilspitzen effektiver zu machen.
Kalir, die	Die Gesellschaft in Gilebret ist in verschiedene Berufs-, Künstler- und Priesterkasten eingeteilt, die unterschiedliches Ansehen genießen. Bei den Gilebretischen Spielen setzen sich üblicherweise immer die Kalir, die Kriegerkaste durch und erlangen dadurch großes Ansehen.
Kaneph	Kaneph ist die oberste Göttin des Dschungelvolks von Nodhal, ihr werden Menschenopfer dargebracht, die obersten Priester erhalten dadurch große Macht.
Kastensystem in Gilebret, das	Die Gesellschaft von Gilebret ist in verschiedene Kasten/Gesellschaftsgruppen eingeteilt, die unterschiedliches Ansehen genießen. Ihre Macht wird durch das Abhalten der Gilebretischen Spiele gefestigt.

Kindsesshaftigkeit, die	Als Reisende wird die Familie des Reisenden Königs nur dann sesshaft, wenn Kinder geboren werden. Die Zeit der Geburt und die Monate danach ist die Kindsesshaftigkeit.
Königsgericht, das	Im Gegensatz zum Bürgergericht gibt es am königlichen Hofe von Terra Talioni (und auch an anderen Höfen) keine Zwischenstufen, die Dienerschaft untersteht direkt dem Gesetz des Königs. Der König kann ein Urteil ohne den Einfluss anderer sprechen, üblich ist jedoch die Anwesenheit von sogenannten Reihen der Gerechtigkeit, in denen Adel und Gelehrte sitzen, die bei Bedarf hinzugezogen werden.
Laudine	Tochter des Meeresgottes Wfir, die sich in den Sonnengott Kafrit verliebte.
Lumpentürl, das	Schenke in der Stadtmauer Terra Talionis, die hauptsächlich von Soldaten frequentiert wird.
Magarrjan	Königreich im nördlichen Zentrum Auroras, momentan in der Vereinigung mit Soversch inbegriffen, hernach bekannt als Magarra-Soversch.
Modhi	Oberster Priester des Epenakults in Terra Talioni.
Nachtblut, das	Aus den älteren Pflanzenständen der Asphodelien wird ein Harz gewonnen, das mit Wein vermischt zu sich genommen wird. Höchstes Abhängigkeitspotenzial.
Nachtfalke, der	Heruntergekommene Schenke in Terra Talioni, für seine Halsabschneider bekannt.
Nachtschaber, der	Tier, das an manchen Stellen den Dämonen zugehörig ausgewiesen wird, in Form eines gigantischen Maulwurfs.
Nan, der / Nanna, die	Anrede für Großeltern, Urgroßeltern oder Familienälteste Südostauroras

Nestor, Markgraf von der Grünen Küste	Bruder des ansässigen Königs
Nif	Nif ist die westaurorische Hauptgöttin der Toten. Der Sage nach führt sie die Toten in die Unterwelt. Ihr gewidmet sind die sogenannten »Nifenschreine«, in denen die Asche der Toten aufbewahrt wird. Ganzkörperbestattungen sind vor allem im Südosten eher unüblich.
Nodhal	Nodhal ist die Dschungelgegend östlich von Gilebret, die Gilebreter distanzieren sich allerdings deutlich davon. Seit mehr als einem halben Jahr führen Nodhal und Gilebret Krieg gegeneinander, da die Nodhaler ihrer obersten Blutsgöttin Kaneph Menschenopfer darbringen.
Palpreas	Palpreas, die »Glasinsel« ist eine der Inseln vor der Hafenstadt Phalanx und für seine Glasproduktion bekannt.
Panumae	Göttin der Zauberei und des okkulten Wissens, der unnatürlichen Finsternis, der Geheimnisse und der geheimen Wege
Pass der Alten, der	Pass im Gebirge der Welle
Perditas	Herberge in den tiefstliegendsten Senken der Purpurnen Märkte, hauptsächlich von Prostituierten frequentiert.
Phalanx	Phalanx liegt am Ende des phalanxischen Deltas und ist eine blühende Handelsstadt und Anlaufspunkt aus dem Westen.
Porta	Eine Insel vor der Phalanxischen Küste, die der Priesterschaft der Epena angehört.

Purpurne Märkte, die	Die Purpurnen Märkte verdanken ihren Namen den abdeckenden Planen. Hier wird intensiver Handel getrieben, von Drogen (Schwarzmarkt) bis zu Einrichtungsgegenständen ist hier alles zu erhalten.
Quint, Lot, Unze	Gewichtsmaße in Westaurora
Ravennae	Ravennae, später Ravenna, wird von zwei Königen beansprucht – einerseits dem Nachtelfenkönig, der mit seinem Volk die unwirtliche Sumpfgegend bewohnt, andererseits von einem Menschenkönig.
Ravennaeischer Metallspeier	Ein in den Hügelgegenden von Ravennae beheimateter Drache, der eisenhaltiges Gestein frisst, es in den Schmelzmägen verflüssigt und hernach ausspeit.
Reges Numerabiles	Die »zählbaren Könige« sind eine herrschaftliche Linie, die vor sechs Herrschern in Terra Talioni an die Macht gelangt ist. Derzeitiger Herr über Terra Talioni ist Aegis Septimus, verheiratet mit Florentina Coronae aus dem Geschlecht der Welborier. Derzeit sind sie kinderlos.
Rhone	Währungseinheit der südöstlichen Königreiche
Ried	Königreich an der südwestlichsten Küstenspitze, regiert von König Tenkel von der Riedelei
Rieder Knochen-knacker	Ein um die Riedelei ansässiger Drache, der seinen Namen seiner Vorliebe für Knochenmark verdankt.
Rostwalder Rostdrache	Eine in Rostwald ansässige Drachenart, deren Atem gewöhnliches Eisen zu Rost zerfallen lässt.
Rostwald	Zentralkönigreich, regiert von der rostwaldischen Königsfamilie
Rote Baronin, die	Herberge in Terra Talioni
Shalimar	Shalimar ist die »Inselkönigin«, sie regiert über die einzige der Freien Inseln, die nicht frei ist.

Sharonne, die	»Sharonne« ist der Titel der weiblichen Sklavinnen, die nach dem Krieg der Freien Inseln gegen die südöstlichen Königreiche als Kriegstribut gezahlt wurden.
Soversch	Nordwestliches Königreich, jetzt in Vereinigung mit dem Königreich von Magarrjan inbegriffen, hernach als Magarra-Soversch bekannt.
Sphinx, der/die, Pl. Sphingen, die	Je nach Kontinent gelten sie als Dämonen oder Gestaltenwandler, die sich in Katzen verwandeln und in einem Zwischenstadium zwischen Mensch und Katze verweilen können. Ursprünglich nur in Gilebret ansässig.
Talanis	Talanis, der »unbekannte« Kontinent, liegt hinter dem nodhalischen Dschungel und ist kaum erforscht.
Talionische Giftschleuder	Talionische Gerätschaft, mit der Gift aus einer großen Höhe zielgerichtet in Getränke abgegeben werden kann.
Terra Talioni	Der Stadtstaat Terra Talioni ist nicht nur ein Umschlagplatz für Handelsgüter aller Art, sondern auch Anziehungspunkt dunkler Magie. Regiert wird es derzeit von der Blutlinie der Reges Numerabiles.
Thakna	Thakna ist der erste und oberste Drache, von dem angeblich alle anderen Drachen abstammen. Manche murmeln, sein Gerippe wäre die Welle, die sich über den Kontinent zieht.
Thanestorum	Thanestorum ist die Heilige Stadt des Gilebretischen Totengottes Thanest. Thanestorum beherberte ursprünglich die Priestergilde Thanests, in einem Machtkampf wurde Thanestorum jedoch von einer göttlichen Plage ausgemärzt.

Tradea	Hafen-, Handelsstadt und Stadtstaat am südlichen Zipfel des Gebirges der »Welle«. Anlaufpunkt für den Handel mit den Heißen Ländern.
Uma Octavia	Uma Octavia ist die Cousine des Königs und zeitlich gesehen nach ihm geboren. Sie liegt nicht in der direkten Erblinie, besitzt jedoch viel Macht und lockt mit ihren Freudenmädchen wichtige Männer anderer Königreiche an den Hof.
Vudelis	Heilige Stadt in den Wüsten von Gilebret
Walkorn	Der König der Stadt Walkorn will sich als König von Ravennae behaupten, ist sich aber uneins mit den Nachtelfen, die einen Großteil von Ravennae beherrschen.
Weiße Schlucht, die	Schlucht im Gebirge der Welle nahe Terra Talionis, in der sich gerne Drachen einnisten, da das kalkhaltige Gestein hier Klüfte und Höhlen bildet.
Welborum	Königreich an der Westküste von Aurora.
Welle, die	Nahezu unüberwindbares Gebirge, das Westaurora von den Heißen Ländern trennt.
Wfir	Aurorischer Gott des Meeres, besitzt eine besondere Stellung an der Küstengegend und auf den Freien Inseln.

Weitere Titel von Katharina V. Haderer

Die Götterdämmerung-Reihe

Die versunkene Stadt
Der ertrunkene Gott
Der antimagische Golem

Blue Scales - Die Drachen von Talanis

Katharina V. Haderer
Blue Scales
Die Drachen von Talanis
ISBN 978-3-95991-313-3
kartoniert, 14,8 x 21 cm, 12,90 €

»Ich träume von Wölfen. Mit hechelnden Zungen graben sie die Nasen in die Erde und suchen den Boden nach mir ab. Schwarze Schatten gleiten durch die Nacht, gelbe Augen leuchten wie die Verdoppelung des Himmelsgestirns auf. Egal wohin ich gehe – Augen. Sie schließen sich, ich stehe in der Finsternis.«

Ein Rudel wölfischer Gestaltenwandler ist in die Stadt gekommen, um eine alte Rechnung zu begleichen: Der Alpha-Wolf will der Familie Song ihren Platz in der Hexade streitig machen – dem Rat aus sechs Familien, die die moderne Stadt Poschovar unter sich aufgeteilt haben. Nie hätte die 18-jährige Christine ›Christie Song‹ gedacht, dass sie eines Tages in die Belange der Familie hineingezogen werden würde. Doch die Wölfe richten ihre Aufmerksamkeit auf das vermeintlich schwächste Familienmitglied, das – als außereheliches Kind – wohl kaum deren mächtige magische Fähigkeiten geerbt haben kann.

Unversehens findet sich die junge Frau in einem gewaltsamen Konflikt wieder, mit dem sie nichts verbindet als ihr Familienname. Ihre einzigen Waffen gegen den Feind: Ihre Sturheit, ein Polo-Schläger und die seltsamen, blauen Schuppen an ihren Schultern, die einen Hinweis auf ihren leiblichen Vater geben …

Anne Bishop
In Blut geschriebeen
»Die Anderen«
ISBN 978-3-95991-611-0
kartoniert, 14,8 x 21 cm, 14,90 €

Entdecke eine Welt, die von den Anderen bevölkert wird – unheimliche Wesen, die diese Welt beherrschen und für die Menschen Beute sind.

Meg Corbyn ist eine Cassandra Sangue – eine Blutprophetin – und kann in die Zukunft sehen, wenn ihre Haut geritzt wird. Eine Gabe, die sich eher wie ein Fluch anfühlt. Meg wird von ihrem Aufseher wie eine Sklavin gehalten, damit er unbegrenzten Zugang zu ihren Visionen hat. Doch als sie entkommt, ist der einzig sichere Platz, an dem sie sich verstecken kann, der Lakeside Courtyard – ein Geschäftsviertel, das von den Anderen geführt wird.

Gestaltwandler Simon Wolfgard zögert, die Fremde einzustellen, die sich als menschliche Kontaktperson bewirbt. Er spürt, dass sie ein Geheimnis verbirgt. Und warum riecht sie nicht nach menschlicher Beute? Doch sein Instinkt drängt ihn, Meg den Job zu geben. Als er die Wahrheit über sie erfährt und dass Meg von der Regierung gesucht wird, liegt es an ihm zu entscheiden, ob sie den unausweichlichen Kampf zwischen Menschen und den Anderen wert ist.

Liane Mars
Funkenmagie
Farbenspiel der Macht
ISBN 978-3-95991-084-2
kartoniert, 14,8 x 21 cm, 14,90 €

Als sich Inea in den geheimnisvollen Eamon verliebt, ahnt sie nicht, dass er der Retter ihres Volkes ist: Ein Krieger, der in Zeiten höchster Not erschaffen wird. Danach muss er jedoch vernichtet werden, weil seine Macht ihn zum Bösen verändert. Doch was passiert, wenn dieser Krieger zu lieben beginnt? Als genau dies geschieht, droht Eamon seine Magie zu verlieren. Nur wenn er Inea und damit die Frau, die er in sein Herz geschlossen hat, tötet, kann er seine Bestimmung erfüllen. Inea will ihn trotz der Gefahr nicht aufgeben und stellt sich einem kaum greifbaren Gegner: der Funkenmagie.